»Die Twists bei Chevy Stevens sind so trügerisch und unvorhersehbar.« *SPIEGEL-Bestsellerautorin Linda Castillo*

»Mit ihrer frischen, authentischen Stimme fesselt Chevy Stevens Herz und Hirn.« *SPIEGEL-Bestsellerautor Peter James*

Bestseller-Spannung made in Canada:
die Thriller von Chevy Stevens im FISCHER Taschenbuch

»Still Missing – Kein Entkommen«
»Never Knowing – Endlose Angst«
»Blick in die Angst«
»That Night – Schuldig für immer«
»Those Girls – Was dich nicht tötet«
»Ich beobachte dich«
»Tief in den Wäldern«

Chevy Stevens ist die einzige Kanadierin unter den internationalen Top-Spannungsautoren. Sie lebt in Nanaimo auf Vancouver Island mit seiner beeindruckenden Natur. Ihre eindrücklichen Thriller und Romane um starke Frauen, die ums Überleben kämpfen müssen, stehen weltweit auf den Bestsellerlisten. Chevy Stevens ist auf einer Ranch aufgewachsen und liebt Wandern, Paddeln und Zelten mit ihrem Mann, ihrer kleinen Tochter und ihren Hunden.

Weitere Informationen finden Sie auf www.fischerverlage.de

CHEVY STEVENS

ICH BEOBACHTE DICH

ROMAN

Aus dem Amerikanischen
von Maria Poets

FISCHER Taschenbuch

Anmerkung der Autorin:
Die Orte Lions Lake und Dogwood Bay
sind fiktional.
Alle anderen Orte sind real.

2. Auflage: Dezember 2022

Erschienen bei FISCHER Taschenbuch
Frankfurt am Main, September 2020

Die Originalausgabe erschien 2017 unter dem Titel ›Never let you go‹
im Verlag St. Martin's Press, New York

Redaktion: Alexander Groß
Satz: Pinkuin Satz und Datentechnik, Berlin
Druck und Bindung: GGP Media GmbH, Pößneck
Printed in Germany
ISBN 978-3-596-29925-6

Für Carla, die niemals aufgibt

TEIL 1

1

LINDSEY | *November 2005*

Ich hatte nicht viel Zeit. Er wartete draußen am Strand – und er zählte jede Minute. Ich spritzte mir kaltes Wasser ins Gesicht, ließ die Rinnsale über meinen Nacken und auf mein Shirt laufen. Ich starrte in den Spiegel. Versuchte mich zu erinnern, wie ich die Lippen formen musste, um nicht so verängstigt auszusehen. Ich lockerte die Muskeln um meine Augen, rieb über die verschmierte Wimperntusche. Es spielte keine Rolle, wie oft ich ihm sagte, dass ich nicht mit diesem Mann geflirtet hatte, ich hätte es genauso gut auf den Ozean hinausschreien können.

Der Betonfußboden des Waschraums war bedeckt mit Sand und Papierstückchen, die an meinen Flipflops kleben blieben. Neben mir kämpfte ein kleines Mädchen mit dem Wasserhahn. Ich beugte mich vor und drehte ihn für sie auf, dann trat ich beiseite, um dem neugierigen Blick der Mutter auszuweichen, die gerade eine der Kabinen verließ.

Sie gingen Hand in Hand hinaus, das kleine Mädchen plapperte etwas über den Weihnachtsmann – würde er sie in dem Hotel finden? Bis Weihnachten war es noch einen Monat. Ich dachte an Sophie und verspürte einen scharfen Schmerz in meiner Brust. Jeden Tag fügte sie ihrer Liste etwas Neues hinzu. Meine Wunschliste bestand nur aus einem Punkt, einem einzigen.

Diese Ferien sollten ein verfrühtes Weihnachtsgeschenk von Andrew sein, aber das war eine Ausrede. Er wusste, dass er beim letzten Mal zu weit gegangen war. Ich hatte alle möglichen Gründe angeführt, warum wir nicht nach Mexiko fahren konnten, doch er hatte sich über jeden einzelnen hinweggesetzt und ein Zimmer in dem Hotel gebucht, in dem wir unsere Flitterwochen verbracht hatten. Unsere Suite war dieses Mal sogar noch größer und hatte einen Panoramablick. Als könnten weißer Sand und funkelndes türkisfarbenes Wasser alles wiedergutmachen.

Ich war so umsichtig gewesen, den pinkfarbenen Einteiler anzuziehen, als wir an diesem Morgen zum Strand gingen, darüber trug ich noch mein Strandkleid, das mit dem hohen Kragen und dem Saum, der fast bis zu den Knien reichte. Dazu setzte ich meinen Strohhut und die große Sonnenbrille auf. Als wir das Zimmer verließen, lächelte er zustimmend und zog mich für einen Kuss an sich. Ich verspannte mich, konnte aber keinen Alkohol in seinem Atem riechen oder auf den Lippen schmecken. Ich wollte mich ihm entziehen, doch er musste zuerst den Kuss beenden.

Am Strand ließen wir uns für die nächsten Stunden unter einem der Strohsonnenschirme nieder. Sophie spielte im Sand. Andrew hielt meine Hand, sein Daumen malte träge Kreise auf meine Haut. Eine Frau ging vorbei, und ich bemerkte den bewundernden Blick, mit dem sie Andrew bedachte. Er sah gut aus in seinen weißen Shorts, den klar definierten Bauchmuskeln und der glatten Haut, die schon nach wenigen Tagen in der Sonne einen hellen Bronzeton bekommen hatte. Aber auf mich hatte das keine Wirkung mehr. Ich achtete sorgsam darauf, mich nicht umzuschauen, aber ich stellte mir vor, wie wir auf andere wirken mussten. Ein ganz normales glückliches Paar mit seinem Kind.

Ich tat, als würde ich dösen, doch aus dem Schutz meiner Sonnenbrille heraus beobachtete ich Sophie. Sie baute eine aufwendige Sandburg mit Türmchen und Burggraben. Mit einem Stock ritzte sie Muster in die Seite, in die sie vorsichtig Muscheln platzierte. Im Januar würde sie sieben werden, und sie hatte die Klein-Mädchen-Phase bereits hinter sich gelassen. Ihre Gliedmaßen wurden schlanker, ihr hellblondes Haar bekam den dunkleren Honigton ihres Vaters.

Sie hob ihren Eimer auf und kam zu uns zurück. »Mommy, ich habe Hunger.«

Wir winkten den Kellner heran, der Andrew schon den ganzen Morgen sein Bier brachte. »Una cerveza, por favor«, sagte Andrew jedes Mal, während ich an meiner Lime Margarita nippte und versuchte, den immer größer werdenden Klumpen in meinem Magen zu ignorieren. Wir gaben unsere Bestellung auf, Hühnchensalat für mich, Burger und Pommes für die beiden. Der Kellner war attraktiv, Haare und Augen waren schwarz, die Zähne blitzten beim Lächeln kurz auf, und sein Gesichtsausdruck wirkte keck. Ich vermied es, ihn anzuschauen, doch dann machte ich einen Fehler. Als ich ihm mein leeres Glas reichte, berührten seine Finger mich für einen kurzen Moment. Es war ein Versehen. Irgendein Geräusch hinter uns hatte ihn abgelenkt, aber ich wusste, dass das keine Rolle spielte. Unsere Hände hatten sich berührt.

Der Kellner stellte mir die frische Margarita hin und verschwand. Andrew trug eine Sonnenbrille, doch sein verkniffener Mund verriet seine Wut, und meine Gedanken rasten wild in der Gegend herum und suchten nach Halt. Ich musste ihn ablenken.

Ich zeigte auf den Strand und die Palmen. »Es ist einfach phantastisch hier.«

»Ja, es scheint dir ja sehr zu gefallen.«

»Es ist so entspannend.« Ich setzte ein freundliches Lächeln auf. Als wüsste ich nicht, auf was er hinauswollte. Als hätte wir das nicht schon so viele Male zuvor durchexerziert.

Sophie, die mit einem um die Hüften geschlungenen Handtuch auf dem Fußende meiner Strandliege hockte, beobachtete unsere Gesichter. Ihre grünen Augen verrieten ihre Sorge. Sie wickelte sich eine nasse Haarsträhne um den Finger. Schon als Kleinkind hatte sie ihr Haar aufgewickelt, wenn sie müde war oder Angst hatte.

»Hast du nicht Lust, noch ein paar Muscheln zu suchen, Spatz?«, sagte ich. »Sie sehen so wunderschön aus auf den Türmchen. Ich rufe dich, wenn unser Essen kommt.«

Sie stand auf, nahm sich ihren aufblasbaren Delphin und lief zurück zum Strand, nicht ohne noch ein paarmal über die Schulter zu mir zurückzublicken. Ich lächelte weiter.

»Du scheinst mich ja für völlig blöd zu halten«, sagte Andrew, als sie außer Hörweite war.

»Natürlich nicht.«

Er konzentrierte sich wieder auf sein Buch und blätterte jede Seite mit einer heftigen Bewegung um. Mein hastiger Atem schien kaum durch die enge Kehle zu passen. Ich nippte an meinem Drink, aber die Margarita war nicht länger erfrischend, und von der Säure zog sich mir der Magen zusammen. Ich rieb sanft über meine Brust, doch der Druck ließ nicht nach.

Unser Essen kam, und der Kellner fragte, ob er uns noch etwas bringen könne, doch Andrew redete nicht mit ihm, so dass ich gezwungen war, für uns beide zu antworten, während Andrew mich anstarrte. Ich konnte seinen Zorn über die Entfernung hinweg spüren, hörte die Tirade, die er bereits probte.

Sophie war schon auf dem Weg zu uns zurück. Ich beugte mich zu Andrew. »Bitte lass es. Bitte mach kein Theater deswegen. Er hat meine Hand *aus Versehen* berührt.«

»Ich habe gesehen, wie du ihn angeschaut hast, Lindsey.«

»Nein, das hast du nicht.« An diesem Punkt hätte ich ihn beschwichtigen sollen, hätte ihm erzählen sollen, dass er der einzige Mann für mich sei, aber die Margarita hatte mich mutig werden lassen. Sie hatte mich unvernünftig gemacht.

»Das bildest du dir nur ein«, sagte ich.

Es war, als würde sein Gesicht auseinanderbrechen und sich vollkommen neu zusammensetzen. Als der wahre Andrew. Der Mann, den außer mir niemand sah.

Sophie rannte auf uns zu und setzte sich neben mich auf die Strandliege. Ihre Haut auf meiner fühlte sich kühl und nass an. Sie griff nach den Pommes. »Hast du meine ganzen Muscheln gesehen, Mommy?«

»Ja, Spatz.« Ich warf einen kurzen Blick auf ihre Burg. »Sie sind einfach perfekt.«

Andrew kippte Ketchup auf seinen Teller und schmierte mit einer Pommes darin herum. »Iss deinen Lunch, Schatz.«

»Ich muss mir nur kurz die Hände waschen.« Ich spürte, dass Andrew mich auf dem ganzen Weg zum Waschraum beobachtete. Ich hielt den Kopf gesenkt und sah niemanden an.

Ich warf mein Papierhandtuch in den Mülleimer und schob meine Sonnenbrille nach unten. Ich musste zurück an den Strand. Sophie würde noch einmal schwimmen wollen, und ich wollte nicht, dass Andrew sie ins Wasser ließ, nachdem sie gerade gegessen hatte. Ich dachte an die Biere, die er getrunken hatte. Wie viele waren es? Ich wusste es nicht einmal. Früher hatte ich immer mitgezählt.

Sie waren nicht auf den Strandliegen. Mein Salat stand noch auf dem Beistelltisch, die Salatblätter welkten in der Hitze. Mein Glas war leer. Andrews Burger und die Pommes waren verschwunden, Sophies halbaufgegessen. Ich sah mich um. Sie waren nicht bei der Sandburg. Waren sie vielleicht zurück auf unser Zimmer gegangen? Ich ging zu Sophies Sandburg. Ihr Handtuch lag auf der anderen Seite, ihre limettengrünen Plastiksandalen lagen achtlos abgestreift daneben.

Ihr Delphin war nicht da.

Ich machte ein paar Schritte auf das Wasser zu, eine Hand zum Schutz über die Augen gelegt. Die Wellen hoben und senkten sich, eine wogende blaue Masse. Schwimmer schaukelten auf und ab. Ich kniff die Augen zusammen und versuchte, mich auf die Gesichter zu konzentrieren. Wo war sie? Wo war Andrew? Ich drehte mich um und überflog die Menschen am Strand, den Pulk der Hotelgäste. Ganze Horden von Kindern rannten herum und jagten den Wellen nach. Ich wandte mich erneut um und starrte hinaus auf das Wasser, suchte nach Sophies kleinem Kopf und ihrem roten Badeanzug.

Dann sah ich ihren aufblasbaren Delphin, der sich mit den Wellen auf und ab bewegte – und niemand saß darauf. So schnell ich konnte, lief ich durchs Wasser, die Strömung zerrte an meinen Beinen, meine Füße versanken im weichen Sand. Sobald ich in tieferem Wasser war, schwamm ich mit kräftigen Zügen zu dem Plastiktier und hielt mich daran fest. Sie mussten irgendwo hier draußen sein. Sophie ließ diesen Delphin nie aus den Augen.

Ich konnte ihren pinkfarbenen Schnorchel nicht sehen, aber es waren zu viele Menschen im Wasser. Ich dachte wieder an das Essen, das sie zu sich genommen hatte, an das Bier, das Andrew getrunken hatte. Er war ein guter Schwimmer, aber Sophie lernte es gerade erst, und sie ermüdete schnell. Ich tauchte mit dem Kopf unter Wasser.

Ich sah Beine näher kommen – Männerbeine. Ich kam

wieder hoch und schnappte keuchend nach Luft. Ein älterer Mann, nur wenige Schritte von mir entfernt, nahm seinen Schnorchel aus dem Mund.

»Alles in Ordnung bei Ihnen?«, rief er.

»Ich kann meine Tochter nicht finden!« Noch mehr Leute kamen herbeigeschwommen. *Was hat sie an? Haben Sie sie untergehen sehen? Jemand muss den Rettungsschwimmer holen!*

»Ich habe sie nicht ins Wasser gehen sehen. Sie ist erst sechs. Sie trägt einen roten Badeanzug.« Ein Schnellboot raste dröhnend vorbei, und frische Wellen ließen uns auf und nieder tanzen. Salzwasser spritzte mir ins Gesicht. Der Horizont verschwand und tauchte wieder auf.

Ein Resortangestellter auf einem Jetski gab über Funk Sophies Beschreibung durch. Die Leute tauchten und kamen mit nassen Haaren und beschlagenen Taucherbrillen wieder an die Oberfläche.

Keiner von ihnen fand sie. Immer wieder tauchte ich den Kopf unter Wasser, aber ich sah nur blasse, zappelnde Beine, die den Sand aufwirbelten und das Wasser eintrübten. Ich kam wieder hoch und schaute hinaus zum Wellenbrecher. Könnten sie aufs offene Meer hinausgezogen worden sein?

Eines der Hotelboote kreiste außerhalb des abgegrenzten Schwimmbereichs. Die Angestellten in ihren weißen Shirts und orangefarbenen Shorts suchten den Horizont ab, Ferngläser fest an die Augen gepresst. Ich wartete auf einen Schrei, auf irgendetwas, doch am Strand war es eigenartig still geworden. Die Leute standen am Ufer.

Ich wusste nicht, wie lange ich schon im Wasser war. Mir klapperten die Zähne, und ich war außer mir. All diese Leute, die auf mich einredeten, verwirrten mich. Ich erklärte, dass Sophie bei meinem Mann sei und dass er ebenfalls verschwunden sein könnte. Der Rettungsschwimmer wollte, dass ich zum Strand zurückkehrte, und zerrte an meinem Arm, bis ich endlich mitkam. Wir schwammen zum Strand, und ich stolperte über den Sand, wobei ich immer noch den Delphin umklammerte. Mein Strandkleid klebte an der Haut und den Schenkeln. Meine Beine gaben unter mir nach, und ich sank auf die Knie. Die Sonne brannte auf mich herab und blendete mich, als ich aufs Wasser hinausstarrte.

Der Rettungsschwimmer neben mir drängte mich, etwas Wasser aus einer Plastikflasche zu trinken, dann sagte er etwas in sein Funkgerät, spanische Sätze, die ich nicht verstand. Jetskis suchten das Wasser ab.

Und dann war da etwas, eine vage Empfindung, die mich veranlasste, den Kopf zu wenden und den Strand entlangzuschauen. Da waren sie und kamen auf uns zu. Sophie in ihrem roten Badeanzug mit den weißen Tupfen, den wir zusammen ausgesucht hatten. Und Andrew, der auf seinen langen, muskulösen Beinen so vertraut dahinschritt. Sie hielten beide ein Getränk in der Hand. Sophie schien sich zu wundern, was der Trubel zu bedeuten hatte.

Ich sprang auf und rannte auf sie zu. In dem weichen Sand verlor ich beinahe die Balance, doch nichts konnte mich aufhalten. Ich hob Sophie in meine Arme und weinte in ihren Nacken.

»Mom, was hast du?«

»Was ist hier los, Lindsey?«

Der Rettungsschwimmer erreichte uns. »Ist das Ihre Tochter, Señora?«

»Ja, ja!« Ich setzte sie ab, presste meine Hände an die Seiten ihres Gesichts und küsste ihre Wangen, ihre Lippen, ihre nach Sonnenmilch duftende Nase, ihr Haar, das zu salzigen Strähnen getrocknet war.

Andrew unterhielt sich mit dem Mann. »Bitte entschuldigen Sie, dass meine Frau hier so einen Aufstand veranstaltet. Sie hat eine ziemlich wilde Phantasie.« Er lächelte und machte eine kleine, kreisende Kopfbewegung.

Der Rettungswächter lächelte ihm verwirrt zu, legte mir eine Hand auf die Schulter und sah mir ins Gesicht. »Trinken Sie etwas Wasser, Señora. Die Sonne, sie ist sehr heiß, sí?«

Er ließ uns allein. Die Menge zerstreute sich, aber ich spürte ihr Urteil, ihr Flüstern. Es war mir egal. Ich hatte Sophie wieder. Sie stand leibhaftig hier, direkt vor mir.

»Ich hatte solche Angst«, erklärte ich ihr. »Ich habe deinen Delphin im Wasser gesehen.«

»Daddy und ich haben gespielt, und dann ist er abgetrieben. Er sagte, wir könnten ihn später holen.«

Andrew starrte hinaus aufs Wasser. Ich versuchte, aus seiner Miene schlau zu werden, aber er trug seine Sonnenbrille. Wie wütend war er, dass ich so einen Wirbel verursacht hatte?

»Er ist einfach immer weiter abgetrieben«, sagte er. »Ich dachte, wir würden ihn nie wiedersehen.« Dann packte er Sophies Hand. »Komm. Lass uns aus der Sonne rausgehen.«

Wir saßen unter dem Sonnenschirm. Ich zitterte immer noch, obwohl die Sonne direkt auf uns herunterbrannte und ich mich in ein Handtuch eingewickelt hatte – mir war aufgefallen, dass Andrew mein nasses Kleid angestarrt hatte, das an meinen Brüsten und Schenkeln klebte. Sophie saß neben mir, ihre Hand in meiner, und tätschelte mich sanft. »Mir geht es gut, Mommy, wirklich. Es tut mir leid, dass du solche Angst hattest.«

Andrew beobachtete mich. Ich spürte, wie sein Blick sich von der Seite in mein Gesicht brannte. Ich wollte ihn ignorieren, doch ich wusste, dass er mich dazu bringen wollte, ihn anzusehen. Ich drehte mich um. Sein Blick hatte etwas Gemeines. Etwas Süffisantes.

»Das war ziemlich peinlich.«

»Warum hast du nicht auf mich gewartet?«

»Du hast zu lange gebraucht.« Er zuckte die Achseln.

»Das hast du absichtlich gemacht. Du hast versucht, mir Angst einzujagen.«

»Sei nicht albern«, sagte er und erhob sich. »Das hast du ganz allein getan.« Er streckte die Hand nach Sophie aus. »Komm, Süße. Ich helfe dir, noch eine Sandburg zu bauen.«

Ich blickte ihnen nach, als sie davongingen. Sophie sah mich über die Schulter an, ihr kleines Gesicht wirkte besorgt. Ich lächelte beruhigend. Der Rettungsschwimmer kam zu mir. »Ist alles wieder in Ordnung, Señora?«

»Ja, ja, alles ist gut.« Ich wollte nicht, dass er hier herumstand. Er wandte sich ab, und ich sah etwas in seinem Gesicht. Mitleid? Oder hielt er mich einfach für eine dumme Blondine, die überreagiert hatte? Ich dachte daran, wie ich im Wasser um mich getreten hatte, wie verzweifelt ich gewesen war. Wie war ich so geworden? Wie hatte ich mich in diese Frau verwandelt, die nicht einmal ohne Angst in den Waschraum gehen konnte?

Andrew füllte einen Eimer mit Sand. Sophie und er hatten den gleichen entschlossenen Gesichtsausdruck. Er spürte, dass ich ihn beobachtete, winkte mir kurz zu und lächelte freundlich.

Das bildest du dir nur ein. Das hatte ich zu ihm gesagt, und dafür hatte er mich bezahlen lassen.

Aber er wollte mir nicht nur Angst einjagen. Er wollte mich wissen lassen, dass er mir Sophie wegnehmen könnte. Binnen eines Wimpernschlags. Eines Tages könnte ich ins

Bad oder vielleicht einen Moment hinausgehen, und danach wären sie verschwunden. Ich würde sie nie wiedersehen.

Wenn wir wieder zu Hause waren, musste ich ihn verlassen. Ich hatte keine Zeit mehr, um einen Plan zu schmieden. Ganz gleich, was dafür nötig war, ganz gleich, wie riskant es war, ich musste Sophie von ihm fortbringen.

Langsam hob ich die Hand, küsste meine Handfläche und blies den Kuss in seine Richtung.

2

Dezember 2016

Im Haus ist es still, als ich aufwache. Ich setze mich im Bett auf, und die Dielenbretter unter meinen Füßen sind kalt.

»Sophie?« Sie antwortet nicht. Manchmal steht sie früh auf, um an einem Projekt zu arbeiten oder spazieren zu gehen. Sie liebt es, die Muster in Schnee und Eis zu betrachten. Ich mache mir Sorgen, sobald sie allein in den Wald geht, auch wenn sie Wanderstiefel trägt und eine Pfeife dabeihat. Aber sie zu Hause zu behalten, wenn sie sich inspiriert fühlt, ist, als versuche man, einen Blitz in einer Flasche einzufangen.

Zitternd wickele ich meinen Flanellmantel fest um mich und schlurfe in die Küche. Sophie hat eine Tasse für mich in die Kaffeemaschine gestellt, an der Maschine klebt eine Nachricht für mich.

Sorry, Mom. Der Schnee ruft … XX

Meine Kleine, die Künstlerin. Ich hänge die Nachricht an die Pinnwand, über die anderen, die ich aufbewahrt habe, dann überprüfe ich, ob sie die Tür abgeschlossen hat, und schalte die Alarmanlage ein. Sie vergisst es ständig und meint, wir hätten nichts, das sich zu stehlen lohne. Dann erinnere ich sie daran, dass es nicht darum geht.

Ich dusche so heiß, wie ich es aushalten kann. Dampf erfüllt den Raum, Seifenwasser wirbelt um meine Füße herum und verschwindet im Abfluss. Mein Haar ist wieder lang, und die nassen Locken liegen flach auf meiner Brust. Meine Gedanken schweifen ab, während ich an meinen Plan für die kommende Woche denke, welche Kunden vor Weihnachten vielleicht noch mehr Hilfe brauchen, ob ich eine Anzeige für eine neue Reinigungskraft schalten sollte. Vielleicht sollte ich expandieren und nächstes Jahr, wenn Sophie an der Uni ist, auch noch Hausmeisterarbeiten übernehmen. Ich genieße dieses Gefühl, Herausforderungen zu meistern. Am Anfang war ich ganz allein mit einer Schrottkarre und einer Kiste mit Putzzeug. Jetzt habe ich vier Vollzeitangestellte, und nichts kann mich aufhalten.

Sobald ich angezogen bin, nehme ich mein Telefon aus dem Ladegerät und stelle fest, dass ich eine SMS von Marcus bekommen habe. *Willst du diese Woche immer noch ausfallen lassen? Gib mir Bescheid.* Marcus unterrichtet Selbstverteidigung in meiner Selbsthilfegruppe für Betroffene von häuslicher Gewalt, und manchmal gibt er mir Privatunterricht.

Ich antworte ihm. *Ja, ich habe zu tun, aber ich sehe dich beim Meeting*. Ich mache mir eine zweite Tasse Kaffee – die erste ist für die geistige Gesundheit, die zweite pures Vergnügen – und lehne mein Smartphone gegen die Obstschale auf dem Küchentisch. Ich melde mich bei Skype an und warte darauf, dass Jenny meinen Anruf entgegennimmt.

Sie kommt ins Bild, ihr blondes Haar noch zerzaust vom Schlaf, das ungeschminkte Gesicht blass. Trotzdem ist sie von einer ätherischen Schönheit, die ihr ein engelsgleiches Aussehen verleiht – und sie wesentlich jünger als fünfundvierzig wirken lässt. Ich sage ihr ständig, dass ich sie umbringen müsste, wenn sie nicht meine beste Freundin wäre.

»O Mann«, sagt sie. »Was für ein Morgen.«

»Ach ja?«

»Mädchen im Teenageralter.« Sie schüttelt den Kopf. »Aber genug davon. Was machst du heute?«

»Ich habe einen Putzjob. Danach mache ich vielleicht ein paar Weihnachtseinkäufe.«

»Ich dachte, samstags hättest du frei.«

»Eine der neuen Frauen, die ich gerade eingestellt habe, hat gekündigt – sie ist wieder zu ihrem Freund zurückgegangen.« Die meisten Frauen, die ich einstelle, kenne ich aus meiner Selbsthilfegruppe. Sie fangen ganz neu an, die Scherben ihres Lebens in Koffern und Müllsäcken oder auf der Rückbank ihrer Autos verstaut. Leider sind sie nicht immer bereit, die eingeschlagene Richtung beizubehalten. »Sie sagt, er habe sich geändert, aber du weißt ja ...«

»Allerdings.« Wir schweigen beide. Sie braucht mir nicht zu erzählen, dass sie an ihren Exmann denkt, genau wie sie weiß, dass ich an Andrew denke. Jenny und ich haben uns ebenfalls in der Gruppe kennengelernt.

»Wie geht's Sophie?«, fragt sie. Wir reden über Geschenkideen für Weihnachten, über alles Mögliche, was uns so in den Sinn kommt. In den letzten Jahren haben wir unsere gesamten Einkäufe immer zusammen erledigt – Jenny kann tatsächlich aus dem Weihnachtschaos im Einkaufszentrum ein witziges Abenteuer machen. Seit sie vor ein paar Monaten nach Vancouver gezogen ist, vermisse ich sie schrecklich, aber wir versuchen, oft miteinander zu reden.

»Ich bin mir nicht sicher wegen Greg«, sage ich. »Was schenkst du jemandem, mit dem du erst seit ein paar Monaten zusammen bist?«

»Wie wäre es mit einem netten Abendessen? Oder Aftershave? Bei Gap gibt es Pullover im Angebot.«

»Ich glaube nicht, dass er ein Gap-Typ ist.« Lächelnd versuche ich mir Greg mit seinen farbenprächtigen Tattoos und dem kahlrasierten Schädel in einem adretten Pullover vorzustellen. Ich habe ihn bisher nur in seiner UPS-Uniform oder in Shirt und dunkler Jeans gesehen, die er anzieht, wenn er sich schick macht. Er sieht bedrohlich aus, aber wenn man mit ihm spricht, fallen einem sofort die warmen braunen Augen und sein unbekümmertes Lachen auf. Vielleicht ist das mit dem Aftershave keine schlechte Idee. Dann wird mir klar, dass ich nicht einmal weiß, welches er benutzt.

»Ich muss darüber nachdenken«, sage ich. »Ich überlege, ob ich ihn einlade, mit Sophie und mir den Baum zu schmücken, aber das war immer unsere eigene Tradition.«

»Du solltest vor allem sie fragen, was sie davon hält.«

»Gute Idee.« Ich werfe einen Blick auf die Uhr. »Ich muss los.«

Es hat angefangen zu regnen, und der Schnee am Straßenrand verwandelt sich in Brei, der meine Reifen verklebt. Winter in Dogwood Bay bedeutet, dass man nie weiß, ob man mit Regen oder Schnee rechnen muss oder vielleicht auch mit beidem. Ich komme eine halbe Stunde zu spät, aber das spielt keine Rolle. Mrs Carlson, eine nette alte Lady, die mit ihrer Katze und ihrem Vogel zusammenlebt, verlässt an den Putztagen stets schon morgens das Haus, um ihre Schwester zu besuchen. Ich folge dem Gartenweg seitlich am Haus vorbei. Der Regen lässt den Schnee auf den Sträuchern und Bäumen schmelzen, kleine Brocken landen mit einem gedämpften Platschen auf dem Boden. Einmal werde ich fast getroffen und schreie leise auf.

Als ich die Tür aufsperre, ist es eiskalt im Haus. Ich fummele am Thermostat herum und drehe die Temperatur ein paar Grad höher, dann stelle ich meine Stiefel auf die Matte, schlüpfe in meine Hausschuhe und stelle meinen Korb auf die

Arbeitsplatte in der Küche. Irgendetwas riecht verbrannt, wie Toast. Im Abtropfgestell befinden sich ein Teller, eine Teetasse und ein Messer. In der Wohnzimmerecke steht ein kleiner Plastikweihnachtsbaum, behängt mit bunten Weihnachtskugeln. Darunter stapeln sich bereits ein paar Geschenke.

Ich beginne in der Küche, schrubbe die Arbeitsplatte und die Spüle, bis alles glänzt, dann wische ich den Fußboden. Bei der Arbeit summe ich Weihnachtslieder und überlege, wann Sophie und ich unseren eigenen Baum aufstellen sollen. Wir holen uns immer einen frischen und schmücken ihn, während wir *Buddy – Der Weihnachtself* schauen und heiße Schokolade trinken.

Ich ziehe weiter ins Wohnzimmer, wische jede Oberfläche mit einem nach Zitrone duftenden Tuch ab, lege die Strickdecke zusammen, schlage die Kissen auf, sauge die Katzenhaare von der Rückenlehne der Couch und unter den Polstern fort. Ich habe Gatsby noch nicht gesehen, aber vermutlich schläft er unterm Bett. Als Nächstes sauge ich den Teppich so, dass die Streifen alle in eine Richtung weisen. Ich gehe rückwärts und achte sorgsam darauf, keine Fußspuren zu hinterlassen. Ich nehme meinen Korb und gehe den Flur hinunter, doch auf halber Strecke bleibe ich stehen, als ich ein Geräusch hinter mir höre. Hastig und am ganzen Körper angespannt drehe ich mich um. Ein weißer Blitz. Gatsby.

Ich mache ein Kussgeräusch und rufe seinen Namen, aber er kommt nicht wie üblich angerannt. Er wird wohl einer Spinne nachjagen.

Als ich im Schlafzimmer fertig bin, mache ich mich auf den Weg in das Gästezimmer am anderen Ende des Hauses. Mrs Carlson hat selten Gäste, aber wegen Atticus, ihrem Wellensittich, muss in dem Raum jedes Mal staubgewischt werden. Dieses Zimmer mag ich am wenigsten – der Federstaub bringt mich zum Niesen, und Atticus kreischt die ganze Zeit, während ich dort putze. Aber heute ist er auffallend still.

Als ich die Tür öffne, weht mir kalte Zugluft entgegen. Das Fenster steht offen. Ich eile hinüber und schiebe es nach unten. Deshalb also war es so kalt im Haus. Als ich mich umdrehe, wobei ich mir die Arme reibe, um warm zu werden, entdecke ich Atticus, zu einer Kugel zusammengerollt auf dem Käfigboden. Sonst sitzt er immer auf seinem Holzzweig und zwitschert mich an oder spielt mit seinem Glöckchen. Stirnrunzelnd mache ich einen zögerlichen Schritt auf ihn zu. »Atticus?«

Er rührt sich nicht. Ich gehe noch einen Schritt näher. Seine Augen sind geschlossen, die winzige Brust bewegt sich nicht. Ich schaue zurück zum Fenster. Wie lange hat es offen gestanden? Mrs Carlson wird am Boden zerstört sein.

Zurück in der Küche, durchwühle ich meine Handtasche auf dem Tresen, auf der Suche nach meinem Telefon. Dabei kippt die Tasche um, und mein Lipgloss rollt heraus. Ich sammle es nicht wieder ein. Mrs Carlsons Schwester nimmt den Anruf an, und ich muss meinen Namen wiederholen. Endlich gibt sie das Telefon weiter.

»Mrs Carlson, es tut mir so leid, aber Atticus …« Ich halte inne. Wie soll ich das formulieren? »Atticus ist tot. Es tut mir so leid«, wiederhole ich.

»O nein!«, sagte sie mit zittriger Stimme. »Was ist denn passiert?«

»Ich glaube, er ist zu stark unterkühlt gewesen.«

»Das Fenster! Ich war sicher, ich hätte es geschlossen – ich lasse ihm morgens immer etwas frische Luft rein, und er kann mit den Vögeln draußen singen.« Ich weiß nicht, warum sie um diese Jahreszeit das Fenster ganz hochgeschoben hat, aber ich will nicht, dass sie ein schlechtes Gewissen bekommt, weil ich ihr diese Frage stelle.

»Armer Atticus«, sagt sie. »Ich werde mich um ihn kümmern müssen, wenn ich nach Hause komme.« Ihre Stimme beginnt zu brechen, und ich merke, dass sie den Tränen nahe ist. »Vielleicht sollte ich ihn draußen unter dem Blaukissen begraben. Sie blühen so schön im Sommer. Meinen Sie nicht, dass das ein schöner Platz wäre?«

»Es ist ein wunderbarer Platz.« Ich kann sie mit der Sache nicht einfach alleinlassen. »Möchten Sie, dass ich das für Sie mache?«

Sie sagt nichts, und ich höre, dass sie sich die Nase putzt. »Das kann ich nicht von Ihnen verlangen.«

»Es würde mir nichts ausmachen.«

»Ach, das wäre sehr freundlich. Das wäre gut.« Sie holt tief Luft, ein Geräusch wie bei einem Schluckauf. »Ich werde ihn schrecklich vermissen. Ohne seinen schönen Gesang wird das Haus so leer sein.«

»Er war ein süßer Vogel.« Sie klingt so erschüttert, und ich bin froh, dass sie bei ihrer Schwester ist. Ich werde ihr diese Woche noch Blumen bringen, kurz vorbeischauen und einen Tee mit ihr trinken.

»Danke, meine Liebe.« Sie schnäuzt sich erneut. »Können Sie ein Gebet für ihn sprechen?«

»Natürlich.«

Ich hole einen kleinen Karton und etwas Zeitungspapier aus dem Müll und bastle einen improvisierten Sarg für Atticus' Leichnam, den ich vorerst in die Garage lege. Ich putze das Haus fertig, sauge Atticus' Käfig aus und lege ein Laken darüber. Dann hole ich Atticus aus der Garage. Als ich in die Hocke gehe, um die Schachtel aufzuheben, nehme ich den Geruch von etwas Maskulinem wahr, es riecht leicht nach

Wald. Rasch stehe ich auf und schaue mich um. Die Garage ist ordentlich und sauber, der alte Buick von Mrs Carlsons verstorbenem Mann füllt den ganzen Platz aus. Sie muss ein Raumspray benutzen.

Ich denke immer noch an Mrs Carlson, als ich in die Küche zurückgehe. Seit sie vor drei Jahren ihren Mann verloren hat, sind die Tiere ihr ein und alles. Ich stelle den Karton ab, suche auf dem Tresen nach meinen Schlüsseln und halte inne. Sie sind verschwunden. Meine Tasche steht aufrecht. Dabei hatte ich sie vorhin umgestoßen, und meine Schlüssel und der Lippenstift waren herausgefallen. Ich hatte alles einfach liegen lassen. Ich starre auf die große beige Kunstledertasche, die ich im Sonderangebot bei Walmart entdeckt habe und die aussieht wie von Chanel, zumindest laut meiner Tochter. Ich spähe hinein. Meine Schlüssel und der Lippenstift liegen ordentlich auf meiner Geldbörse.

Taumelnd weiche ich zurück. Ich halte mich nicht mit meinen Stiefeln oder der Jacke auf. Ich renne einfach aus dem Haus und registriere blitzartig, dass die Tür nicht abgeschlossen ist. Auf diesem Weg ist er hinausgekommen. Er könnte auf mich warten.

Ich sprinte in meinen Wagen, verriegle die Türen und drücke die Tasten auf meinem Handy. Ich durchstöbere das Handschuhfach nach meinem Pfefferspray, entsichere es und lege meinen Daumen auf den Auslöser. Während ich auf die Polizei warte, starre ich das Haus und den Weg an, halte Ausschau nach jeder Bewegung.

Drei Monate sind vergangen, seit mein Bruder mich angerufen hat, um mir zu sagen, dass Andrew aus dem Gefängnis entlassen wurde und dass jemand ihn auf Vancouver Island gesehen hat. Ich erinnere mich noch an den Klang von Chris' Stimme am Telefon, an sein Zögern und seine Anspannung.

Ich wusste Bescheid, noch bevor er irgendetwas sagte. Es war der Anruf, auf den ich gewartet hatte. Andrew war ein freier Mann, und er würde mich suchen.

Aber die Tage vergingen. Dann Wochen, Monate. Nichts geschah, und ich dachte, wir wären in Sicherheit.

Mein Blick wandert von der Tür zu jedem Fenster, hinauf in den ersten Stock, dann wieder nach unten. Die ganze Zeit, in der ich dort drin war und geputzt und gesungen und staubgesaugt habe, war er ebenfalls dort. Er könnte so dicht neben mir gestanden haben, dass er mich hätte berühren können. Warum hat er es nicht getan? Dann begreife ich, warum er darauf verzichtet hat. Es hätte ihm nicht gereicht. Er braucht es, dass ich leide.

Er wird mich für jedes Jahr, das er hinter Gittern verbracht hat, büßen lassen.

3

Dezember 1997

»Achtung!«, schrie Andrew, und ich duckte mich, als ein Schneeball meine Stiefel traf. »Na warte!« Er stürzte sich auf meinen Bruder und warf ihn zu Boden. Ich lachte, als die beiden im Schnee miteinander rangen und versuchten, dem anderen Schnee in den Kragen zu stopfen. Mein Dad sprang von der Ladefläche des Umzugswagens und begann, sie mit Schneebällen zu bewerfen. Es war schön, ihn mit einem Lächeln auf dem Gesicht zu sehen.

Ich wünschte, meine Mom hätte hier sein können. Vielleicht konnten wir sie später herbringen. Mit dem schweren Karton in den Armen kämpfte ich mich durch den Schnee und stieg vorsichtig die vereisten Stufen empor. In der Diele roch es noch nach frischer Farbe, ein einladendes Salbeigrün. Andrew hatte die Maler zweimal wiederkommen lassen, um die Farbspuren zu beseitigen, doch jetzt war es perfekt. Überall stapelten sich die Kartons. Die meisten kamen aus Andrews Haus, andere enthielten unsere Hochzeitsgeschenke.

Ich schob den Karton auf den Tresen. Ich hätte nach draußen gehen sollen, um den nächsten zu holen, aber ich konnte einfach nicht anders und schlenderte ins Esszimmer, wo ich mit den Fingern über die seidige Oberfläche des Kiefernholztisches strich, den wir letzte Woche ausgesucht hatten. Ich stellte mir vor, wie ich hier sonntags meine Familie zum Abendessen einlud, alle saßen vor ihren vollen Tellern, unterhielten sich und lachten. Mom könnte sich auf der Couch ausruhen, während ich aufräumte. Sie wirkte in der letzten Zeit oft so müde, und ich war sicher, dass ihre MS wieder schlimmer wurde, aber sie sprach nicht darüber. Wenn sie nach Hause gingen, würde ich ihnen die Reste mitgeben, damit sie ein paar Tage nicht zu kochen bräuchte. Andrew und mein Vater würden über die Häuser reden, die sie bauten, und Baupläne auf dem Tisch ausbreiten. Chris würde an ihren Lippen hängen und die Tage zählen, bis er seinen Abschluss hatte, damit er ebenfalls für Andrew arbeiten könnte.

Ich ging zum vorderen Erkerfenster, auf dem sich an den Ecken Eisblumen gebildet hatten wie wunderschöne gefrorene Spinnennetze. Im Haus war es bitterkalt – Strom und Wasser waren erst heute Morgen angeschlossen worden –, und wir hatten an dem Flachmann genippt, den Andrew mitgebracht hatte. »Das schmeckt aber nicht nach heißer Schokolade«, hatte ich ihn geneckt.

Er hatte gelacht. »Das ist mein Spezialrezept.«

Ich drehte mich um meine eigene Achse. Wo sollten wir den Weihnachtsbaum aufstellen? Vielleicht direkt vor dem Fenster. Wir würden einen Baum besorgen, der bis zur Decke reichte, und ihn mit so vielen Lichtern und Weihnachtskugeln schmücken, dass die Zweige sich nach unten biegen würden. Es hatte heftig geschneit, ziemlich früh für Lions Lake, und es sah aus, als würden wir weiße Weihnachten bekommen. Ich konnte mich nicht erinnern, wann wir das zuletzt hatten.

Als ich wieder nach draußen kam, lud Andrew gerade einen Kleiderschrank ab, die Knie gebeugt, das Gesicht entschlossen und vor Anstrengung gerötet. Er hatte seine Jacke ausgezogen und trug nur ein weißes Wollhemd, dessen Ärmel er nach oben geschoben hatte. Die Trucks seiner Firma waren alle schneeweiß, auch die Hemden und Caps seiner

Angestellten. Das dunkelgrüne Logo seiner Baufirma setzte sich in deutlichem Kontrast davon ab.

Dad und Chris waren hinten auf der Ladefläche des gemieteten Lkws. Andrew wollte eigentlich ein Umzugsunternehmen engagieren und fand es nicht fair, meine Familie um Hilfe zu bitten. »Dein Dad arbeitet die ganze Woche über hart.« Ich hatte ihm erklärt, dass es in unserer Familie üblich war, einander zu helfen.

Ich ging zu Andrew. »Und, wer hat die Schneeballschlacht gewonnen?«

»Ich natürlich.« Er lächelte. »Geht es dir gut?«

»Ich bin eindeutig absolut mehr als glücklich.«

Er warf den Kopf zurück und lachte. Ich spürte dieses kleine Flackern in der Brust, das gleiche, das ich an jenem Sommertag verspürt hatte, als er in den Baumarkt gekommen war, in dem ich arbeitete, und darum bat, mit dem Geschäftsführer sprechen zu dürfen. Ich hatte ihn nie zuvor gesehen, und ich kannte jeden, der in unserer Kleinstadt auf dem Bau arbeitete. Nachdem er gegangen war, lief ich schnurstracks nach hinten und fand heraus, dass er Andrew Nash hieß, aus Victoria kam und gerade ein Stück Land am Ende des Sees erschloss.

Als er das nächste Mal auftauchte, half ich ihm, alles zu finden, was er brauchte, plauderte über Lions Lake, all die Dinge, die wir im Sommer unternahmen, oder wie heiß es in letzter Zeit gewesen war. Dabei dachte ich die ganze Zeit, dass ich besser den Mund halten und ihn auch etwas sagen lassen sollte, aber irgendwie schien mein Mund sich selbständig gemacht zu haben. Ich zog sogar einen Stadtplan hervor und zeigte ihm die besten Badestellen am See. Als hätte er die nicht selbst finden können. Während er darauf wartete, dass ich seine Bestellung durchgab, strich er sich immer wieder mit einer Hand das dunkelblonde Haar zurück. Es fiel ihm bis über die Schultern, und manche Strähnen waren heller als der Rest.

»Du müsstest mal wieder zum Friseur«, verkündete ich, dann wurde ich rot. Wie konnte ich so etwas nur sagen!

»Allerdings«, erwiderte er lachend. »Aber ich habe einfach zu viel um die Ohren.« Das Licht fiel durch das Seitenfenster und traf seine Augen – grün wie Gletscherwasser. »Ist Ian Finnegan dein Vater?«, fragte er.

Ich reichte ihm die Rechnung. »Kennst du ihn?«

»Ich habe gehört, dass er möglicherweise Arbeit sucht.«

»Mein Dad ist ein großartiger Zimmermann und hat jede Menge Erfahrung.« Ich hielt den Atem an. Ich wollte nicht zu viel sagen, aber ich musste einfach an meinen Dad denken, der zu Hause hockte und einen Anruf nach dem anderen machte. Früher hatte er einen guten Job gehabt, aber er war gefeuert worden, weil er sich zu oft freigenommen hatte, um Mom zu helfen.

»Sag ihm, er soll mal auf der Baustelle vorbeischauen.«

Danach sah ich Andrew jedes Mal, wenn ich Dad seinen Lunch brachte. Er machte selten Pause, um mit seinen Leuten zu essen, aber er hielt fast immer kurz inne, um mich zu begrüßen und zu fragen, wie es mir gehe.

»Er arbeitet ohne Unterlass«, erzählte mein Dad uns beim Abendessen, und die Bewunderung stand ihm ins Gesicht geschrieben. »Er ist vor uns da, mit Kaffee und Donuts für die Jungs, und er ist der Letzte, der nach Hause geht.«

Eines Tages brachte ich Andrew ein Roastbeefsandwich mit. Er wirkte völlig überrascht und starrte auf das Brot in seiner Hand, während ich verlegen danebenstand. Dann lächelte er breit und sagte, Roastbeef sei sein Lieblingsbelag. Wir setzten und unterhielten uns, und er lud mich ein, sich ein Stück Land anzuschauen, das er eventuell kaufen wollte. Zusammen fuhren wir das gesamte Areal ab, kletterten über Baumstämme und unter ihnen hindurch, rutschten Abhänge hinunter und lachten, als wir beinahe auf dem Hintern landeten, teilten uns eine Flasche Wasser und fluchten, dass wir nicht mehr mitgenommen hatten. Von diesem Tag an trafen wir uns so oft wie möglich.

Wir hatten noch nicht richtig zusammengelebt, aber ich machte mir keine Sorgen. Wir verstanden jeden Gedanken und jede Stimmung des anderen – er wusste, wann ich hungrig und müde wurde oder wann ich mich über etwas geärgert hatte. Und ich kannte *ihn* – genauso wie ich wusste, dass die Entscheidung, ihn zu heiraten, die beste Wahl war, die ich je getroffen hatte.

Jetzt blieb Andrew stehen, als er an mir vorbeikam, und küsste mich auf die Wange. »Willkommen zu Hause, Mrs Nash.«

Ich packte gerade einen Karton in Andrews neuem Büro aus und verstaute sorgfältig ein paar Hefter in einer Schreibtischschublade, als ich seine Schritte hinter mir hörte. Ich drehte mich um und lächelte, zögerte jedoch, als ich seinen Gesichtsausdruck sah. Er wirkte beinahe verärgert, doch dann wurde seine Miene wieder weicher.

»Du musst das nicht tun«, sagte er.

»Es macht mir nichts aus.« Ich überlegte, ob es der Anblick seines Schreibtisches war, der ihn bedrückte. Es war eines der wenigen Dinge, die er von seinem Vater besaß. Wir hatten ihn entdeckt, als wir seine Lagerhalle ausgeräumt hatten. Andrew war sich nicht sicher gewesen, ob er ihn mit ins Haus nehmen sollte, meinte, er sei zu alt und zerkratzt und eigentlich nicht sein Stil, aber ich erklärte ihm, das Eichenholz sei wunderschön und wir könnten ihn im Winter aufarbeiten.

Er kam zu mir und nahm mir die Hefter aus der Hand. »Ich habe mein eigenes System. Wenn du etwas an den falschen Platz legst, finde ich es womöglich erst nach ewiger Sucherei.«

»Stimmt, klar. Natürlich.«

»Das Abendessen riecht lecker.« Ich merkte, dass er versuchte, die Schärfe seiner Zurückweisung abzumildern, aber ich hatte immer noch ein schlechtes Gewissen. Ich hätte ihn vorher fragen sollen. Ich war so daran gewöhnt, überall im Haus meiner Eltern zu helfen. Seit Mom die Diagnose Multiple Sklerose erhalten hatte, gab es keinerlei Grenzen mehr, ich erledigte sogar die Bankgeschäfte für meine Eltern.

»Ich mache Yorkshire Pudding.«

»Mmhh. Lecker«, murmelte er an meinem Nacken.

»Deine Nase ist kalt!«

»Ich habe die Auffahrt freigeschippt.« Mein Dad und Chris waren schon vor Stunden nach Hause gefahren, und seitdem waren wir am Auspacken. »Sieht aus, als würde es heute Nacht wieder schneien.«

»Ich hoffe, sie räumen die Straßen. Josh hat mich gebeten, morgen zu arbeiten.«

Er hob den Kopf. »Ich dachte, du hättest dir ein paar Tage freigenommen, damit du hier fertig wirst.«

Ich seufzte. »Es hat sich schon wieder jemand krankgemeldet.« Zu dieser Jahreszeit schien ständig irgendjemand krank zu sein, nachdem er bei einer Weihnachtsfeier zu heftig mitgefeiert hatte.

»Ich wollte es dir eigentlich beim Abendessen sagen – ich werde deinem Dad einen Job als Vorarbeiter anbieten. Das würde bedeuten, dass er ziemlich oft unterwegs sein wird.«

»Das wird nicht gehen, wegen Mom.« Ich war enttäuscht, um Dads willen. Sie konnten das Geld wirklich gebrauchen, und ich wusste, dass er ganz begeistert war von einigen der Projekte, für die Andrew ein Angebot abgegeben hatte.

»Wenn du beim Baumarkt aufhören und für mich arbeiten würdest, wärst du in der Nähe, um sie zu unterstützen. Ich brauche jemanden, der die Häuser und Musterwohnungen herrichtet, die Inneneinrichtung aussucht, solche Dinge.«

»Ich weiß nicht ... Josh sagte, ich könnte vielleicht im Büro arbeiten.« Ich wollte nicht, dass die Leute glaubten, ich sei eine verwöhnte Hausfrau, die alles nur wegen ihres Mannes erreicht hatte. Als Andrews Mom starb, erbte er das Treuhand-Aktienvermögen seines Großvaters, doch ihm wurden nur kleine Summen ausbezahlt – er war nicht so wohlhabend, wie meine Freunde zu glauben schienen. Außerdem arbeitete ich gern im Baumarkt, wo ich die Stammkunden kannte und den Leuten half, Dinge zu finden.

»Liebling, Josh labert nur dummes Zeug. Er wird dich niemals befördern.«

»Ich arbeite dort schon seit Jahren.« Ich hatte angefangen, als ich noch auf der Highschool war, und war letztes Jahr nach meinem Schulabschluss auf Vollzeit umgestiegen. Ich hatte überlegt, aufs College zu gehen oder ein paar Kurse zu belegen, aber ich war nicht sicher, was ich werden wollte. Ich bewunderte Andrews Klarheit in dieser Hinsicht, obwohl er erst siebenundzwanzig war.

»Klar, du bist die Süße hinterm Tresen. Ich hatte von dir gehört, noch ehe ich einen Fuß in den Laden gesetzt habe. Es tut mir leid, Lindsey, aber ich habe gehört, dass sie Mike befördern wollen.«

»Josh klang ziemlich aufrichtig.« Mir wurde heiß, und ich wurde wütend, aber vor allem war ich verletzt.

»Es geht mir nicht darum, dass du dich schlecht fühlen sollst. Ich erzähle dir lediglich, wie andere Leute dich sehen. Sie sehen nur eine hübsche Blondine.« Er zupfte an meinem Pferdeschwanz. »Sie schätzen dich nicht auf dieselbe Weise wie ich, sie sehen nicht, wie intelligent und kreativ du bist.«

Vielleicht hatte er recht. Vielleicht war der Baumarkt eine Sackgasse, aber wie viele Stunden am Tag konnte ich damit zubringen, Farben auszusuchen? »Vielleicht kann ich bei der Buchhaltung helfen?«

»Es ist wahrscheinlich besser, wenn ich mich um die Finanzen kümmere. Aber du hast ein großartiges Auge für Farben. Es ist toll, was du bereits aus diesem Haus gemacht hast.«

»Ich habe doch gar nicht viel gemacht.« Er hatte sämtliche Farben ausgesucht und sich für neutrale Erdtöne entschieden, damit wir das Haus in einem Jahr leichter verkaufen könnten, aber ich hatte versucht, den Räumen mit dem Bettzeug und den Vorhängen und Pflanzen eine persönliche Note zu geben. Unser Hochzeitsfoto hing über dem Kamin.

»Du hast dafür gesorgt, dass es sich wie ein Zuhause anfühlt. Du weißt, wie viel mir das bedeutet.« Seine Hände glitten unter mein Shirt, hoch zu den Schulterblättern und zum Nacken, während er mich sanft gegen den Schreibtisch schob. In einer raschen Bewegung hob er mich hoch, setzte mich auf die Schreibtischplatte und drückte meine Knie auseinander. Ich verlor beinahe das Gleichgewicht, doch seine großen Hände stützten mich an der Hüfte, und er warf mir einen spitzbübischen Blick zu. »Denk darüber nach, okay?«

Dann zog er mich näher und bedeckte mich vom Schlüsselbein bis zum Mund mit heißen Küssen, bis ich seine Schultern packte und an gar nichts mehr dachte.

Die Idee für das perfekte Weihnachtsgeschenk kam mir am Abend unseres Einzugs. Wir saßen gemütlich auf der Couch, als mir auffiel, dass jede Menge Fotos von meiner Familie auf dem Kaminsims standen, aber nur eines von seiner Mutter. Er hatte keine Bilder von seinem Vater, weil er vor Jahren bei einem Umzug die Schachtel mit den Fotos verloren hatte, doch ich wusste, wo ich welche finden konnte. Sein Vater war bei der Navy gewesen. Bestimmt gab es einen Veteranenverein. Ich müsste nur ein paar Nachforschungen anstellen.

Andrew sprach nicht viel von seiner Familie, und ich drängte ihn nie, aber seine Miene hellte sich stets auf, sobald er seine Mutter erwähnte. Manchmal wurde sein Gesicht traurig, manchmal hoben sich die Lippen zu einem Lächeln, wenn er mir von einer glücklichen Erinnerung erzählte. Sie war gestorben, als er zwanzig war, und dann war er allein – sein Vater war bereits seit Jahren fort. Als Andrew zwölf war, war er zu einem Navy-Einsatz aufgebrochen und nie zurückgekommen. »Er konnte sich nicht an das Familienleben gewöhnen, nachdem er monatelang auf See gewesen war«, sagte Andrew. »Es war zu viel für ihn.« Er klang nicht traurig oder wütend, er sagte einfach, wie es war. Und als sein Vater vor ein paar Jahren starb, zahlte Andrew die Beerdigung.

Ich ging ins Internet und entdeckte eine Liste mit Schiffen, die in den Jahren, in denen Andrews Vater in der Navy gedient hatte, an der Westküste im Einsatz gewesen waren. Anschließend musste ich nur noch die Archive nach den Namen und Fotos der Crewmitglieder durchforsten. Nach zwei Tagen hatte ich ein Foto von Edward Nash gefunden, auf dem er zusammen mit zwei anderen Männern am Bug eines Schiffes stand. Ich vergrößerte das grobe Schwarzweißfoto auf meinem Computerbildschirm und musterte Edward. In seiner Uniform wirkte er steif und sehr jung, aber seine Züge waren mir so vertraut, dass es schon fast unheimlich war. Ob sie noch mehr gemeinsam hatten als das Äußere? Zu schade, dass sie nie die Chance gehabt hatten, den Kontakt wieder aufzunehmen. Ich hätte ihn gern kennengelernt. Ich beugte mich vor und stellte mir vor, ich würde ihm von Andrew erzählen.

Ihr Sohn ist wundervoll. Jeder liebt ihn. Er macht alles Mögliche für die Gemeinde, er stellt Parkbänke auf und gehört dem Wohltätigkeits-Baseball-Team an. Er hat sogar meinem Dad geholfen, eine Rollstuhlrampe für meine Mom zu bauen, damit sie mobiler ist. Sie können so stolz auf ihn sein.

Ich schickte eine E-Mail an das Fotolabor und fragte, ob sie das Foto nachbearbeiten könnten, dann suchte ich online nach dem passenden Rahmen. Andrew würde so überrascht sein.

Es war Heiligabend, und Andrew und ich hatten beschlossen, jeder ein Geschenk auszupacken. Am Morgen würden wir zu meinen Eltern fahren, um dort Pfannkuchen zu frühstücken. Es war das erste Jahr, in dem ich nicht bei meiner Familie aufwachte, und ich war etwas traurig, aber auch aufgeregt, weil ich mit meinem Mann feiern würde.

Später würden wir die Geschenke fertig einpacken, die wir für meine Eltern und meinen Bruder gekauft hatten. Es war so aufregend gewesen, mit Andrew durchs Einkaufszentrum zu laufen und haufenweise Geschenke in unseren Wagen zu stapeln. Als ich mir Sorgen machte, wir könnten zu viel Geld ausgeben, sagte Andrew, er wolle sie verwöhnen, weil sie ihn so herzlich willkommen geheißen hatten. »Ich möchte einfach, dass sie glücklich sind.«

»Vielleicht dies hier?« Andrew hatte den Rahmen ausgesucht, und ich hatte das Bild sorgfältig in glänzendes hellblaues Papier eingewickelt, mit einem silbernen Band, das wie ein Wasserfall aus Eiszapfen daran herunterhing.

»Gerne.« Vor Aufregung war mir flau im Magen, und ich wünschte, ich hätte nicht so viel Eierpunsch getrunken. Behutsam lösten seine großen Hände das Papier. Er ließ sich Zeit, zwinkerte mir zu, zog den Moment in die Länge. Ich war nahe dran, ihm das Geschenk aus der Hand zu reißen und es für ihn auszupacken.

Er entfernte das letzte Stück Papier, dann starrte er das Foto an. »Was ist das?« Seine Stimme klang hohl. Ich war verwirrt. War er so überwältigt von seinen Gefühlen?

»Das ist ein Foto von deinem Dad.« Ich hatte eines ausgewählt, auf dem sein Vater weniger streng wirkte und sein Blick auf irgendetwas in der Ferne gerichtet war.

»Ich weiß, was das ist. Woher hast du das?« Er starrte mich finster an, und jetzt sah ich es. Den gleichen Gesichtsausdruck wie bei seinem Vater. Ich hatte nicht gewusst, dass er sein Gesicht so verziehen konnte. Stammelnd suchte ich nach Worten.

»Du hast mir einmal seinen Namen genannt, und damit habe ich ihn auf einer Navy-Website gefunden.« Ich streckte den Arm aus und legte ihm die Hand auf den Arm. Die Muskeln unter meinen Fingern waren hart und angespannt. Langsam zog ich die Hand wieder zurück. »Wir haben so viele Bilder von meiner Familie, und ich dachte …«

»Dass du es gerne hättest, wenn ich mich wie Scheiße fühle? Mein Vater hat meine Familie im Stich gelassen. Ich muss seine Visage nicht sehen, um daran erinnert zu werden. Ich fasse es nicht. Wieso hast du das getan?«

Meine Verlegenheit verwandelte sich in Schmerz, meine

Augen brannten. »Ich habe versucht, dir eine Freude zu machen. Ich wusste nicht, dass du wütend auf ihn bist – ich weiß kaum etwas über deine Kindheit.«

»Bist du deswegen ständig online? Damit du irgendwelchen Dreck über mich ausgraben kannst?«

»Natürlich nicht. Ich verstehe nicht, warum du so sauer bist.«

»Du willst etwas über meinen Vater wissen? Er war ein Arschloch, kapiert? Er hat mich wie Dreck behandelt, und er hat meine Mutter wie Dreck behandelt. Zwei Tage nach ihrem Tod kam er zurück und sagte, er wolle mich kennenlernen, aber er wollte nur das Geld aus dem Treuhandfonds. Ich habe ihn rausgeworfen.« Er schleuderte den Bilderrahmen auf den Boden, das Glas splitterte. »Das hast du aus unserem Weihnachtsfest gemacht.«

Er verließ das Zimmer, und kurz darauf fiel die Bürotür laut krachend ins Schloss.

Ich saß auf der Couch und starrte mit verschwommenem Blick den Weihnachtsbaum an. Wie hatte ich nur so dumm sein können? Natürlich wollte er nicht an seinen Vater erinnert werden. Nur weil ich meinen so sehr liebte, bedeutete es nicht, dass jeder andere ebenso empfand. In Gedanken wiederholte ich unablässig Andrews Worte – und dachte an die Art, wie er mich angesehen hatte. Wir hatten uns nie zuvor gestritten. Nur einmal, in unseren Flitterwochen, hatte er mich angeschnauzt, war danach lange allein spazieren gegangen und hatte mich im Zimmer warten lassen. Später erklärte er, es habe ihm nicht gefallen, wie der Reiseleiter mit mir spräche, was hundertprozentig mein Fehler gewesen sei. Ich sei eindeutig zu freundlich zu ihm gewesen und hätte nicht darüber nachgedacht, dass jemand das missverstehen könnte.

Vielleicht war Andrew einfach müde und musste sich noch von den Flitterwochen und dem Umzug erholen. Ich spähte in die Diele, überlegte, ob ich mich entschuldigen sollte, entschied dann aber, ihm Zeit zu geben.

Ich sammelte die Glasscherben ein, fegte die kleinen Splitter auf, versteckte den Rahmen im Schrank und schaltete den Fernseher ein. Die Ablenkung half, doch als Andrew nach über einer Stunde immer noch nicht wieder herausgekommen war, klopfte ich leise an seine Tür. Er antwortete nicht. Ich legte eine Hand auf das Holz.

»Andrew, es tut mir wirklich leid.«

Stille.

Es war beinahe Mitternacht. Meine Lider waren schwer, und ich musste bald ins Bett, aber ich blieb im Wohnzimmer und packte die letzten Geschenke für meine Familie ein. Endlich wurde die Tür zu Andrews Büro geöffnet, dann hörte ich, wie er sich auf der Couch hinter mir niederließ. Ich hielt den Atem an.

»Es tut mir leid, Lindsey«, sagte er. »Ich habe mich benommen wie ein Arsch.«

Hastig drehte ich mich um. »Nein, *mir* tut es leid. Ich hätte es wissen müssen.«

»Wie solltest du? Du hast recht. Ich habe dir nichts von ihm erzählt. Ich rede niemals darüber, mit niemandem, mit keinem meiner Freunde. Nicht einmal mit Melissa habe ich darüber gesprochen, und wir haben drei Jahre zusammengewohnt.« Ich versuchte, beim Namen seiner Exfreundin nicht zusammenzuzucken. Sie hatte ihn betrogen und ihm anschließend die Hälfte seiner Sachen geklaut.

»Ich bin nicht sie«, sagte ich. »Ich liebe dich.«

»Ich weiß.« Seufzend stieß er den Atem aus. »Ich habe dich nicht verdient.«

»Sag das nicht. Natürlich hast du das. Ich wünschte nur, du würdest mir mehr von deinem Leben erzählen.« Ich setzte mich neben ihn auf die Couch. »Ich möchte dich einfach nur *kennenlernen.*«

»Da gibt es nicht viel zu erzählen.« Er schluckte. »Lass es mich so sagen: Mein Vater hat ziemlich deutlich gemacht, dass ich nicht erwünscht war. Ein paarmal hat er mich die Treppe hinuntergestoßen, er hat mich herumgeschubst und war ziemlich geschickt mit dem Gürtel. Den Großteil meiner Kindheit habe ich damit verbracht, Angst vor ihm zu haben, wann immer er von einer Seereise nach Hause kam. Ständig hat er meine Mom angebrüllt, und ich sah blaue Flecken auf ihren Armen. Ich war froh, als er endlich abhaute, aber nur wenige Jahre später entdeckte meine Mom den ersten Knoten. Ich kümmerte mich um sie, so gut ich konnte, bis sie starb, aber ich war noch ein Kind, verstehst du?«

Am liebsten hätte ich geweint, als ich daran dachte, was er alles durchgemacht hatte. Er war so schnell erwachsen geworden. »Jetzt hast du meine Familie.« Ich beugte mich zu ihm, schlang meine Arme um ihn und drückte ihn kräftig.

»Ihr alle bedeutet mir so viel«, sagte er. »Es ist, als wäre ich jahrelang nur ziellos herumgeirrt und hätte jetzt endlich einen Ort gefunden, an dem ich ankommen kann. Ich will dich nie verlieren.« Er lehnte seine warme Wange an meine und hielt mich fest. Ich entspannte mich und empfand ungeheure Erleichterung. Dies war der Andrew, den ich kannte und liebte. »Es tut mir wirklich leid, dass ich dein Geschenk kaputtgemacht habe«, sagte er. »Ich hasse den Gedanken, dass du so viel Zeit damit verbracht hast, etwas Besonderes für mich zu besorgen, und dann ruiniere ich alles. Ich weiß nicht, warum ich manchmal so bin. Es ist, als würde ich rotsehen, und dann kann ich nicht mehr klar denken. Bei dir will ich nicht so sein.« Er klang so verstört, so voller Selbstzweifel, so beschämt.

Ich löste mich von ihm und sah ihm ins Gesicht. »So eine große Sache ist es nun auch wieder nicht, okay? Wir haben noch viele Weihnachtsfeste vor uns. Nächstes Jahr stricke ich dir einen geschmacklosen Schal oder so etwas.«

Er umschloss mein Gesicht mit den Händen. »Du bist zu gut. Womit habe ich nur so ein Glück verdient?«

»Du wirst dich womöglich nicht mehr ganz so glücklich schätzen, wenn du morgen mit meinem Familienchaos klarkommen musst.«

»Lass uns ins Bett gehen. Ich möchte dich festhalten und dir zeigen, wie sehr ich dich liebe.« Er sah mich auf diese Weise an, bei der ich mich normalerweise sofort nach seiner Berührung sehnte, doch irgendetwas hielt mich zurück.

Ich hob eine rote Schleife auf. »Noch nicht! Zuerst müssen wir noch die Geschenke fertigmachen!«

Ich beobachtete ihn, während er vorsichtig die Schleife mitten auf ein großes Päckchen platzierte. Ich verspürte immer noch ein leises Unbehagen, doch ich schob die im Hintergrund lauernden negativen Gefühle beiseite. Genau das machte doch eine richtige Ehe aus: Es gab Streit, es gab Missverständnisse, aber dann redete man über alles und kam sich sogar noch näher.

Es war in Ordnung, dass wir die Geschenke nicht zusammen eingepackt hatten. Wir gaben ihnen zusammen den letzten Schliff.

4

Dezember 2016

Die Polizistin heißt Corporal D. Parker. Sie sieht aus wie Ende dreißig, das kastanienbraune Haar hat sie zu einem Knoten zurückgesteckt. Sie hat blassblaue Augen und ein freundliches Lächeln, von dem ich weiß, dass es mich entspannen soll, aber ich kann nicht aufhören zu zittern und verhaspele mich ständig. Ich halte ihre Karte fest in der Hand und schaue immer wieder darauf, als könnten mir das Logo der *Royal Canadian Mounted Police* und der offizielle Schriftzug ein Gefühl der Sicherheit verleihen. Ich kann mich nicht erinnern, wofür das D steht, und erinnere mich nur noch verschwommen daran, wie sie sich mir vorgestellt hat. Ich war so erleichtert, als ich ihren Wagen hinter mir anhalten sah. Als Erstes ging sie ins Haus, um sicherzugehen, dass sich niemand dort herumtrieb, aber ich wusste, dass Andrew längst verschwunden war. Er ist viel zu klug, um lange hier herumzulungern.

Jetzt stehen wir in der Küche, und ich versuche zu erklären, warum ich mir so sicher bin, dass es mein Exmann war. »Er hat die Schlüssel auf meine Geldbörse gelegt – früher ist er immer ausgeflippt, wenn ich sie verlegt habe.«

»Fehlt irgendetwas aus Ihrer Brieftasche?«

»Ich weiß nicht. Meinen Lippenstift hat er auch wieder in die Tasche getan.« Ich starre darauf und weiß, dass ich diese Marke nie wieder benutzen werde, solange ich lebe. »Er muss durch das Fenster hereingekommen sein.«

»Okay, zeigen Sie mir, wo.«

Ich führe sie in das Gästezimmer, deute auf das Fenster, und sie schaut nach draußen. Ich denke daran, wie stark es in der letzten Stunde geregnet hat und dass der Schnee überall um das Haus herum geschmolzen ist.

»Wissen Sie, ob Ihre Kundin irgendwelche Wertsachen im Haus hatte?«

»Vielleicht ein paar Schmuckstücke – aber Andrew wird nichts davon genommen haben. Er wollte mich nur wissen lassen, dass er im Haus war. Ich glaube, er hat sich im Dielenschrank versteckt und ist rausgeschlichen, als ich die Schlafzimmer saubergemacht habe. Irgendetwas hat Gatsby am Ende der Diele erschreckt.«

»Gatsby?«

»Die Katze.«

»Wahrscheinlich sollte ich mich einmal mit ihr unterhalten.« Irritiert schaue ich sie an, und sie zuckt die Achseln. »Cop-Humor.« Sie mustert den Fensterrahmen und beugt sich vor, als suche sie auf der Fensterbank nach irgendetwas. »Ich werde hier ein wenig rumstauben, um Fingerabdrücke zu nehmen, und ich brauche die Nummer der Hauseigentümerin.«

Ich warte auf der Couch, während sie sich oben zu schaffen macht. Ich höre leises Stimmengemurmel, als sie telefoniert, dann ihre Schritte. Offenkundig will sie nicht mit Mrs Carlson reden, während ich im Raum bin – sie hat mich gebeten, unten zu warten, weil sie möglicherweise noch weitere Fragen hat.

Die Polizistin (mir fällt wieder ein, dass ihr Vorname Dana lautet) kommt mit ihrem Fingerabdruck-Set nach unten. Meine Abdrücke hat sie bereits genommen, um sie vergleichen zu können, und sie hat meine Tasche und den

Dielenschrank eingestaubt, konnte aber nichts finden. Sie setzt sich ans andere Ende der Couch.

»Ich habe ein paar Abdrücke auf der Fensterbank gefunden, die ich später auf dem Revier mit unserer Datenbank abgleiche.« Ich weiß bereits, dass sie, wenn sie nichts im Rest des Hauses gefunden hat, auch am Fenster nichts finden wird.

»Haben Sie mit Mrs Carlson gesprochen? Sie wird sich schreckliche Sorgen machen.« Und Angst haben. Ich hasse den Gedanken, dass Andrew den Tod ihres hübschen Vogels verursacht hat. Was wird sie jetzt von mir denken?

»Sie ist auf dem Heimweg und wird mir Bescheid sagen, ob irgendetwas fehlt.« Sie wirft einen Blick auf ihre Uhr. »Ich treffe mich in zwei Stunden mit ihr.«

»Kann ich jetzt gehen?«

»Nur noch ein paar Fragen, wenn es Ihnen nichts ausmacht.« Ihre Stimme ist immer noch ungezwungen, doch ihr Blick ist eindringlich. »Sie sagten, Ihr Mann sei erst kürzlich aus dem Gefängnis entlassen worden. Weswegen hat er gesessen?«

»Fahren unter Alkoholeinfluss mit Todesfolge.« Parker sieht mich immer noch an, ihre Augen werden schmaler, als warte sie darauf, dass ich zum Wesentlichen komme. Doch ich habe Mühe zu sprechen, als die Erinnerungen wie in einer Flutwelle zurückkommen. »Er hat ein anderes Fahrzeug gerammt, und die Fahrerin starb. In seinem Truck fand man eine Waffe. Er hat den Cops erzählt, er wollte mich umbringen.«

Er bekam zehn Jahre, die Höchststrafe. Manche Täter saßen nur zwei Drittel der Strafe ab, doch endlich einmal war seine Unbeherrschtheit ein Vorteil für mich. Er weigerte sich, an irgendwelchen Therapieprogrammen teilzunehmen, zeigte niemals Reue und war in so viele Kämpfe verwickelt, dass seine Anträge auf vorzeitige Haftentlassung allesamt abgelehnt wurden. Nach sieben Jahren wäre er berechtigt gewesen, vorzeitig auf Bewährung rauszukommen, doch dann stach er einen Mann im Gefängnis nieder und brachte ihn beinahe um. Er gab an, es sei in Notwehr geschehen, und wurde nicht dafür belangt, aber er musste seine Strafe bis zum letzten Tag absitzen.

»Haben Sie seit seiner Entlassung von ihm gehört?«

»Nein, aber Sie begreifen nicht: Das sind Psychospielchen. Er hat das getan, um mir Angst einzujagen.« Ich breche am ganzen Körper in Schweiß aus und fange gleichzeitig an zu frieren. Ich wünschte, ich hätte eine dicke Decke, ein heißes Bad.

»Ich werde überprüfen, wo er steckt.«

»Ich denke mir das nicht aus.« Ich höre den defensiven Unterton in meiner Stimme und weiß, dass ich feindselig klinge, aber ihre Miene verändert sich nicht. »Er war hier. Ich *weiß*, dass er es war.«

»Ich verstehe, dass Sie Angst vor ihm haben«, sagt sie. »Aber leider kann ich ohne einen Hinweis auf ein tatsächliches Verbrechen und ohne einen Beweis, dass er im Haus war, nichts unternehmen.« Ihr Gesicht ist ernst, und ich habe das Gefühl, dass sie mir glaubt, doch das tröstet mich im Moment nur wenig.

»Was kann ich dann tun? Wie kann ich mich schützen?«

»Sie könnten eine einstweilige Verfügung beantragen, aber der Richter wird mehr Beweise sehen wollen, dass er eine Bedrohung für Ihre Sicherheit darstellt. Wenn Ihr Exmann derjenige war, der Ihre Schlüssel zurückgelegt hat, ist das unheimlich, aber nicht notwendigerweise bedrohlich.«

»Wäre das so etwas wie ein Kontaktverbot?«

»Im Prinzip, ja. Wenn Sie besonderen Schutz möchten, wird dieser für gewöhnlich bei der Scheidung vom Familiengericht bewilligt. Die einstweilige Verfügung hat eher präventiven Charakter. Er muss den Bestimmungen bei Gericht zustimmen, und er kann die Verfügung anfechten. Dann liegt es an Ihnen, zu beweisen, dass sie nötig ist.«

»Ich muss also warten, bis er etwas richtig Schlimmes macht.«

»Wenn Sie das Gefühl haben, dass er eindeutig zur Bedrohung wird, rufen Sie mich an, und ich werde Ihnen bei der Prozedur helfen.« Sie schreibt etwas auf die Rückseite einer weiteren Visitenkarte und reicht sie mir. »Und wenn Ihnen zu heute noch irgendetwas einfällt, rufen Sie mich bitte ebenfalls an. Meine Handynummer steht auf der Rückseite.«

Als sie mich zur Tür begleitet, merke ich, dass Atticus' Karton noch auf dem Tresen steht. »Ich sollte eigentlich Mrs Carlsons Vogel begraben.«

»Im Moment regnet es ziemlich heftig.«

»Ich habe ihr gesagt, dass ich es mache.« Ich nehme den Karton und drücke ihn fest an meine Brust.

»Wollen Sie das nicht lieber mir überlassen?«

Schon klar. Damit sie ihn auf dem Highway aus dem Autofenster werfen kann? »Danke, aber ich weiß, dass es Mrs Carlson lieber wäre, wenn ich mich für sie darum kümmere.« Ich schnappe mir meine Tasche und gehe zur Tür, ehe sie mich aufhalten kann.

Von der hinteren Veranda aus beobachtet sie mich, als ich zum Gartenschuppen laufe und die Schaufel zum Blaukissen trage. Ich ramme sie in den Boden und trete mit den Stiefeln das Schaufelblatt tief in die Erde. Der kalte Regen weht mir ins Gesicht, und meine Haare werden völlig nass, bis mir eiskalte Rinnsale in den Kragen laufen, aber ich kann nicht aufhören. Schwer keuchend atme ich ein und aus. *Komm schon, komm schon.* Ich erwische einen Klumpen Erde und schleudere ihn beiseite. Schritte kommen näher.

»Sind Sie sicher, dass Sie nicht …«

Ein Klumpen landet neben ihren Füßen, und sie springt geschickt beiseite. Sie sagt nichts mehr, während ich das Loch grabe, die Schachtel hineinlege und mit bloßen Händen Erde darüberwerfe.

Ich richte mich auf und hole ein paarmal tief Luft. Ich schaue Corporal Parker nicht an. Ich schließe die Augen, senke den Kopf und spreche ein Gebet für Atticus. Dann spreche ich ein Gebet für Sophie und mich.

5

November 1998

Sie bewegte sich schon wieder. Ich blieb mitten im Baumarkt stehen und strich mit den Händen über den Bauch. Da war ein Fuß, ihr winziger Po oder vielleicht die Vorwölbung ihrer Schulter. Nachdem der Arzt uns gesagt hatte, dass es ein Mädchen würde, kaufte ihr Andrew aus lauter Freude eine rosafarbene Angel. Ich drückte leicht, lächelte, als ich spürte, wie sie den Druck erwiderte, und stellte mir vor, sie würde Purzelbäume schlagen. Eine Baby-Ballerina, eine Akrobatin. Ich hatte nicht vorgehabt, fünf Monate nach unserer Hochzeit schwanger zu werden, doch als Andrew erklärte, er wolle so früh wie möglich Kinder haben, damit wir genug Energie hätten, um mit ihnen mithalten und später unseren Ruhestand genießen zu können, klang das sinnvoll. Ich konnte mich später immer noch um einen Job kümmern.

Seufzend schaute ich wieder an die Wand. Seit zwanzig Minuten starrte ich die Küchenarmaturen an und konnte mich immer noch nicht erinnern, ob Andrew die gebürsteten oder die rostfreien aus Edelstahl haben wollte. Er hatte gesagt: »Hol einfach die, über die wir geredet hatten«, doch in der letzten Zeit tauchte er ständig zu Hause auf und verschwand wieder, nachdem er mir im Vorbeigehen Anweisungen gegeben hatte. Und sobald er weg war, schienen die meisten davon aus meinem Kopf zu tropfen wie aus einem Sieb. Er war so geduldig mit mir. Zweimal musste er von der Baustelle nach Hause kommen, um mir seine Schlüssel zu bringen. Später fand er meinen Schlüsselbund im Gefrierschrank. Ich kam einfach nicht darauf, warum ich sie dorthin gelegt hatte, und wenn mein Leben davon abhinge. Jetzt legte er die Schlüssel jeden Morgen oben auf meine Geldbörse.

Als er mir einen besorgten Blick zuwarf und sagte: »Vielleicht solltest du mal zum Arzt gehen. Diese Schwangerschaftshormone scheinen dich ziemlich durcheinanderzubringen«, antwortete ich, ich sei einfach nur müde.

Er war ebenfalls müde. Dieses neue Projekt verschlang unendlich viel Zeit, trotzdem machte er noch jede Menge Wirbel um mich, achtete darauf, dass ich mich gesund ernährte und lange Spaziergänge unternahm. Ich war erstaunt, als er mitkam, um Umstandsmode zu kaufen – den meisten Männern schienen solche Dinge völlig egal zu sein. Meine Freundin Samantha zog mich damit auf, dass ich mich kleidete wie eine vierzigjährige Fußballmama, aber ihr gefiel es eben, ihren Körper zu zeigen. Ich hatte das nicht mehr nötig. Andrews Geschmack war erwachsener, reifer. Welcher Mann wollte schon, dass jeder seiner Frau aufs Dekolleté starrte?

Die Preisschilder verschwammen vor meinen Augen. Ich blinzelte ein paarmal, riss die Augen auf und versuchte, mich zu konzentrieren, doch meine Lider waren so schwer, und ich konnte nicht aufhören zu gähnen. Ich dachte an unser Bett, an das Hühnchen im Schmortopf. Vielleicht sollte ich diese Armaturen einfach abschreiben.

Ich lief zu meinem Auto. Mit einer Hand zog ich den Mantel fest über den Bauch und hielt den Kopf gesenkt, doch der Regen wehte mir immer noch kräftig ins Gesicht. Der Novemberhimmel war dunkel und trostlos, rostfarbene Blätter wirbelten in dem kleinen Bach vorbei, der sich im Nu neben der Straße gebildet hatte. Meine Schuhe waren durchnässt, meine Zehen eiskalt. Ich hätte Stiefel anziehen sollen, aber ich dachte, ich würde nicht lange fortbleiben.

Ich zerrte die Tür auf und stieg ins Auto. Als ich versuchte, den Motor zu starten, klickte es nur. Ich probierte es ein paarmal, und mit jedem Versuch wuchs meine Verzweiflung. Schließlich gab ich auf und griff in meine Tasche, um mein Handy herauszuholen – das ich, wie mir jetzt einfiel, zu Hause gelassen hatte. Ich schmiegte mich in meinen feuchten Mantel und überlegte, was ich tun sollte. Wir waren in keinem Automobilclub, und meine Mom konnte nicht fahren. Ich musste vom Telefon im Baumarkt aus Andrew anrufen. Doch es gefiel mir nicht, dass er die Arbeit würde unterbrechen müssen, um mich abzuholen.

Ich schleppte mich durch die Pfützen zurück. Mein Haar war klatschnass, und ich war bis auf die Knochen durchgefroren. »Könnte ich bitte euer Telefon benutzen?«, bat ich einen der Angestellten. »Mein Wagen springt nicht an.«

»Soll ich dich mitnehmen?«, fragte der Mann, der in der Schlange hinter mir stand.

Ich drehte mich um – es war Bob Irvine, dem eine der anderen Baufirmen in der Stadt gehörte. Gott sei Dank. Jetzt würde ich Andrew nicht behelligen müssen. Ich kannte Bob schon seit Jahren. Seine Tochter ging mit meinem Bruder zusammen zur Schule. Er war immer nett gewesen.

»Das wäre klasse«, sagte ich. »Danke.«

Ich trat aus der heißen Dusche und trocknete mir die Haare, genoss den warmen Wasserdampf im Badezimmer, als ich Andrews Truck in der Auffahrt hörte. Er musste früher Feierabend gemacht haben. Ich zog meine Yogahose und ein langärmeliges Sweatshirt an, vergewisserte mich, dass das Handtuch gerade hing, und zog die Tagesdecke glatt, so dass keine einzige Falte zu sehen war. Auf dem Weg durchs Haus überflog ich alles mit prüfenden Blicken und schob meine Schuhe in den Schrank. Ich mochte es, wenn unser Haus aufgeräumt war, auch wenn es immer mühsamer wurde, jetzt, wo mein Bauch so schwer war, dass es sich manchmal anfühlte, als würde ich umkippen. Mein Lieblingsgang im Supermarkt war der mit den ganzen Reinigungsutensilien. Andrew zog mich immer damit auf, ich sei süchtig, und in gewisser Weise stimmte das auch. Sobald es etwas Neues im Markt gab, sei es Bohnerwachs, eine Politur oder ein Wischmopp, musste ich es ausprobieren. Ich stand gerne in der Ecke eines Zimmers, das ich gerade geputzt hatte, und betrachtete die glänzenden Holzoberflächen, den perfekt gestaubsaugten Teppich, die blitzenden Fenster und atmete die nach Zitrone duftende Luft ein. Es gab nichts, was befriedigender war.

Andrew trat durch die Vordertür, und mit ihm wurde der Regen hereingeweht. Ich erhaschte einen Blick auf die Bäume, die sich heftig im Wind bogen. Der Sturm war stärker geworden.

»Hi, Schatz«, sagte ich. »Möchtest du Hühncheneintopf und Brötchen?« Ich hatte ein paar Brötchen in den Ofen geschoben, ehe ich unter die Dusche gestiegen war, und jetzt konnte ich den Butterduft im ganzen Haus riechen.

Ich streckte mich und gab ihm einen Kuss. Im letzten Moment drehte er sich um. Sein Gesicht war gerötet, beinahe wie vom Wind gegerbt, die Wangen unter meinen Lippen waren kalt. Erschrocken trat ich zurück.

»Wo ist dein Auto?«, fragte er.

»Es ist kaputtgegangen. Ich habe versucht, dich anzurufen. Bob Irvine hat mich nach Hause gefahren.«

»Du hättest dir ein Taxi rufen sollen.«

»Daran hab ich gar nicht gedacht. Er hat es mir angeboten, und ...«

»Du bist meine Frau, bist mit *meinem* Kind schwanger. Weißt du, was das für einen Eindruck macht?«

Ich begriff nicht, was daran falsch sein sollte. Ich dachte, er mochte Bob Irvine. »Ich war vorsichtig. Das Baby hatte keinen Stress oder so.«

»Mein Gott, für ein kluges Mädchen kannst du manchmal ziemlich dämlich sein, Lindsey.«

Mein Mund klappte auf, der Schmerz unter den Rippen kam so schnell und heftig, dass ich glaubte, das Baby hätte mich getreten, aber es hatte sich nicht gerührt. Meine Wangen fühlten sich heiß an, als ich an all die Fehler dachte, die ich in letzter Zeit gemacht hatte. War es das, was er wirklich von mir dachte?

Er schob sich an mir vorbei in den Flur und schleuderte mich dabei fast gegen die Wand. Ich roch seinen Whiskeyatem. Aber das konnte nicht stimmen – er hatte den ganzen Tag gearbeitet. Ich zögerte, dann folgte ich ihm in die Küche, sah zu, wie er sich ein Bier aus dem Kühlschrank nahm. Er stand etwas unsicher auf den Beinen.

»Hast du getrunken?« Er ging gern nach der Arbeit mit seinen Leuten noch in die Kneipe, wenn sie einen harten Tag gehabt hatten – und davon hatte es in letzter Zeit viele gegeben. Aber er trank nie mehr als zwei Bier und rief immer zuerst an und fragte, ob bei mir alles in Ordnung sei.

Er drehte sich um und öffnete die Dose. »Ich will nie wieder sehen, dass du aus dem Truck eines anderen Mannes steigst. Ich habe gesehen, wie du ihn angelächelt hast, dein Abschiedsgeflirte.«

»Du hast mich *beobachtet*?« Ich hatte seinen Truck weder in der Auffahrt noch auf der Straße gesehen. Vielleicht war er früh nach Hause gekommen und dann noch einmal aufgebrochen. Aber warum sollte er das tun?

»Du verfährst zu viele Kilometer mit deinem Auto. Was treibst du den ganzen Tag?«

»Manchmal fahre ich einfach herum. Mir ist langweilig.«

Andrew hatte mich schon öfter über meine Tage befragt, hörte gern, was ich tat und wen ich traf, aber ich dachte, es würde ihn einfach interessieren. Ich hatte keine Ahnung, dass er meinen Kilometerstand kontrollierte. Ich wollte ihm sagen, dass das nicht richtig war, aber sein Gesichtsausdruck machte mir Angst – und auch die Art, wie er sich an den Tresen lehnte, wie seine Hände die Kante umklammerten.

»Gestern warst du mit Samantha im Pub mittagessen.«

Er sah wütend aus, beinahe anklagend. Allmählich wurde ich ebenfalls sauer. Es gefiel mir nicht, wenn man auf diese Weise mit mir sprach, ich mochte das Gefühl nicht, in Schwierigkeiten zu stecken – und nicht einmal zu wissen, warum.

»Ich habe dir erzählt, dass wir uns zum Lunch getroffen haben.« Ich sah meine Freundinnen ohnehin kaum noch. Die meisten von ihnen gingen aufs College oder waren mit ihren Freunden fortgezogen, und Andrew schien diejenigen, die in der Stadt geblieben waren, nicht zu mögen. Als Samantha angerufen hatte, hatte ich die Gelegenheit beim Schopfe gepackt, mich mit einer Freundin zu treffen und zu quatschen.

»Du hast nicht erwähnt, dass ihr in einem Pub wart, Lindsey. Du wirst bald Mutter.«

»Ich habe nichts *getrunken.* Ich begreife nicht, weshalb du so wütend bist.«

»Peters Frau ist auch immer in den Pub gegangen.« Er hielt meinen Blick fest. »Du weißt doch noch, wie es ihr ergangen ist.«

Peter war einer seiner Arbeiter. Einer, den ich nicht besonders mochte. Normalerweise ging ich ihm aus dem Weg, wenn ich auf die Baustelle kam. Er hatte seine Frau dabei erwischt, wie sie ihn betrog, und hatte sich von ihr scheiden lassen. Er hatte die Kinder und das Haus zugesprochen bekommen. Ich konnte nicht glauben, dass Andrew mir nicht vertraute. Wie konnte er mich nur so behandeln?

»Ich würde dich niemals betrügen, Andrew.«

»Das solltest du auch besser nicht.« Er nahm einen großen Schluck Bier, ohne mich aus den Augen zu lassen.

»Was soll das heißen?«

»Das heißt, dass du dich nicht von anderen Männern im Auto mitnehmen lassen sollst.«

Mein Puls raste. Ich hatte Andrew frustriert erlebt, hatte erlebt, wie er schlechtgelaunt nach Hause kam und sich stundenlang in seinem Büro eingeschlossen oder sich hingesetzt und den Fernseher angestarrt hatte, aber er war niemals gemein oder rachsüchtig gewesen. Ich fühlte mich, als sei plötzlich ein Fremder in unser Haus eingedrungen.

»Vielleicht sollte ich heute Nacht zu meinen Eltern fahren.«

»Du wirst nirgendwohin fahren. Die Straßen sind zu gefährlich.«

Das Baby rührte und drehte sich. Ich malte mir aus, wie laut mein Herzschlag sein musste. Stress war schlecht. Ich musste ruhig bleiben. Ich legte die gewölbte Hand auf den Bauch. *Schhhh, kleines Baby, schhhh.*

Andrews Blick war auf meinen Bauch gerichtet. »Genau das versuche ich dir zu sagen, Lindsey. Du musst vorsichtiger sein. Ich möchte nicht, dass dem Baby irgendetwas zustößt, verstehst du?«

Nein. Das war ganz und gar nicht das, was er sagen wollte. Ich sah es in seinem Gesicht. Die Warnung. Er drohte nicht nur damit, dass er sich von mir scheiden lassen könnte. Bei dieser Drohung ging es um etwas weit Ernsteres. Etwas, was ich nicht einmal ergründen konnte, aber es war dicht und dunkel und gefährlich.

»Ich verstehe.«

Er trank sein Bier aus und nahm sich noch eines aus dem Kühlschrank. »Ich denke, dann gibt es auch nichts, um das wir uns Sorgen machen müssten, oder?« Er ging ins Wohnzimmer, warf sich auf die Couch und griff nach der Fernbedienung. Ich wusste nicht, ob wir mit Reden fertig waren, und hatte Angst, mich von der Stelle zu rühren. Langsam ging ich zur Tür und wartete einen Moment, doch er starrte in den Fernseher. Ich beobachtete, wie er das Bier zum Mund führte, sein Kehlkopf hüpfte beim Schlucken auf und ab. Konnte es am Alkohol liegen? Manche Männer wurden richtig gemein, wenn sie getrunken hatten. Normalerweise hätte Andrew solche Dinge nie gesagt.

Hinter mir in der Küche köchelte der Eintopf auf dem Herd. Essen. Ich musste ihn dazu bringen, etwas zu essen. Meine Mom sagte meinem Dad immer, er solle nicht auf leeren Magen trinken.

Als ich ins Wohnzimmer zurückkam, blickte Andrew nicht auf. Ich stellte den Teller vor ihm auf den Couchtisch. Er sah sich ein Eishockeyspiel an, die roten Mannschaftstrikots spiegelten sich in seinen Augen. Langsam setzte ich mich auf die Couch, meine Brust war wie zugeschnürt. Unvermittelt streckte er die Hand aus, und ich zuckte zusammen, aber er legte sie nur auf meinen Bauch. Seine Hand war heiß.

»Wir sollten eine Alarmanlage im Haus installieren«, sagte er. »In letzter Zeit hat es ziemlich viele Einbrüche gegeben.

Wir könnten sie so verkabeln, dass ich die Kameras in meinem Büro auf der Baustelle überwachen kann.«

Ich starrte sein Profil an, dachte an Kameras, die mich den ganzen Tag beobachten und mir folgen würden, wohin ich auch ging. Er presste die Hand kräftiger auf meinen Bauch, und ich wand mich unter dem plötzlichen Druck.

»Na gut«, sagte ich. »Wenn du unbedingt willst.«

6

Dezember 2016

Als ich nach Hause komme, liegt Sophie im Wohnzimmer auf dem Fußboden und zeichnet. Als Kind war sie besessen vom Malen und stand ständig vor der Staffelei, die Andrew ihr gebaut hatte. Die Pummelbäckchen farbverschmiert, in den Händen den Pinsel, mit dem sie dicke violette Streifen auf das Papier kleckste. »Guck mal, Mommy! Das bist du!«

Seit sie die Highschool besucht, benutzt sie am liebsten Tinte. Sie kann wochenlang an einer Skizze arbeiten, das Gesicht grimmig entschlossen oder mit einem Ausdruck seliger Zufriedenheit. Ich finde ihre Kritzeleien auf den Zetteln neben dem Telefon, auf unserer Post, auf der Zeitung und in Zeitschriften. Irgendwann fing ich an, sie in einer Schachtel zu sammeln. Manchmal hole ich sie hervor und mustere die Linien, die Krümmung jedes einzelnen Striches. Ich liebe diesen kurzen Blick in ihren Kopf und ihre Vorstellungswelt. Eine Welt, in der Elfen sich in Bäume und Fische sich in Vögel verwandeln können, in der aus Schachteln Blumen und Flügel und Zwerge und Drachen werden.

Manchmal bereitet mir das, was ich sehe, Sorgen: ein Schädel mit einem zerbrochenen Herzen, ein brennender Reifen, Teufelshörner, traurige Clownsgesichter, Tränenbäche. Wenn ich sie frage, was diese Bilder zu bedeuten haben, zuckt sie die Achseln.

»Ich denke nicht darüber nach. Sie kommen einfach so aus meinen Fingern.«

Alles an Sophie ist ausdrucksvoll, ihre Worte, ihr Gesicht,

die Art, wie sie beim Reden ihre Hände bewegt. Sie sieht Andrew ähnlicher als mir, aber sie hat einen ganz eigenen Stil entwickelt. Sie trägt Tuniken, gemusterte Leggins und Tücher, färbt sich die Haare pink und blau und türkis. Diese Woche ist es violett, wodurch ihre grünen Augen riesengroß wirken. Sie hat meine Figur. Zierlich, aber stark. Wir können schnell rennen.

Als ich ihr erzählte, dass Andrew aus dem Gefängnis entlassen worden war, wurde sie still. Schließlich sagte sie: »Und? Er hat doch seinem Anwalt gesagt, dass er uns in Ruhe lässt, oder?«

Nachdem die Scheidung durch war, rief sein Anwalt meinen Anwalt an: *Andrew wünscht Lindsey alles Gute und wird sie nicht mehr belästigen.* Er schickte sogar einen riesigen Scheck als Unterhalt für Sophie. Ich habe nie etwas von dem Geld genommen, sondern es für sie auf ein Sparbuch gelegt.

»Trotzdem müssen wir ab jetzt besonders vorsichtig sein«, sagte ich.

»Wir bedeuten ihm nichts mehr«, beharrte sie.

»Aber du bedeutest *mir* etwas. Also sei vorsichtig, okay? Sag mir Bescheid, wenn du ihn siehst.«

»Ich weiß nicht einmal mehr, wie er aussieht.« Meine Angst frustrierte sie und machte sie wütend. Ich hoffte, sie hätte recht und meine Sorge wäre unbegründet.

Jetzt weiß ich, dass Andrew nur abgewartet hat.

Ich schnappe mir ein Kissen von der Couch und lege mich neben sie. »Wie war dein Spaziergang?«

»Ganz okay.« Sie sieht mich an. »Wie war's bei der Arbeit? Tut dir der Rücken wieder weh?«

»Ich habe eine Tablette genommen.«

»Du solltest zum Yoga gehen. Das hilft.« Manchmal lässt

sie mir ein Bad ein oder massiert mir die Füße mit Lavendelöl. Und sie nörgelt herum, ich bräuchte einen anderen Job. Sie versteht nicht, dass ich das Putzen genieße. Während ich schrubbe und wasche und aufräume, lasse ich meine Gedanken schweifen. In mir wird alles ruhig, und sobald sich die Tür des Kunden hinter mir schließt, fühle ich mich zufrieden, erfüllt und stolz. Mir gefällt es, dass ich mein eigener Chef bin, dass ich unabhängig bin und genug für mich und meine Tochter verdiene.

Ich habe versucht, Sophie zu erklären, dass das Putzen bei mir die gleichen Gefühle auslöst wie bei ihr das Malen, aber sie sagte nur: »Und was machst du, wenn du alt bist? Du musst an die Rente denken, Mom.« Ich erklärte ihr, dass sie mein Rentenplan sei, und sie lachte nur und umarmte mich. Manche Leute würden vermutlich sagen, unsere Leben seien zu eng ineinander verwoben, zu sehr miteinander verstrickt, dass wir uns nicht genügend abgrenzten, aber zum Teufel mit ihnen. Ich brauche es so.

»Ich muss dir etwas erzählen«, sage ich. Wir hatten eine Menge schwierige Gespräche, mehr, als irgendein Kind ertragen sollte, aber dieses Mal weiß ich nicht, wie ich anfangen soll.

Sie schaut mich an. »Habt du und Greg euch getrennt?«

»Was? Nein.« Ich stelle fest, dass die Vorstellung sie zu bekümmern scheint, und speichere es für ein anderes Mal ab. Ich weiß, dass sie ihn mag, aber Greg und ich sind eher locker zusammen. Ich hoffe, dass er nicht zu wichtig für sie wird.

»Heute ist etwas passiert«, sage ich.

Jetzt habe ich Sophies volle Aufmerksamkeit. »Was denn?«

»Ich musste die Polizei rufen, weil jemand in Mrs Carlsons Haus eingebrochen ist. Aber es sieht nicht so aus, als sei etwas gestohlen worden.« Ich hole tief Luft. »Ich bin ziemlich sicher, dass es dein Dad war.«

Sie wirkt schockiert. Der Stift fällt ihr aus der Hand. »Warum sollte er hierherkommen?« Dann treffen sich unsere Blicke, und ich sehe, wie sie langsam begreift. »Glaubst du, er will dir etwas antun?«

»Ich weiß nicht, was er will.« *Doch. Doch, ich weiß es.* »Ist dir heute irgendetwas Ungewöhnliches aufgefallen? Irgendwelche Autos, die an unserem Haus vorbeigefahren sind oder in der Nähe geparkt haben?«

Sie zuckt die Achseln. »Alles ganz normal.« Sie starrt hinunter auf ihre Zeichnung, entdeckt einen Tintenfleck und kleckst mit dem Finger darin herum.

Normal. So ein einfaches Wort, eines, mit dem sich unser Leben niemals beschreiben lassen wird. Ich stehe auf und schaue aus dem Vorderfenster, spähe in den Schatten unter dem Ahorn. Ich drehe mich um, halte einen Moment inne, nehme den tröstlichen Anblick unseres gemütlichen Wohnzimmers in mich auf. Die durchgesessene Couch, die wir bei einer Wohnungsauflösung ergattert und über die wir eine bunte Häkeldecke geworfen haben, den Couchtisch, den wir aus dem Treibholz gebaut haben, das wir vom Strand nach Hause schleppten, die Bilder, die wir in Secondhandshops aufgetrieben haben. Stets haben wir uns nur davon leiten lassen, ob uns die Dinge zum Lächeln bringen – vom hellen Papierblumenstrauß bis zur Gruppe schrulliger Eulen, die auf einem schneebedeckten Zweig hocken.

Nachdem Sophie und ich weggelaufen waren, versteckten wir uns ein ganzes Jahr lang, bis Andrews Prozess begann. Wir wohnten in billigen Hotels überall in Westkanada, bis an die Grenze zu Alberta. Er durfte uns nicht finden, solange er noch auf Kaution draußen war. Jedes Mal, wenn Sophie ihren kleinen Koffer packte und fragte: »Ziehen wir schon wieder um?«, hätte ich am liebsten geweint. Als sie aufhörte zu fragen und einfach nur schweigend ihre Sachen packte, wurde es sogar noch schwerer.

Als Andrew endlich verurteilt war, nahmen wir die Fähre von Horseshoe Bay an der Küste entlang, bis wir Dogwood Bay erreichten, eine kleine Stadt, deren Häuser dicht zusammengedrängt auf einem Hügel mit Blick auf den Ozean errichtet worden waren. Ich verliebte mich in die urigen Läden und Pubs im Ortskern, von dem aus man das dunkelblaue Meer und das Gebirge sehen konnte, das sich meilenweit entlang der Küste erstreckte. Ich schmeckte den salzigen Dunst in der Luft, bestellte frische Krabben, die gerade aus dem Wasser gezogen worden waren, und sah zu, wie die Wasserflugzeuge landeten und der weiße Schaum hinter ihnen aufspritzte.

Sophie und ich brauchten ein Zuhause, wir mussten in der Nähe des Ozeans sein und meine Familie in wenigen Stunden erreichen können. Die einzige Verbindung nach Dogwood Bay waren die Wasserflugzeuge von Vancouver Island und die eineinhalbstündige Fahrt mit der Fähre vom Festland. Ich dachte, wir könnten hier glücklich werden. Wir könnten in Sicherheit sein.

Ich setze mich wieder zu Sophie auf den Boden. Sie zeichnet mit unbewegtem Gesicht. Sie hat diese Fähigkeit, genau wie Andrew, alles tief in ihrem Inneren zu verstauen und für Stunden quasi abzutauchen. Der Unterschied ist, dass sie irgendwann mit der richtigen Frage oder Berührung herausgetanzt kommt, blinzelnd, als käme sie gerade aus einer dunklen Höhle und als wundere sie sich darüber, wie viel Zeit vergangen ist.

»Woran denkst du gerade?«, frage ich.

»An Dad. An die Nacht des Unfalls. Glaubst du wirklich, er hätte dich getötet, wenn er uns gefunden hätte?« Sie dreht sich zu mir um und sucht meinen Blick.

»Ich denke, er hätte es versucht, ja.«

»Aber warum sollte er dir jetzt etwas antun wollen? Du hast gesagt, er hat aufgehört zu trinken. Er hat dir nie etwas getan, wenn er nüchtern war.«

Ich glaubte damals, ich würde das Richtige tun, als ich ihr alles erzählte, was Chris über tausend Ecken von Andrew hörte, aber jetzt bedaure ich es ernsthaft.

»Er hat mir nicht körperlich wehgetan, wenn er nüchtern war. Ich weiß, dass es schwer zu verstehen ist, aber es ist, als wäre die Trinkerei nur eine Ausrede für ihn. Selbst wenn er nüchtern war, war er eifersüchtig und grausam und hat gedroht, mir etwas anzutun, wenn ich ihn jemals verlassen würde. Ich hatte Angst.«

Ich dachte daran, wie schwierig es war, ihr zu erklären, dass ihr Vater betrunken einen Autounfall gehabt hatte, bei dem jemand gestorben war, und er deswegen ins Gefängnis musste. Immer wieder bat sie mich, ihn besuchen zu dürfen, egal, wie oft ich ihr erklärte, es sei kein sicherer Ort für ein kleines Mädchen. Ich hatte sie so gut vor seiner Trinkerei und seiner Wut abgeschirmt, dass sie ihn nur als liebevollen Vater kannte, und sie vermisste ihn. Schließlich erlaubte ich ihr, Briefe zu schreiben und Bilder zu malen, die sie ihm geben könnte, sobald er entlassen wurde.

Als sie alt genug war, erzählte ich ihr mehr über unsere Ehe, wie eifersüchtig und kontrollierend er war und wie viele Chancen ich ihm gegeben hatte. Aber er war ein Alkoholiker und brutal und hätte mich beinahe umgebracht. Deswegen war Davonlaufen die einzige Möglichkeit gewesen – weil ich Angst gehabt hatte. Sie hörte auf, nach ihm zu fragen. Als ich eines Tages Kleider in ihren Schrank räumte, stellte ich fest, dass sie die Schachtel mit ihren Briefen ganz nach hinten geschoben hatte. Ich war erleichtert, und ich hasste mich dafür.

»Aber es ist schon so lange her«, sagt sie.

»Er ist immer noch gefährlich.«

»Und wenn er sich geändert hat?« Etwas an der Art, wie sie das sagt, lässt mich frösteln. In ihrer Stimme schwingt Hoffnung mit, vielleicht sogar leichter Zweifel, als sei sie nicht sicher, ob meine Sorgen berechtigt sind.

Ich denke nach. Sie wusste, in welchem Gefängnis er war, sie hätte ihm also schreiben können – oder ihn sogar besuchen. Es war mir nie in den Sinn gekommen, dass sie etwas von solcher Tragweite tun könnte, ohne es mir zu sagen. Aber sie ist jetzt ein Teenager, und vielleicht war sie neugierig geworden.

»Hast du mit ihm gesprochen? Wenn ja, dann kannst du es mir ruhig sagen. Ich wäre dir nicht böse.« Ich wäre außer mir, aber wenn ich ihr das zeigte, würde sie mir gar nichts erzählen.

Sie schüttelt den Kopf. »Es tut mir einfach leid, dass du solche Angst vor ihm hast.«

Was bedeutet, dass sie keine Angst hat. Ich habe das Gefühl, mein Herz würde mit einem Schwert durchbohrt. Ich will nicht, dass sie mich beruhigt – das ist mein Job. Aber sie fürchtet sich nicht. Ich sehe es an ihrer Miene, und es bedeutet, dass sie einen Fehler machen könnte. Ich muss unbedingt dafür sorgen, dass sie vorsichtig ist. Wenn Andrew sieht, dass es eine kleine Lücke zwischen uns gibt, wird er sie in ein klaffendes Loch verwandeln.

»Ich glaube nicht, dass eine Person sich im Kern ändern

kann«, sage ich. »Es ist egal, wie lange es her ist – er hat mir nie verziehen, dass ich mich von ihm habe scheiden lassen. Er ist wütend, und wahrscheinlich hat er mit vielen Problemen und Gefühlen zu kämpfen, jetzt, wo er aus dem Gefängnis raus ist. Das bedeutet, dass er labil ist.« Ich denke an diese Nachricht, die er mir durch seinen Anwalt hatte zukommen lassen. Wie selbstgefällig und zufrieden muss er in seiner Zelle gehockt haben, wohlwissend, dass er es wieder einmal geschafft hatte, mich auszutricksen.

»Ich weiß, dass du dir Sorgen machst«, sagt Sophie und spielt mit ihren Stiften herum. »Aber ich habe das Gefühl, dass er, wenn er wirklich sauer auf dich wäre, etwas anderes tun würde. Dann würde er dich nicht stalken oder so.«

»Sophie, sieh mich an.«

Sie hebt den Kopf und schaut mir in die Augen.

»Dein Dad hat es *geliebt*, mir Angst einzujagen. Es ging ihm nicht nur darum, mich zu verletzen. Es versetzt ihm einen Kick, wenn er mir Angst machen kann. Das gibt ihm ein Gefühl von Macht. Ich hoffe, dass er verschwindet, jetzt, wo er sein Spielchen getrieben hat, aber wir müssen die Augen offen halten. Du wirst mir doch sagen, wenn du ihn siehst, oder?«

Sie nickt. »Ja.« Dann nimmt sie ihren Stift und beginnt zu zeichnen. Ich beobachte ihre Finger. Sie wirken zögerlich, unsicher, aber ich weiß nicht, ob ich mir das nur einbilde. Ihre Striche werden selbstsicherer, der Gesichtsausdruck wird weicher, ihr Körper entspannt sich. Ich lasse mich auf das Kissen sinken.

Alles wird gut. Wir werden das gemeinsam durchstehen, so wie wir es immer getan haben.

7

September 2003

»Daddy hat schon wieder den Briefkasten umgefahren.« Sophie stand am vorderen Fenster, sie trug immer noch ihr rosa Barbie-Nachthemd und hatte die Hände und das Gesicht gegen das Glas gepresst.

Ich stellte mich neben sie. Der Holzpfosten ragte unter Andrews Vorderreifen hervor, das Holz war gesplittert, und unser fröhlicher roter Metallbriefkasten lag, in seine Einzelteile zerlegt, verstreut auf dem Rasen. Als es das erste Mal passierte, erklärte er mir, er habe die Kurve zu knapp genommen. Beim zweiten Mal lag es daran, dass ich falsch in der Auffahrt geparkt hatte, so dass er nicht genügend Platz gehabt hätte.

»Komm, Spatz. Ich mach den Fernseher an, okay?«

»Wann steht Daddy auf?«

»Bald.« Ich warf einen Blick auf die Uhr. Ich durfte ihn nicht zu lange schlafen lassen, denn er verbrachte den Sonntagmorgen gern mit Sophie, aber ich mochte den Frieden und die Ruhe. Es war eine anstrengende Woche gewesen. Zwei Arbeiter hatten gekündigt, es hatte Schwierigkeiten mit Baugenehmigungen gegeben, und er war bei einem weiteren Projekt überboten worden.

Sophie hüpfte auf die Couch und versteckte sich unter ihrer Decke. »Kann ich Milch haben, Mommy?« Sie sprach das Wort wie »Mülch« aus, was mich stets zum Lächeln brachte. Andrew fand, wir sollten sie korrigieren, wenn sie Wörter falsch aussprach, aber wenn ich mit ihr allein war, sagte ich nie etwas. Ich wollte mein Baby noch ein wenig länger behalten. Seit dieser Woche ging sie in die Vorschule, bis jetzt nur halbtags, aber ich vermisste sie schrecklich und schaute ständig auf die Uhr, wann es endlich Zeit war, sie abzuholen.

Ich brachte ihr die Milch und stellte sie auf den Couchtisch. Sophie wühlte in den Sofakissen herum und zog mein silbernes Bettelarmband hervor.

»O nein, Mommy! Es ist kaputt!«

»Das ist nicht schlimm, Spatz. Es ist nur runtergefallen.« Ich lächelte weiter und achtete auf einen fröhlichen Tonfall. »Danke, dass du es gefunden hast.« Ich nahm das Armband von ihr entgegen und ließ es in der Tasche meines Morgenmantels verschwinden. Die Prellung war nicht besonders heftig und sollte in ein paar Tagen verschwunden sein, aber bis dahin musste ich etwas Langärmeliges tragen. Ich hätte daran denken sollen, ihm am Nachmittag eine SMS zu schicken, damit er wusste, dass alles okay war. Ich war einfach so beschäftigt damit gewesen, die vielen Muffins zu backen und Sophie zu einer Geburtstagsparty zu bringen.

Ich goss Kaffee in den Becher, den Sophie für Andrew zum Vatertag gemacht hatte, eine dunkelblau angemalte Katastrophe, und trug sie durch den Flur. Als ich an Sophies Zimmer vorbeikam, fiel mein Blick kurz auf ihren alten weißen Schaukelstuhl. Ich dachte daran, wie Andrew nach ihrer Geburt stundenlang darin gesessen und sie geschaukelt hatte. Er wechselte Windeln, ohne das Gesicht zu verziehen, und betrachtete sie voller Bewunderung, wenn sie leise vor sich hinbrabbelte. Wenn er von der Arbeit nach Hause kam, hatte er frische Milchshakes und Brot vom Bäcker dabei, das er mit Butter bestrich und mich damit fütterte. Damals war er so glücklich gewesen.

Ich schlich in unser Schlafzimmer und stellte den Kaffee auf den Nachttisch. Er rührte sich nicht, also ging ich ins Bad und putzte mir die Zähne, während das Wasser langsam aus dem Hahn lief. Ich schaute mich kurz um und vergewisserte mich, dass meine Schminktasche auf der Ablage stand. Ein paarmal war ich nach einer Besorgung nach Hause gekommen und hatte meine Tasche am falschen Platz gefunden, der Inhalt war völlig durcheinander. Meine Kleider im Schrank waren in Unordnung, als hätte er etwas gesucht. Als ich ihn behutsam fragte, ob er das gewesen sei, hatte er mir vorgeworfen, paranoid zu sein. Jetzt achtete ich sorgsam darauf, stets über alles den Überblick zu behalten.

»Lindsey?« Seine Stimme erschreckte mich. Ich ließ die Zahnbürste fallen, so dass etwas Wasser auf den Spiegel spritzte. Ich griff mir ein Tuch und wischte es fort.

»Ja«, rief ich. »Der Kaffee steht auf dem Nachttisch.«

»Wo ist Sophie?«

»Sie sieht fern.« Ich ging hinaus und ließ mich von ihm neben sich ins Bett ziehen. Sein Körper war warm, die Brustmuskeln unter meiner Wange waren hart. Er presste die Lippen an meine Stirn und fuhr mit der Hand meinen Arm entlang, umkreiste sanft mein Handgelenk, streichelte die zarte Haut.

»Alles in Ordnung?«

»Ja. Sophie hat mein Armband gefunden.«

»Du hättest den Arm nicht so schnell wegreißen sollen. Ich hätte dich ernsthaft verletzen können.« Seine Stimme war noch kratzig vom Schlaf, aber es schwang noch ein anderer Ton darin mit. Einer, den ich gut kannte. Reue.

»Ich weiß. Ich werde vorsichtiger sein.«

Er hatte es nicht so gemeint, als er mich so hart packte, weil ich fortgehen wollte, aber deshalb tat es nicht weniger weh. Genau wie damals, als er die mundgeblasene Vase zerschlagen hatte, die mir meine Großmutter zur Hochzeit geschenkt hatte, oder als er die Keramikeule fallen ließ, die ich besaß, seit ich ein kleines Mädchen war und die immer auf meinem Kleiderschrank hockte. Er hatte alles wieder geklebt, Stück für Stück, hatte Stunden mit Lupe und Pinzette verbracht, aber ich konnte immer noch jeden Riss sehen.

Durch die offene Tür wehten die Geräusche von Sophies Zeichentrickfilm herein. Sie sah *Caillou* und würde damit noch ein Weilchen beschäftigt sein, ehe sie uns suchen käme.

»Ich mache mir Sorgen um dich«, sagte ich. »Du trinkst in letzter Zeit ziemlich viel.«

»Mir fehlt nichts. Ich habe gerade nur ziemlichen Stress wegen dieses Projekts auf der Nordinsel.«

»Vielleicht könntest du alles etwas langsamer angehen lassen und dir nicht so viel auf einmal aufhalsen.«

»Wie soll das gehen, wenn ich dich und deine Familie unterstütze? Deine Eltern haben einen Haufen Schulden, und ich habe deinem Dad versprochen, dass ich für mehrere Jahre Arbeit für ihn habe.«

Überrascht blickte ich zu ihm hoch. Er hatte meine Eltern ermutigt, sich ein neues Auto zu kaufen und ihr Haus zu renovieren. »Ich wusste nicht, dass du es so siehst.«

»Wie denn sonst? Ich meine, wenn ich den Laden dichtmache, können wir alle einpacken. Ich habe meine Zahlungen vom Treuhandkonto, aber was wäre mit deinem Dad und deinem Bruder? Hier draußen gibt es nicht viel Arbeit.«

Ich war verunsichert, fühlte leichte Panik in mir aufsteigen. Noch nie zuvor hatte er davon gesprochen, die Firma dichtzumachen. Mein Vater war fast fünfzig und hatte eine kaputte Schulter. Niemand sonst würde ihm einen Job als Vorarbeiter geben.

»Vielleicht könntest du jemanden einstellen, der dir hilft. Dann hättest du mehr Freizeit.«

»Das würde das Geschäft ruinieren. Die Leute in der Branche haben schon immer gedacht, ich sei nur so ein reiches Söhnchen, dem alles in den Schoß fällt. Wenn ich jemanden einstelle, liefere ich den Beweis, dass sie recht haben.« Er wirkte verärgert, und ich hatte das Gefühl, ihm in den Rücken gefallen zu sein. Natürlich wollte er seinen Ruf nicht aufs Spiel setzen.

Er zog mich an den Haaren und drehte meinen Kopf zu sich. »Du machst dir wegen nichts Sorgen, ich schwöre.« Mit ernster Miene sah er mich an. »Ich werde etwas kürzertreten, okay?«

»Das sagst du jedes Mal, aber ...«

»Ich *werde* weniger trinken, Lindsey.«

Ich lehnte mich an ihn. Er summte ein paar Takte einer Melodie, seine tiefe Stimme vibrierte in seiner Brust. *You know our love was meant to be* ... Ich erkannte den Song von Chicago. Das Lied war auf unserer Hochzeits-CD. Andrew hatte ein unglaubliches Talent, sich Songtexte zu merken, und konnte zu jeder Gelegenheit eine Zeile zitieren. Er wusste, welcher Song bei unserem ersten Date im Restaurant gelaufen war, zu welchen Songs wir uns geliebt hatten, was in seinem Truck lief, als er mich mitgenommen hatte.

Er hörte auf zu singen. Ich verspannte mich und wartete nervös. Was war jetzt los?

»Es muss schwer für dich sein, dass Sophie jetzt zur Schule geht«, sagte er.

»Es ist ziemlich still im Haus.« Ich wollte noch mehr sagen, aber es fiel mir zu schwer, zu sprechen. Meine ganzen Gefühle sammelten sich in meiner Kehle, die Erleichterung darüber, meinen besten Freund zurückzuhaben – den freundlichen, liebevollen Andrew. *Das* war mein Mann. Nicht der Kerl, der mich am Handgelenk packte, als wollte er es zerbrechen.

»Erinnerst du dich, dass ich erzählt habe, wir würden diese Woche in der Nähe einer Farm arbeiten? Der Besitzer hat einen Border Collie mit einem Wurf kleiner Welpen. Wir sollten uns einen holen.«

Ich saß aufrecht im Bett und starrte ihn an. »Ist das dein Ernst?« Ich wollte schon seit Jahren einen Hund haben. Wir hatten einen, als ich klein war, einen Spaniel namens Hurricane, weil er alles kaputtmachte, doch nachdem er gestorben war, wollten meine Eltern keinen Hund mehr. Ich hatte mir sämtliche Nachbarhunde ausgeborgt und mit ihnen gespielt. Andrew und ich hatten ein paarmal darüber gesprochen, einen Hund anzuschaffen, aber er wollte warten, bis Sophie älter war, wir uns endgültig in einem Haus eingerichtet hatten und uns keine Sorgen über irgendwelche Schäden machen mussten.

»Ich möchte nur, dass du glücklich bist, Lindsey.« Er streichelte mein Gesicht so zärtlich, dass ich am liebsten geweint hätte. »Morgen suchen wir uns einen aus.«

Sein Name war Blaze, ein kugelrundes schwarzes Fellknäuel mit Schlappohren und einem weißen Stern auf der Stirn. Während der nächsten zwei Wochen besuchten wir ihn ein paarmal – er war noch nicht alt genug, als dass wir ihn schon hätten mitnehmen können. Normalerweise gingen Sophie und ich zusammen hin, aber manchmal traf ich mich mit Andrew, während Sophie in der Vorschule war, und wir aßen unseren Lunch in der Scheune bei den Welpen. Lachend sah ich zu, wie Andrew kleine Stöckchen für Blaze warf und über all die Dinge sprach, die sie zusammen unternehmen würden. »Wir werden campen fahren, Kumpel. Das wird dir gefallen. Ich wette, du bist ein guter Angelpartner.«

Abends las ich Hundebücher, stellte Nachforschungen an, was das beste Futter war und mit welchen Trainingsmethoden man bei Border Collies am meisten erreichte. Andrew kaufte dem Welpen ein Lederhalsband samt Leine und besorgte ihm einen silbernen Anhänger mit eingraviertem Namen. Ich war begeistert, dass Andrew sein Wort hielt – ich hatte ihn kein einziges Mal trinken sehen.

Am Tag, an dem wir Blaze abholen sollten, kam Andrew nicht um fünf nach Hause, wie er es versprochen hatte. Ich rief ihn auf dem Handy an. Keine Antwort. Wir warteten bis sechs. Dann bis sieben. Sophie wurde immer aufgelöster, immer ungeduldiger. »Warum können wir Blaze nicht abholen, Mommy? Wo ist Daddy?«

Schließlich packte ich sie ins Auto, und wir holten Blaze selbst ab. Als wir nach Hause kamen, stand Andrews Truck in der Auffahrt. Sophie, die den Hund fest im Arm hielt, rannte ins Haus. »Daddy! Daddy!« Ich folgte ihr und begann, das Hundefutter und die Leckerlis im Küchenschrank zu verstauen. Ich war so wütend auf Andrew, dass ich es nicht vor ihm würde verbergen können.

Sophie kam in die Küche. »Er schläft.« Sie klang so verwirrt, so enttäuscht. Es war meine Schuld. Ich hätte wissen müssen, dass er so reagieren würde. Ich hatte zu viel über den Hund geredet. Hatte Andrew nicht mehr genügend Aufmerksamkeit geschenkt. Warum hatte ich es nicht kommen sehen?

»Das ist okay, Spatz. Wahrscheinlich macht er nur ein Nickerchen. Zeig Blaze doch schon einmal unseren Garten.«

Während sie draußen war, sah ich nach Andrew. Ich roch den Whiskey, sobald ich das Schlafzimmer betrat, und sah das leere Glas auf dem Boden, das ihm aus der Hand geglitten war. Ich machte den Dreck weg, tupfte den feuchten Fleck auf dem Teppich ab und ging in die Küche, um das Abendessen zuzubereiten. Andrew kam nicht aus dem Schlafzimmer. Ich stellte einen abgedeckten Teller mit seinem Essen für ihn in den Kühlschrank.

Sophie wollte, dass Blaze bei ihr im Zimmer schlief, aber ich erklärte ihr, dass das keine gute Idee sei. Andrew und ich waren übereingekommen, dass wir Blaze in der Waschküche unterbringen würden. Es war nicht gerade das, was ich mir vorgestellt hatte.

Nachdem ich das Hundebett in dem Metallpferch vorbereitet und alles mit frischem Zeitungspapier ausgelegt hatte, setzte ich Blaze hinein und gab ihm zum Trost einen Teddy. Anschließend kroch ich zu Andrew ins Bett und lauschte dem Regen draußen. Es war eine trübselige Nacht, der Herbst stand vor der Tür. Ich würde die langen, warmen Tage vermissen. Ich schloss die Augen und versuchte zu schlafen, doch ich hörte ständig Blazes mitleiderregendes Winseln.

Ich setzte mich auf und schwang die Beine aus dem Bett. Plötzlich umfing Andrew meine Hüfte. Überrascht schnappte ich nach Luft, als er mich ins Bett zurückzog.

»Lass ihn. Das muss er lernen.« Gähnend verdrehte er die Augen. »Kannst du mir etwas Wasser bringen?«

Wasser. Er wollte Wasser haben? Keine Erklärung, keine Entschuldigung dafür, dass er betrunken nach Hause gekommen war. Ich biss die Zähne zusammen. Das war kein guter Zeitpunkt, um ihn darauf anzusprechen. Ich würde damit bis morgen warten.

Im Badezimmer füllte ich ein Glas und brachte es ihm ans Bett.

Er nahm einen Schluck, im Dämmerlicht blitzte seine Uhr auf. »Das ist ja warm. Ich will Eis.«

Natürlich wollte er Eis. Ich ging in die Küche, der Boden unter meinen Füßen war kalt. Blaze heulte inzwischen, ein klägliches, schrilles Wimmern. Sophie würde aufwachen.

Ich ließ das Glas auf dem Tresen stehen und schlich durch den Flur zur Waschküche. »Pst«, flüsterte ich. »Alles ist gut.« Blaze wedelte mit dem Schwanz, machte grunzende Geräusche und versuchte, aus seinem Pferch zu entkommen.

»Was tust du da?« Andrew stand in der Tür. »Ich habe dir gesagt, du sollst ihn allein lassen.«

»Ich habe nur nachgesehen, ob alles in Ordnung ist.«

Blaze bellte jetzt, richtete sich an der Seite des kleinen Pferches auf und rüttelte am Metall.

»Verdammter Köter.« Andrew griff in die Box und packte ihn am Nackenfell.

Ich sprang auf, ergriff seinen Arm und versuchte, Blaze zu mir zu ziehen, doch Andrew hielt ihn hoch in die Luft. »Was tust du da?«, rief ich.

Er antwortete nicht, drehte sich nur um und verließ die Waschküche. Blaze jaulte lauthals, seine Pfoten traten in der Luft. Ich folgte ihnen in den Flur und zischte: »Andrew, hör auf!«

Er öffnete die Hintertür. Wind und Regen wehten herein und bliesen mein Nachthemd gegen meine Beine. »Du kannst ihn doch nicht aussetzen!«

Andrew sah mich über die Schulter an – und ließ den Welpen fallen. Er landete mit einem dumpfen Geräusch, winselte einmal und rollte auf die Seite. Ich quetschte mich an Andrew vorbei und griff nach dem Hund. Meine Finger ertasteten sein Fell. Andrew umschlang meine Taille, riss mich zurück und schloss die Tür.

Ich stieß Andrew gegen die Brust und schlug ihn, ohne nachzudenken. Er schob mich gegen die Wand, packte meine Schultern und schüttelte mich kräftig. Ich biss mir auf die Innenseite der Wangen.

Er beugte sich vor und blies mir seinen Whiskeyatem ins Gesicht. »Wenn du da rausgehst, werde ich ihm mit der Schaufel den Schädel zertrümmern. Kapiert?«

Im dunklen Flur starrten wir einander an, bis ich nickte. Er ließ meine Arme los. Ich sank gegen die Wand. »Komm«, sagte er. »Ich bin müde.«

Ich folgte ihm zurück ins Schlafzimmer. Ich konnte nicht atmen, wollte weinen. Zwang mich dazu, einen Fuß vor den anderen zu setzen. Ich würde warten, bis er schlief. Und dann den Welpen holen.

Zweimal versuchte ich, mich aus dem Bett zu stehlen, aber jedes Mal hörte er meine Bewegung und hielt mich mit den Beinen fest. Seine Arme lagen wie eiserne Fesseln auf meiner Brust. Die Stunden verrannen. Ich starrte die Zimmerdecke an, Tränen liefen mir übers Gesicht. Ich wollte stärker sein, ihn von mir schieben und für den Hund kämpfen, aber ich hatte zu große Angst, dass er seine Drohung wahrmachen würde. Ich konnte seinen Blick nicht vergessen, als er mir gedroht hatte. Als wollte er nur, dass ich einen falschen Schritt tat, damit er den Welpen töten konnte.

Endlich wurde es Morgen, er stand auf und brach zur Arbeit auf. Ich tat, als würde ich schlafen. Sobald ich seinen Truck davonfahren hörte, lief ich nach draußen und fand Blaze versteckt unter der vorderen Veranda, zitternd und durchnässt. Ich gab ihm etwas Warmes zu fressen, wickelte ihn an meiner Brust in ein Handtuch, gurrte meine Entschuldigungen und schwor, dass niemand ihm je wieder etwas tun würde. Dafür würde ich sorgen. Als Sophie aufwachte, brachte ich ihr sanft bei, dass Blaze krank sei und zurück zu seiner Mommy müsse. Es brach ihr das Herz.

Ich weinte, als ich mit Blaze zur Farm fuhr und den Besitzern erklärte, dass meine Tochter eine Allergie habe, von der wir nichts gewusst hatten. Ich weiß nicht, ob sie mir glaubten, aber die Frau schaute mitleidig und versprach mir, dass sie ein gutes Zuhause für ihn finden würde. Ich gab ihnen all seine Sachen, das Futter, seine Näpfe, selbst das Halsband. Jedes einzelne Stück. Ich konnte nichts davon ansehen.

Als Andrew nach Hause kam, erklärte ich ihm, dass ich im Moment nicht genug Zeit hätte, um mich um ein Haustier zu kümmern. Ich wolle mich auf Sophie konzentrieren. Er fragte nie wieder nach dem Hund.

Ich beobachtete, wie meine Mutter mit zitternden Händen heißes Wasser in eine Teekanne goss. Wie lange würde sie noch in der Lage dazu sein? Die Ärzte sagten, sie könne noch jahrelang leben, aber niemand wusste es mit Gewissheit. Die Oktobersonne fiel durch das Fenster und beschien ihre blonden Haare und die blasse Haut, die so hell war, dass ich die feinen blauen Adern an ihrem Hals sehen konnte.

»Lass mich den Tee einschenken, Mom.«

»Hör auf. Ich bin noch nicht vollkommen nutzlos.« Sie lächelte, und ich zwang mich, zurückzulächeln, aber meine Gedanken rasten in alle Richtungen, meine Nerven lagen blank. Ich warf einen Blick auf die Uhr. Ich konnte nicht lange bleiben. Er könnte zum Lunch nach Hause kommen. Im Geiste ging ich den Inhalt unseres Kühlschranks durch, versuchte zu entscheiden, was ich schnell zubereiten könnte. Er mochte es nicht mehr, wenn ich ihm etwas zu essen zur Baustelle brachte. Er sagte, es sei zu gefährlich, mir könnte ein Balken auf den Kopf fallen, aber das stimmte nicht. Er mochte es nicht, wie die Männer mich ansahen. Ich sah es in seinem Gesicht, spürte es an der Art, wie er mich hastig zum Auto schickte.

Ein paar Tage, nachdem ich Blaze zurückgebracht hatte, erzählte Andrew mir, dass er das Haus über einen Makler zum Kauf angeboten hatte. Es fand rasch einen Käufer. Erst vor einer Woche waren wir in unser brandneues Haus gezogen, das sogar noch größer war als das letzte. Unser drittes in drei Jahren. Ich wollte, dass Sophie ihre Kindheit in einem einzigen Haus verbrachte, so wie es bei mir gewesen war. Alles im Haus meiner Eltern war mir vertraut. Ich sah mich um. Die hübschen gelben Vorhänge, das Sahnekännchen und die Zuckerdose in Kuhform, die Salz- und Pfefferstreuer in Gestalt von Hühnern. Meine Mutter liebte alles, was irgendwie ländlich war, und seit Jahren schenkten wir ihr zum Geburtstag und zu Weihnachten allen möglichen netten Krimskrams. Sie hegte und pflegte jedes einzelne Stück. Sie schenkte mir Tee aus einer Kanne in Form eines Schweins ein und tätschelte meine Hand, als sie sich mir gegenübersetzte.

»Kann ich irgendetwas für dich tun, solange ich hier bin?«, fragte ich. »Ich könnte dir bei der Wäsche helfen.«

»Danke, Liebes, aber dein Vater hat sich gestern Abend darum gekümmert, ehe ich auch nur die Gelegenheit dazu hatte. Ihr beide seid euch so ähnlich.«

Ich dachte an meinen Vater, wie er nach einem langen Tag bei der Arbeit nach Hause kam und sich um meine Mutter kümmerte. Ich wünschte, das Leben wäre leichter für sie.

»Deine Fenster müssten geputzt werden. Ich komme am Wochenende vorbei.«

»Ach was«, sagte sie. »Die sind noch okay.«

»Ich putze gerne.«

»Das stimmt. Als kleines Mädchen hast du immer Aschenputtel gespielt, bist überall im Haus herumgelaufen und hast alles abgestaubt und abgewischt.« Sie lachte.

»Ich wünschte, ich könnte dasselbe von Sophie sagen.«

»Wie geht es unserer kleinen Prinzessin? Gefällt es ihr in ihrem neuen Zimmer?«

»Sie liebt es. Wir haben ein paar Eulen-Schablonen besorgt, und sie hat darauf bestanden, dass sie alle allein überträgt. Die meisten sind ziemlich schief, aber sie sagt, sie fliegen eben gerade verkehrt herum.«

Mom beugte sich vor und schob mir die Stirnfransen aus dem Gesicht, wie sie es früher getan hatte, als ich ein Kind war. »Ich kann mich einfach nicht an deine neue Frisur gewöhnen. Du siehst so erwachsen aus.«

Andrew hatte ständig an meinen Haaren herumgemäkelt – ich sähe wie ein Schulmädchen aus, oder lange Haare seien zu sexy, sie brächten Männer auf dumme Gedanken. Als ich mit einem Kurzhaarschnitt nach Hause kam, sagte er: »Wieso hast du das denn gemacht?«

»Ich bin mir nicht sicher, ob es Andrew gefällt.«

»Du könntest dir alles abrasieren, und für ihn wärst du immer noch das schönste Mädchen auf der Welt. Er betet dich an.«

»So fühlt es sich in letzter Zeit aber nicht an. Er hat ständig was um die Ohren.« Ich öffnete ihr eine Tür, zumindest einen kleinen Spaltbreit, und hoffte, dass sie mich bat, das genauer zu erklären. Hoffte, dass sie sah, dass irgendetwas zwischen uns nicht stimmte.

»Er hat einfach viel zu tun. Gestern hat er deinen Vater nach Hause gebracht und ist gleich zurück zur Baustelle.« Sie schüttelte den Kopf. »Er arbeitet hart, dein Mann.«

Ich hörte den Respekt in ihrer Stimme und spürte, wie sich die Erkenntnis in mir ausbreitete: Sie hatte nichts bemerkt. Die Wahrheit lag mir auf der Zunge. Ich konnte es nicht länger für mich behalten, konnte die Last all dieser Sorgen und Ängste nicht länger ertragen. Aber ich verspürte eine heftige Panik bei dem Gedanken, meiner Mom davon zu erzählen. Ich stellte mir Andrews Gesichtsausdruck vor, wenn er herausfand, dass ich über ihn redete. Ich dachte an das Jagdgewehr, das er im Waffenschrank aufbewahrte, obwohl er nur selten jagte. Ich dachte daran, dass er Sophies Reisepass in seinem Bankschließfach aufbewahrte, für das er als Einziger den Schlüssel hatte.

Mom schob mir einen Teller mit Keksen hin.

»Ich habe keinen Hunger, danke.«

»Alles in Ordnung mit dir?«

Er hat seine Trinkerei nicht unter Kontrolle, Mom. Wenn er getrunken hat, wird er schrecklich wütend. Ich habe Angst, er könnte mir ernsthaft etwas antun. Du weißt nicht, wie er ist. Ich kann nicht atmen. Er ist so eifersüchtig. Er spioniert mir nach und durchwühlt meine Sachen. Er will noch ein Kind, aber ich nehme die Pille. Ich verstecke sie in meiner Tamponschachtel. Ich will ihn verlassen, aber ich habe furchtbare Angst, dass er mir Sophie wegnimmt. Ich habe nichts für mich selbst. Was soll ich machen? Wie komme ich da raus? Ich habe nicht einmal eine Kreditkarte oder ein Bankkonto. Alles läuft über seinen Namen. Ich sitze in der Falle.

Ich stellte mir vor, wie schockiert und verwirrt und wütend meine Mom wäre. Wie verletzt sie wäre, weil ich ihr die Wahrheit so lange verschwiegen hatte. Wie sehr sie sich um Sophie und mich sorgen würde.

»Ich habe gegessen, ehe ich losgefahren bin.« Ich nippte erneut an meinem Tee. Ich wollte diesen Moment noch etwas ausdehnen. »Geht es Dads Schulter besser?«

Sie schüttelte den Kopf. »Er hat die Übungen ausprobiert, die der Arzt ihm verordnet hat, aber sie haben nicht geholfen. Der nächste Schritt wird wohl eine Operation sein, aber das ist riskant. Gott sei Dank hat Andrew ihm diesen Job gegeben.«

»Gefällt es ihm immer noch, für ihn zu arbeiten?«

Sie neigte den Kopf zur Seite. »Natürlich. Warum fragst du?«

Ich schluckte ein paarmal, versuchte, die Hoffnungslosigkeit und das Engegefühl aus meiner Kehle zu vertreiben, das ich in letzter Zeit ständig verspürte. »Ich frage mich nur manchmal, ob es nicht merkwürdig für ihn ist, für seinen Schwiegersohn zu arbeiten. Wenn er lieber etwas anderes arbeiten will, wäre es für mich in Ordnung.«

»Das weiß dein Dad.« Sie legte eine Hand auf meine eigene. Mit besorgter Miene sah sie mir in die Augen. Das war meine Chance.

»Du und Dad seid so wichtig für mich, und …«

Meine Mom riss die Augen auf. »Ach ja! Ich wollte dir den Katalog zeigen, den Andrew vorbeigebracht hat.«

»Katalog?«

»Er schickt deinen Vater und mich auf eine Kreuzfahrt – als Geschenk zum Hochzeitstag, aber er nennt es einen Bonus, du weißt schon, wegen der Steuer. Hat er dir nichts davon erzählt? Ich hoffe, es war keine Überraschung. Vielleicht fahrt ihr ja auch mit!« Sie stand auf und erzählte aufgeregt davon, wohin sie überall fahren würden. »Du musst mir helfen, ein paar Kleider für die Kreuzfahrt auszusuchen. Weißt du, wir haben noch nie richtig Urlaub gemacht.«

Mit dem Katalog in der Hand setzte sie sich wieder und

schob ihn in meine Richtung, aber ich konnte die Arme nicht bewegen und starrte nur das glänzende Cover mit dem lächelnden Paar an.

»Lindsey?«

»Tut mir leid. Mir war nur gerade etwas eingefallen.« Ich richtete mich auf und zog den Stuhl näher heran.

Sie sah mich immer noch an. »Bist du sicher, dass dir nichts fehlt?«

»Mir geht es gut, ich bin nur etwas müde. Wahrscheinlich brauche ich mal wieder eine Vitamin-B-Spritze.«

»Das ist eine gute Idee. Ein Kleinkind im Haus ist ziemlich anstrengend.« Sie blätterte im Katalog bis zur markierten Seite. »Was hältst du von diesem hier?«

Ich saß im Auto und starrte das Haus meiner Eltern an, die Blumenkästen, die Holzschaukel, auf der meine Mom und mein Dad früher abends gesessen hatten, während mein Bruder und ich durch den Vorgarten tobten, und auf der meine Mutter mit mir schmuste, während sie sich sachte mit dem Fuß am Geländer abstieß, bis ich an ihren warmen Körper geschmiegt einschlief. Meine Mom würde sich wundern, warum ich noch nicht losfuhr, aber ich brauchte einen Moment zum Nachdenken und um mich zu wappnen, ehe ich nach Hause fuhr. Der Sicherheitsgurt lag zu eng um meine Taille. Ich versuchte, ihn zu lockern, doch der Gurt blockierte. Ich zerrte und riss daran, während mir die Tränen übers Gesicht liefen. Schließlich gab ich auf und trommelte mit den Händen auf das Lenkrad. »Verdammt, verdammt, verdammt!«

Ich hörte ein Geräusch neben mir, ein Vogel zirpte in einem der Apfelbäume. Ich kurbelte das Fenster herunter und atmete die kühle Herbstluft ein. Schon bald würden die Tage kürzer werden, Andrew würde früher nach Hause kommen, und vielleicht würde er nicht mehr so viel arbeiten. Gut möglich, dass er dann nicht mehr so viel trinken müsste und alles sich zum Besseren wendete. Er liebte Weihnachten. An diesen Gedanken klammerte ich mich. Ich dachte daran, dass er immer bei Tagesanbruch aufstand wie ein kleines Kind und Waffeln für uns backte, dass er es kaum abwarten konnte, dass Sophie ihre Geschenke auspackte. Letztes Jahr hatte er ihr ein Puppenhaus gebaut, mitsamt den winzigen Möbeln darin, und mir hatte er ein Schmuckkästchen aus Ahorn geschenkt, das er in der Werkstatt meines Dads gebaut hatte. Er erzählte mir, diese Stunden, die er zusammen mit meinem Dad verbracht hatte, gehörten zu den besten seines Lebens.

Ich blickte zurück zum Haus, malte mir aus, wie meine Eltern sich auf einer Kreuzfahrt erholten, bei der ihnen alles abgenommen wurde, und wie viel Spaß sie haben würden. Sie brauchten diese Reise. Sie hatten alles für mich getan, hatten so viel geopfert. Ich musste bei Andrew bleiben. Ihn zu verlassen war keine Lösung. Nicht im Moment.

Ich startete den Wagen und fuhr nach Hause. Ich würde Suppe und Roastbeef-Sandwiches machen. Das mochte er gern.

8

SOPHIE | *Dezember 2016*

An Andrew Nash
c/o Rockland Gefängnis
19. Mai 2016

Hi,
mein Name ist Sophie, und du bist mein Vater, aber das hast du wahrscheinlich schon selbst herausgefunden. Im Moment wunderst du dich vermutlich, warum ich dir schreibe, also komme ich gleich zur Sache. Meine Englischlehrerin hat uns eine Aufgabe gestellt: Wir sollen zu jemandem Kontakt aufnehmen, der großen Einfluss auf unser Leben hatte, und ihm erzählen, was er für uns bedeutet oder wie er uns verändert hat. Wahrscheinlich dachte sie dabei an jemanden, den wir bewundern, oder an unser Vorbild, und wahrscheinlich warst du das auch früher für mich, als ich ein Kind war, aber ich habe dich für dieses Projekt ausgewählt, weil du das Leben von einer Menge Leute verändert hast. Und hey, vielleicht bekomme ich eine Eins dafür, dass ich einen Dad im Knast habe. Okay, war ein blöder Witz.

Also, ich soll dir erzählen, was ich empfinde, wenn ich an dich denke. Manchmal bin ich traurig, aber meistens bin ich immer noch total wütend auf dich, weil du in dieser Nacht damals betrunken Auto gefahren bist. Ich muss die ganze Zeit an diese Frau denken. Sie hat versucht, nach Hause zu ihrer Familie zu kommen, und jetzt ist sie tot. Nachdem du verhaftet wurdest, mussten wir ständig umziehen, und Mom hatte zwei Jobs. Ich habe sie kaum gesehen, und ich hatte keinen Dad mehr. Das ist jetzt lange her. Elf Jahre. Das ist mehr als die Hälfte meines Lebens. Du hast alles verpasst. Ich weiß nicht einmal, wo du jetzt bist.

Ich weiß nicht, was ich sonst noch sagen soll.

Sophie

So hatte es angefangen. Ich hatte diese Aufgabe bekommen, und ich musste ständig daran denken, dass ich meinem Dad unbedingt sagen wollte, wie er unser Leben ruiniert hatte. Ich sprach mit Delaney darüber, der einzigen Freundin, die über meinen Dad Bescheid wusste. Es ist schon schlimm genug, dass jeder weiß, dass meine Mom eine Putzfirma hat. Sie macht bei ein paar Eltern meiner Mitschüler sauber. Ich meine, wie krass ist das denn? Meine Mom macht denen die *Betten* und schrubbt ihre *Klos*. Im Sommer habe ich ihr beim Putzen geholfen, und es war eklig. Ätzend, wie manche der Eigentümer herumlungerten, während wir arbeiteten, und sich lang und breit über ihr Leben ausließen, wie sie uns entschuldigende Blicke zuwarfen, als seien sie einfach nur zu beschäftigt oder zu wichtig, um ihren eigenen Dreck wegzumachen. Ich wünschte, sie würde sich einen anderen Job suchen, im Büro oder so, aber sie sagt, sie ist lieber selbständig.

Delaney fand es eine coole Idee, meinem Dad zu schreiben, und erklärte sich bereit, meine Tarnadresse zu sein. Sie schickte den Brief für mich ab, und ich benutzte ihre Adresse, für den Fall, dass er zurückschreiben wollte.

Zwei Wochen später erhielt ich einen Brief.

29. Mai 2016

Liebe Sophie,

der Tag, an dem ich deinen Brief erhielt, war der beste Tag meines Lebens, seit ich im Gefängnis bin. Ich habe ihn bestimmt schon sechsmal gelesen. Du hast jeden Grund, mich zu hassen, aber ich hoffe, du findest in deinem Herzen eine Möglichkeit, mir eine zweite Chance zu geben. Ich bin nicht mehr derselbe Mensch. Du hast recht, ich habe alles verpasst. Kaum zu glauben, dass du fast achtzehn bist.

Deine Mom wollte nicht, dass du mich besuchst, solange ich mich nicht zusammenreiße, und sie hatte recht. Aber ich möchte, dass du weißt, dass ich nie aufgehört habe, an dich zu denken. Es hat lange gedauert, bis ich gelernt habe, die Verantwortung für mein Tun zu übernehmen, und es tut mir leid, dass ich dir kein guter Vater war. Für lange Zeit war ich so voller Wut, dass ich meinen Weg nicht klar erkennen konnte. Doch dann passierte hier drin etwas, und ich verletzte erneut jemanden. Er griff mich an, und ich verteidigte mich, aber das spielt keine Rolle. Ich begriff, dass ich, wenn ich mein Leben nicht in Ordnung bringe, dich möglicherweise niemals wiedersehe.

Ich gehe jetzt zu den Treffen der Anonymen Alkoholiker, arbeite mit dem Zwölf-Schritte-Programm und versuche, bei allen Menschen, die ich verletzt habe, Wiedergutmachung zu leisten. Es tut mir aufrichtig leid, dass ich so viel Leid und Schmerz verursacht habe, und ich weiß, dass ich dich im Stich gelassen habe. Millionenfach wünschte ich mir, ich hätte an jenem Abend nichts getrunken. Ich kann die Zeit nicht zurückdrehen, aber ich gebe mir wirklich Mühe, es für den Rest meines Lebens anders und besser zu machen.

Ich gehe hier drin zu einer Selbsthilfegruppe. Sie machen Antiaggressionstraining mit uns, und wir lernen, über unse-

re Gefühle zu sprechen, damit sie sich nicht aufstauen. Jahrelang konnte ich mit meinen ganzen schlechten Gefühlen nicht umgehen, wegen dem, was mir zugestoßen war, als ich ein Kind war. Ich schätze, ich bin nie darüber hinweggekommen, dass mein Dad uns verlassen hat und meine Mom gestorben ist. Also hatte ich später immer Angst, deine Mom könnte mich ebenfalls verlassen. Doch ich habe es vergeigt und euch beide verloren. Ich suche nicht nach Ausreden. Ich hoffe einfach nur, dass du mich ein wenig verstehen kannst.

Erinnerst du dich noch an das Boot, das wir zusammen gebaut haben? Ich weiß, das habe ich auch vergeigt, und es tut mir wirklich leid. Ich erinnere mich noch an jedes Mal, wenn ich etwas falsch gemacht habe, und ich weiß, ich würde in meinem Leben nicht damit fertigwerden, alles bei dir wiedergutzumachen, aber ich würde es gerne versuchen. Manchmal, wenn ich nachts nicht schlafen kann, weil es hier so laut ist, arbeite ich Pläne für ein neues Boot aus und überlege, wie wir es zusammen bauen und damit auf den See hinausfahren könnten, sobald ich draußen bin. Ich bin nie dazu gekommen, dir das Angeln beizubringen.

Es scheint vielleicht keine große Sache zu sein, aber es war eines der Dinge, die ich unbedingt mit dir tun wollte, als du geboren wurdest. Aber dann trank ich zu viel in all den Jahren, und es ist nie dazu gekommen. Viele Sachen habe ich vergessen, aber ich habe niemals aufgehört, dich zu lieben.

Jetzt muss ich zur Arbeit. Ich habe hier drin einen Job, ich verwalte den Werkzeugraum. Dadurch vergeht die Zeit, und ein paar der Männer sind ganz in Ordnung. Ich lese auch viel, und ich habe ein paar Kurse besucht, aber ich freue mich darauf, bald rauszukommen. Ich weiß, dass du mir vielleicht nicht zurückschreiben möchtest, aber es würde mir sehr viel bedeuten, wenn du es tätest. Ich möchte von dir hören. Malst du immer noch so gerne?

Dein Dad

Nachdem ich den Brief gelesen hatte, war meine Kehle wie zugeschnürt und mein Gesicht heiß. Ich fühlte mich leer und hatte Kopfschmerzen. Es war zu viel. Viele Jahre hatte ich nicht an dieses Boot gedacht. Tagelang hatten wir es abgeschliffen und gestrichen, doch dann stand es für Monate unter einer Plane herum. Jetzt erinnerte ich mich daran, wie es sich anfühlte, neben ihm zu stehen, während er arbeitete, wie er mir beibrachte, die verschieden gekörnten Schleifpapiere richtig einzusetzen. Unsere Hände waren schmutzig und rau, der ölige Geruch der Farbe stach in der Nase. Ich stopfte den Brief unter meine Kommode.

Sobald Mom in jener Nacht im Bett lag, fing ich in meinem Zimmer an zu zeichnen. Ich begann mit einem Zauberwald, mit Bäumen, um die sich Blätter und Blumen rankten, doch in die Mitte zeichnete ich einen Teich mit unserem Boot. Darin saßen ein kleines Mädchen und sein Vater mit ihren Angelruten, überall um sie herum hüpften Frösche. Ich faltete das Blatt zusammen, steckte es in einen Umschlag und gab es am nächsten Morgen Delaney, damit sie es ihm schicken konnte. Danach fingen wir an, uns jede Woche zu schreiben.

Heute fliegt er von der Insel herüber nach Dogwood Bay, um sich mit mir zu treffen. Unser erstes Treffen nach elf Jahren. Ich werde meinen *Vater* sehen. Das ist so irre, dass ich in der letzten Nacht kaum geschlafen habe. Ich habe dunkle Schatten unter den Augen, so dass ich Concealer auftragen und mehr Eyeliner nehmen muss als sonst, damit es wie Smoky Eyes aussieht. Vielleicht ist Mom dann von meinem neuen Schminkstil abgelenkt, und ihr fällt nicht auf, dass ich für einen normalen Schultag viel zu aufgeregt bin.

Ich schiebe das Bündel Briefe in meinen Rucksack – ich habe sie jeden Tag bei mir. Mom würde niemals mein Zimmer durchsuchen, sie fragt immer, ehe sie staubsaugt oder irgendetwas saubermacht, aber ich will kein Risiko eingehen. Auf Zehenspitzen schleiche ich in die Küche und hoffe, dass sie noch schläft. Mist. Sie sitzt am Tisch und isst Toast. Ich rieche Erdnussbutter.

Sie schaut mich an. »Du bist früh auf. Möchtest du etwas essen?«

»Ich esse in der Schule, danke.« Einen wilden Moment lang stelle ich mir vor, wie es wäre, ihr zu erzählen, dass ich mich ein paarmal am Telefon mit meinem Dad unterhalten habe. Beim ersten Mal war es komisch. Ich wusste nicht, was ich sagen sollte, aber seine Stimme war so vertraut, und dann kamen mir all diese Erinnerungen: Ich sitze in seinem Truck und höre zu, wie er telefoniert, stolz darauf, wie klug mein Dad klingt und dass seine Arbeiter ihn ständig wegen allem fragen. Ich konnte sogar wieder den Lufterfrischer mit Kokosnussduft riechen, den er im Auto hatte. Dann dachte ich an seine Sandwichdose aus Metall und daran, dass er mir immer kleine Packungen Oreos mitgebracht hat und stets ein paar Malstifte in seinem Handschuhfach hatte. Ich wollte Mom fragen, ob sie sich auch daran erinnerte. Wieso sprachen wir nie über diese Dinge? Wieso redeten wir nur über die schlechten Sachen?

Nun, liebste Tochter, weil er gedroht hat, mich zu töten, weißt du noch?

Natürlich weiß ich das. Ich weiß es nur zu gut. Darum habe ich ihn bei unserem zweiten Telefonat auch danach gefragt. Wenn es schon ziemlich viel Mumm erforderte, meinem

Dad ins Gefängnis zu schreiben, dann verlangte es schon fast übermenschlichen Mut, ihn nach der Zeit zu fragen, in der er drohte, meine Mutter zu töten. Was, wenn er meine Mom in jener Nacht erschossen hätte? Wenn ich daran denke, fängt alles an mir an zu zittern, und ich habe das Gefühl, mich sofort hinsetzen zu müssen.

»Da gibt es etwas, was ich dich fragen muss«, sagte ich. »Es ist wichtig.«

»Du kannst mich alles fragen.«

»Hattest du wirklich vor, Mom zu töten, in der Nacht des Unfalls? Du hattest eine Waffe dabei.«

Lange Zeit sagte er nichts – so lange, dass ich schon glaubte, er hätte aufgelegt, doch dann antwortete er: »Hat sie dir von der Waffe erzählt?«

»Es stand in der Zeitung.«

Mom hat es mir erzählt, als ich älter war, aber da wusste ich bereits so ziemlich alles aus den Zeitungen. Ich hatte sämtliche Online-Artikel gelesen, alles, was ich finden konnte, jede Erwähnung seines Namens. Es fühlte sich an, als würde ich über das Leben eines anderen lesen, über den Vater einer anderen.

»Eine berechtigte Frage. Aber ich komme mir wie ein Arschloch vor, dass du überhaupt fragen musst. Verstehst du? Du warst noch ein Kind. Du hättest so etwas nicht lesen dürfen. Ich hätte ihr niemals ernsthaft etwas angetan. Ich war betrunken und wütend und konnte nicht klar denken. Die Waffe war nicht einmal geladen.«

Ich würde Mom gern fragen, ob das stimmt, aber es gibt keine Möglichkeit, beiläufig die Sprache darauf zu bringen. Es wäre der reinste Selbstmord. Allein wenn ich ihr erzählen würde, dass er mich nach der Schule und meinen Noten fragt und danach, was ich studieren will, und dass wir über Jobstatistiken reden und ob ich versuchen sollte, ein Praktikum in einem Graphikbüro zu machen, wo heute alles digital läuft. Und dass es so ist, wie ich mir vorstelle, wie meine Freunde mit ihren Vätern reden. Sie würde komplett ausflippen und mir für den Rest meines Lebens Hausarrest geben. Sie versteht es nicht. Sie weiß nicht, dass er sich geändert hat.

Ich nehme meinen Lunch aus dem Kühlschrank und öffne meinen Rucksack, doch ich bin zu hektisch, wühle zwischen meinen Malsachen herum, und prompt fällt das Bündel Briefe heraus – genau neben die Füße meiner Mutter.

»Was ist das denn?«, sagt sie und spannt den Körper an, als wollte sie sich danach bücken. Hastig hebe ich die Briefe auf und presse sie an mich, damit sie den Absender nicht lesen kann.

»Nur so ein Projekt.«

Sie wirkt verwirrt. »Mit Briefen?«

»Es ist schwierig zu erklären.« O Gott. Ich bin so blöd. Mein Gesicht brennt. »Ich muss los, ich bin mit Delaney verabredet.«

»Okay, sag ihr, sie soll vorsichtig fahren.« Das sagt sie immer, und ich schätze, die meisten Mütter tun das, aber bei ihr ist es etwas anderes. Es ist mehr ihr Aberglaube, eine Art verbales Klopfen auf Holz, als würde, wenn sie es auch nur ein Mal vergäße, etwas Schreckliches passieren. Das alles wegen des Unfalls meines Dads.

Von seiner Trinkerei weiß ich nicht mehr viel. Ich habe versucht, mich an früher zu erinnern, aber ich war erst sechs. Manchmal meine ich, mich an den Biergeruch in seinem Atem zu erinnern, oder daran, wie nervös Mom war, wenn er nach Hause kam und auf der Couch einschlief, aber ich bin mir nicht sicher, ob das meine Erinnerungen sind oder nur Bruchstücke dessen, was Mom mir erzählt hat. Sie hatte versucht, das meiste von mir fernzuhalten, als ich klein war – sie sagt, sie habe immer dafür gesorgt, dass ich schlief oder fernsah, wenn Dad richtig betrunken war. Sie schreckt immer noch zusammen, wenn sie über ihn redet. Ich weiß nicht, ob es ihr überhaupt auffällt. Sobald ich ihn wieder besser kenne und mir sicher bin, dass er sich geändert hat, werde ich es ihr erzählen, damit sie keine Angst mehr zu haben braucht.

Sie schaut schon wieder auf ihr Handy und checkt ihre Facebook-Seite.

»Bis später.« Ich stürze durch die Tür.

Der Tag vergeht so langsam, dass ich das Gefühl habe, zu explodieren, als es endlich klingelt. In der letzten Stunde habe ich alle paar Minuten auf die Uhr geschaut, habe mich gefragt, ob das Wasserflugzeug wohl pünktlich gelandet ist, ob er schon zum Café gefahren ist. Delaney trifft mich bei den Schließfächern und wünscht mir viel Glück. »Erzähl mir alles!«, sagt sie. »Ich wünschte, ich könnte mitkommen.«

»Das wäre ziemlich schräg.«

»Ich weiß. Schick mir nachher einfach eine Nachricht.«

Mein Magen dreht sich fast um, als ich schnell von der Schule aus Richtung Innenstadt fahre, wo wir im *Muddy Bean* verabredet sind. Ich habe meine Kapuze über den Kopf gezogen und einen Wollschal hoch um den Hals gewickelt. Mom geht normalerweise nicht um diese Zeit in die Stadt, aber ich habe Angst, dass sie in ihrem letzten Haus früher mit dem Putzen aufhört und beschließt, noch Weihnachtseinkäufe zu machen.

Vor dem Café halte ich an, schließe mein Fahrrad am Laternenpfosten an, hole einmal tief Luft und stoße die Tür auf. Ich überfliege die Leute. Jedes Mal, wenn mein Blick bei einem Mann hängen bleibt und ich nach etwas Vertrautem suche, spüre ich ein ängstliches Zerren in meiner Brust, bis ich zum nächsten wandere. Was, wenn ich ihn nicht finden kann? Was, wenn er sich so sehr verändert hat, dass ich glatt an ihm vorbeilaufe? Was, wenn er beschlossen hat, nicht zu kommen?

Zuerst hätte ich ihn fast nicht erkannt. Ich schaue an ihm vorbei, dann wieder zu ihm. Er sitzt an einem kleinen Tisch in der Ecke und liest Zeitung. Seine Stirn ist gerunzelt, als würde ihm nicht gefallen, was er liest. Vielleicht braucht er auch eine Brille. Er hält die Zeitung mit einer Hand, die andere umfasst einen riesigen Becher. Ich sehe Gold aufblitzen. Sein Ehering?

Vor ihm steht ein Teller mit Krümeln. Er hat bereits gegessen, und ich fürchte, ich habe mich verspätet. Er ist groß, seine Armmuskeln wölben sich vor, so dass der Tisch noch kleiner wirkt. Ob er im Gefängnis Gewichte gestemmt hat? Seine Haare sind kurz, fast ein Bürstenhaarschnitt, und werden bereits grau. Er hat einen Bart. Ich kann mich nicht daran erinnern, dass er einen Bart hatte, und gerate in Panik. Was, wenn er schon immer einen hatte und es nicht das Einzige ist, was ich vergessen habe? Es fühlt sich an, als würde ich ihn schon seit fünf Minuten beobachten. Ständig stoßen mich Leute an. Ich sollte zu ihm gehen, aber ich kann meine Füße nicht dazu bringen, sich zu bewegen.

Er blickt auf. An der Art, wie sein Blick mich flüchtig berührt, ohne dass sich seine Miene ändert, merke ich, dass er mich nicht erkennt. Doch dann sieht er mich noch einmal an und lächelt. Es ist irgendwie schief, dieses Lächeln, als wäre er verlegen oder so etwas, und seine Wangen färben sich rosig.

Er steht auf und wischt sich die Hände an der Jeans ab. Er ist nicht so groß, wie ich dachte, doch die Schultern in dem braunen Wollpullover sind breit.

Ich gehe hinüber und stehe vor ihm. »Hi.« Meine Hände umklammern die Riemen meines Rucksacks, als wäre er ein Fallschirm und ich könnte hier herausspringen, wann immer ich will.

»Deine Haare«, sagt er. »Das hatte ich nicht erwartet.«

»Äh, tut mir leid. Ich habe vergessen, dich zu warnen.« Ich hatte nicht darüber nachgedacht, wie er auf meine Frisur reagieren würde, auf der einen Seite rasiert, auf der anderen lang, das Ganze lila gefärbt.

»Es gefällt mir.« Er sagt nichts, starrt mich nur einen Moment an. »Unglaublich, wie erwachsen du geworden bist. Ich meine, ich habe gewusst, dass es Jahre waren, aber wow. Du bist kein Kind mehr.«

Ich weiß nicht, was ich sagen soll, der Moment ist so intensiv. Ich muss die Stimmung auflockern. »Ich habe dich zuerst auch nicht erkannt. Ich dachte, vielleicht ist der kahlköpfige Typ da bei der Tür mein Vater.«

Er lacht. »Ich habe jedes Mädchen im Teenageralter angestarrt, das hereingekommen ist. Ich dachte die ganze Zeit, die werfen mich hier gleich raus.«

»Das ist ja auch ein bisschen seltsam.«

»Ja, krass«, sagt er und lacht über meinen Gesichtsausdruck. »Hey, ich habe im Gefängnis ein paar Sprüche gelernt. Wir hatten Fernseher. Und es gab nicht viel zu tun.« Er setzt sich wieder hin.

Ich schaue mich im Raum um. Ich sehe niemanden, den wir kennen, also streife ich den Rucksack von den Schultern und setze mich, lasse aber die Kapuze auf und behalte den Schal um.

»Ich habe noch nichts für dich bestellt«, sagt er. »Ich wusste nicht, was du möchtest.«

»Ich habe keinen Hunger.« Mom wird in einer Stunde das Abendessen fertighaben. Wir essen oft im Wohnzimmer, sehen fern und erzählen uns von unserem Tag. Es fühlt sich an wie ein Gummiband um meinen Körper, das an mir zerrt und zieht. *Was machst du da?*, höre ich Mom in meinem Kopf sagen. *Wie kannst du mich nur so anlügen?*

Ich will nur wissen, wie er so ist, rufe ich mir ins Gedächtnis. Ich habe ein Recht darauf, meinen Vater zu kennen. Ich empfinde einen überraschenden Anflug von Wut auf meine Mom. Wenn sie erlaubt hätte, dass ich ihn im Gefängnis besuche, hätte ich mich nicht heimlich herschleichen müssen. Ich weiß, dass sie versucht hat, mich zu beschützen, als ich ein kleines Kind war, aber jetzt bin ich älter. Ich kann mir meine eigene Meinung über die Menschen bilden.

»Wie wäre es mit einem Tee oder Kaffee?« Er dreht seinen Kaffeebecher, und ich erinnere mich daran, wie er mir heiße Schokolade gekocht hat, nachdem wir im Schnee gespielt haben, und wie er die Tasse kreisen ließ, damit die Marshmallows herumwirbeln, und sagte, das würde Glück bringen. Das hatte ich völlig vergessen.

»Heiße Schokolade«, sage ich. »Ich möchte eine heiße Schokolade.«

Wir trinken langsam. Draußen regnet es mittlerweile, und die Leute drängen mit feucht glänzenden Jacken ins Café, schütteln ihre nassen Haare aus und lachen, wie Menschen lachen, wenn sie etwas entkommen sind. Ich denke an Mom und überlege, ob es ihr bessergeht. Ich wünschte, sie müsste heute nicht arbeiten. Ich weiß, dass sie immer noch nervös ist wegen dem, was passiert ist, als sie bei Mrs Carlson geputzt hat. Ich wünschte, ich könnte ihr erzählen, dass es nicht Dad gewesen sein kann – er hat am Wochenende auf einer Baustelle gearbeitet.

Ich überlege, ob ich ihr etwas aus dem Café mitbringe, eine Suppe vielleicht oder ein süßes Teilchen – oder eines von den Blätterteigdingern mit Chili-Huhn, die sie so mag, aber dann würde sie Fragen stellen, und ich müsste lügen, mit wem ich hier war und was ich getan habe, und dabei könnte ich mich irgendwie verplappern.

Er redet über seinen Job. Er arbeitet als Polier für eine Baufirma, so dass er wieder in die Jobabläufe reinkommt, und später will er sich wieder selbständig machen. Ich merke, dass er seine Worte so wählt, dass er zuversichtlich und positiv klingt, aber ich glaube nicht, dass er seinen Boss wirklich mag.

»Ich habe früher Feierabend gemacht. Ich wollte nicht zu spät kommen.« Er deutet auf seinen Kaffee. »Ich hatte bereits zwei davon.« Ich betrachte sein Gesicht. Er wirkt aufrichtig, fast ein wenig schüchtern. »Wie geht es deiner Mom?«

»Ich glaube nicht, dass wir über sie reden sollten.« Weder am Telefon noch in seinen Briefen hat er je nach ihr gefragt, und ich war froh darum. Jetzt fühle ich mich unbehaglich. Ich schaue erneut auf seinen Ring. Es sieht definitiv so aus, als würde er immer noch seinen Ehering tragen. Mom würde es hassen wie die Pest.

Er bemerkt meinen Blick und berührt den Ring. »Ich weiß, dass ich ziemlich viel Mist gebaut habe«, sagt er, »aber das bedeutet nicht, dass ich aufgehört hätte, sie zu lieben.«

»Sie ist jetzt glücklich.«

Mein Dad schweigt, und ich denke an Mom, überlege, ob das, was ich gesagt habe, wahr ist. Ich glaube, sie hat Spaß mit Greg – er ist echt nett und hat Humor. Ständig zieht er Mom auf, zum Beispiel damit, dass sie alle Schwämme auf der Spüle nach Farben sortiert aufreiht. Er ist immer gut drauf. Ich meine, wer wäre das nicht, wenn man während des Großteils des Jahres bei der Arbeit Shorts tragen kann? Aber sie spricht nicht viel über ihn. Vielleicht liegt es daran, dass es nicht viel zu reden gibt. Er ist einfach Greg.

»Ich bin froh, dass sie glücklich ist«, sagt mein Dad. »Ist sie mit jemandem zusammen?«

»Dad.« Ich halte inne, das Wort fühlt sich unvertraut und fremd an und scheint in meinem Mund zu kleben.

»Du musst mich nicht Dad nennen«, sagt er. »Du kannst Andrew zu mir sagen.«

»Andrew.« Das fühlt sich sogar noch komischer an, aber ich weiß nicht, was ich sagen soll. Vielleicht sollte ich ihn gar nicht irgendwie nennen.

»Sie muss einen Freund haben. Sie ist zu hübsch, um lange Single zu bleiben.« Er lächelt, als versuche er rumzuflachsen, als sei diese Frage gar nichts Besonderes, aber von einem Augenblick auf den anderen kommt mir das Café zu belebt vor, die Stimmen zu laut. Von der heißen Schokolade wird mir schlecht.

»Nein«, sage ich. »Da ist niemand.« Ich will diese Unterhaltung nicht führen. Ich habe ihm gesagt, dass ich nicht über sie reden will, aber es ist, als hätte er mich nicht einmal gehört.

»Zu schade. Ich hatte wirklich gehofft, sie hätte jemanden gefunden, der sie glücklich macht.« Er wirkt aufrichtig, aber ich kann seinen Gesichtsausdruck nicht einschätzen. Ich *kenne* ihn nicht.

»Wie läuft es bei den Anonymen Alkoholikern?«

»Gut.« Er nickt. »Ich habe einen Sponsor.«

»Gehst du zu all deinen Treffen?«

»Du hörst dich schon an wie mein Anwalt.« Er lächelt, aber wieder bin ich unsicher, habe wieder Angst, ihn verärgert zu haben. Hat es sich so für Mom angefühlt? Ich überlege, ihm zu sagen, dass ich gehen muss, aber ich möchte auch noch bleiben. Hier sitzen und einen Kaffee mit meinem Dad trinken. Wie eine normale Jugendliche.

»Du musst es mir nicht erzählen«, sage ich. »Ich weiß nur nicht, worüber ich reden soll.«

»Ich auch nicht«, sagt er. »Lass uns noch einmal von vorne anfangen.«

»Okay.«

»Ich habe dir etwas mitgebracht.« Er greift in eine Tasche zu seinen Füßen, zieht eine große rechteckige Schachtel heraus und reicht sie mir über den Tisch. Ich kenne diese Schachtel. *Prismacolor Premier Farbstifte.* Ich habe im Geschäft für Künstlerbedarf gestanden und sie angestarrt, aber dann habe ich mir ein billigeres Set gekauft. Ich streiche mit den Fingern über die Schachtel. Hundertfünfzig Farbschattierungen. Woher wusste er, dass ich sie haben wollte?

»Danke. Die sind klasse.« Ich habe das Gefühl, ich müsste noch mehr sagen, aber ich finde keine Worte, kann nicht erklären, dass ich am liebsten auf der Stelle mit ihnen malen würde, dass mir von den ganzen Farben bereits schwindelig wird. Am liebsten würde ich sie auf dem Boden ausbreiten und jeden Einzelnen berühren.

»Hast du deinen Skizzenblock mitgebracht?«

»Ja.«

»Darf ich sehen, an was du arbeitest?«

Ich ziehe meinen Block aus dem Rucksack und reiche ihn ihm. Mein Gesicht ist heiß, als er durch die Seiten blättert und Bemerkungen macht. Ich hasse es, wie sehr mir dieser

Moment gefällt, sein stolzer Gesichtsausdruck. Wie gern ich es ihm zeige. Erst jetzt wird mir klar, dass ich einige der Skizzen für ihn angefertigt habe, ohne es überhaupt zu wissen. *Das ist in Ordnung*, denke ich. *Mom würde es verstehen.*

9

LINDSEY | *Juni 2004*

Er war zu Hause. Seine Stiefel lagen neben der Eingangstür, Staubspuren und Dreckbatzen waren überall im Vorraum verteilt. Sophies rosa Turnschuhe lagen unter seinen Stiefeln. Ich zog sie hervor. Er war betrunkener als üblich und hatte mich kaum angesehen, als er hereinstolperte und auf der Couch zusammenbrach.

Ich starrte auf ihn herunter, sah zu, wie sein Mund sich öffnete, wenn er schnarchte. Ein Arm lag über seinem Kopf. Seine Haare waren wieder lang und fielen ihm in die Augen, wie damals, als wir uns kennenlernten. Es war erst die erste Juniwoche, doch sein Hals und Nacken waren bereits braungebrannt, auch seine Bizepse, die ich früher so gerne mit den Händen umfasst habe, und die Hüfte, dort, wo das Hemd immer hochrutschte. Seine andere Hand ruhte auf dem Bauch. Ich könnte sie anheben, und sie würde einfach wieder herunterfallen. Er hatte etwas auf seinem Hemd verkleckert, Ketchup oder Tomatensoße. Ich betrachtete die Flecken. Ich würde ein Fleckenmittel nehmen müssen.

Meine Mom bewahrte Flaschen von dem Zeugs im Badezimmerschrank auf. Sie tupfte immer an den Flecken herum, auf Dads Hemd oder auf meinen Kleidern, als ich klein war und meine Matschkuchenphase hatte. Sie sagte, allein hinter meinem Bruder herzuputzen halte die Herstellerfirma am Leben, und sie sollten uns ruhig ein paar Gratisproben schicken. Sie und mein Dad hatten im Januar ihre Kreuzfahrt gemacht und waren braungebrannt und glücklich zurückgekommen. Seitdem schleppten die Monate sich dahin. Sophie war schon fünfeinhalb, sie stand morgens alleine auf, nahm sich selbst ein paar Cornflakes und schaute sich Zeichentrickfilme an. Sie würde ihn so sehen.

Ich sollte in ihr Zimmer gehen, ihre Sachen packen und davonfahren. Wir könnten zu meinen Eltern ziehen, und ich könnte mir einen Job suchen. Irgendetwas, irgendwo. Erneut verspürte ich heftigen Ärger, als ich an den Innenarchitekturkurs dachte, der mir so viel Spaß gemacht hatte. Dann musste Andrew ständig länger arbeiten oder konnte Sophie nicht von der Schule abholen oder brauchte mich, um etwas zur Baustelle zu bringen. Und das Ende vom Lied? Ich hörte wieder damit auf.

Er murmelte etwas, schmatzte mit den Lippen und kratzte sich träge den Bauch. Mitten in der Nacht würde er aufwachen, ins Bett torkeln und mich an sich ziehen. Die Hitze seines Körpers würde mich so eng umhüllen, dass ich kaum noch würde atmen können. Ich würde stundenlang wach liegen.

»Was ist mit Daddy los?«

Ich schrak zusammen. Ich hatte nicht gehört, dass Sophie sich aus ihrem Zimmer geschlichen hatte. Sie trug einen rosa Schlafanzug, ihre Haare waren verwuschelt. Immer wieder wickelte sie sich eine Strähne um den Finger.

»Er ist nur müde.«

Sie kam näher, beugte sich über ihn und schnüffelte. Dann schaute sie zu mir hoch und flüsterte: »Er riecht eklig.« Ihr Gesicht war so unschuldig, doch ich sah bereits die Anfänge des Verstehens, hörte den leicht anklagenden Unterton. Wie lange würde es noch dauern, bis die den Geruch von Bier wiedererkennen würde? Würde sie ihn wegen seiner Trinkerei provozieren? Wie würde er reagieren?

Ich ging zu ihr und zog sie fort. »Komm, Sophie. Zurück ins Bett.«

Andrews Augen öffneten sich. Er schlug wild mit dem Arm um sich, verfehlte Sophie nur knapp und erwischte stattdessen mich, so dass ich das Gleichgewicht verlor. Ich stürzte rücklings auf den Couchtisch und rutschte über die Kante. Betäubt lag ich auf dem Boden und schnappte nach Luft. Sophie kniete neben mir und umarmte mich fest. »Mommy!«

»Alles in Ordnung, Spatz«, sagte ich, als ich endlich sprechen konnte, aber meine Rippen schmerzten bei jedem Wort, und mein Rücken fühlte sich an, als sei er in der Mitte durchgebrochen. Ich schaute über meine Schulter.

Andrew war aufgestanden und schwankte hin und her. »Was zum Teufel tust du da?«

»Daddy, hör auf!«, weinte Sophie. »Du hast Mommy geschubst.«

Er starrte uns einen Moment an und blinzelte langsam. »Sophie?« Er streckte die Arme nach ihr aus, doch sie klammerte sich an mich. Er runzelte die Stirn und machte zwei Schritte vor.

»Andrew«, sagte ich. »Andrew, bitte geh ins Bett.«

Er konzentrierte sich auf mich, und ich hielt den Atem an. Schließlich drehte er sich um und schlurfte ins Schlafzimmer. Seine Hände suchten Halt an der Wand. Mit lautem Krachen fiel die Schlafzimmertür ins Schloss.

Ich schlief in Sophies Zimmer, zusammengerollt um ihren Körper, und strich ihr jedes Mal, wenn sie aufwachte, tröstend übers Haar. Im Badezimmer hatte ich den Schaden begutachtet und war vor Schmerz zusammengezuckt, als ich einen kalten Lappen an meine rechte Seite presste. Der längliche rote Fleck würde zu einer heftigen Prellung werden.

Als ich zu Sophie ins Bett geklettert war, hatte ich mich vorsichtig auf den Bauch gelegt, den Rücken gerade gehalten und nur flach geatmet, damit ich nicht vor Schmerz aufstöhnte. Sie hatte die Arme ausgestreckt und mich sanft am Schulterblatt berührt, die kleinen Finger strichen an der Wirbelsäule entlang nach unten. »Tut es weh, Mommy?«

»Ein bisschen.«

»Es war ein Unfall«, sagte sie. »Er wollte es nicht. Morgen wird er sagen, dass es ihm leidtut.«

Ich würgte die Tränen herunter. Meine Tochter fand bereits Ausreden für ihn. Das hatte sie von mir gelernt, wie ich plötzlich begriff. Sie hatte gelernt, ihm zu verzeihen. Sie war nicht einmal sechs Jahre alt.

Am Morgen schlich ich aus dem Bett, während sie noch schlief. Er war nicht in unserem Schlafzimmer. Ich fand ihn in der Küche, wo er sich eine Tasse Kaffee einschenkte. Er hob die Kanne an. »Auch einen?«

»Nein, danke.« Ich setzte mich auf einen der Barhocker an der Kücheninsel. Die schwarzen Lederhocker hatte er ausgesucht. Ich mochte sie nicht, weil sie sich kalt anfühlten und zu männlich wirkten. »Wir müssen reden.« Ich war zittrig und musste meine Beine am Hocker abstützen.

Schwer seufzend drehte er sich um. »Tut mir leid, das mit gestern Abend. Ich hatte nichts zu Abend gegessen, deshalb hat der Alkohol voll eingeschlagen. Wir haben einen Job abgeschlossen, und ich wollte mit den Jungs feiern. Du weißt doch, wie das ist. Sie geben mir ständig einen aus.« Ich dachte an die Essensreste auf seinem Hemd. Noch mehr Lügen.

»Du hast mich gestoßen. Ich bin auf den Couchtisch geknallt.«

Er wirkte schockiert, sein Kopf zuckte zurück. »Nein, daran würde ich mich erinnern.«

Natürlich würde er es leugnen, aber ich war überrascht, wie überzeugend er klang. Er war ein viel besserer Schauspieler, als mir klar gewesen war. Wenn ich nicht gewusst hätte, wie gut er sich an jedes einzelne Mal erinnerte, wenn ich eine seiner Regeln brach, selbst wenn er getrunken hatte, hätte ich ihm vielleicht geglaubt.

»Sophie hat alles gesehen. Sie hatte Angst.«

Jetzt runzelte er die Stirn, als würde er über den Abend nachdenken und versuchen, sich zu erinnern. Sein Gesichtsausdruck wechselte zu Beschämung, und er setzte sich auf einen der Barhocker. »Hab ich dir weh getan?« Ich nickte, und er fuhr sich mit der Hand durchs Haar. Seine Augen wurden feucht, als würde er gleich anfangen zu weinen. »Ich nehme mir einen Tag frei, okay? Wir reden über alles, und wir können mit Sophie in den Park gehen.«

»Der Park wird das nicht geradebiegen können.«

»Du hast recht. Ich bin ein Idiot. Wie kann ich das wiedergutmachen?« Er ergriff meine Hand. »Ich liebe dich so sehr, du bedeutest alles für mich. Ich hasse den Gedanken, dass ich euch solche Angst eingejagt habe. Kannst du mir vergeben?« Er wirkte so ernst, so bestürzt, dass ich tatsächlich einen Moment ins Schwanken geriet.

»Ich weiß nicht«, sagte ich. »Du hast mich misshandelt.«

Seine Augen weiteten sich. »Hey, ich bin keiner von diesen Kerlen. Sag so etwas nicht noch einmal, verstanden? Ich hatte zu viel getrunken und habe einen Fehler gemacht, aber ich habe es nicht absichtlich getan.«

»Es ist egal, ob es Absicht war, es ist trotzdem passiert.«

»Es tut mir leid. Ich werde dir tausendmal sagen, dass es mir leidtut. Ich werde den Rest meines Lebens damit verbringen, es wiedergutzumachen. Wir werden im selben Haus wohnen bleiben, bis Sophie zur Uni geht. Was immer du willst. Ich werde es tun.«

»Deine Trinkerei wird immer schlimmer. Ich komme damit nicht mehr klar.«

»Was willst du damit sagen, Lindsey?« Jetzt wirkte er nervös, ängstlicher, als ich ihn je zuvor erlebt hatte. »Willst du, dass ich kürzertrete? Ich höre auf, nach der Arbeit zu trinken, okay?«

Ich holte tief Luft und zog meine Hand fort. Vielleicht sollte ich bis später warten, wenn er nicht mehr verkatert war. Er hatte noch nicht einmal seinen Kaffee ausgetrunken. Nein. Es würde niemals einen günstigen Zeitpunkt geben. Ich musste es jetzt tun, während er noch reumütig war, während ich noch mutig war.

»Unsere Ehe funktioniert nicht. Ich bin nicht glücklich. Du trinkst die ganze Zeit – und Sophie sieht es, sie weiß Bescheid. Du lässt mich *nichts* tun. Du bist so kontrollsüchtig. Ich habe das Gefühl, zu ersticken.« Ich sah, wie er zusammenzuckte, doch die Worte stürzten nur so aus mir heraus. »Ich werde mit Sophie für eine Weile zu meinen Eltern ziehen. Wenn du dir Hilfe holst, zu den Anonymen Alkoholikern gehst, dann können wir vielleicht …«

»Du kannst mich nicht verlassen.«

»Ich habe mich bereits entschieden.«

Sobald ich diese Worte ausgesprochen hatte, war es, als hätte jemand eine Maske über sein Gesicht gezogen. Alles wurde glatt, seine Wangen, seine Stirn, selbst sein Mund, und sein Blick wurde ausdruckslos.

»Wir reden heute Abend darüber, okay?« Er schaute auf die Uhr. »Ich muss zur Arbeit.« Er klang vollkommen ruhig. Es war, als hätten wir darüber geredet, was ich zum Abendessen kochen wollte. Ich hatte erwartet, er würde ausrasten. Verwirrt suchte ich sein Gesicht ab. Begriff er nicht, was ich gesagt hatte?

Er ging zum Tresen, griff nach seiner Sandwichdose und ging, ohne mir einen Kuss zu geben. Ich stand am Fenster und sah seinem Truck nach.

Ich sagte mir, dass er nur über alles nachdenken musste. Er würde sich heute etwas Zeit nehmen, und dann würde er einsehen, dass er professionelle Hilfe brauchte. Er musste begreifen, dass es das Beste für alle war.

Ich ließ Sophie beim Kindergarten aussteigen und sah ihr nach, als sie hineintrottete, den Barbie-Rucksack so vollgepackt, dass er sie beinahe nach hinten zog. Sie war still gewesen, das Malbuch auf ihrem Schoß. Ich überlegte, ob sie gehört hatte, worüber ihr Vater und ich heute Morgen geredet hatten. Ich rieb den Knochen unter meiner Brust und hielt den Atem an, als ich den stechenden Schmerz verspürte. Ich dachte daran, wie sich ihr Gesicht erhellte, wenn er ihr sagte, er würde sie zur Baustelle oder zum Baumarkt mitnehmen, wie sie jedes Mal einen kleinen Tanz aufführte und zur Tür rannte. Es war egal, wohin er sie mitnahm, sie war jedes Mal begeistert.

Heute Abend. Er hatte gesagt, heute Abend könnten wir reden. Ich musste mich vorbereiten, musste mich wappnen gegen das, was kommen würde. Ich durfte jetzt nicht wieder schwach werden. Ich verlagerte das Gewicht, stöhnte wegen des schmerzenden Rückens. Ich musste mir einen Rechtsanwalt suchen.

Ich konnte auf keinen Fall mein Handy benutzen – Andrew ging jeden Monat die Rechnung durch und fragte mich nach jeder unbekannten Nummer. Neben einem Café entdeckte ich ein öffentliches Telefon, schlug im Telefonbuch nach und vereinbarte Ende der Woche einen Termin bei einer Anwältin.

Mein Handy neben mir piepte. Eine SMS von Andrew.

Habe meinen Lunch vergessen. Kannst du ihn mir bringen?

Er wollte, dass ich ihm sein Mittagessen brachte? Glaubte er, dadurch, dass er tat, als sei alles in Ordnung, wurde alles wieder gut? Er mochte es nicht einmal, wenn ich ihn auf der Baustelle besuchte, und er könnte sich problemlos irgendwo etwas zum Lunch kaufen oder nach Hause kommen. Mein Herz raste, und mein Auto fühlte sich zu heiß und zu klein an. Ich schaute immer noch auf mein Handy. Ich hatte ihn noch nie ignoriert. Mein Telefon piepte erneut.

Lindsey?

Ich konnte mich nicht bewegen. Konnte es nicht aufheben.

Tu das nicht.

Ein paar Minuten lang passierte nichts.

Vielleicht sollte ich mit Sophie mittagessen gehen.

Er hatte sie noch nie zum Lunch vom Kindergarten abgeholt. Er führte irgendetwas im Schilde. Mit zitternden Händen schnappte ich mir das Telefon. Verdammt. Ich bin in einer halben Stunde da.

Auf der Baustelle herrschte reges Treiben, die Maschinen lärmten, und Männer liefen hin und her. Ich suchte unter den Arbeitern nach Andrews vertrauter Gestalt. Endlich entdeckte ich ihn neben einem Betonlaster. Meine Kehle war wie zugeschnürt, als ich näher ging. Würde er in seinem Büro mit mir reden wollen? Er stand mit einem Mann zusammen, ihre weißen Schutzhelme warfen das Sonnenlicht zurück.

Ich stellte mich neben ihn. »Andrew?«

Er sah mich an, hob seinen Schutzhelm und wischte sich

den Schweiß von der Stirn. »Hi, Schatz. Moment noch. Sie gießen gerade das Fundament.« Die Trommel des Betonlasters drehte sich, während die zähe graue Masse die Rinne hinunterfloss. Er wandte sich an den Mann. »Jedes Mal, wenn ich Zement sehe, muss ich an Jimmy Hoffa denken.«

Der Mann lachte. »Was du nicht sagst. Wahrscheinlich liegt er irgendwo in einer Tiefgarage.«

»Ich möchte nicht wissen, wie viele Leichen auf Baustellen vergraben liegen.« Andrew legte mir den Arm um die Schultern. »So könntest du mich loswerden, Schatz.«

Ich konnte mich nicht bewegen, mit einer Hand umklammerte ich Andrews Lunchtüte. Der andere Mann lächelte, aber er sah irritiert aus. Jetzt beobachtete der Mann mich. Würde ich einen Witz machen? Oder es ignorieren?

»Sei nicht albern«, sagte ich. »Ich würde mir doch nicht die Finger schmutzig machen wollen.« Beide Männer lachten, aber ich hörte die Anspannung in Andrews Gelächter, den gezwungen heiteren Ton. Er war wütend.

»Es wäre ganz einfach«, sagte er. »Du könntest mich hier hineinwerfen, und die Jungs würden Beton auf mich kippen, und niemand würde es je erfahren.« Er packte mich und hielt mich über den Rand. Ich klammerte mich an ihn. Wenn er losließe, würde ich fallen.

»Andrew!«, schrie ich.

Er zog mich zu sich zurück und schlang seine Arme fest um mich, so dass seine Wange an meiner ruhte. »Hey, entspann dich. Ich mache doch nur Quatsch.«

Der andere Mann lachte immer noch. Er hielt das alles für einen Teil des Witzes – Andrew und ich alberten herum. Andrew presste seine Lippen gegen meine, und ich war gezwungen, den Kuss zu erwidern. Über seine Schulter sah ich, wie der Mann sich abwandte und errötete.

Endlich ließ Andrew mich los und nahm mir die Lunchtüte aus der Hand. »Danke!« Er zog ein Sandwich heraus. »Roastbeef. Mein Lieblingsessen!« Er nahm einen großen Bissen und kaute gründlich, während er sich wieder auf den Betonlaster konzentrierte. Der andere Mann war zur Seite gegangen und unterhielt sich mit dem Lkw-Fahrer. Ich schaute zu Andrew hoch. Sein Gesicht war eine kalte Maske.

»Wir sehen uns zu Hause, Schatz.« Er ging davon.

10

Dezember 2016

Als ich am Montagabend zu meiner Selbsthilfegruppe komme, sitzen bereits ein paar Frauen auf ihren Stühlen und starren schweigend auf ihre Füße oder Hände, während andere bei der Kaffeemaschine herumstehen und sich über das Wetter unterhalten. Ich hole mir einen Kaffee und setze mich.

Wir beginnen jedes Treffen auf dieselbe Weise. Wir reden kurz über unsere Woche und wie wir zurechtgekommen sind. Dieser Raum ist mir so vertraut, die gelben Backsteinmauern im Keller der Kirche, der Regen an den Außenfenstern, der säuerlich-muffige Geruch, in den sich der Geruch von Kaffee und nassen Haaren mischt. Ich spüre, wie sich der angespannte Wirrwarr in meinem Bauch langsam löst, und ich bin froh, dass ich mich gezwungen habe, das warme Haus zu verlassen.

Heute Abend sind ein paar neue Frauen da, der schockierte Ausdruck in ihren Blicken ist noch frisch, sie stehen am ganzen Körper unter Anspannung, während sie sich in ihre Mäntel kuscheln. Eine der Neuen ist eine junge Frau mit offensichtlich schwarzgefärbten Haaren, vielleicht Mitte zwanzig. Ich beobachte sie dabei, wie sie immer wieder zur Tür schaut, als wollte sie flüchten. Ich lächle ihr beruhigend zu, und sie wird rot, doch dann lehnt sie sich auf ihrem Stuhl zurück.

Jenny und ich haben uns bei meinem ersten Meeting kennengelernt, nachdem ich nach Dogwood Bay gezogen war. Ich war noch nie zuvor bei einer Selbsthilfegruppe gewesen und wusste nicht, was ich sagen sollte. Mit heißem Gesicht und brennenden Eingeweiden saß ich in der Ecke. Eine blonde Frau mit wilden Locken, die noch feucht waren vom Regen und nach Lavendelshampoo dufteten, ließ sich neben mir auf den Stuhl fallen und reichte mir eine Tasse schwarzen Kaffees.

»Er schmeckt grauenhaft, aber er erfüllt seinen Zweck«, sagte sie mit einem warmen Lächeln.

Erschrocken murmelte ich einen Dank und nahm die Tasse. Ich war nicht daran gewöhnt, ohne Andrew unter Menschen zu sein, die ich nicht kannte, oder die Freiheit zu haben, mit jedem zu reden, mit dem ich reden wollte – ein Teil von mir war sich nicht einmal sicher, ob ich in diese Gruppe gehörte. Doch mir gefielen das spitzbübische Aufblitzen in ihren Augen, die abgefahrene Brille, die fast ein wenig zu groß für ihr Gesicht war, und ihre blauen Gummistiefel.

Ich nahm einen Schluck und verzog das Gesicht. »Ich werde nie wieder schlafen können.«

»Ich glaube, die meisten von uns schlafen sowieso nicht.« Sie schaute hinunter in ihre Tasse. »Das Einzige, was schwärzer ist als dieser Kaffee, ist das Herz meines Exmanns.« Ihr ironischer Tonfall überraschte mich. Sie klang nicht verletzt oder beschämt. Sie klang *wütend.* In diesem Moment begriff ich, dass ich es satthatte, ständig den Kopf einzuziehen, dass ich das Gefühl leid war, mir alles selbst eingebrockt zu haben. Ich war ebenfalls wütend.

»Das Einzige, was stärker ist als dieser Kaffee, ist der Einfluss, den mein Exmann auf mein Leben hatte«, sagte ich. »Man sollte sie beide im Klo runterspülen.«

Sie warf mir einen überraschten Blick zu, und ihre Lippen hoben sich zu einem Lächeln. »Dieser Kaffee ist so beißend, das könnte glatt mein Scheidungsanwalt sein.«

Ich lachte laut auf und verschüttete beinahe meinen Kaffee, woraufhin Jenny in johlendes Gelächter ausbrach. Wir mussten den Raum verlassen, um uns wieder einzukriegen.

Jenny kauft zweimal pro Woche im Bio-Supermarkt ein und weiß mehr über Kohl, als ich jemals wissen werde. Sie mailt mir Rezepte für ihre neuesten Protein-Smoothies mit Hanf- oder Chiasamen und schickt mir jeden Tag inspirierende Sprüche. Als ihr in Vancouver ein Job als Lifestyle-Beraterin angeboten wurde, freute ich mich für sie, weil ihr Traum in Erfüllung ging, aber sie hinterließ eine große Lücke in meinem Leben. Es war so lange her, seit ich eine Freundin hatte, eine, die mich vollkommen unterstützte. Gestern haben wir geskypt, und ich erzählte ihr, was im Haus meiner Kundin geschehen war. Sie wurde fast noch wütender als ich.

»Zehn Jahre waren nicht genug«, sagte sie. »Sie hätten ihn einsperren und den Schlüssel wegwerfen sollen. Wenn du aus der Stadt rausmusst, ruf mich sofort an.«

Doch ich will Dogwood nicht verlassen – dann hätte Andrew gewonnen. Falls es allerdings hart auf hart kommt, ist es gut zu wissen, dass wir bei Jenny ein Zuhause haben. Meine Eltern sind beide tot – meine Mutter ist vor ein paar Jahren ihrer MS erlegen und mein Vater kurz darauf an einem Schlaganfall gestorben. Sie waren am Boden zerstört, weil sie nicht gemerkt hatten, wie Andrew mich während unserer Ehe wirklich behandelt hatte, und enttäuscht, weil ich mich ihnen niemals anvertraut hatte. Aber sobald ich ihnen erklärte, wie er mich bedroht und verletzt hatte, verstanden sie es besser. Meine Mutter bestand darauf, dass ich ihnen ab jetzt alles berichtete und mir um sie keine Sorgen machte. Mein Vater ließ mich versprechen, dass ich nicht auf die Insel zurückkehren würde, bevor Andrew nicht verurteilt und hinter Gittern war.

Chris und ich stehen uns immer noch nahe, aber er lebt jetzt mit seiner Freundin zusammen, und sie erwarten im Frühjahr ein Baby. Als ich ihn Samstag angerufen und ihm erzählt habe, was passiert war, wurde er wütend und bot an, zu kommen und eine Weile bei mir zu wohnen, aber ich sagte ihm, er solle bei Maddie bleiben. Sie braucht ihn momentan mehr.

Ich berichte der Gruppe von den letzten Ereignissen und dass ich denke, dass Andrew mich stalkt. Sie verstehen sofort und haben gute Vorschläge, wie ich mich gegenüber der Polizei und dem Gericht verhalten soll, aber ich sehe auch die Angst und Sorge in ihren Gesichtern, und als ich mich wieder setze, bin ich verunsicherter als vorher.

Am Ende des Treffens taucht Marcus auf und lädt seine Ausrüstung aus dem SUV – Bodenmatten, Sandsäcke, Boxhandschuhe. Während des letzten Jahres ist er ein paarmal gekommen, und wir freuen uns alle auf seinen Unterricht. Ich kenne keinen anderen Menschen, der so sehr in sich ruht wie er. Wenn ich neben ihm stehe, habe ich das Gefühl, die Welt könnte brennen, und die Flammen würden einfach über ihn hinwegziehen.

An einem stürmischen Abend war ich einmal die Einzige gewesen, die zu seinem Kurs gekommen war. Er sagte: »Du musst einiges durchgemacht haben, wenn du bereit bist, bei diesem Wetter rauszugehen, um Faustschläge zu üben.«

Wir saßen zusammen und redeten, und ich erzählte ihm von Andrew. Nach vielen Jahren in der Selbsthilfegruppe hatte ich kein Problem damit, den anderen Frauen von meiner Vergangenheit zu erzählen, aber ich war überrascht, wie leicht es mir fiel, mit einem Mann darüber zu reden. Er war so intuitiv, riet mehr als einmal, auf welche Weise Andrew mich kontrolliert und zermürbt hatte – und lag dabei immer richtig. Er verstand wirklich, wie Missbrauch funktionierte und wie schwer es war, aus so einer Beziehung auszubrechen. Ich hatte das Gefühl, dass er selbst eine düstere Vergangenheit hatte.

Danach fingen wir an, uns ab und zu allein zu treffen. Bei schönem Wetter trainierten wir im Freien. Ich fand ihn faszinierend und staunte darüber, wie sehr ich unser Training genoss. Kurzzeitig fragte ich mich, ob mehr daraus werden könnte. Einmal fuhr er mich nach Hause, nachdem ich einen Platten gehabt hatte, und blieb länger als vielleicht nötig im Eingang stehen, um zu plaudern. Als ich mich später mit einer Flasche Wein bedankte, dachte ich, dass er mich vielleicht fragen würde, ob wir sie nicht zusammen trinken wollten, doch das tat er nicht. So entwickelte sich nach und nach einfach eine wunderbare Freundschaft.

Normalerweise trinken wir nach dem Training noch einen Kaffee. Dabei erfuhr ich, dass er früher Psychotherapeut war. Er muss gut gewesen sein. Ich habe ihm vermutlich mehr Geschichten aus meinem Leben mit Andrew erzählt als sonst jemandem. Und er erzählte mir von seiner Tochter.

Ich habe Fotos von Katie bei ihm zu Hause gesehen. Sie war ein wunderschönes Mädchen, ein dunkler Typ mit einer geraden Nase und einem breiten Lächeln. Kurz nach der Schule verliebte sie sich in einen älteren Mann, mit dem sie die nächsten zwei Jahre in einer wechselhaften Beziehung verbandelt war. Marcus argwöhnte, dass ihr Freund sie misshandelte, aber sie stritt alles ab und zog sich von ihrer Familie zurück. In der Nacht, in der sie starb, rief sie Marcus an und sagte, sie wolle nach Hause. Er war gerade unterwegs, um sie abzuholen, als er die Sirenen hörte. Ihr Freund hatte erst sie, dann sich selbst erschossen. Sie wurde nur zweiundzwanzig.

Als seine Ehe im Jahr darauf in die Brüche ging, beschloss er, seinen Job als Therapeut aufzugeben. »Ich kam mir vor wie ein Betrüger. Ich konnte meiner Tochter nicht helfen, wie sollte ich da überhaupt jemandem helfen können?« Marcus überließ alles seiner Exfrau Kathryn und reiste die nächsten Jahre herum. Ich konnte mir nicht vorstellen, wie schwer es für ihn gewesen sein musste, erst die Tochter und dann die Frau zu verlieren. Sie mussten sich früher sehr geliebt haben – einmal erzählte er mir, es sei seine Idee gewesen, Katie nach Kathryn zu benennen. Aber er scheint seinen Frieden mit dem Schmerz geschlossen zu haben.

Heute geht Marcus im Raum herum und arbeitet mit den Frauen, bis jede Bewegung perfekt sitzt, aber ich bin nicht ganz bei der Sache. Meine Schläge gehen daneben, und ich schaffe es ein paarmal nicht, zu blocken.

»Alles in Ordnung bei dir?«, fragt Marcus. Ich nicke, er hebt die Polster in die Höhe, und ich schlage ein paarmal zu. »Noch mal«, sagt er. Ich halte inne, und unsere Blicke treffen sich. Immer wieder verblüfft es mich, wie schnell er meine Stimmung erspürt, sei sie gut oder schlecht. Meine Tochter ist der einzige andere Mensch, der dazu in der Lage ist.

Ich schlage noch ein paarmal auf das Polster ein, bis Marcus endlich zustimmend nickt und zur nächsten Teilnehmerin geht.

Nach dem Kurs helfe ich ihm, seine Ausrüstung nach draußen zu tragen.

»Möchtest du mir erzählen, was dir durch den Kopf geht?«, fragt er.

»Ein stressiges Wochenende.« Ich hatte Mrs Carlson am Sonntag angerufen, und sie bestätigte, dass nichts aus ihrem Haus fehlte. Sie ist immer noch erschüttert und wird für zwei

Wochen bei ihrer Schwester bleiben. Ich rief die Polizistin an, und sie erzählte mir, dass sie lediglich Fingerabdrücke von mir und Mrs Carlson gefunden hatten. Andrew hatte sie noch nicht ausfindig gemacht, aber ich glaube auch nicht, dass sie besonders eifrig nach ihm sucht. Er hat ja, was sie angeht, nichts Falsches getan.

»Andrew ist in das Haus einer meiner Kundinnen eingedrungen. Und zwar während ich dort saubergemacht habe. Er hat dieses Spielchen mit meinen Schlüsseln getrieben – er hat sie auf meine Tasche gelegt.«

»Mist.« Marcus hält mitten in der Bewegung inne, als er gerade eine Kiste in die Ecke schiebt. »Hast du die Polizei gerufen?« Es hat angefangen, sanft zu schneien. Im Licht der offenen Tür schweben die Flocken nach unten, landen auf seinem schwarzen Haar und schmelzen in seinem kurzen, gestutzten Bart. Unwirsch wischt er sie weg.

»Sofort, aber sie haben keine Fingerabdrücke gefunden.«

Er schüttelt den Kopf. »Ich hatte gleich ein schlechtes Gefühl, als du angefangen hast, das Training ausfallen zu lassen. Kerle wie dein Exmann verschwinden nicht einfach so. Ich hätte etwas sagen sollen.«

»Das ist nicht deine Schuld. Ich bin unachtsam gewesen.«

»Bitte tu das nie wieder. Und achte darauf, dass deine Alarmanlage jeden Abend eingeschaltet ist.«

Ich nicke. »Hast du diese Woche vielleicht noch Zeit zum Trainieren?« Marcus hatte zu Hause einen eigenen Trainingsraum mit einer super Ausstattung. Als Andrew nach seiner Entlassung nicht versucht hatte, mich zu finden, war ich bequem geworden. Das war mein erster Fehler. Einer, den ich nicht vorhabe zu wiederholen.

»Natürlich.«

»Es kommt alles wieder hoch, verstehst du? Die Angst,

die Wut. Ich dachte wirklich, es wäre vorbei und er würde Ruhe geben. Wie konnte ich nur so dumm sein?«

»Du bist alles andere als dumm, aber Wut ist gut. Wir können die Wut benutzen.« Ich mag das Funkeln in seinen Augen, die Entschlossenheit.

Ich nicke und straffe die Schultern. Er hat recht. Andrew wird es nicht schaffen, dass ich mich wie ein hilfloses Opfer fühle, dafür werde ich sorgen. »Wir sehen uns Mittwoch.«

Am nächsten Abend kommt Greg vorbei und bringt eine große Flasche Wein aus der Region mit. Er brüstet sich damit, stets diejenigen mit den witzigsten Namen zu finden, wie den *Roten Affensamt* oder den *Pink Panda*. Er wird nicht viel gekostet haben, denn als Fahrer verdient Greg nicht viel Geld, und es gefällt mir, dass er niemals versucht, Eindruck zu schinden. Ich schenke uns beiden ein Glas ein, während er das Feuer anzündet, dann lümmeln wir uns auf die Couch. Der Wein ist gut, und ich würde die Flasche gern leeren, aber ich bin völlig erledigt, weil ich in den letzten Nächten nicht genug geschlafen habe. Zu viel Wein würde mir den Rest geben.

Ich erzähle Greg vom Wochenende, wobei ich die Ereignisse herunterspiele und von einem Thema zum nächsten springe. Ich rede mir ein, dass ich ihn nicht unnötig beunruhigen will, aber es liegt eher daran, dass ich dieses frustrierende Ohnmachtsgefühl nicht ausstehen kann, das die Nennung von Andrews Namen in mir hervorruft. Außerdem soll es an diesem Abend nicht um ihn gehen. Ich brauche Greg nicht, damit er mich tröstet oder mir mitfühlend sein Ohr leiht.

Wir reden nicht viel. In unserer Beziehung geht es vor allem darum, es nett miteinander zu haben. Wenn wir uns treffen, ist es immer ganz schlicht, wir essen etwas und schauen uns einen Film an, bei ihm oder bei mir, vielleicht gehen wir auch noch spazieren. Er ist ein paar Jahre jünger als ich, Anfang dreißig, und scheint überhaupt nichts sonderlich ernst zu nehmen. Ich muss immer noch lachen, wenn ich daran denke, wie er buchstäblich auf meiner Türschwelle gelandet ist, nachdem er über eine lockere Treppenstufe gestolpert war. Es war ihm so peinlich, als ich die Tür öffnete und ihn erblickte, wie er mit zusammengebissenen Zähnen herumhüpfte. Beim nächsten Mal hatte er nicht nur ein Paket, sondern auch einen Hammer dabei.

Mein Handy klingelt. »Das ist mein Bruder.« Greg stoppt den Film.

»Ich wollte nur hören, wie es dir geht«, sagt Chris. »Alles in Ordnung?« Seine Stimme erinnert mich sehr an die unseres Vaters, aber er hat das heitere Aussehen unserer Mutter und ihr sonniges Alles-wird-gut-Gemüt. Wenn ich mit Chris zusammen bin, habe ich das Gefühl, unsere Eltern wären noch bei mir, und das tröstet mich. Ich hatte nicht damit gerechnet, sie so jung zu verlieren, und ich vermisse sie jeden Tag. Chris war immer ein großartiger Onkel für Sophie, beschützend und zuverlässig. Er kommt immer noch zu ihren Aufführungen oder Fußballspielen und zu jedem Feiertagsdinner. Seit Sophie älter ist, reist sie ab und zu hinüber zur Insel und verbringt das Wochenende bei ihm und seiner Freundin. Sie kann es kaum abwarten, eine kleine Cousine zu bekommen, die sie verwöhnen kann.

»Ganz gut so weit. Können wir morgen telefonieren? Greg ist gerade hier.«

Er schweigt, und ich weiß, dass er neugierig ist – ich habe ihm von Greg erzählt, aber nur, dass wir uns ab und zu treffen, nicht, dass wir ab und zu die Nacht zusammen verbringen. »Okay, ruf mich morgen früh an.«

Ich lege das Telefon auf den Couchtisch und wende mich wieder Greg zu. Er rutscht herum, so dass wir uns gegenübersitzen.

»Also, wann lerne ich deinen Bruder kennen?«, möchte er wissen. »Wir sind jetzt schon fast drei Monate zusammen. Wahrscheinlich fragt er sich bereits, was mit mir nicht stimmt.« Er sagt es mit einem frechen Lächeln, das seine Grübchen – eines auf seiner linken Wange und eine kleine Furche in seinem Kinn – zum Vorschein bringt, aber in fast schüchternem Ton. Ich bin überrascht, denn ich hätte nicht gedacht, dass er sich wegen meines Bruders Sorgen macht.

»Ich habe Chris schon lange keinem Freund mehr vorgestellt.« Ich lache nervös und greife nach der Schüssel. Greg hat Popcorn gemacht, er besteht darauf, dass die Butter richtig verteilt wird. Er vermischt alles mit dem Salatbesteck und lässt dabei die Tattoos auf seinen Unterarmen spielen – ein strahlend bunter Phönix mit hochschlagenden Flammen, die unter seinem Ärmel verschwinden, wo sie, wie ich weiß, auf ein Pokerblatt treffen. Quer über seiner Brust steht das Wort »Herzkönig«.

Er lächelt. »Ich bin also dein fester Freund?«

»*Möchtest* du denn mein Freund sein?« Ich will diese Unterhaltung im Moment nicht führen, wenn ich die Hälfte der Zeit überlege, wo Andrew heute Nacht ist, ob er mich vielleicht sogar in meinem Haus beobachtet, aber sie findet statt, ob ich will oder nicht.

»Ich weiß nicht. Gibt's dafür irgendwelche Vergünstigungen?« Seine warme Hand zeichnet einen Kreis auf meinen Schenkel, sie bewegt sich höher, und ich verspanne mich. Ich bin nicht in der Stimmung, und ich will gerade vorschlagen, dass wir nur ein wenig kuscheln, doch dann wird mir klar, dass es genau das ist, was Andrew will – in meinen Kopf gelangen und mir mein Leben ruinieren. Greg und ich haben großartigen Sex. Er ist der einzige Mann, mit dem ich nach Andrew geschlafen habe. Am Anfang war es komisch, sein Mund und sein Körper waren nicht so forsch, und er überließ mir die Führung, was aufregend und neu war. Ich lernte, dass Sex Spaß machen konnte. Ich werde nicht zulassen, dass Andrew mir das wieder nimmt.

»Lass uns ins Bett gehen, und ich zeige es dir.«

Während Greg in mein Schlafzimmer vorgeht, schalte ich die Lichter aus und schicke ein *Gute Nacht* an Sophie, die bei Delaney übernachtet. Ich überprüfe das Bolzenschloss der Vordertür und werfe einen raschen Blick aus dem Fenster auf die Straße. Früher spürte ich, wenn Andrew nach Hause kam, noch bevor ich seinen Truck auch nur hörte, spürte dieses Flattern in meinen Eingeweiden, sobald er die letzte Kurve nahm.

Ich schließe die Augen und lege eine Hand auf meinen Bauch. Alles ist ruhig, aber ich weiß, dass Andrew irgendetwas plant. Wird er sich mit Psychospielchen zufriedengeben? Oder wird er versuchen, mir etwas anzutun? Ich denke an seine Drohungen, mich umzubringen, daran, wie stark er ist, wenn er wütend ist, und dass nichts auf der Welt ihn aufhalten kann. Ich berühre meinen Hals, spüre die warme Haut, meinen Puls. Ich lebe, ich atme noch.

Ich werfe noch einen Blick aus dem Fenster, dann folge ich Greg ins Schlafzimmer.

Um sieben Uhr wache ich vom Geräusch des Regens auf. Eine der Dachrinnen muss kaputt sein, das Wasser pladdert in einem lauten Wasserfall vor meinem Fenster herunter. Ich werde den Vermieter anrufen müssen. Widerwillig steige ich aus dem Bett, gehe in die Küche und schalte das Licht an.

Greg ist gegen Mitternacht nach Hause gefahren, und im Haus ist es still. Er bleibt selten über Nacht. Ich sage, es sei wegen Sophie, aber die Wahrheit ist, dass ich manchmal in Panik gerate, wenn ich in meinem Bett aufwache und er neben mir liegt, und wenn er dann auch noch sein schweres Bein über meines gelegt hat, ist mir plötzlich alles zu viel.

Jetzt wünschte ich, ich hätte ihn gebeten zu bleiben. Ich könnte mich an seine warme Seite kuscheln, könnte dem Rumpeln seiner tiefen Stimme lauschen, die am Morgen noch rauer klingt, wie flüssiger Kies. Ich könnte seine Narben mit dem Finger nachzeichnen: eine von seiner Blinddarmoperation, die lange, wulstige an seinem Bein von einer Kettensäge, die schartige an seinem Schlüsselbein von einem Motorradunfall als Teenager. Nie zuvor habe ich einen Mann mit so vielen Narben getroffen.

Ich setze den Kaffee auf und trinke eine Tasse, während ich mir meinen Lunch vorbereite, dann fülle ich den Rest in eine Thermoskanne. Ich werde die Energie brauchen. Heute muss ich zwei Häuser putzen, danach kommt noch eine Trainingseinheit mit Marcus. Mein erster Kunde des Tages ist auch mein merkwürdigster. Joe, ein Mann in den Fünfzigern, der nach einer Kopfverletzung unter dem Verlust des Kurzzeitgedächtnisses leidet. Seine Familie hat mich engagiert. Manchmal vergisst er, dass ich im Haus bin, und erschrickt sichtlich, wenn er mich entdeckt, während ich gerade seine Badewanne schrubbe. Zweimal war ich diejenige, die sich erschrocken hat, einmal beim Anblick von Joe, der in seinen gestreiften Boxershorts im Wohnzimmer herumlümmelte und Hühnchen oder Spaghetti aus der Dose aß, und ein anderes Mal, als er zu »Let it Go« aus *Die Eiskönigin* tanzte und dabei eine Tischdecke als Umhang trug. Er drängte mich, mitzutanzen, und nannte mich »Anna«. Ich zögerte einen Moment, dann hielt ich meinen Mopp wie ein Mikrophon und gab mein Bestes.

Nachdem ich bei Joe fertig bin, der sich die meiste Zeit Wiederholungen von *Matlock* angeschaut hat, fahre ich zu meinem zweiten Job des Tages, zu einem großen zweistöckigen Haus mit vier sehr quirligen, chaosproduzierenden Kindern unter zwölf. Doch heute ist es nicht allzu schlimm, und ich werde etwas früher fertig. Also beschließe ich, auf dem Weg zu Marcus bei der Bank anzuhalten und noch etwas Bargeld zu holen. Während ich am Geldautomaten warte, dass er mein Geld ausspuckt, habe ich ein merkwürdiges Gefühl, eine Art nervöses Flattern im Bauch. Ich werfe einen raschen Blick über die Schulter, aber hinter mir steht niemand.

Ich sammle den Beleg ein, verstaue ihn und das Geld in meiner Tasche und drehe mich um.

Er steht an der Ecke bei der Bank. Er schiebt gerade Geld in seine Börse und steckt sie in die Gesäßtasche. Mit dem kurzen Haar und einem Bart sieht er verändert aus, aber die Art, wie er sich bewegt, ist mir ebenso vertraut wie die Form seines Kopfes oder die Art, wie er die breiten Schultern anhebt.

Die Betonmauern der Bank rasen auf mich zu, als seien nur wenige Zentimeter Platz zwischen Andrew und mir. Ich kann seine Haut riechen, seine Seife, sehe seinen Mundwinkel, die Art, wie er sich nach oben biegt. Sophies Lächeln. Er wird mich sehen, und dann wird er meinen Namen sagen, in diesem Tonfall, der liebevoll und wütend und tadelnd und enttäuscht klingt, alles zur gleichen Zeit.

Lauf.

Beine. Ich muss meine Beine bewegen. Irgendeine innere Kraft zwingt mich herum. Zu schnell, ich lasse meine Schlüssel fallen. Sie scheinen in Zeitlupe zu fallen, bis sie auf dem Boden aufschlagen, mit einem metallischen *Kling*, das über den Bürgersteig geweht wird. Ich bücke mich, sammle meine Schlüssel ein und richte mich auf.

»Lindsey.« Er geht los, kommt auf mich zu. Der Abstand zwischen uns verringert sich.

»Bleib mir vom Leib.« Ich stehe aufrecht, strecke meine Hand mit den Schlüsseln vor wie ein Schwert. Dabei sind sie nichts. Nur winzige Metallstückchen.

Mit erhobenen Händen bleibt er stehen. »Ich war in der Bank. Ich wusste nicht, dass du hier draußen warst.«

»Warum bist du hier?« Es spielt keine Rolle. Ich weiß, warum er hier ist. Ich muss weggehen, aber meine Füße fühlen sich an wie Felsbrocken. Ich blicke mich um, in der Hoffnung, andere Menschen zu sehen, denn zu mehreren ist man sicherer, doch es ist, als hätte die Erde sich aufgetan und alle anderen verschluckt. Kein Auto auf der Straße, kein Fußgänger weit und breit.

»Die Baufirma, für die ich arbeite, hat einen neuen Auftrag als Subunternehmer in Dogwood Bay. Ich habe mir ein paar Mietwohnungen angeschaut.«

Nein. Er wusste, dass wir hier leben. Er hat das alles geplant.

»Ich will nicht, dass du hier lebst.« Ich hasse es, dass meine Stimme zittert, hasse es, wie schwach ich mich fühle. Ich will stark und herrisch klingen, doch ich bin wie ein Kind, das seine Eltern anbettelt.

»Das verstehe ich, aber ich muss hier arbeiten. Die Zeiten sind hart.« Für ihn waren die Zeiten niemals hart. Ich bin froh, dass er redet. Dadurch macht er mich wütender.

»Du darfst Sophie nicht sehen.«

»Sie wird nächsten Monat achtzehn.«

»Sie will nichts mit dir zu tun haben.« Aber er hat recht. Sie ist fast volljährig. Ich kann es nicht verhindern. Ich kann nichts tun.

»Sie kennt mich nicht mehr.«

»Ich will, dass es so bleibt. Sie ist ein gutes Kind. Mach ihr nicht das Leben kaputt.«

»Ich habe mich verändert, Lindsey. Ich bin nicht mehr der Mensch, den du geheiratet hast. Ich habe im Gefängnis Therapie gemacht, und ich gehe zu den Anonymen Alkoholikern – ich habe seit elf Jahren keinen Tropfen mehr angerührt.«

Ich wünschte, ich könnte ihm die Schlüssel in die Augen rammen und immer tiefer stechen, bis er mich nie wieder anschauen kann. »Ich glaube dir keine Sekunde, dass du dich verändert hast.«

»Lass uns das nicht auf der Straße bereden. Darf ich dir einen Kaffee ausgeben?«

»Ich werde nirgendwo mit dir hingehen.« Ich sollte nicht schockiert sein, dass er tatsächlich glaubt, ich würde mich mit ihm hinsetzen und einen Kaffee trinken, aber seine Fähigkeit, die Realität zu ignorieren, ist wahrlich erschreckend. Für ihn scheinen wir so etwas wie gute alte Freunde zu sein. Ich wende mich ab.

»Lindsey!«, ruft er laut, aber ich gehe weiter. Dann senkt er die Stimme um eine Oktave, ist jedoch immer noch laut genug, damit ich ihn verstehen kann, und sagt: »Ich weiß, was du getan hast. Ich weiß, dass du mich in jener Nacht betäubt hast.«

Die Worte krachen in meinen Rücken und reißen mich fast um. Ich taumele, der Gehweg vor meinen Augen rückt drohend näher. Ich fürchte, in Ohnmacht zu fallen, und blinzele die Panik fort. *Nein, nein, geh weiter.*

Ich zwinge meine Beine, sich zu bewegen, schaue über meine Schulter. Er beobachtet mich immer noch. Mein Wagen parkt an der Straße, was bedeutet, dass er jetzt weiß, dass ich einen blauen Mazda fahre. Meine Hände zittern, als ich versuche, den Schlüssel ins Loch zu stecken. Ich starre auf sie hinunter, zwinge meine Finger, sich zusammenzureißen und mich *auf der Stelle* ins Auto einsteigen zu lassen. Meine Wut hilft mir, ich fühle mich stärker. Ich steige ein und fahre so schnell ich kann davon.

Ich komme zehn Minuten zu spät, aber Marcus öffnet die Tür mit einem Lächeln. »Ich habe mich schon gefragt, wo du bleibst«, sagt er. »Dachte, du würdest vielleicht noch bei Dairy Queen haltmachen.«

Ich weiß, dass es ein Witz ist – er zieht mich damit auf, seit ich einmal mit einem Rieseneis für jeden von uns bei ihm aufgetaucht bin –, aber heute kann ich nicht darüber lachen. »Tut mir leid. Ich hoffe, ich bringe deinen Terminkalender nicht durcheinander.«

»Nein. Bin selbst etwas spät dran gewesen.« Marcus kommt niemals zu irgendetwas zu spät. Er sagt das nur, damit ich mich besser fühle. Er hält die Tür weit auf, ich folge ihm hinein und breche auf einem seiner Sessel zusammen.

»Ich habe Andrew in der Stadt gesehen. Er war bei der Bank.« Es ist so schwer, diese Worte auszusprechen und anzuerkennen, was gerade geschehen ist. Meine Stimme ist atemlos, als wäre ich eine Treppe hinaufgesprintet.

»Er *verfolgt* dich?« Er sinkt in den Sessel mir gegenüber, seine dunklen Augenbrauen ziehen sich zu einem verärgerten Runzeln zusammen.

»Er sagt, er würde wegen der Arbeit hierherziehen, aber das ist Blödsinn. Er wollte mir weismachen, dass er sich geändert hat.« Ich stoße ein bitteres Lachen aus. »Er hat sich kein bisschen geändert.« Ich wünschte, ich könnte Marcus alles erzählen, auch von den Tabletten und von dem, was Andrew gesagt hat, aber ich muss die entsetzliche Wahrheit für mich behalten.

»Meine Güte, Lindsey.« Er beugt sich vor, legt eine Hand auf mein Knie. »Das tut mir wirklich leid.« Es ist das erste Mal, dass er mich außerhalb des Trainings anfasst, und die Berührung ist fest und tröstlich.

»Ich habe die Polizistin angerufen. Sie sagt, Andrew behauptet, er habe an dem Morgen gearbeitet, als im Haus meiner Kundin eingebrochen wurde. Ich weiß, dass er lügt, aber sie haben nicht genug Verdachtsmomente, um seine Aussage zu überprüfen. Es gibt kein Verbrechen, für das sie ihn anklagen könnten. Sie werden ihre Zeit nicht vergeuden.«

»Kannst du keine Kontaktsperre erwirken?«

»Dazu braucht es mehr, als dass ich ihn einmal gesehen habe – und er hat nichts Bedrohliches getan. Selbst wenn, ich könnte nichts tun, um zu verhindern, dass er in diese Stadt zieht. Er ist ein freier Mann.«

»Manchmal hasse ich dieses System. Es schützt die Falschen.« Er schaut aus dem Fenster, die Lippen fest zusammengepresst, und ich frage mich, ob er an Katie denkt.

Er wendet sich wieder an mich. »Falls du mal für eine Weile aus der Stadt rausmusst – auf der Insel habe ich ein Haus am See. Du und Sophie könntet eine Weile dort wohnen.«

»Du hast ein Haus am See?«

»Es gehört seit Jahren meiner Familie. Es ist ruhig und friedlich – ein guter Ort, um von allem wegzukommen und über das Leben nachzudenken.« Er muss mit seiner Frau und seiner Tochter dort gewesen sein, und sein Angebot ehrt mich, aber der letzte Ort, an dem ich sein will, ist ein einsamer See auf Vancouver Island, wo Andrew jeden Zentimeter kennt wie seine Westentasche. Das hört sich für mich nicht besonders friedlich an.

»Danke, aber es ist egal, wo wir sind. Ich werde mich erst dann wieder sicher fühlen, wenn er im Gefängnis sitzt.« Ich lächele schief. »Und das dürfte nur eine Frage der Zeit sein.«

Marcus lächelt zurück, doch er sieht immer noch besorgt aus. »Ich meine es ernst.«

»Ich weiß. Aber im Moment hilft es mir mehr, wenn alles normal weiterläuft. Ich werde darüber nachdenken, okay?«

Er nickt. »Wenn es das ist, was du brauchst.«

Wir trainieren, bis ich völlig erschöpft bin. Als wir endlich Schluss machen, pochen meine Arme und Beine. Ich dusche rasch im Bad neben seinem Trainingsraum und ziehe mir frische Klamotten an, doch der Endorphinrausch vom Training lässt bereits wieder nach. Als ich bei Marcus ankam, stand ich unter Schock, war wie betäubt und nicht bereit, der Wahrheit ins Auge zu blicken. Jetzt erkenne ich alles in seiner ganzen Schärfe.

Andrew zieht nach Dogwood Bay, und er will Sophie sehen.

Als ich die Treppe hinauf und durchs Wohnzimmer gehe, bleibe ich am Fenster stehen, von dem aus man den Ozean sehen kann. Die winterlichen Wellen lärmen in der Ferne, graue Wolken, schwer und aufgebläht vom Regen, hängen am Himmel. Ich betrachte sie einen Moment, versuche, ein paar beruhigende Atemzüge zu machen. Ich kann nicht weinend hinausgehen. Ich denke an Sophie: Was soll ich ihr erzählen? Erneut steigt Panik in mir auf. *Es wird alles wieder gut, nimm dir nur eine Minute Zeit.*

Ich richte die Bücher auf dem Beistelltisch ordentlich aus, sehe mir die Titel an. Marcus liest alles Mögliche, aber im Moment scheint er sich vor allem Memoiren und Biographien zu widmen. Ich entdecke ein Buch zum Thema Trauer, schlage die erste Seite auf und denke an ihn und seine Tochter. Dann lege ich das Buch vorsichtig wieder zurück.

Marcus ist in der Küche und kocht Kaffee. Er hat ebenfalls geduscht, seine Haare sind feucht und zerzaust.

Er hält einen Becher in die Höhe. »Hast du noch Zeit für einen Kaffee?«

»Natürlich.« Ich nehme den Becher und setze mich. »Wie kommst du mit dem Schreiben voran?« Er arbeitet an einem Buch über seine Reisen rund um die Welt und darüber, wie die verschiedenen Kulturen mit Tod und Trauer umgehen. Er hat mich ein paar Kapitel lesen lassen. Es ist beeindruckend, und ich hoffe, dass ich noch mehr lesen darf. Während er von seinen jüngsten Recherchen erzählt, versuche ich mich auf seine Worte zu konzentrieren, doch ich denke immer noch an Andrews letzte Worte draußen vor der Bank. Er wird es nicht dabei belassen. Er hat es all die Jahre gewusst und niemals etwas deswegen unternommen. Bis jetzt. Meine Haut wird kalt, etwas Eisiges kriecht langsam an meinem Rücken herunter und lässt mich erschaudern. Für einen Moment ist es, als könnte ich spüren, wie er neben mir sitzt und mir etwas ins Ohr flüstert.

Ich habe dich gewarnt, sagt er. *Ich habe dich gewarnt.*

11

Oktober 2005

Er brach am Morgen auf, als es noch dunkel war, und hauchte mir einen Kuss auf die Wange. Ich gab vor zu schlafen, aber ich hatte den Großteil der Nacht wach gelegen, seinem Atem und dem Ticken der Uhr gelauscht.

Ich schob mich aus dem Bett und räumte die Unordnung in der Küche auf, ehe Sophie das zerschlagene Geschirr in der Spüle und die Reste des Rindfleischeintopfes auf dem Fußboden sah. Er war sauer gewesen, weil ich nicht gewartet hatte. Als würde ich so gern mit ihm am Tisch sitzen und zusehen, wie er aß wie ein verlotterter Alter, mit seinen langen, strähnigen Haaren, und wie ihm das Essen von der Gabel fiel, ehe er es in seinen Mund bekam.

Seit zwei Wochen fuhr er früh zur Arbeit und kam oft erst nach Hause, wenn Sophie bereits im Bett lag. Seine Haare waren zerzaust, das Gesicht hager und eingefallen. Nachdem er eines Abends angehalten und mit einem vierundzwanzigstündigen Fahrverbot belegt worden war, hatte er begonnen, Minzkaugummi zu kauen, als könnte das den Biergeruch überdecken. Zu mir sagte er, der Cop sei ein übereifriges Arschloch gewesen.

Sobald die Küche sauber war, machte ich Sophies Lunch fertig, dann sang ich laut unser Aufwachlied, während ich durch den Flur in ihr Zimmer ging. »I love you! You love me!«

Ihre zarte Stimme antwortete: »We're as happy as can be!«

Ich stieß ihre Tür auf, kuschelte mich neben sie unter die warme Decke und kitzelte sie aus dem Bett, bis sie hysterisch kicherte. »Mommy! Hör auf!«

Ich fuhr Sophie zur Schule und starrte mit einem Kloß im Hals aus dem Fenster, als sie ihre kleine Hand über die Mittelkonsole schob, um meine festzuhalten. »Heute wird ein guter Tag, Mommy.« Sie klang so zuversichtlich. Sie glaubte wirklich, dass alles auf der Welt gut war. Dass ihre Mommy und ihr Daddy sie liebten und sie in Sicherheit war. Das war es, was ich gewollt hatte. Ich wünschte, ich würde genauso fühlen.

»Ja, das wird es, Spatz.«

Ich parkte hinter einem der Busse. »Lern schön, hörst du?« Ich umarmte sie fest und sah ihr nach, als sie zum Gebäude lief. Anschließend fuhr ich nach Hause, um in der Dusche zu weinen. Heftige Schluchzer brachen aus mir hervor, ein wildes, panisches Heulen. Ich lehnte mich gegen die nassen Fliesen, wartete darauf, dass die Tränen nachließen, konzentrierte mich auf meinen Atem. Ein. Aus. Ein. Aus. Ich musste mich zusammenreißen. Der heutige Tag war zu wichtig, um es zu vermasseln.

Ich trocknete mich ab, putzte mir die Nase und warf das Taschentuch in den Mülleimer. Andrew hatte schon wieder meine *People*-Magazine weggeworfen. Ein langes Bad war früher mein einziger Luxus gewesen, meine einzige ruhige Zeit. An dem Tag, an dem er mich auf der Baustelle gepackt hatte, war ich nach Hause gekommen, hatte mich in die warme Wanne gelegt und versucht, meinen zitternden Körper zu beruhigen. Sollte ich Sophie abholen und fliehen? Würde er Jagd auf mich machen? Ich dachte an den Zement, stellte mir vor, wie er über meinem Körper zusammenschlug. Er kam nach Hause, als ich noch in der Badewanne lag, und erschreckte mich, als er die Tür aufriss und sich auf den Wannenrand setzte. Ich zog die Knie bis zur Brust, zu verängstigt, um zu schreien. Das war's. Er würde meinen Kopf unter Wasser drücken.

»Ich habe über das nachgedacht, was du heute Morgen gesagt hast«, sagte er. »Du wirst nirgendwo hingehen. Ich will dir nicht weh tun, aber ich könnte möglicherweise die Kontrolle über mich verlieren. Ich liebe dich zu sehr, um dich gehen zu lassen.«

Ich versuchte zu sprechen, dachte an all die Dinge, die ich sagen sollte. *Du kannst mich nicht zwingen, bei dir zu bleiben. So funktioniert Liebe nicht.* Sein Blick riet mir, den Mund zu halten.

»Gib mir nur etwas Zeit«, sagte er. »Es wird wieder besser werden.« Er ging neben der Badewanne auf die Knie und rieb mit der Hand über meinen Nacken. »Brich mir nicht das Herz.«

Also blieb ich. Nicht für ihn. Ich blieb um Sophies willen, und weil ich nicht aufhören konnte, an diese Grube auf der Baustelle zu denken. Ich wollte nicht, dass meine Tochter mit einer anderen Mutter aufwuchs. Dass sie ihr Leben lang denken würde, ich hätte sie freiwillig verlassen. Ich würde mir mehr Mühe geben. Ich würde meinem Mann eine bessere Frau sein. Ich würde dafür sorgen, dass es klappte.

Das war vor über einem Jahr gewesen. Nichts war besser geworden.

Ich schaute auf die Uhr, und in meinem Magen rumorte es unangenehm, während ich den Kuchenteig umrührte. Noch drei Stunden bis zu seiner Mittagspause. Würde er lächeln, wenn er hereinkam, oder würde er still und mürrisch sein? Ich musste seinen Geburtstagskuchen fertigbacken und die

Einkäufe erledigen, bevor er zum Lunch nach Hause kam. Im Geiste ging ich meine Checkliste durch. Das Haus war makellos sauber, ich hatte den Halloween-Kranz an die Eingangstür gehängt, und die Kürbisse konnten ausgehöhlt werden, sobald Sophie von der Schule nach Hause kam.

Normalerweise gingen wir an seinem Geburtstag abends essen, aber dieses Jahr hatte er gesagt: »Lass uns zu Hause bleiben. Mach nicht so viel Wirbel.« Ich wusste nicht, ob er es ernst meinte oder ob er eigentlich meinte, ich sollte viel Wirbel machen, und dann wütend werden würde, wenn wir einfach nur zu Hause zu Abend aßen.

Meine Finger rutschten am Metalllöffel aus, und etwas Teig spritzte an die Seite vom Küchenschrank. Rasch wischte ich den Spritzer weg. Dann setzte ich mich hin, presste die Fingerspitzen gegen meine Schläfen und versuchte, den andauernden Kopfschmerz zu mildern, der mich überallhin verfolgte.

Ich dachte an das wenige Geld, das ich im Garten unter dem Ahorn in einer Dose versteckt hatte, Dollars, die ich bei Umtauschen zurückbekommen hatte, Bargeld, das ich in seinen Taschen gefunden und gehortet hatte. Es war der einzige Bereich im Garten, den die Videokameras nicht erfassten, trotzdem nahm ich immer Gartengeräte mit, wenn ich dorthin ging. Ich hatte überlegt, wie ich sonst noch an Bargeld kommen könnte. Für die Nachbarn putzen, Babysitting – aber ich hatte keine Ahnung, wie ich das bewerkstelligen sollte, ohne von ihm dabei erwischt zu werden.

Ich stand wieder auf, schaute hinunter auf den orangefarbenen Teig und tauchte meinen Finger zum Probieren hinein. Vierschichtiger Kürbiskuchen mit einer Glasur aus Quarkcreme, so wie seine Mutter ihn früher gebacken hatte. Ich hatte seinen Namen auf die Glasur geschrieben und trug das hellblaue Kleid, das er mir geschenkt hatte. Aber es würde trotzdem nicht gut genug sein.

Die schaurige Halloweenmusik im Laden ging mir auf die Nerven, und die Plastikskelette mit den glühend roten Augen am Ende der Gänge wirkten makaber, nicht witzig. Ich warf die Einkäufe in meinen Wagen und eilte zur Kasse. Als ich aus dem Laden kam, war Nebel aufgezogen und hatte die Berge ausradiert, die vorher in goldenen, rostroten und pflaumenblauen Flammen gestanden hatten. Ich spürte die feuchte Herbstluft auf meinem Gesicht. Sie fühlte sich an wie Tränen. Ich musste ganz langsam nach Hause fahren und mich auf die Mittellinie konzentrieren.

Andrews Truck stand in der Auffahrt. Ich bremste so abrupt, dass der Sicherheitsgurt mir in den Bauch schnitt. Er war dreißig Minuten früher dran als üblich.

Als ich ausstieg, legte ich kurz die Hand auf seine Motorhaube. Sie war kalt. Der Truck war strahlend weiß, keine Spur von Matsch oder Staub von der Baustelle, die Reifen waren wie geölt, und die Radkränze schimmerten silbrig. Wenn er finstere Laune hatte, war er wie besessen vom Putzen.

Ich lief zur vorderen Treppe, die Arme voll mit Einkäufen, und stieß die Tür auf.

»Andrew?« Keine Antwort.

Als ich in die Küche kam, saß er am Tisch, einen Teller vor sich. Der Topf stand noch auf dem Herd, eine leere Dose Tomatensuppe stand neben der Spüle. Er hasste Dosensuppe.

»Es tut mir leid«, sagte ich. »Ich hätte früher nach Hause kommen sollen. Der Laden war das reinste Irrenhaus. Ich kann dir ein Sandwich machen. Beim Bäcker sagten sie, das Brot sei ganz frisch.« Ich holte einen Laib Sauerteigbrot heraus sowie ein paar Scheiben Truthahnbrust und stellte die restlichen Einkäufe rasch in den Kühlschrank. Er schwieg hinter mir. Ich riskierte einen Blick über meine Schulter. Aus schmalen Augen starrte er mich an.

»Du hast zu viel Muskat an den Kuchen getan.«

Jetzt sah ich den Teller auf dem Tisch, leer bis auf einen Klecks Glasur. Ich drehte mich um und entdeckte die durchsichtige Tupperdose auf dem Tresen. Ich konnte den Kuchen darin sehen. Er hatte eine Ecke herausgebrochen.

Ich zwang mich, ihm in die Augen zu schauen. »Ich backe noch einen.«

»Du siehst scheiße aus.«

Ich berührte meine Haare. »Draußen ist es nass ...« Ohne mich aus den Augen zu lassen, lehnte er sich auf dem Stuhl zurück. »Ich mach mich schnell frisch.« Ich ging in den Flur und versuchte nachzudenken. Er war wegen irgendetwas sauer. Weil ich nicht zu Hause gewesen war? Hatte ich irgendetwas vergessen? Ich war so sorgfältig gewesen, als ich die Küche geputzt hatte.

Ich öffnete die Badezimmertür – und blieb wie angewurzelt stehen. Meine Kosmetika waren überall verstreut, Puder und Rouge klebten am Boden, die Farben waren auf den weißen Fliesen verschmiert. Die Schranktüren unter der Ablage waren weitaufgerissen. Shampooflaschen, Seifen, Mundspülungen und Cremes waren herausgeschleudert worden. Eine der Flaschen war kaputtgegangen, hellblau schillerndes Schaumbad war ausgelaufen, und der Duft »Bergbrise« hing ekelerregend süß in der Luft.

Ich ging in die Knie und zog mit zitternden Händen meine Tamponschachtel zu mir. *Nein, nein, nein.*

Schwere Schritte hinter mir. Sie blieben vor der Tür stehen. Er klopfte an den Rahmen. Ich schloss die Augen, kniff sie fest zusammen, ehe ich sie wieder öffnete und mich langsam umdrehte.

Er hielt den glänzenden silbernen Streifen mit den Pillen in die Höhe.

»Ich habe nachgedacht«, sagte er. »Wie kann es sein, dass Lindsey beim ersten Mal so leicht schwanger wurde, aber jetzt klappt es einfach nicht? Der Arzt sagt, an mir liegt es nicht.«

Ich stand auf und lehnte mich gegen die Ablage, die harte Kante bohrte sich in meine Haut. »Ich war noch nicht bereit für ein weiteres Kind. Ich habe versucht, es dir zu erklären.«

»Du hast mich im Glauben gelassen, es läge an mir!«

»Nein! Ich wollte nicht ...«

»Du bist eine verlogene Schlampe.«

Unwillkürlich wich ich zurück, so hasserfüllt war sein Blick. »Du hast mich dazu *gezwungen*, zu lügen.« Meine eigene Wut wuchs. Die Verbitterung, die ich so lange unterdrückt hatte, wollte heraus. »Warum sollte ich noch ein Kind von dir haben wollen, wenn du mich so behandelst?«

»Wie behandele ich dich denn, Lindsey?«

Seine Stimme war so kalt, dass ich wusste, ich war zu weit gegangen. In meinem Kopf schrillten die Alarmglocken, aber es fühlte sich so gut an, endlich einmal zurückzuschlagen.

»Als würde ich nichts taugen. Als sei ich nur dein Dienstmädchen oder ein Kind, das nichts selbst entscheiden darf. Als würdest du mich in Wirklichkeit gar nicht lieben.«

»Anscheinend hast du ein paar Dinge sehr wohl für dich selbst entschieden, oder? Aber das wird sich ändern.« Er kam auf mich zu, und ich zuckte zusammen, doch er drängte sich an mir vorbei. Er stand über der Toilette, drückte die Tabletten aus dem Streifen und ließ sie ins Wasser fallen. Dann kam er näher, baute sich vor mir auf und stützte die Hände links und rechts neben mich auf die Ablage. »Du scheinst nicht zu begreifen, wie verdammt gut du es hast. Niemand sonst würde dich haben wollen, Lindsey. Du bist nicht besonders klug und auch nicht mehr besonders hübsch.«

»Dann lass mich gehen«, sagte ich. »Lass dich von mir scheiden. Wir können uns das Sorgerecht teilen.«

»Das werde ich niemals zulassen.«

»Das entscheidest du nicht allein«, sagte ich, überrascht, wie stark ich klang. »Das Gericht wird entscheiden.«

»Glaubst du etwa, ich würde herumsitzen und darauf warten? Wenn du mich je verlässt, wenn du auch nur versuchst, mich zu verlassen, wird Sophie nur noch einen Elternteil haben, kapiert?«

Ich brachte kein Wort mehr heraus. Mein Herz hämmerte so hart in der Brust, dass ich glaubte, ohnmächtig zu werden, doch ich zwang mich, zu nicken. Er war nur wenige Zentimeter von meinem Gesicht entfernt und starrte mir in die Augen. Er packte ein Büschel meiner Haare und zog mich daran schmerzhaft zurück, dann flüsterte er mir ins Ohr: »Ich werde Sophie von der Schule abholen, und wir gehen zu meinem Geburtstag aus. Du bist nicht eingeladen.« Er ließ mich los, und ich sank gegen das Waschbecken. Seine Stiefel polterten laut, als er durch das Haus ging. Ich folgte ihm, rannte durch die Diele. Er war bereits draußen, auf der Treppe. Ich suchte auf dem Tresen nach meinen Schlüsseln, durchwühlte meine Tasche, drehte mich langsam im Kreis und suchte den Raum ab, sah am Haken neben der Tür nach. Sie waren verschwunden.

Scheinwerfer strichen über die Wohnzimmerwand. Ich empfing sie an der Tür. Andrew kam als Erster herein. Ich überprüfte sein Gesicht, bemerkte den rötlichen Schimmer auf

Nase und Wangen. Von der Kälte? Oder hatte er getrunken? Gott, bitte sag mir, dass er nicht getrunken hat und anschließend mit Sophie im Truck gefahren ist. Sophie schleppte sich nach ihrem Vater ins Haus und schleifte die Schultasche hinter sich her. Sie war in ihren rosa Wintermantel gemummt und zitterte leicht, aber ihre Augen strahlten glücklich, als sie sagte: »Hi, Mommy!«

»Spatz, ich habe mir Sorgen gemacht.« Ich fiel vor ihr auf die Knie und rieb ihre Schultern. »Warum bist du so kalt?« Ihr Zopf hing schief, und die feinen Kinderhaare um ihre Stirn herum hatten sich gelöst. Ich strich ein paar von ihnen zurück. Erneut suchte ich ihr Gesicht ab. Sie schien nicht traurig zu sein, aber sie wickelte eine Strähne ihres Haares auf und schaute zu ihrem Vater hoch. Vor kurzem hatte sie begonnen, ihm an den Abenden, an denen er betrunken nach Hause kam, nachzulaufen. Oder sie setzte sich neben ihn auf die Couch, bis ich sie drängte, ins Bett zu gehen, oder sie mit dem Versprechen auf noch eine Gutenachtgeschichte fortlockte.

»Mir geht es gut, Mommy.«

»Es geht ihr gut.« Mit einem dumpfen Geräusch trafen Andrews Stiefel die Wand hinter mir, als er sie wegkickte. Ich versuchte, nicht zusammenzuzucken, da ich wusste, dass meine Tochter mich beobachtete. Ich lauschte, wie er auf Strümpfen ins Wohnzimmer ging. Ich konnte nicht sagen, ob er torkelte.

»Wo wart ihr?«, fragte ich Sophie und versuchte, dabei fröhlich zu klingen.

»Lass sie in Ruhe«, sagte Andrew aus dem Wohnzimmer. »Sie muss ins Bett.«

Sophies kleine weiße Zähne bissen auf die Unterlippe. »Mir ist kalt.«

Ich knöpfte ihren Mantel auf. »Wie wäre es mit einem Bad, damit dir warm wird?« Ich schaute ins Wohnzimmer. Andrew starrte auf den Fernseher und zappte durch die Sender.

»Hör auf, sie wie ein kleines Kind zu behandeln.«

Sophie erschrak und sah mich rasch an. Ich umarmte sie. »Du bekommst noch eine Extradecke ins Bett«, sagte ich in ihr kleines, kaltes Ohr. »Und du kannst deinen flauschigen Schlafanzug anziehen.«

Oben steckte ich ihre Lieblingsdecke mit den Disney-Prinzessinnen fest um sie, dann kuschelte ich mich neben sie, damit sie meine Körperwärme spürte, rubbelte ihre Hände und Füße und massierte ihre Beine.

»Hast du dich gut amüsiert?«

Sie nickte; ihre weichen Haare kitzelten im Dunkeln meine Nase.

»Wo ist Daddy mit dir hingefahren?«

»Wir sind auf den Berg gefahren und haben uns alle Sterne angeschaut. Daddy hat mir ein neues Fernglas gekauft. Es ist rosa. Wir haben Pizza gegessen. Daddy hat seine Stücke immer fallen gelassen. Er hatte überall Käse!« Sie kicherte, dann schmiegte sie sich enger an mich und berührte meine Hand. »Geht es dir wieder besser, Mommy?«

»Was?«

»Daddy hat gesagt, du bist krank?« Sie klang verwirrt. Mein Magen zog sich zusammen. Natürlich hatte er sie angelogen. Ich war eindeutig krank. Krank vor Angst.

»Es geht mir schon wieder viel besser, Spatz. Ich freue mich, dass es dir gefallen hat.«

Sie gähnte laut, und ihr Kopf sackte gegen meine Schulter. »Kann ich jetzt schlafen?«

Ich blieb bei ihr, solange ich es wagte, bis ihr Atem ganz

gleichmäßig war. Ich wusste, dass er im Wohnzimmer wartete. Was würde er sagen? Dass ich ein Kind bekommen sollte, oder er würde irgendetwas Schreckliches tun? Was, wenn ich mich weigerte, mit ihm zu schlafen? Wenn er getrunken hatte, interessierte er sich nie für Sex. Wenn er nüchtern war und damit anfing, war es ratsamer, mitzuspielen, egal, ob ich in Stimmung war oder nicht. Ich koppelte mich von meinem Körper ab, bis es vorbei war. Irgendwelche Ausreden, ich sei müde, führten nur dazu, dass er feindselig wurde und mir vorwarf, ihn zu betrügen. Es war einfacher, es einfach geschehen zu lassen.

Als ich ins Wohnzimmer kam, war Andrew auf der Couch eingeschlafen. Neben ihm auf dem Boden lag eine leere Whiskeyflasche. Er hatte also heute Abend getrunken. Er mochte es, nach Hause zu kommen und seinen Rausch mit ein paar Whiskeys abzurunden. Ich setzte mich ihm gegenüber in den Sessel, betrachtete seine schlafende Gestalt und stellte mir vor, wie er Bier in sich hineinkippte, während er mit meiner Tochter über die kurvenreiche Strecke hoch in die Berge fuhr. Eine falsche Bewegung, und ich hätte sie für immer verloren.

Ich blickte mich im Wohnzimmer um, das so ähnlich aussah wie in all den anderen Häusern, in denen wir gewohnt hatten. Sophies Schularbeit trocknete vor dem Kamin. Stundenlang hatte sie Blätter und Tannenzapfen auf die große Pappe geklebt und alles mit einem goldenen Glitzerstift beschriftet. Sie konnte es kaum abwarten, es ihm zu zeigen.

Seine Geldbörse lag auf dem Couchtisch. Er legte sie selten irgendwohin. Mein Schlüsselbund lag daneben. War das eine Falle? Ich beobachtete sein Gesicht, lauschte seinem schweren Atem, dann beugte ich mich vor und hob langsam seine Geldbörse auf. Ich öffnete sie und blickte hinein. Fünf Einhundertdollarnoten.

Er regte sich, und ich starrte ihn wie gelähmt an. Er drehte das Gesicht zur Rückenlehne. Ich wartete, bis sein Atem wieder ruhiger wurde. Ich befingerte die Scheine, zog sie vorsichtig heraus. Ich konnte es kaum glauben, was ich tat. Ich hielt inne, dann dachte ich an meine Pillen in der Toilette.

Ich nahm meine Schlüssel, packte sie fest in der Hand, damit sie nicht klapperten, und ging auf Zehenspitzen hinaus. Im Schrank fand ich meinen Koffer, packte meine Sachen, meine Toilettenartikel und ging methodisch unser Schlafzimmer durch. Dann ging ich in Sophies Zimmer, zog ihre Schubladen auf und nahm ihre Unterwäsche, Pyjamas, Jeans und Pullover heraus. Kleider. Richtig, ich durfte ihr Prinzessinnenkleid nicht vergessen.

»Was machst du da, Mommy?«

Ich wirbelte herum und hielt die Finger an die Lippen. »Wir gehen auf eine Abenteuerreise«, flüsterte ich.

Sie setzte sich auf. »Kommt Daddy auch mit?«

»Nein. Er muss morgen arbeiten, und wir müssen ganz, ganz leise sein, okay?«

Sie nickte; die Haare umfingen ihr Gesicht, das im Mondlicht silbrig blau schimmerte. Ich nahm sie auf den Arm, und sie schlang die Beine um meine Hüfte und legte den Kopf in meine Halsbeuge wie früher als Baby. Ich spürte, wie ihr Körper erschlaffte und schwerer wurde. Sie war wieder eingeschlafen. Ich trug sie zum Auto, machte leise die Türen auf und setzte sie in den Kindersitz. Ihr Kopf kippte weg. Ich drehte ihr Gesicht zur Seite. Dann legte ich ihre Decke um sie und warf unsere Koffer auf die Rückbank.

Ich glitt hinter das Lenkrad und suchte meinen Schlüsselbund ab. Irgendetwas stimmte nicht. Ich konnte meinen Autoschlüssel nicht finden. Ich warf einen Blick auf das Haus und hatte Angst, die Innenbeleuchtung einzuschalten. Ich durchwühlte meine Tasche nach meinem Handy. Schließlich ertastete ich den kühlen Kunststoff und leuchtete damit nach unten. Da war mein Briefkastenschlüssel, der Haustürschlüssel, aber kein Autoschlüssel.

Ein Geräusch neben mir, ein Schwall kalter Luft, eine Hand, die meinen Arm packte. Andrew zerrte mich heraus. Ich kämpfte und hielt mich am Lenkrad fest, mit beiden Händen umklammerte ich den Gummibezug, doch er war zu stark, und ich fiel zu Boden, die Beine immer noch im Wagen. Er zerrte mich ganz heraus und setzte sich rittlings auf meine Brust. Ich würgte einen Schrei herunter. Sophie. Ich durfte Sophie nicht aufwecken.

Ich stieß ihm gegen die Brust, versuchte, mich freizuwinden. Im Licht der Innenbeleuchtung, die angesprungen war, als er die Tür geöffnet hatte, zeichneten sich die Umrisse seines Körpers ab. Ich konnte sein Gesicht nicht erkennen. Alles war schwarz.

Hände waren an meiner Kehle, drückten zu. Ich konnte nicht atmen. Ich krallte mich an seine Hände, seine Handgelenke. Meine Knie trommelten gegen seinen Rücken. Alles wurde langsamer.

»Ich habe dich gewarnt«, zischte er.

Es fühlte sich an, als würde etwas in meinen Augen platzen, Blut rauschte in meinem Kopf. Ich versuchte, ihn im Gesicht zu packen, doch er wich mir aus. Meine Augen fielen zu. Meine Hände lösten sich.

»Mommy?«

Luft, plötzlich frische Luft. Mein Kopf kippte zur Seite, kalter Boden und Kies unter meiner Wange. Ich war völlig kraftlos, konnte nur ein paar keuchende Atemzüge machen. Meine Kehle fühlte sich an, als sei sie zerbrochen.

»Mommy ist aus dem Auto gefallen«, sagte Andrew.

»Mommy?« Sophies Stimme klang zögerlich und besorgt. Sie war in ihrem Kindersitz angeschnallt und konnte mich nicht sehen. Andrew verlagerte sein Gewicht und kletterte von mir herunter, doch mit der Hand drückte er mich am Bauch auf den Boden – eine Warnung.

»Alles gut, Spatz«, keuchte ich. Nach einer Weile drehte ich mich auf die Seite und kam auf die Knie. Andrew holte bereits Sophie aus dem Auto und nahm sie auf den Arm. Sie hielt ihre Decke fest.

»Ich dachte, wir wollten ein Abenteuer erleben?«, sagte sie.

»Das Abenteuer ist vorbei, mein Herz«, sagte Andrew.

Er ging ins Haus, Sophie immer noch auf den Armen. Sie beobachtete mich über seine Schulter. Ich konnte gerade noch die Umrisse ihres kleinen Kopfes erkennen, der bei jedem seiner Schritte auf- und abhüpfte.

12

SOPHIE | *Dezember 2016*

Ich sitze in der Cafeteria und male in meinem Skizzenblock. Delaney ist schon zu ihrem Schließfach gegangen, aber ich warte noch etwas, bis ich zu meinem nächsten Kurs gehe. Ich versuche, die Flügel einer Krähe hinzubekommen – ständig vermurkse ich die Federn, weil ich an meinen Dad denke. Ich habe Angst, eine Tür geöffnet zu haben, die ich jetzt nicht wieder schließen kann. Er hat mir so viele Fragen über Mom gestellt. Was, wenn das der wahre Grund ist, weshalb er mich treffen wollte? Was, wenn Mom herausfindet, dass ich sie belogen habe?

Jared McDowell setzt sich neben mich. Ich arbeite weiter an meiner Krähe. Ich spüre, dass er mich beobachtet, als warte er darauf, dass ich aufblicke oder etwas sage, aber ich werde nicht mit dem Zeichnen aufhören, nur weil einer der beliebten Jungs neben mir sitzt. Wahrscheinlich will er Hilfe bei seiner Hausarbeit, oder er denkt, ich würde mit Dope dealen, weil ich lila Haare habe. Keine Ahnung, doch irgendwas scheint er ja zu wollen. Wir haben uns noch nie unterhalten, aber ich hab ihn mir im letzten Halbjahr mal angeschaut, als wir im selben Kurs waren. Sein Gesicht ist irgendwie ganz interessant. Die Nase ist lang, und die Lippen sind zu groß für das Gesicht, aber er hat hübsche Augen. Schwarz schimmernd, fast wie bei einer Krähe. Aber egal. Ich würde nie was mit ihm anfangen. Er ist kein Arsch oder so, aber wir sind nicht mit denselben Leuten befreundet und haben auch sonst keine Gemeinsamkeiten. Seine Familie hat jede Menge Geld, ein großes Haus am Meer, und er hat ein Auto. Meine Mom putzt für seine Eltern. So sieht's aus.

Als ich nach einer Weile immer noch nichts gesagt habe, beugt er sich ein wenig näher zu mir herüber.

»Ich habe gehört, dass deiner Mom am Wochenende was Schräges passiert ist«, sagt er. Ein paar Leute am Nebentisch drehen sich zu uns um. Ich starre sie an, bis sie wegschauen.

Ich sehe ihm in die Augen. »Woher weißt du das?«

»Sie hat es meiner Mom erzählt. Sie wollte sicher sein, dass jemand im Haus ist, während sie saubermacht. Weiß die Polizei schon, wer es war? Glaubt sie, dass sie verfolgt wird oder so?«

Ich weiß nicht, was ich sagen soll. Mom hat mir nicht erzählt, dass sie Angst hat, allein zur Arbeit zu gehen, oder dass sie ihre Kunden vorwarnt. Hat sie ihnen von meinem Dad erzählt? Würde sie ihre Aufträge verlieren?

»Was geht dich das an?«

Er runzelt die Stirn. »Was ist dein Problem? Ich wollte nur wissen, ob bei ihr alles in Ordnung ist.«

»Es geht ihr gut«, sage ich, viel zu laut. Es muss ein Einbrecher gewesen sein, der in Mrs Carlsons Haus eingedrungen ist, nicht mein Dad, aber ich hasse den Gedanken, dass Mom Angst haben könnte. Jared hält einen Becher von Starbucks in der Hand, seine Finger umfassen ihn locker. Seine Nägel sind glatt und sauber, und er trägt einen silbernen Daumenring mit diesem coolen Stichmuster. Ich würde es mir gerne näher anschauen, aber dann denke ich an die rauen Hände meines Dads und dass er immer noch seinen Ehering trägt. Mom hat mir erzählt, dass er einmal versucht hat, sie zu erwürgen. Wie konnte er ihr das antun? Ich starre hinunter auf meine Zeichnung.

»Alles okay?«, fragt Jared.

»Ich muss das hier noch fertigmachen, bevor der Kurs losgeht.« Ich drehe mich zur Seite, so dass meine Schulter ihm die Sicht auf mein Gesicht nimmt, und beginne erneut, an den Flügeln zu arbeiten und sie mit dem Finger zu verwischen.

Er ist eine Weile still. »Tut mir leid, dass ich dich gestört habe.« Er steht auf, sammelt seine Bücher ein und geht aus der Cafeteria. Ich arbeite weiter an der Krähe, aber mein Gesicht ist heiß. Ich nehme meinen Stift und ziehe Striche über die Krähe, bis sie verdeckt ist. Problem gelöst.

Sonntagnachmittag treffen Andrew und ich uns am Ufer des Flusses. Ich muss mich immer noch daran gewöhnen, ihn Andrew zu nennen. Es fühlt sich peinlich an, als würde ich einen Lehrer beim Vornamen nennen oder so. Er zeigt mir, wie ich die Angel auswerfen muss, und ich verliere ein paar Köder, aber das scheint ihn nicht zu stören. Er hat Sandwiches gemacht. Das Brot ist feucht, als hätte er es erst heute Morgen aus dem Gefrierfach geholt, und dick mit Roastbeef und Cheddar belegt. Ich lebe so gut wie vegetarisch (Fisch und Eier esse ich noch), aber ich merke, dass es ihm wichtig ist, dass es mir schmeckt. Immer wieder wirft er mir rasche Blicke zu. Ich würge ein Sandwich herunter und spüle mit der Limonade nach, die er mitgebracht hat, weil er meint, er erinnere sich daran, dass ich sie sehr gemocht habe. Das ist auch nett von ihm. Ich erzähle ihm nicht, dass ich keine Limo mehr getrunken habe, seit ich dreizehn bin oder so.

»Ich übe immer noch zu kochen«, sagt er.

»Das Sandwich ist gut.«

»Geht so«, sagt er lachend, und ich lächele. »Das Fleisch ist zu trocken. Deine Mom machte das beste Roastbeef.«

Er kreist schon wieder um dieses Thema. Ständig kommt

er wieder auf Mom zu sprechen. Ich starre auf mein Sandwich.

»Ich war mir nicht sicher, ob du dich heute mit mir treffen würdest«, sagt er.

»Warum nicht?« Ich schaue ihn an, lasse die Füße kreisen, um mich warm zu halten. Er hat am Strand ein Feuer gemacht, und wir sitzen auf einer Decke auf einem Holzstamm, aber mir ist trotzdem kalt.

»Deine Mutter war ziemlich sauer, dass ich hierherziehe.« Er wirft mir einen Blick zu. »Ich habe ihr nicht erzählt, dass wir Kaffee getrunken haben. Ich hatte so den Eindruck, dass sie es nicht weiß.«

Meine Beine hören auf, sich zu bewegen. »Von was redest du?«

»Hat sie dir nicht erzählt, dass ich sie Mittwoch vor der Bank getroffen habe? Ich wollte dir heute die gute Nachricht von meinem Job berichten, aber ich dachte, sie hätte bereits irgendetwas gesagt.«

»Du ziehst hierher? Wirst also die ganze Zeit hier sein?« Ich weiß nicht, was ich davon halten soll. Ich wollte ihn wieder besser kennenlernen, aber was, wenn wir einander nicht mögen? Meine Mom muss so wütend sein. Ich denke zurück an die letzten Tage. Sie hatte gestresst gewirkt, aber ich dachte, es hätte mit ihrer Firma zu tun. Ich war glücklich, dass sie abgelenkt war. Jetzt fühle ich mich furchtbar.

»Es ist ein gutes Jobangebot, und ich habe elf Jahre deines Lebens verpasst. Ich möchte in diesem Jahr mehr hier sein, ehe du zum Studieren wegziehst.«

»Ich habe Mom nicht erzählt, dass ich dich getroffen habe. Sie hat immer noch ziemliche Angst vor dir.«

»Ich weiß.« Er sieht traurig aus, seine Mundwinkel sacken nach unten. »Ich hoffe, dass sie keine Angst mehr hat, wenn sie merkt, dass ich nicht versuche, ihr Leben durcheinanderzubringen.«

»Du hast sie nicht gut behandelt«, sage ich. »Du hast ihr weh getan.« Es ist beängstigend, diese Worte laut auszusprechen, aber ich fühle mich kühn und mutig und verwegen. Ich habe das Gefühl, sie wäre stolz auf mich.

»Ich hatte meine Trinkerei nicht unter Kontrolle«, sagt er. »Jedes Mal, wenn es passiert ist, habe ich mich tagelang gehasst und geglaubt, ich würde es nie wieder tun, aber kaum hatte ich etwas getrunken, verwandelte ich mich in jemand anders. Es war, als würde dieses dunkle, große Ding von mir Besitz ergreifen, und ich konnte nicht aufhören.«

»Denkst du manchmal an die Frau?« Ich flüstere diese Frage beinahe, spüre die Feuchtigkeit, die vom Fluss aufsteigt, und die Winterluft, die mir in die Knochen kriecht. Ich zittere. Ich habe ihre Geschichte online nachgelesen, habe die Bilder von ihrem Wagen gesehen, dessen Frontseite vollkommen eingedrückt war. Ihr Name war Elizabeth Sanders, und sie war erst achtundzwanzig Jahre alt. Ein Foto zeigte sie, als sie gerade mit der Krankenpflegeschule fertig war, sie sah so glücklich und stolz aus. Ich habe die Kommentare darunter gelesen. Alle hassten meinen Dad.

»Die ganze Zeit«, sagt er. »Ich konnte der Tatsache jahrelang nicht ins Auge sehen, weil ich alles geleugnet habe, aber die Anonymen Alkoholiker haben mich Akzeptanz und Vergebung gelehrt. Eines Tages habe ich mich hingesetzt und ihr einen Brief geschrieben.«

»Sie hatte Familie.«

»Ich weiß. Ihnen habe ich auch einen Brief geschrieben.«

»Haben sie geantwortet?«

»Nein, aber das verstehe ich. Ich habe ihr Leben ruiniert.« Er sieht mich an. »Deines habe ich auch verpfuscht.«

»Es war ziemlich hart.«

»Ich habe dich sehr vermisst. Ich hatte gar nicht begriffen, was für ein gutes Leben ich hatte. Wegen was ich früher wütend geworden bin …« Er schüttelt den Kopf. »Ich hasse es, dass ich dir und deiner Mom Angst gemacht habe.«

»Ich kann mich nicht erinnern, Angst vor dir gehabt zu haben.«

»Hast du jetzt Angst vor mir?«

»Ich kenne dich eigentlich gar nicht mehr.«

»Ich verstehe.« Er nickt, steht auf, nimmt seine Angel und geht zum Fluss.

Ich bleibe auf dem Stamm sitzen, bin unsicher, was ich tun soll. Ich schaue ihm zu, wie er die Angelschnur auswirft und langsam zu sich zieht. Dann gebe ich mir einen Ruck, gehe zu ihm und stelle mich neben ihn.

Er schaut kurz zu mir. »Erzähl mir etwas, was ich nicht weiß. Deine beste Freundin heißt Delaney. Hast du auch einen Freund?«

»Nein.« Ich lache, aber das erste Bild, das in meinem Kopf auftaucht, ist Jareds Gesicht. Warum muss ich an seine glatten schwarzen Haare denken oder daran, dass ich gerne mal seine schiefe Nase zeichnen würde?

»Was ist mir dir?«, frage ich. »Datest du gerade jemanden?« Eine seltsame Vorstellung, dass mein Vater, *Andrew*, eine Frau zum Abendessen ausführt. Würde er über mich reden? Würde sie mich kennenlernen wollen? Vielleicht hätte sie Kinder, und dann hätte ich so etwas wie Geschwister. Dann fällt mir ein, dass Mom nichts von alldem weiß. Unwahrscheinlich, dass ich Weihnachten jemals mit anderen feiere.

»Ich habe die Liebe meines Lebens bereits gefunden.«

»Du meinst Mom?«

»Immer.«

Mir wird ganz anders, das Roastbeef-Sandwich sorgt für Rumoren in meinem Bauch. Vielleicht ist es an der Zeit, ihm die Wahrheit zu sagen. »Sie hat einen Freund. Ich habe es dir letztes Mal nicht erzählt, weil ich deine Gefühle nicht verletzen wollte.«

Ziemlich lange starrt er hinaus auf den Fluss. Ich werde aus seiner Miene nicht schlau. Ich dachte, es wäre besser, wenn er von Greg weiß, damit er einen Neuanfang machen kann, aber jetzt wünschte ich, ich hätte nichts gesagt.

»Das ist gut«, sagt er schließlich. »Ich möchte, dass sie glücklich ist.«

»Bist du sauer?«

»Ich bin enttäuscht, aber ich verstehe sie. Sie hat lange Zeit nicht mit mir gesprochen.«

Erneut habe ich das furchtbare Gefühl, einen Riesenfehler gemacht zu haben, und dass er all das hier aus einem anderen Grund tut. »Du kannst nicht zu ihr gehen. Sie will dich nicht sehen.«

»Keine Angst. Dieses Mal werde ich es nicht vergeigen.« Ehe ich noch etwas sagen kann, schaut er auf seine Uhr. »Wir sollten besser gehen, sonst verpasse ich das Flugzeug zurück zur Insel.«

Wir packen unsere Sachen zusammen, und ich bringe ihn zu seinem Truck, wo er mir erzählt, dass ich ihm zwanzig Dollar für die Ausrüstung schulde. Ich weiß, dass er einen Witz macht, weil er dieses verschmitzte Lächeln aufgesetzt hat, also lache ich, doch ich denke daran, wie er sagte, *dieses Mal.* Als hätte er bei ihr noch eine Chance. Ich habe Angst, dass er nichts von dem gehört hat, was ich über Mom gesagt habe. Dass er mir nicht glaubt.

13

LINDSEY | *Oktober 2005*

Ich harkte gerade Blätter im Vorgarten zusammen und sammelte die Walnüsse auf, die meine Finger schwarz färbten, als mein Bruder mit seinem alten blauen Pick-up in die Auffahrt einbog und anhielt.

»Mom hat erzählt, du hättest das Abendessen am Sonntag abgesagt«, sagte er.

Ich hatte meine blauen Flecken sorgfältig überschminkt und einen Schal um meinen Hals geschlungen. Sophie wollte wissen, warum ich ihn auch im Haus trug. Ich erklärte ihr, das sei mein neuer Stil. Heute Morgen hatte sie zur Schule ebenfalls einen getragen, die Enden schleiften hinter ihr her.

Andrew hatte mich beobachtet, während ich das Frühstück zubereitete, aber er sagte keinen Ton, trank nur zwei Tassen Kaffee hintereinander und schluckte ein paar Paracetamol. Einmal drehte ich mich um und sah, dass sein Blick meine Kehle fixierte und dann abschweifte, während seine Miene sich verdüsterte.

»Ich fühle mich nicht gut.« Ich klang immer noch heiser, von der Angst und der Müdigkeit. In der Nacht hatte ich kaum geschlafen, konnte nur an die Decke starren und immer wieder durchspielen, wie Andrews Hände sich an meiner Kehle angefühlt hatten, wie meine Lunge nach Luft geschrien hatte, die Gewissheit spüren, dass, wenn Sophie nicht gerufen hätte, er weitergemacht hätte, bis ich tot gewesen wäre. Sie hatte mir das Leben gerettet. Früher konnte ich mir immer einreden, dass er mich nie ernsthaft verletzen würde, so weit würde er nicht gehen, etwas in ihm würde ihn zurückhalten. Er liebte mich. Jetzt konnte ich mich selbst nicht mehr belügen. Es würde immer so weitergehen.

Nächstes Mal würde er mich vielleicht gegen ein Möbelstück stoßen oder mich die Treppe hinunterwerfen – irgendetwas, für das er mir die Schuld geben könnte. Aber wie lange würde es noch dauern, bis er mich schlug? Oder mir die Knochen brach? Wie lange würde es noch dauern, bis er wieder die Kontrolle verlor und mich erneut würgte?

Chris kam um seinen Truck herum, nahm mir den Rechen aus der Hand und begann, den Rasen zu säubern und weitere Blätter zu meinem Haufen hinzuzufügen. Die Erinnerung blitzte in mir auf, wie wir das als Kinder getan hatten und wetteiferten, wer den größeren Haufen zusammenbekam. Hurricane warf sich mitten hinein, und wir mussten wieder von vorn anfangen. Ich dachte an Blaze. Wie sehr hatte ich mir gewünscht, Sophie könnte mit einem Hund aufwachsen.

Ich wandte mich ab, pulte mit bloßen Händen eine halbvergrabene Walnuss aus dem Boden. Ich wollte nicht, dass Chris mich weinen sah. Ich holte ein paarmal tief Luft und warf die Walnuss in die Schubkarre.

»Die Eichhörnchen vergraben die Dinger überall«, sagte ich. »Und die Krähen werfen sie aufs Dach. Ich höre sie Tag und Nacht herunterkullern, und sie verstopfen die Dachrinnen. Das macht Andrew wahnsinnig.«

»Ich habe ihn gestern Abend angerufen, um ihm zum Geburtstag zu gratulieren und zu fragen, ob ich kurz vorbeikommen kann. Er sagte, er wäre mit Sophie unterwegs und dass du Kopfschmerzen hättest. Die müssen ziemlich heftig gewesen sein.«

Ich blinzelte zweimal und bemühte mich, ruhig zu bleiben. Er wusste, dass irgendetwas nicht stimmte. Ich warf ihm einen kurzen Blick über die Schulter zu. »Es war eine Migräne. Ich habe zwei Tabletten genommen und bin sofort ins Bett gegangen. Andrew war ganz verständnisvoll.«

»Gut.« Er sah mir in die Augen, ließ nicht zu, dass ich seinem Blick auswich. »Ich habe mich schon gefragt, ob bei euch beiden alles in Ordnung ist.«

»Natürlich.« Ich wollte den Schal fortreißen, wollte ihm die blauen Flecken zeigen und ihn anflehen, mir zu helfen, aber ich zwang mich, zu lächeln.

»Wenn er dabei ist, wirkst du anders. Als wärst du wegen irgendetwas angespannt oder gestresst.«

Ich richtete mich auf und wischte mir die Hände ab. »Wahrscheinlich bin ich nur müde. Bei uns ist alles in Ordnung, wirklich.«

»Du weißt, dass du mir erzählen kannst, was los ist, oder? Ich würde Andrew nichts davon sagen.«

»Da gibt es nichts zu erzählen.« Ich zuckte die Achseln. »Ich bin glücklich.«

»Versuch nicht, mich für dumm zu verkaufen, Lindsey. Du lächelst nicht mehr, nicht so wie früher. Und du unternimmst nichts mehr mit deinen Freundinnen, gehst nirgendwohin. Früher hattest du so viele Pläne. Was ist aus deinem Vorhaben geworden, zu studieren? Es ist, als hättest du alles aufgegeben. Andrew ist dein einziger Lebensinhalt.«

»Ich habe jetzt ein Kind. Die Dinge haben sich geändert.«

»Komm schon. Das ist eine Ausrede. Ein paar deiner Freundinnen haben auch Kinder, und trotzdem sehe ich sie ab und zu. Sie fragen nach dir. Samantha hat mir erzählt, dass du sie nie mehr anrufst.«

Er würde mir nicht glauben, dass alles perfekt lief. Ich schaute zur Auffahrt, dann wieder zu ihm. »Wir machen gerade eine harte Zeit durch, aber wir arbeiten daran. Sophie braucht ihn«, sagte ich. »Er liebt sie so sehr, und er ist gut zu ihr.«

»Du kannst nicht nur wegen Sophie bei ihm bleiben.«

»Es gibt noch mehr Gründe. Das verstehst du nicht.«

»Noch mehr Gründe? Was zum Beispiel?«

Ich nahm ihm den Rechen aus der Hand, rammte ihn hart auf den Boden und hielt den Kopf gesenkt. »Ich muss hier echt fertig werden.«

»Machst du dir Sorgen wegen Dad? Er kann in Frührente gehen wegen seiner Schulter. Er hat nur deswegen noch keinen Antrag gestellt, weil Andrew ihm erzählt, er würde ihn unbedingt brauchen.«

Ich wirbelte herum. »Ich kann ihn nicht verlassen, okay? Ich bin verheiratet. Ich bin eine *Verpflichtung* eingegangen.« Ich merkte nicht, dass ich meine Kehle berührte, bis ich Chris' Blick sah. Seine Augen wurden schmal. Ich ließ meine Hand sinken. »Du solltest wieder zur Arbeit fahren. Andrew wird sich fragen, wo du steckst.«

»Warum hast du solche Angst vor ihm?«

Stumm schüttelte ich den Kopf. Die Tränen saßen zu locker. Ich wollte ihm sagen, ich hätte keine Angst, es gehe mir gut, ich bräuchte seine Hilfe nicht, aber ich befürchtete, ich würde zusammenbrechen, wenn ich versuchen würde zu sprechen.

»Schlägt er dich? Ist es das?«

Ich ließ den Rechen fallen und ging davon, auf das Haus zu. Ich konnte das nicht. Ich konnte ihm nicht ins Gesicht blicken und ihm erzählen, dass mein Mann mich gewürgt hatte. Er packte meinen Arm.

»Lindsey, bleib stehen. Rede mit mir!«

Die Schluchzer stiegen in meiner Kehle auf und raubten mir den Atem. Ich wollte nicht weinen. Wenn ich anfinge, könnte ich vielleicht nie wieder aufhören. Ich bedeckte mein Gesicht. Er packte meine Schultern und sah mir in die Augen.

»Du musst es mir erzählen. Du musst Sophie beschützen.«

»Kapierst du es denn nicht?« Ich schrie beinahe, der Schmerz und die Trauer brachen verzweifelt aus mir heraus. »Das versuche ich doch! Er wird sie mitnehmen. Er hat das Geld – alles.«

»Ich helfe dir, einen Anwalt zu finden. Einen guten.«

Ich lachte bitter. »Du hast es immer noch nicht begriffen. Er hat mich letzte Nacht beinahe umgebracht.« Ich packte den Schal, wickelte ihn von meinem Hals und zeigte auf die blauen Flecken.

Es dauerte eine Sekunde, bis er reagierte, dann schwoll sein gesamter Körper vor Zorn an. Sein Gesicht wurde rot, er ballte die Fäuste, und alle Sehnen an seinem Hals ragten hervor wie bei einem Bullen kurz vor dem Angriff.

»Dieses verdammte Arschloch. Dem werde ich die Seele aus dem Leib prügeln.«

Jetzt war ich diejenige, die ihn am Arm packte. »Du darfst ihm nicht erzählen, dass du Bescheid weißt. Er wird mir wieder weh tun.«

»Um Gottes willen, Lindsey.« Er fuhr sich mit den Fingern durchs Haar, hellblond wie meines. Plötzlich sah er älter aus – er war ein Mann. Nicht länger mein kleiner Bruder. »Vielleicht sollten wir es Dad erzählen.«

»Das geht nicht. Ich habe Angst, dass er ihnen etwas antut, wenn sie versuchen, mir zu helfen.«

»Okay.« Er wirkte ruhiger. Immer noch wütend, aber nicht so, als würde er Andrew auf der Baustelle attackieren, und ich war erleichtert. Sein Blick huschte zu seinem Truck, dann wieder zu mir. »Es muss einen Weg geben …«

»Ich sitze in der Falle, Chris. Er beobachtet mich permanent – da sind Kameras. Er nimmt alles auf, was ich tue, jeden einzelnen Tag. Diese Ecke im Garten ist der einzige Platz, den er auf seinen Kameras nicht sieht. Die einzige Zeit, in der er mich nicht beobachtet, ist, wenn er schläft.«

Unsere Blicke trafen sich. »Wie schläft er, wenn er betrunken ist? Ist er dann ganz weg?«

»Manchmal, aber er ist unruhig. Er wacht auf, sobald ich mich bewege oder mich gar auf die Seite drehe. Ich habe zu große Angst, mich rauszuschleichen – und es wäre schwierig, Sophie ruhig zu halten.«

»Ich habe eine Idee.«

Ein paar Minuten später stand ich mit meinem Bruder unter den Bäumen, während der Wind die Blätter um uns herum verteilte, Walnüsse auf den Boden knallten und meine Hände kalt wurden, aber ich nahm nichts davon wahr.

Ich verspürte Hoffnung. Zum ersten Mal seit Jahren.

Nach dem Abendessen reichte Andrew mir eine Karte. Er schob sie über den Tisch, nachdem Sophie ins Wohnzimmer gegangen war, um einen Zeichentrickfilm anzuschauen. Ich starrte auf das große rote Herz auf der Vorderseite, die Worte im glänzend silbrigen Prägedruck. *Meiner geliebten Frau.* Ich wollte sie nicht öffnen, aber er beobachtete mich.

Ich las das romantische Gedicht auf der Innenseite und versuchte, nicht zusammenzuzucken. In der Karte lag auch ein Brief vom Reisebüro. Er hatte drei Tickets nach Cancún gebucht, Abflug Mitte November. In zwei Wochen.

Unterschrieben hatte er die Karte mit *In ewiger Liebe, Andrew.*

»Es wird mir guttun, ein paar Tage rauszukommen«, sagte er. »Ich muss mich mehr um dich und Sophie kümmern.«

Er griff nach meiner Hand und hielt sie über den Tisch hinweg fest. »Was hältst du davon?«

Ich brauchte noch mindestens einen Monat, ehe Chris und ich den Plan umsetzen konnten. Es wäre schwierig genug, so zu tun, als sei alles in Ordnung, solange wir zu Hause waren. Im Urlaub würde ich die Fassade nicht aufrechterhalten können. Er würde jeden Tag mit mir schlafen wollen. Was sollte ich tun?

»Sophie muss zur Schule.«

»Sie kann eine Woche fehlen.«

»Ich weiß nicht. Vor Weihnachten gibt es noch so viel zu tun.«

»Bis Weihnachten sind es noch zwei Monate. Stell dir nur vor, wie sehr es Sophie gefallen wird. Das Meer, der Pool. Sie wird so ein aufblasbares Schwimmtier bekommen.«

Ich starrte ihn über den Tisch hinweg an. Wieder einmal benutzte er Sophie, drehte das Messer in der Wunde herum.

Er beugte sich näher zu mir. »Lindsey, es tut mir wirklich leid, was passiert ist, okay? Bitte lass es mich wiedergutmachen. Wir können uns eine ganze Woche lang entspannen. Du kannst ins Spa gehen, dich jeden Tag massieren lassen, zur Kosmetikerin gehen. Weißt du noch, wie gut dir die Margaritas in unseren Flitterwochen geschmeckt haben? Wir können eine dieser nächtlichen Bootsfahrten mitmachen und den Tänzern am Strand zusehen. Ich werde sogar mit dir tanzen. Was immer dein Herz sich wünscht, du bekommst es.« Er lächelte hoffnungsvoll, seine Stimme klang neckend, doch ich sah die Angst in seinen Augen. Er wusste, dass er mich verlieren würde. Aber seine Angst führte nicht dazu, dass ich mich sicherer fühlte. Sie machte mir nur noch mehr Angst. Er würde alles tun, um mich davon abzuhalten, ihn zu verlassen.

»Klingt wunderbar.«

Als er mich losließ, um nach seinem Bier zu greifen, legte ich meine Hand in den Schoß und bohrte die Nägel in den Handballen, bis das Gefühl, schreien zu müssen, verschwunden war. Es würde schon gutgehen. Vielleicht wurde es sogar besser, wenn er glaubte, ich würde mich auf einen Urlaub mit ihm freuen. Er wäre zuversichtlich, dass alles in Ordnung war, und würde mich vielleicht nicht so genau beobachten. Bald. Bald würde ich frei sein.

14

Dezember 2016

Es war ein langer Arbeitstag. Mittwochs putze ich zwei Häuser, von denen keines besonders klein ist, und ich freue mich auf das Wochenende. Vielleicht können Sophie und ich ins Kino gehen oder etwas langlaufen. Sie fährt nicht besonders gerne Ski, sondern zieht es vor, in der Hütte am Feuer zu sitzen und zu zeichnen, aber normalerweise kann ich sie für ein paar Stunden hinauslocken. Es wäre auch nett, Greg zu treffen. Am letzten Wochenende hatte er zu tun und musste an seinem Truck arbeiten – das Getriebe hatte mitten im Weihnachtsgeschäft seinen Geist aufgegeben. Er hat schon Witze gemacht, er müsse sich Geld leihen: »Ich vermute, du hast nicht mal eben ein paar Tausend Dollar herumliegen, oder?«, doch als ich ihn fragte, ob er es ernst meine, sagte er: »Nein, ich bekomme das schon hin.«

Als ich ihm erzählte, dass ich Andrew in der Stadt gesehen habe, war er betroffen und wollte mich beruhigen, was nett von ihm war. »Versuch, dir nicht zu viele Sorgen deswegen zu machen, aber ruf nächstes Mal die Polizei.« Er bot mir an, später am Abend, nachdem er seinen Truck repariert hatte, auf einen Drink vorbeizukommen, aber er klang so müde, dass ich sagte, es gehe mir gut. Ich nahm an, er könnte eine Pause gebrauchen. Später, als ich in meinem stillen Haus herumwanderte, wünschte ich, ich hätte ja gesagt.

Als ich heute Morgen bei Marcus zum Training erschien, sah er mich an und sagte: »So schlimm? Ich würde dich gerne in den Arm nehmen, aber vielleicht brichst du dann in Tränen aus.«

Ich nickte und verzog grimmig den Mund. »Ich muss härter werden.«

»Nein, du bist großartig, aber ich werde dir zeigen, wie man richtig gemein kämpft, okay?«

»Was haben wir denn all die Monate trainiert?«

»Kinderkram. Jetzt werde ich dich in eine tödliche Waffe verwandeln.« Er lächelte, und ich wusste seinen Humor so sehr zu schätzen, dass ich ihn fast umarmt hätte, aber wahrscheinlich hatte er recht. Ich würde weinen. Ich trat einen Schritt zurück, tat, als würde ich herumtanzen und in die Luft boxen, Aufwärtshaken, kurze Gerade.

Er beobachtete mich einen Moment. »Okay, vielleicht zeige ich dir einfach nur, wie du bei einem Mann zutrittst.«

Ich werfe meine Tasche auf den Küchentisch, hole mir ein Wasser aus dem Kühlschrank, lehne mich eine Weile an die Tür und überlege, was ich zu Abend essen könnte. Quesadilla für eine Person? Tiefkühlpizza? Vielleicht den Rest Kartoffelauflauf mit Würstchen und dazu Toast – ich habe heute genug Kalorien verbrannt. Sophie hat mir eine SMS geschickt, dass sie bei Delaney essen und gegen acht nach Hause kommen würde. Ich schiebe den Auflauf in den Ofen und gehe nach oben, um im Internet ein paar Weihnachtseinkäufe zu erledigen.

In meinem Schlafzimmer ist es kalt. Ich ziehe einen Pullover an und schlüpfe in meine Lieblingsflauschsocken, während ich darauf warte, dass mein Computer hochfährt. Ich checke meine Mails, aber heute sind keine neuen gekommen, was seltsam ist – ich erhalte immer ein paar Mails, auch wenn die meisten davon Spam sind. Dann stelle ich fest, dass einige der Nachrichten in meinem Postfach doch neu sind – eine stammt von einer potentiellen Kundin, die gerne einen Kostenvoranschlag hätte. Aber die Nachricht wurde bereits geöffnet, die Betreffzeile ist nicht mehr fett gesetzt. Ich starre den Bildschirm an. War Sophie über Mittag hier gewesen? Aber warum sollte sie meinen Computer benutzen?

Ich gehe die Liste durch, kontrolliere Datum und Uhrzeit. Ein paar stammen aus der letzten Nacht – E-Mail-Werbung, Groupons, Rabattaktionen für Winterkleidung, Weihnachtsverkäufe. Die Anfrage für den Putzjob war um sechs Uhr morgens abgeschickt worden, kurz bevor ich aufgewacht bin. Dann überprüfe ich bei zwei anderen E-Mails die Zeit. Sie wurden am Nachmittag verschickt, als ich bei der Arbeit war, aber sie sind ebenfalls als gelesen markiert.

Eine stammt von Jenny, es geht um Weihnachtsgeschenke, und sie schreibt, was sie ihren Töchtern schenken will. Die andere ist von Greg. Ich klicke sie an und überfliege den Inhalt. Es tut ihm leid wegen des Wochenendes, er kann es kaum erwarten, mich zu sehen und findet, dass ich bald einmal eine Nacht bei ihm verbringen sollte.

Ich mache Frühstück und bringe es dir ans Bett.

Ich kann den Blick nicht vom Bildschirm abwenden, von dem blinkenden Cursor, den erdrückenden Worten. Wie festgenagelt sitze ich auf dem Stuhl, aber innerlich bewege ich mich in alle Richtungen gleichzeitig. Angst brandet auf und schlägt eine Schneise der Verwüstung durch meinen Körper, wie ein gigantisches, schwerfälliges Ungeheuer. War Andrew in meinem Haus? Hat er diese Mail gelesen?

Das ist unmöglich. Wir haben eine Alarmanlage. Doch dann fällt mir ein, dass Sophie noch einmal ins Haus gestürmt war, weil sie etwas vergessen hatte. Wahrscheinlich hat sie sie nicht wieder aktiviert.

Ich schaue hinunter auf meinen Schreibtisch und sehe die Notizen in meinem Kalender, all die Daten, Uhrzeiten, Verabredungen. Dann bemerke ich die Post neben der Tastatur, Rechnungen, die ich heute Morgen hereingeholt und in einem losen Haufen auf meinen Schreibtisch geworfen habe. Sämtliche Umschläge waren sauber geöffnet und die Rechnungen sorgfältig aufeinandergelegt worden. Perfekt ausgerichtet, die Kanten lagen exakt übereinander.

Hastig springe ich auf, schiebe den Stuhl von mir weg und trete zurück.

Ich schnappe mir eine Nagelfeile aus dem Stiftehalter, wirbele herum und suche das Zimmer ab. Das Bett. Am Morgen hatte ich es glattgestrichen und die Ecken festgesteckt, doch jetzt war da eine Mulde am Rand, als hätte dort jemand gesessen. Ich schaue in den Schrank, spähe in den Schatten unter meinem Bett. Er könnte überall sein. Ich taste hinter mir herum, finde mein Handy.

»911, was für einen Notfall möchten Sie melden?«

»Ich glaube, jemand ist in meinem Haus.«

Während ich auf die Polizei warte, telefoniere ich weiter mit dem Disponenten und gehe die Treppe hinunter, nach der geringsten Bewegung Ausschau haltend. In der Küche schnappe ich mir ein Schlachtermesser und meine Autoschlüssel, dann gehe ich zur Vordertür, den Arm mit dem Messer ausgestreckt. Meine Sinne sind rasiermesserscharf, die Luft ist so drückend, dass ich spüre, wie sie in meiner Lunge brennt. Endlich bin ich draußen und sauge die kalte Nachtluft ein. Ich habe weder Schuhe noch einen Mantel an. Ich schlinge die Arme um den Leib, renne zu meinem Auto und steige ein. Ich verriegele die Türen, stelle die Heizung an und warte lauschend auf die Polizeisirenen.

Ein Officer durchsucht das Haus, während der andere meine Aussage aufnimmt. Es gibt keinen Hinweis auf ein gewaltsames Eindringen, und es scheint auch nichts zu fehlen. Sie stauben nicht meine Tastatur ein, um nach Fingerabdrücken zu suchen, da sie anscheinend eine glatte Oberfläche brauchen, um Abdrücke sicherzustellen. Es spielt keine Rolle. Er wird Handschuhe getragen haben. Ich denke an sein Lieblingspaar aus Leder, das ich ihm mal zum Geburtstag geschenkt hatte.

Ich spüre ihre Zweifel hinter ihren höflichen Stimmen, während sie sich Notizen machen, bemerke den routinierten Klang ihrer Worte. Wie oft mögen sie von ängstlichen Exfrauen gerufen werden?

Nachdem sie wieder gefahren sind, schaue ich mich im Haus um. Ich nehme jedes Geräusch wahr, das Summen des Kühlschranks, das leise Zischen des Gasofens. In der Luft liegt ein bestimmter Geruch, als würde etwas brennen, und mir fällt ein, dass der Auflauf immer noch im Ofen steht. Ich hole ihn heraus, er ist zu einer braunen Masse vertrocknet, aber ich habe ohnehin keinen Hunger mehr.

Ich schicke Sophie eine SMS, dass ich früh ins Bett gehe, und schlage ihr vor, bei Delaney zu übernachten. Sie antwortet prompt: *Gerne*. Ich gehe durch das Haus, überprüfe alles, durchforste meine Schubladen, stelle mir die Dinge aus seiner Perspektive vor. Er wird es gehasst haben, meine Dessous zu sehen, wird gebrodelt haben bei dem Gedanken, ich würde sie für einen anderen Mann tragen. Ich gehe mein Badezimmer durch, male mir aus, wie er jedes Rezept, meine Kosmetika, meine Pillen begutachtet hat.

Neben der Badewanne liegt ein aufgeschlagenes Buch, außerdem sind da ein paar Kerzen und eine Flasche Badesalz, die eigentlich im Schrank steht. Alles ist arrangiert wie eine

Einladung, mir ein langes, entspannendes Bad zu gönnen. Meine Klatschmagazine waren im Müll gelandet.

Andrew hasste es, wenn ich sie in der Badewanne las.

Er muss Stunden in meinem Haus verbracht haben. Selbst der Kühlschrank sieht aus, als sei er neu sortiert worden. Die Sahne steht hinter der Milch, dabei bin ich sicher, dass sie heute Morgen in der Tür stand. Es macht mich wahnsinnig, wenn ich daran denke, was er alles berührt hat. Hat er hier etwas gegessen? Sich einen Snack gemacht? Dann fällt mir auf, dass die Geschirrspülmaschine ausgeräumt ist und er Holz im Kamin aufgestapelt hat.

Ich rufe Corporal Parker an und frage, ob wir uns gleich morgen früh auf dem Revier treffen können, um zu besprechen, welche Optionen ich habe. Sie stimmt zu und schlägt vor, dass ich die Nacht woanders verbringen sollte, wenn ich glaube, dass Andrew zurückkommen könnte. Ich hatte bereits versucht, Greg anzurufen, als die Cops hier waren, doch er war nicht zu Hause – bis mir einfiel, dass es sein Pokerabend war. Er ging auch nicht an sein Handy.

»Ich werde mich vergewissern, dass die Alarmanlage dieses Mal eingeschaltet ist«, sage ich.

»In Ordnung. Ich werde allen Streifenwagen sagen, dass sie in der Nacht ein paarmal bei Ihnen vorbeifahren sollen.«

»Danke, das ist gut. Bis morgen also.« Ich beende das Gespräch und setze mich auf mein Bett. Das Gefühl von Andrews Gegenwart ist überwältigend. Ich kann seine Wut spüren, seinen uneingeschränkten Zorn. Ich habe so viele Regeln gebrochen. Ich schiebe meine bebenden Hände unter die Beine.

Verschwinde aus meinem Kopf. Verschwinde! Hau ab!

Das Mantra gibt mir Kraft; es erinnert mich daran, dass nun eine andere Zeit ist und ich eine andere Frau bin. Er besitzt mich nicht mehr. Er gewinnt nur, wenn ich zulasse, dass er mir Angst einjagt. Ich bringe mich selbst zum Lachen, zwinge den tiefen Ton aus meinem Bauch, barsch und hämisch. *Mehr hast du nicht zu bieten?*

Das Lachen erstirbt in meiner Kehle.

Ich schnappe mir mein Bettzeug, blase unsere alte Luftmatratze auf und zerre sie in die Waschküche neben der Hintertür. Der Boden besteht aus Beton, das Fenster ist nur einfach verglast. Als ich unter die Decke klettere, trage ich noch immer Pullover, Jogginghose und Socken, mit der Hand umklammere ich das Messer, das Handy liegt unter dem Kissen. Dann starre ich die Zimmerdecke an und warte auf den Morgen.

Als ich zum Polizeirevier aufbreche, sind die Straßen vereist. Ich fahre langsam, halte das Lenkrad mit beiden Händen fest, mein Fuß ruht leicht auf dem Bremspedal. Ich muss nach Glatteis Ausschau halten, aber ich blicke immer wieder in den Rückspiegel. Die Luft ist kalt und feucht. Die Art von Westküstenkälte, die einem direkt bis ins Mark kriecht. Das einzige Gegenmittel sind ein heißes Bad und ein noch heißeres Getränk, aber keiner der üblichen Tricks wird mir heute helfen. Ich kann die Angst in meinem Mund schmecken, würde mir am liebsten die Zunge zerkratzen, um sie loszuwerden. *Er war in meinem Haus, in meinem gottverdammten Haus. Wahrscheinlich beobachtet er mich die ganze Zeit. Er weiß über Greg Bescheid.*

Wir würden umziehen müssen, aber wie könnten wir? Wir sind hier so glücklich. Ich habe hart gearbeitet, um mein Geschäft aufzubauen, und Sophie liebt ihre Freundinnen und ihre Schule. Es muss einen anderen Weg geben.

Die Polizistin fordert mich auf, sie Parker zu nennen.

»Das ist einfacher«, sagt sie und bietet mir eine Tasse Kaffee an, die ich dankbar annehme. Ihre Hände sind mit Sommersprossen übersät, und aus irgendeinem Grund tröstet mich das. Während sie den Papierkram fertigmacht, mustere ich sie über den Tisch hinweg. Sie sieht sportlich und gesund aus. Sie erinnert mich an jemanden, mit dem ich zusammen zur Schule gegangen sein könnte. Ein Kleinstadtmädchen, das Baseball spielt, am Wochenende mit ihren Freunden Ärger bekommt, aber sich später wieder berappelt. Ich überlege, warum sie Cop werden wollte. War ihr Vater bei der Polizei? Vielleicht ihr Bruder? Wahrscheinlich hat sie einen Mann und zwei rothaarige Kinder. Ich wette, sie wollen wie sie werden, wenn sie erwachsen sind.

»Erzählen Sie mir von Ihrer Beziehung zu Ihrem Exmann.«

»Er war sehr besitzergreifend – er hatte überall im Haus Kameras installiert, ich musste ihm ständig SMS schicken, er kontrollierte, welche Kleidung ich trug, unsere gesamten Finanzen. Und er war ein gemeiner Trinker. Aber alle anderen hielten ihn für einen wunderbaren Menschen, auch meine Eltern.« Meine Kehle ist eng und schmerzt, und meine Augen brennen. Ich muss aufhören und wieder zu Atem kommen. Ich wünschte, sie würde mich nicht so freundlich anschauen.

»Alles in Ordnung«, sagt sie. »Ich weiß, wie schwer das ist. Lassen Sie sich Zeit.«

Sie macht sich Notizen, während ich erkläre, wie eifersüchtig Andrew ist, wie brutal er sein kann. »Als ich ihm sagte, dass ich ihn verlassen will, drohte er mir, mich in einer Grube auf seiner Baustelle zu versenken. Er sagte, er hätte sich selbst nicht unter Kontrolle und könne nicht garantieren, dass er mir nichts antut – er würde mich zu sehr lieben, um mich gehen zu lassen. Ich bin *sicher*, dass er in meinem

Haus war.« Ich erzählte ihr von dem Buch neben der Badewanne und den Zeitschriften.

»Könnte irgendjemand gesehen haben, wie er das Haus betreten hat? Ein Nachbar möglicherweise?«

»Ich glaube nicht. Das Haus ist von Bäumen umgeben.« Ich habe das Gebäude mit dem Charme eines alten Farmhauses immer geliebt, die Apfelbäume auf jeder Seite, der Wald, der sich meilenweit erstreckte.

»Hat er Ihnen irgendwelche Drohbriefe geschickt?«, fragt Parker. »Oder Ihnen Nachrichten auf der Mailbox hinterlassen, Ihnen E-Mails geschickt?«

Ich schüttele den Kopf. »Das einzige Mal, dass ich mit ihm gesprochen habe, war am Mittwoch, draußen vor der Bank.«

»Sie sagten, er sei gewalttätig geworden, wenn er getrunken hat?«

»Anfangs war es nur ein Schubsen, oder er hat mir das Handgelenk verdreht. Er hat gern meine Sachen kaputtgemacht. Aber dann ... hat er mich eines Abends gewürgt. Ich wäre beinahe ohnmächtig geworden. Ich glaube, wenn meine Tochter nicht aufgewacht wäre, wäre ich jetzt tot.« Ich berühre meinen Hals, reibe daran, als könnte das die Erinnerung vertreiben.

»Haben Sie keine Anzeige erstattet?«

»Ich hatte zu große Angst.«

»Was ist mit Ihrer Tochter? Hat er ihr jemals etwas angetan?

»Nein – er war ein großartiger Vater. Ich habe versucht, dafür zu sorgen, dass sie von unseren Streitereien nichts mitbekommt, aber eines Abends hat sie gesehen, wie er mich auf den Couchtisch gestoßen hat. Ich hatte ein paar ziemlich heftige Prellungen.« Ich beuge mich vor. »Er machte mir immer wieder klar, was passieren würde, wenn ich ihn je verließe. In seiner Vorstellung *gehöre* ich ihm. Niemand sonst durfte mich auch nur ansehen. Wenn ich jemanden anlächelte, wurde er stinksauer. Ich bin jetzt mit jemandem zusammen, und das weiß er, und das wird ihn die Wände hochgehen lassen.«

Nachdenklich schaut sie hinunter auf ihre Unterlagen. Dann sieht sie mich an. »Ich werde diesen Bericht an den Richter weiterleiten und ein Kontaktverbot beantragen. Wenn das Gericht zustimmt, dass eine Bedrohung vorliegt, wird Andrew aufgefordert, vor Gericht zu erscheinen.«

»Wie lange wird das dauern?«

»Wir müssen ihn zuerst finden, um die Vorladung zuzustellen, dann wird es davon abhängen, ob er versucht, Widerspruch einzulegen oder nicht. Das würde alles wesentlich komplizierter machen.«

Andrew würde es genießen, mich zu zwingen, ihm vor Gericht gegenüberzutreten. Ich werde mich darauf einstellen müssen, dass er Widerspruch einlegt. Selbst, wenn es nicht funktioniert, muss er wissen, dass ich seinem Blick nicht ausweichen werde.

»Was beinhaltet das Kontaktverbot?«

»Nun, er dürfte nicht mit Ihnen in Kontakt treten, weder direkt noch indirekt. Er darf sich Ihrem Haus oder Arbeitsplatz auf höchstens fünfhundert Meter nähern, und er muss sämtliche Waffen abliefern. Wir können Ihre Tochter nicht davon abhalten, sich mit ihm zu treffen, wenn sie ihn sehen will, aber es wäre ihm nicht gestattet, über sie mit Ihnen zu kommunizieren oder Ihr Haus zu betreten.«

»Sie will ihn nicht sehen.« Ich muss Sophie alles erzählen, sobald sie aus der Schule kommt. Ich will ihr keine Angst machen, will nicht, dass sie auch nur an ihn denkt, aber sie muss Bescheid wissen.

»Mit dem Kontaktverbot hätten wir etwas mehr in der Hand, doch um ihn verhaften zu können, müssten wir ihn immer noch dabei erwischen, dass er sich nicht an die Auflagen hält.«

Ich nicke und versuche, ruhig zu wirken, doch in meinem Inneren herrscht ein einziges Gefühlschaos. Vorherrschend ist allerdings das Grauen. Ich habe ein paar Frauen aus unserer Gruppe erlebt, die das durchgemacht haben. Einer Frau hat ihr Exmann an dem Tag, an dem sie das Gericht verließen, das Haus in Brand gesteckt. Klar, er wurde verhaftet, aber sie wäre beinahe ums Leben gekommen und hat alles verloren, was sie besaß – auch ihre zwei Katzen, die in den Flammen starben.

»Er wird fuchsteufelswild werden.«

»Wenn Sie jemals das Gefühl haben, in akuter Gefahr zu schweben, wählen Sie den Notruf.«

Ich nicke erneut, aber ich will sie fragen, wie lange es dauert, bis nach einem Notruf jemand kommt. Fünf Minuten? Zehn? Wie lange würde Andrew brauchen, um mich zu töten? Ich sehe zu, wie Parker den Papierkram fertigmacht und mit einem schwungvollen Strich ihre Unterschrift daruntersetzt.

Es ist geschafft. Alles ist in die Wege geleitet, und ich kann es nicht mehr stoppen.

15

Dezember 2005

Endlich war sein Atem gleichmäßiger geworden, aber sein Arm lag immer noch schwer auf mir. Die roten Leuchtziffern der Uhr auf dem Nachttisch wechselten. Im Raum war es stockfinster bis auf einen Streifen Mondlicht, der durch eine Vorhangspalte hereinfiel. Wenn ich ihn ganz zurückzog, würde ich den Schnee vom Himmel wirbeln sehen. Es hatte schon vor Stunden angefangen zu schneien, und es sollte ein friedliches Bild ergeben – weißverschleierte Bäume, die vorgebeugt dastanden wie alte Männer, die stille Luft, die darauf zu warten schien, dass ihr ein Geheimnis anvertraut wurde. Es sollte Schlittenfahrten und Winterspaziergänge bedeuten, aber ich dachte nur an die Straßenverhältnisse.

Bis Weihnachten waren es nur noch wenige Tage. Andrew und Sophie hatten den Baum geschmückt, während ich heiße Schokolade und Popcorn gemacht und sie ihnen gebracht hatte, die Lippen zu einem lange einstudierten Lächeln geformt. *Es ist das letzte Mal. Das letzte Mal, dass ich das mit ihm machen muss.*

Wir stapelten Geschenke unter den Baum. Geschenke von seinen Geschäftspartnern und Nachbarn, verziert mit Bändern und silbernen, grünen, roten und blauen Schleifen, in denen sich die blinkenden Lichter spiegelten. Sophie spielte mit den Anhängern, las die Namen laut vor, schüttelte die Pakete und riet, was sich darin befinden könnte.

Wir würden nicht da sein, um auch nur ein einziges von ihnen auszupacken.

Vorsichtig schob ich mich an die Bettkante. Als sein Arm über meinen Oberkörper rutschte, hielt ich die Luft an. Kurz ruhte seine Hand auf meiner Brust, und ich zitterte, doch schließlich glitt sie herunter und landete auf der Matratze. Ich blieb noch eine Minute neben dem Bett stehen, bereit, mich zu entschuldigen – ich wollte auf die Toilette, mir ein Glas Wasser holen, nach Sophie sehen –, aber er rührte sich nicht. Ich atmete flach, mein Blick fixierte den dunklen Schatten seines Gesichts, in dem die Augen in tiefen Höhlen lagen wie bei einem Totenschädel. Ich konnte seine glatten Wangen erkennen, seine Stirn, konnte den Whiskey in seinem Atem und an seiner Haut riechen. Er hatte hastig getrunken, hatte sich nicht einmal die Mühe gemacht, Eis zu holen.

Als er zu betrunken war, um von der Couch aufzustehen, hatte er mich gebeten, ihm einen Whiskey einzuschenken. Auf diesen Moment hatte ich gewartet. »Klar«, sagte ich. »Ich muss nur vorher kurz ins Bad.«

Ich stand gefühlte Stunden im Badezimmer, mit dem Tablettenfläschchen in der Hand, aber wahrscheinlich waren es nur wenige Minuten gewesen. Erneut las ich das Etikett mit Chris' Namen darauf. Er hatte keine Schwierigkeiten gehabt, seinen Arzt dazu zu bringen, ihm Schlaftabletten zu verschreiben.

Das ist der Plan, rief ich mir in Erinnerung. Andrew *muss* fest schlafen. Vorsichtig entfernte ich die Watte aus dem Inneren des Fläschchens, schüttete drei kleine Tabletten auf meine Handfläche und starrte sie an. Wie viel hatte Andrew getrunken? Würden drei Stück ihn umbringen? Wenn ich ihm nicht genug gab, könnte er aufwachen. Dann würde er mich töten. Ich musste bald wieder zurück in die Küche, aber ich zögerte immer noch.

Ein Geräusch aus dem anderen Zimmer, ein leiser, dumpfer Aufprall. Ich zog die Toilettenspülung, tat eine Tablette zurück ins Fläschchen und steckte es in die Tasche meines Morgenmantels. Zwei würden reichen müssen.

Ich huschte den Flur hinunter in die Küche und spähte ins Wohnzimmer. Andrew lag immer noch auf der Couch, murmelte etwas über die »verfluchte Fernbedienung«. Ich schenkte ihm seinen Whiskey ein. Meine Hand schwebte über dem Rand des Glases, dann warf ich die Tabletten hinein, wartete, bis sie am Boden zerfallen waren, und rührte die Flüssigkeit um, bis keine Spur von dem Pulver mehr zu sehen war. Ich nippte probeweise daran. Alles, was ich schmeckte, war Whiskey.

Ich ging wieder ins Wohnzimmer, reichte Andrew seinen Drink, dann setzte ich mich und wartete. Zwanzig Minuten später rollte er nach vorn zur Sofakante, die Augen schwer. Ich schlug vor, ins Bett zu gehen, und half ihm den Flur entlang. Es war geschafft.

Jetzt machten meine Füße tappende Geräusche, als ich in die Waschküche ging, wo ich mich auf einen Hocker stellte und ein Brett aus der Deckenverkleidung löste. Nacheinander holte ich die Einkaufstaschen heraus, vorsichtig, um sie nicht fallen zu lassen. Ich hatte während der letzten Woche nur das absolut Notwendigste eingepackt. Nicht genug, als dass es ihm aufgefallen wäre. Sophie würde verstimmt sein, weil wir die meisten ihrer Spielsachen zurücklassen mussten, aber wir würden ihre Lieblingspuppe und ihren Stoffelefanten mitnehmen – sie schlief gerade mit beiden. Irgendwie würde ich es bei ihr wiedergutmachen.

Ich stellte die Taschen neben die Hintertür, spähte durch das Seitenfenster hinaus, ob Chris schon am Ende der Auffahrt stand, und wartete auf das Licht der Taschenlampe. Dreimal blinken, das hatte er gesagt. Nichts als Dunkelheit.

Ich schaute über die Schulter zurück, lauschte auf Andrews schwere, taumelnde Schritte, aber im Haus war es ruhig. Die Straßen würden tückisch sein, denn die Schneepflüge räumten zuerst die Hauptstraßen, und ich betete, dass Chris nicht irgendwo mit durchdrehenden Reifen stecken geblieben war. Eine zweite Chance würden wir nicht bekommen. Ich wünschte, ich könnte unseren Wagen nehmen, aber er war auf Andrew zugelassen, und er würde es melden.

Meine Finger strichen über die Wände der Diele, als ich mich zu Sophies Zimmer vortastete. Sie schlief auf der Seite liegend, eine Hand unter ihre rundliche Wange geschoben, die andere um eine Haarsträhne gewickelt. Die Puppe und der Elefant lagen neben ihr auf dem Kissen. Ich verstaute sie in ihrer Tasche. Ihr Gesicht war warm und roch apfelfrisch, als ich mich zu ihr hinunterbeugte und ihr ins Ohr flüsterte.

»Sophie, wach auf.«

Sie drehte sich um. Ich konnte gerade noch das Weiße in ihren Augen erkennen, ihre langen Wimpern blinzelten träge, dann setzte sie sich auf. Mit der Hand berührte sie mein Gesicht und sagte leise: »Mommy?«

»Du musst ganz leise sein«, flüsterte ich. »Wir machen einen Ausflug, nur du und ich. Daddy schläft auf der Couch, und wir dürfen ihn nicht wecken.«

»Daddy hat gesagt, ich darf nicht mit dir auf Abenteuer gehen. Sonst wird er böse.«

O ja, das wird er.

»Das ist ein ganz besonderes Abenteuer. Du musst mir vertrauen, okay?«

»Ich will nicht weg.« Ihr Flüstern wurde lauter.

Ich beugte mich näher zu ihr und sagte in ihr Ohr: »Sophie. Hör mir zu. Wir fahren zu einem besonderen Ort nur für Kinder, wo du dir Farben und Stifte aussuchen und die ganze Wand anmalen kannst, aber du musst mucksmäuschenstill sein, oder wir können dort nicht hin. Der Ort ist in Vancouver – wir werden in einem Hotel übernachten und morgen früh mit der Fähre fahren. Erinnerst du dich noch an das Schiff?«

»Können wir vorne sitzen? Können wir die Wale sehen?«

»Wir können sogar hinaus auf das Außendeck gehen.«

»Okay«, flüsterte sie und schob ihre Decke zurück.

»Wir behalten unsere Schlafanzüge an. Ist das nicht lustig? Wie bei einer Pyjamaparty.« Ich war in meiner Fleecehose ins Bett gegangen und hatte ihr ihren wärmsten Schlafanzug angezogen. Ich nahm sie fest bei der Hand. Sie folgte mir.

Wir waren an der Hintertür. Wenn er jetzt aufwachte, gäbe es keine Ausreden mehr. Er würde Bescheid wissen. Ich hielt den Finger an Sophies Lippen, nahm unsere Mäntel vom Garderobenhaken und öffnete vorsichtig die Tür. Als die saubere, nach Schnee riechende Luft hereinströmte, keuchte ich beinahe auf; die Kälte biss an meiner Haut. Die Unterseite der Tür schrammte leise quietschend über den Holzfußboden. Ich drehte mich um und warf einen Blick in den Flur, dann schob ich Sophie nach draußen, meine Fingerspitzen an ihren schmalen Schultern, und wickelte sie in ihren Mantel. Unsere Stiefel standen unter der Holzbank auf der Veranda, das Leder steif und kalt, als wir hineinschlüpften. Ich schnappte mir unsere Taschen, warf mir drei über den Rücken und legte Sophie eine über die Schultern.

Wir traten vor die Veranda. Bei jedem Schritt mussten wir die Beine anheben, denn der Schnee war bereits gut dreißig Zentimeter tief. Ein paarmal musste ich Sophie helfen, wobei ich selbst beinahe das Gleichgewicht verlor, mit den drei schweren Taschen, die mich zur Seite zogen. Adrenalin und die Anstrengung wärmten mich wie ein innerer Ofen.

Sophie blickte mit besorgter Miene immer wieder zum Haus zurück.

»Daddy wird nicht böse auf dich sein«, flüsterte ich. »Das verspreche ich dir.«

Ich starrte stur geradeaus, suchte zwischen den Bäumen nach dem Aufblitzen der Taschenlampe. Dann, endlich, drei rasche Lichtblitze. Wir hatten es geschafft.

Im Truck war es warm, die Heizung empfing uns mit einem Schwall heißer Luft. Sophie saß in der Mitte. Sie hielt die Hände an das Gebläse, während ich ihr den Rücken rieb. »Alles in Ordnung, Spatz?«

Sie nickte, aber ich konnte ihre Zähne klappern hören.

»In der Thermoskanne unterm Sitz ist heiße Schokolade«, sagte mein Bruder. Seine Miene war grimmig, als er den Truck auf der schmalen Straße wendete. Ich hielt den Atem an, als wir in Richtung Graben rutschten und die hinteren Reifen ausbrachen, doch dann rauschte der Truck los.

»Entschuldige, dass ich zu spät gekommen bin«, sagte er. »Ich hatte Mühe, aus der Ausfahrt zu kommen. Hat alles geklappt?«

»Ja, ich glaube schon.« Ich drehte mich um und schaute aus dem Rückfenster. Das Haus war immer noch dunkel. Sophie folgte meinem Blick. »Trink ein bisschen heiße Schokolade«, sagte ich und zog die Thermoskanne hervor.

»Ich habe keinen Durst.«

Ich legte ihr den Arm um die Schultern und zog sie an mich. »Versuch, ein wenig zu schlafen. Ich wecke dich, wenn wir beim Hotel sind.« Wir hatten keine andere Wahl. Wenn Andrew nach mir suchte, würde er zuerst bei meinen Eltern und bei Chris nachsehen. Ich hatte keine Freunde mehr, und in unserer Gegend gab es auch kein Frauenhaus. Und selbst wenn es eines gäbe, würde Andrew einen Weg finden, mich zu erwischen.

Sophie lehnte den Kopf an meine Schulter. Ihre Nase war kalt, und ich dachte daran, wie sie als Kleinkind darauf bestanden hatte, dass ich mich jeden Abend neben sie legte, bis sie eingeschlafen war. Ich musste den Kopf auf ihre winzige Brust legen, während sie mein Haar streichelte und sang: »Twinkle, Twinkle, Little Star.« Nach wenigen Minuten hörte ich, wie ihr Atem tiefer wurde, ihr Körper sackte schwerer gegen meinen. Ich nickte Chris zu, damit er wusste, dass wir jetzt reden konnten.

»Ich habe dich bereits eingecheckt«, sagte er, »und dafür gesorgt, dass ihr eines der hinteren Zimmer bekommt.«

»Wird er es durch den Schnee schaffen?«

Chris hatte vor einem Monat eine Mitfahrgelegenheit bei seinem Freund Jackson für uns organisiert. Ich wollte Andrew verlassen, sobald wir aus Mexiko zurück waren, aber Chris hatte noch etwas Zeit gebraucht, um zwei weitere Gehaltschecks einzulösen und sein Motorrad zu verkaufen – ich hatte es nur geschafft, dreihundert Dollar beiseitezulegen. Nicht einmal annähernd genug. Dann hatte dieser Wintersturm die Küste erfasst. Wir waren nahe daran gewesen, den Plan fallenzulassen, es vielleicht nach Weihnachten zu versuchen, aber dann fing Andrew wieder heftig an zu trinken und wechselte erneut von Bier zu Whiskey. Jeden Abend, wenn er nach Hause kam, beklagte er sich über die Arbeit, und ich wusste, dass er schon bald wieder vor Wut explodieren würde.

»Kein Problem. Ihr werdet auf der ersten Fähre nach drüben sitzen.« Er reichte mir einen Briefumschlag. »Das sind viertausend. Am nächsten Zahltag kann ich dir mehr geben.«

Ich wünschte, wir könnten die Insel noch in dieser Nacht verlassen, aber mehr als ein Hotel in der Nähe des Fähranlegers war nicht zu machen. Immerhin konnten wir so das Schiff um zwanzig nach sechs am Morgen erreichen, während Andrew hoffentlich noch schlief. Ich nahm den Umschlag und schob ihn in eine unserer Taschen. »Ich werde es dir so bald wie möglich zurückzahlen. Ich kann Häuser putzen oder babysitten. Irgendetwas wird mir schon einfallen.«

»Mach dir deswegen keine Sorgen.«

»Wirst du klarkommen? Wenn er kapiert, dass du mir geholfen hast …«

»Gar nichts wird er herausfinden. Ich werde genauso schockiert sein wie er, wenn er mir erzählt, dass du abgehauen bist.« Er schaute zu mir herüber. »Ich weiß, was ich tue, okay? Ich kann mit ihm umgehen. Sieh einfach zu, dass du von der Insel runterkommst, und fahr so weit weg, wie du kannst. Fang neu an und schau nicht zurück.« Ich sah es in seinen Augen schimmern, als er angestrengt versuchte, nicht zu weinen. »Ich werde kein Wort sagen.«

Ich wusste, dass er daran dachte, wie ich ihn einst erwischt hatte, als er beinahe die Werkstatt in Brand setzte. Er hatte meinem Dad Zigaretten gestohlen und übte, Rauchringe hinzubekommen, bis er eine Kippe in einen Haufen Sägespäne fallen ließ. Ich schnappte mir einen Wassereimer und half ihm, die Flammen auszutreten. Anschließend verband ich ihm den Arm, den er sich verbrannt hatte. »Mach dir keine Sorgen«, hatte ich geflüstert. »Ich werde kein Wort sagen.«

Doch das hier war etwas anderes. Es war wesentlich heftiger und gefährlicher als zwei Kinder, die ein kleines Feuer verheimlichen. Plötzlich blitzte ein Gedanke in mir auf, eine Erinnerung: die Watte aus dem Tablettenfläschchen – lag sie auf der Ablage im Badezimmer? Ich konnte mich nicht daran erinnern, ob ich sie in den Mülleimer geworfen hatte. Ich musste es getan haben. Das Fläschchen mit Chris' Namen darauf hatte ich noch. Ich würde es irgendwo weit weg in eine Mülltonne werfen. *Es ist der einzige Weg*, hatte ich geflüstert. Er hatte mir seine Hilfe angeboten, ohne einen Moment zu zögern. Seit er ein Baby war, hatte ich mich um ihn gekümmert, hatte ihn beschützt, doch jetzt hatte sich das Blatt gewendet.

Du bist meine Schwester, sagte er. *Wir halten zusammen.*

Ich war bereits seit Stunden wach und spähte durch die Vorhänge hinaus. Jackson war im Schnee stecken geblieben, wie ich es befürchtet hatte. Er hatte seine Einfahrt freischaufeln müssen, und so hatten wir die erste Fähre verpasst. Nun warteten wir auf ihn, um die um halb neun zu erwischen. Andrew suchte wahrscheinlich überall in Lions Lake nach mir, fuhr zum Haus meiner Eltern und zu Chris. Wieder blickte ich aus dem Fenster, hielt nach Jackson Ausschau. Ich wollte nicht, dass ein Zimmermädchen oder jemand von der Rezeption des Hotels uns sah. Wir würden schnell zum Truck laufen müssen. Sophie war inzwischen ebenfalls wach, kaute missmutig an ein paar Keksen und schaute sich Comics an.

»Jackson wird bald hier sein«, sagte ich.

Sie antwortete nicht. Sie hatte den ganzen Morgen kaum gesprochen, aber ich sah, wie sie das Telefon anstarrte, und hatte den entsetzlichen Gedanken, dass sie ihren Vater anrufen könnte. Als sie merkte, dass ich sie beobachtete, sagte sie: »Ich habe gerade an Grandpa und Grandma gedacht. Ich konnte mich gar nicht von ihnen verabschieden.«

»Wir rufen sie an, sobald wir in Vancouver sind, okay?«

»Können wir Daddy anrufen?«

»Er wird den ganzen Tag arbeiten.«

Mein neues Handy klingelte, und wir starrten es beide an. »Das ist Daddy!«, rief sie.

»Es ist Onkel Chris«, erwiderte ich, als ich ranging, erleichtert, aber auch nervös, als ich seine Nummer sah.

»Es ist etwas passiert.« Chris' Stimme klang aufgewühlt und schrill. So hatte ich ihn noch nie erlebt, und ich setzte mich auf die Bettkante. Sophie beobachtete mich aufmerksam.

»Guten Morgen, Chris.« Ich achtete darauf, dass meine Stimme ruhig blieb, und hoffte, dass Chris begriff, dass ich vor Sophie nicht frei sprechen konnte. »Ist Jackson unterwegs?«

»Andrew wurde in einen Unfall verwickelt. Ich habe es gerade heute Morgen erfahren. Er war nicht auf der Baustelle.«

Ich warf einen raschen Blick auf Sophie. Sie sah sich wieder Comics an, ihre Füße kickten in der Luft hin und her, das Kinn hatte sie auf die Hände gestützt. Ich ging zum Fenster und senkte die Stimme. »Ist er verletzt?«

»Er ist im Krankenhaus. Sein Truck ist Schrott, aber ihm fehlt nichts.« Da war noch etwas. Er klang zu erschüttert.

»Wann ist es passiert?«

»Gestern Abend – ein paar Stunden, nachdem du und Sophie verschwunden seid, denke ich.«

»Ich begreife nicht, wie er noch in der Lage sein konnte, zu fahren.« Zwei Tabletten. Das hätte reichen müssen, aber er musste irgendwie aufgewacht sein und begriffen haben, dass wir verschwunden waren.

»Ich weiß es auch nicht.« Er schwieg. »Es ist richtig übel, Lindsey. Er hat eine rote Ampel überfahren, hat ein geparktes Auto erwischt, der Truck flog durch die Luft und krachte direkt in ein anderes Fahrzeug.«

»Ist dem Fahrer etwas passiert?«

»Es war eine Frau. Sein Truck landete direkt auf ihrem Wagen und hat sie in ihrem Auto zerquetscht. Sie ist tot.«

»O nein. Nein!« Ich musste mich setzen. Ich versuchte, zum Bett zurückzukommen, aber der Raum schwankte. Ich griff nach einem Sideboard, warf die Lampe zu Boden, die Glühbirne zersplitterte in winzige Stückchen. Sophie würde darauftreten. Ich bückte mich, begann hektisch, die Scherben aufzusammeln, und schnitt mir dabei den Finger auf. Ich starrte auf die Wunde, vor meinem geistigen Auge tauchten Bilder von verbogenem Metall und Blut im Schnee auf. Eine Frau. Er hatte eine Frau getötet.

Sophie umklammerte meinen Arm. »Mommy, Mommy!«, sagte sie immer wieder, aber ich konnte nicht antworten. Ich konnte nur schluchzen. Am anderen Ende des Telefons hörte ich meinen Bruder ebenfalls weinen.

Ich hatte meinen Mann betäubt und war mit seiner Tochter davongelaufen, in dem Wissen, dass er mich verfolgen würde. Jetzt war jemand tot. Ich würde niemals frei sein.

TEIL 2

16

Dezember 2016

Sophie fängt einen verirrten Käsefaden mit dem Finger ein und leckt ihn auf, sie lacht, als etwas davon auf ihrem Kinn landet. Ich lächele, froh über diesen Moment. Als sie ein Kind war, hat Andrew uns nie im Wohnzimmer essen lassen, und nie im Leben hätte er zugelassen, dass ich uns etwas zu essen bestelle.

Ich hatte eine vegetarische Pizza mitgebracht, für unser Donnerstagabend-Ritual, zusammen *Die Bachelorette* anzuschauen. Wir reden über die Männer, die Kleider und darüber, wen wir aussuchen würden. Sie war bei Delaney gewesen, während ich das Haus geputzt und versucht hatte, seine Berührungen, seine nachklingende Anwesenheit auszulöschen. Dabei hatte ich zwanzig verschiedene Wege ausprobiert, diese Unterhaltung zu führen.

Sophie grinst mich frech an. »Ich habe den Auflauf in der Mülltonne gesehen. Hast du versucht, das Haus abzufackeln?«

»Ich muss dich leider enttäuschen, ich habe kein Geld für irgendwelche Versicherungen.«

Sie lacht und beißt von ihrer Pizza ab, dann lehnt sie sich auf der Couch zurück und stopft sich eines der Kissen unter die Schulter. Wir haben beide die Beine auf den Couchtisch gelegt. In Andrews Augen eine weitere unverzeihliche Sünde, und ich reiße die Beine beinahe fort, kann fast seine Stimme in meinem Kopf hören. *Nur Männer sitzen so, Lindsey.* Ich zwinge mich, in meiner Position zu verharren.

»Da gibt es etwas, über das wir reden müssen.« Ich nehme die Fernbedienung und stelle den Fernseher leiser. Ich kann nicht länger warten und habe das Gefühl, die Worte scharren an meiner Kehle, um herauszukommen.

»Was ist los?« Ihre Augen sind groß, der Mund voll Pizza. »Stecke ich wegen irgendetwas in Schwierigkeiten?«

»Solltest du?«

»Natürlich nicht. Ich bin ein Engel.«

»Genau. Na ja, dein Heiligenschein ist etwas matt.« Sophie ist ein gutes Kind, aber sie hat die üblichen Sachen angestellt – hat Alkohol probiert, war länger weggeblieben als vereinbart.

Sie greift nach oben, tut so, als würde sie einen imaginären Heiligenschein richten, dann hält sie inne und sieht mich an. »Moment. Du bist doch nicht schwanger, oder?«

»Nein, nein.« Meine Erklärung dauert zu lange. Ich muss es ausspucken, ehe sie irgendwelche anderen Schlüsse zieht. »Dein Vater war gestern in unserem Haus.«

Sie zuckt am ganzen Körper zusammen, als hätte ich sie geschlagen. »Wie bitte?«

»Als ich nach Hause kam, stellte ich fest, dass jemand die E-Mails auf meinem Computer geöffnet hat.« Ich zögere, ihr alles zu erzählen, was ich entdeckt hatte. Ich will sie nicht zu sehr ängstigen.

»Du weißt also nicht, ob es wirklich *er* war. Der Computer könnte doch auch eine Macke haben.« Sie wirkt erleichtert, und ich begreife, dass es falsch wäre, irgendetwas zurückzuhalten.

»Es tut mir leid, Sophie, aber es war eindeutig er. Er hat all meine Rechnungen geöffnet und ein Buch mit ein paar Kerzen neben die Badewanne gelegt. Aber es gab keine Anzeichen für einen Einbruch.«

Ich sehe ihren Blick, dann das Begreifen darin. »Ich habe die Alarmanlage vergessen!«

Ich nicke. »Das ist nicht schlimm. Ich weiß, dass es keine Absicht war – aber du musst vorsichtiger sein. Heute Morgen habe ich mit der Polizistin gesprochen und eine einstweilige Verfügung beantragt – ein Kontaktverbot. Andrew kann dagegen Widerspruch einlegen, aber wenn der Antrag durchkommt, darf er sich mir nicht mehr nähern, oder er wandert zurück ins Gefängnis.«

Sie starrt mich an, zwei rote Flecken auf den Wangen. »Was glaubst du, was er will?«

»Ich bin mir nicht sicher, aber er hat eine E-Mail von Greg gelesen ... Es war sehr persönlich.« Ich hatte Jenny über Handy angerufen, während ich auf die Pizza wartete, und ihr erzählt, dass Andrew in meinem Haus gewesen war. Sie hat mich erneut eingeladen, nach Vancouver zu kommen, aber ich kann hier nicht alles im Stich lassen. Nicht, solange Sophie kurz vor ihrem Schulabschluss steht und ich meine Firma endlich so weit habe, dass ich nicht mehr jeden Monat rote Zahlen schreibe. Zu dieser Zeit im Jahr habe ich einige zusätzliche Aufträge, und ich brauche das Geld, um uns durchzubringen.

Sophie starrt den Fernseher an, der einen bläulichen Schimmer auf ihr Gesicht wirft. Sie schluckt ein paarmal, und ich weiß, dass sie versucht, nicht zu weinen.

»Vor ein paar Tagen habe ich ihn draußen vor der Bank gesehen«, sage ich. »Ich habe aufgepasst, aber er muss mir nach Hause gefolgt sein, und so hat er herausgefunden, wo wir leben.« Wieder denke ich daran, was er gesagt hat. *Ich weiß, dass du mich betäubt hast.* Wochenlang nach dem Unfall habe ich darauf gewartet, dass die Polizei die Ergebnisse von irgendeinem Bluttest präsentiert. Da es nie dazu kam, nahm ich an, ich sei in Sicherheit. Würde er es jetzt jemandem erzählen? Konnte ich deswegen Schwierigkeiten bekommen? Ich ermahne mich, dass es mehr als zehn Jahre her ist, und dass er nichts beweisen kann.

Sie dreht sich um und blickt mich an. »Du hast mir nicht erzählt, dass du ihn gesehen hast!«

»Ich wollte dich nicht beunruhigen.«

»Du hättest es mir sagen sollen.« Sie sagt das in fast verzweifeltem Ton – und klingt zugleich defensiv, was keinen Sinn ergibt. Offensichtlich habe ich irgendetwas nicht mitbekommen.

»Sophie, was ist los?«

Sie reibt sich das Gesicht, presst die Handballen gegen die Augen und holt holpernd Luft. »Du wirst mich hassen.«

Jetzt sieht sie mich an, ihre Augen flehen um Verständnis, fordern mich auf, die Worte zu sagen, die sie nicht aussprechen kann, aber ich verstehe *wirklich* nicht. Doch dann begreife ich.

»Du hast mit ihm gesprochen. Du hast mit ihm gesprochen und mir nichts davon gesagt.«

Sie weint jetzt, ihr Gesicht ist nass und die Stimme gebrochen, als sie hervorwürgt: »Ich habe ihm nicht erzählt, wo wir wohnen. Ich habe es ihm *nie* gesagt.«

»Herrje, Sophie.« Ich springe auf und laufe im Zimmer herum. »Wie konntest du das nur tun?«

»Er ist mein Dad. Ich habe das Recht, mit ihm zu reden.«

»Du kennst die Geschichte. Du *weißt*, was wir seinetwegen durchmachen mussten.«

»Er hat sich verändert.«

»Er war in unserem *Haus*. Er ist derselbe manipulative, kontrollsüchtige Mistkerl, der er schon immer war, und jetzt benutzt er dich, um an mich heranzukommen. Was hast du ihm erzählt? Du musst ihm irgendetwas erzählt haben, so dass er herausgefunden hat, dass wir in Dogwood Bay leben. Hast du ihm von Greg und mir erzählt?«

»Er sagte, dass er dich vermisst, und ich habe es ihm erzählt, damit er loslassen und neu anfangen kann.« Sie spricht so schnell, dass ich sie kaum verstehe, aber ich bekomme genug mit, um zu wissen, dass mir gewaltiger Ärger bevorsteht. *Richtiger* Ärger. Das ist nicht nur eine Katastrophe ersten Grades, das hat sich zu einem nuklearen Super-GAU entwickelt – für Fluchtversuche war es zu spät.

»Dein Vater wird nicht neu anfangen, Sophie, und ganz bestimmt wird er auch mich niemals neu anfangen lassen.« Ich weiß, dass ich schreie, sehe Sophies fassungslose Miene, doch ich bin außer mir, weil sie mich dermaßen hintergangen hat. »Ich habe dir *gesagt*, dass dein Vater krankhaft eifersüchtig ist.«

»Aber das ist Jahre her.«

Ich starre sie an, versuche daran zu denken, dass sie ein Teenager ist, zu jung, um zu verstehen, was Besessenheit bedeutet, und zu begreifen, dass Jahre nichts ändern. Ich habe ihr alles erzählt, was er getan hat, und dachte, das sei Warnung genug. Ich hatte nie in Betracht gezogen, dass Angst für sie ein Verfallsdatum haben könnte. Vielleicht hätte ich ihr von den Schlaftabletten erzählen sollen, vielleicht würde sie seine Wut dann besser verstehen, aber dafür ist es jetzt zu spät. Mit ernster Miene setze ich mich hin. »Wie ist es dazu gekommen? Wie hat er Kontakt zu dir aufgenommen?«

»Ich habe ihm geschrieben. Dann schrieb er mir zurück und schickte den Brief an Delaney.«

»Dieses Projekt, an dem du angeblich gearbeitet hast. Du hast mich angelogen.« Ich lache, ein hysterisches, bitteres Lachen, das ich nicht stoppen kann. *»Natürlich.«*

»Er hat mir erzählt, dass er nicht mehr trinkt – und dass es ihm wirklich leidtut.«

»Es geht nicht nur ums Trinken, Sophie. Es geht darum, was in ihm vorgeht. Er müsste jahrelang Therapie machen, und ich wäre mir nicht einmal sicher, ob das helfen würde.«

»Er hat im Gefängnis eine Therapie gemacht.«

»Dein Vater hat seine Gefühle nicht im Griff, und das macht ihn gefährlich. Er ist erst seit ein paar Monaten draußen, und sieh dir an, was passiert. Du darfst dich nicht mit ihm treffen.«

Sie wendet den Blick ab, ihr Gesicht verfärbt sich tiefrot.

»O nein. Erzähl mir nicht, du hättest dich bereits mit ihm getroffen.«

»Nur zweimal. Ich dachte, das wäre okay. Dann könnte ich dir erzählen, dass er anders ist, damit du nicht mehr solche Angst haben musst. Er war nett. Wir sind angeln gewesen ...«

Seine Hände sind wieder an meiner Kehle und ersticken mich. Allein die Vorstellung, dass die beiden einträchtig nebeneinandersitzen. Ich will nicht, dass Andrew solche kostbaren Momente mit seiner Tochter teilt. Er hat nichts dafür getan, er hat sie nicht verdient. »Du darfst ihn nicht wiedersehen. Nicht, solange du bei mir wohnst.«

»*Drohst* du mir etwa?«

»Er wird mich umbringen, kapiert?« Ich schweige, halte ihren Blick fest, vergewissere mich, dass meine Worte bei ihr ankommen. »Dein Vater wird mich erst dann in Ruhe lassen, wenn ich in einem Sarg liege und in der Erde vergraben werde.« Ich beuge mich vor, nehme ihre Hand. »Ich weiß, dass er dein Dad ist. Ich weiß, wie es sich anfühlen muss, wenn alle deine Freundinnen einen Vater haben, nur du nicht. Ich weiß, wie sehr du dir wünschst, die Dinge wären anders, und wie sehr du ihm glauben möchtest. Ich habe jahrelang das Gleiche empfunden und gedacht. Ich habe ihm *so viele* Chancen gegeben, Sophie. So viele. Aber er kann sich nicht ändern. Er *kann* es einfach nicht.«

»Er hat sich verändert, Mom. Ich kann es nicht erklären. Vielleicht war gar nicht er es, der in unserem Haus war.« Ich sehe ihr an, wie sehr sie es braucht, dass das wahr ist, und ich hasse es, dass ich diejenige bin, die ihr das Herz bricht.

»Es ist eine Art Theater, für ihn ist es ein Spiel. Alles. Er *benutzt* dich. Ich weiß, es tut weh, das zu hören, und vielleicht hast du deswegen das Gefühl, nicht gut genug zu sein oder so etwas, aber es hat nichts mit dir zu tun. Du bist *wunderbar.* Ich liebe dich mit jeder Faser, aber für deinen Vater sind wir sein Besitz.«

Sie schweigt lange, den Blick auf die Pizza gerichtet. Sie weint nicht mehr, schnieft nur noch hin und wieder. Ich rede weiter, versuche ihr Dinge begreiflich zu machen, für die ich jahrelang Ratgeber lesen und die Selbsthilfegruppe besuchen musste, um sie endlich zu verstehen, Zusammenhänge, die ich selbst immer noch nicht wirklich erfasst habe. Wie Liebe sich so falsch entwickeln kann, wie ich mich so sehr habe verrennen und mich selbst so komplett hatte verlieren können. Wie er so süß und wundervoll und charmant sein konnte und eine Minute später so niederträchtig und grausam.

»Ich fühle mich miserabel«, sagt sie schließlich.

»Ich mich auch.«

»Ich werde nie wieder Pizza essen können.«

»Irgendetwas sagt mir, dass das nicht stimmt.« Ich ziehe sie zu mir. »Es tut mir so leid, Kleines.«

Seufzend atmete sie an meinem Hals aus. »Müssen wir jetzt umziehen?«

»Noch nicht. Wir werden vorsichtig sein und abwarten, was passiert, okay?«

»Okay.« Ihr Körper sinkt gegen meinen, und ich halte sie fest, genieße ihr Gewicht, und erinnere mich daran, wie sie früher meine Arme ausgefüllt hat. Sie ist zart wie ein Vogel. »Ich wollte einfach nur einen Vater haben«, sagt sie.

»Ich weiß, Spatz. Ich weiß.« Ich glaube, ich bin zu ihr durchgedrungen, aber ich bin immer noch erschüttert, wie leicht er sich zurück in unser Leben geschlichen hat. Ich dachte, ich hätte alles bedacht, hatte gehofft, dass ich Sophie genug Liebe geschenkt habe, damit sie ihren Vater nicht vermisst. Aber sie *hat* ihn vermisst. Und er würde nicht aufgeben. Nicht jetzt. Würde sie stark genug sein, ihm zu widerstehen? Ist sie stärker als ich? Ich hoffe es.

Am Freitagnachmittag ruft mich Corporal Parker mit der Neuigkeit an, dass das Gericht Andrew für Montagmorgen vorgeladen hat.

»Jetzt müssen wir ihn aufspüren, damit wir ihm die Vorladung zustellen können. Wir sind nicht sicher, ob er in Victoria oder in Dogwood Bay ist. Er ist von der Bildfläche verschwunden.«

»Das ist nicht gerade beruhigend.« Andrew hat einen Plan, ich spüre es. Selbst wenn ich heute Abend unsere Sachen packen würde, hätte ich keinen Zweifel, dass er uns finden würde. »Er könnte mit einer Waffe in meinem Schlafzimmer warten.«

»Es gibt sichere Häuser, und …«

»Es gibt *kein* Haus, das vor Andrew sicher wäre.«

Sie schweigt für einen Moment. »Ich verstehe Ihre Ängste. Wirklich. Und ich möchte Ihnen helfen. Dies ist ein Schritt in die richtige Richtung. Wir werden ihn uns schnappen.«

»Ich hoffe, Sie haben recht.«

Als wir uns am Samstag beim Einkaufszentrum einen

Baum aussuchen, parke ich dort, wo viele Leute sind, und halte meinen Schlüssel zwischen den Fingern, als ich auf den Eingang zugehe. Zu Hause schmücken wir den Baum, und anschließend sauge ich die Tannennadeln auf. Alle paar Minuten halte ich inne, um zu lauschen. Greg kommt nach der Arbeit vorbei und baut ein zusätzliches Schloss ein. Er schlägt vor, dass wir eine Weile bei ihm wohnen könnten, aber ich glaube nicht, dass Sophie das gefallen würde. Ich bin ihm dankbar für die Hilfe, doch ich bin nicht ganz bei der Sache und weiche ihm aus, als er versucht, zärtlich zu sein – ich ziehe ihn damit auf, er würde wie sein Truck riechen.

»Das hat dich vorher noch nie gestört«, sagt er mit einem merkwürdigen Blick, doch ich lache den Moment weg und beuge mich vor, um ihn zu küssen, damit er sich keine Sorgen macht. Aber er hat recht. Früher habe ich ihm immer erzählt, in seiner UPS-Uniform sähe er aus wie ein sexy erwachsener Pfadfinder, und ich mochte es, wenn er Dinge in meinem Haus reparierte – aber jetzt erinnert mich das alles an Andrew. Er hat auch immer am Wochenende herumgewerkelt und versucht, unser Haus sicherer zu machen, was blanke Ironie war. Ich muss ständig daran denken, wann er wohl in die Stadt ziehen wird. Er könnte bereits hier sein. Ich könnte ihm im Laden über den Weg laufen, an der Tankstelle, überall.

Nach dem Abendessen bricht Greg auf, und Sophie und ich packen Geschenke ein und legen sie unter den Baum. Dabei sehen wir *Buddy – Der Weihnachtself* und essen Popcorn, aber ich weiß, dass sie sich um meinetwillen zwingt, zu lächeln und zu lachen. Sie hat den ganzen Tag nicht gezeichnet, sondern sich nur durch die Fernsehkanäle gezappt oder mit ihrem Telefon herumgespielt.

»Wir sollten etwas unternehmen, auf das wir richtig Lust haben«, sage ich.

»Fahren wir nach Mexiko?«, fragt sie. »Ich könnte in fünf Minuten mit Packen fertig sein.«

Ich fühle einen Stich, aber ich weiß, dass sie mich nicht verletzen wollte. Sie weiß nicht, was in Mexiko passiert ist, wie große Angst ihr Vater mir eingejagt hat. Jahrelang habe ich mir gesagt, ich würde eines Tages mit Sophie nach Cancún fahren, nur wir beide. Wir würden es richtig machen. Doch dann, als ich endlich genug Geld gespart hatte, fürchtete ich mich zu sehr vor den Erinnerungen. Noch etwas, das ich mir von ihm habe stehlen lassen.

»Das nicht. Aber du bringst mich auf eine Idee ...«

Greg schaut normalerweise sonntagabends Eishockey, also lade ich Marcus ein, vorbeizukommen. In männlicher Gesellschaft fühle ich mich sicherer, aber das erzähle ich ihm nicht. Ich sage: »Du lässt mich nie etwas dafür bezahlen, dass ich deinen Trainingsraum benutze. Bitte, lass mich dir etwas Gutes tun!« Er kommt mit einer Kiste mexikanischem Bier und dunkler Chili-Schokolade zum Nachtisch. Ich röste Mais und schwarze Bohnen und grille Hühnchen für die Quesadillas, während Marcus Salsa und Guacamole zubereitet. Wir arbeiten gut zusammen. Unsere Schultern berühren sich, wenn wir in der Küche herumlaufen oder uns Sachen aus dem Kühlschrank reichen.

Marcus unterhält uns während der Mahlzeit mit Geschichten von seinen Reisen durch Europa und Afrika. Einmal zum Beispiel wurde er bei einer Safari beinahe zurückgelassen. Sophie lacht übertrieben, als er berichtet, wie er Termiten und andere regionale Leckereien gegessen hat, rümpft die Nase, als er beschreibt, wie sie beim Kauen knirschen und wie sich die winzigen Beinchen zwischen den

Zähnen festsetzen. Ich bin froh, dass er vorbeigekommen ist. Es ist genau das, was wir gebraucht haben.

Nach dem Abendessen geht Sophie nach oben, um ihre Hausaufgaben zu machen. Marcus und ich trinken einen koffeinfreien Kaffee und knabbern Schokolade. Ich erzähle ihm, dass Andrew im Haus war und dass die Polizei ihm eine Vorladung zustellen will. Ich habe allerdings noch nicht gehört, ob sie ihn gefunden haben.

»Warum hast du nicht angerufen?«, fragt er.

»Ich wollte dich nicht in mein Drama hineinziehen.«

»Versprich mir, dass du das nächste Mal anrufst!«

»Es könnte schwierig werden, falls ich gerade um mein Leben renne.« Ich lächele.

»Das ist nicht witzig.«

Ich seufze. »Ich weiß. Ich versuche nur, mit der ganzen Sache fertigzuwerden.«

»Hast du eine Waffe?«

»Nein. Ich hatte mich für ein Sicherheitstraining an der Waffe angemeldet, aber dann hätte ich einen Waffenschein beantragen müssen. Und den würde ich vermutlich nicht bekommen, sobald die Behörden von Andrew erfahren.« Die kanadischen Waffengesetze sind streng, besonders wenn es um häusliche Gewalt geht, was ich früher sehr geschätzt habe. Ich hatte Waffen nie gemocht, obwohl mein Vater welche besaß, als ich noch ein Kind war. Und ich hasste es, dass Andrew welche hatte, als Sophie klein war. Aber jetzt wünschte ich, ich hätte eine in jedem Zimmer des Hauses.

»Vielleicht sollte ich versuchen, eine Waffe auf dem Schwarzmarkt zu bekommen«, sage ich.

»Hey, das ist riskant.«

»Und wie riskant ist es, herumzusitzen und darauf zu warten, dass er den ersten Schritt macht?«

»Ich werde mal meine Fühler ausstrecken, okay? Über meine Selbstverteidigungskurse kenne ich ein paar Leute.«

»Echt? Das würdest du für mich tun?«

»Lieber helfe ich dir, als dass du aus Versehen eine Waffe von einem Cop kaufst.«

»Bei meinem Glück könnte das glatt passieren.« Ich werfe einen raschen Blick aus dem Fenster, suche die Schatten ab. »Ich hoffe, sie finden ihn bald.«

17

SOPHIE

Er hat dreimal angerufen, aber ich bin nicht rangegangen und habe auch nicht die Mailbox abgehört. Ich habe ein komisches Gefühl in der Magengegend, wie Hunger und Grippe gleichzeitig. Ich versuche, den Klumpen in meinem Bauch wegzureiben, aber er verschwindet nicht. Wir wollten uns heute treffen, aber ich habe ihm gleich nach dem Gespräch mit Mom eine SMS geschickt und gesagt, ich hätte zu viele Hausaufgaben, was gelogen ist, weil es die letzte Woche vor den Weihnachtsferien ist und wir im Moment alles auslaufen lassen, bis auf Delaney, die bei einer Arbeit durchgefallen ist und nachschreiben muss.

Nach der Schule sitze ich draußen und warte auf sie. Ich blicke auf, checke die Straße. Ich werde das Gefühl nicht los, dass Andrew nach mir suchen wird. So muss es sich für Mom anfühlen. Ich war so dumm, ihn wieder in unser Leben zu lassen. Ich musste das ganze Wochenende daran denken, dass er in unserem Haus gewesen war. Heute Morgen bin ich mit tierischen Kopfschmerzen aufgewacht. Als seien Montage nicht schon übel genug, mit Chemie in der ersten Stunde. Jetzt muss ich sehen, wie ich meinem Stalker-Dad am besten aus dem Weg gehe. Mein Handy piept. Dieses Mal ist es eine SMS von Delaney. *Dauert noch eine Weile. Muss erst diese blöde Arbeit fertigschreiben!*

Ich simse zurück: *Okay, ich nehme den Bus.* Ich gehe die Straße entlang bis zur Bushaltestelle und wünschte, ich hätte mein Fahrrad dabei. Es hat angefangen zu schneien, die Straße ist voller Schneematsch, und meine Füße werden allmählich nass. Ich wickele mir meinen Schal um den Hals und das Gesicht und ziehe die Schultern im Mantel hoch. Ich merke, wie ein Fahrzeug neben mir langsamer wird, schaue kurz hinüber und erhasche einen Blick auf etwas Weißes. Ich habe zu große Angst, um genauer hinzusehen, aber ich bin mir ziemlich sicher, dass es Andrews Truck ist. Ich gehe schneller. Mist. Mist. Mist. Ich hätte bei der Schule bleiben sollen. Ich taste nach meinem Handy in der Tasche. Wen soll ich anrufen? Was soll ich sagen?

»Hey«, ruft er laut. »Ich muss mit dir reden.«

Ich schüttele den Kopf. Ich werde ihn nicht ansehen. Er hält vor mir an und blockiert einen Teil des Gehwegs. Ich kann ihn durch das offene Beifahrerfenster erkennen. Der hintere Teil des Trucks ragt auf die Straße. Autos fahren um ihn herum, ein Fahrer hupt und gestikuliert durch das Fenster.

»Du kannst hier nicht auf dem Seitenstreifen anhalten«, sage ich. Wird er mich packen und mich zwingen, irgendwo mit ihm hinzufahren? Ich weiche ein paar Schritte zurück.

»Warum steigst du nicht in den Truck? Du wirst ja total nass.«

»Ich muss nach Hause.«

»Warum weichst du mir aus?« Er beugt sich über den Beifahrersitz, so dass er mich durch das Fenster ansehen kann. Weitere Autos fahren vorbei, aber keines hält an. Niemand fragt, ob alles in Ordnung ist. Ich könnte hier und jetzt verschleppt werden, und keinen würde es auch nur im Mindesten kümmern.

»Ich muss gehen«, wiederhole ich. »Sonst verpasse ich den Bus.«

»Erzähl mir, was los ist.«

»Du bist in unser Haus eingebrochen«, schreie ich über

den Krach der Autos hinweg. Ich bin erschrocken über die Wut, die aus mir herausbricht. »Ich habe dir gesagt, du sollst sie in Ruhe lassen.«

Sein Gesicht ist ausdruckslos, und dann ist es, als würden sich seine Züge langsam neu sortieren, als würde ihm etwas klar. »Deshalb also suchen die Cops nach mir.«

»Du solltest heute vor Gericht erscheinen. Mom hat ein Kontaktverbot beantragt.«

»Ich bin niemals auch nur in der Nähe von eurem Haus gewesen.«

Woher will er wissen, ob er in der Nähe war oder nicht? Er muss wissen, wo wir wohnen.

»Du hast Moms Sachen durchwühlt. Du hast ihre E-Mails gelesen.«

Er sagt nichts mehr, wirkt aber auch nicht überrascht. Es ist, als habe er sich in sich selbst zurückgezogen und denke nach. Der Verkehr rauscht vorbei. Ich überlege, ob irgendjemand mich wohl wiedererkennen würde. Am liebsten würde ich mich umdrehen und weggehen, aber ich will auch hören, was er zu sagen hat.

»Sophie, ich war die ganze Woche in Victoria und habe meine Sachen zusammengepackt. Ich würde dir oder Mom niemals solche Angst einjagen. Was zum Teufel sollte das bringen? Ich versuche, neu anzufangen.«

»Ich *weiß*, dass du in unserem Haus warst.«

»Lass uns einen Kaffee trinken gehen und über alles reden. Ich werde dir genau schildern, was ich in der letzten Woche getan habe – jeden einzelnen Tag, Stunde für Stunde. Und du kannst mir erzählen, warum du so sicher bist, dass ich es war, okay?«

Er klingt aufrichtig, als verstünde er wirklich nicht, wovon ich rede. Ich blicke auf die Straße, auf die Schneehaufen, die sich bereits auf der Mittellinie bilden. Ich müsste rennen, um den Bus noch zu erwischen, und wenn ich ihn verpasse, käme der nächste erst in einer halben Stunde. Vielleicht wäre es gut, sich anzuhören, was er zu sagen hat. Wenn doch *er* bei uns eingedrungen ist, kann ich ihm Angst machen, dass man ihn erwischen wird, und dann wird er sich in Zukunft hoffentlich von Mom fernhalten.

»Wenn du irgendwo anders mit mir hinfährst, rufe ich die Cops – ich habe mein Handy dabei.«

Er hebt die Hände. »Abgemacht.«

Ich werfe einen letzten Blick die Straße hinunter, dann steige ich ein.

Im Truck schweigen wir. Er stellt die Heizung höher, und ich schaue mich um, entdecke die große Packung Kaugummi im Aschenbecher. Eine Erinnerung überfällt mich, an das Bier, das er früher auf der Baustelle trank, und dass er sich dann einen Kaugummi in den Mund schob, ehe wir nach Hause fuhren. Er sieht, dass ich die Kaugummis entdeckt habe.

»Willst du einen?«

»Du weißt, dass das nicht funktioniert. Die Cops können es trotzdem feststellen.«

Er sieht mich an, und ich denke, er wird sauer, aber er klingt ruhig, als er sagt: »Ich trinke nicht, Sophie. Ich werde nie wieder einen Tropfen anrühren. Anfangs hat es mir gefehlt, aber ich denke gar nicht mehr darüber nach. Ich habe den Alkohol nur benutzt, um mit meinen Gefühlen klarzukommen. Ich möchte nicht, dass du dir Sorgen machst.«

»Ist mir doch egal.« Ich wende mich ab und starre aus dem Fenster. Ich sehe mein eigenes Spiegelbild, meine nassen Haare. Ich denke an Mom und daran, wie sauer sie im Moment auf mich wäre. Aber ich muss mir seine Erklärung anhören. Sie glaubt nicht, dass ich ihn durchschauen kann, aber wenn er lügt, werde ich es herausfinden.

Im Muddy Bean ist es laut und voll, es riecht nach nassen Klamotten und Kaffee. Vom Duft des frisch gebutterten Toasts beginnt mein Magen zu knurren. Am Tresen bestelle ich mir einen Käse-Scone und Kaffee und zücke mein Portemonnaie, doch Andrew besteht darauf, für mich zu zahlen. Es ist merkwürdig, hier neben ihm zu stehen. Sein Arm streift meinen. Dass er für meinen Lunch zahlt, fühlt sich an wie etwas, das Dads normalerweise tun, aber es erinnert mich auch daran, dass Mom lange Zeit völlig pleite war. Wir schaffen es nur selten, zusammen zum Lunch zu gehen, es sei denn, man zählt einen Hotdog im Einkaufszentrum dazu.

Wir setzen uns, ich reiße ein Stück von meinem Scone ab und stecke es mir in den Mund. Teils vor Hunger, teils, um Zeit zu gewinnen, ehe ich etwas sagen muss.

»Schmeckt's?«, fragt er.

Ich nicke. Er spielt mit dem Henkel seines Bechers herum und beugt sich auf seinem Stuhl vor. Er lässt mich nicht aus den Augen und wartet darauf, dass ich rede.

»Warum bist du in unser Haus eingebrochen?«, will ich wissen.

»Wenn ich so etwas Dämliches täte, könnte ich gleich zurück ins Gefängnis wandern.« Er beugt sich noch weiter vor, bis sein Oberkörper beinahe auf dem Tisch liegt. »Ich habe zehn *Jahre* dort verbracht, Sophie. Ich weiß, dass du dir nicht vorstellen kannst, wie das ist, aber es ist die Hölle, verstehst du? Das Gefängnis, das du aus dem Fernsehen und aus Filmen kennst? Oder aus Dokumentationen oder woher auch immer? Das sind Country Clubs im Vergleich zu dem Ort, von dem ich komme.«

Seine Erklärung leuchtet ein. Warum sollte er seine Freiheit aufs Spiel setzen? Aber wer sonst sollte bei uns einbrechen, ohne irgendetwas mitzunehmen? »Du warst ziemlich wütend, weil Mom sich von dir hat scheiden lassen.«

»Ich war lange Zeit stinksauer, aber ich verstehe, warum sie nicht mehr mit mir zusammen sein wollte. Am größten war meine Wut auf mich selbst. Ich habe alles verpfuscht, das hab ich dir bereits erklärt. Aber ich marschiere doch nicht aus dem Gefängnis und fange prompt an, wieder alles gegen die Wand zu fahren. Bist du sicher, dass überhaupt jemand eingebrochen ist?«

»Wie meinst du das?«

»Pass auf, ich weiß, dass deine Mom auf mich sauer ist, und sie hat allen Grund dazu. Aber vielleicht will sie auch nur sicherstellen, dass du ebenfalls wütend auf mich bist und bleibst.«

»Sie würde nicht lügen. Außerdem hat jemand ihre Rechnungen geöffnet. Und neben ihrer Badewanne lag ein Buch, mit Kerzen. Sie hatte wirklich Angst.«

Er runzelt die Stirn, lehnt sich zurück und neigt den Kopf, als würde er nachdenken. Seine Brauen stoßen fast zusammen. Das lässt ihn hart aussehen und gemein. »Es klingt, als treibe jemand sein Spielchen mit ihr. Das gefällt mir nicht, vor allem, weil du auch dort wohnst. Sie muss sich eine Alarmanlage anschaffen.«

»Wir haben eine. Ich habe vergessen, sie einzuschalten.« Vielleicht war er es tatsächlich nicht. Warum sollte er uns raten, eine Alarmanlage anzuschaffen? Ich weiß nicht mehr, was ich denken soll. Könnte es einer ihrer unheimlichen Kunden gewesen sein? Oder dieses Mädchen, das früher für sie gearbeitet hat? Sie hat gekündigt, nachdem Mom ihr hart zugesetzt hat, weil sie wieder zu ihrem Loser von einem Freund zurückgekehrt ist und bei der Arbeit gefehlt hat.

»Glaubt sie, dass ich ihr etwas antun will?«

Wir sehen uns an, und ich spüre, wie sich der Scone in meiner Kehle verkeilt. Meine Eingeweide verkrampfen sich, und ich würde am liebsten zur Tür hinausrennen und vor ihm davonlaufen, ganz weit. Wie kann ich ihn ansehen und sagen, was ich denke? Aber er wirkt nicht wütend, eher, als sei er nicht sonderlich überrascht. Ich antworte nicht.

»Also gut.« Er holt tief Luft und fährt sich mit der Hand durchs feuchte Haar. Er hat dunkle Tränensäcke unter den Augen, und ich denke, dass er müde sein muss. »Hat deine Mom dir je von meiner Familie erzählt?«

»Ein wenig.«

»Nun, ich habe das, was man ein Verlassenheitssyndrom nennt.« Er lächelt, wobei er auf seine typische Art zur Seite blickt, und ich kann gut verstehen, warum meine Mom ihn einmal geliebt hat. »Deine Mom war das Wunderbarste, was mir je passiert ist. Sie war so wunderschön – ich konnte es nicht fassen, dass sie zu mir gehörte.«

Meine Mom *ist* wunderschön. Sie hat weißblonde Haare wie eine Elfenkönigin aus *Herr der Ringe*, ihre Augen sind groß und blau und die Wimpern so dunkel, dass sie nicht einmal Mascara braucht. Sie könnte jede Menge Männer abschleppen, wenn sie wollte, aber sie hat lange gebraucht, bis sie das erste Mal mit Greg ausgegangen ist. Ich mag es, wenn die beiden zusammen sind – sie lachen viel, und sie wirkt immer entspannt. Ich merke, dass Greg voll in sie verknallt ist, aber ich glaube, dass Mom sich genau davor fürchtet.

»Du hättest sie besser behandeln sollen«, sage ich.

»Ich weiß. Ich habe alles falsch gemacht. Ich hatte solche Angst, dass sie mich verlassen würde, dass ich mich in einen eifersüchtigen Idioten verwandelt und sie verscheucht habe.«

»Warum suchst du dir nicht jemand anders? Viele Leute machen heute Online-Dating.«

»Eines Tages vielleicht, aber im Moment möchte ich nur dich neu kennenlernen.«

»Du musst dich beim Gericht melden und zustimmen, Mom in Ruhe zu lassen.«

»Ich werde mich sofort darum kümmern, okay? Sobald wir hier fertig sind, melde ich mich bei den Cops.«

»Du wirst keinen Widerspruch einlegen? Es bedeutet, dass wir auch nicht mehr über sie reden können.«

»Hör zu, ich habe begriffen, dass es für deine Mom und mich vermutlich zu spät ist, aber ich will nicht, dass es auch bei dir zu spät ist. Du bist die einzige Familie, die mir geblieben ist. Wenn du mich nicht mehr sehen willst, in Ordnung. Dann kann ich nur hoffen, dass du deine Meinung eines Tages änderst, doch ich werde dich nicht einfach so aufgeben.«

Seine Worte machen mich traurig und erschrecken mich, aber in gewisser Weise machen sie mich auch glücklich. Ich spüre seinen Blick und weiß, dass er versucht, mich dazu zu bringen, ihn anzuschauen, doch ich starre in meinen Kaffee und betrachte den Schaum. Es fühlt sich falsch an, seinetwegen traurig zu sein, es ist, als würde ich Mom verraten, aber es ist die Wahrheit. Ich bin alles, was er noch hat.

»Du musst dich unbedingt von Mom fernhalten«, sage ich. »Wenn noch etwas passiert, war's das.«

Er streckt die Hand über den Tisch. »Abgemacht.« Als ich ihm die Hand schüttele, habe ich das Gefühl, beobachtet zu werden, und schaue mich um. Auf der anderen Seite des Raumes entdecke ich Jared, und neben ihm steht eine ältere Frau mit schwarzem Haar, die ihm ziemlich ähnlich sieht. Seine Mom. Ich habe sie schon früher in der Stadt gesehen, sie fährt einen silbernen Lexus und trägt immer eine Sonnenbrille. Er lächelt mir zu und winkt kurz. Ich wende den Blick ab.

Am nächsten Tag in der Schule kommt Jared zu meinem Schließfach. »Bist du immer noch sauer, weil ich dich nach deiner Mom gefragt habe?«, will er wissen. »Tut mir leid, falls ich etwas Dummes gesagt habe.« Er lächelt. »Das kommt öfter mal vor.«

»Ich hatte einfach nur schlechte Laune. Tut mir leid.«

Er lehnt sich gegen ein Schließfach, die Hände locker in den Taschen, die Schultern hochgezogen, als sei ihm kalt. Aber vielleicht liegt es auch daran, dass er so groß ist und versucht, mich nicht zu überragen. Er trägt schwarze Jeans, einen weinrot karierten Schal und ein graues T-Shirt mit einem Bild von Jimmy Hendrix auf der Vorderseite. Ein Teil von Jimmys Gesicht ist verblasst. Ich frage mich, ob dieses Shirt wirklich alt ist. Wahrscheinlich hat er hundert Dollar oder so was Verrücktes dafür bezahlt.

»Im Café hast du dich ja angeregt mit deinem Dad unterhalten«, sagt er.

O Mann. Wie lange hat er uns beobachtet? »Das war mein Onkel. Er macht gerade eine harte Zeit durch.«

Er ist einen Moment still, und ich spüre meine Anspannung, meine Furcht, er könnte mir einen ganzen Haufen Fragen stellen. Aber er sagt nur: »Fährst du in den Weihnachtsferien weg?«

Ich lache. In seiner Welt fahren alle seine Freunde vermutlich zum Skifahren in ihre Hütten oder fliegen für viel Geld irgendwo ins Warme. »Wir haben beschlossen, dieses Jahr zu Hause zu bleiben«, sage ich mit meiner gespielten Reiches-Mädchen-Stimme. »Die Skipisten sind so *überlaufen* mit armen Leuten, weißt du?«

Anfangs wirkt er verwirrt, dann lächelt er, als er kapiert, dass ich ihn auf den Arm nehme. »Ich habe ein paar Freunde eingeladen. Du solltest auch kommen.«

»Ich glaube nicht.«

»Warum nicht?«

»Wir sind nicht mit denselben Leuten befreundet.«

»Mir gefällt es, dass du anders bist. Du bist eine Künstlerin, stimmt's?«

»Ja.«

»Ich habe deine Zeichnungen im Jahrbuch gesehen. Du bist echt gut.«

»Danke.« Ich weiß nicht, was ich sonst sagen soll. Mein Gesicht fühlt sich warm an, und ich will eine coole Bemerkung machen, aber mir fällt einfach nichts ein. Warum ist er so nett?

»Du kannst Delaney mitbringen«, sagt er. Delaney fährt total auf einen von Jareds Freunden ab und würde garantiert liebend gern zu der Party gehen. Sie wäre ziemlich sauer, wenn ich die Einladung ausschlagen würde.

»Mal sehen«, sage ich. Er lächelt über das ganze Gesicht, und ich habe das komische Gefühl, gehalten zu werden, als würde mich jemand von hinten umarmen und mein ganzer Körper würde sich entspannen.

»Dann sehe ich dich Freitag.« Er beugt sich vor, und der Pfefferminzgeruch seines Atems wird stärker. Er muss Kaugummi gekaut haben. Ich frage mich kurz, ob er einen frischen Atem für mich habe wollte, und diese Vorstellung ist verwirrend und aufregend und noch ein paar andere Dinge, über die ich im Moment nicht nachdenken kann.

»Keine Angst«, sagt er. »Ich werde niemandem davon erzählen, dass du dich mit deinem Dad triffst. Ich weiß, dass er gerade erst aus dem Gefängnis entlassen wurde.«

Ich starre ihn an, und sämtlicher Lärm um uns herum scheint plötzlich verstummt zu sein. Ich kann nur das Pochen in meiner Brust spüren. Woher weiß er das? Hat Delaney jemandem davon erzählt? Ich fühle mich so verletzt, dass ich kaum atmen kann.

Sein Gesicht verändert sich, sein Lächeln erlischt, als er merkt, dass er etwas Falsches gesagt hat. »Entschuldige. Ich habe gemerkt, dass ihr verwandt seid, und ich habe sein Foto im Internet gesehen, also wusste ich, wer er ist.«

»Und jetzt wirst du es jedem erzählen.« Ich bin wütend und aufgewühlt, aber auch verwirrt. Wieso hat er ein Foto von meinem Dad gesehen? Vor Jahren stand viel in der Presse über ihn, aber seit er draußen ist, habe ich in den Nachrichten nichts über ihn gesehen. Vielleicht ist der Artikel in Victoria erschienen.

»Ich weiß es schon seit Monaten, aber ich habe niemanden davon erzählt.«

»Warum hast du mir nachspioniert?«

»Ich mag dich. Ich wollte mehr über dich erfahren.« Er zuckt die Achseln und lächelt mich an. Ich kenne seine Arten zu lächeln. Kenne das Lächeln, das er seinen Freunden oder den Lehrern schenkt. Dieses hier habe ich noch nie gesehen. Es ist scheu, aber auch hoffnungsvoll und irgendwie süß, vielleicht sogar ein wenig verlegen. Doch das kann nicht stimmen.

»Ich will nicht, dass irgendjemand von ihm erfährt.«

»Keine Angst. Du kannst mir vertrauen.« Es läutet, und er blickt den Flur entlang. »Ich hole besser meine Bücher. Ich sehe dich am Freitag, okay?« Er geht davon.

18

LINDSEY

Im Tierheim ist es laut, eine Kakophonie aus Gebell und Gewinsel schlägt mir entgegen, als ich den Gang entlanglaufe und mir die Hunde in ihren Zwingern anschaue. Ich mag diese Atmosphäre nicht, ihre flehenden, verzweifelten Blicke, die Metallkäfige, den Geruch nach Urin. Am liebsten würde ich sie alle mit nach Hause nehmen, doch ich kann mir nur einen leisten. Schon seit Jahren hatte ich daran gedacht, mir einen Hund anzuschaffen, hatte mir aber immer Sorgen um die Tierarztrechnungen oder das Fressen gemacht. Jetzt ist mir klargeworden, dass ich nur Angst hatte, irgendetwas könnte schiefgehen, dass Andrew ihn mir wegnehmen könnte, obwohl er hinter Gittern saß. Vor einem Zwinger mit einem Deutschen Schäferhund-Mischling bleibe ich stehen. Er hat einen großen Kopf, große Pfoten und ein breites Lächeln. Sein Fell ist rötlich braun, und die Haare auf der Rückenmitte wachsen wie bei einem Rhodesian Ridgeback in die andere Richtung. Seine braunen Augen sind schwarz umrandet, und auch die Schnauze und die Spitzen der Ohren, die am Ende herunterhängen, sind schwarz. Ich mache ein küssendes Geräusch, und er legt den Kopf schräg, die Pfoten am Gitter.

Eine der Tierheimmitarbeiterinnen erzählt mir etwas über den Hund im Nachbarzwinger – Buddy, ein freundlicher schwarzer Labrador, dessen ganzer Körper beim Wedeln mitwackelt und dessen Gebell in den Ohren schrillt.

»Wie heißt dieser hier?«, frage ich sie.

»Das ist Angus.«

Ich lächele über den Namen, der perfekt zu ihm passt. Sein letzter Besitzer muss einen schottischen Hintergrund gehabt haben – oder Sinn für Humor. »Ich lebe allein mit meiner Tochter, und wir suchen nach einem Familienhund, aber er soll auch Fremde verscheuchen. Eignet er sich als Wachhund?«

»Angus ist wirklich lieb und würde einen Einbrecher vermutlich eher zu Tode lecken, aber er bellt laut.« Als hätte Angus zugehört, stellt er sich an den Maschendrahtzaun und bellt dreimal. Tiefes, lautes Gebell hallt vom Betonfußboden wider. Wenn er sich auf die Hinterläufe stellt, ist er fast so groß wie ich, und er muss annähernd fünfzig Kilo wiegen.

»Warum hat sein Besitzer ihn weggegeben?«

»Er ist ein Scheidungshund. Der Mann ist in die Staaten gezogen, und die Frau hat einen neuen Job, so dass sie keine Zeit mehr für ihn hat. Er ist ein guter Familienhund. Er liebt Frauen.«

Ich halte ihm die ausgestreckte Hand hin, und er leckt meine Handfläche ab. »Kann ich eine Runde mit ihm spazieren gehen?«

Wir laufen über die Trampelpfade in der Nähe, und er reißt mir fast die Schulter aus, aber ich fühle mich schon allein dadurch sicherer, dass ich ein großes Tier an meiner Seite habe und seine Schultern meine Schenkel streifen. Ich versuche, mir die Sache auszureden, denke an die Futterrechnungen und wie viel er vermutlich kaputtmachen wird. Immer wieder dreht er sich um und schaut mich mit heraushängender Zunge an, den Mund zu einem Lächeln geöffnet. In einiger Entfernung sehen wir einen Mann durch den Wald laufen, und Angus bleibt stehen, den Körper angespannt, die Rute hoch. Er blickt wieder zu mir. »Alles in Ordnung,

Angus«, sage ich. »Guter Junge.« Er entspannt sich, und wir laufen weiter. Zum ersten Mal seit Tagen spüre ich, wie ich mich ebenfalls entspanne. Zurück im Tierheim, fülle ich einen Antrag aus und bestätige, dass ich eine Erlaubnis meines Vermieters und einen eingezäunten Garten habe. Ich gehe davon dass, dass es ein paar Tage dauern wird, bis ich etwas höre, aber noch am selben Abend ruft das Tierheim an. Ich erzähle Sophie die guten Neuigkeiten.

»Echt? Was für ein Hund ist es?« Ihre Augen glänzen, und mein Bauch kribbelt vor Erleichterung. Es gibt nichts, was ich nicht tun würde, um sie wieder zum Lächeln zu bringen.

»Ich bin mir nicht sicher. Es ist ein Mischling. Gut möglich, dass ein Labrador oder Rottweiler drinsteckt, gekreuzt mit einem Schäferhund.« Ich zeige ihr ein paar Fotos, die ich mit meinem Handy gemacht habe. »Wir können ihn morgen früh abholen.«

»O Gott, Mom. Das ist ja eine Bestie.«

»Ich weiß. Jetzt habe ich die Schöne und das Biest.«

Sie lacht, dann schwindet ihr Lächeln. »Holst du ihn zum Schutz? Du hast doch jetzt das Kontaktverbot. Hast du immer noch Angst?« Ich war überrascht, wie problemlos Andrew die Bedingungen des Kontaktverbots akzeptiert hat. Ich hätte nie gedacht, dass er bereitwillig irgendetwas unterschreibt, das ihn von mir fernhält. Ich möchte mich darüber freuen, aber stattdessen mache ich mir nur noch mehr Sorgen.

»Teils zum Schutz, ja. Und wenn du nach der Schule weggehst, werde ich Gesellschaft brauchen.«

»Ich werde durch ein großes, haariges Monster ersetzt!«

»Wahrscheinlich ist er sauberer als du.«

Sie tut so, als wollte sie mir auf den Arm schlagen. »Nun, dann sollte er besser nicht in meinem Bett schlafen.«

»Das kann ich nicht garantieren.« Ich lächele. »Wahrscheinlich werde ich ihn mit in mein Zimmer nehmen. Er wird mir helfen, gut zu schlafen.«

Sophie hat sich Angus' Bilder auf meinem Handy angesehen, doch jetzt hält sie nachdenklich inne. »Glaubst du immer noch, dass es mein Dad war, der bei uns eingebrochen ist?«

In meinen Kopf gehen die Alarmsirenen los, unvermittelt und schrill. Warum fragt sie das? Und seit wann nennt sie Andrew »meinen« Dad? Vielleicht hatte sie es immer getan, vielleicht hat es nichts zu bedeuten, aber dieses Mal klingt es irgendwie besitzergreifend. Als würde sie ihn für sich beanspruchen.

»Es war eindeutig er.«

»Aber manchmal vergisst du Dinge. Zum Beispiel, wo du deine Schlüssel gelassen hast, oder diese Geschichte damals, als du diesen Karton mit den Büchern verschenkt hast und dachtest, ich hätte sie alle.«

Meine Schlüssel. Ich starre ihr Profil an. Weiß sie noch, dass das eines der Dinge war, wegen denen Andrew mich ständig fertiggemacht hat? Nein. Sie würde mich niemals absichtlich so verletzen, aber ihr verzweifeltes Festhalten macht mir Angst. Sie will die Fakten immer noch nicht akzeptieren.

»Er war es«, sage ich. »Ich weiß, wie er vorgeht.«

Sie sieht mir in die Augen. »Kannst du dich an nichts Gutes an ihm erinnern?«

Mir stockt der Atem. Ich beuge mich vor, um mir mein Handy zurückzuholen, und blättere durch die Bilder von Angus, während ich überlege, was ich antworten soll. »Doch«, sage ich. »Aber das macht all die furchtbaren Dinge nicht wett, die er getan hat, oder den Schmerz, den er mir – und anderen – bereitet hat.«

»Bald ist der Jahrestag des Unfalls.«

»Ich weiß.«

»Denkst du noch manchmal an jene Nacht?«

»Wie meinst du das?«

»Wenn wir nicht weggelaufen wären, wäre er nicht gefahren. Es ist wie beim Schmetterlingseffekt. Du änderst eine Sache, und alles andere ändert sich ebenfalls. Was würdest du heute anders machen?«

Ich kann das Tablettenfläschchen deutlich vor mir sehen, den bernsteinfarbenen Kunststoff, das Gefühl der kleinen blauen Pillen in meiner Hand. Sie hätten sich schwerer anfühlen müssen. Sie hätten sich anfühlen müssen wie das Gewicht der ganzen Welt.

»Das ist eine unmögliche Frage.« Ich stehe auf. »Ich bin wirklich müde. Ich lege mich in die Badewanne.« Ich weiß, dass sie mich beobachtet, als ich gehe, und wahrscheinlich verblüfft sie meine abrupte Beendigung der Unterhaltung, aber ich bin den Tränen zu nahe, zu nahe dran, ihr alles zu erzählen.

Der Schmetterlingseffekt.

19

SOPHIE

Am Donnerstag lässt Delaney mich bei Andrews neuer Wohnung am südlichen Stadtrand raus. Er hat Abendessen gekocht. Er hatte mir angeboten, mich von der Schule abzuholen, aber ich hatte Sorge, dass ein Lehrer oder jemand, der meine Mom kennt, uns zusammen sehen könnte. Außerdem fühlt es sich zu merkwürdig an. Ich hasse es, Mom anzulügen (sie glaubt, ich sei bei Delaney, die Winterferien feiern), doch ich muss ihm eine Chance geben. Sie kann vielleicht nicht vergessen, was er getan hat, aber *mir* hat er nie weh getan. Und je mehr ich darüber nachdenke, desto sicherer bin ich, dass sie sich irrt und er nicht in unser Haus eingebrochen ist. Er hat mir nie erzählt, was er in der Woche alles getan hat, aber das ist auch nicht nötig – ich spüre die Wahrheit in meinen Knochen. Es ist irgendwas Genetisches. Wenn ich Mom sage, dass Andrew es nicht war, wird sie wissen, dass ich wieder mit ihm gesprochen habe. Sie ist sich so sicher, dass er es war, dass sie niemals irgendjemand anderen in Betracht ziehen würde. Ich werde in Zukunft ganz besonders darauf achten müssen, die Alarmanlage einzuschalten.

Als ich seine Auffahrt hochlaufe, ziehe ich meinen Rucksack auf der Schulter höher. Es ist unter null Grad, und die obere Schicht des Schnees aus der letzten Nacht knirscht unter meinen Füßen. Das Haus ist nett, viel größer als unseres, aber es ist zwischen den Nachbarhäusern eingeklemmt und sieht aus, als müsste es die Schultern zusammenziehen. Der

Vorgarten ist mit einem Schneemann und ein paar beleuchteten Plastik-Rentieren dekoriert. Sie wirken etwas verloren, als würden sie nicht dorthin gehören und seien sich nicht sicher, wo sie stehen sollten.

In ein paar Tagen ist Weihnachten. Am Dienstag bin ich durchs Einkaufszentrum geschlendert, um die letzten Geschenke für Mom, Onkel Chris und seine Freundin sowie für Delaney einzukaufen. Ich überlegte, wie es wohl sein würde, für meinen Vater einzukaufen. Was würde ich ihm überhaupt schenken? Ich weiß immer, was ich Mom schenken soll. Ich kenne die Kaffeesorte, die sie immer kauft, die Bücher, die ihr gefallen, ich weiß, welche Farben ihr am besten stehen (blau und lavendel), kenne ihre Lieblingsschaumbäder und Lotionen (alles von Lush Cosmetics) und ihre Lieblingsserien wie *Outlander* oder *Downton Abbey*. Aber Andrew ist ein völliges Rätsel für mich.

Gestern Abend hat Angus zu meinen Füßen geschnarcht, und ich habe mit Schablonen Designs auf das Geschenkpapier gemalt. Ich dachte daran, wie es wohl in der Zukunft sein würde, wenn mein Dad in der Nähe wohnen blieb. Bei der Vorstellung, Mom könnte ihn zum Weihnachtsessen einladen, musste ich lachen – als würde es jemals dazu kommen.

Angus wachte auf und gähnte geräuschvoll. Ich kitzelte ihn mit den Zehen am Bauch. Es ist witzig, einen Hund im Haus zu haben, auch wenn er bereits ein paar von meinen Stiften zernagt hat und ständig versucht, Essen vom Tresen zu mopsen. Er ist verschmust, sieht immer glücklich aus, lässt seinen Kopf in meine Hand plumpsen und legt sich quer über meine Beine. In der Nacht hat er abwechselnd bei Mom und mir geschlafen, als sei er nicht sicher, zu wem er gehört oder wo sein Platz ist, aber es war seine erste Nacht. Ich denke, er wird es schon herausfinden.

Auf mein Klopfen hin öffnet Andrew mit einem Lächeln und ruft übertrieben fröhlich: »Komm rein!«

Ich folge ihm ins Innere des Hauses, ziehe an der Tür meine Stiefel aus und stelle sie neben seine Arbeitsstiefel. Ihr Anblick haut mich für einen Moment um. Ich erinnere mich, dass seine Stiefel zu Hause immer neben der Tür standen, je nach Jahreszeit bedeckt mit Staub und Matsch oder Schnee und Eis. Ich hatte vergessen, dass ich es früher geliebt habe, im Haus damit herumzulaufen und er darüber gelacht hat.

Ich setze mich an den Küchentisch, von wo aus ich den Großteil des höhergelegenen Wohnbereichs einsehen kann. Am Telefon klang er richtig aufgeregt, weil er so ein Glück und dieses Haus ohne langes Suchen gefunden hat, so dass er Mitte des Monats einziehen konnte. Es war alles so schnell gegangen, dass mir, sobald ich anfange, darüber nachzudenken, schwindelig wird. Dann denke ich daran, dass Mom und er nach sechs Monaten geheiratet hatten. Ist mein Dad einfach so? Trifft er seine Entscheidungen rasch? Ich weiß nicht, ob das gut oder schlecht ist.

Die Küche ist riesig, ausgestattet mit modernsten Geräten und Arbeitsplatten aus Granit, aber Andrew wirkt völlig ungezwungen, als habe er schon immer in eine Küche wie diese gehört.

»Kann ich dir etwas zu trinken anbieten?«, fragt er und greift in den Kühlschrank.

»Etwas Wasser, danke.«

Er stellt mir ein Glas hin und kehrt zum Herd zurück. Ich nippe an dem Wasser, bemerke das mattierte geometrische Design an einer Seite des Glases. Ich stelle ihn mir im Kaufhaus vor, wie er seinen Wagen mit allem belädt, was ihm ins Auge fällt. Er hat eine Tischdecke auf den Küchentisch gelegt, aber an den Beinen – braunes Holz, so dunkel wie

Espresso – erkenne ich, dass er teuer gewesen sein muss. Im Wohnzimmer stehen ein schokoladenbraunes Ledersofa und ein Couchtisch aus Zedernholz. Es gibt noch keinerlei Wandschmuck. Keine gerahmten Fotos oder irgendetwas von dem, was ein Haus zu einem Zuhause macht, aber in der Ecke hat er ein paar große Zimmerpflanzen arrangiert, die aussehen wie Feigenbäume. Einer der Bäume ist mit einer weißen Lichterkette verziert.

»Du magst Pflanzen?«, frage ich. Er dreht sich am Herd um, wo er gerade in einem Topf mit dickem Chili rührt. Es duftet würzig und süß.

»Meine Vermieterin hat sie mir überlassen. Ich glaube, sie findet meine Einrichtung deprimierend.« Er lächelt mich schief an. Er hat geduscht und sich rasiert, die Haare sind noch etwas feucht, und hinten stehen ein paar Strähnen ab. Seine Jeans sieht sauber aus, das Hemd ist ordentlich hineingesteckt, und er trägt einen Gürtel. Ich merke, dass er auch das Haus geputzt hat, und die cremefarbene Decke auf der Couch ist perfekt ausgerichtet. Auf dem Tisch ist alles ordentlich arrangiert: Eine Stoffserviette liegt neben meinem Platzset, und auf der gefalteten Serviette sind Messer, Gabel und Löffel angeordnet. In der Mitte des Tisches stehen ein paar kleine Schüsseln mit Cheddar, grünen Zwiebeln, Guacamole sowie eine große Schale voll Tortilla-Chips. Ich muss an das mexikanische Dinner denken, das wir mit Marcus zusammen hatten, und erneut überkommt mich das schlechte Gewissen.

Ich stehe auf, schlendere ins Wohnzimmer und streiche mit dem Finger über die Blätter der Pflanzen. Kein Staub. Die Erde ist feucht. Er hat einen Flachbildfernseher und eine chromfarbene Stereoanlage mit blau leuchtenden Lichtern, die schnittig und teuer aussieht. Es hatte Jahre gedauert, bis Mom uns einen Flachbildfernseher kaufen konnte, und unsere Stereoanlage haben wir bei Walmart gefunden – ein herabgesetztes Modell mit Dellen und Kratzern. Auf dem Couchtisch liegen ein paar Bücher. Ich hebe eines auf und blättere darin herum. Es ist ein Thriller von Tom Clancy.

»Im Gefängnis habe ich viel gelesen«, ruft er aus der Küche. Ich gehe zurück und setze mich an den Tisch, bediene mich an den Chips, die laut knirschen, als ich daraufbeiße.

Lächelnd blickt er über die Schulter. »Die sind wirklich gut. Sie haben eine neue Geschmacksrichtung – Knoblauch und schwarze Bohnen. Früher gab es nur die ganz einfachen.«

»Ist das seltsam für dich?«, frage ich. »In die Läden zu gehen und neue Sachen zu sehen?«

Er nickt, während er einen Becher Sour Cream aus dem Kühlschrank nimmt und auf den Tisch stellt. »Ja, aber es ist auch so, als könnte ich alles noch einmal erleben, was manchmal ganz witzig sein kann.« Er füllt das Chili auf Teller und trägt sie zum Tisch. »Es ist vegetarisch.«

Ich schaue zu ihm hoch. »Woher wusstest du, dass ich Vegetarierin bin?«

»Als wir Kaffee getrunken haben, hattest du ein T-Shirt mit dem Aufdruck ›Meine Freunde ess ich nicht‹ an. Ich vermutete, dass du entweder einfach nur das T-Shirt magst oder Vegetarierin bist.«

»Ach so. Sorry.«

Er zuckt die Achseln. »Da gibt es nichts zu entschuldigen. Es ist gut, an etwas zu glauben. Ich wette, das Roastbeef-Sandwich, das ich dir gemacht hatte, hast du richtig gehasst.« Lachend setzt er sich mir gegenüber.

»So schlimm war es gar nicht.«

»Wie auch immer. Hoffentlich schmeckt dir das hier besser. Hau rein.«

Ich nehme einen Löffel voll. »Lecker. Das ist wirklich gut.« Dieses Mal schwindele ich nicht. Das Chili ist süß und herzhaft zugleich, aber nicht zu scharf, und er hat viel Gemüse hineingetan.

»Ich bin froh, dass es dir schmeckt«, sagt er. »Hinter Gittern habe ich Gemüse vermisst. Das Essen, das sie da austeilen, ist der reinste Dreck. Ich würde damit nicht einmal ein Schwein füttern.«

Eine Weile essen wir schweigend, dann fragt er: »Bist du schon aufgeregt wegen Weihnachten? Als Kind konntest du schon Tage vorher nicht mehr schlafen.«

»Es ist nett, eine Woche schulfrei zu haben.« Ich will nicht über Mom oder unsere Rituale reden, wie es nun ist, seit er fort ist. »Machst du an Weihnachten irgendetwas?«

»Ich fahre nach Victoria und bleibe bei meinem Sponsor. Das erste Weihnachten draußen könnte hart werden. Ich werde zu ein paar Meetings der Anonymen Alkoholiker gehen, wenn ich dort bin.« Er sieht mich an. »Es bedeutet mir viel, dass du heute Abend hier bist. Ich wollte noch einen Baum besorgen, aber ich hatte keine Zeit.«

»Das ist schon okay. Die Pflanze ist doch auch festlich.«

Wir löffeln weiter, blasen genau im selben Moment auf die Löffel, um das Chili abzukühlen. Ich betrachte sein Gesicht.

»Siehst du deinem Dad oder deiner Mom ähnlich?«, frage ich.

»Wahrscheinlich eher meinem Dad.« Er nimmt eine Handvoll Chips und zerkrümelt sie über seinem Teller. »Versuch das mal.« Ich merke, dass er das Thema wechseln will, also reden wir darüber, was er sich im Fernsehen anschaut und was er sonst noch kochen kann.

Nach dem Essen räumen wir die Küche auf. Ich wasche ab, während er abtrocknet. Ich denke zurück an die Zeit, als ich klein war, aber ich erinnere mich nicht, ihn jemals aufräumen gesehen zu haben – das hat er stets Mom überlassen.

»Es ist wirklich schön, dich hierzuhaben«, sagt er. »Die Abende können so lang werden. Ich bin daran gewöhnt, dass es um mich herum ständig laut ist. Ich muss jetzt bei eingeschaltetem Fernseher schlafen.«

»Vielleicht solltest du dir einen Hund anschaffen.«

»Ich werde darüber nachdenken. Wäre vielleicht ganz nett, etwas Gesellschaft zu haben.«

»Wir haben jetzt einen Hund, aus dem Tierheim«, sage ich, während ich ihm einen Teller zum Abtrocknen reiche. »Er heißt Angus.«

»Tatsächlich? Was für einen Hund?«

»Keine Ahnung.« Ich zucke die Achseln. »Einfach ein großes, zotteliges Ding.«

»Das ist großartig. Deine Mom hat Hunde schon immer gemocht.«

Ich will ihm mehr erzählen – dass Angus Mom richtig bewacht, dass er ihr im Haus überallhin folgt und nachts bei ihr schläft –, aber er würde wissen, warum ich es ihm erzähle, und ich will ihn nicht verärgern.

»Irgendwelche merkwürdigen Vorkommnisse bei euch in letzter Zeit?«, fragt er und hebt den Arm, um einen Teller wegzuräumen.

»Was meinst du damit?«

Er nimmt ein weiteres Stück Geschirr. »Wie zum Beispiel, dass jemand in euer Haus eingedrungen ist. Deswegen hat sie sich doch den Hund besorgt, oder? Wie ist denn ihr Freund so drauf?« Seine Fragen kommen so schnell, dass ich keine Zeit zum Nachdenken habe.

»Es ist alles in Ordnung. Und Greg ist nett – er hat uns geholfen, eine Hundetür einzubauen.«

Mitten in der Bewegung hält er inne. »Eine Hunde*tür*? Wieso zum Teufel tut sie das?«

Ich zucke zusammen, erschrocken über seinen Tonfall, als sei Mom die dümmste Frau auf diesem Planeten.

»Sie musste es tun, weil sie oft lange arbeitet. Wir denken, dass es okay ist, weil niemand sich dort durchquetschen könnte. Und wenn doch, würde Angus ihm den Kopf abbeißen. Er ist ziemlich groß.«

Seine Schultern sacken nach unten, aber es wirkt eher, als müsse er sich bewusst dazu zwingen und sich ins Gedächtnis rufen, sich zu entspannen. »Es tut mir leid«, sagt er. »Einen kurzen Moment war ich nur ein verrückter Dad, der unbedingt seine Tochter beschützen will.«

»Allerdings.«

»Hört sich an, als hätte deine Mom sich gut abgesichert.« Er fährt mit dem Abtrocknen fort. »Vertraust du diesem Greg?«

»Er ist total harmlos. Er würde alles für sie tun. Heute rennt er herum und besorgt Zeugs für ihre Weihnachtsfeier morgen.« Er sieht mich an, und mir wird klar, dass ich viel mehr gesagt habe, als ich hätte sagen sollen. Mom würde mich umbringen. »Sie hat ziemlich viele Leute eingeladen. Sehr viele.«

»Schön für sie.«

Er klingt tatsächlich irgendwie erleichtert. Ich muss den Grund für seine Fragen missverstanden haben. Er wollte sich nur vergewissern, dass es uns beiden gutgeht. Schweigend spülen wir das restliche Geschirr ab.

Als wir fertig sind, sagt er: »Ich weiß, dass du nicht lange bleiben kannst, aber ich habe etwas, das ich dir schenken möchte. Geh und setz dich kurz auf die Couch, ich hole es, okay?« Er verschwindet in seinem Schlafzimmer und kommt mit einem in Geschenkpapier eingepackten Karton wieder heraus. »Ich bin nicht sehr gut im Einpacken.«

Mein Gesicht fühlt sich warm an, als ich das Silberpapier abreiße. Ich spüre, dass er mich vom anderen Ende der Couch aus beobachtet. Ich mache mir Sorgen, dass es mir nicht gefallen könnte und ich es nicht schaffe, meine Enttäuschung zu verbergen. Doch als ich das letzte Stück Papier abgerissen habe, bin ich starr vor Überraschung. Mit einem Finger streiche ich über die hübsche Holzkiste. Sie ist etwa zwanzig mal zwanzig Zentimeter groß, riecht nach frischem Zedernholz und schimmert leicht golden.

»Hast du sie gemacht?« Meine Stimme fühlt sich belegt und kratzig an.

»Einer der Jungs, mit denen ich zusammenarbeite, hat mir seine Werkzeuge geliehen und mich in seine Werkstatt gelassen. Ich hatte vergessen, wie sehr ich es genieße, mit den Händen zu arbeiten. Ich dachte, du könntest vielleicht etwas brauchen, worin du deine Malsachen aufbewahrst.«

»Die ist wirklich wunderschön«, sage ich. »Du musst tagelang daran gearbeitet haben.« Er hat jede Menge Geld. Er hätte mir irgendetwas kaufen können, aber er hat beschlossen, mir etwas ganz Besonderes zu bauen.

»Ich habe viel Zeit.«

»Vielen, vielen Dank. Ich liebe sie.« Ich schaue ihn an und merke, dass meine Reaktion ihn freut. »Ich habe dir gar nichts mitgebracht.«

»Nein.« Er schüttelt den Kopf. »Das brauchst du auch nicht. Nächstes Jahr, okay?«

»Ich weiß nicht. Du schuldest mir immer noch was für die letzten zehn Jahre. Ich meine, die Kiste ist echt klasse, aber du solltest mir ständig was schenken, wenn du willst, dass ich dich *wirklich* mag.« Kaum hatte ich die vorlauten Worte ausgesprochen, zuckte ich innerlich zusammen. Würde er mich jetzt für unhöflich halten? Oder denken, ich wäre nur auf Almosen aus?

»Wow«, sagt er. »Ich schenke meiner lang verlorenen Tochter etwas, das von Herzen kommt, und jetzt finde ich heraus, dass sie mit einem iPad wahrscheinlich glücklicher wäre.« Er lächelt, um klarzumachen, dass er herumalbert. »Wie hast du gelernt, solche Momente zu killen?«

»Wie hast du gelernt, witzig zu sein?«

»Das ist ein Nebeneffekt, wenn man nüchtern lebt.« Er zuckt die Achseln. »Wenn dein ganzes Leben den Bach runtergeht, musst du anfangen zu lachen, oder es endet damit, dass du dich mit dem Bettlaken in der Zelle erhängst.« Er hebt ein Stück Geschenkpapier auf, das auf den Boden gefallen war, und streicht eine Ecke immer wieder glatt.

»Wolltest du sterben?« Meine Stimme ist gedämpft.

Er nickt. »Ich wusste nicht, wie ich zehn Jahre dort drin überstehen sollte, und ich hasste mich selbst lange Zeit für das, was ich dir und deiner Mutter angetan habe. Was ich ihr angetan habe …«

Zuerst denke ich, er würde immer noch über Mom reden, aber dann begreife ich, dass er die Frau meint, die er getötet hat. Er kann nicht einmal ihren Namen aussprechen.

»Du meinst Elizabeth.«

Er sieht mich an. »Ja. Elizabeth Sanders.« Er schüttelt den Kopf, spielt mit dem Papier herum. »Aber ich konnte nicht einfach kampflos aufgeben. Ich musste allen beweisen, dass ich mich verändern kann.«

»Ich glaube, du hast dich verändert.«

Unsere Blicke treffen sich, und er lächelt. »Wirklich?«

Jetzt fühle ich mich verlegen, als hätte ich mich zu weit vorgewagt, und mein Gesicht ist heiß. Ich will etwas sagen, um den Moment zu beenden, um ihn daran zu erinnern, dass ich immer noch wütend bin und dass ihm noch nicht vergeben ist, aber ich scheine diese Gefühle nicht wieder hervorkramen zu können. Ich muss hier raus. Ich werfe einen kurzen Blick auf mein Telefon. »Delaney holt mich in ein paar Minuten ab. Ich treffe mich mit ihr am Ende der Auffahrt.«

»Habt ihr beide am Wochenende noch irgendwas Nettes vor?«

»Wir gehen morgen auf eine Party.« Komisch, dass ich zu ihm so ehrlich sein kann. Mom denkt, ich bin bei Delaney, weil wir unbedingt einen Weihnachtsfilm sehen wollen. Es war schon okay für sie, dass ich nicht bei ihrer Party dabei bin, aber wenn sie wüsste, dass ich auf eine andere gehe, würde sie ausflippen.

Er hebt die Brauen. »Eine Party? Gibt es dort Alkohol?«

»Ich weiß nicht, schon möglich. Aber Delaney trinkt nicht, wenn sie fährt.« Ich begreife, was ich gesagt habe, sobald die Worte ausgesprochen sind. Wie konnte ich nur so dumm sein?

Er schenkt mir ein schiefes Lächeln und sagt: »Falls du eine Fahrgelegenheit brauchst oder das Wetter schlechter wird, ruf mich an. Mein Truck fährt auch bei Schnee.«

»Okay. Danke.« Als ich aufstehe, erhebt er sich ebenfalls, und wir gehen zusammen zur Tür.

»Danke, dass du gekommen bist«, sagt er, als ich mir die Stiefel anziehe.

»Danke für das Abendessen.« Er steht nahe bei mir, und ich bin mir nicht sicher, ob er mich umarmen will, aber ich fühle mich noch nicht bereit dazu, also stoße ich rasch die Tür auf und trete hinaus.

»Sophie«, sagt er. »Darf ich dich etwas fragen?«

Ich drehe mich zu ihm um. »Was?« Ich wappne mich innerlich, aus Sorge, er würde etwas über Mom wissen wollen.

»Ich würde dir gern ein Auto kaufen.«

»Im Ernst?«

»Du musst bald wieder zur Schule, und du solltest nicht bei schlechtem Wetter mit dem Fahrrad fahren oder deine Freunde anbetteln müssen, ob sie dich mitnehmen.« Mir gefällt nicht, wie er das sagt, aber ein Auto wäre einfach genial. Dann denke ich an Mom, an ihren alten verbeulten Mazda, den sie schon seit Urzeiten fährt.

»Ich weiß nicht ... ich fahre gern mit dem Fahrrad.«

»Ich weiß, es ist keine Kleinigkeit, aber nach allem, was ich getan habe, möchte ich das Gefühl haben, etwas zu deiner Zukunft beizusteuern.«

»Kann ich darüber nachdenken?« Ich wünschte, Delaney käme endlich, damit ich zu ihr ins Auto springen kann. Es schneit schon wieder, und die Flocken landen auf meinen Wimpern. Ich blinzele sie fort.

Er nickt, starrt dann hoch in den Himmel und beobachtet, wie die Flocken herunterrieseln. Einen Moment später wendet er sich wieder mir zu. »Gute Nacht, Kleine.« Er winkt kurz und schließt die Tür.

Delaney ist so aufgeregt, weil wir zu Jared fahren, dass sie ihr Outfit dreimal wechselt, während ich auf ihrem Bett warte, durch mein Handy scrolle und versuche, nicht nervös zu sein. Endlich entscheidet sie sich für Skinny Jeans und einen hellblauen Pullover, der wirklich gut zu ihren braunen Haaren und der blassen Haut passt. Ich trage meine gemusterten Lieblings-Leggins – die mit den winzigen Fischen –, eine lila geringelte Tunika und dazu einen grünen Schal. Normalerweise schminke ich mich nicht viel, aber heute Abend trage ich lavendelfarbenen Lidschatten und pinkfarbenen Lippenstift, was gut zu meinen Haaren passt.

»Du siehst hübsch aus«, sagt Delaney. »Bist du aufgeregt, weil du Jared triffst?« Ich habe ihr von unserer Unterhaltung erzählt, dass er sagte, er würde mich mögen.

»Eigentlich nicht. Ich gehe nur deinetwegen hin.«

Sie lacht. »Ja klar.« Ich spüre, wie mein Gesicht heiß wird, doch ich will keinen Streit anfangen. Ich kann meine Gefühle ohnehin nicht richtig erklären. Ein Teil von mir ist aufgeregt, aber der andere Teil ist immer noch misstrauisch und fragt sich, was das alles soll und warum er plötzlich so nett zu mir ist.

Als wir bei Jared ankommen und Delaney den Wagen parkt, bleiben wir beide sitzen und starren das Haus an. »Hammer«, sage ich. »Das ist ja riesig.« Ich war noch nie in so einem Haus, und ich bin echt neugierig, aber gleichzeitig habe ich das Bedürfnis, Delaney zu sagen, sie solle wegfahren, wir gehören nicht hierher. Selbst Delaney, die normalerweise ziemlich unerschrocken ist, macht keine Anstalten, auszusteigen. Wir starren beide die drei Garagen an, die gewaltigen Zedernholzbalken am Eingang, die kreisrunde Auffahrt. Ich entdecke nur zwei andere Autos und erkenne eines davon von der Schule. Es gehört Jareds Freund Brandon.

»Das ist ja wie das Traumhaus von Barbie«, sagt Delaney, und wir fangen beide an zu lachen.

»In Ordnung, bringen wir es hinter uns«, sage ich.

Jared öffnet lächelnd die Tür und bittet uns herein. Er scheint sich zu freuen, mich zu sehen, und berührt meinen Arm, als er mich seinen Freunden vorstellt, die in der großen Ledersitzgruppe im Wohnzimmer sitzen und sich einen Film auf dem gigantischen Flachbildfernseher anschauen. Es sind nur drei Jungs und zwei Mädchen. Ich weiß, dass eine von ihnen mit Brandon geht. Delaney setzte sich neben Matthew auf die Couch, den Typen, den sie mag, und fängt sofort an, mit ihm zu reden.

»Ich dachte, du gibst eine Party«, sage ich. Jared steht dicht genug neben mir, dass ich seine Haut und sein Shampoo riechen kann, irgendetwas Sauberes, wie der Ozean. Ich werfe einen kurzen Blick auf seine Klamotten: Bei der engen schwarzen Hose handelt es sich um eine Designerjeans, und ich bin mir ziemlich sicher, dass sein grauer Pullover mit dem V-Ausschnitt aus Kaschmir ist.

»Es ist eine kleine Party«, sagt er und grinst. »Nur ausgewählte Leute sind eingeladen. Komm, ich führe dich herum.« Er zeigt mir das Haus, und ich verliere bei den vielen Räumen rasch den Überblick. Er wirkt gleichgültig, schon fast gelangweilt, wenn er mich auf Besonderheiten hinweist, als würde das Haus ihm nicht viel bedeuten. Es ist hübsch, mit viel Holz, großen Fenstern und schicken Ledermöbeln, aber es vermittelt keinen warmen oder freundlichen Eindruck. Es wirkt unpersönlich. Ein paarmal schaut er mir ins Gesicht, als wollte er feststellen, ob ich beeindruckt bin. Wahrscheinlich ist er es gewohnt, dass Mädchen ausflippen, wenn er sie herumführt.

In der Küche legen wir eine Pause ein. »Ich mache dir einen Drink«, sagt er. Er bewegt sich wie ein Barkeeper, wirft Eiswürfel ins Glas, schenkt erst Rum ein und dann Cola. Sein Daumenring schlägt klappernd gegen das Glas. Die Haare sind glatt zurückgekämmt, als würde er Gel oder so etwas benutzen, aber die vorderen Strähnen fallen ihm in die Augen, so dass er sie ständig zurückschiebt oder sie sich hinter die Ohren klemmt.

»Euer Haus ist ziemlich groß«, sage ich. »Wo ist dein Zimmer?«

»Wow. Das ging aber schnell.«

Mein Gesicht brennt. »So habe ich das nicht gemeint.«

»Ich weiß.« Er lacht. »Du magst das Haus nicht, stimmt's?«

Ich überlege, was ich antworten soll. Ich könnte lügen und behaupten, es sei phantastisch, doch ich habe das merkwürdige Gefühl, er würde nicht wollen, dass ich lüge. »Es ist nett. Aber es wirkt, als könnte es ziemlich einsam hier sein.«

Unsere Blicke treffen sich, als er mir das Glas reicht. »Ja. Manchmal.«

Ich nippe an dem Rum-Cola. Er ist zu stark, aber ich versuche, nicht das Gesicht zu verziehen.

»Möchtest du den Film sehen? Oder wollen wir hierbleiben?«, fragt er.

»Willst du ihn nicht sehen?«

»Ich kann ihn mir jederzeit anschauen. Ich würde lieber mit dir reden.«

Ich werfe einen raschen Blick ins Wohnzimmer. Delaney lacht und sieht aus, als würde sie sich gut amüsieren. Ein paar Leute haben ihre Drinks auf dem hölzernen Couchtisch abgestellt, ohne Untersetzer, und eine Tüte Chips verteilt sich über den Teppich. Ich denke an meine Mom, die das alles wieder saubermachen muss.

»Wissen deine Eltern, dass du ein paar Freunde hierhast?«

»Ja, aber sie haben kein Problem damit. Mein Dad arbeitet heute Abend in seinem Büro, und meine Mom ist übers Wochenende mit ein paar Freundinnen verreist.«

»Deine Freunde veranstalten ja ein ziemliches Chaos.«

»Ich räume es nachher auf.« Neugierig sieht er mich an. »Nur, weil wir eine Putzfrau haben, heißt das nicht, dass ich meinen Dreck nicht selbst wegmachen kann.«

»Meine Mom zieht die Bezeichnung Raumpflegerin vor.«

»Tut mir leid. Ich habe nicht nachgedacht.« Er sieht verlegen aus, und ich habe ein schlechtes Gewissen, weil ich so bissig war.

»Schon okay. Heikles Thema vermutlich.«

»Ich finde es echt cool, dass deine Mom ihren eigenen Laden hat.«

»Sie arbeitet viel.«

»Sie macht supergut sauber. Meine Mom mag sie sehr.« Er sagt es so beiläufig, bewertet meine Mom in einem Nebensatz, dass ich ihm schon die Hölle heißmachen will, aber dann kapiere ich, dass er es als Kompliment gemeint hat. Ich denke nicht gerne daran, dass meine Mom hier die Fußböden und Badezimmer schrubbt. Ob seine Eltern wissen, dass er mich auch eingeladen hat? Wie muss es sein, eine glückliche Familie zu haben? Mit einer Mom, die einfach so wegfahren und ein Wochenende mit ihren Freundinnen verbringen kann? Meine Mom kann so etwas nie machen.

»Einmal hat sie mein Dope gefunden, das ich unter meinem Bett hatte, und hat es auf dem Kissen liegen lassen. Ich musste mir ein besseres Versteck suchen.« Er lacht und zeigt eine Reihe weißer Zähne. Einer steht schief, und ich wundere mich, warum er keine Zahnspange bekommen hat. Ich hoffe, dass er nie eine tragen wird. Ich mag es, dass er nicht perfekt ist.

Er sieht mich an. »Du findest Kiffen blöd?«

»Ist schon in Ordnung.« Ich habe bisher nur ein paarmal mit Delaney was geraucht, als ihr älterer Bruder etwas hatte. Ich mochte es, wie es uns zum Kichern gebracht hat, aber ohne das Zeug haben wir genauso viel Spaß. Viel mehr überrascht mich das Verhalten meiner Mom. »Du hast Glück gehabt, dass meine Mom deinen Eltern nichts erzählt hat.«

Jared zuckt die Schultern. »Ich weiß, sie ist ziemlich cool.« Ich staune immer noch – woher kann er irgendetwas über meine Mom wissen? Reden sie miteinander? –, als er sich vorbeugt, ein rotes Haar von meinem Shirt zupft und es ins Licht hält. »Hast du einen Freund, von dem ich nichts weiß?«

»Ja, sein Name ist Angus. Er wiegt etwa sechzig Kilo, schnarcht und frisst Unmengen.«

»Du hast einen Hund? Das ist ja cool.«

»Meine Mom wollte einen zu ihrem Schutz.«

»Vor deinem Dad?«

Ich sehe ihn an. »Was weißt du über meinen Dad?«

»Eigentlich nichts. Deine Mom hat nur meiner Mom ein paar Sachen erzählt, von ihrer Selbsthilfegruppe zum Beispiel.«

Ich hasse es, dass meine Mom überhaupt irgendetwas aus unserem Leben erzählt hat. Sie sollte den Leuten nichts aus unserem Privatleben erzählen. Ich weiß nicht, warum es mir so viel ausmacht, dass er weiß, dass mein Dad meine Mom misshandelt hat, aber ich schäme mich deswegen. Als wäre, weil mein Dad scheußlich ist, auch ein Teil von mir scheußlich. Jareds Dad bewundert vermutlich seine Mom und kauft ihr Blumen, nur weil Freitag ist oder so.

»Vielleicht sollte sie den Hund mitnehmen, wenn sie saubermacht. Donnerstags ist sie in dem großen Haus am Ende von Wakesiah. Es hat eine ziemlich lange Auffahrt und liegt mitten in der Pampa.«

»Woher weißt du das?«

»Meine Mom hat mal versucht, die Tage zu tauschen.« Das erklärt nicht, wieso er das mit der Auffahrt weiß, aber es ist nicht weit von diesem Haus entfernt, also kennt er vielleicht die Besitzer.

Ich werfe erneut einen Blick ins Wohnzimmer. »Ich sollte mal nach Delaney sehen.«

»Warte. Ich will dir vorher noch etwas zeigen.« Er kommt um den Tresen herum, ergreift meine freie Hand und zieht mich den Flur entlang. Ich folge ihm und genieße das Gefühl, dass unsere Finger ineinander verschlungen sind. Seine Hand ist kühl von seinem Glas. Vor einer Tür bleibt er stehen.

»Das ist mein Zimmer.« Er stößt die Tür auf.

Wir gehen hinein, und ich schaue mich um, nehme alles in mich auf. Ich spüre, dass er mein Gesicht beobachtet. »Schick«, sage ich, und das ist es, aber mit dem ganzen schwarzen Bettzeug und dem Chrom sieht es aus wie ein Zimmer aus einer Zeitschrift oder dem Film *Fifty Shades of Grey*. Es wirkt nicht wie ein richtiges Schlafzimmer.

»Meine Mom hat einen Innenarchitekten engagiert«, sagt er. Sein Arm streift meinen, und wir halten uns immer noch an den Händen. Ich drehe mich um und sehe ihn an, lese in seinen Augen, dass er sein Zimmer auch nicht mag.

»Das wolltest du mir zeigen?«

»Nein, das ist hier drüben.« Er führte mich zu einem Metallschreibtisch in der Ecke, lässt meine Hand los, so dass er den Computer umdrehen kann, dann nickt er mir zu, mich hinzusetzen, während er sich einen Hocker heranzieht. Wir sitzen so dicht nebeneinander, dass ich seinen Körper auf der ganzen Länge neben mir spüre, die Hitze seiner Arme und seiner Beine. Unauffällig mustere ich ihn aus den Augenwinkeln. Er muss sich heute Abend rasiert haben, seine Haut ist ganz glatt, und er hat richtig schwarze Wimpern, sogar noch schwärzer als seine Haare. Ich mag es, dass seine Oberlippe auf der einen Seite ein bisschen voller ist. Er öffnet einen Ordner auf seinem Computer, klickt auf ein Icon, und ein Foto füllt den Monitor aus. Es ist ein Bild unserer Schule, aber auf eine Weise aufgenommen, wie ich es nie zuvor gesehen habe. Es wurde vom Boden aus fotografiert und zeigt eine der Ecken und den Teil eines Fensters auf interessante Weise.

»Total cool«, sage ich.

Er zeigt mir weitere Bilder, von der Schule, von den Bäumen vor der Sporthalle, dann ein paar Stellen in der Stadt, das Café, eine alte Frau im Park. Sie sind alle faszinierend, wie kleine, flüchtige Blicke in eine andere Welt. Sie lassen mich erkennen, wie er alles sieht, wie er *empfindet.*

Er scrollt an einem anderen Ordner vorbei und sagt: »Diese hier sind alt«, als wollte er sie mir nicht zeigen, aber unter den Miniaturen entdecke ich eine Frau mit blonden Haaren, die sie genauso hochgesteckt hat wie meine Mom bei der Arbeit. »Warte, geh noch einmal zurück«, sage ich.

Er scrollt zurück. »Dieses hier?«

»Genau. Ist das meine Mom?« Ich schaue genauer hin. Sie steht neben einem riesigen Fenster mit silbernen Vorhängen, die aussehen wie in seinem Wohnzimmer. Sie hat sich weggedreht, so dass ich ihr Gesicht nicht erkennen kann.

»Das Bild habe ich ganz vergessen«, sagt er. »Sie hat gearbeitet.«

»Warum hast du sie fotografiert?« Verwirrt schaue ich ihn an.

»Das habe ich nicht. Sie stand nur im Weg.« Er deutet auf eine Ecke des Bildschirms. »Ich habe versucht, die Rehe im Vorgarten zu erwischen.« Jetzt erkenne ich auch die Rehe im Hintergrund.

»Sieh dir diese an.« Er scrollt durch Bilder von Leuten, die am Strand oder in der Stadt spazieren gehen, und erklärt mir, dass er sich zu jedem Menschen Geschichten ausdenkt. »Hier zum Beispiel habe ich beschlossen, dass der Typ ein

Google-Manager ist, der sich eine Auszeit nimmt, damit er seine neue Website entwickeln kann, die er für eine Milliarde Dollar verkaufen wird, aber er arbeitet heimlich für die Regierung. Diese Frau ist eine Bibliotheksangestellte, doch sie wäre gerne Schauspielerin und schreibt in ihrer Freizeit erotische Gedichte.«

Ich lache. »Das ist verrückt.«

»Es ist interessanter als die Wahrheit. Die meisten Menschen sind ziemlich langweilig.«

»Findest du?«

Er sieht mir in die Augen. »Nicht alle.« Er wendet den Blick ab und geht ein paar weitere Fotos durch, aber ich passe nicht mehr auf. Ich glaube, er hat mir gerade ein Kompliment gemacht, obwohl ich mir nicht ganz sicher bin, was er damit gemeint hat. Ich höre ihn neben mir tief einatmen, dann klickt er noch ein Foto an. Es zeigt mich. Verblüfft starre ich es an und versuche dahinterzukommen, wann er das Bild gemacht hat. Auf dem Schnappschuss lache ich über irgendetwas – ich habe den Kopf zurückgeworfen, der Mund ist geöffnet, die Haare wehen mir ins Gesicht, so dass man meine Augen nur teilweise erkennen kann. Es ist ein Schwarzweißbild, aber meine Haare hat er violett nachkoloriert.

»Dein Lachen ist einfach klasse«, sagt er leise neben mir. Meine Wangen fühlen sich ziemlich warm an, und ich weiß, dass ich rot geworden bin. Ich nehme meinen Drink und kippe den Rest in zwei großen Schlucken herunter.

Ich drehe mich um und sehe ihn an. »Wann hast du das Bild gemacht?«

»Schon vor einer Weile. Du warst mit Delaney draußen. Flippst du jetzt aus?«

»Sollte ich?«

»Du könntest es ziemlich schräg finden.« Er senkt den Blick, und ich spüre, dass er meinen Mund betrachtet. Ich möchte darüberreiben, denke, dass meine Zähne vielleicht vom Lippenstift verschmiert sind oder so etwas.

»Du starrst mich an«, sage ich.

»Ich versuche, herauszufinden, wie ich dich küssen kann.«

»Warum fragst du nicht einfach?«

»Darf ich dich küssen?«

Ich nicke, aber jetzt bin ich unsicher, denke alle möglichen verrückten Dinge, ob mein Atem okay ist oder was, wenn ich schlecht küsse – was, wenn *er* schlecht küsst –, doch dann berühren mich seine Lippen, und sie sind weich und warm und schmecken wie salziger Rum. Wir kommen auf den Geschmack, unsere Lippen liegen aufeinander, und mein Gesicht und Körper fühlen sich ganz warm und schwer an, beinahe schläfrig, aber auf angenehme Weise. Im Wohnzimmer stellt jemand die Musik lauter, und ich spüre die Beats in meinem Körper pulsieren. Ich merke, dass ich leicht betrunken bin, und überlege, wie viel Rum er mir in den Drink getan hat, aber es ist mir egal. Ich schlinge die Arme um seine Schultern, und er zieht mich näher an sich, so dass ich fast vom Stuhl und auf seinen Schoß rutsche. Eine seiner Hände liegt auf meiner Hüfte, unter meinem Shirt, und bewegt sich dann in langsamen, kreisenden Bewegungen über meinen Brustkorb, bis sein Daumen sich zu meiner Brust schiebt. Ich versuche, zurückzuweichen, doch jetzt streicht er mit der Hand über meinen Nippel, reibt ihn durch meinen BH, es fühlt sich so gut an, aber plötzlich empfinde ich auch Angst. Es ist zu viel, zu schnell.

»Warte«, sage ich, aber er küsst jetzt meinen Hals, und sein Atem in meinem Ohr geht schnell. Mit der Hand macht er immer noch kreisende Bewegungen um meinen Nippel, und ich bekomme dieses flatternde Gefühl im Bauch. »Hey, hör auf!« Dieses Mal hebt er den Kopf und sieht mich an. Seine Augen sind dunkel, die Pupillen riesig.

»Was ist los?«

»Ich will aufhören.«

Er lässt die Hand zu meiner Hüfte gleiten. »Tut mir leid. Bei der Musik habe ich dich nicht gehört.«

»Ich habe zu viel getrunken. Ich fühle mich nicht gut.«

»Ach Mist, echt? Ich hole dir Wasser.« Er nimmt meine Hand und zieht mich vom Stuhl. Ich folge ihm den Flur hinunter, ohne seine Hand loszulassen. Delaney ist in der Küche, sie redet und lacht mit seinem Freund. Sie zwinkert mir zu, und ich versuche, zurückzulächeln. Jared reicht mir ein Glas Wasser, und ich kippe es hinunter, aber jetzt pocht mein Schädel, und es fühlt sich an, als würden mich alle anstarren.

»Ich muss mal euer Bad benutzen«, sage ich zu Jared.

Er wirft mir einen besorgten Blick zu und führt mich in das Elternschlafzimmer. »Geh hier rein, da bist du ungestört. Soll ich Delaney holen?«

»Nein, danke. Ich komme gleich wieder in die Küche.« Ich schließe die Tür.

Ich spritze mir kaltes Wasser ins Gesicht und in den Nacken, dann blicke ich in den Spiegel. Meine Lippen sind gerötet und geschwollen, die Wangen rosig, weil wir unsere Gesichter aneinander gerieben haben. Ich presse eine Hand auf meinen Bauch, versuche zu spüren, was er gespürt hat, meine warme Haut, die Erhebung der unteren Rippen. Ich spüre sogar mein Herz schlagen. Ich hebe die Hand, bedecke meine Brust, denke dabei an seine Hände, dann beuge ich mich vor und presse die Stirn gegen das kalte Spiegelglas. Ich fühle mich berauscht, meine Gedanken fließen dahin und verlieren sich in Träumen; so ähnlich ist es, wenn ich mitten in einer Zeichnung bin und spüren kann, wie alle Farben perfekt zusammenpassen.

Fühlt sich so Liebe an? Verliebe ich mich gerade in Jared? Ich starre mir weiterhin in die Augen und warte auf die Antwort.

20

LINDSEY

»Kannst du die hier nehmen?« Ich drücke Greg die letzten beiden Teller mit den Vorspeisen in die Hand. »Die Mini-Quiche auf den Couchtisch, die Spanakopita auf die Anrichte.«

»Das kriege ich hin.« Er verlässt die Küche, die Glasplatten vorsichtig auf seinen großen Händen balancierend. Ich vergewissere mich noch einmal, dass alle Teller mit dem Essen draußen sind und der Herd ausgeschaltet ist, dann nehme ich die Schürze ab und hänge sie auf. Ich werfe einen Blick in den Spiegel neben der Hintertür und streiche meine Haare glatt.

Zwei Tage vor Weihnachten ist vielleicht nicht der beste Zeitpunkt für eine Betriebsfeier, aber es ist ja auch nicht so, dass meine Angestellten mal eben für einen Kurzurlaub in die Tropen jetten oder eine Städtereise machen. Für einige von ihnen ist dies vermutlich der festlichste Tag in diesem Jahr. Und alle haben eine Belohnung verdient. Gott weiß, genau wie ich.

Marcus' tiefe, rumpelnde Stimme ertönt im Wohnzimmer, gefolgt von Frauenlachen. Greg sagt etwas über Servietten und ruft in die Runde, sie sollten »reinhauen«. Er klingt, als sei er der Gastgeber, und das ärgert mich einen Moment. Ich hole tief Luft und schüttele das Gefühl ab. Er will mir nur helfen.

Ich werfe einen Blick auf das Telefon, will es durch pure Willenskraft dazu bringen, stumm zu bleiben. Als es heute

Nachmittag zum ersten Mal klingelte, nahm ich an, es sei einer meiner Gäste. Ich hatte neben meinen Angestellten auch ein paar Frauen aus meiner Gruppe eingeladen, und mehrere von ihnen haben ihre Rufnummer unterdrückt. Aber als ich ans Telefon ging, herrschte nur Stille. Den ganzen Tag über hat es immer wieder geläutet, es hörte erst auf, als Greg vorbeikam. Er lief das gesamte Grundstück ab und versicherte mir, dass niemand in den Büschen lauerte, aber ich konnte das unbehagliche Gefühl immer noch nicht abschütteln.

Immerhin hat Sophie nichts von den Anrufen mitbekommen. Sie war den ganzen Tag bei Delaney, und abends wollten sie Pizza essen gehen und sich anschließend einen Film ansehen. Sie würden erst spät nach Hause kommen.

Als ich das Wohnzimmer betrete, stehen Marcus und Greg neben dem Tisch. Es ist das erste Mal, dass sie sich treffen, und ich bin froh, dass sie sich gut zu unterhalten scheinen. Greg hatte gehofft, auch meinen Bruder kennenzulernen, aber ich habe ihm erzählt, dass Chris beschlossen hat, zu Hause zu bleiben, da sie zum Weihnachtsessen vorbeikommen würden. Die Wahrheit ist, dass ich Chris mehr oder weniger befohlen habe, zu Hause zu bleiben. Er hat fast jeden Tag angerufen, um zu hören, wie es mir geht, und ich will nicht, dass er in meinem Haus herumschleicht, aus dem Fenster starrt und jeden einschließlich seiner Freundin nervös macht. Sehr widerwillig hat er schließlich eingewilligt.

Ich begrüße ein paar Gäste, dann hake ich mich bei Greg unter. Er sieht heute Abend großartig aus, in den Jeans und dem hellbraunen Pullover, der seinen Augen einen warmen Schokoladenton verleiht. Er lässt sich gerade einen Ziegenbart wachsen, und ich mag den dunklen Schatten an seinem Kinn. Marcus sieht ebenfalls klasse aus, obwohl er mit dem Jackett und dem Hemd eher förmlich gekleidet ist.

»Worüber habt ihr euch unterhalten?«

»Marcus hat mir von seinem Buch erzählt«, sagt Greg. »Findest du die ganzen Recherchen über Tod und Trauer nicht irgendwie deprimierend?«

Marcus wirkt überrascht, als wüsste er nicht, was er darauf antworten soll. Am liebsten hätte ich Greg einen Tritt verpasst. Was ist das denn für eine Frage? Er hat doch gehört, was ich ihm über Marcus und den Verlust seiner Tochter erzählt habe.

»Es ist nicht deprimierend«, sage ich. »Es geht um den Triumph des menschlichen Geistes. Wie widerstandsfähig wir sein können, selbst angesichts schrecklicher Tragödien.« Ich lächele Marcus an. »Es ist brillant.«

»Du hast es gelesen?« Jetzt ist es an Greg, überrascht zu sein.

»Nur ein paar Kapitel, aber genug, um zu wissen, dass es sehr gut ist. Sobald es veröffentlicht ist, werden alle Talkshows dich haben wollen, Marcus. Du wirst jahrelang auf Tour sein.«

»Davon weiß ich nichts.« Er lacht. »Vielleicht ein paar Radiosender, wenn ich Glück habe.«

»Das könnte witzig werden. Ich werde anrufen und dir alle möglichen Fragen stellen.«

»Ich kann dich schon hören«, sagt Marcus. »Dr. Copeland, haben Sie Drogen genommen, während Sie das geschrieben haben? Dr. Copeland, können Sie mir ein Exemplar für meine Katze signieren? Sie ist Ihr größter Fan.«

»Hör auf!«, lache ich. »Es wird ein Bestseller werden.«

»Nun, wenn ich fertig bin, wirst du meine erste Leserin und kannst mir Feedback geben.« Er sieht Greg an. »Lindsey ist eine großartige Lektorin. Sie hält sich mit nichts zurück.«

»Ganz mein Mädchen!«

Mein *Mädchen*? Streng genommen bin ich vermutlich seine feste Freundin, aber die Art, wie er es sagt, verrät, dass er Marcus wissen lassen will, dass wir zusammen sind. Mein Gesicht wird warm, ich ziehe den Arm zurück, knabbere an meinem Cracker und schaue mich auf dem Tisch um, als würde ich überlegen, was ich als Nächstes essen soll.

»Du bist Fahrer bei UPS, stimmt's?« sagt Marcus. »Da hast du ja um diese Zeit bestimmt viel zu tun.«

»Richtig. Jede Menge Pakete.« Sie verfallen in Schweigen. Marcus wischt sich den Mund mit der Serviette ab, sagt: »Entschuldigt mich einen Moment«, geht zu ein paar Frauen aus der Gruppe und setzt sich neben eine von ihnen an den Kamin.

Greg sieht mich an. »Die Quiche ist gut.«

Also gut, Marcus und Greg werden wohl keine Kumpels werden. Das ist in Ordnung, aber ich wünschte, Greg hätte sich etwas mehr Mühe gegeben. Es ist, als gehe er Marcus jetzt absichtlich aus dem Weg, und er legt ständig den Arm um meine Taille und flüstert mir etwas ins Ohr, sobald Marcus aufsteht, um sich noch ein paar Snacks zu holen, oder in meine Nähe kommt. Ob ich will oder nicht, immer wieder fallen mir Situationen auf Partys ein, die ich mit Andrew besucht hatte, bei denen er sich jedes Mal einen Spaß daraus machte, jedem zu zeigen, dass ich zu ihm gehörte. Ein paarmal erwische ich Marcus dabei, dass er uns beobachtet, mit einem merkwürdigen Gesichtsausdruck – teils amüsiert, teils neugierig. Seit einer halben Stunde unterhalte ich mich jetzt schon mit Rachelle, einer meiner Angestellten, und ignoriere beide Männer.

Greg sitzt in einem der Sessel und schaut sich auf seinem Smartphone ein Eishockeyspiel an. Marcus verschwindet mit seinem leeren Glas in Richtung Küche. Ich nehme an, dass er sich nachschenken will, doch als er nach ein paar Minuten immer noch nicht zurück ist, entschuldige ich mich und sehe nach ihm. Er hockt am Boden und spielt mit Angus, der knurrend und wedelnd glücklich an seinem Spielzeug zerrt und es in seiner kräftigen Schnauze hin und her schüttelt.

»Wie ich sehe, hast du einen neuen Freund gefunden«, sage ich.

»Er ist witzig.«

»Er ist eine absolute Nervensäge, aber ich bin ganz verrückt nach ihm.« Kaum zu glauben, dass Angus erst seit ein paar Tagen bei uns lebt – es fühlt sich an, als hätten wir ihn schon ewig. Ich liebe es, wenn er nachts zu meinen Füßen im Bett schläft, bei jedem fremden Geräusch die Ohren spitzt oder den Kopf hebt und leise bellt, wenn er meint, ich sollte mir irgendetwas genauer ansehen. Ich liebe es, wie glücklich er jeden Tag ist, mich zu sehen, wie er es mit seinen großen braunen, bittenden Augen irgendwie immer schafft, dass ich ihm etwas von dem abgebe, was ich gerade esse. Selbst seine riesigen Pfoten, die jede Menge Schnee und Matsch hereintragen, entlocken mir ein Lächeln.

»Alles in Ordnung bei dir?«, frage ich.

»Ja. Ich denke nur gerade an Katie. Dies war immer ihre Lieblingsjahreszeit. Sie hat für alle etwas gebastelt, dabei war sie völlig unbegabt.« Er lacht. »Ich habe eine Schachtel voll mit Weihnachtsschmuck, mit zerfetzten Schleifen, von denen das Glitzerzeug abfällt. In einem Jahr hat sie versucht, Weihnachtskerzen zu machen, und es endete damit, dass wir überall rote und grüne Wachstropfen auf dem Boden hatten. Es hat Stunden gedauert, bis wir alles wieder abgekratzt hatten.«

»Es klingt, als hättet ihr mit ihr viel zu lachen gehabt.«

Er nickt, aber sein Lächeln verblasst, und er sieht plötzlich müde aus. »Ich glaube, ich werde jetzt mal aufbrechen«, sagt er. »Kannst du mich bei den anderen entschuldigen?«

»Natürlich.« Ich bringe ihn zur Tür und winke ihm nach. Es nagt an mir, dass er in ein leeres Haus fahren muss. Dann denke ich an Andrew, dass Sophie glaubt, er sei einsam, und spähe zwischen die dunklen Bäume. Beobachtet er mich jetzt gerade? Energisch schließe ich die Tür und gehe durch den Flur zum Badezimmer. Ich öffne die Tür und entdecke Greg, der am Waschbecken steht.

»Entschuldige«, sage ich. »Ich wusste nicht, dass du hier drin bist.« Dann bemerke ich, dass seine Hand am Medizinschränkchen ruht, als hätte er die Tür gerade geschlossen.

Verlegen lächelt er mich an. »Ich habe zu viel gegessen.« Er reibt sich den Bauch. »Sodbrennen.«

»Die Magentabletten sind in der Küche.« Er wartet im Wohnzimmer auf mich und unterhält sich mit Rachelle, während ich ihm ein Glas Wasser und ein paar Tabletten bringe, dann setzen wir uns auf die Couch vor das Feuer. Jetzt, wo ich die Spannung zwischen Greg und Marcus nicht mehr mitbekomme oder Angst haben muss, das Telefon könnte klingeln, kann ich den Abend endlich genießen. Greg hat sich ebenfalls entspannt, und mein Ärger hat nachgelassen. Vermutlich ist es ganz normal, ein wenig eifersüchtig zu sein. Schließlich brechen die ersten Gäste auf, und eine Stunde später sind alle auf dem Heimweg. Greg hilft mir, die Küche aufzuräumen. Als wir fertig sind, küsst er mich gegen den Tresen gelehnt, und seine Hände wandern hinunter zu meiner Hüfte. »Möchtest du, dass ich bleibe?«

»Ich würde gerne, aber Delaney übernachtet heute hier, und das könnte etwas peinlich werden.«

»Du weißt, dass Sophie und du mit mir nach Vancouver

kommen könnt. Sie würden euch liebend gern kennenlernen.«

Greg besucht über Weihnachten seine Familie und kommt erst nach Neujahr zurück. Wir haben vereinbart, uns nichts zu schenken und stattdessen einen Tag Ski zu fahren, wenn er nach Hause kommt.

»Vielleicht nächstes Jahr.«

»Wird es ein nächstes Jahr geben?«

Ich verberge mein Gesicht in seinem Pullover, unsicher, was ich antworten soll. Die behagliche, wohlige Wärme, die der Wein mir früher am Abend beschert hat, ist verschwunden und lässt mich mit dem beklemmenden Gefühl zurück, in der Falle zu sitzen.

»Mein Leben ist gerade etwas kompliziert«, erkläre ich. »Es fällt mir schwer, so weit nach vorn zu denken.«

»Du meinst, wegen Andrew.«

»Ich weiß nicht, was passieren wird. Vielleicht müssen wir umziehen.« Ich habe Andrew nicht mehr gesehen, seit er dem Kontaktverbot zugestimmt hat, aber die Telefonanrufe haben mich aufgewühlt. Es ist, als habe er gewusst, dass ich heute Abend eine Party gebe, als wollte er seine Psychospielchen mit mir treiben.

»Ich habe mich schon gefragt, ob du deine Flucht vorbereitest.« Ich spüre, wie er tief Luft holt, die Brust unter meiner Wange hebt sich. »Versprichst du mir, die Stadt nicht zu verlassen, ohne mir Bescheid zu sagen?«

Ich zögere. Kann ich dieses Versprechen geben? Was, wenn ich überstürzt aufbrechen muss? Ich will jetzt nicht in die Details gehen und einen Streit anfangen. Besser, ich willige einfach ein und beruhige ihn.

»Okay.« Ich lege den Kopf schräg und schaue zu ihm hoch. »Wir sehen uns, wenn du wieder da bist?«

»Ich koche uns bei mir ein Abendessen.«

»Klingt super.«

Er beugt sich herunter und flüstert mir ins Ohr: »Aber ich möchte neben dir aufwachen. Kein Rausschleichen mit irgendwelchen lahmen Ausreden.« Er klingt neckend, aber ich weiß, dass er es ernst meint, und habe ein schlechtes Gewissen, weil ich ihn immer eine Armlänge auf Abstand halte. Ich denke an Marcus, der allein nach Hause gegangen ist. Ich will so nicht sein. Ich will eine Beziehung – eine richtige.

»Ich bringe meine Zahnbürste mit.«

Im Einkaufszentrum wird ein einziges Chaos herrschen, weil jeder noch die letzten Einkäufe für das morgige Weihnachtsfest erledigen muss, aber ich brauche immer noch ein paar Sachen für Sophie. Gestern Abend hat sie eine Nachricht geschrieben, dass sie wegen der Straßenverhältnisse bei Delaney bleiben würde. Ich bin froh, dass sie so vernünftig ist. Ich stehe früh auf und entferne den Schnee und das Eis von der Windschutzscheibe, während der Motor warmläuft. Mein Eiskratzer stößt gegen etwas Hartes auf der Scheibe. Mit der Hand wische ich den letzten Rest Schnee fort. Eine in Geschenkpapier gewickelte Schachtel ist an dem Scheibenwischer festgemacht. Greg muss sie mir als Überraschung dagelassen haben. Lächelnd ziehe ich die Handschuhe aus, löse vorsichtig die rote Schleife und öffne die Schachtel. Es ist eine CD. Ich drehe sie um, sehe das Etikett auf der Rückseite und schnappe nach Luft, als ich die Songs erkenne. Sie stammen alle von meiner Hochzeit. Nach einem davon haben wir den ersten Tanz getanzt. »Islands in the Stream« von Dolly Parton und Kenny Rogers.

Ich wirbele herum, suche unter den Bäumen, in der Auffahrt. »Wo steckst du, du Mistkerl?« Meine Stimme klingt schrill in meinen Ohren. Angus bellt im Haus. »Wo steckst du, *verdammt nochmal*?«

Ich stehe ganz still, fordere ihn heraus, sich zu zeigen, aber nichts rührt sich. Der Wald ist ruhig. Angus hätte gebellt, wenn letzte Nacht ein Auto angehalten hätte. Andrew muss auf der Hauptstraße geparkt und sich ans Haus geschlichen haben, so vorsichtig, dass wir seine Schritte nicht gehört haben. Ich sehe mich nach Spuren um, aber in der Nacht hat es zu stark geschneit. Ich steige ins Auto und rufe Corporal Parker an.

»Hier ist Lindsey. Andrew war bei meinem Haus. Er hat mir eine CD hiergelassen, sie klemmte an meiner Windschutzscheibe.« Mein Atem produziert weiße Wölkchen, und ich zittere am ganzen Körper. Ich stelle die Heizung höher und blicke mich um, damit rechnend, dass Andrew sich auf mein Auto stürzt und die Scheibe mit der Faust zertrümmert.

»Hat er Sie bedroht?«

»Ich habe ihn nicht einmal gesehen, aber die CD ist voller Liebeslieder, die er früher für mich gespielt hat.«

»Erkennen Sie die Handschrift wieder?«

»Die Titel sind ausgedruckt. Er muss es am Computer gemacht haben.«

»Okay. Legen Sie die CD zusammen mit der Verpackung in eine Plastiktüte und bringen Sie alles aufs Revier.«

Ich schließe die Augen und hole schaudernd Luft. »Ich hasse es. Wirklich, ich hasse es.«

»Ich weiß.« Sie klingt freundlich, spricht betont ruhig. Ich stelle mir vor, dass sie gut mit Krisen umgehen können muss. »Ich schaue bei Ihnen vorbei und vergewissere mich, dass alles in Ordnung ist.«

»Danke.« Das Eis an meinem Fenster schmilzt kreisförmig. Ich kann den Wald sehen, mein Haus. »Ich habe Ihnen doch gesagt, das mit dem Kontaktverbot wird nicht funktionieren. Er wird mich niemals in Ruhe lassen.«

»Wenn er Fingerabdrücke auf der Hülle hinterlassen hat, können wir ihn festnehmen.«

»Er ist nicht dumm. Er weiß genau, wie weit er gehen kann.«

»Ich habe vom letzten Mal noch seine Handynummer. Ich werde ihn anrufen und ihm klarmachen, dass er Sie in Ruhe zu lassen hat.« Sie klingt zuversichtlich, sogar ein bisschen wütend, und ich fühle mich etwas besser. »Man muss ihn daran erinnern, was passieren wird, wenn er gegen irgendeine der Auflagen des Kontaktverbots verstößt.«

»Das macht ihm keine Angst, das ist ja das Problem. Er hält sich für unbesiegbar.«

»Nun, er bewegt sich auf einem sehr schmalen Grat – und das wird er schon bald herausfinden.«

»Sind Sie das alles nicht allmählich leid? Dieses ganze System wird von Männern kontrolliert. Warum sollten wir uns an das Gesetz halten, wenn Leute wie Andrew tun und lassen können, was sie wollen?«

»Glauben Sie mir, es gab schon unzählige Momente, in denen ich wünschte, ich könnte die Sache selbst in die Hand nehmen. Ich weiß, was Sie durchmachen.« Sie hält inne, und ich frage mich, ob sie drauf und dran ist, mir etwas Persönliches anzuvertrauen. Doch dann sagt sie: »Ich muss einfach daran glauben, dass ich etwas bewirken kann.«

Seufzend stoße ich den angehaltenen Atem aus. Es ist nicht ihre Schuld. Sie versucht, mir zu helfen.

»Ich habe es satt, darüber zu reden«, sage ich.

»Was soll das heißen?« Ich höre den alarmierten Unterton in ihrer Stimme, und mir wird klar, wie sich meine letzten Worte angehört haben.

»Ich meine, ich muss jetzt arbeiten. Vielen Dank, dass Sie mir zugehört haben.« Ich lege auf.

Mein Bruder und Maddie kommen zum Abendessen, und wir schlagen uns die Bäuche mit Truthahn samt Beilagen voll, und anschließend verputzen wir noch einen ganzen Kürbiskuchen. Dann spielen wir Brettspiele und ein paar Runden Karten, bis Sophie und Maddie ins Bett torkeln und über den »Truthahn-Kater« jammern. Chris und ich bleiben noch auf, um uns am Feuer zu unterhalten, wie früher als Kinder. Ich erzähle ihm von der CD.

»So langsam reicht's.« Er packt seine Bierflasche, als wollte er am liebsten mit irgendetwas werfen. »Ich hätte ihm eine Kugel in den Kopf jagen sollen, als du mir das erste Mal erzählt hast, dass er dich misshandelt.«

»Chris! Hör auf, so zu reden!«

Er schaut hinunter auf seine Flasche. »Tut mir leid.« Doch die Art, wie er es sagt, klingt überhaupt nicht, als täte es ihm leid. Ich kenne meinen Bruder und weiß, dass Loyalität manchmal blind macht für die Vernunft.

»Hey, du wirst keine Dummheiten anstellen, klar? Du wirst bald dein eigenes Kind haben.« Ich schüttele ihn am Arm. »Du musst für sie da sein.«

Er sieht mich an. »Ich weiß. Ich werde nirgendwo hingehen.«

»Versprochen?« Ich halte ihm die Hand vors Gesicht und wackele mit dem kleinen Finger.

»Versprochen.« Er hakt seinen Finger in meinen.

Am Morgen machen Sophie und ich Frühstück für alle – Waffeln mit Unmengen Schlagsahne und Erdbeeren –, dann packen wir unsere Geschenke aus. Sophie verwöhnt mich mit Badezusätzen, einem wunderschönen cremefarbenen Überwurf sowie einer hellblauen Strickmütze mit passendem Schal. Sie hat mir auch ein witziges Bild gemalt, auf dem Angus mich über die Straße zerrt. Als sie meine Geschenke für sie auspackt, Malsachen, eine iTunes-Karte, eine Ledermappe für ihre Zeichnungen mit ihrem eingravierten Namen, stößt sie einen Jubelschrei aus und zerdrückt mich beinahe, als sie mich umarmt. »Du bist die Beste!«

Chris und Maddie freuen sich über den Quilt, den Sophie und ich für ihr Baby genäht haben, und all die süßen Spielsachen, bei denen wir uns einfach nicht bremsen konnten. Sie beschenken uns großzügig mit einer neuen Kaffeemaschine, die wir auf der Stelle ausprobieren. Viel zu schnell müssen sie aufbrechen, um die Fähre zu erwischen. Ich würde es Chris gegenüber oder in Sophies Gegenwart nie zugeben, aber ich fühle mich sicherer, wenn mein Bruder im Haus ist. An der Autotür umarme ich ihn fest, und er sagt: »Sobald du mich brauchst, komme ich mit der nächsten Fähre.«

Nachdem sie verschwunden sind, ziehe ich die Mütze und den Schal an, die ich von Sophie bekommen habe, und wir machen einen Winterspaziergang mit Angus. Den Rest des Tages verbringen wir damit, uns Filme anzusehen und unsere ganzen Weihnachtsleckereien aufzuessen. Doch Sophie wirkt abgelenkt, schaut ständig auf ihr Handy. Als ich sie frage, wem sie SMS schickt, sagt sie, Delaney, aber sie sieht mir dabei nicht in die Augen und steckt ihr Handy jedes Mal in die Tasche. Ich habe ihr nichts von dem Geschenk erzählt, das ihr Vater an meinem Auto hinterlassen hat. Irgendwann werde ich es tun, doch ich will ihr nicht das Weihnachtsfest verderben. Ich frage mich immer noch, wann Andrew die CD vorbeigebracht hat. Habe ich geschlafen? Bin ich im Morgenmantel durchs Haus gelaufen? Habe Greg geküsst? Wie lange war er draußen vor meinem Haus?

Am nächsten Tag steht Sophie früh auf, um mit Delaney zu shoppen, während ich noch im Bett liegen bleibe. Als sie mir gestern Abend von ihren Plänen erzählte, war ich verletzt. Eigentlich fahren wir beide an diesem Tag immer zum Skaten, aber ich habe meine Gedanken für mich behalten. Ich wache auf, als ich höre, wie die Eingangstür geschlossen wird und Delaneys Auto wegfährt. Ich bleibe noch ein Weilchen im Bett und starre die Zimmerdecke an, bis Angus winselt, weil er rausmöchte. Während ich meinen Morgenkaffee trinke, blättere ich die Beilagen in der Zeitung durch und überlege, ob ich überprüfen soll, ob Sophie tatsächlich im Einkaufszentrum ist. Sie geht generell nicht besonders gerne shoppen, und heute wird es rappelvoll sein. Trifft sie sich wieder mit Andrew?

Ich ziehe mich an, fahre zum Einkaufszentrum, um etwas herumzubummeln, und rede mir ein, es sei ja nichts dabei, wenn ich mich mal umschaue. Falls ich Sophie über den Weg laufe, großartig. Wenn nicht, dann muss ich ihr eben einfach vertrauen.

Nach zwei Stunden habe ich alle Lieblingsläden von Sophie abgeklappert, habe sie aber immer noch nicht entdeckt. Schließlich sehe ich einen vertrauten Kopf mit lila Haaren am anderen Ende der Fressmeile.

Ich bin noch ein paar Schritte entfernt, als mir auffällt, dass ein Junge neben ihr steht. Sie haben die Köpfe eng zusammengesteckt, seine Hand streichelt ihren Rücken. Überrascht bleibe ich wie angewurzelt stehen. Der Junge hebt den Kopf und blickt in meine Richtung. Jared McDowell. Seit wann sind die beiden befreundet?

Jared sieht mir in die Augen, stupst Sophie an und sagt etwas zu ihr. Sie wird rot und macht ein paar Schritte von Jared weg.

Ich gehe zu ihnen. »Wie läuft's mit dem Shoppen?«

»Was machst du denn hier?«

Ihr barscher Ton versetzt mir einen Stich. Sie war noch nie so rüde, aber vor Jared will ich nichts sagen. »Ich gehe einkaufen«, sage ich. »Bei Gap gibt es ein paar gute Sonderangebote.«

»Hi Lindsey«, sagt Jared. Es ist nicht ungewöhnlich für ihn, mich Lindsey zu nennen, so nennt er mich, wenn ich bei ihm zu Hause saubermache, aber in Gegenwart meiner Tochter fühlt es sich merkwürdig an. Sie wirft ihm ebenfalls einen Blick zu, als sei sie erschrocken über seine vertrauliche Anrede.

»Hattest du schöne Weihnachten?«, frage ich.

»Es war klasse. Und bei Ihnen?«

»Wunderschön, danke.« Verlegen schweigen wir uns an. »Wo ist Delaney?«, frage ich.

»Sie probiert Schuhe an«, sagt Sophie. »Wir treffen uns gleich mit ihr.« Ich begreife, dass meine Tochter mich nicht dabeihaben will, und verspüre einen weiteren scharfen Schmerz.

»Tja, viel Spaß noch. Wir sehen uns zu Hause.« Ich drehe mich um, dann spüre ich ihre Hand an meinem Arm. Ich sehe sie über die Schulter an.

»Ich mache heute das Abendessen, okay?«

»Klingt toll.« Ich weiß, es ist ihre Art, sich zu entschuldigen. Ich sehe die widerstreitenden Gefühle, die sich auf ihrem Gesicht spiegeln, und verstehe, dass sie nicht weiß, warum sie so verlegen ist oder wie sie damit umgehen soll. Ich zwinge mich, eine fröhliche Miene aufzusetzen. »War schön, dich zu sehen, Jared.«

»Ich habe mich auch gefreut, Lindsey«, sagt er.

Als ich gehe, habe ich das jähe Gefühl, dass er dieses Mal

meinen Namen absichtlich benutzt hat – als wolle er, dass ich mich unbehaglich fühle. Aber warum?

Als Sophie am Abend nach Hause kommt, bin ich in meinem Zimmer und erledige ein bisschen Buchhaltung an meinem Computer, während Angus auf dem Bett herumlümmelt. Ich höre ihre Schritte, als sie den Raum betritt, dann bewegen sich die Sprungfedern der Matratze, und Angus' Rute schlägt auf die Tagesdecke.

»Also. Ich bin bereit.«

Ich drehe mich um. »Für was?« Sie wirft sich neben Angus aufs Bett, der sich prompt auf den Rücken dreht, so dass sie ihn am Bauch kraulen kann.

»Damit du mich ins Kreuzverhör nimmst.«

»Warum sollte ich das tun?«

»Weil ich mit Jared unterwegs war und dir nicht erzählt habe, dass wir was zusammen machen.«

»Zusammen machen oder zusammen seid?«

Sie zuckt die Achseln, vergräbt ihr Gesicht in Angus' Nackenfell. Er winselt und stupst sie mit den Vorderpfoten an, damit sie ihn weiterkrault. »Ich weiß nicht, was es ist. Er sagt, er mag mich.«

»Magst du ihn?«

»Ja, irgendwie schon. Er ist nicht so, wie ich dachte.«

»Warum hast du mir nichts davon erzählt?«

»Es ist noch ganz frisch, und ich war mir nicht sicher, was du davon halten würdest. Du weißt schon, weil du für sie arbeitest.« Sie hat ein nichtssagendes Gesicht aufgesetzt, aber ich weiß, dass sie meine Zustimmung haben möchte. Ich denke daran, wie wichtig es mir war, dass meine Eltern Andrew mochten.

Ich wähle meine Worte sorgfältig. »Er scheint ein netter

Junge zu sein, aber ich kenne ihn nicht besonders gut.« Wenn ich bei ihnen saubermache, ist er stets freundlich und höflich, doch er hat etwas an sich, das mir immer einen Tick zu ... eifrig erscheint. Möglicherweise liegt es daran, dass er einfach einsam ist – ich habe den Eindruck, dass seine Eltern häufig verreisen. Allerdings verbringen die meisten Jungs im Teenageralter nur ungern ihre Zeit damit, mit der Raumpflegerin zu plaudern. Aber er kommt oft ins Zimmer, um mich etwas zu fragen oder mit mir über das Wetter oder weiß der Teufel was zu reden.

»Du musst ziemlich lange brauchen, um ihr Haus zu putzen«, sagt Sophie.

»Du warst dort?« In meinem Bauch rumort es nervös. Sophie hatte bereits ein paar Freunde, und wir haben über Sex geredet, aber ich habe mir nie Sorgen deswegen gemacht, weil sie nie zuvor wirklich an jemandem interessiert schien. Ich wusste immer, dass das eines Tages auf mich zukommen würde, aber ich hatte gehofft, sie wäre dann bereits an der Uni.

»Delaney und ich waren zusammen mit ein paar Freunden dort. Wusstest du, dass er fotografiert?«

In Gedanken gehe ich die letzten zwei Wochen durch und überlege, wann sie in seinem Haus war. Allmählich hat sie ziemlich viele Geheimnisse vor mir. »Ach, wirklich? Was fotografiert er denn?«

»Nur Landschaften, den Ozean, die Berge.« Sie wird rot, und ich weiß, dass da noch mehr ist, aber ich kann sie nicht drängen, ohne dass sie komplett dichtmacht. Jared war mir nie wie ein Jugendlicher vorgekommen, der sich dafür interessiert, stille Ozeanbilder zu fotografieren. Sein Schlafzimmer mit den schwarzen Vorhängen, dem verchromten Schreibtisch und Nachttisch erinnerte mich immer an die

Wohnung eines Junggesellen in der Stadt. Ich kenne keinen Jungen im Teenageralter, der abstrakte Schwarzweiß-Leinwandgemälde sammelt.

Sophie sieht mich ernst an. »Warum bist du wirklich ins Einkaufszentrum gegangen?«

»Ich hatte das Gefühl, du würdest mir etwas verheimlichen, und habe mir Sorgen um dich gemacht.«

Sie wendet sich ab, um Angus erneut zu kraulen, und entzieht ihr Gesicht meinem Blick. »Nun, jetzt weißt du es.« Sie klingt weder verärgert noch defensiv, was mich auf den Gedanken bringt, dass sie mir noch etwas verheimlicht.

»Ich wollte es dir nicht am Weihnachtstag erzählen«, sage ich, »aber am Morgen nach unserer Party habe ich eine Geschenkschachtel an meiner Windschutzscheibe gefunden. Dein Vater hat mir eine CD dagelassen.«

Sie rollt sich herum und richtet sich auf. »Woher weißt du, dass sie von ihm ist?«

»Auf der CD waren alle Songs, die er für unseren Hochzeitsempfang ausgesucht hat. Ich habe sie zur Polizei gebracht.« Corporal Parker war nichts aufgefallen, als sie um das Haus herumgegangen war, keine Anzeichen für einen Einbruchsversuch, keine Fußspuren im Schnee – nur »eine große, haarige Bestie, die versucht hat, mich durch das Fenster hindurch in Stücke zu reißen«. Ich erklärte ihr das mit Angus, und sie meinte, das sei eine gute Idee.

Sophie bekommt große Augen und öffnet den Mund. Einen Moment presst sie eine Hand an ihr Herz, als würde es heftig schlagen, dann sieht sie mir in die Augen und nimmt die Hand rasch wieder weg, aber es ist zu spät.

»Du hast ihn noch einmal getroffen«, sage ich.

»Nein.« Sie dreht sich zu Angus um und streichelt seinen Rücken. Er wedelt heftiger, legt ihr die Pfoten auf das Bein.

»Bitte lüg mich nicht an.«

»Du hast gesagt, du würdest mich rauswerfen.«

»Ich habe das gesagt, weil ich Angst hatte, nachdem er bei uns eingebrochen ist. Ich habe versucht, dich zu beschützen. Ich werde dich nicht rauswerfen, aber ich muss wissen, ob du mit ihm gesprochen hast.«

»Er ist hier nicht eingebrochen. Er war in Victoria und hat seine Sachen gepackt.«

»Er würde das niemals zugeben.«

»Aber er hat dem Kontaktverbot zugestimmt. Warum sollte er riskieren, wieder ins Gefängnis zu kommen?«

»Leute wie er denken nicht an die Folgen. Sie handeln impulsiv, aus dem Moment heraus. In all den Jahren, in denen wir verheiratet waren, habe ich nie die Polizei gerufen, so dass er jetzt wahrscheinlich glaubt, ich würde das nicht lange durchziehen.«

Ich kann sehen, wie ihr langsam die Wahrheit dämmert, und die darauffolgende Enttäuschung. Ihre Schultern sacken nach vorn. »Ich habe *wirklich* gedacht, er hätte sich geändert, Mom. Er sagte, er würde sich von dir fernhalten.«

»Er kann nicht anders. Er wird weiterhin nach einer Möglichkeit suchen, mich irgendwie zu erwischen.«

Sie sieht so traurig aus, ihre grüne Augen gleichen kleinen Seen. »Er hat eine wunderschöne Holzkiste für mich gemacht.« Ich zucke zusammen, als ich an das hölzerne Schmuckkästchen denke, das er mir einmal zu Weihnachten geschenkt hat. Jetzt spielt er dieselben Spielchen mit meiner Tochter. Aber ich kann es ihr nicht erzählen, kann ihr nicht noch mehr weh tun.

»Es ist immer noch eine schöne Kiste.«

»Ich möchte ihn nie wiedersehen.« Ihre Stimme bricht, und ich hasse es, dass sie diese Wahl treffen muss.

»Wir können darüber reden, wenn du älter bist«, sage ich sanft. »Wenn er länger draußen ist.«

»Er hat mich angelogen«, sagt sie, als sie aufsteht. »Ich habe die Nase voll, ihm eine Chance zu geben.«

»Wenn er sich dir noch einmal nähert, musst du aufpassen, wie du mit ihm redest. Er wird nicht …«

»Mom, ich komme damit schon klar.«

Ihr Handy in der Tasche piept, und sie wirft einen raschen Blick auf das Display. »Das ist Jared.« Sie schaut zu mir hoch. »Ich gehe in mein Zimmer, okay?«

Mit hängenden Schultern geht sie hinaus, die Arme um den Körper geschlungen. Angus springt mit einem dumpfen Aufprall vom Bett, sieht mich vorwurfsvoll an und trottet hinter ihr her. Sie hat mich meine Warnung nicht zu Ende bringen lassen. Angst legt sich um meine Kehle, eng und schleimig. Es gibt eine Sache, die Andrew mehr hasst, als die Kontrolle zu verlieren, und das ist, zur Rede gestellt zu werden. Als Kind hat Sophie ihn so vergöttert, dass er einmal zu mir sagte: »Sie gibt mir das Gefühl, alles zu schaffen, als sei ich ein Superheld.« Ich weiß nicht, was er tun wird, wenn er begreift, dass er sie für immer verloren hat.

21

SOPHIE

Ich sitze mit dem Handy in der Hand in meinem Bett, den Rücken gegen das Kopfteil gelehnt und die Decke um mich herumgezogen. Ich sollte aufstehen und duschen, mir etwas zum Frühstück machen, aber allein beim Gedanken an Essen dreht sich mir der Magen um. Ich schiebe meine Füße unter Angus am Ende des Bettes und reibe meine kalten Zehen an seinem Bauch. Er grummelt und verlagert sein Gewicht, aber er rollt sich nicht weg. Ich schaue noch einmal auf die SMS von Andrew. *Wie war Weihnachten? Hast du Lust, mich diese Woche zu besuchen?*

Er hat mir am Weihnachtstag geschrieben, um mir ein frohes Fest zu wünschen, und ich hatte ihm geantwortet, doch da wusste ich noch nichts von dem Geschenk, das er Mom gemacht hat. Ich hatte gehofft, ich würde mehr Zeit haben, um zu überlegen, was ich ihm schreiben soll, aber dann hat er mir gestern diese SMS geschickt. Ich habe immer noch nicht geantwortet. Ich weiß nicht, wie ich ihm sagen soll, dass ich ihn nicht mehr sehen will.

Ich scrolle durch meine anderen Textnachrichten, lese noch einmal die von Jared. Seit seiner Party simsen wir ständig. Als ich ihn am zweiten Weihnachtstag im Einkaufszentrum getroffen habe, hat er meine Hand gehalten und mich geküsst, als wären wir fest zusammen. Zuerst war es mir peinlich, aber dann beschloss ich, dass es mir gefällt. Die meisten Jungs lassen einen mit tausend Fragen stehen und spielen bescheuerte Psychospielchen, aber er ist nicht so.

Was machst du gerade?, frage ich ihn per SMS.

Fotos bearbeiten. Und du?

Ich muss meinem Dad eine SMS schicken. Er wird tierisch sauer sein.

Ruf ihn doch einfach an.

Was, wenn er ausflippt? Ich habe den Großteil des Morgens damit verbracht, mir zu wünschen, ich könnte Andrew einfach ignorieren und so tun, als hätte es die letzten paar Monate nie gegeben. Dann könnte ich so weiterleben wie früher – als ich keinen Vater hatte, was nicht besonders klasse war, aber eigentlich ganz okay. Ich hatte meine Mom. Und damals musste ich mir keine Sorgen machen, dass mein Dad ihr etwas antun würde, sobald ich ein falsches Wort sage.

Rede einfach mit ihm, schreibt Jared. Vielleicht hat er einen guten Grund.

Dieser Gedanke ängstigt mich am meisten. Was, wenn er es wieder schafft, dass ich ihm glaube? Nein. Diese Sache kann er nicht wegerklären – er hat ihr ein Geschenk dagelassen. Auf ihrer Windschutzscheibe. Als seien sie noch in der Highschool! Wenn ich ihm eine SMS schicke oder versuche, ihn zu ignorieren, wird er wahrscheinlich ohnehin versuchen, mich anzurufen, und das würde alles nur noch schlimmer machen.

Okay, ich tu's.

Viel Glück.

Andrews Telefon klingelt ein paarmal, und ich will gerade auflegen, als er sich endlich meldet. »Ja?« Er schreit eher, als dass er spricht, und im Hintergrund höre ich Krach, wie Sägen und Maschinen und Hämmer. Er muss bei der Arbeit sein. Ich habe vergessen, dass bereits Dienstag ist.

»Hier ist Sophie.«

»Hey, Kleine, lass mich nur schnell in meinen Truck

springen.« Ich höre ein gedämpftes Knirschen, als würde er über Kies gehen, dann das metallische Geräusch einer zuschlagenden Autotür. »Das ist besser«, sagt er. »Was ist los? Alles in Ordnung bei dir?« Die Besorgnis in seiner Stimme rührt mich, und ich bin fast so weit, zu kneifen, aber dann denke ich, wenn ich ihm wirklich etwas bedeuten würde, hätte er nicht alles vermurkst.

»Warum hast du Mom dieses Geschenk gebracht?«

Schweigen, dann ein tiefer Seufzer. »Ich hatte gehofft, der Schnee würde es begraben.«

Ich hatte nicht erwartet, dass er irgendetwas zugeben würde, und weiß im ersten Moment nicht, was ich sagen soll. »Ich habe dir gesagt, du sollst dich von ihr fernhalten, aber du hast nicht zugehört. Ich will dich nicht mehr sehen.«

»Hey, beruhige dich und hör mir eine Minute zu.« Seine Stimme ist fest, wie ein starker Griff, der mich an Ort und Stelle hält. »Du warst bei mir zu Hause, und ich habe angefangen zu überlegen, wie es hätte sein können, wenn deine Mom und ich zusammengeblieben wären. Dann fand ich diese CD, und ich erinnerte mich daran, wie schön es früher einmal war. Vermutlich dachte ich, wenn ich sie ihr schenke …«

Er hat die CD *gefunden*? Konnte das stimmen? Vielleicht hatte er sie wirklich so lange aufbewahrt. Das wäre weniger gruselig als die Vorstellung, dass er eine neue CD gebrannt hat. »Du dachtest, sie würde wieder mit dir zusammen sein wollen?«

»Zugegeben, das war dumm. Ich habe es am nächsten Tag schon bereut, aber da war es zu spät.«

»Wenn ich den Cops erzähle, dass du zugegeben hast, die CD vorbeigebracht zu haben, werden sie dich verhaften.«

»Du musst tun, was du für richtig hältst. Ich wollte nur ehrlich zu dir sein.«

Ich hasse es, hasse diese unmögliche Entscheidung. Ich will nicht, dass er ins Gefängnis kommt. Ich will nicht diejenige sein, die ihn dort hinschickt. Ich muss nachdenken.

»Woher wusstest du, wo wir wohnen?«, frage ich.

»Ich bin dir von der Schule aus gefolgt.«

Ich sage nichts, und ein Gefühl rasch wachsenden Entsetzens packt mich. Mom hat die ganze Zeit recht gehabt, und ich habe sie ignoriert. Ich habe ihn direkt zu ihr geführt.

»Ich weiß, wie das klingt«, sagt Andrew, »aber ich wollte mich vergewissern, dass du heil ankommst. Ich wollte sehen, wo ihr lebt, und ich wusste, dass du es mir nicht zeigen kannst.«

Ich will nicht, dass er solche Dinge sagt, will nicht, dass er Dinge sagt, die ein Vater sagen würde, auch wenn es furchtbar verworren ist. »Wir hatten eine Abmachung.«

»Mist«, sagt er. »Mein Chef braucht mich. Komm am Wochenende vorbei, okay? Wir können reden.«

»Nein. Mom hat recht. Du kommst mit dir selbst nicht klar.«

»Das hat sie dir erzählt?« Er klingt nicht länger entschuldigend. Seine Stimme ist schroff, wie von einem Fremden, den ich nie zuvor gehört habe, außer vielleicht in meiner Vorstellung.

»Das hier ist eine Sache zwischen dir und mir«, sage ich. »Es ist *meine* Entscheidung.«

»Ich arbeite für den Rest der Woche«, sagt er, »aber Samstag bin ich den ganzen Tag zu Hause – Silvester. Ich werde einfach da sein. Komm vorbei, wann immer du willst. Ich werde dir alles erklären.« Sein Tonfall hat wieder gewechselt. Jetzt ist er ein Freund, der am Tisch sitzt, um Kaffee zu trinken und sich zu unterhalten.

»Das kannst du nicht erklären!«

»Ich habe sie so lange geliebt, Sophie. Du bist jung, und vielleicht verstehst du das nicht, aber *wahre* Liebe, so wie die Liebe, die ich für deine Mutter empfinde, schließt alles ein. Sie erfüllt deine Gedanken, deinen Körper, du kannst nicht atmen, ohne an den anderen zu denken. Ich weiß noch nicht, *wie* ich neu anfangen kann, aber ich weiß, dass ich muss, okay? Ich weiß, dass ich sie loslassen muss.« Seine Stimme klingt belegt und kratzig, als würde er weinen.

»Dad …«

»Komm mich einfach besuchen«, sagt er. »Ich werde es wiedergutmachen.« Er beendet das Gespräch.

Ich lege mein Handy aufs Bett, krieche unter meine Decke und presse die Handballen gegen die Augen.

22

LINDSEY

Ich spähe durch Marcus' Vorderfenster, als ich die Treppe zu seiner vorderen Veranda emporsteige. Die weihnachtliche Außenbeleuchtung hat er bereits wieder abgebaut, und durch das Fenster kann ich auch keinen Baum sehen. Gehört er zu den Leuten, die ihre Weihnachtsdeko immer schon vor Silvester wieder einmotten? Oder hat das eher mit schmerzlichen Erinnerungen zu tun? Er hat Heiligabend bei seinen Eltern auf der Insel verbracht und über die Feiertage als Freiwilliger in einem Krisenzentrum gearbeitet. »Ich muss was zu tun haben«, sagte er.

Ich läute und schaue in beide Richtungen die Straße entlang. Es ist ruhig, keine Trucks, die im Leerlauf in der Ferne warten, trotzdem habe ich Angst, dass Andrew mir gefolgt ist.

»Hi«, sagt Marcus, als er öffnet. »Ich habe mich über die Feiertage vollgefressen und werde mich beim Training heute ordentlich ins Zeug legen. Bist du dafür bereit?« Er schenkt mir ein freches Lächeln.

»Hmmm. Klingt nicht besonders spaßig. Okay, vergiss es.« Ich tue so, als würde ich mich umdrehen, und er packt mich lachend am Arm.

»Schieb deinen Hintern rein.«

Als wir durch das Wohnzimmer gehen und weiter die Treppe hinunter in den Trainingsraum, entdecke ich keinerlei Anzeichen dafür, dass Weihnachten erst ein paar Tage her ist – keine einzige Schleife, kein Geschenkpapier weit und breit. Wir trainieren hart, die einzigen Geräusche sind das Klappern der Geräte, an denen Marcus Gewichte stemmt, und das Summen des Laufbands, das ich benutze. Ich erhöhe die Steigung und laufe, bis meine Muskeln zittern und meine Lunge brennt. Anschließend beobachtet er mich mit konzentriertem Blick, während ich Gewichte stemme.

Nach dem Training sitzen wir zusammen und trinken Kaffee. Er hat für uns eine neue Sorte zum Probieren gekauft – dunkel und vollmundig mit einer karamellartigen Süße. Mir gefällt die Vorstellung, wie er den Kaffee im Laden ausgesucht hat.

»Es ist nett, eine Pause einzulegen«, sagt er. »Ich habe den ganzen Tag geschrieben.«

»Und wie kommst du voran?«

»Frag mich morgen noch einmal, wenn ich alles wieder gelöscht habe.«

Ich lache. »Hattest du schöne Weihnachten?«, will ich wissen und komme mir prompt vor wie ein Idiot, weil ich diese Frage überhaupt gestellt habe. Ich kann mir nicht vorstellen, dass es möglich sein kann, schöne Weihnachten zu haben, nachdem man sein Kind verloren hat.

»Es war produktiv«, sagt er, während er geschäftig Kaffee nachschenkt. Ich merke, dass er nicht darüber reden möchte. »Wie war es bei dir?«

»Interessant. Wie sich herausgestellt hat, hat Sophie einen Freund. Der Sohn von Kunden von mir.«

»Ist das ein Problem für dich?«

»Ich bin mir nicht sicher, was ich von ihm halten soll. Ich habe ein leicht unbehagliches Gefühl bei ihm.«

»Mutterinstinkte?«

»Oder Paranoia.« Ich lächele. »Ich bin sicher, dass er ein feiner Kerl ist. Ich bin nur nicht daran gewöhnt, dass Sophie sich mit Jungs trifft und sie sich ständig SMS schicken. Es fühlt sich so überstürzt an.«

»Junge Liebe«, sagt er. »Die ist normalerweise sehr leidenschaftlich.« Er schaut mir ins Gesicht. »Mach dir keine Sorgen. Dieses Verhalten ist für Teenager ganz normal. Gib ihr einfach genug Freiraum. Ich habe zu sehr versucht, Katie zu warnen, und sie dadurch nur weggestoßen.«

»Sie hat gefragt, ob sie auf eine Silvesterparty bei ihm zu Hause darf. Ich habe bei seinen Eltern nachgefragt, und sie werden auch im Haus sein, also habe ich es ihr erlaubt. Aber ich glaube, dass sie dem Ganzen nicht gewachsen ist.« Normalerweise kommt Sophie mit mir zur Silvesterparty meiner Selbsthilfegruppe. Ich kann verstehen, dass sie mit ihrem Freund zusammen sein will, aber es fühlt sich an wie ein weiterer Schritt, der sie von mir entfernt.

»Wie kommst du darauf?«

»Jared kommt aus einer wohlhabenden Familie. Ihr Lebensstil unterscheidet sich erheblich von unserem.«

»Du machst dir Sorgen, sie könnte nicht in seine Welt passen?«

»Eher, dass ihr diese Welt gefällt und sie sich verändern wird. Und ich mache mir Sorgen, dass er mehr Lebenserfahrung hat als sie. Er ist sehr erwachsen.« Ich weiß, es ist nicht fair, ihn mit Andrew zu vergleichen, aber ich muss einfach immer daran denken, wie geblendet ich war – und anschließend blind.

»Sophie scheint mir nicht auf den Kopf gefallen zu sein.«

»Ich weiß, aber sie lässt sich gern von ihrem Herzen lenken.« Ich spiele mit meinem Becher herum. »Sie hat sich noch einmal mit ihrem Vater getroffen – und er hat ein Geschenk auf meiner Windschutzscheibe hinterlassen, eine CD mit Lovesongs. Sie sagte, sie würde ihn nicht mehr treffen, aber ich weiß nicht, was passieren wird, wenn sie ihn abweist.«

Er sieht alarmiert aus. »Hast du es der Polizei erzählt?«

»Ja, sofort, aber ich kann nicht beweisen, dass die CD von Andrew stammt, so dass sie ihn nicht verhaften können. Es ist so albern. Von wem sollte sie sonst sein?« Parker hatte so frustriert geklungen, als sie mir erklärte, dass sie keine Fingerabdrücke auf der CD gefunden hatten, doch ihr Mitgefühl ändert nichts an den Fakten.

»Mein Angebot steht noch: Du und Sophie seid herzlich eingeladen, in mein Haus am See zu kommen. Oder, falls du die Stadt nicht verlassen willst – ich hätte hier noch ein paar Gästezimmer.«

»Ich weiß dein Angebot wirklich zu schätzen, aber Greg kommt am Sonntag wieder.«

»Stimmt. Freust du dich, ihn zu sehen?«

»Natürlich.« Die Frage verwirrt mich. Die Wahrheit ist, dass ich in den letzten Tagen nicht oft an Greg gedacht habe, aber das wollte ich nicht zugeben.

»Du klingst nicht sonderlich begeistert.«

Achselzuckend rühre ich meinen Kaffee um. »Ich bin nur abgelenkt.«

»Ja dann.« Aber er klingt nicht, als würde er mir glauben.

»Was ist?«

»Nichts. Ich habe nur den Eindruck, als sei es ihm ziemlich ernst mit euch, während du bereits auf dem Absprung bist.«

»Überhaupt nicht. Ich mag Greg sehr.« Ich bin verlegen, und mein Gesicht wird heiß. Mir war nicht bewusst, dass Marcus meine Beziehung beobachtet, oder wie es von außen wirken könnte. Vielleicht stimmt es, und Gregs Gefühle sind schneller und stärker gewachsen als meine, aber das ist ja nichts Falsches. Ich werde noch aufholen. Was wir haben, ist entspannend. »Um ihn muss ich mir keine Sorgen machen«, sage ich. »Alles ist gut.«

»Ja dann.« Er greift nach seinem Kaffee.

»Schon wieder dieses ›ja dann‹.«

»Tut mir leid«, erwidert er lachend. »Ich hätte gar nichts sagen sollen.«

»Dazu ist es jetzt etwas zu spät. Dann kannst du es auch ganz durchziehen.« Ich witzele herum, als sei das alles nur ein Spaß, nur zwei gute Freunde, die einander das Herz ausschütten. »Du magst Greg nicht?«

»Es ist nicht so, dass ich ihn nicht mag.«

»Aber du sagst auch nicht, dass du ihn magst.«

»Ich denke einfach, dass er nicht dein Typ ist.«

»Und was ist mein Typ?«

Unsere Blicke treffen sich. Meine Brustmuskeln spannen sich an und pressen die Luft aus meiner Lunge.

Er blickt hinunter auf seinen Becher. »Hey, woher soll ich das wissen? Es ist Jahre her, seit ich mit jemandem zusammen war«, sagt er. »Ich hätte einfach den Mund halten sollen. Wenn du glücklich bist, bin ich es auch.«

»Tja, das ist gut, denn ich bin glücklich.« Trotzdem habe ich das Gefühl, eine schwere, niederdrückende Enttäuschung würde sich über mich legen, was merkwürdig ist. Was will ich von ihm hören?

»Bitte entschuldige, wenn ich zu weit gegangen bin.«

»Nein. Du warst nur ehrlich. Ich begrüße Ihren Rat in Liebesdingen, Herr Doktor.« Ich lache leise und werfe einen Blick auf die Uhr. Er beobachtet mich, versucht, mir in die Augen zu schauen, aber ich kann seinem Blick nicht standhalten. »Ich muss gehen«, sage ich. »Angus wartet.«

»Bist du sicher, dass alles in Ordnung ist?«

Ich zwinge mich, zu lächeln. »Es geht mir gut. Wirklich. Im Moment passiert einfach nur ziemlich viel.« Ich sammle meine Tasche und die Jacke ein und gehe zur Tür. »Danke für den Kaffee.«

Ich spüre seinen Blick, als ich durch den Schnee zu meinem Auto stapfe, aber ich blicke nicht zurück.

23

SOPHIE

Ich wache allmählich auf. Meine Beine sind wie am Bett festgetackert, und ich trete voll Panik um mich. Das Gewicht verschwindet, und ich höre Angus mit einem dumpfen Geräusch auf den Boden springen, dann streckt er sich auf dem Teppich aus. Ich drehe mich um und starre an die Zimmerdecke, blinzle und gähne. Heute Abend ist die Party bei Jared. Es ist auch der Tag, an dem mein Dad darauf wartet, dass ich ihn besuche. Warum habe ich ihm nicht einfach gesagt, dass ich nicht komme?

Weil er mir keine Gelegenheit dazu gelassen hat.

Am Ende habe ich beschlossen, meiner Mom nicht zu sagen, dass er zugegeben hat, die CD gebracht zu haben. Das müssen die Cops schon allein herausfinden, ich werde nicht meinen eigenen Dad ans Messer liefern. Das fände ich ziemlich schräg und viel zu belastend. Vielleicht hilft mir die Party heute Abend. Ich muss etwas Dampf ablassen. Oder vielleicht ist die Party auch das Problem – Jared und ich sind erst seit ein paar Tagen »zusammen«. Sind wir schon so weit, es öffentlich zu machen? Will er, dass wir die ganze Zeit mit seinen Freunden abhängen? Mit diesen Mädchen habe ich überhaupt keine Gemeinsamkeiten. Sie bilden die schöne, hübsche Masse, leben alle in netten Häusern mit zwei Elternteilen und müssen sich um nichts sorgen.

Ich überlege, ob ich absagen und behaupten soll, ich sei krank, aber dann denke ich daran, was in seinem Schlafzimmer passiert ist, als ich das letzte Mal dort war, und mir wird ganz warm. Dabei muss ich an Ockergelb denken oder vielleicht auch an ein intensives Kadmiumgelb. Etwas Helles, Schönes und Goldenes.

Ich möchte ihn wieder küssen, aber ich habe Angst, dass er Sex haben will, und ich glaube nicht, dass ich schon so weit bin. Es ist nicht so, dass ich für immer Jungfrau bleiben möchte, aber Delaney sagte, dass es beim ersten Mal echt weh getan hat. Nichts davon hörte sich lustig an. Mein Telefon auf dem Nachttisch vibriert. Jared.

Magst du schon früher kommen und beim Vorbereiten helfen?

Ich bin erleichtert. Die Vorstellung, schon vor der Party zu ihm zu gehen, gefällt mir. Dann muss ich da nicht ganz allein aufkreuzen – Delaney ist mit ihrer Familie beim Skifahren.

Okay. Wann?

Ich hole dich gegen 12 ab?

Das bedeutet, wir werden fast den ganzen Tag zusammen verbringen. Ich bin aufgeregt, habe aber auch Angst. Was, wenn wir herausfinden, dass wir uns doch nicht so sehr mögen? Ich denke darüber nach, der Daumen schwebt immer noch über der Tastatur.

Hey, lass einen Kerl nicht so hängen!

Ich lache und schreibe: Okay, bis bald.

Zwei Stunden später sitzt Jared bei mir auf der Couch und blickt sich in unserem farbenfrohen Wohnzimmer mit seinen nicht zusammenpassenden Möbeln und Bildern um. Es ist merkwürdig, ihn hier zu sehen – wie ein Schauspieler, der im falschen Filmset gelandet ist und noch nicht kapiert hat, dass er dort nicht hingehört. Mom und ich sind wie eine Schachtel Buntstifte, während er wie Weidenkohle ist, in allen samtigen Schattierungen und interessanten Schichten.

»Es ist nett«, sagt er.

»Danke. Es muss dir ziemlich klein vorkommen.«

»Nein. Es fühlt sich an wie ein richtiges Zuhause.«

»Kann sein.« Angus stupst mit dem Kopf Jareds Beine an und legt ihm seinen vollgesabberten Ball in den Schoß. »Sorry«, sage ich und versuche, Angus von ihm wegzuziehen, doch genauso gut könnte ich versuchen, einen Seesack voller Betonblöcke zu bewegen.

»Das macht nichts. Ich mag Hunde.« Ihm mag es egal sein, aber was mich angeht, sind drei eindeutig einer zu viel. Ich hole einen Knochen aus der Küche, und schlagartig verliert Angus jegliches Interesse an Jared.

Mein Handy klingelt. Ich schaue auf das Display – es ist Andrew. Ich werfe das Telefon auf den Couchtisch, als könnte er mich durch das Gerät sehen und mitbekommen, dass ich ihn ignoriere.

»Wer war das?«, fragt Jared.

»Mein Dad. Er will, dass ich ihn besuche, aber ich werde nicht gehen.«

»Ich dachte, du hättest ihm gesagt, dass du ihn nicht wiedersehen willst?«

»Hab ich auch, aber ich glaube, mein Dad akzeptiert kein Nein als Antwort.«

Jared streckt den Arm aus und nimmt meine Hand. »Es tut mir leid, wenn ich dir neulich Angst gemacht habe.«

»Schon in Ordnung«, sage ich und spüre, wie mein Gesicht heiß wird. Ich hatte gehofft, dass er das Thema nicht anschneiden würde.

»Habe ich etwas falsch gemacht?«

»Nein. Das ist Teil des Problems. Es hat mir gefallen.«

»Oh.« Er sieht glücklich aus und rutscht auf der Couch ein Stück näher zu mir. Angus steht von seinem Platz auf, schiebt seinen Kopf zwischen uns und bettelt winselnd um Aufmerksamkeit.

»Ich bringe ihn nach draußen.« Angus will nicht gehen, und ich muss ihn mit Hundekuchen bestechen. Als ich wieder hereinkomme, klingelt mein Handy erneut. Jared reicht mir mein Telefon.

»Dein Dad. Er hat dir eine SMS geschrieben.«

Es kommt mir merkwürdig vor, dass er auf mein Display geschaut hat. Hat er meine SMS gelesen? Vielleicht hat er nur einen kurzen Blick darauf geworfen, weil er neugierig war – und besorgt. Ich hätte vermutlich dasselbe getan.

Ohne die SMS zu lesen, schiebe ich das Handy in die Tasche und setze mich wieder auf die Couch. Ich mag nicht daran denken, dass mein Dad zu Hause sitzt und auf meinen Anruf wartet, aber vor allem bin ich wütend. Warum kann er mir nicht mehr Freiraum geben? »Ich wünschte, er würde mich in Ruhe lassen.«

»Bist du sicher, dass du ihn nicht sehen willst? Er wirkt traurig. Ich kann dich fahren.«

Ich schüttele den Kopf. »Er hat versprochen, sich von meiner Mom fernzuhalten, und dann kommt er vorbei und hinterlässt ein Geschenk an ihrer Windschutzscheibe!«

»Das ist doch irgendwie romantisch.«

»Es ist verrückt.« Ich sehe ihn an.

»Tut mir leid. Vermutlich kann ich einfach nur verstehen, dass man einen anderen Menschen so sehr mögen kann.«

»Was, wenn diese Person einen ihrerseits nicht mag?«

»Dann muss man es auf jeden Fall sein lassen. Aber ich würde dich nicht so einfach aufgeben.« Ich weiß, dass er nur versucht, mir zu schmeicheln, aber warum kapiert er nicht, dass das, was mein Dad tut, *falsch* ist?

Erneut nimmt er meine Hand und malt mit dem Daumen

kleine Kreise auf die Innenseite. »Ich bin echt froh, dass du heute Abend kommst. Das wird witzig. Es wird Alkohol und Drogen geben, aber du musst nichts tun, was du nicht willst, okay?«

»Deine Mom hat meiner Mom erzählt, es sei eine harmlose Party.«

Er lacht. »Das erzählt sie allen Eltern, aber sie lassen uns unten allein, so dass wir machen können, was wir wollen.«

»Wow.«

Er zuckt die Achseln. »Meinen Eltern ist es egal, was ich treibe, solange ich sie vor ihren Freunden nicht schlecht dastehen lasse. Mein Dad lässt mich Bier trinken, seit ich dreizehn bin.«

»Im Ernst?«

»Klar. Er hat jede Menge verschreibungspflichtige Tabletten, und er weiß, dass ich sie manchmal nehme, aber er scheißt mich nie zusammen. Er will nur nicht, dass ich meiner Mom etwas von seinen ganzen Affären erzähle.«

Hammer. Seine Familie ist also gar nicht so perfekt, wie ich dachte. Vermutlich bin ich nicht die Einzige mit einem verkorksten Dad. Wahrscheinlich sollte ich Mitleid mit Jared haben, aber aus irgendeinem Grund bin ich erleichtert.

»Macht dir das nichts aus?«, frage ich. Es beunruhigt mich etwas, dass Jared Tabletten schluckt, doch es kann nichts allzu Heftiges dabei sein. Er wirkt nicht wie ein Drogenabhängiger.

»Eigentlich nicht. Ich fand es doof, als er mit meiner Babysitterin rumgemacht hat. Ich bin einmal hereingeplatzt, als sie es gerade miteinander trieben. Anschließend hat er mir meine erste Kamera gekauft.«

Fassungslos starre ich ihn an. »Das ist ja furchtbar.«

»Ich habe es noch nie einem meiner Freunde erzählt.« Er sieht mich eindringlich an. »Aber dir vertraue ich.«

»Ich werde es niemandem erzählen«, sage ich. Er beugt sich näher und küsst mich zärtlich auf den Mund. Ich sacke entspannt in die Couch, und wir küssen uns ein paar Minuten. Dieses Mal ist er langsamer und vorsichtiger, und er schiebt seine Hand nicht unter mein Hemd. Nach einer Weile hebt er den Kopf und lächelt zu mir herunter.

»Bist du bereit, zu mir zu fahren?« Er schaut auf die Uhr. »Meine Mom wartet wahrscheinlich schon.«

»Klar. Ich muss nur kurz meiner Mom Bescheid sagen.« Ich schicke eine schnelle SMS los, und sie antwortet prompt. Denk an die Wäsche! Stimmt. »Ich muss noch ein paar Klamotten in den Trockner packen.«

»Darf ich euer Badezimmer benutzen?«

Als ich mit der Wäsche fertig bin, ist Jared noch nicht wieder im Wohnzimmer. Ich warte auf der Couch, bis er den Flur entlangkommt, dann sage ich: »Ich muss noch meine Sachen für später holen.«

»Okay. Ich wärme schon mal den Wagen vor.«

Ich gehe durch den Flur in mein Zimmer und stelle fest, dass meine Mom die Tür zu ihrem Zimmer offen gelassen hat. Sie versucht, sie immer zu schließen, damit Angus nicht auf ihr Bett springt. Ich mache die Tür zu.

Ich packe ein paar Sachen und hole mein Schminkzeug aus dem Bad. Ich bin mir nicht sicher, was die anderen Mädchen tragen werden, so dass ich ein paar Outfits eingepackt habe, meine schwarze Lieblingstunika, zu der ich immer lila Leggins trage, und ein paar Röcke. Bevor ich das Haus verlasse, stelle ich die Alarmanlage ein und schließe die Tür ab.

Der Motor von Jareds Wagen läuft, aber er sitzt nicht darin. Verwirrt warte ich neben der Beifahrertür. Schließlich kommt er hinter der Hausecke hervor. »Tut mir leid«, sagt er mit einem dümmlichen Lächeln. »Ich musste pinkeln.«

»Schon wieder?«

»Die Nerven.« Jetzt sieht er richtig verlegen aus.

»Wieso bist *du* denn nervös?«

»Deinetwegen«, sagt er. »Ich möchte, dass du dich heute Abend gut amüsierst.«

Ich kenne niemanden in meinem Alter, dem es so wichtig ist, was ich denke. Ich bin aufgeregt und erfreut und zuversichtlich. Ich lächele. »Dann solltest du besser richtig nett zu mir sein.«

»Genau das habe ich vor.«

Mit einer schwungvollen Geste hält er mir die Tür auf, und ich gleite auf den Sitz. Das Telefon, das schon wieder in meiner Tasche klingelt, ignoriere ich. Ich werde mir diesen Abend nicht von meinem Dad verderben lassen.

24

LINDSEY

Langsam schiebe ich meinen Wagen durch die Obst- und Gemüseabteilung im Supermarkt. Meine Schultern und Hände schmerzen, nachdem ich zwei Häuser saubergemacht habe. In beiden findet heute Abend eine Party statt, und beide Besitzer waren bereit, mehr zu bezahlen. Ich wäre lieber direkt nach Hause gefahren, aber heute Morgen haben wir die letzte Milch und den restlichen Kaffee verbraucht. Ich hatte fast einen ganzen Liter getrunken, als ich versuchte, nach einer ruhelosen Nacht wach zu werden. Warum hatte Marcus mir Fragen zu Greg gestellt? Es klang, als wollte er herausfinden, ob wir uns trennen würden, aber das sollte ihm doch egal sein – es sei denn, er empfindet etwas für mich. Dieser Gedanke lässt mich mitten im Gang stehen bleiben und auf eine lange Reihe Salatdressings starren. Will ich, dass er etwas für mich empfindet?

Ich überlege, ob ich Jenny anrufen soll, aber ein Teil von mir fürchtet sich vor dem, was sie zu sagen hat. Sie könnte mir erzählen, dass ich vollkommen falschliege, oder mich ermutigen, und ich bin nicht sicher, ob ich dafür bereit bin. Ich weiß, dass sie Greg mag. Sie hält ihn für einen lustigen Kerl, der sich selbst und das Leben nicht allzu ernst nimmt, aber Marcus mag sie ebenfalls. Einmal sagte sie nach einem Meeting zu mir, dass die Frau, die eines Tages zu ihm fände, sehr glücklich sein würde. Ich sagte, ich würde mich für ihn freuen, und sie warf mir einen seltsamen Blick zu.

Ich habe eigentlich überhaupt keine Lust, heute Abend

zur Silvesterparty in der Kirche zu gehen, so durcheinander bin ich noch wegen meiner Unterhaltung mit Marcus. Ich wünschte, ich hätte nicht zugesagt, etwas zum Essen mitzubringen. Ich wollte einen Artischocken-Dip machen, doch als ich an dem Kühlregal mit allerlei Aufstrichen und Dips vorbeikomme, werfe ich ein paar davon in meinen Wagen und füge noch eine Tüte Chips und eine Schale Gemüse dazu. Ich werde einfach alles auf einem hübschen Teller drapieren, und niemandem wird der Unterschied auffallen.

Die Arme voller Einkaufstüten, betrete ich mein Haus und setze die Tüten auf einer der Arbeitsflächen ab. Normalerweise begrüßt Angus mich gleich an der Tür, aber vielleicht schläft er noch auf Sophies Bett.

»Angus?«, rufe ich laut. »Ich bin wieder da!« Ich gehe den Flur hinunter. Er kommt immer noch nicht angerannt. Hat Sophie ihn draußen gelassen? Angst beginnt, sich tentakelgleich um meine Beine zu winden, und zieht mich schneller durch das Haus. Schließlich finde ich ihn ausgestreckt auf der Couch im Wohnzimmer, die Beine hängen über den Rand, der Kopf liegt auf dem Polster. »Da bist du ja!«

Er öffnet weder die Augen, noch hebt er den Kopf. Ich eile zu ihm – und trete in etwas Feuchtes. Erbrochenes. Jetzt entdecke ich auch die anderen Haufen auf dem Flickenteppich. Ich lege eine Hand auf Angus' Brustkorb und stelle erleichtert fest, dass seine Brust sich noch hebt. Ich schiebe die Finger unter seine Achseln, erinnere mich daran, dass man hier irgendwo den Puls eines Hundes ertasten kann. Er kommt mir ziemlich schnell vor, aber ich bin mir nicht sicher, welche Frequenz für einen Hund normal ist.

»Angus?« Ich schüttele ihn sanft. Als er immer noch nicht aufwacht, hole ich mein Telefon aus der Tasche, wähle die Nummer des tierärztlichen Notdienstes und beschreibe seine

Symptome. »Er hat sich überall erbrochen.« Ich sehe mir einen der Haufen genauer an. »Da sind Fleischstückchen drin.« Ich gehe in die Hocke und entdecke ein winziges weißes Bröckchen. »Ich glaube, er hat irgendwelche Tabletten gefressen.«

»Bringen Sie ihn am besten sofort in die Klinik – und der Tierarzt wird auch die Tabletten sehen wollen.«

»Er ist riesig. Ich weiß nicht, wie ich ihn in mein Auto bekommen soll.«

»Können Sie keine Trage aus einer Decke basteln? Oder einen Nachbarn um Hilfe bitten?«

»Ich werde es mit der Decke versuchen.« Ich laufe in die Küche, schnappe mir eine Plastiktüte und sammle ein paar Löffel von dem Erbrochenen ein. Dann überprüfe ich rasch das Haus. Was hat er nur angestellt? Keine Schranktüren stehen offen. Jemand muss ihn vergiftet haben. Nicht *jemand.* Andrew.

Ich brauche meine ganze Kraft, um Angus auf meine improvisierte Trage zu bugsieren und ihn nach draußen und anschließend die Treppe hinunterzuziehen. Bei dem Versuch, ihn ins Auto zu heben, verrenke ich mir fast den Rücken. Ich sprinte durch den Wald zum Haus meines Nachbarn. Mir ist heiß, ich schwitze und bin außer mir. Ich male mir aus, wie das Gift mit jeder Sekunde durch Angus' Körper fließt, seine Leber, die Nieren und das Gehirn überflutet. Ich darf ihn nicht sterben lassen.

Mein Nachbar, ein pensionierter Lehrer namens Tom, angelt leidenschaftlich gern und ist zum Glück draußen, um einen Downrigger an seinem Boot zu installieren. Als er aufblickt, rufe ich »Ich brauche Hilfe!« über den Krach seiner Werkzeuge hinweg. Er folgt mir zurück zu meinem Haus, und zusammen heben wir Angus in meinen Wagen.

Ich fahre schnell über die verschneiten Straßen, zu schnell, aber zehn Minuten später sind wir in der Klinik. Dr. Langelier untersucht Angus, öffnet behutsam sein Maul, untersucht sein Zahnfleisch, hebt die Augenlider an. Als ich mit Angus für seinen ersten Check-up hier war, hat ihn eine Ärztin untersucht, die mir ziemlich jung und unsicher vorkam. Das schneeweiße Haar des Arztes von heute, seine besonnene Art und die tiefe Stimme beruhigen mich. Mein Puls wird langsamer, und ich hole ein paarmal tief Luft. Alles wird gut. Angus ist in guten Händen. Ich schaue hinunter auf sein süßes Gesicht. *Halt durch, Kumpel, und ich werde mit dir so viel spazieren gehen und dich schwimmen lassen und Ausflüge machen, wie du willst, für den Rest deines Hundelebens.*

»Wissen Sie, was er gefressen hat?«, fragt der Tierarzt.

»Ich habe ein paar Tabletten in seinem Erbrochenen gesehen.« Ich reiche ihm die kleine Tüte, und er mustert den Inhalt. »Meine Tochter und ich nehmen keine verschreibungspflichtigen Medikamente, und solche Tabletten haben wir nicht. Da waren auch Wurstbrocken im Erbrochenen. Ich glaube, jemand hat sie in unseren Garten geworfen.«

»Was meinen Sie, wie lange das her ist?«

»Ich weiß nicht. Meine Tochter war bis etwa eins zu Hause.«

»Ist ihr irgendetwas Ungewöhnliches an seinem Verhalten aufgefallen?«

»Ich hatte noch nicht die Gelegenheit, mit ihr zu sprechen, aber sie hätte es mir gesagt.«

»Wahrscheinlich hat er die Substanz während der letzten zwei Stunden aufgenommen – sie wird ziemlich schnell in seinen Blutkreislauf gelangt sein. Wir bringen den Guten gleich nach hinten, ich gebe ihm eine Infusion und mache ein paar Tests. Er bekommt Aktivkohle, um das zu binden, was noch in seinen Eingeweiden ist, damit es rauskommt.« Er nimmt die Plastiktüte. »Mal sehen, ob wir herausfinden, was er gefressen hat.«

»Wird er wieder gesund?«

»Ich habe die Hoffnung, dass Sie ihn rechtzeitig gefunden haben, aber wir werden seine Nieren- und Leberfunktionen kontrollieren müssen, um sicherzugehen, dass sie keinen Schaden genommen haben. Wir werden ihm intravenös Flüssigkeit zuführen, um seinen Körper durchzuspülen und seine Symptome behandeln zu können, sobald sie auftauchen. Außerdem möchte ich ein großes Blutbild machen, um das Verhältnis von roten zu weißen Blutzellen zu bestimmen und die Gerinnungszeit zu ermitteln.«

Ich blicke zu Angus hinunter und streichele das weiche Nackenfell. »Ich hasse es, ihn zu verlassen.«

»Wir werden uns gut um ihn kümmern. Jemand wird die ganze Nacht in der Klinik sein.«

Ich kämpfe gegen die Tränen. »Er ist so ein toller Hund. Das hat er nicht verdient.«

Der Tierarzt lächelt mitfühlend. »Fahren Sie nach Hause und versuchen Sie, etwas Ruhe zu finden. Wir rufen an, sobald wir wissen, was man ihm gegeben hat, dann können Sie es der Polizei melden.«

»Danke.« Ich beuge mich vor und flüstere Angus ins Ohr: »Ich komme bald wieder und hole dich ab.«

Sobald ich zu Hause bin, rufe ich Parker an und erzähle ihr, was passiert ist. »Ich weiß, dass es Andrew war. Er ist wütend, weil Sophie sich nicht mehr mit ihm trifft.«

»Ich werde seine Handydaten abfragen und sehen, ob er in der Nähe Ihres Hauses war. Haben Sie irgendwelche Proben des Erbrochenen aufbewahrt? Etwas von den Fleischstückchen?« Parker klingt genauso wütend wie ich, ihre Stimme ist angespannt, aber sie ist dabei wesentlich konzentrierter als ich. Ich spüre, wie sich mein Griff um das Telefon lockert. Sie glaubt mir.

»Er hat sich überall im Haus übergeben, aber ich habe noch nicht im Garten nachgesehen.«

»Ich komme vorbei und überprüfe das.«

Während ich auf Parker warte, mache ich einen Rundgang durchs Haus, um mich zu vergewissern, dass Angus nicht noch irgendwo anders hingekotzt hat. Als ich mein Zimmer betrete, mache ich eine rasche Bestandsaufnahme. Sind die Bücher auf meinem Nachttisch bewegt worden? Mein Bettzeug ist leicht verzogen, aber das kann heute Morgen passiert sein.

Ich gehe zu meinem Schreibtisch. Alles scheint an seinem Platz zu liegen, aber ich verspüre dieses unangenehme Ziehen im Magen. Ich versuche, logisch zu denken. Die Alarmanlage war eingeschaltet, als ich nach Hause kam, und die Türen verschlossen. Als Greg die Hundetür für Angus eingebaut hat, haben wir bei der Alarmanlage die Haustierfunktion aktiviert. Jeder, der größer ist als Angus, hätte Alarm ausgelöst. *Es ist unmöglich. Ich mache mich nur selbst verrückt.*

Als Parker eintrifft, findet sie keine Überreste des Fressens im Garten, aber das überrascht mich nicht. Angus würde alles herunterschlingen, was Andrew über den Zaun wirft.

»Ich werde überprüfen, was seine Handydaten uns verraten«, sagt sie. »Wenn er hier in der Gegend war, werden wir es erfahren.«

»Können Sie ihn nicht festnehmen?«

»Wie müssen belegen, dass er es war, und das wird wesentlich schwerer, wenn es keine Abdrücke oder andere Beweise gibt. Wir werden sehen, was dieses Mal dabei herauskommt. Ich halte Sie auf dem Laufenden.«

Sobald sie gegangen ist, schnappe ich mir mein Putzzeug und mache die Schweinerei weg. Ich habe ein schlechtes Gewissen, weil Angus ganz allein hier im Haus gelitten hat, wahrscheinlich wahnsinnig vor Angst. Und ich hasse Andrew, wie ich ihn nie zuvor gehasst habe. Sobald ich mit dem Saubermachen fertig bin, dusche ich, um den medizinischen Geruch der Tierklinik und den Gestank des Erbrochenen abzuspülen. Ich bleibe lange unter dem warmen Strahl stehen.

Sophie sagte, sie hätte ihn diese Woche angerufen, aber sie hielt sich sehr bedeckt darüber, wie er die Nachricht aufgenommen hat, dass sie ihn nicht mehr sehen will. Ich frage mich, worüber sie bei dieser Unterhaltung noch gesprochen haben. Ich nehme an, sie hat ein paar Dinge ausgelassen, um mich zu schützen. Ich würde es genauso machen.

Ich trockne mich gerade in meinem Zimmer ab, als mein Handy klingelt. Marcus. In meiner Panik habe ich vergessen, ihm zu simsen, dass ich nicht zur Party kommen würde. Ich gehe beim zweiten Klingeln ran.

»Tut mir leid! Ich hätte anrufen sollen«, sage ich.

»Alles in Ordnung? Wieso bist du nicht hier?«

»Als ich nach Hause gekommen bin, war Angus krank, und ich musste ihn in die Klinik bringen.«

»Geht es ihm wieder gut? Was ist passiert?«

»Ich glaube, Andrew hat mit Tabletten gespicktes Fleisch in den Garten geworfen.«

»Um Himmels willen. Was für ein Arschloch. Wird Angus wieder gesund?«

»Sie müssen ihn über Nacht dabehalten und überprüfen,

ob seine Leber und seine Nieren keinen Schaden davongetragen haben. Es geht ihm so schlecht, Marcus – er hat im ganzen Haus gekotzt, und er konnte sich nicht bewegen. Es war furchtbar, ihn so zu sehen.«

»Ich komme vorbei.«

»Es ist spät. Das musst du nicht.« Aber ich bin erleichtert über sein Angebot. Ich will jetzt nicht allein sein.

»Ich bin schon unterwegs. Ohne dich ist die Party ohnehin ziemlich öde.«

Fünf Minuten später ist er da, eine Flasche Wein und einen Styroporteller mit ein paar Snacks in der Hand. Er stellt beides auf den Tresen, dann zieht er mich in seine Arme. Es ist das erste Mal, dass wir uns umarmen, und im ersten Moment ist es etwas peinlich, als meine Nase gegen sein Kinn stößt, aber dann passen wir einen perfekten Moment lang genau zusammen, ehe wir uns wieder voneinander lösen. Jetzt ist mir kalt, und ich empfinde eine große Leere. Sein Körper fühlte sich so fest und sicher an.

»Alles gut?«, fragt er.

»Überhaupt nicht.« Ich gehe zurück ins Wohnzimmer und rolle mich auf der Couch zusammen. Er holt zwei Gläser aus der Küche, schenkt Wein ein und stellt ein Glas und den Teller mit den Snacks vor mich hin.

»Hier. Die habe ich für dich gemopst.« Er wirft sich neben mich auf die Couch.

»Danke.« Ich nehme eine Mini-Käsequiche und knabbere am Rand. »Ich mache mir solche Sorgen um Angus. Ich hätte ihn gar nicht erst in mein verkorkstes Leben holen sollen. Im Tierheim hatte er es besser.«

»Du wusstest nicht, dass so etwas passieren würde. Hast du es Sophie schon erzählt?«

»Noch nicht. Ich werde mit ihr reden, wenn sie nach

Hause kommt. Jareds Eltern haben Fahrgelegenheiten organisiert. Wir haben vereinbart, dass sie gegen eins kommt.«

»Hast du die Polizei informiert?«

»Sie werden sich Andrews Handydaten ansehen und überprüfen, ob er in der Nähe unseres Hauses war. Und der Tierarzt versucht herauszufinden, welche Tabletten Angus bekommen hat.«

»Wie lange muss Angus in der Klinik bleiben?«

»Das erfahre ich morgen früh. Ich weiß nicht, wie ich das alles bezahlen soll. Die Rechnung wird noch höher sein als normalerweise, wegen der Feiertage, und ...«

»Mach dir darüber jetzt keine Gedanken. Ich werde mich darum kümmern.«

»Ich leihe mir kein Geld von meinen Freunden.«

»Nun, von diesem einen wirst du es annehmen.« Er hält eine Hand in die Höhe, damit ich nichts sage. »Ich habe einiges an Geld angelegt und niemanden, für den ich es ausgeben könnte. Bitte, lass mich dir helfen.«

»Ich werde es dir zurückzahlen, sobald ich kann.«

»Darum mache ich mir keine Sorgen, aber ich mache mir Sorgen um dich. Andrew schaukelt sich hoch.«

»Ich weiß. Ich denke, er hat mich bestraft, weil Sophie ihn ausgebremst hat. Wenn ich ihr erzähle, was mit Angus passiert ist, wird sie sich furchtbar aufregen.«

»Ja, aber sie ist stark, und sie hat großartige Unterstützung.«

Ich lege meinen Kopf an die Rückenlehne der Couch und denke über seine Worte nach. Ich hoffe, er hat recht. Ich lächele ihm zaghaft zu. »Danke, dass du vorbeigekommen bist. Das hilft mir sehr.«

»Aber klar doch.« Er beugt sich zu mir und drückt meine Hand. »Ich will nur ein guter Freund sein. Ich habe immer noch ein schlechtes Gewissen wegen dem, was ich neulich gesagt habe. Ich habe kein Recht, mich in deine Beziehung einzumischen.«

Ich mustere sein Gesicht, suche nach einer versteckten Bedeutung hinter den Worten. Ist ihm klar, dass er immer noch meine Hand hält? Seine Haut ist so heiß. Wir sind uns so nahe. Ich könnte mich vorbeugen und ihn küssen, was ein verrückter Gedanke ist, einer, den ich nicht haben sollte. Ich sollte nicht einmal mit ihm auf dieser Couch sitzen.

»Ist schon in Ordnung«, sage ich. »Freunde sollten ehrlich zueinander sein.«

»Das schon, aber ich bin zu weit gegangen. Mein Timing war komplett daneben.« Er lässt meine Hand los und nippt an seinem Wein. Sammelt er Mut, um noch mehr zu sagen? Was genau meint er mit dem Timing? Er zögert kurz, doch dann, als sei er zu einer Entscheidung gelangt, schüttelt er kurz den Kopf und greift nach der Fernbedienung. »Sollen wir uns den Ball Drop in New York anschauen?«

»Gerne.« Ich konzentriere mich auf das lebhafte Treiben im Fernsehen und die aufgekratzten Moderatoren. Wenn es jemals ein Fenster zu seinen Gedanken gegeben hat, und sei es noch so klein, dann hatte er es gerade zugeknallt und verrammelt.

Als Sophie ein paar Minuten nach eins durch die Tür spaziert, lächelt sie, ihre Wangen sind von der Kälte gerötet, und sie singt leise vor sich hin. Sophie singt nie. Hat sie etwas getrunken? Jareds Eltern sagten, es würde eine trockene Party werden, aber es würde mich nicht überraschen, wenn ein paar der Kids Alkohol hineingeschmuggelt hätten. Ich beobachte sie, als sie ihre Jacke und die Stiefel auszieht. Sie schwankt nicht und ist auch nicht zittrig. Sie entdeckt

Marcus und mich im Wohnzimmer, kommt herein und wirft sich in einen Sessel.

»Frohes Neues Jahr«, sage ich. »Wie war die Party?«

»Gut.« Sie gähnt und greift mit einer Hand nach oben, um eine Haarsträhne um den Finger zu wickeln; die lila Farbe leuchtet im weichen Licht des Wohnzimmers. »Wie war es bei euch?« Ehe ich antworten kann, schaut sie sich verwirrt um. »Wo ist Angus?«

»Ich musste ihn in die Klinik bringen.« Da gibt es leider nichts zu beschönigen. Ich muss es ausspucken. »Als ich von der Arbeit nach Hause kam, fand ich ihn im Haus, und es ging ihm richtig dreckig. Ich glaube, Andrew hat Fleisch über den Zaun geworfen, mit irgendwelchen Tabletten darin, aber er wird wohl wieder gesund.«

Sie sieht mich erschrocken an, ihre Hand hält immer noch die Haarsträhne fest. »Bist du sicher, dass er es war?«

»Er ist der einzige Mensch, der wütend auf mich ist. Ich habe ihm weh getan, und jetzt muss er mir weh tun.«

Ihre Augen schimmern verdächtig, und ich weiß, dass sie den Tränen nahe ist. »Ich glaube, das ist meine Schuld, Mom. Er wollte, dass ich ihn heute besuche, aber ich habe seine ganzen Anrufe ignoriert. Wahrscheinlich hat er es deswegen getan.«

»Es ist nicht deine Schuld«, sagt Marcus in freundlichem Ton. »Du hast das nicht verursacht.«

»Er weiß, wo wir wohnen, weil er mir eines Tages von der Schule nach Hause gefolgt ist. Ich hätte ihm niemals schreiben sollen ...« Auch wenn ich längst den Verdacht hatte, dass Andrew uns beiden gefolgt ist, ängstigt es mich zu Tode, sie diese Worte laut aussprechen zu hören. Ich hasse den Gedanken, dass er ihr nachstellt.

»Du wolltest nur eine Beziehung zu deinem Vater«, sagt

Marcus. »Das einzige Verbrechen dabei ist, dass er die Chance vertan hat, herauszufinden, was für ein erstaunliches Mädchen du bist.« Ihre Blicke treffen sich, und er lächelt sie an. »Ich meine, jedenfalls nach dem, was deine Mom mir so erzählt hat. Was weiß ich, du könntest genauso gut eine ziemliche Nervensäge sein.«

Ihr gelingt ein schiefes Lächeln, doch dann fällt es wieder in sich zusammen, und sie sieht mich an. »Er hat zugegeben, die CD hiergelassen zu haben, aber ich hatte Angst, dass er verhaftet wird, wenn ich es dir erzähle, und dann würde er mich hassen. Bist du sauer?«

»Ach, Schatz. Nein. Aber es tut mir leid, dass er dich in diese Lage gebracht hat. Das ist wirklich unfair.«

Sie holt tief Luft und bückt sich, um eines von Angus' Spielzeugen vom Boden aufzuheben. Sie quetscht es ein paarmal zusammen und lässt die Luft mit einem langen Quietschen entweichen. »Armer Angus.«

»Du kannst mitkommen, wenn ich ihn morgen besuche.«

»Gut.« Ihr Telefon vibriert, und sie schaut kurz auf das Display. »Das ist Jared, er will wissen, ob ich gut zu Hause angekommen bin. Kann ich in mein Zimmer gehen und ihn anrufen?«

»Natürlich, Spatz. Wir können morgen früh weiterreden.«

»Gute Nacht.« Sie steht aus dem Sessel auf und schaut Marcus an. »Ich verstehe, was du gemeint hast. Danke.«

Er nickt.

Als sie verschwunden ist, frage ich: »Willst du im Gästezimmer übernachten? Heute Nacht werden jede Menge Idioten auf den Straßen unterwegs sein.«

Er blickt auf sein Weinglas. »Das wäre vermutlich eine gute Idee. Wenn es dir nichts ausmacht?«

»Ganz und gar nicht. Aber ich sollte jetzt auch ins Bett

gehen.« Ich fühle mich schüchtern und bin unsicher, wie ich mit dieser Situation umgehen soll. Ich kann die Male nicht zählen, wo wir zusammen am Tisch oder nebeneinander gesessen haben, aber im Dunkeln mit ihm auf dieser Couch zu sitzen, fühlt sich wesentlich intimer an. Ich stehe auf. »Ich kontrolliere die Türen.«

»Brauchst du Hilfe?« Er schaltet den Fernseher aus.

»Nein, es geht schon. Weißt du noch, wo das Gästezimmer ist?«

»Ich denke, ich werde es finden.« Er steht jetzt ebenfalls auf.

»Gut.« Wir stehen zwei Fuß voneinander entfernt. Ich überlege, ihn zu umarmen, aber ich habe keine Ahnung, wo das hinführen würde. Dann denke ich an Greg. »Also, gute Nacht.« Ich drehe mich um. Als ich alle Türen und Fenster kontrolliert habe, ist Marcus bereits im Gästezimmer verschwunden.

Am nächsten Morgen werde ich vom Klingeln meines Telefons geweckt. Greg ruft an, um mir ein schönes neues Jahr zu wünschen. »Entschuldige, dass ich nicht schon gestern Abend angerufen habe«, sagt er. »In der Hütte hatte ich keinen Empfang.«

»Schon in Ordnung, aber ich hatte einen beschissenen Abend.« Ich erzähle ihm von Angus. »Ich hoffe, heute Morgen geht es ihm besser.« Ich werfe einen Blick auf die Uhr und überlege, wann die Klinik öffnet.

»Du und Sophie, ihr müsst zu mir ziehen, damit ich auf euch aufpassen kann«, sagt Greg mit fester Stimme. »Ich nehme die erste Fähre nach Hause. Wir können uns gegen Mittag bei mir zu Hause treffen.«

»Bist du sicher, dass du das möchtest?«

»Du weiß, dass ich bereit bin.« Den Rest lässt er ungesagt. Ich bin diejenige, die zweifelt, und wir beide wissen es. Ich denke an Marcus, der im Gästezimmer schläft. Es fühlt sich gut an, mit Greg zu reden, es erinnert mich daran, wie ungezwungen und locker es mit ihm ist. Ich mache mir keine Gedanken, was ich sage oder wie ich es sage. Vielleicht wird das ein guter Test für uns als Paar.

»Also gut«, sage ich. »Wir packen ein paar Sachen zusammen.« Ich werde es Sophie erzählen, sobald sie aufwacht. Sie wird vielleicht nicht begeistert davon sein, bei Greg zu wohnen, aber immerhin bleiben wir in Dogwood Bay.

Ich dusche rasch und ziehe Leggins und einen Sweater an. Als ich in die Küche komme, sitzt Marcus bereits mit einer Tasse Kaffee am Tisch. Seine Kleidung ist zerknittert, seine Haare zerzaust, und auf seinem Kinn liegt ein dunkler Schatten, aber das lässt ihn nur noch attraktiver aussehen. In mir regt sich leiser Zweifel, ob es richtig ist, zu Greg zu gehen. Doch jetzt ist es zu spät.

»Guten Morgen«, sagt Marcus. »Ich hoffe, es macht dir nichts aus, dass ich schon Kaffee gekocht habe.«

»Natürlich nicht.« Ich schenke mir selbst eine Tasse ein. »Möchtest du zum Frühstück bleiben?«

»Ich sollte wahrscheinlich zusehen, dass ich verschwinde – oder soll ich euch zur Klinik begleiten?«

»Danke, das schaffen wir schon. Ich möchte nicht deine ganze Zeit beanspruchen.« Wir gehen ausgesprochen höflich miteinander um, was ziemlich bizarr ist. Man sollte meinen, die Tatsache, dass er hier übernachtet hat, würde unsere Freundschaft noch enger machen. Stattdessen schleichen wir auf Zehenspitzen umeinander herum, als seien wir uns vollkommen fremd.

»Es ist wirklich kein Problem«, sagt er.

»Wenn Angus schon nach Hause darf, werden wir ihn vermutlich direkt zu Greg bringen.«

Er blickt von seinem Becher auf. »Ist er wieder zurück?«

»Er ist unterwegs. Wir werden für ein paar Tage zu ihm ziehen.«

»Oh.« Er starrt mich an, aber dann schüttelt er den Kopf, als würde er sich aus einem Tagtraum reißen, und sagt: »Das ist gut. Ich habe ein besseres Gefühl, wenn ich weiß, dass ihr in Sicherheit seid.«

»Wirklich?« Die Worte sind draußen, ehe ich die Chance habe, darüber nachzudenken.

Wir sehen uns an, seine Miene wirkt unschlüssig, als sei er sich nicht sicher, was ich damit meine. Ich halte seinem Blick stand. Seine Lippen teilen sich. Er will etwas sagen. Ich höre schlurfende Schritte hinter mir. Er schaut über meine Schulter, und Sophie schlendert in die Küche. Ich trete einen Schritt zurück, als hätte sie uns beim Küssen erwischt. Sie wirft mir einen merkwürdigen Blick zu, dann gähnt sie.

»Können wir Angus jetzt abholen?«, fragt sie.

»Ich rufe gleich in der Klinik an.«

Marcus steht auf. »Ich gehe dann mal besser.«

»Ich bringe dich raus.« An der Tür sage ich: »Danke, dass du gestern Abend gekommen bist.«

»Klar.« Er tritt nach draußen und dreht sich um. »Sag Greg, dass er es mit mir zu tun bekommt, wenn er zulässt, dass dir irgendetwas passiert.« Er lächelt, aber seine Augen wirken angespannt. Ist es die Sorge um mich oder etwas anderes? Ich fühle mich unbehaglich, aus dem Gleichgewicht gebracht, als würde die Veranda unter meinen Füßen schwanken.

»Mach ich.« Ich sehe ihm nach, als er davonfährt, dann schließe ich die Tür.

25

SOPHIE | *Januar 2017*

»Von deinem Zimmer hast du eine großartige Aussicht«, sagt Greg. »Du wirst es gleich sehen.«

Ich nicke und versuche, erfreut zu wirken, aber es gefällt mir nicht, wie er »dein Zimmer« sagt, als würde ich hier für länger bleiben. Er führt mich in seinem Haus herum, und Mom ist ebenfalls dabei, aber ich weiß, dass sie schon oft bei ihm zu Hause gewesen ist. Ich versuche, nicht darüber nachzudenken. Ich meine, ich freue mich, dass sie einen Freund hat, doch die Vorstellung, dass meine Mom Sex hat, ist einfach zu gruselig. Es ist das erste Mal, dass wir alle drei die Nacht im selben Haus verbringen. Ich hoffe echt, das Gästezimmer ist weit weg von seinem Zimmer, oder ich werde die ganze Nacht Ohrstöpsel tragen, nur für alle Fälle.

Sein Haus liegt in einer älteren Siedlung, hat eine Etage, ein blaugrünes Badezimmer, orange Arbeitsplatten in der Küche mit einem mandelfarbenen Kühlschrank und Herd, und auf den Teppichen sind noch die Streifen des Staubsaugers zu erkennen. Er muss saubergemacht haben, bevor wir kamen. Über dem Kamin hängt das Bild eines Surfers, der mit seinem Board am Strand steht und die Wellen beobachtet, und auf dem Kaminsims stehen ein paar gerahmte Fotografien seiner Familie. Ich überfliege sie kurz, betrachte ihre Gesichter. Sie sehen glücklich aus.

Ich werde oben schlafen, am Ende des Flurs. Der Raum ist groß, das Bett ist eins sechzig breit, und vom Fenster aus blickt man in seinen Garten. Ich wünschte, Angus wäre bei uns – er liebt es, im Schnee Löcher zu buddeln –, aber er muss noch eine Nacht in der Klinik bleiben. Das Bettzeug sieht neu aus, dunkelviolette Bett- und Kissenbezüge, die frisch nach Waschmittel riechen. Ob er sie heute erst gekauft und schnell gewaschen hat? Auf der Kommode steht ein kleiner Fernseher.

»Ich habe alles hergerichtet, ehe ihr kamt«, sagt er. »Ich dachte, du hättest vielleicht gerne einen Ort, wo du ungestört sein kannst.«

Ich drehe mich um und sehe ihn an. Er steht in der Tür, Mom wartet neben ihm, und ich weiß, dass sie möchte, dass ich etwas Nettes sage. Doch in diesem Moment wird mir zum ersten Mal klar, dass sie nicht wirklich zusammenpassen. Mom ist ziemlich adrett und fit, wie eine dieser Frauen, die mit vierzig noch einmal studieren und Ärztin werden oder so etwas. Greg dagegen sieht aus wie einer dieser Männer, die niemals richtig erwachsen werden. Prompt habe ich ein schlechtes Gewissen wegen meiner Gedanken. »Danke, dass wir hierbleiben dürfen.«

»Kein Problem. Ich möchte, dass du dich hier zu Hause fühlst. Wenn ihr länger bleibt, kannst du das Zimmer auch gern in einer Farbe streichen, die dir gefällt.«

»Wir werden hier *wohnen*?« Davon hat Mom nichts gesagt. Als wir Angus besucht haben, hat sie nur gemeint, wir würden bei Greg bleiben, bis die Polizei herausgefunden hat, ob Dad gestern Nachmittag in unserer Gegend war. Der Tierarzt hat herausgefunden, dass Angus mit Zoldem, einem Schlafmittel, vergiftet worden war. Mom flippte fast aus, als sie das hörte.

Gregs Gesicht rötet sich leicht, und er schaut Mom an, die ebenfalls rot wird. »Wir wissen noch nicht, wie es weitergeht«, sagt sie. »Lass uns fürs Erste jeden Tag neu entscheiden.«

Ich werfe ihr einen Wie-konntest-du-nur-Blick zu.

Sie lächelt heiter und fragt: »Sollen wir uns Pizza zum Abendessen bestellen? Greg sagt, in der Nähe gäbe es ein richtig gutes Restaurant.«

»Ich habe keinen Hunger.« Nachdem wir Angus in der Klinik besucht haben, waren Mom und ich erst bei Tim Hortons und sind dann nach Hause gefahren, um zu packen. Das Sandwich liegt mir immer noch wie ein Stein im Magen.

»Wir bestellen verschiedene Pizzen«, sagt Greg. »Du kannst dich ja später entscheiden.«

Ich setze mich auf das Bett. »Ist es in Ordnung, wenn ich hier ein bisschen chille und fernsehe?« Ich reiße meine Augen auf und sage: »Die Sache mit Angus nimmt mich ziemlich mit.«

Mom sieht mich mit schmalen Augen an und macht klar, dass sie weiß, ich spiele ihr etwas vor, aber ich weiß auch, dass sie vor Greg nichts sagen wird. Die Sache mit Angus und was mein Dad ihm angetan hat, nimmt mich tatsächlich mit, aber vor allem will ich allein sein, damit ich Jared anrufen kann.

»Klar«, sagt sie. »Komm runter, wenn du so weit bist.«

Sobald sie verschwunden sind, schließe ich die Tür hinter ihnen und stelle den Fernseher an. Ich habe nicht vor, mir irgendetwas anzuschauen, aber ich will das Hintergrundgeräusch. Ich zappe zu einem Musikkanal, auf dem gerade einer der Songs läuft, die wir gestern auf Jareds Party gehört haben. Die Erinnerung lässt mich lächeln. Die Party war klasse, und Jared hatte recht, seine Freunde sind nett. Selbst die Mädchen – eine von ihnen sagte, sie fände meine Haare super. Er hatte auch recht damit, dass seine Eltern uns in Ruhe lassen würden. Ich sah sie nur einmal an der Tür, dann chillten wir für den Rest des Abends ungestört. Einige Leute hatten Alkohol mitgebracht, und Jared drehte ein paar Joints. Ich wollte nichts rauchen, aber er blies mir etwas Rauch in den Mund, und das war irgendwie sexy und lustig, und am Ende war ich doch etwas high.

Wir schlichen nach oben in sein Zimmer und machten eine Weile rum. Wir zogen sogar unsere Shirts aus, und es war irre, seine Haut auf meiner zu spüren. Ich wollte fast den ganzen Weg mit ihm gehen, hatte mir gerade überlegt, es hinter mich zu bringen, aber als seine Hände sich in meine Unterhose vortasteten, geriet ich in Panik und sagte nein. Er rollte sich weg und starrte eine Weile an die Zimmerdecke, seine Brust hob und senkte sich deutlich.

»Ich dachte, es würde dir gefallen?«

»Das tut es auch, aber das bedeutet nicht, dass ich alles machen will.«

Er drehte sich um und sah mich an. »Bist du noch Jungfrau?«

Meine Wangen wurden heiß. »Blödmann!« Ich machte Anstalten, aufzustehen.

Er ergriff meine Hand. »Nein, entschuldige. Bleib. Das wusste ich nicht. Ich werde es langsamer angehen lassen, okay?« Ich ließ mich wieder neben ihn sinken, und er rückte näher. »Ich wünschte, du könntest für immer hierbleiben.«

»Ich würde dich bald langweilen.«

»Nein«, sagte er bestimmt. »Du würdest mich niemals langweilen.«

Nachdem ich nach Hause gefahren war, haben wir ständig gesimst, auch heute Morgen schon ein paarmal. Er weiß, dass wir erst einmal bei Greg bleiben. Jetzt vibriert mein Handy. Wie geht's?

Ganz gut.

Hast du was von deinem Dad gehört?

Nein. Er ist so ein Arschloch. Ich fasse es nicht, dass er versucht hat, Angus umzubringen!

Wollen wir irgendwo was essen?

Greg und meine Mom bestellen gerade Pizza.

Na und?

Ich werde fragen.

Zwanzig Minuten später holt Jared mich ab. Ich dachte, Mom würde darauf bestehen, dass ich mit ihnen zu Hause bleibe, aber ich glaube, sie hat ein schlechtes Gewissen und hat mich nur gebeten, um zehn wieder zu Hause zu sein. Als Jared an der Tür klingelt, begleitet sie mich hinaus. »Fahrt vorsichtig!«

»Klar doch, Lindsey.« Meine Mom lächelt – es sieht allerdings gekünstelt aus –, dann schließt sie die Tür. Manchmal habe ich das Gefühl, als würde sie Jared eigentlich nicht mögen, aber ich bin mir nicht sicher, warum. Dass er sie mit Vornamen anspricht, was ziemlich dreist ist, macht es vermutlich nicht gerade besser. Wir steigen in sein Auto.

»Warum nennst du meine Mom Lindsey?«

Er sieht überrascht aus. »Ich kenne ihren Nachnamen nicht. Ich meine, du heißt Nash, aber sie ist geschieden. Zu Hause nenne ich sie immer Lindsey, also dachte ich, es sei in Ordnung.«

»Ich glaube, sie mag es nicht.«

»Meinetwegen.« Er zuckt die Achseln. »Dann lasse ich es bleiben.« Er starrt aus dem Fenster, so dass ich nicht sagen kann, ob es ihm peinlich ist, aber ich beschließe, es dabei zu belassen. Es gibt Wichtigeres, worum ich mir Sorgen machen muss.

Wir fahren ein wenig in der Stadt herum und halten kurz bei mir zu Hause an, damit ich ein paar Sachen holen kann, die ich vergessen hatte, einzupacken. Dann beschließen wir, ins Muddy Bean zu fahren, weil es da freies WLAN gibt, das Essen gut ist und viele Leute von der Schule dort abhängen. Wir sitzen am Tisch, scrollen durch unsere Handys und nippen an unserem Kaffee, als ich spüre, dass jemand hinter mir steht. Ich blicke auf. Andrew.

Ich stoße einen kleinen Schrei aus und lasse mein Handy auf den Tisch fallen. Ehe ich etwas sagen oder mich rühren kann, zieht er einen Stuhl heran und setzt sich zwischen uns.

»Was ist los, Sophie?« Sein Blick ist zornig, die Stimme vibriert fast, als versuche er, nichts nach außen dringen zu lassen. Ich will weglaufen, aber sein Körper und die Macht, die er ausstrahlt, hindern mich daran. Ich fühle mich wie ein kleines Kind, das man dabei erwischt hat, etwas Furchtbares angestellt zu haben.

»Ich will nicht mit dir reden.« Ich werfe Jared einen Blick zu. Mit großen Augen starrt er mich an.

»Du hast gesagt, du würdest vorbeikommen. Ich habe die ganze Zeit gewartet.«

»Ich habe *nie* gesagt, dass ich komme. Du hast es nur angenommen.«

Er zuckt zusammen, dann schüttelt er den Kopf. »Okay, vielleicht hast du recht. Aber warum ignorierst du meine Anrufe?«

»Ich habe dir gesagt, dass ich dich nicht mehr sehen will. Du hast dich nicht an unsere Abmachung gehalten.«

»Und jetzt reden wir nicht einmal mehr miteinander?«

»Ich *weiß*, was du getan hast«, sage ich. »Ich *weiß*, dass du Angus vergiftet hast.«

Er wirkt bestürzt, absolut und vollkommen bestürzt –

und verwirrt. Er blinzelt ein paarmal, als versuche er zu begreifen, was ich gesagt habe. »Wer ist Angus?«

»Ich denke, Sie sollten jetzt gehen«, sagt Jared. »Sie will nicht mit Ihnen reden.« Mein Dad hält eine Hand in die Höhe, um ihn zum Schweigen zu bringen.

»Wer *zum Teufel* ist Angus?«

»Unser Hund! Ich habe dir von ihm erzählt.«

Er stößt ein ärgerliches Lachen aus. »Du glaubst, ich hätte euren verdammten Hund vergiftet?«

»Du warst es. Er hat Tabletten gefressen. Der Tierarzt sagt, es war Zoldem. Du hast es im Fleisch versteckt über den Zaun geworfen. Er ist immer noch in der Klinik – er wäre fast gestorben!«

»Warum sollte ich das tun, Sophie?« Seine Stimme ist aufgewühlt, aber vor allem zornig. Ich will nicht mehr mit ihm reden, will aufstehen und das Lokal verlassen, aber ich bin schon zu weit gegangen.

»Weil du so sauer auf Mom bist, weil sie sich nicht über dein blödes Geschenk gefreut hat.«

»Klar, logisch. Wenn ich ihren Hund umbringe, wird sie auf jeden Fall wieder mit mir zusammen sein wollen.«

»Du bist krank und wahnsinnig«, sage ich, während mir Tränen übers Gesicht laufen. »Du hast dich überhaupt nicht gebessert.«

Er fährt zurück, schließt die Augen, als wollte er den Schlag ganz in sich aufnehmen, dann schüttelt er den Kopf und beugt sich über den Tisch. »Ich habe euren Hund *nicht* vergiftet. Aber wenn es jemand getan hat, dann hast du ein großes Problem, meine Kleine.«

»*Du* bist mein Problem«, entgegne ich. »Woher wusstest du überhaupt, dass ich hier bin?« Als er nicht antwortet, sage ich: »Du hast mich schon wieder verfolgt.« Er muss vor unserem Haus gesessen und gewartet haben. Ich hätte niemals dort vorbeifahren sollen.

»Ich bin dein Vater. Ich mache mir Sorgen um dich.«

Ich stehe auf. »Lass mich bloß in Ruhe!« Jared auf der anderen Seite des Tisches steht ebenfalls auf.

Andrew packt meinen Arm. »Hör mir zu, Sophie. Jemand treibt seine Spielchen mit dir und deiner Mom. Vielleicht solltest du für ein paar Tage zu mir ziehen. Ich kann dich beschützen.«

Ich lache. »Du hast mich *nie* beschützt.«

»Ich war in den ersten sieben Jahren deines Lebens für dich da und habe dafür gesorgt, dass niemand dir je weh getan hat. Ich war derjenige, der dir Schwimmen und Fahrradfahren und all das beigebracht hat.«

»*Du* hast mir weh getan«, sage ich mit brüchiger Stimme. Ich spüre, dass die Leute uns beobachten, aber das ist mir inzwischen egal. »Schon vergessen? Du bist der derjenige, der mir weh getan hat – und jetzt stellst du mir nach!«

»Komm, Sophie«, sagt Jared. Er steht jetzt hinter mir. »Lass uns gehen.«

Ich starre hinunter auf die Hand meines Dads auf meinem Arm. Er lässt mich langsam los, und die Hand fällt in seinen Schoß. Er sieht traurig aus, doch es ruft keine Schuldgefühle mehr bei mir hervor. Mom hatte recht, er hat mir die ganze Zeit etwas vorgespielt.

»Halt dich von mir fern«, sage ich und gehe dann mit Jared davon. Als wir in sein Auto steigen, bemerke ich, dass Andrew uns immer noch aus dem Inneren des Cafés heraus beobachtet. Ich wende mich an Jared. »Ich will zurück zu Greg. Beeil dich. Ich will nicht, dass er sieht, wohin wir fahren.«

26

LINDSEY

Ich spritze Spülmittel ins Becken, bis Schaum aufsteigt, dann tauche ich unsere Teller, die Salatschüsseln und das Besteck ins Wasser und reibe an dem geschmolzenen Käse und der Tomatensoße. Aus dem Fenster kann ich im Dunkeln den Durchgang neben Gregs Haus sehen. Ich hebe die Hand und schließe die Jalousien. Greg fuhrwerkt hinter mir herum und räumt die Pizzareste weg. Ich war schon oft in seinem Haus, aber heute Abend fühle ich mich unbehaglich, und ich bin mir nicht sicher, warum. Es könnte daran liegen, dass er mir ständig sagt, ich solle mich »wie zu Hause fühlen«, oder an dem Ausdruck auf Sophies Gesicht, als Greg andeutete, wir könnten auf unbestimmte Zeit bleiben. Ich werfe ihm einen kurzen Blick zu, als er gerade die Pizzaverpackung in den Papiermüll stopft.

»Alles okay?«, fragt er, als er meinen Blick bemerkt.

»Ja. Ich denke nur gerade an Sophie.« Ich lächele ihm zu. »Danke für alles.«

»Es ist mir ein Vergnügen.« Er richtet sich auf. »Und, was würdest du jetzt gerne machen? Fernsehen?« Mir wird klar, dass er sich ebenfalls unbehaglich fühlt. Wenn wir Zeit miteinander verbringen, ist es ein »Date«, oder wir gehen sofort ins Bett. Keiner von uns hat Erfahrung damit, einfach nur in der Nähe des anderen zu sein. Wir haben nie am Wochenende zu Hause herumgewerkelt oder einen Abend damit verbracht, unseren eigenen Kram, aber unter einem Dach, zu machen.

»Hört sich gut an.« Mit der Zeit wird es schon werden,

sage ich mir im Stillen. Trotzdem juckt es mich immer noch in den Fingern, einfach davonzulaufen. Ich bin noch nicht bereit für das hier. Nicht bereit, mit ihm Vater-Mutter-Kind zu spielen.

Greg entdeckt einen Actionfilm, und ich sage, das klinge spannend, aber im Grunde ist es mir egal, was wir uns anschauen, und ich hätte allem zugestimmt. Ich bin abgelenkt und denke über Sophie und Jared nach. Vielleicht hätte ich sie auffordern sollen, zu Hause zu bleiben, aber ich wollte sie wieder lächeln sehen.

Scheinwerferlicht leuchtet in der Auffahrt und wirft helle Streifen an die Wand. Als ich aufstehe, um aus dem Fenster zu schauen, erkenne ich Jareds Auto.

»Sophie ist wieder zurück«, rufe ich. Meine Erleichterung ist nur von kurzer Dauer, als ich sehe, wie sich die Silhouetten ihrer Köpfe zu einem Kuss berühren. Ich trete vom Fenster weg.

Ich höre Sophie leise die Eingangstür schließen, sie öffnet den Reißverschluss ihrer Jacke und zieht die Stiefel aus. Dann leise Schritte, als sie die Treppe hochkommt. Sie lehnt sich gegen den Eingang zum Wohnzimmer und wickelt sich eine Haarsträhne um den Finger.

»Was seht ihr euch da an?«

»*Iron Man*«, sage ich. »Willst du dich zu uns setzen?«

»Danke, aber ich bin müde.« Sie winkt uns kurz zu und verschwindet im Flur.

Ich versuche, mich auf den Film zu konzentrieren, aber ich komme nicht in die Geschichte rein. »Ich bin auch ziemlich müde. Ich glaube, ich gehe auch ins Bett.«

»Echt? Möchtest du, dass ich …«

»Nein, nein. Bleib nur, viel Spaß mit dem Film.« Ich mache mich bettfertig, wasche mir das Gesicht, creme mich ein und putze mir die Zähne. Als ich fertig bin, zögere ich einen Moment, ob ich meine Zahnbürste neben Gregs stellen soll. Schließlich verstaue ich sie wieder in meiner Kulturtasche.

Ich gehe durch den Flur zu Sophies Zimmer und klopfe leise an, doch sie antwortet nicht. Ich möchte hineingehen und mit ihr reden, beschließe dann aber, ihr etwas Freiraum zu lassen.

Als Greg eine Stunde später ins Bett kommt, bin ich immer noch wach und starre an die Zimmerdecke. Ich höre das Rascheln von Kleidung, als er im Schlafzimmer herumläuft, dann läuft das Wasser im Badezimmer, seine elektrische Zahnbürste summt. Ich sollte glücklich sein über diese häuslichen Geräusche, vielleicht sogar Trost darin finden, aber ich vermisse mein Bett zu Hause, vermisse Angus' Gewicht zu meinen Füßen. Greg schlüpft neben mir ins Bett und legt mir die Hand auf den Bauch. Langsam drehe ich mich zur Seite, fort von ihm. Seine Hand wandert über meine Hüfte und zieht mich an seinen Körper, während er meinen Nacken küsst.

»Nicht, wenn Sophie im Haus ist«, flüstere ich.

»Sie kann uns in ihrem Zimmer nicht hören.«

»Darum geht es nicht.«

Seufzend stößt er den Atem aus und dreht sich auf den Rücken. »Es geht nicht um Sophie.«

Ich drehe mich ebenfalls um. »Was meinst du damit?«

Er stützt sich auf einen Ellbogen und sieht mich an. »Das wird nichts mit uns beiden, oder?«

»Es fühlt sich nur seltsam an, wenn Sophie im Haus ist. Ich bin sicher, nach ein paar Tagen …«

»Davon spreche ich nicht.«

Ich schweige und blicke auf zu seinem im Schatten liegenden Gesicht. »Ich weiß nicht«, sage ich schließlich.

»Doch, du weißt es«, erwidert er. »Ich merke es, wann eine Frau verrückt nach mir ist und wann nicht.«

»Ich mag dich sehr, aber …«

»Es ist alles gut, Lindsey. Ich bin kein Anfänger mehr. Du musst mir nichts erklären.« Er klingt nicht verärgert, eher resigniert.

»Willst du es denn allen Ernstes?«, sage ich. »Bist du bereit, Stiefvater eines Mädchens im Teenageralter zu werden? Sie wird immer Teil unseres Lebens sein. Sie wird am Wochenende nach Hause kommen, in den Ferien.«

»Ich mag Sophie.«

»Ich weiß.«

»Aber ich hatte gehofft, wir könnten im Laufe der Zeit eine eigene Familie gründen.«

»Ich bin fast vierzig Jahre alt.«

»Viele Frauen bekommen in dem Alter noch Kinder.«

»Ich habe eine Tochter, die in ein paar Wochen achtzehn wird. Ich glaube nicht, dass ich noch einmal von vorn anfangen kann.« Warum habe ich ihm das nicht erzählt, als wir anfingen, uns zu treffen? Wahrscheinlich, weil ich wusste, dass damit alles vorbei wäre. »Wir hätten früher darüber reden sollen. Es tut mir leid.«

»Ich wollte nicht fragen, denn dann hätte ich deine Antwort hören müssen. Vermutlich hatte ich gehofft, dass mit der Zeit …« Ich war also nicht die Einzige, die sich geweigert hat, der Realität ins Auge zu blicken.

Wir verfallen in Schweigen. Ich habe das Gefühl, etwas sagen zu müssen, aber jedes Wort des Trostes, jeder Versuch einer Erklärung könnte leicht nach Bevormundung klingen.

»Morgen früh rufe ich Jenny an«, sage ich. »Wir können zu ihr fahren.«

»Was ist mit deinem Bruder?«

»Dort würde Andrew als Erstes suchen. Er weiß nicht, wo Jenny wohnt.«

»Soll ich lieber auf der Couch schlafen?«

»Natürlich nicht. Es ist dein Bett.« Ich schweige kurz. »Soll ich auf der Couch schlafen?«

»Bleib hier«, sagt er. »Wir können es uns genauso gut bequem machen.«

»Es tut mir wirklich leid.«

»Mir auch.« Er rückt näher. »Aber wir können doch noch etwas kuscheln, oder? Es ist kalt hier drin …«

Ich lache. »Gerne.«

Als ich aufwache, hat Greg bereits geduscht und sitzt in der Küche. Freundlich schenkt er mir Kaffee ein, ist vielleicht ein wenig übertrieben höflich, als er mir zweimal Milch und Zucker anbietet und fragt, ob ich etwas essen möchte. Ich schaue auf mein Telefon, checke meine E-Mails. Als ich aufblicke, beobachtet er mich.

»Ich warte darauf, dass Jenny sich zurückmeldet«, sage ich.

»Falls du sie nicht erwischst, können wir uns sicher für ein paar Tage etwas einfallen lassen.«

»Danke. Das ist wirklich nett von dir.«

»Hey, nur weil es mit ›Lindsey & Greg forever‹ nicht klappt, bedeutet das nicht, dass wir keine Freunde sein können.« Doch sein Lächeln erreicht seine Augen nicht, und er nippt immer wieder an seinem Kaffee, als sei sein Mund trocken oder als könne er die Hände nicht ruhig halten. Ich werde sein Haus auf jeden Fall verlassen, und wenn Sophie und ich ins Hotel ziehen müssen. Sein Handy klingelt, und seine Miene wird starr, als er die Nummer sieht. »Ich gehe besser ran.«

»Gibt's ein Problem?«

Er schüttelt den Kopf. »Nur Arbeitszeug.« Mit schroffer Stimme nimmt er das Gespräch an und geht nach unten, als wollte er nicht, dass ich mithöre.

Sophie ist noch in ihrem Zimmer, und ich beschließe, zu ihr zu gehen, während Greg beschäftigt ist, um ihr unter vier Augen von der Planänderung zu erzählen. Ich klopfe an ihre Tür. »Sophie, Spatz, kann ich mit dir reden?«

»Klar.«

Sie liegt noch im Bett, den Skizzenblock an die Beine gelehnt, während sie an einer Zeichnung arbeitet.

»Alles in Ordnung? Warum machst du dich nicht für die Schule fertig?«

»Ich wollte das hier erst noch zu Ende bringen.«

Ich sehe mir die Zeichnung an, die dunklen Striche der Blätter und hauchzarte Schmetterlingsflügel, die aufwärts in einer Spirale fliegen, auf ein Ziel zu, das nicht zu sehen ist. Ich denke daran, was sie vor einigen Wochen sagte, über den Schmetterlingseffekt, und der Kaffee in meinen Magen beginnt zu brennen.

»Unsere Pläne haben sich geändert«, sage ich. »Wir werden für ein paar Tage bei Jenny unterschlüpfen. Wir holen Angus ab und nehmen die Fähre nach Vancouver, sobald du aus der Schule kommst.«

Sie hört auf zu zeichnen und sieht mich an. »Warum gehen wir hier schon wieder weg?«

»Wir haben gestern Abend geredet und begriffen, dass es mit uns beiden nicht funktionieren wird.«

»Ihr habt euch *getrennt*? Aber warum?«

»Wir sind einfach zu verschieden. Wir hätten das früher herausfinden sollen, aber ... Es tut mir leid, dass ich dich da mit hineingezogen habe, Spatz.«

Nun wirkt sie verärgert. »Toll. Jetzt muss ich schon wieder umziehen.«

Ich bin mir nicht sicher, ob sie sich auf die Zeit bezieht, als sie ein Kind war, oder auf gestern, als wir unser Haus verließen. Aber wie auch immer, sie hat recht. Jahrelang habe ich nie ein Date mit nach Hause gebracht, bis ich Greg kennenlernte. Nachdem wir überall untergekrochen waren, als wir uns vor Andrew versteckten, wollte ich sie nicht noch weiterer Unruhe aussetzen. Jetzt scheine ich nicht aufhören zu können, ihre Welt zu erschüttern. Jeden Tag ein neues Erdbeben.

»Ich weiß«, sage ich. »Es tut mir leid. Wir werden später darüber reden, okay? Ich helfe dir beim Packen.«

»Ich muss diese Woche zur Schule. Ich kann nicht zu Jenny.«

»Es ist nur so lange, bis die Polizei mit deinem Vater reden und ihn hoffentlich verhaften kann. Ich bin sicher, deine Lehrer verstehen das und schicken dir deine Aufgaben vielleicht sogar per Mail.«

»Was, wenn sie nicht beweisen können, dass er es war? Müssen wir dann in Vancouver bleiben?« Sie wird immer wütender, bekommt rote Flecken im Gesicht und wickelt sich eine Haarsträhne um die ganze Hand.

»Ich weiß es nicht. Wenn dein Vater uns bei Jenny findet, müssen wir irgendwo anders hin.«

Sie legt ihren Skizzenblock beiseite und wirft ihren Stift darauf, als gäbe sie auf. »Er kam gestern Abend ins Café, als ich mit Jared dort war. Er hat sich zu uns gesetzt.«

Unwillkürlich reiße ich die Augen auf, ehe ich mich im Griff habe. Darum ist sie sofort in ihrem Zimmer verschwunden. Ich bin sauer, weil sie es mir nicht erzählt hat, aber ich will sie nicht tadeln. Nicht jetzt.

»Was hat er gesagt?«

»Er war wütend, weil ich ihn ignoriert habe. Er hat mich *verfolgt*, Mom.« Sie sieht ziemlich verängstigt aus. »Ich weiß nicht, was ich tun soll, damit er mich in Ruhe lässt.«

»Genau deshalb müssen wir aus Dogwood weg.«

»Und was ist mit Jared?«

»Ihr könnt telefonieren und skypen. Vielleicht kann er dich am Wochenende besuchen kommen, aber das weiß ich noch nicht, Spatz. Dein Dad könnte ihm zu uns folgen.«

»Er hat immer wieder darauf beharrt, dass er Angus nichts antun würde – und er klang so überzeugend. Es war, als würde sogar er selbst sich glauben.« Sie beugt sich zu mir. »Ich will ihn nie wiedersehen.«

»Das wirst du auch nicht. Dafür werde ich sorgen.« Ich stehe vom Bett auf. »Warum duschst du nicht schnell, dann fahre ich dich zur Schule. Ich rede mit deinem Direktor und kläre alles.«

»Kann ich wenigstens Delaney und Jared erzählen, wohin wir fahren?«

»Sag ihnen, dass wir Dogwood verlassen müssen, aber erwähne Vancouver nicht.«

»Glaubst du, dass wir zu meinem Geburtstag wieder zurück sind?«

»Ich hoffe es sehr, Spatz.«

»Das ist alles so surreal.«

»Ich weiß, aber es wird alles wieder gut. Ich verspreche es.«

Ich schenke mir selbst noch eine Tasse Kaffee ein und lausche auf das rauschende Wasser der Dusche. Ich frage mich, was meine Tochter denkt. Ich kann mir nicht vorstellen, wie das für sie sein muss – die Angst vor ihrem Vater, eine ungewisse Zukunft. Ich habe ihr versprochen, dass alles gut werden würde, aber ich weiß nicht, wie ich dieses Versprechen erfüllen soll. Erst einmal muss ich sie einfach nur von hier wegbringen.

Greg ist schon ziemlich lange weg. Ich sehe im Schlafzimmer nach, aber da ist er nicht. Als ich die Treppe hinuntergehe, fällt mir ein kühler Luftzug auf. Die Haustür steht offen. »Greg?« Ich stolpere fast über ihn. Er sitzt auf der Vordertreppe und hält eine Hand seitlich an den Kopf gepresst, seine Finger sind rot von Blut. »Greg! Was ist passiert? Bist du verletzt?«

Er zuckt zusammen und blickt zu mir hoch. »Ich habe gerade die Auffahrt freigeschaufelt und mich vorgebeugt, als ich hörte, wie sich ein Fahrzeug rasch näherte. Ich versuchte, aus dem Weg zu springen, aber der Wagen erwischte mich an der Schulter. Es muss der Seitenspiegel gewesen sein.« Er nimmt die Hand weg und schaut auf das Blut. »Beim Sturz habe ich mir den Kopf an einem Stein aufgeschlagen.«

»Komm rein und lass mich einen Blick darauf werfen.« Ich helfe ihm auf die Beine, und wir gehen langsam nach oben, wo ich ihn an den Tisch setze, etwas Eis aus dem Gefrierschrank hole und es in ein Handtuch wickele. Er zuckt zusammen, als ich das Eis vorsichtig auf die Wunde drücke. »Ich glaube, das muss genäht werden«, sage ich. »Hast du den Wagen gesehen?«

»Es klang nach einem Truck. Aber als ich aufblickte, war er schon um die Ecke verschwunden.«

Sophie kommt in die Küche, in ihren Schulklamotten und mit nassen Haaren. Als sie uns sieht, bleibt sie wie angewurzelt stehen. »Was ist passiert?«

»Ein Truck hat Greg erwischt, als er in der Auffahrt Schnee geschippt hat, aber der Fahrer ist abgehauen.«

»Glaubst du, dass es Andrew war?«, fragt sie, und ich nicke.

»Es kann auch ein normaler Unfall gewesen sein«, sagt Greg. »Es ist schwierig, durch die Bäume am Ende des Grundstücks etwas zu sehen. Ich hätte meine Warnweste überziehen sollen.«

Ich starre ihn an. »Du musst die Polizei informieren – und wir bringen dich ins Krankenhaus.«

»Ich brauche nur ein paar Paracetamol.« Er steht auf und geht ins Badezimmer, aber sein Gang ist unsicher und das Gesicht blass. Ich folge ihm, und Sophie kommt uns nach.

»Die Wunde muss eindeutig genäht werden«, sage ich. »Ich fahre dich ins Krankenhaus.«

Er schaut in den Spiegel und berührt vorsichtig die Wunde. »Ich kann meinen Truck nehmen.«

»Das ist Wahnsinn. Du kannst so nicht fahren.«

»Du solltest sie fahren lassen«, sagt Sophie. »Wenigstens ist dann am Ende in unserem Auto alles voller Blut, nicht in deinem Truck.«

»Wo sie recht hat, hat sie recht«, sagt Greg. Er lächelt, doch er weicht meinem Blick aus, und ich überlege, ob es etwas mit unserem Gespräch gestern Abend zu tun hat. Ich kann daran nichts ändern, aber ich werde Sophie aus diesem Haus schaffen und weit von Dogwood wegbringen, bevor Andrew seinen nächsten Schritt machen kann.

27

LINDSEY

Auf dem Weg zur Notaufnahme rufe ich Corporal Parker an, die direkt ins Krankenhaus kommt. Sie spricht mit Greg, während Sophie und ich auf einen Kaffee in die Cafeteria gehen. Anschließend kommt sie nach unten zu uns. Ich warte, während sie Zucker in ihren Kaffee rührt. Mit einem kleinen, zufriedenen Lächeln leckt sie den Löffel ab, ehe sie ihn beiseitelegt. Sie sieht mein überraschtes Gesicht.

»Es ist eine alte Gewohnheit«, sagt sie. »Meine Mutter hat mir nie erlaubt, Süßigkeiten zu essen, so dass ich immer ihren Löffel abgeleckt habe, wenn sie nicht hinsah.«

Ich lächele aus Höflichkeit. Ich habe zu viel Angst, um mich an irgendwelchen Kindheitsgeschichten zu erfreuen. Sie richtet sich auf, als sei sie jetzt bereit für das Geschäftliche.

»Es wird noch einen Tag dauern, bis wir Andrews Telefondaten bekommen. Inzwischen werde ich ihn für eine weitere Unterredung aufs Revier bitten. Wahrscheinlich wird er mir nicht viel erzählen, aber mit etwas Glück verplappert er sich irgendwie. Wir werden sehen, ob er uns seinen Truck auch ohne richterlichen Durchsuchungsbeschluss untersuchen lässt, denn den werden wir nicht sofort bekommen. Wenn er auf der Straße oder irgendwo in einem öffentlichen Bereich geparkt hat, könnten wir ihn uns ohne Erlaubnis anschauen.«

»Wir gehen zu meiner Freundin nach Vancouver«, sage ich. Während wir auf den Arzt warteten, rief Jenny zurück und bestand darauf, dass wir zu ihr kommen. *Ich mache schon mal die Betten fertig.*

»Ich denke, das ist eine gute Idee«, sagt Parker. »Ich halte Sie über die Ermittlungen auf dem Laufenden.«

»Er könnte in mein Haus eindringen. Er wird versuchen herauszufinden, wohin ich gegangen bin.«

»Ich werde ab und zu mal vorbeifahren.«

»Entschuldigt mich.« Sophie steht auf und geht zum Tresen, um sich noch einen Kaffee zu holen.

Ich beuge mich zu Parker hinüber. »Bitte sagen Sie mir, dass Sie Andrew verhaften werden.«

»Wenn wir genügend Beweise haben, die belegen, dass er dahintersteckt, dann ja.«

»Wer sollte es sonst gewesen sein?«

»Wir müssen uns nur sicher sein.« Da ist etwas in ihrem Blick, etwas, das sie zurückhält, und ich frage mich, was Greg ihr erzählt hat. Ich schaue zu Sophie. Sie starrt aus dem Fenster, während sie auf ihren Kaffee wartet; mit einer Hand zieht sie an den Haaren und wickelt sie immer wieder um den Finger.

Auf dem Weg nach Hause ist Greg still und sagt auch nicht viel, als wir ankommen. Der Arzt meinte, Greg würde sich wieder erholen, aber er ist mit ziemlich vielen Stichen genäht worden und hat eine geprellte Schulter, und er würde ein oder zwei Tage nicht arbeiten können. Er hat Schmerztabletten bekommen, aber ich komme mir trotzdem vor wie die schlimmste Freundin – Exfreundin – der Welt, als ich ihm sage, dass wir die Nachmittagsfähre noch erwischen wollen. »Macht es dir etwas aus?«, frage ich. »Soll ich irgendjemanden für dich anrufen?«

»Ich werde etwas fernsehen«, sagt er. »Mir geht es gut,

aber ihr beide solltet zusehen, dass ihr nach Vancouver kommt.« Er ergreift meine Hand. »Pass auf dich auf, verstanden? Wenn du irgendetwas brauchst, ruf mich an.«

»Danke.« Lächelnd blinzele ich ein paar Tränen zurück. Warum muss er nur so verdammt nett sein?

Nachdem wir uns verabschiedet haben, fahren wir zu Sophies Schule, reden mit ihrem Direktor und lassen uns die Lehrpläne geben, auf die Sophie auch gerne verzichtet hätte. Im Anschluss holen wir Angus aus der Klinik ab. Obwohl Marcus angeboten hat, für die Tierarztrechnung aufzukommen, belaste ich meine Kreditkarte mit der gesamten Rechnungssumme und zucke zusammen, als ich meinen Kontostand sehe. Angus ist so begeistert, uns zu sehen, dass er Sophie beinahe aus der Klinik zerrt und sofort auf den Rücksitz springt.

Zu Hause treffen wir Corporal Parker. Sie bietet an, uns zu begleiten, während wir noch mehr Sachen aus dem Haus holen und es anschließend verschließen. Nachdem ich das letzte Licht gelöscht und die Tür abgeschlossen habe, bleibe ich auf der Veranda stehen und schaue noch einmal durch das Fenster. Unser Weihnachtsbaum steht immer noch da, allein im Schatten. Unser Leben ist ins Stocken geraten, genau wie vor elf Jahren.

Ich spüre die Anwesenheit von Sophie und Parker hinter mir. Sophie tritt näher und berührt mich sanft am Arm. »Lass uns gehen, Mom.«

Der Terminal ist hell erleuchtet, und die Fähre – fast so groß wie ein Kreuzfahrtschiff – ragt im Wasser empor. Scheinwerfer hüpfen auf und ab, als die Autos ausgeschifft werden, und die Metallrampe scheppert hohl, sobald ein Fahrzeug darüberfährt. Ich beobachte, wie die Arbeiter in ihren Warnwesten den Verkehr dirigieren, ihre Hände bewegen sich wie in einem gut choreographierten Tanz. Wir werden bald einschiffen können.

Als ich ein Kind war, sind wir nicht oft nach Vancouver gefahren – die Fährtickets für eine vierköpfige Familie sind teuer. Aber Andrew und ich sind ein paarmal mit Sophie dort gewesen, zu einem Konzert, einem Ausflug ins Wissenschaftsmuseum, einem Besuch im Aquarium. Sophie liebte die Namen der Boote: *Queen of Coquitlam*, *Queen of Cowichan*, *Queen of Oak Bay*. Für sie war es ein wundervolles Abenteuer. Sie wollte mit dem Fahrstuhl fahren, draußen an Deck herumlaufen und nach Orcas und Buckelwalen Ausschau halten, in der Cafeteria Burger und Fish und Chips und Hähnchensticks mit Pommes und dicker Soße essen.

Ich aß nur selten auf der Fähre. Mein Magen protestierte, wenn das Wasser zu aufgewühlt war, aber noch mehr wegen der Wirren meines Lebens und meiner Angst vor Andrew, die so weit und gewaltig war wie der Ozean auf der anderen Seite des Fensters.

Jetzt schaue ich in den Seitenspiegel und aus dem Rückfenster, auf der Suche nach einem weißen Pick-up-Truck. Seit mehr als einer Stunde warten wir im Wagen, in der Hoffnung, das Fünf-Uhr-Boot noch zu erwischen, und sind nur zweimal ein paar Schritte mit Angus gelaufen.

Sophie macht sich Sorgen, Andrew könnte erneut versuchen, Kontakt zu ihr aufzunehmen – »Er war so sauer, als ich ihn stehenließ, Mom« –, aber bis jetzt hat sie weder eine SMS noch eine Nachricht auf der Mailbox von ihm bekommen. Ich sehe zu, wie sie eine Weile auf ihrem Handy spielt, und denke daran, dass ihr Handy immer dabei ist, egal, wohin sie geht.

»War dein Vater jemals allein mit deinem Telefon?«

Sie schaut mich von der Seite an. »Nein. Warum?«

»Ich frage mich, ob er die Einstellungen so verändert haben könnte, dass er uns aufspüren kann.«

Sie starrt hinunter auf ihr Telefon, als hätte es sich in ein Schlangennest verwandelt. »Du meinst so etwas wie diese Ortungs-Apps?«

»Ja, aber die müsste er erst installieren, oder?«

Ihre Züge entspannen sich, als sie darüber nachdenkt. »Es war immer in meiner Tasche, wenn ich mit ihm zusammen war.« Sie sieht mich an. »Könnte er irgendetwas ans Auto gemacht haben?«

»O Gott. Keine Ahnung. Vielleicht sollten wir nachsehen.« Wir steigen aus und spähen unter mein Auto. »Such nach irgendetwas Kleinem und Eckigem«, sage ich. »Wie diese Dosen, in denen die Leute ihre Schlüssel verstecken.«

Wir benutzen unsere Handys als Taschenlampen und tasten mit den Händen herum, die vom getrockneten Streusalz rau und vom harschen Schnee kalt werden. Die Leute hinter uns in der Schlange wundern sich wahrscheinlich, was um alles in der Welt wir hier treiben, aber das ist mir egal. Ich bin nur erleichtert, als wir nichts finden. Als wir wieder im Wagen sitzen, winselt Angus und leckt mir hektisch den Nacken, als sei ich fünf Tage und nicht fünf Minuten fort gewesen. Dann schiebt er seinen Kopf zwischen uns, nutzt die Mittelkonsole als Kissen und schließt die Augen. Sophies Telefon piept, als sie ein paar SMS bekommt, eine nach der anderen. Ihre Finger tippen bereits die Antworten.

»Hast du Jared erzählt, dass wir nach Vancouver fahren?«

Sie schüttelt den Kopf. »Nur, dass wir für eine Woche weg sind, ich aber niemandem sagen darf, wohin wir fahren. Er macht sich auch Sorgen um uns.«

Die Vorstellung, dass dieser Junge sich um die Sicherheit meiner Tochter sorgt, ganz zu schweigen von meiner, kommt mir merkwürdig vor. »Das scheint ja richtig ernst zu sein mit euch beiden.«

Ihre Finger verharren, und sie dreht sich mit hochgezogenen Brauen zu mir um. »Das ist doch nicht dein Ernst, Mom. *Jetzt* willst du reden?«

»Wir haben doch sonst nichts anderes zu tun.«

»Wir laufen vor meinem durchgeknallten Vater davon.«

»Du kannst Witze machen, so viele du willst, aber ich weiß, wie sehr es dich mitnimmt.«

Sie lässt ihr Telefon sinken. »Warum kann er nicht einfach normal sein? Er muss ja gar nicht perfekt sein, verstehst du? Ich wollte einfach nur einen Dad haben.«

»Es tut mir aufrichtig leid, dass es sich nicht so entwickelt hat, wie du gehofft hast. Ich hätte es mir für dich gewünscht. Und es war einer der Gründe, warum ich so lange bei ihm geblieben bin.«

Mit einem schweren Seufzer lehnt sie sich in ihrem Sitz zurück. »Du musst mich für ziemlich dumm halten, weil ich auf seine Lügen hereingefallen bin.«

»Überhaupt nicht.« Ich berühre ihre Hand, damit sie mich ansieht. »Ich weiß, wie charmant er sein kann. Ich habe ihn geheiratet, schon vergessen?«

»Ja, aber was hast *du* gedacht?« Sie sieht mich neugierig an.

»Ich dachte, vielleicht springt bei der Sache eine tolle Tochter für mich raus.« Ich lächele.

Sie starrt aus dem Fenster und spielt mit der Schutzhülle ihres Telefons herum. »Was machen wir morgen? Können wir etwas unternehmen? Ich will nicht den ganzen Tag herumsitzen und Angst haben.«

»Wie wäre es, wenn wir ein paar Kunstgalerien besuchen?«

»O ja, und vielleicht können wir in die Innenstadt gehen.«

»Gerne. Was immer du möchtest.«

Die Bremslichter eines Autos am Anfang der Schlange leuchten auf. Endlich können wir auf die Fähre. Wir warten auf dem Fahrzeugdeck, bis die Fähre abgelegt hat, dann schlängeln wir uns zwischen den Autos hindurch, gehen zur Seite des Bootes und stecken die Köpfe aus den großen, offenen Fenstern. Der salzige Wind spielt mit unserem Haar, als wir zusehen, wie die Hafenlichter hinter uns immer kleiner werden und schließlich verschwinden.

Erschöpft vom anstrengenden Tag und der Bootsfahrt kommen wir bei Jenny an. Chris rief an, als wir gerade am Ausschiffen waren – ich hatte ihm eine Nachricht hinterlassen, aber er hat lange gearbeitet. Seine Freundin sagte, er schiebe ein paar Überstunden, um ein kleines Polster zu haben, wenn das Baby kommt. Als ich ihm erzählte, dass Greg verletzt wurde, musste ich das Telefon weit vom Ohr weghalten, so laut fluchte er. Nach einer Weile beruhigte er sich und sagte: »Kommt zu uns.«

»Es wäre zu viel für Maddie. Du musst dich auf deine Familie konzentrieren.«

»Ihr seid meine Familie, Scherzkeks.«

»In Vancouver wird es uns gutgehen. Versprochen.«

»Das sollte es besser auch.«

Die Worte klangen unheilvoll, aber ich wusste, dass die Drohung nicht gegen mich gerichtet war. Ich bin froh, dass Chris Maddie und das Baby hat, sonst müsste ich mir Sorgen machen, er könnte Andrew zur Rede stellen. Während wir auf die Fähre warteten, hatte ich die meisten meiner Kunden angerufen und erklärt, dass ein plötzlicher Notfall eingetreten sei, dann hatte ich die Arbeitspläne umgestellt, damit Rachelle meine Jobs mit übernehmen kann.

Ich war mir nicht sicher, wie es nach dem peinlichen Abschied neulich zwischen Marcus und mir stand, also hatte ich ihm eine SMS geschrieben: Muss aus der Stadt raus. Rufe dich später an und erkläre alles.

Er simste zurück. Alles in Ordnung?

Nicht wirklich, aber uns geht es gut. Ich erzähle es dir bald.

Sophie geht mit ihrem Telefon ins Bett, doch Jenny und ich bleiben noch lange wach und reden, während Angus uns Gesellschaft leistet. Wir haben unsere Lümmelklamotten an – ich trage Leggins und einen weiten Sweater, Jenny steckt in Yoga-Pants und einem Namaste-T-Shirt. Sie unterrichtet Yoga, und ihre Arme sind sehnig, die Bewegungen fast so lässig wie bei einer Balletttänzerin. Ich genieße die Zeit mit meiner Freundin, wenn auch nicht den Grund für unseren Besuch. Wir haben bereits ein paar Gläser Wein getrunken, und mein Gesicht fühlt sich warm an. Jennys Wangen sind ebenfalls gerötet, ihre Augen sind strahlender, ihre Stimme lauter. Unsere ernste Unterhaltung verwandelt sich in einen Austausch derber Witze und schwarzen Humors über den Zustand unseres Liebeslebens. Sie probiert gerade Tinder aus und zeigt mir, wie man richtig wischt; dafür helfe ich ihr, ein paar neue Fotos für ihr Profil auszusuchen. Nach Mitternacht drängt sie mich, mich auszuruhen.

»Das ganze Chaos ist morgen auch noch da, und du brauchst etwas Schlaf«, sagt sie. »Ich mache Frühstück. Du bekommst allmählich Ähnlichkeit mit einem Gerippe.«

»Na vielen Dank auch!«

Sie zwinkert mir zu. »Ich könnte mich immer noch auf dich stürzen.«

Ich lache. »So schlimm?«

Sie wird ernst. »Es tut mir leid, dass du seinetwegen das alles noch einmal durchmachen musst.«

Ich beuge mich vor und umarme sie. »Danke.«

Es ist erst sechs Uhr morgens, aber während der letzten Stunde habe ich mich nur hin und her gewälzt, also beschließe ich, aufzustehen und mir einen Kaffee zu machen. Ich schenke mir eine Tasse ein, halte einen Moment inne und füge dann zwei gehäufte Teelöffel Zucker hinzu. Ich brauche den Kick. Meine Augen fühlen sich geschwollen an, und ich bin sicher, dass ich furchtbar aussehe. Sophie schläft noch, aber Jenny wird vermutlich schon bald aus ihrem Zimmer stürmen und anbieten, mir einen Power-Smoothie mit Spinat zu machen oder einen Leinsamen-Pfannkuchen oder irgendetwas anderes, das mir garantiert Energie geben wird. Ich scrolle durch meinen Facebook-Account und lese gedankenlos den Promitratsch.

Eine SMS von Marcus poppt auf. Ruf mich an, wenn du kannst. Mache mir Sorgen um dich!

Bist du schon wach?

Ja!

Ich schenke mir noch einen Kaffee ein und wähle seine Nummer. Er geht sofort ran. »Alles in Ordnung?«

»Ja. Entschuldige, dass ich gestern Abend nicht angerufen habe«, sage ich. »Ich war total fertig.«

»Was ist passiert?«

»Ein Truck hat Greg erwischt, als er gerade seine Auffahrt freigeschaufelt hat. Er hat ihn nicht gesehen, aber ich glaube, es war Andrew.«

»Verdammt. Ist er schlimm verletzt?«

»Er hat eine schwache Gehirnerschütterung, aber er wird wieder.« Ich hoffe, dass das stimmt. Ich habe ihm gestern

Abend eine SMS geschickt, um ihn wissen zu lassen, dass wir sicher in Vancouver angekommen sind, und zu fragen, wie es ihm gehe. Er hat nicht geantwortet.

»Wo bist du jetzt?«

»In Vancouver. Wir bleiben bei Jenny, bis sie Andrew verhaften, weil er Angus vergiftet hat. Sie überprüfen auch seine Telefondaten, um zu sehen, ob er in der Nähe von Gregs Haus war.«

»Sie haben ihn noch nicht verhaftet?« Er klingt so schockiert, wie ich mich fühle.

»Sie müssen ihn erst verhören und seinen Truck untersuchen.« Ich werfe einen Blick auf die Uhr. »Ich rufe Dana gleich an. Sie ist die Polizistin, die unseren Fall bearbeitet.«

»Wie kommt Sophie mit alldem klar?«

»Sie ist aufgewühlt und scheint mit ziemlichen Schuldgefühlen zu kämpfen. Dabei bin ich diejenige, die sie im Stich gelassen hat. Es war schon schwer genug für sie, dass ich sie mit zu Greg geschleift habe, dann haben wir uns getrennt, und jetzt sind wir in Vancouver – meilenweit entfernt von ihrer besten Freundin und ihrem Freund. Die Arme hat so viel durchgemacht. Was soll ich bloß tun?«

»Puh. Stärke ihr erst einmal den Rücken. Was ist zwischen dir und Greg passiert?«

»Wir haben festgestellt, dass wir keine Zukunft haben und dass es sinnlos ist, etwas erzwingen zu wollen.« Ich warte darauf, dass er etwas in die Richtung sagt, er habe gewusst, dass es passieren würde, aber er schweigt. Die Sekunden dehnen sich aus, und ich muss dem Drang widerstehen, die Leerstelle mit Geplapper zu füllen.

»Das ist eine große Chance«, sagt er schließlich. »Wie geht es dir damit?«

»Gut.« Ich schaue mich in Jennys ordentlicher Küche um,

sehne mich plötzlich schmerzlich nach meinem Zuhause und meiner normalen Routine. Ich würde aufstehen und zu Marcus fahren, um mit ihm zu trainieren, und anschließend würden wir einen Kaffee trinken. Ich bin enttäuscht, dass ich ihn heute nicht sehen kann. Ich habe mich an diese Trainingsstunden gewöhnt, an den Endorphinrausch, an das Zusammensitzen danach, an unsere intensiven Gespräche und unser Lachen über Nichtigkeiten.

»Ich kann heute nicht mit dir trainieren«, sage ich. »Wirst du mich vermissen?« Ich versuche, einen Ton scherzhafter Freundlichkeit zu treffen, der den Stress und die brutale Realität meiner gegenwärtigen Situation abmildert, aber vielleicht bin ich auch neugierig. *Wird* er mich vermissen?

»Es ist eindeutig nicht dasselbe. Die Zeit vergeht wesentlich schneller, wenn ich dich quäle.« Sein Ton ist freundlich und neckend. Mehr nicht.

»Vielleicht mache ich ein paar Liegestütze und bringe Jenny dazu, mich dabei anzuschreien.«

Er fängt an zu lachen. Ich presse das Telefon an mein Ohr, fasziniert von dem Geräusch. Er wirkt anders als sonst, unbekümmerter. Ich bin mir nicht sicher, was sich verändert hat.

Dann denke ich wieder an Andrew. Wahrscheinlich weiß er, dass ich Marcus zu Hause besuche. Er könnte uns sogar durch das Fenster beobachtet haben, als wir uns unterhielten und Kaffee tranken. Eine weitere Woge des Zorns brandet in mir auf, ich hasse es, wie er in mein Leben eindringt. »Pass auf dich auf heute«, sage ich. »Er könnte nach mir suchen.«

»Ich hoffe, dass er hier auftaucht. Ich würde mich zu gerne mal mit ihm unterhalten.«

»Bitte tu nichts Verrücktes! Wenn du ihn siehst, ruf einfach die Polizei, okay?«

Einen Moment herrscht Stille, dann: »Okay. Ruf mich an, sobald du mehr weißt. Wenn du irgendetwas aus deinem Haus brauchst, kann ich es dir mit der Fähre rüberbringen.«

»Danke für das Angebot.«

»Pass auf dich auf, hörst du?«

»Aber immer.« Jetzt schweigen wir beide. Ich stelle mir vor, wie er in seiner Küche steht, oder vielleicht sitzt er auch auf seinem Bett und schaut aus dem Fenster auf den Ozean. Ich frage mich, was er morgens trägt. Den schwarzen Morgenmantel, der an seiner Badezimmertür hängt? Boxershorts?

»Ich muss auflegen«, sage ich. »Es war schön, deine Stimme zu hören.« Meine eigene Stimme ist weicher als sonst und enthüllt mehr, als mir lieb ist. Ich lege auf, ehe er antworten kann.

Als Nächstes rufe ich Corporal Parker an, die mir erzählt, dass sie Andrew gestern Abend befragt hat.

»Er war sehr entgegenkommend und hat natürlich darauf beharrt, dass er es nicht war«, sagt sie. »Ich empfehle immer noch, ihn anzuklagen, und wir werden ihn heute noch verhaften, aber ich muss Sie warnen: Wenn der Staatsanwalt der Meinung ist, wir hätten nicht genug für eine Anklage, ist er innerhalb von vierundzwanzig Stunden wieder draußen.«

»Was ist mit den Telefondaten?«

»Sie beweisen nicht, dass er gestern Morgen in der Nähe von Gregs Haus war, aber er gibt zu, dass er Sophie vorgestern Abend vom Café aus zu Greg gefolgt ist. Das ist allerdings kein Verstoß gegen die Auflagen, weil Gregs Adresse nicht im Kontaktverbot aufgeführt ist, sondern nur Ihre eigene.«

»Warum ist er Sophie gefolgt? Er muss mich gesucht haben.«

»Er behauptet, er habe nicht gewusst, dass Sie dort sind. Er glaubt, dass jemand Sie und Sophie stalkt, und wollte sichergehen, dass ihr niemand folgt.«

»Das ist ja vollkommen lächerlich! Sie glauben ihm doch nicht etwa, oder?«

»Es geht darum, was wir beweisen können, und im Moment haben wir keinen Beleg dafür, dass er Greg mit seinem Truck angefahren hat. Es gibt keine Spuren, keine Dellen, nicht einmal einen Kratzer. Es könnte jemand gewesen sein, der auf Greg wütend ist. Er hat erwähnt, dass er in der letzten Zeit ein paar Probleme hatte, aber dazu darf ich Ihnen nichts weiter sagen.«

»Probleme? Er hat nie …« Ich denke an den Anruf, den er an dem Morgen des Angriffs erhalten hat. Und an seinen Witz, er würde sich Geld leihen müssen. Vielleicht hat er Schwierigkeiten, von denen ich nichts weiß. Ich ärgere mich, weil er sich mir nicht anvertraut hat, doch andererseits war ich in letzter Zeit nicht gerade besonders offen, um ihm zuzuhören. »Das ist egal«, sage ich. »Ich *weiß*, dass es Andrew war.«

»Mein Bauchgefühl sagt auch, dass er es war, aber der Staatsanwalt interessiert sich nicht sonderlich für Instinkte.«

»Ich werde mich für den Rest meines Lebens verstecken müssen.«

Ich höre, wie sie tief Luft holt und durch zusammengebissene Zähne wieder ausstößt. »Ich werde ihn genau im Auge behalten. Versprochen, Lindsey.«

»Danke. Das bedeutet mir viel.« Ich schaue in den Flur. Ich kann Jenny in ihrem Zimmer rumoren hören, auch Sophie wird bald aufwachen. »Ich muss auflegen.«

Sie schweigt einen Moment und sagt dann: »Passen Sie auf sich auf.«

»Mach ich.«

Ich beende das Gespräch und starre auf meinen Kaffee. Eine Fruchtfliege ist in der Tasse gelandet und ertrunken. Ihr kleiner Körper schwimmt im Kreis. Jedes Mal, wenn ich sie mit der Fingerspitze antippe, treibt sie davon.

28

SOPHIE

Jareds Gesicht ist ein verschwommener Schatten auf meinem Laptopmonitor, der mal schärfer, mal schwächer wird. Sein Lächeln gefriert für einen Moment, seine Stimme kommt verzögert wie bei einem ausländischen Film. Die Wände seines Schlafzimmers werden schärfer, dann auch der Rest von ihm. Er beugt sich näher, bis seine schwarzen Augen nur noch wenige Zentimeter vom Bildschirm entfernt sind. Ich habe das Gefühl, ich bräuchte lediglich die Hand auszustrecken, um seine volle Unterlippe zu berühren, und habe das Verlangen, meine Lippen gegen seine zu pressen, wie ich es vielleicht als Kind beim Poster eines Teenager-Filmstars gemacht hätte. Ich schaue auf das winzige Bild von mir in der unteren Ecke und versuche, meinen Kopf so zu drehen, dass mein Haar am besten aussieht und ein Stück von meiner Schulter und die Mulde über meinem Schlüsselbein zu sehen ist.

»Wo bist du?«, fragt er.

»Ich bin im Gästezimmer. Es ist nett.« Der Raum mit den hellen türkisfarbenen Wänden wirkt frisch. Die weiße Tagesdecke ist mit dunklen Zweigen und oben mit einem Spritzer blaugrünen Himmels bedruckt. Als ich heute Morgen erwachte, kam ich mir vor wie in einem sommerlichen Meer aus kühlem Blau, was sehr beruhigend war, bis ich Mom in der Küche reden hörte und mir wieder einfiel, dass wir auf der Flucht sind.

»Weshalb sprichst du so leise?«, fragt er.

»Ich will nicht, dass meine Mom mich hört.« Okay, ich

habe meiner Mom etwas vorgeflunkert, als ich ihr sagte, Jared wüsste nicht, wohin wir fahren. Er kennt nicht die genaue Adresse, aber ich habe nicht eingesehen, warum ich ihm auch sonst nichts erzählen darf. Es ist ja nicht so, dass er losziehen und es meinem Dad erzählen würde.

Er beugt sich näher an die Kamera. »Schule ohne dich war öde heute.«

»Ich wünschte auch, ich wäre dort gewesen. Meine Mom und ich sind rumgefahren und haben ein paar Galerien besucht.« Moms Miene war angespannt, als sie sich durch den Verkehr von Vancouver kämpfte, und ihr Lächeln war brüchig, aber sie behielt es die ganze Zeit bei – als wüsste ich nicht, wie aufgewühlt sie ist. Sie bestand darauf, dass wir bei Starbucks anhalten und uns etwas Leckeres holen, obwohl sie sich normalerweise immer darüber beschwert, wie teuer dort alles ist. Ich wusste also, dass wir mal wieder *reden* würden. Ich bestellte einen Pfefferminztee. Mein Magen vertrug nichts anderes.

»Wie geht's mit deinem Dad weiter?«

»Er wurde heute verhaftet. Meine Mom versucht so zu tun, als würde er uns jetzt in Ruhe lassen, aber ich merke, dass sie es nicht wirklich glaubt.« Sie trank ihren Kaffee in Rekordzeit, während sie sprach, und ihre Finger zerpflückten die leere Zuckerpackung in tausend winzige Konfettistückchen. Die ganze Zeit über lächelte sie beruhigend, doch ich hatte *dieses* Lächeln zu oft gesehen, als dass es mich irgendwie trösten könnte.

»Wann kommt ihr nach Hause?«

»Ich weiß nicht. Ich glaube, sie macht sich Sorgen, dass mein Dad mit allem durchkommt, und vielleicht will sie, dass wir ganz hierbleiben. Jenny hat genügend Schlafzimmer, und unser Haus gehört uns ohnehin nicht.«

»Was ist mit der Firma deiner Mom?« Seine dunklen Augen wirken besorgt, und er hat sich wirklich dicht an den Bildschirm gebeugt. Es gefällt mir, dass er aufgewühlt klingt und nicht versucht, es zu verbergen. Wenn er so getan hätte, als sei es ihm egal, wäre die ganze Sache noch viel ätzender. Wenn das überhaupt möglich ist.

»Ich habe gehört, wie Jenny und sie sich in der Küche unterhalten haben, bevor wir angefangen haben zu skypen. Jenny hat meiner Mom gesagt, sie könnte in der Stadt jede Menge neue Kunden gewinnen, und sie könnte hier auch mehr Geld verlangen.«

»Ich will nicht, dass du wegziehst.«

Seine Worte befeuern die Hoffnung in meinem Herzen, einen köstlichen Hauch Glück und Wärme. »Ich will auch nicht umziehen, aber ab September sind wir zusammen auf der Uni.« Wir wurden beide an der UBC in Vancouver angenommen. Unterschiedliche Studiengänge, aber wir werden auf demselben Campus sein.

»Bis dahin sind es noch neun Monate.«

Die Art, wie er es sagt, lässt die Zeit sogar noch länger wirken. Wie eine *unglaublich* lange Zeit.

»Ich weiß nicht, was ich machen soll«, sage ich. »Ich will hier nicht leben.«

»Kannst du nicht bei Delaney bleiben?«

»Ich habe das meiner Mom gegenüber auch erwähnt, aber sie würde ausflippen.« Ich hatte versucht, ganz subtil vorzugehen. *Übrigens, Delaneys Eltern haben ein Zimmer frei …* Aber sobald ich ihren Gesichtsausdruck sah, hielt ich den Mund.

»Glaubt sie, er würde dir etwas antun?« Jared stützt sich mit den Ellbogen aufs Bett, so dass die Muskeln an seinen Armen hervortreten. Ich denke daran, wie fest sein Körper sich an meinem angefühlt hat, als wir herumgemacht haben, und dass er viel stärker ist, als ich dachte.

»Nein. Aber ich glaube, er würde meiner Mom weh tun. Wusstest du, dass er uns vorgestern Abend gefolgt ist?«

»Wirklich? Ich bin doch durch die halbe Stadt gefahren.« Er nahm verschiedene Straßen, fuhr kreuz und quer durch die Gegend, während ich im Seitenspiegel nach den Scheinwerfern von Andrews Truck Ausschau hielt.

»Ich weiß.«

»Vielleicht sollte ich sein Haus beobachten und herausfinden, was er treibt.«

»O Gott, bloß nicht! Tu das nicht!«

»Gut, aber du brauchst nur ein Wort zu sagen, und ich sage ihm, dass er sich verpissen soll.«

Ich liebe es, wie er mich beschützen will, doch als mein Dad sich zu uns setzte, wirkte er eher ängstlich. Ich werfe einen Blick zur Tür. Ich kann das Klappern von Töpfen und Pfannen hören, und es riecht nach gekochtem Essen, irgendetwas mit Knoblauch und Zwiebeln. »Ich muss Schluss machen. Das Abendessen ist fast fertig.«

»Skypen wir später noch einmal? Wir könnten zusammen fernsehen.«

Ich lege mich seitlich aufs Bett, so dass es ist, als würde ich neben ihm liegen. »Ich vermisse dich so.«

Er verändert seine Position, so dass er jetzt ebenfalls auf der Seite liegt. »Ich mag es, dich so anzuschauen«, sagt er. »Ich wünschte, ich könnte dich anfassen.« Er hebt eine Hand und berührt den Bildschirm.

»Ich habe nachgedacht«, sage ich. Die Distanz macht mich mutig, und ich fühle mich sicher genug, zu sagen, was ich wirklich empfinde. »Was wohl passiert wäre, wenn ich nicht nein gesagt hätte?«

»Ich bin froh, dass du nein gesagt hast. Es war nicht der richtige Zeitpunkt. Ich möchte, dass du dich gut damit fühlst und mir vertraust. Damit du weißt, dass es etwas Ernstes ist.«

Das atemlose Hicksen in meiner Brust meldet sich zurück. »Ist es etwas Ernstes?«

»Für mich ist es das. Ich hoffe, du kommst bald zurück nach Dogwood. Ich gebe am Wochenende eine Party, und ich kann nicht glauben, dass du nicht dabei sein wirst.«

Ich drehe mich auf den Bauch. »Eine Party? Was für eine Party?«

»Meine Eltern sagten, ich könnte ein paar Leute einladen, die üblichen Verdächtigen eben.«

»Klingt, als könnte es witzig werden.«

»Es wäre noch witziger, wenn du hier wärst.« Sein Telefon zirpt, und er holt es heraus, liest lächelnd die SMS und tippt schnell seine Antwort. Ich bin überrascht. Normalerweise sieht er nicht auf sein Telefon, wenn wir uns unterhalten, und er hat noch nie jemandem so schnell geantwortet – außer mir.

»Wer war das?«

Er schickt die SMS ab und sieht wieder mich an. »Bloß Taylor.«

Taylor. Das hübsche blonde Mädchen, mit dem er letztes Jahr zusammen war. Diejenige, mit der er Schluss gemacht hat, weil er fand, sie habe zu viel mit anderen geflirtet. Sie ist beliebt, sportlich, trägt immer hippe Klamotten und scheint eigentlich ganz nett zu sein. Ich weiß noch, wie sie zusammen gegangen sind. Sie sahen aus wie das perfekte Paar.

»Du redest noch mit ihr?«

»Manchmal.« Er zuckt die Achseln. »Sie hat sich gerade mit ihren Eltern gestritten und wollte wissen, ob ich mit ihr einen Kaffee trinken gehe.«

»Was hast du gesagt?«

»Dass ich beschäftigt bin.«

Das klingt nicht so, als hätte er meinen Namen erwähnt. Weiß sie, dass ich seine Freundin bin? All meine Glücksgefühle beginnen sich in Luft aufzulösen. »Kommt sie zu deiner Party?«

»Ich weiß nicht. Vielleicht.« Er sieht mich komisch an. »Was ist los?«

»Nichts. Ich habe nur keine Zeit für Spielchen.« Meine Augen brennen, mein Gesicht fühlt sich heiß an, und ich weiß, dass man mir meine Verärgerung ansieht. »Vielleicht solltest du mit Taylor Kaffee trinken gehen. Offensichtlich mag sie dich immer noch, und in meinem Leben passiert gerade ziemlich viel. Ich kann nicht einmal zu deiner Party kommen.« Die Unterhaltung gerät ins Trudeln, aber ich kann meine außer Kontrolle geratenen Gedanken nicht bremsen.

»Warte, stopp. Ich werde sie nicht einladen, okay?«

»Darum geht es nicht.« Doch, darum geht es, und jetzt glaubt er wahrscheinlich, ich sei irgendein durchgeknalltes, eifersüchtiges Mädchen, aber nichts davon ist wirklich wichtig, weil mein richtiges Leben so verkorkst ist, und jetzt ist er wütend, er verzieht das Gesicht zu einer Miene, die ich nie zuvor gesehen habe. Er sieht älter aus.

»Es ist wegen deines Dads, stimmt's?«, sagt er. »Du hängst in Vancouver fest und glaubst, ich würde dich sitzenlassen, weil ich nichts damit zu tun haben will?«

Ich sage nichts. Er hat ins Schwarze getroffen, und mir gefällt nicht, wie sich das anhört.

»Es ist mir egal, wo du lebst«, sagt er. »Du bist das einzige Mädchen, das ich will, und ich kann alles mit dir zusammen durchstehen, okay? Aber ich wünschte, dein Dad würde verschwinden.«

Alles in mir kocht wieder runter, eine stille Art von Ruhe breitet sich in mir aus, wie manchmal in einem Wintersturm, wenn der Wind einfach so aufhört. Er versteht mich.

»Es ist, als hätte er vollständig die Kontrolle übernommen, verstehst du? Er ist wahnsinnig geworden.«

»Ja. Jemand muss ihm zeigen, wie Wahnsinn wirklich aussieht.«

Stirnrunzelnd blicke ich ihn an. »Was soll das heißen?«

»Hängt davon ab, was du unter Wahnsinn verstehst.« Er lächelt, aber es ist eine neue Art Lächeln, die ich noch nie bei ihm gesehen habe. Es gefällt mir nicht. Ich höre Schritte auf dem Flur. »Meine Mom kommt. Ich muss aufhören. Ich logge mich später noch einmal ein.« Ich beende den Anruf, dann starre ich mit heftig klopfendem Herzen auf den Bildschirm. Was, wenn er loszieht und mit meinem Dad redet? Was, wenn sie anfangen zu kämpfen?

Meine Finger schweben über der Tastatur. Meine Mom kommt näher. Vor meiner Tür bleibt sie stehen. »Abendessen ist fertig, Sophie.«

»Okay. Ich mache nur noch meine Hausarbeit fertig.« Ihre Schritte entfernen sich über den Flur. Jareds Icon zeigt, dass er nach wie vor online ist. Ich sollte ihn noch einmal anrufen und sicherstellen, dass er sich von meinem Dad fernhält. Mein Telefon klingelt, und ich greife danach, werfe einen Blick auf das Display. Ich kenne die Nummer nicht. Andrew?

Ich drücke das Telefon an meinen Bauch, ersticke das Geräusch für einen Moment, während ich nachdenke. Ich weiß nicht, was ich tun soll. Das Telefon ausschalten? Meine Mom rufen? Mit ihm reden?

Ehe ich noch weiter denken kann, nehme ich das Gespräch an. »Wer ist da?«

»Ich bin's, Andrew. Wir müssen reden.«

»Ich habe dir gesagt, du sollst mich in Ruhe lassen.« Mein Blut rauscht so schnell durch den Körper und meinen Kopf, dass ich mir vorkomme wie in einem Tunnel. Alles ist dunkel, eng und laut.

»Sophie, es ist ernst. Ich bin im Gefängnis.«

»Ja, weil du Greg verletzt hast.«

»Damit habe ich nichts zu tun.«

»Du sagst immer wieder, dass nichts davon deine Schuld ist, und ich glaube immer noch nicht ...«

»Halt für eine Minute den Mund. Ich versuche, dir zu helfen.«

Ich bin so verblüfft über seine Worte, dass mir alles, was ich sonst noch sagen wollte, in der Kehle stecken bleibt.

»Mit wem verbringt deine Mom sonst noch ihre Zeit? Hat sie jemanden verärgert?«, fragt er. »Jemand versucht, sie mürbezumachen und mich reinzureiten. Wann hörst du mir endlich zu?«

Ich starre die beruhigend blauen Wände an, doch in meinen Ohren schrillt es. Die Art, wie er mit mir redet. Es kommt mir jetzt so vertraut vor. Ich habe diese Stimme schon früher gehört. Ich habe ihn so mit meiner Mom reden hören.

»Wann wirst du aufhören zu *lügen*?«, sage ich. »Mom hat recht. Der einzige Mensch, der dir wichtig ist, bist du selbst, und jetzt ist mein ganzes Leben im Arsch. Wegen *dir*. Ich wünschte, du würdest verschwinden.«

»Ich werde nicht zulassen, dass irgendjemand dir weh tut, Sophie.« Die Art, wie er spricht, macht mir mehr Angst als je zuvor in meinem Leben. Es fühlt sich an, als stünde ich mitten auf einer Straße, und ein großer Truck käme direkt auf mich zu. Er ist wütend, aber da ist auch noch etwas anderes in seiner Stimme, das ich nicht begreife. Es klingt, als würde er eine merkwürdige Art von Versprechen geben, und ich habe schreckliche Angst, was das bedeutet.

Ich öffne den Mund, doch meine Kehle ist so eng, dass ich Mühe habe, zu sprechen. »Ich muss auflegen.« Ich beende den Anruf, drücke kräftig auf die Taste und schleudere das Telefon mit solcher Wucht aufs Bett, dass es herunterspringt und polternd zu Boden fällt.

»Alles in Ordnung?« Die Stimme meiner Mutter weht durch den Flur.

»Ja. Ich habe nur mein Handy fallen lassen.«

»Dein Essen wird kalt.«

»Bin gleich da.« Ich schlage meinen Skizzenblock auf und reiße jedes Bild heraus, das irgendetwas mit Andrew zu tun hat. Dann schleiche ich zu Jennys Hintertür hinaus, die Bilder zusammengeknüllt in der Hand, und stopfe sie unter den Metallrost über ihrer Feuerstelle. Ich zünde die Ecke eines der Bilder mit einem Streichholz an. Die Flammen kriechen und springen über die Zeichnungen, verzehren auf ihrem Weg alles und färben das Papier schwarz. Ich sehe zu, bis das Feuer die letzte Seite vernichtet hat und alles zu Asche geworden ist.

Verschwunden ist die Zeichnung, wie wir am Fluss angeln. Verschwunden das Bild von seinem neuen Haus mit dem Ausblick über den Ozean. Verschwunden die Zeichnung von seinen Arbeitsstiefeln mit dem schmelzenden Schnee. Verschwunden das Bild von seinen Händen neben meinen. Alles verschwunden.

29

LINDSEY

»Wollen wir uns noch einen Kaffee holen?«, fragt Jenny. Wir gehen mit Angus im Park am Strand spazieren, wie jeden Abend nach dem Essen.

»Lieber nicht. Das Koffein macht mich nur noch wuschiger.« Vor vier Tagen haben wir Dogwood verlassen, und vor zwei Stunden erst rief Parker an, um mir mitzuteilen, dass Andrew gegen Kaution draußen ist. Wenn die Polizei keine Beweise findet, dass er Greg verletzt hat, wird man die Anklage fallenlassen. Ich muss mich bald entscheiden, ob Sophie und ich umziehen sollen, aber ich zögere immer noch, wann ich zum Telefon greifen soll, um meinen Vermieter anzurufen. Dies ist das wichtigste Jahr in Sophies Leben. Sie sollte den Schulabschluss zusammen mit ihren Freunden machen und wie besessen von der Frage sein, welches Kleid sie zum Abschlussball anzieht, anstatt zusehen zu müssen, wie ihr Leben in Stücke gerissen wird.

Jenny schaut zu mir herüber. »Woran denkst du gerade?«

»Ich weiß nicht, wann dieser Albtraum endet. Selbst wenn Sophie auszieht, kann Andrew durch sie immer noch an mich herankommen. Was soll ich tun? Wir leben wie Flüchtlinge.«

»Ich wünschte, ich wüsste die Antwort.« Mitfühlend sieht sie mich an. Der Wind peitscht den Ozean auf, und sie bleibt stehen, um sich die Haare zurückzubinden. Ihre Augen sind konzentriert zusammengekniffen. Wir sind gleich groß, und unsere Schultern stoßen zusammen, als wir den Weg weitergehen.

»Ich komme mir vor wie eine Ratte im Labyrinth; ich husche die ganze Zeit herum und suche den Ausgang. Nicht einmal bei dir in Vancouver sind wir sicher. Er könnte ganz einfach einen Privatdetektiv engagieren.«

»Was würdest du denn am liebsten tun?«

»Keine Ahnung. Ich weiß es wirklich nicht. Sollen wir wieder in unser Haus zurückkehren und aufhören, davonzulaufen?«

»Er wird dich nicht in Ruhe lassen.«

Ich sehe Angus zu, der eine Möwe ins Wasser jagt, und pfeife, um ihn an meine Seite zu rufen. Mit einem schiefen Grinsen kommt er angerannt, das Fell nass, und springt vor uns auf den Pfad. Es ist stürmisch, und die Wellen donnern mit lautem Getöse ans Ufer. Die Felsen sind rutschig und mit Seetang bedeckt, ab und zu kreist ein Seeadler über unseren Köpfen und lässt sich vom Wind hin und her tragen.

»Ich denke die ganze Zeit daran, wie sehr ich wünschte, Andrew wäre in jener Nacht bei dem Unfall gestorben«, sage ich. »Ich hasse es, dem Vater meines Kindes gegenüber so zu empfinden.«

»Du bist auch nur ein Mensch. Ich versuche, meinem Exmann zu vergeben, aber wenn er unsere Kinder manipuliert, wünsche ich ihm auch den Tod.« Ihre beiden Kinder gehen auf die Universität und sind alt genug, um die Manipulationen ihres Vaters zu durchschauen, trotzdem schaffte er es immer noch, sie in sein Netz aus Lügen hineinzuziehen, sie wegen irgendwelcher eingebildeter Beleidigungen gegen ihre Mutter aufzubringen und sie wieder auszuspucken, sobald er mit ihnen fertig ist.

»Früher habe ich davon geträumt, mir eine Waffe zu kaufen«, sagt Jenny. »Einmal war ich kurz davor.«

»Ernsthaft?«, frage ich alarmiert. Ich kann mir nicht vorstellen, dass meine zierliche Freundin in einen Waffenladen geht, mit der Faust auf den Tisch haut und nach einer Waffe verlangt. Doch wenn ich darüber nachdenke, kann ich sie mir gut auf dem Schießstand vorstellen, die eiskalten Augen auf das Ziel fokussiert, während sie die Schüsse abfeuert.

»Ich weiß. Man erwartet immer von mir, total zenmäßig drauf zu sein, aber glaub mir, dieser Mann hat mich in so mancher Nacht zu finstersten Mordgedanken inspiriert. Manchmal kam es mir vor, als sei es der einzige Weg.«

»Sophie hat mir von dem Schmetterlingseffekt erzählt, dass eine kleine Entscheidung alles verändern kann. Sie fragte mich, ob ich irgendetwas bereue.«

»Und? Tust du es?« Sie sieht mich von der Seite an.

Ich überlege, ob ich Jenny anvertrauen kann, dass ich Andrew Schlafmittel gegeben hatte, damit ich mit Sophie entkommen konnte. Ich weiß, sie würde es verstehen, und wenn überhaupt, würde sie mir vermutlich noch dafür auf die Schulter klopfen, aber ich habe mein Geheimnis und meine Schuldgefühle schon zu lange für mich behalten.

»Das spielt doch keine Rolle«, sage ich. »Wir können die Zeit nicht zurückdrehen.«

»Das stimmt. Wir können nur nach vorne schauen. Vielleicht solltest du in die Staaten fliehen. Andrew ist vorbestraft; sie würden ihn nicht ins Land lassen.«

»Was ist mit Sophie? Ich kann sie nicht hierlassen.«

»Glaubst du, Andrew würde ihr etwas antun?«

Ich denke kurz nach. »Als sie jünger war, hatte ich Angst, er könnte mit ihr verschwinden oder mit ihr Auto fahren, nachdem er getrunken hat, aber ich glaubte nie, dass er ihr absichtlich weh tun würde. Jetzt weiß ich es nicht. Ich habe keine Ahnung, was er tun könnte, wenn er merkt, dass er keine Kontrolle über sie hat, verstehst du?«

»Ja, allerdings. Es ist furchtbar. Es ist, als säße dein Kind direkt neben einer tickenden Zeitbombe, und wir können nichts dagegen tun.« Sie sieht frustriert aus, ihr Gesicht ist vom Wind und vom Zorn gerötet. Sie hebt einen Stein auf und wirft ihn so weit ins Meer, wie sie kann. Und dann noch einen.

Ich sehe einen Moment zu. Ich begreife, was sie da tut, dass sie versucht, auf harmlose Weise den Stress und das Gefühl, in der Falle zu sitzen, zu mildern. Ich hebe ebenfalls einen Stein auf und schleudere ihn ins Wasser. Angus rennt hinterher. Jenny und ich stehen jetzt beide still, die Hände in den Taschen vergraben.

»Wenn ich morgen nach Dogwood fahre, um den Frauen ihren Gehaltsscheck zu geben, könnte ich Andrew um ein Treffen bitten, bei dem Parker draußen wartet. Dann provoziere ich ihn, und wenn er mich angreift, müssen sie ihn verhaften.« Ich hatte den Zahltag ganz vergessen, bis Rachelle vor ein paar Stunden anrief und nach ihrem Lohn fragte.

Jenny dreht sich um. »Bist du verrückt? Er könnte dich *umbringen*!«

»Nicht, wenn Parker ihn vorher erwischt.«

»Das Spiel ist zu riskant, Lindsey – sie wird dem niemals zustimmen.«

»Du hast recht. Es war eine dumme Idee. Ich bin nur so verzweifelt.«

Wir gehen weiter, beide in Gedanken versunken, und rutschen und stolpern über den unebenen Strandpfad. Angus' Halsband klimpert, sobald er vorwegläuft und wieder zu uns zurückkommt, um nach uns zu sehen.

Jenny bleibt erneut stehen, dieses Mal so unvermittelt, dass ich schon denke, sie stürzt. Ich will sie festhalten, aber sie steht ganz sicher da und schaut mir in die Augen.

»Geh nicht zurück. Ich habe ein schlechtes Gefühl dabei.«

»Die Frauen brauchen ihre Schecks, und alle Daten sind auf meinem Computer zu Hause gespeichert. Ich werde Marcus bitten, zu mir nach Hause zu kommen, okay?«

»Okay, aber die Sache gefällt mir immer noch nicht.«

Ich trete näher und nehme sie in den Arm. Sie drückt mich kräftig und legt ihre kalte Wange an meine. Ich kann ihre Lavendellotion riechen. Sie stellt sie selbst her, mit Salbei und Avocado. Ich sage ihr immer, sie soll sich kein Essen ins Gesicht schmieren, und sie lacht jedes Mal darüber.

»Bitte lass dich nicht umbringen«, sagt sie, als wir uns voneinander lösen. »Ich will nicht noch eine Tochter aufziehen. Meine machen schon genug Ärger.« Ihr Mund verzieht sich zu einem Lächeln, aber ihr Blick ist ängstlich.

»Mach ich nicht.« Ich versuche, zuversichtlich zu klingen, aber mein Kopf ist voller Erinnerungen an Andrews Hände, die meine Kehle umklammern, und an sein Gesicht, zu einer Grimasse verzerrt, die beinahe wie ein Lächeln aussieht.

Sophie ist in ihrem Schlafzimmer und skypt mit Delaney, die ihr bei einer Hausaufgabe hilft. Sie hat Jared nicht erwähnt, aber ihr Handy zirpt unentwegt wegen der ständigen SMS, und gestern Abend ist sie nach dem Essen sofort wieder in ihrem Zimmer verschwunden.

»Herein«, ruft sie laut, als ich leise an ihre Tür klopfe. Sie sitzt auf der Fensterbank und starrt nach draußen. Ich setze mich neben ihre Füße und folge ihrem Blick. In der Ferne erhasche ich einen flüchtigen Blick auf den vom Mondlicht erhellten Ozean. Der Himmel ist klar und voller Sterne. Ich denke daran, wie Andrew Sophie früher die Sternbilder zeigte, und mir stockt der Atem.

»Was machst du gerade?«, frage ich. Sie hat einen Skizzenblock auf ihrem Schoß, doch die Seite ist leer. Auf dem Bett verstreut liegen ihre Notizhefte und Ordner. Ihr Laptop ist aufgeklappt, der Bildschirm dunkel.

»Ich denke nur nach.« Sie streckt ihre Beine, so dass sie neben meinen liegen. Als sie klein war, saßen wir oft auf diese Weise auf der Couch, die Köpfe auf den Polstern an beiden Enden, die Beine miteinander verschlungen. Wie haben unsere Bücher gelesen oder uns Filme angeschaut, einfach nur glücklich, zusammen zu sein. »Ich vermisse unser Haus«, sagt sie.

»Ich möchte mit dir über etwas reden.«

Ihre Augen werden schmal. »Ich hasse es, wenn du ein Gespräch so beginnst.«

»Es ist nichts Schlimmes. Ich fahre nur für einen Tag nach Hause. Ich muss den Frauen ihren Lohn auszahlen.«

Ihr Gesicht hellt sich auf. »Du fährst nach Dogwood? Ich will mitkommen.«

»Du solltest hierbleiben.«

»Auf gar keinen Fall. Ich will Jared und Delaney sehen und ein paar Klamotten von zu Hause holen.« Sie zieht an ihrem violetten Sweater. »Ich habe es satt, immer dasselbe zu tragen.«

»Du kannst mir eine Liste machen. Ich glaube einfach nicht, dass es sicher ist.«

Sie beugt sich vor. »Mom, wenn du mich nicht mitnimmst, setze ich mich in den Bus und fahre allein zurück.« Sie wirkt entschlossen, und mich überfällt eine Erinnerung an die Zeit, als sie ein kleines Mädchen war. Eines Tages erwischte ich sie beim Packen, weil sie Emily Carr besuchen wollte, die beliebte kanadische Künstlerin. Es war schrecklich, ihr sagen zu müssen, dass sie schon vor vielen Jahren gestorben war. Sie bestand darauf, ihr Grab auf Vancouver

Island zu besuchen und ihr Blumen zu bringen, weil »sogar tote Menschen schöne Dinge mögen«.

Sie ergreift meine Hand. »Mom. Ich habe Angst um dich. Ich möchte bei dir bleiben.«

Ich denke darüber nach, stelle mir vor, wie sie in Jennys Haus herumtigert, allein und voller Sorge um mich. »Also gut. Aber wir gehen nur für einen Tag zurück, verstanden?«

Sie hat sich bereits ihren Laptop geschnappt. »Ich sage Jared Bescheid.« Ihr Skype klingelt. Er wird bald online sein. Ich stehe auf. »Wir nehmen die Fähre morgen früh.«

»Super.« Sie lächelt, hocherfreut darüber, zurückzufahren. Ich bleibe einen Moment in der Tür stehen und beobachte, wie ihre Miene sich aufhellt, als Jared ihren Anruf annimmt.

»Hi Schatz«, sagt er. »Hast du meine SMS bekommen? Du hast nicht geantwortet.«

»Tut mir leid. Ich habe mit meiner Mom geredet.« Sie sieht mich an, will ganz offenkundig, dass ich gehe. Ich schließe die Tür und versuche, das unbehagliche Gefühl in meiner Magengrube zu ignorieren. Mir gefällt es nicht, wie er wegen seiner SMS nachgefragt hat und wie sehr es mich an mein Leben mit Andrew erinnert. Es ist nicht dasselbe, ermahne ich mich. Sophie ist nicht ich, und Jared ist nicht Andrew.

Wir nehmen die erste Fähre, sind beide verschlafen und klammern uns an unseren Kaffee. Sophies Handy vibriert alle fünf Minuten mit einer neuen SMS, und ich gebe vor, ein Buch zu lesen, während ich daran denke, wie einfach alles war, als sie jung war und mir sämtliche Geheimnisse anvertraut hat. Als ich ihre wichtigste Vertraute war. Jetzt ist sie ein Rätsel für mich, und diese Beziehung mit Jared ist völliges Neuland.

Marcus wartet auf der Vordertreppe unseres Hauses, als wir in die Auffahrt einbiegen und anhalten. Die Reifen knirschen im Schnee. Der größte Teil der Auffahrt ist geräumt, Schneehaufen säumen die Seiten, und er hat sogar die Treppe freigeschaufelt. Winkend kommt er zum Auto und öffnet mir die Tür.

Ich steige aus. »Danke, dass du die Auffahrt geräumt hast.«

»Ich war etwas zu früh hier.«

Sophie kommt nach vorn, die Hände tief in den Taschen vergraben. »Hi, Marcus.«

»Sophie.« Er umarmt sie kurz, und ich sehe, wie sie sich entspannt und die Hände aus den Taschen zieht. Ich bin dankbar, dass er heute hier ist.

Angus springt aus dem Wagen, läuft zu Marcus, um ihn zu begrüßen, und saust anschließend durch den ganzen Garten. Er vergräbt seine Nase im Schnee und springt in die Luft. Sophie lacht.

Während sie durch Angus abgelenkt ist, schaue ich mich im Garten um, suche nach Fußspuren, aber über Nacht hat es geschneit, und der Boden ist mit einer Schicht Neuschnee bedeckt.

Als wir die Treppe hochsteigen, sagt Marcus: »Ich habe deinen Außenhahn kontrolliert und mich vergewissert, dass er abgestellt ist. Es ist kalt diese Woche.«

Ich habe die Heizung im Haus auf der niedrigsten Stufe laufen lassen, trotzdem trifft mich ein eiskalter Zug, als wir hineingehen, und dazu ein Geruch, den ich nicht identifizieren kann, irgendwie faulig. Marcus sieht mich an.

»Riechst du das?«, fragt er.

»Ich muss etwas Müll unter der Spüle vergessen haben.« Ich klappe die Konsole der Alarmanlage auf. Angus stürmt in den Vorraum und findet einen seiner Bälle, der in die Ecke gerollt war. Wedelnd läuft er uns vor die Füße und bringt den Ball wie wahnsinnig zum Quietschen. Sophie schiebt sich an mir vorbei ins Haus.

Das rote Licht der Alarmanlage blinkt nicht. Ich halte inne, meine Finger über der Tastatur.

»Irgendetwas stimmt nicht. Der Alarm ist aus.« Angus jagt Sophie hinterher, seine Krallen kratzen auf dem Boden. Sekunden später höre ich ihn bellen. Ich wirbele herum. Noch nie habe ich ihn so bellen gehört – so tief und wild, dass es in meiner Brust vibriert. Dann beginnt Sophie zu schreien.

Ich lasse meine Tasche und die Schlüssel fallen und renne in die Richtung, aus der ihr Schrei kommt, Marcus ist dicht hinter mir. Als wir um die Ecke biegen, presst Sophie sich an die Wand, immer noch schreiend und Worte keuchend, die ich nicht verstehe. Ihr aschfahles Gesicht leuchtet im schummrigen Flur. Angus winselt und umkreist etwas auf dem Boden. Der Geruch wird schlimmer. Viel schlimmer.

Ich betätige den Schalter neben mir, und der Flur wird in helles Licht getaucht. Es ist Andrew.

30

Diesen Raum auf dem Polizeirevier kenne ich. Den Tisch aus Holzimitat, die hellgrünen Betonwände, genau die gleiche Farbe wie in Krankenhäusern. Nichts Gutes passiert jemals in Räumen mit dieser Farbe. Hier saß ich mit Corporal Parker und füllte die Formulare für den Antrag auf Kontaktsperre aus. Es scheint Monate her zu sein.

Sophie und Marcus sind in anderen Räumen und machen ihre Aussagen. Ich hasse es, dass Sophie das alles allein durchstehen muss, habe die Polizisten angebettelt und beschimpft, damit sie mich bei ihr lassen, aber sie haben darauf bestanden, dass sie mit jedem von uns allein reden müssten. Immer noch hallt ihr schriller Schrei in meinen Ohren nach, als sie Andrew gefunden hat, sehe ich ihren furchtbar gepeinigten Blick. Sie hatte sich nicht hingekniet oder ihn berührt. Sie stand wie gelähmt im Flur, starrte den Leichnam an und presste die Hand vor den Mund. Ich schlang meine Arme um sie und hielt sie fest. Ich wünschte, ich hätte verhindern können, dass sie ihn so sieht.

Das geronnene Blut um seinen Kopf war in die Eichendielen eingesickert und zu fast schwarzen Punkten getrocknet. Einer seiner Arme war ausgestreckt, als wollte er nach etwas greifen, die Hand so weiß, dass sie aussah wie eine übrig gebliebene Halloween-Requisite. Sein rechtes Bein bildete einen merkwürdigen Winkel – war es gebrochen? Ich wollte hingehen und es gerade hinlegen, aber ich schloss nur die Augen und drückte Sophie fester an mich.

Marcus rief die Polizei, die binnen weniger Minuten da war. Frierend warteten wir draußen in der Kälte. Keiner von uns sagte etwas. Marcus berührte immer wieder meine Hand oder legte Sophie den Arm um die Schultern. Angus saß leise winselnd neben ihr.

Auf dem Weg zum Revier starrte Sophie mit ausdrucksloser Miene aus dem Fenster und zitterte am ganzen Körper. Sie stand unter Schock, eingesponnen in einen Kokon, bevor das Entsetzen käme, was hoffentlich noch etwas länger dauerte. Ich denke daran, wie es war, als meine Mutter und mein Vater starben, wie alles sich plötzlich so fern und unwirklich angefühlt hatte, bis es sehr, sehr real wurde. Ich muss sie nach Hause bringen, muss für sie da sein, wenn sie zusammenbricht.

»Alles in Ordnung?«, fragt Parker. Heute trägt sie eine hellblaue Bluse mit einem engen schwarzen Bleistiftrock und Schuhe mit Absätzen, aber sie sieht deswegen nicht weniger offiziell aus.

»Ja. Ich glaube schon. Es ist kalt hier drin.« Ich reibe mir die Arme. Sobald ich Sophie nach Hause gebracht habe und sie sich beruhigt hat, werde ich ein heißes Bad nehmen oder einen Rum trinken oder beides, aber dann wird mir klar, dass wir kein Zuhause mehr haben. Unter gar keinen Umständen wird eine von uns jemals wieder eine Nacht unter diesem Dach verbringen. Und vermutlich werden wir auch tagelang, vielleicht wochenlang, nicht in das Haus dürfen, um unsere Sachen herauszuholen, solange die Polizei dort ermittelt. Der Gedanke trifft mich wie ein Schlag in die Magengrube. Wo sollen wir hin?

»Sie stehen unter Schock.« Parker hat mir bereits einen Kaffee oder Tee angeboten, was ich beides abgelehnt habe, unsicher, ob mein Magen das vertragen würde.

»Ich weiß nicht, was er da drin gemacht hat.« Ich schüttele den Kopf, versuche immer noch, zu begreifen, was geschehen ist. Vermutlich hat sie recht: Ich stehe ebenfalls unter Schock. Wie kann er *tot* sein? Ein Bild taucht unvermittelt auf: Andrew mit siebenundzwanzig, der neben meiner Kasse steht, sein Lächeln und das blonde Haar, das meine Welt erhellt. »Ich fasse es nicht, dass er die Treppe heruntergefallen ist. Ich frage mich, wie lange er da drin war …« Ein entsetzlicher neuer Gedanke schießt mir in den Kopf. Was, wenn er nicht sofort tot war? »Sie wollten am Haus vorbeifahren«, sage ich. »Haben Sie etwas gesehen?«

»Ich bin nicht dazu gekommen – ich hatte die ganze Woche Doppelschichten.« Ihr Blick bewegt sich rasch zu einer Ecke des Raumes, und ich frage mich, ob dort eine Kamera installiert ist. Sie hatte erwähnt, dass unser Gespräch vielleicht aufgezeichnet wird. Hätte sie mir gar nicht anbieten dürfen, am Haus vorbeizufahren? »Sie sagten, der Alarm sei ausgeschaltet gewesen, als Sie das Haus betraten. Wer außer Ihnen kannte den Code sonst noch?«

Ich versuche, mich auf die Frage zu konzentrieren, aber ihre Stimme klingt blechern und weit entfernt. Der Schmerz in meinem Herzen überrascht mich, die Sehnsucht, meinen Kopf auf den Tisch zu legen und zu weinen. *Warum macht es mir überhaupt etwas aus? Es sollte mir egal sein. Er hat mir weh getan. Aber ich habe ihn einmal geliebt. Gott, ich habe ihn so sehr geliebt.*

»Lindsey? Alles in Ordnung?«

»Verzeihung. Was haben Sie gesagt?«

»Der Code?«

»Ach ja. Nur Sophie, mein Bruder und ich.«

»Was ist mit …« Sie schaut auf ihre Notizen. »Greg?«

»Ich habe ihm den Code nie gegeben.«

»Hat er je zugesehen, wie Sie den Alarm ein- oder ausgeschaltet haben?«

Ich zögere, denke an all die Male, wenn wir nach einem Date nach Hause kamen und er neben mir im Vorraum stand und darauf wartete, dass ich den Alarm ausschaltete. Dann begreife ich, warum Parker das fragt.

»Sie glauben, Greg hat Andrew etwas angetan? Das ist absurd.« Greg sieht vielleicht tough aus, aber er ist der am wenigsten gewalttätige Mensch, den ich kenne. Er gehört zu den Menschen, die Streitereien beenden, nicht anfangen.

»Die Spurensicherung muss den Tatort noch untersuchen, und es wird eine Autopsie geben, aber im Moment behandeln wir seinen Tod noch wie einen verdächtigen Todesfall. Wann haben Sie das letzte Mal mit Greg gesprochen?«

Spurensicherung. Autopsie. Verdächtig. Ich will die Worte aufschreiben und sie anstarren, weil sie nicht richtig sein können. Parker beobachtet mich. Wonach sucht sie?

Ich denke an Sophie im anderen Raum, zusammen mit einem Police Officer, den sie nie zuvor gesehen hat und der ihr all diese unerträglichen Fragen stellt. Weint sie? Fragt sie nach mir? Ich muss diese Befragung hinter mich bringen und sie dann von hier wegschaffen, ehe ich durchdrehe.

»Greg und ich haben uns getrennt.«

»Was hielt Ihr Bruder von Andrew?« Sie stellt die Frage in der Vergangenheitsform. Es trifft mich erneut, diese Erkenntnis, dass Andrew tot ist. Fast zwanzig Jahre lang spielte er in meinem Leben eine Rolle. Ob gut oder schlecht, er war immer da. In meinen Gedanken und meinen Erinnerungen. In meiner Tochter.

»Sie haben nicht miteinander geredet.«

»Es muss schwer für ihn gewesen sein, zu sehen, wie Andrew Sie und Sophie behandelt hat.«

Wir blicken uns in die Augen, und ich spüre leises Unbehagen in mir aufsteigen. »So wie vermutlich für jeden Bruder. Er hat eine Freundin. Sie ist schwanger, und sie sind sehr glücklich.« Ich fasele herum, erzähle ihr Sachen, nach denen sie nicht gefragt hat, aber ich kann anscheinend nicht aufhören. Ich hoffe, dass Chris keinem seiner Freunde je erzählt hat, dass er Andrew schon vor Jahren hätte aus dem Weg schaffen sollen. Es würde kein gutes Bild abgeben. Er war *so wütend*, als ich ihm erzählte, dass Greg von einem Truck angefahren worden war. Das Rinnsal des Unbehagens schwillt zu einem Fluss an.

»Was glauben Sie, was Andrew zugestoßen ist?«

»Er ist in mein Haus eingebrochen, um herauszufinden, wo ich stecke – wahrscheinlich hat er wieder meine E-Mails kontrolliert. Dann ist er über irgendetwas gestolpert. Angus hat immer irgendwelche Knochen und Spielzeuge oben an der Treppe liegen lassen. Er häuft sie vor meinem Schlafzimmer auf wie Geschenke.« Meine Zuversicht wächst, ich bin sicher, dass es genau so war. Parker wird die Wahrheit in dieser Erklärung erkennen und aufhören, mir lächerliche Fragen zu stellen. »Der Alarmcode war das Datum meiner Scheidung. Er hätte es erraten können.« Ich schweige und denke nach. »Er hat im Baugewerbe gearbeitet. Vielleicht wusste er auch, wie man so ein Ding außer Gefecht setzt.«

»Hätte Sophie sich je mit ihm im Haus getroffen oder ihm den Code gegeben?«

»Gott, nein.« Ich denke an Jared und frage mich, ob Sophie ihm den Code gegeben oder er je gesehen hat, welche Ziffern sie eintippte. Fast erwähne ich es, doch dann beschließe ich, nichts zu sagen. Es ist zu unwahrscheinlich.

»Und Ihre Freundin kann bestätigen, dass Sie die ganze Woche in Vancouver waren?«

»Glauben Sie, ich hätte etwas damit zu tun?«, frage ich ungläubig, obwohl Schuldgefühle mir die Hitze ins Gesicht treiben, als ich an die Unterhaltung mit Jenny am Strand denke.

Sie sieht mich an, ohne dass ihre Miene etwas verraten würde. »Sie waren sehr wütend auf ihn.«

»Natürlich war ich wütend, aber ich habe ihn nicht *umgebracht.*«

»War Sophie die ganze Zeit bei Ihnen?«

»Ich fasse es nicht, dass Sie diese Frage überhaupt stellen.« Panik bohrt mir ihre scharfen Klauen in den Nacken. Sophie ist ganz allein mit einem Police Officer. Sollte sie einen Anwalt dabeihaben?

»Ich weiß, dass diese Fragen Sie aufregen, aber ich würde meinen Job nicht richtig erledigen, wenn ich sie nicht stellen würde.« Sie beugt sich vor. »Wir müssen nur ausschließen, dass einer von Ihnen beiden es war, okay? Es wird uns helfen, herauszufinden, worauf wir uns konzentrieren müssen.«

Das könnte die Wahrheit sein, aber ich nehme es ihr trotzdem übel, auch wenn sie noch so mitfühlend aussieht. Wahrscheinlich ist es nur ein Trick, um mich glauben zu machen, sie sei auf meiner Seite, damit ich unvorsichtig werde. Verdreht der andere Cop Sophie die Worte im Mund? Was, wenn sie ihnen erzählt, wie wütend sie auf ihren Vater war?

»Sophie war manchmal für ein paar Stunden allein in Jennys Haus, aber das *war's* auch schon. Sie hatte keine Möglichkeit, kurz nach Dogwood zu fahren. Wir sind heute Morgen nur zurückgekommen, weil ich meine Angestellten bezahlen muss – sie warten übrigens immer noch.« Ich lehne mich auf dem Stuhl zurück, erschöpft, überwältigt und den Tränen nahe. »Vor einer Stunde sollte ich mich mit einer der Frauen treffen.«

»Sobald die Kollegen fertig sind und Andrews Leichnam abtransportiert wurde, können Sie in Ihr Haus, um Ihre Sachen zu holen. Allerdings wird Sie jemand begleiten – es ist immer noch ein Tatort.«

»Ich will Sophie sehen. Wenn Sie sie noch länger hierbehalten, werde ich Sie verklagen.« Ich habe keine Ahnung, wegen was ich klagen sollte, aber die Drohung fühlt sich gut an. Ich sehe Parker in die Augen, und zum ersten Mal fällt mir auf, dass sie wirklich müde aussieht. Ihre Haut ist blass, und unter den Augen hat sie geschwollene Ringe. Sie sagte, sie habe die ganze Woche in Doppelschichten gearbeitet, und trotzdem ist sie heute gekommen. Hat man sie hinzugezogen, um mich zu befragen, weil wir bereits zusammengearbeitet haben? Vielleicht denkt man, ich würde ihr mehr vertrauen. Sie haben sich geirrt.

»Ich sehe nach, ob sie fertig sind.« Sie steht auf, dann hält sie kurz inne, eine Hand an ihrem Stuhl. »Es tut mir leid, dass es auf diese Weise enden musste. Ich hatte wirklich gehofft, er würde Sie in Ruhe lassen.«

Ich blicke auf, verwundert über ihre Worte. Dann werde ich wütend.

»Sie hatten *gehofft*, dass er mich in Ruhe lassen würde? Sie wussten, dass es nie dazu kommen würde. Sie hätten ihn im Auge behalten sollen. Sie hätten mein Haus kontrollieren sollen. Er könnte noch am Leben sein.«

Wir starren uns an. Ihr Gesicht ist rot, und ich begreife, was ich gerade gesagt habe. Ich habe ihr die Schuld zugeschoben, ohne zu wissen, warum. Ich wollte nicht, dass Andrew stirbt, und *das* könnte der entsetzlichste Gedanke von allen sein. Ich erinnere mich an die Nacht des Unfalls, an die Tabletten in meiner Hand – und dann dieser Anruf von meinem Bruder. Mein erster Impuls war schwindelerregende Erleichterung gewesen. Andrew war am Leben. Ich hatte das nie jemandem gegenüber zugegeben, nicht einmal vor mir selbst.

Ihre Miene verändert sich, wird härter, und ich sehe den Cop in ihr. »Was immer Andrew zugestoßen ist«, sagt sie, »hat er sich selbst eingebrockt. Vergessen Sie das nicht.«

Die Tür schließt sich hinter ihr, und ich bleibe in dem kahlen Raum zurück und denke über das nach, was sie gesagt hat. Ich weiß, dass sie recht hat, aber ich habe sie nie zuvor so reden hören. Als ginge es sie persönlich an. Ich verstehe immer noch nicht, warum sie nicht an meinem Haus vorbeigefahren ist – sonst hat sie es immer gemacht. Aber was spielte das jetzt noch für eine Rolle? Wahrscheinlich hätte sie ihn ohnehin nicht gesehen, wenn er sich im Haus versteckt hatte.

Er hat es sich selbst eingebrockt.

»Warum haben sie den Fall noch nicht abgeschlossen?«, frage ich Marcus. »Es ist fast eine Woche vergangen. Ich habe das Gefühl, sie wissen etwas, das sie mir nicht sagen.« Wir sitzen an einem Ecktisch im Muddy Bean, nachdem wir den Tag damit verbracht haben, ein Haus zu suchen, das Sophie und ich mieten können.

Das Café ist voll, die Leute drängen sich in Gruppen an den Tischen oder in Ledersesseln, surfen mit ihren Laptops und iPads, stecken die Köpfe im Gespräch zusammen. Normalerweise mag ich den Geruch gerösteter Kaffeebohnen und frisch gebackenen Kuchens, aber heute riecht die Luft so süß, dass es mich anwidert. »Ich bin gestern am Haus vorbeigefahren, und vorne hängt immer noch das gelbe Absperrband der Polizei.«

»Das dauert eben eine Weile«, sagt er. »Sie müssen die Ergebnisse der Autopsie abwarten und jedem Detail nachgehen, und der Gerichtsmediziner muss einen Abschlussbericht verfassen, aber das sind alles bloß Formalitäten.«

»Ich will einfach nur, dass wir unser Leben weiterleben können.« Vor allem will ich nicht mehr mitten in der Nacht aufwachen und an Andrew denken. Ich will immer noch wütend auf ihn sein, doch stattdessen verfolgen mich Erinnerungen an unsere erste Zeit, daran, wie lieb er gewesen war. Dann denke ich daran, wie zärtlich er zu Sophie war, als sie ein Baby war, und ich bekomme meine Wut fast wieder zu fassen, besonders, wenn ich meine Tochter im Haus herumtigern sehe, Traurigkeit verströmend wie ein Parfüm. Wie konnte er das tun? Er hat ihr immer wieder das Herz gebrochen, und ich weiß nicht, wie ich es wieder zusammensetzen soll.

Marcus ergreift meine Hand. »Ich weiß, es ist frustrierend. Aber es wird bald vorbei sein. Ich verspreche es. Dann könnt ihr, Sophie und du, anfangen zu heilen.« Seine Hand liegt warm auf meiner, seine Fingerspitze drückt gegen meinen Puls. Ob er spüren kann, wie er rast und sich dann unter seiner Berührung beruhigt?

»Danke, dass wir bei dir wohnen dürfen.«

»Das ist doch selbstverständlich. Und übereile bloß nichts, wenn du einen Mietvertrag unterschreibst. Ihr könnt so lange bleiben, wie ihr wollt. Der richtige Zeitpunkt ist das Wichtigste.«

Unsere Blicke treffen sich. Wir sitzen hier und halten einander bei den Händen, aber ich weiß nicht, was irgendetwas davon zu bedeuten hat. Ich weiß nicht, was ich möchte, dass es bedeutet. Es fühlt sich einfach nur tröstlich an.

Er drückt meine Hand ein letztes Mal, dann greift er nach seinem Kaffeebecher und trinkt einen Schluck. »Was glaubst du, wie es Sophie geht? Sie ist ziemlich still.«

»Ich weiß.« Die Tatsache, dass es ihm aufgefallen ist, macht es irgendwie noch schlimmer. »Der Einzige, mit dem sie reden will, ist Jared. Sie hören nie auf zu simsen. Heute Morgen hat er draußen vor der Schule gewartet, als ich sie hingebracht habe.« Ich schweige, denke an diesen Moment, als er ihr den Rucksack abgenommen und ihn sich über die Schulter geworfen hat, dann einen Arm um ihre Hüfte gelegt und sie an sich gezogen hat. »Ich sollte erleichtert sein, dass sie jemanden hat, der sie unterstützt, und er scheint sie auch gut zu behandeln, aber etwas an der Art, wie er sie heute Morgen gehalten hat ... Es sah sehr beschützend aus.«

»Und das ist schlecht?«

»Beschützend ist vielleicht das falsche Wort. Es war eher besitzergreifend, verstehst du?«

»Hm. Ich verstehe, warum dich das nervös macht.«

Ich umfasse den Henkel meines Bechers, während ich meine Gedanken sammle. »Möglicherweise bin ich paranoid, weil ich mir Sorgen mache, sie könnte in dieselbe Art Beziehung schlittern, wie ich sie mit Andrew hatte. Oder ich mache mir in Wirklichkeit Sorgen, wie sie mit Andrews Tod klarkommt, und fixiere mich stattdessen darauf.«

»Gute Diagnose«, sagt er. »Aber es ist okay, wenn du in Bezug auf Jared auf dein Bauchgefühl hörst. Es könnte versuchen, dir etwas zu erzählen.«

Ich blicke auf und sehe ihn an. »Er hat beobachtet, wie ich weggefahren bin. Er hat nicht die Schule angeschaut oder die anderen Kinder, nicht einmal Sophie, sondern er hat *mich* angeschaut.«

Marcus runzelt die Stirn. »Das klingt nicht gut.«

»Er nennt mich beim Vornamen, und er hat so etwas an sich ... Ich kann es nicht beschreiben, aber er ist fast *zu* selbstsicher, nah an der Grenze zur Arroganz.«

»Du sagtest, seine Eltern seien reich, oder? Arbeiten sie viel?«

»Der Vater auf jeden Fall. Sie überlassen ihn die meiste Zeit sich selbst.«

»Wahrscheinlich wurde er den Großteil seines Lebens wie ein Erwachsener behandelt.«

»Schon möglich. Aber mir gefällt einfach nicht, wie sehr er Sophie im Griff hat. Sie verbringt kaum noch Zeit mit Delaney. Alles dreht sich nur noch um Jared.«

»Ich glaube, das ist normal für ein Mädchen im Teenageralter. Katie hatte ein paar Freunde in der Highschool, und sie war jedes Mal regelrecht besessen von ihnen.«

»Aber war es anders, als sie … ihn kennengelernt hat?« Marcus hat mir gegenüber den Namen des Mörders seiner Tochter nie erwähnt. Er wird ihn nicht laut aussprechen.

Nachdenklich starrt er in seinen Kaffee. »Ich wünschte, ich könnte sagen, mir sei irgendetwas aufgefallen, aber nachdem sie ausgezogen ist und mit dem Studium angefangen hat, haben wir nicht mehr viel geredet. Ich war mit meiner Praxis beschäftigt und sie mit ihrem Studium. Ich weiß wirklich nicht, was zwischen ihnen vorgefallen ist.«

»Ich will nur nicht, dass Sophie sich selbst verliert, und es wäre im Moment einfach für sie, sich an Jared zu klammern, nach der ganzen Geschichte mit ihrem Vater.«

»Warum redest du nicht mit ihr?«

Ich denke ein paar Sekunden darüber nach. »Wenn es sich anhört, als würde ich Jared ablehnen, weiß ich, dass sie sich von mir abwenden wird. Sie braucht das Gefühl, dass ich auf ihrer Seite bin – besonders im Moment.«

»Aber sie muss auch wissen, dass du dir Sorgen machst.«

Ich lasse mir seine Worte durch den Kopf gehen, tippe mit den Fingernägeln gegen den Becherrand. »Ich weiß, dass es etwas Ernstes ist mit den beiden. Vielleicht sollte ich mal mit ihr reden, um herauszufinden, *wie* ernst.« Und um herauszufinden, wie sie mit allem fertig wird. Ich hatte angeregt, dass wir einen Trauerberater für sie suchen – wenn sie wolle, könnten wir auch zusammen hingehen –, aber sie hat den Vorschlag mit verdrehten Augen abgelehnt und bissig kommentiert: »Das kannst du dir nicht leisten.«

»Gute Idee. Du willst es nicht eines Tages bereuen, deine Ängste für dich behalten zu haben.«

Unsere Blicke treffen sich. »Bereust du etwas?«

»Mehr als ich zählen kann.« Er sieht sich im Raum um, deutet auf all die Menschen, lächelt ein Kind an. »Aber so ist das Leben. Dieser Moment zählt. Manchmal ist atmen alles, was du tun kannst.« Er sieht mich wieder an, schiebt mir den Becher zu. »Trink aus. Sonst wird er kalt.«

Sophie knabbert an ihrem Salat, während sie bei Facebook unterwegs ist. Sie fängt meinen Blick auf und legt ihr Handy beiseite. »Sorry.«

Marcus ist in seinem Büro und arbeitet an seinem Buch. Er zieht sich nach dem Abendessen häufig zurück, aber ich habe den Verdacht, dass er nur Sophie und mir mehr Raum geben will. Seit zwei Tagen denke ich darüber nach, wie ich mit Sophie über Jared reden soll, doch es hat nicht viele Gelegenheiten gegeben. Sie kommt von der Schule nach Hause und verschwindet sofort stundenlang in ihrem Zimmer. Sie taucht kurz zum Abendessen auf, dann verschwindet sie erneut. Ich höre sie bis spät in der Nacht telefonieren. Sie weiß, dass die Polizei immer noch den Tod ihres Vaters untersucht, aber ich habe ihr nicht erzählt, dass sie seinen Tod für verdächtig halten – und dass ich möglicherweise ihre Hauptverdächtige bin. Das ist das Letzte, woüber sie sich Sorgen machen soll.

Es ist Wochen her, seit sie einen ihrer frühmorgendlichen Spaziergänge gemacht hat, und seit wir aus Vancouver zurück sind, habe ich sie nicht mehr zeichnen oder malen sehen. Es ist, als sei in meiner schönen, schillernden Tochter ein Licht ausgeknipst worden.

Sie runzelt die Stirn. »Warum starrst du mich so an?«

»Wir haben in letzter Zeit nicht viel geredet. Ich frage mich, wie es dir geht. Bitte sag mir, wie ich dir helfen kann. Es tut mir so leid, dass du damit fertig werden musst.«

»Mir geht's gut, Mom.«

»Ich habe dich gestern Abend telefonieren hören.«

»Du belauschst mich? Das ist ziemlich unhöflich.«

Ihr Tonfall überrascht mich, ihre verärgerte Miene. »*Das* ist unhöflich. Ich habe nicht gehört, was du gesagt hast, nur, dass du so spät noch wach warst. Ich nehme an, du hast mit Jared geredet?«

»Ja.« Sie ist jetzt auf der Hut, wirkt misstrauisch. Sie weiß, dass ich mit diesen Fragen auf irgendetwas hinauswill, und wappnet sich bereits. Ich kann genauso gut sofort zur Sache kommen.

»Wir ernst ist es mit euch beiden? Ich meine, müssen wir überlegen, ob du die Pille nehmen solltest?« Dann wird mir klar, dass sie sie vielleicht bereits nimmt.

Mit einem lauten Scheppern wirft sie ihre Gabel auf den Teller. »Das meinst du doch nicht ernst?«

»Ich möchte nur, dass du weißt, dass du mit mir über alles reden kannst.«

»Wir hatten noch keinen Sex, aber danke.«

»Ah, ich verstehe.«

»Du brauchst gar nicht so erleichtert auszusehen.«

»Ich mache mir einfach Sorgen, wie intensiv es zwischen euch beiden ist. Bei einer neuen Beziehung ist es leicht, sich vor Begeisterung ganz darin zu verlieren. Du gibst deine eigenen Interessen auf, dann deine Freunde. Es kann so schleichend passieren, dass es dir nicht einmal auffällt, bis es zu spät ist und die Beziehung deine ganze Welt ist.«

»Ich bin nicht blöd, Mom. Ich weiß, dass du Angst hast, Jared sei wie Andrew, aber das ist er nicht, okay? Er ist völlig anders. Er würde mir *niemals* weh tun.« Ihre Stimme bricht ein wenig, und ich bin mir nicht sicher, ob es daran liegt, dass sie Andrews Namen gesagt hat, oder weil ihr klarwird, dass ihr Vater mir weh getan hat.

»Am Anfang habe ich auch nicht geglaubt, dein Vater würde mir jemals weh tun.« Ich beuge mich vor. »Wir haben darüber in meiner Selbsthilfegruppe gesprochen. Männer, die es sehr schnell sehr ernst meinen, sind oft ziemlich besitzergreifend.«

»Nur, weil du einen Fehler gemacht hast, bedeutet es nicht, dass ich auch einen machen werde.«

»Sophie.« Ich sehe sie streng an. »Hör auf damit. Das sage ich doch nur, weil ich mich um dich sorge. Unabhängig von dem, was du willst, ist es meine Aufgabe, auf dich aufzupassen.«

Sie starrt mich an. Ihr Mund ist eine harte Linie. In diesem Moment sieht sie so sehr wie Andrew aus, dass ich zögere, aber dann fahre ich fort. »Ich schlage ja nur vor, dass du die Sache vielleicht etwas langsamer angehen könntest. Dies ist dein letztes Schuljahr, verbringe Zeit mit deinen Freunden, amüsier dich!«

Sie steht auf. »Kann ich gehen? Ich habe keinen Hunger.«

»Klar.« Ich ziehe ihren Teller an mich heran und esse ihren Salat, aber ich habe auch keinen großen Hunger mehr. Das habe ich gründlich vermasselt. Ich höre ein Zirpen und stelle fest, dass sie ihr Handy auf dem Tisch hat liegen lassen. Ich starre es einen Moment an, dann ziehe ich es näher und sehe auf den Text.

Ich kann nicht aufhören, an dich zu denken. Deinen Körper, deine Lippen …

Mein Gesicht wird heiß. Ich schiebe das Telefon weg, gerade als Sophie wieder in die Küche kommt und es sich schnappt. Sie wirft mir einen Blick zu, und ich starre hinunter auf die Teller.

31

SOPHIE

Ich sollte glücklich sein. Ich habe Geburtstag, und Mom ist mit mir Pizza essen gegangen. Sie hat mir eine wunderschöne silberne Halskette mit Schneeflockenanhänger geschenkt und mir kein schlechtes Gewissen gemacht, weil ich den restlichen Abend mit meinen Freunden verbringen will. Aber ich kann nicht aufhören, an meinen Dad zu denken.

Der Gerichtsmediziner ist zu dem Ergebnis gekommen, dass sein Tod ein Unfall war. Er starb durch Genickbruch. Mom sagt, dass es sehr schnell gegangen sein muss. Aber ich denke immer wieder daran, wie er gestürzt ist, dass er vielleicht noch versucht hat, sich im Fallen irgendwo festzuhalten. Aus den Fragen, die die Cops mir in der ersten Vernehmung gestellt haben, weiß ich, dass sie den Verdacht hatten, er wäre gestoßen worden, aber vermutlich haben sie doch nichts Ungewöhnliches gefunden.

Ich weiß nicht, was in der letzten Zeit mit mir los ist. Wenn ich versuche zu malen, komme ich nicht richtig rein, und in dieser Woche habe ich eine Chemiearbeit verhauen. Mein Gehirn ist wie leergefegt. Mom hat einen Anruf von einem Anwalt bekommen, der sich um Dads Geschäfte kümmert. Sobald ich fünfundzwanzig bin, bekomme ich etwas Geld, und bis dahin wird meine gesamte Ausbildung bezahlt. Dad hat Mom Geld hinterlassen, aber sie weigert sich, es anzunehmen, und hat darum gebeten, dass ich das gesamte Erbe bekomme. Ich weiß nicht, ob ich das Geld überhaupt haben will. Jared und Delaney habe ich noch nichts davon erzählt. Ich könnte jetzt auf jede Uni gehen, auf die ich möchte. Aber nur deshalb, weil mein Dad tot ist.

Und ich habe ihm gesagt, er solle verschwinden. Dieser Teil quält mich am meisten.

Jared reicht mir noch einen Drink. Ich bin mir nicht sicher, wie viele ich schon hatte. Wir haben auch einen Joint geraucht und einander den Rauch in den Mund geblasen. Der Raum verzerrt sich und dreht sich, die Musik pulsiert, und ich denke, dass eigentlich alles egal ist. Ich sollte das Geld nehmen. Ich sollte mir ein Auto kaufen, ein Haus, und die ganze Zeit meine Freunde um mich haben. Warum soll ich mich nicht amüsieren?

Ich kichere, aber ich kann mich nicht daran erinnern, wer den Witz erzählt hat. Delaney macht auf der anderen Couch mit Matthew herum. Jared nimmt meine Hand. »Komm, lass uns gehen«, sagt er. Ich folge ihm durch den Flur in sein Schlafzimmer. Jedes Mal, wenn ich torkelnd gegen seinen Rücken oder die Wände stoße, muss ich lachen.

Ich werfe mich auf sein Bett und spüre, wie sich die Matratze bewegt, als er sich neben mich legt. In meinem Magen dreht sich alles. Ich setze mich auf und hole ein paarmal Luft. Er streicht mir das Haar aus dem Gesicht, liebkost meine Wange. Ich drehe mich um und sehe ihn an, und er drückt seine Lippen auf meine. Er schmeckt nach Rum und nach etwas Bitterem. Ich halte die Flasche in meinen Händen. Ich spüle einen großen Schluck von dem Gesöff herunter, und er lacht. Ich fühle mich stark und mutig und lache ebenfalls. Ich kann dieses Mädchen sein. Ich kann dieses wilde, leichtsinnige Mädchen sein.

Wir haben nichts mehr an, aber ich kann mich echt nicht daran erinnern, wie das passiert ist. Ich bin nackt, und ich denke, ich sollte verschüchtert sein, aber ich fühle mich nicht schüchtern. Ich bin mutig! Ich fliege. Ich bin benommen. Er legt sich auf mich und greift nach etwas in der Schublade. Ah ja. Ein Kondom. Ich lache, finde alles furchtbar komisch. Ich werde entjungfert. An meinem Geburtstag!

Zwei Tage nach der Beerdigung meines Dads. Mir ist nicht mehr nach Lachen zumute. Mein Kopf und mein ganzer Körper fühlen sich heiß und ruhelos an. Ich habe nicht gesagt, dass ich will. Aber ich habe auch nicht gesagt, dass ich nicht will.

Ich weiß nicht, was ich will. Ich habe das Gefühl, ich müsste etwas sagen, aber sein Mund ist über meinem, und es ist irgendwie schwierig zu atmen. Ich kann meine Arme nicht mehr heben, meine Beine fühlen sich total zittrig an, und ich will nur die Augen schließen und schlafen und der Musik lauschen, und es fühlt sich so gut an, über nichts nachzudenken. Er hält inne und flüstert an meinen Lippen: »Willst du?«

Ich will nicht, dass er redet. Ich will der Musik zuhören. Dann spüre ich, wie er zwischen meinen Beinen zustößt, ein brennender Schmerz, und ich wimmere und versuche, dem Schmerz zu entkommen, aber ich kann mich wirklich nicht bewegen, und er keucht mir in die Ohren und sagt, dass er mich liebt, und Tränen sickern mir aus den Augen.

Als es vorbei ist, liegen wir still in der Dunkelheit. Seine Haut fühlt sich klebrig an, und er kuschelt sich an meine Seite, küsst meine Schulter und meinen Hals und streichelt mein Haar.

»Alles okay?«, flüstert er.

Ich nicke, weil ich nicht glaube, dass ich sprechen kann. Es ist geschafft. Jetzt hatten wir Sex. Ich schätze, ich muss es gewollt haben, aber ich kann mich nicht erinnern. Ich schließe die Augen, hole ein paarmal tief Luft. Ich muss einfach nur schlafen. Mein Körper ist so schwer. Ich lasse mich in die Dunkelheit sinken. Ich verschwinde.

Ich öffne die Augen, rolle mich auf die Seite, und der Raum dreht sich. Ich habe das Gefühl, kotzen zu müssen, und presse den Handballen auf den Mund, würge die Galle wieder herunter. Er schläft neben mir, das Laken um die Hüfte gewickelt. Sein Brustkorb ist weiß und knochig. Wenn er schläft, ist der Mund schlaff, und er sieht nicht besonders attraktiv aus. Ich blicke mich im Zimmer um. Die halbleere Flasche Rum auf der Kommode. Meine Klamotten neben dem Bett. Die Kondomverpackung auf dem Nachttisch. Ich wende mich ab.

Delaney. Sie hat ihr Auto dabei. Sie muss im Wohnzimmer sein. Wir müssen hier raus. Ich beuge mich über die Bettkante, ziehe meine Klamotten zu mir heran. Mein Handy ist in meiner Tasche.

Fünf verpasste Anrufe von meiner Mom. Dann sehe ich, wie spät es ist. Halb vier.

Ich ziehe mich an und halte jedes Mal inne, sobald der Raum sich dreht. Dann gehe ich zum Badezimmer und stoße im Dunkeln gegen die Tür. Ich muss mich am Waschbecken festhalten, um nicht umzukippen. Ich lasse das Wasser langsam laufen. Meine Lippen fühlen sich wund an, der Bereich zwischen meinen Beinen ist empfindlich. Ich zucke zusammen, drücke einen kalten Lappen an meine Haut.

Auf Zehenspitzen schleiche ich aus dem Zimmer und den Flur entlang zum Wohnzimmer. Die Wände kommen auf mich zu, als wollten sie mich zermalmen, und über meiner Oberlippe sammeln sich Schweißperlen. Ich stütze mich an der Wand ab, schließe die Augen und warte, bis der Moment vorbei ist. Das Wohnzimmer ist leer. Nur ein paar Gläser stehen noch auf dem Tisch.

Ich bin verwirrt. Ich drehe mich um. Könnte sie mit Matthew in einem der anderen Räume sein? Keine Ahnung. Ich weiß nicht, wie ich nach Hause kommen soll. Ich setze mich auf die Couch. Vielleicht sollte ich Jared wecken.

Bruchstückhafte Bilder der Nacht gehen mir durch den Kopf, aber an besonders viel kann ich mich nicht erinnern. Ich habe Angst, was ich gesagt oder getan haben könnte.

Ich sehe sein Gesicht über meinem schweben, seine Lippen sind feucht. Ich zittere am ganzen Körper. Dann erinnere ich mich, dass er etwas gesagt hat. Ich denke angestrengt nach, konzentriere mich ganz auf diesen Moment.

Ich würde alles für dich tun. Das waren seine Worte. Was hat das zu bedeuten? Ich habe keine Ahnung.

Draußen ist es kalt. Ich bin angezogen, um in einem warmen Auto zu sitzen, nicht, um draußen herumzulaufen, aber die Luft fühlt sich gut an. Sauber. Ich möchte im Schnee hin und her rollen, wie ich es als Kind getan habe, und Schneeengel machen, aber dann fällt mir ein, dass ich das mit meinem Dad zusammen gemacht habe, und meine Augen brennen. Die Auffahrt ist glatt, Eis knirscht unter meinen Stiefeln, und bis zur Straße ist es noch ein ziemliches Stück. Delaneys Auto ist fort. Sie hat mich zurückgelassen, und ich überlege, ob wir uns vielleicht gestritten haben, ob sie womöglich früher am Abend versucht hat, mich zum Gehen zu bewegen, ob ich sie vielleicht sogar angeschrien habe, aber alles ist ziemlich verschwommen. Ich hasse diesen zähen Brei in meinem Gehirn.

Ich ziehe meine Jacke eng um mich und umklammere das Handy mit einer Hand. Sobald ich auf der Straße bin, werde ich mir ein Taxi rufen. So mache ich das. Aber als ich das Ende der Auffahrt erreiche und in meiner Tasche herumwühle, stelle ich fest, dass ich kein Bargeld dabeihabe. Dann fällt mir es wieder ein. Delaney und ich haben auf dem Weg zu Jared angehalten. Sie musste tanken, und ich gab ihr das Geld.

Ich blicke zurück zu Jareds Haus, rieche immer noch sein Schlafzimmer. Der Geruch hängt in meinen Klamotten, der Alkohol, sein Schweiß, unser Geruch nach Sex. Ich drehe mich um und fange an zu würgen, aber da kommt nichts.

Ich wische mit dem Finger über das Display meines Handys. All diese verpassten Anrufe. Sie wird so sauer sein. So enttäuscht. Ich scrolle durch mein Telefonbuch und rufe Marcus' Handy an.

Wir fahren schon ein paar Minuten, aber er sagt nichts. Er hat nicht einmal irgendwelche Fragen gestellt, als ich anrief, hat nur gesagt, dass er mich so schnell wie möglich abholt und dass ich im Haus warten soll, wo es warm ist, aber ich habe mich auf die Vordertreppe gesetzt. In seinem Auto ist es heiß, die Lüftung pustet in mein Gesicht, und die Hitze verstärkt meine Übelkeit. Ich zittere immer noch und habe die Arme um meinen Körper geschlungen. Zweimal ist er rechts rangefahren, damit ich mich übergeben konnte, dann hat er an einer Tankstelle angehalten, um mir eine Gatorade zu kaufen, und mir zwei Paracetamol aus dem Handschuhfach gegeben.

»Ist sie sehr wütend?«, frage ich.

»Sie macht sich Sorgen.«

»Sie wird ausflippen.«

»Sie wird sich vielleicht wütend anhören, aber vor allem ist sie einfach nur erleichtert, dass dir nichts passiert ist.«

»Sie kann mich doch nicht die ganze Zeit bemuttern. Ich werde bald ausziehen.«

»Sie wird auch dann immer noch deine Mutter sein. Und wir machen uns Sorgen um die Menschen, die wir lieben.«

»Du warst früher ein Psychodoktor.«

»Ja.« Er wirft mir einen kurzen Blick zu.

»Wie sollte ich mich fühlen, jetzt, wo mein Dad tot ist?«

»Wahrscheinlich spürst du alle möglichen Emotionen. Manchmal alle auf einmal.«

»Ich habe etwas Dummes getan.«

»Möchtest du darüber reden?«

Ich kann ihm nichts von dem Sex erzählen. Nie im Leben. »Ich bin richtig besoffen gewesen.«

»Das ist jeder mal gewesen. Bist du verletzt?«

An der Art, wie er das fragt, merke ich, dass er Bescheid weiß. Er klingt wie ein Arzt im Krankenhaus. Mein Kopf fühlt sich an wie Watte. Ich will weiter mit ihm reden, will ihm Fragen zu seiner Tochter stellen. Ich starre aus dem Fenster, aber meine Augen werden so schwer, dass ich sie zufallen lasse.

Der Wagen hält an. Ich höre, wie seine Tür geöffnet und wieder geschlossen wird. Dann ist meine Tür offen, kalte Luft zwickt mich. Widerwillig öffne ich die Augen. Marcus ergreift meine Hand, hilft mir beim Aussteigen. Mom wartet an der Eingangstür, und ich wappne mich, doch sie macht nur einen Schritt auf mich zu und nimmt mich fest in die Arme. Sie weint. Ich lege den Kopf in ihre Halsbeuge. Ich bin zu Hause.

Der Duft von Kaffee zieht mir in die Nase. Ich drehe den Kopf zur Seite, bedecke Nase und Mund mit meinem Arm. Angus schnüffelt an meinem Gesicht, seine Schnauze stößt gegen mein Ohr und bohrt sich unter meinen Arm, während er mich anwinselt und spielerisch knurrt.

»Hör auf!« Ich schiebe ihn weg, aber er stürzt sich erneut auf mich, sein ganzes Gewicht drückt auf meinen Bauch. Mühsam öffne ich die Augen. Mom sitzt am Fußende meines Bettes. Sie wirkt belustigt. Sonne fällt durch das Fenster herein – sie hat meine Jalousien weit geöffnet.

Stöhnend ziehe ich mir das Kissen über den Kopf. »Es ist viel zu früh.« Noch nie zuvor in meinem Leben hatte ich solche Kopfschmerzen. Es fühlt sich an, als sei mein Schädel aufgerissen, und jemand würde mit Messern und Hämmern darin herumfuhrwerken, vielleicht sogar mit einem kompletten Werkzeugkasten. Bei dem Bild muss ich an meinen Dad denken, und mir wird erneut schlecht, und ich werde traurig. Ich werde den ganzen Tag schlafen. Ich werde einfach bis morgen im Bett bleiben.

»Es ist fast Mittag. Jared ruft schon den ganzen Morgen an.«

Bilder rasen mir in schneller Abfolge durch den Kopf, dazu Ekel über mich selbst. *Darauf* habe ich so viele Jahre gewartet? Es war weder romantisch noch liebevoll oder hat auch nur ansatzweise Spaß gemacht. Ich war einfach nur ein weiteres dummes Mädchen, das betrunken war und ihre Jungfräulichkeit an ihren Highschool-Freund verloren hat.

Es ist etwas *Ernstes*, sagte er.

Ich blinzele die Tränen fort, die sich in meinen Augen sammeln, und versuche, leise zu schniefen, damit Mom nicht merkt, dass ich weine. Sie zieht das Kissen von meinem Gesicht, streichelt meine Wange und legt sich neben mich.

»Willst du mir erzählen, warum du ganz allein mitten in der Nacht nach Hause laufen wolltest? Hast du versucht, dich in eine Schneekönigin zu verwandeln?«

Ich schüttele den Kopf. »Es ist kompliziert.«

»Du kannst mir alles erzählen.«

Klar. Als könnte ich ihr *das* erzählen. Ich muss ständig daran denken, was er getan hat. Er wusste, dass ich betrunken war, aber er war es auch. Ist es also meine Schuld? Ich bin mit ihm ins Bett gegangen. Ich habe mich ausgezogen, oder etwa nicht?

»Delaney hat ebenfalls angerufen. Sie macht sich Sorgen um dich.«

Ich wünschte, ich wäre mit ihr nach Hause gefahren, wünschte, ich könnte die Nacht noch einmal neu starten. Vielleicht das ganze Jahr. »Ich habe einfach zu viel getrunken und mich wie eine Idiotin benommen. Vermutlich bin ich genau wie mein Dad.«

Mom dreht mich auf den Rücken, schaut mir ins Gesicht. »Nein, Sophie, das bist du *nicht.* Das kannst du niemals sein.«

»Er ist tot«, sage ich. »Er war hier, und jetzt ist er nicht mehr da.«

»Ich weiß.« Sie sieht traurig aus, aber ich weiß, dass sie nicht traurig ist, weil er tot ist. Sie ist meinetwegen traurig, und das scheint alles noch schlimmer zu machen, so dass ich mich innerlich ganz zerrissen fühle.

»Manchmal bin ich erleichtert, weil wir keine Angst mehr zu haben brauchen. Aber es ist so schrecklich, so etwas zu sagen. Dann wieder bin ich richtig sauer auf ihn. Ich werde niemals einen Dad haben. Ich denke an meinen Schulabschluss, an meine Hochzeit, all solche Dinge.«

»Ich weiß, es ist schwer. Wahrscheinlich wird es eine Weile weh tun, aber irgendwann wird es leichter. In manchen Phasen deines Lebens wirst du ihn stärker vermissen, aber du wirst viele wunderbare Menschen haben, die in diesen besonderen Momenten für dich da sein werden. Du wirst immer mich haben.«

»Ich glaube, ich sollte sein ganzes Geld weggeben. Es hat ihn nie glücklich gemacht.«

»Im Moment musst du überhaupt nichts entscheiden.«

Seufzend lege ich meinen Kopf an ihre Schulter. »Entschuldige, dass ich nicht angerufen habe. Das war gemein von mir.«

»Ich hatte tatsächlich Angst, aber ich weiß, dass du im Moment mit einem Haufen Gefühle klarkommen musst.« Ich spüre ihr Zögern, bemerke die Vorsicht in ihrer Stimme, als sie sagt: »Es gefällt mir nicht, dass du gestern Abend getrunken hast, vor allem, weil du im Moment so aufgewühlt bist. Alkohol enthemmt, er bringt Menschen dazu, andere Dinge zu machen als sonst, leichtsinnige Dinge, aber er hilft nicht dabei, Probleme zu lösen.«

»Ich weiß. Ich habe mich benommen wie eine Idiotin.«

»Jeder macht mal Fehler. Aber erwachsen zu sein bedeutet, aus ihnen zu lernen, sich für das eigene Handeln zu entschuldigen, wenn wir jemanden verletzt haben, und nach vorn zu schauen. Heute ist ein neuer Tag.«

Ich denke wieder an Jared. Aber jetzt fühle ich mich nicht so beschämt, ich habe ein schlechtes Gewissen. Wie würde ich mich fühlen, wenn er sich einfach so davongestohlen hätte? Ich muss ihm eine SMS schicken.

»Ich muss Jared anrufen.«

Sie wirkt bestürzt, als sei es nicht das, was sie erwartet hat. Vielleicht wollte sie von mir hören, dass das mit Jared ein Fehler war. Vielleicht hoffte sie, dass ich mit ihm Schluss machen würde. Ich spüre leichten Ärger in mir aufsteigen und wappne mich gegen einen weiteren Vortrag, aber sie richtet sich nur auf.

»Ich habe dir Kaffee gebracht. Trink auch viel Wasser. Das hilft.« Sie gibt mir mein Telefon. »Komm nach unten, wenn dir danach ist.«

Nachdem sie gegangen ist, halte ich ein paar Minuten mein Telefon in der Hand. Ich weiß nicht, was ich sagen soll. Wie soll ich Jared am Montag in der Schule gegenübertreten? Wird er von jetzt an ständig mit mir schlafen wollen? Ich lese die SMS-Nachrichten, die er mir heute Morgen geschickt hat. *Bist du sauer? Was ist los? Ruf mich an!* Ich drücke seine Nummer und halte die Luft an, als es klingelt. Als er sich meldet, klingt er erleichtert.

»Bist du okay?«, fragt er. »Ich habe mir tierische Sorgen gemacht.«

»Ja.« Ich lehne mich ins Kissen zurück und nehme einen Schluck Kaffee. Ich spüre, wie mein Magen sich hebt. Das war ein Fehler.

»Bist du sicher?«

»Ich denke schon. Ich weiß nicht.«

Er ist eine Weile still. »Bereust du, dass du es getan hast?«

Ich weiß nicht, was ich antworten soll. Ich frage mich, ob mein Dad ständig so aufgewacht ist, wenn er etwas getrunken hat. Hat er sich je geschämt? Vielleicht hätte ich mich anders entschieden, wenn er nicht tot wäre. Vielleicht wäre die letzte Nacht nie geschehen. Dann verspüre ich erneuten Ärger.

»Ich bin einfach nur durcheinander. Alles fühlt sich jetzt komisch an.«

»Vielleicht hätten wir noch warten sollen.« Er klingt besorgt.

Ich denke darüber nach. Hätte das irgendetwas geändert? Vielleicht wäre es so oder so blöd geworden, egal, wann wir es getan hätten. »Ich glaube nicht, dass es beim ersten Mal für irgendjemanden besonders klasse ist.« Delaneys erstes Mal war furchtbar gewesen. Sie hat nicht einmal den Typen gemocht, mit dem sie geschlafen hat, und redet auch nicht mehr mit ihm.

»Können wir uns sehen?«, fragt er. »Ich hole Pho vom Vietnamesen und komme bei dir vorbei.«

Ich schweige und überlege.

»Bitte, Sophie?« Die Art, wie er es sagt, löst ein seltsames Glücksgefühl in mir aus, als würde sich etwas in mir ihm zuwenden und weicher werden. Er wirkt so bemüht, alles wiedergutzumachen. Vielleicht hilft es auch bei Mom, wenn er zum Lunch vorbeikommt. Sie würde sehen, wie lieb und aufmerksam er ist.

»Okay«, sage ich. »Meine Mom mag am liebsten diese frittierten Wan-Tan-Dinger.«

»Super. Dann bringe ich von denen auch welche mit.«

Ich springe kurz unter die Dusche, schlucke zwei Tabletten gegen die Übelkeit und fühle mich halbwegs menschlich, als ich in die Küche komme. Mom hockt an der Kücheninsel und liest Zeitung, Marcus sitzt mit seinem Laptop am anderen Ende.

»Jared kommt gleich vorbei. Er bringt Lunch mit.«

Mom blickt auf. »Oh.« Sie schweigt einen Moment. »Das ist nett von ihm.« Aber ich sehe, wie ihre Lippen schmaler werden und sie mit dem Fingernagel auf dem Becherrand tippt.

Vielleicht bin ich immer noch betrunken, denn dieses Mal kann ich es nicht einfach abschütteln, kann mir nicht einreden, es sei egal, was sie denkt.

»Warum magst du ihn nicht?«, frage ich. »Er mag dich.«

»Ich habe nie gesagt, dass ich ihn nicht mag.« Ihre Wangen werden rosig, und ich spüre, wie meine ebenfalls heiß werden. Marcus ist wie erstarrt und beobachtet uns.

»Kannst du ihm nicht einfach eine Chance geben?«

Sie legt ihre Zeitung weg und sieht Marcus an. »Könntest du uns bitte kurz allein lassen?«

»Klar, kein Problem. Ich bin in meinem Büro.« Er nimmt seinen Laptop und verschwindet im Flur.

Mom schaut wieder zu mir. In ihrem Gesicht spiegeln sich unterschiedliche Gefühle, als sei sie nicht ganz sicher, was sie sagen soll. »Es ist nur so – bist du sicher, dass du im Moment überhaupt einen Freund haben willst? Du hast so viel durchgemacht. Sieh dir an, was gestern Nacht passiert ist, und jetzt kommt er schon wieder vorbei?«

»Siehst du, genau das meine ich. Wenn du ihn mögen würdest, hättest du damit kein Problem.«

»Das ist nicht wahr.«

»Ach nein?«

Wir fixieren einander eine Weile, bis sie den Atem in einem langen Seufzer ausstößt. »Vielleicht bin ich etwas zu gluckenhaft, wenn es um Jared geht.« Sie steht auf, kommt um den Tresen herum und umarmt mich. »Ich werde mir Mühe geben, ihn besser kennenzulernen, okay?«

Ich lege meinen Kopf in ihre Halsbeuge. »Gut, sonst kotze ich dich gleich voll.«

Sie lacht, ihr Atem kitzelt mich im Haar. »Es tut mir leid, Spatz. Du solltest dich nicht mit so etwas herumquälen müssen.« Ihre Stimme klingt jetzt ernst, und ich weiß, dass sie nicht mehr von Jared spricht. Ich schließe die Augen und blinzele ein paarmal.

»Es wird besser werden, oder?«

»Warte einfach ein paar Monate«, sagt sie. »In den Frühjahrsferien wird sich alles anders anfühlen.«

TEIL 3

32

LINDSEY | *März 2017*

Ich stehe am breiten Panoramafenster und starre hinaus auf den See. Es ist dunkel, aber im Licht des Hauses kann ich den Kai und den Anlegeplatz erkennen. Der Wind hat aufgefrischt und kündigt eine stürmische Nacht an. Das Wasser ist aufgewühlt, Wellen mit weißen Schaumkronen klatschen gegen den Strand und seitlich gegen den Kai, der Wind zerrt am schwankenden, hüpfenden Ponton.

Das Nachbarhaus ist nicht zu sehen, obwohl Marcus erwähnt hat, dass rund um den See ein paar Hütten stehen. Über dem Wasser schimmern in der Ferne ein paar Lichter. Die einzigen Anzeichen von Leben. Ich lächele über die Szene hinter mir, die sich im Fenster spiegelt. Marcus macht ein Feuer im Kamin, und es knistert behaglich, als die Flammen anfangen zu lodern.

»Das Haus wird bald warm sein«, sagt er.

Ich schaue über die Schulter, und bei dem heimeligen Anblick wird mir schon jetzt ganz warm. Marcus sitzt am Kamin und stochert an den Holzscheiten herum. Sein Profil ist bernsteinfarben hervorgehoben. Unsere nassen Jacken hängen neben dem Feuer, die Stiefel stehen ordentlich aufgereiht davor.

Wir mussten an der Straße parken und die steile Treppe zu seinem direkt am Hang erbauten Haus erklimmen, während der Regen uns ins Gesicht schlug. Angus behielt die Nase ständig am Boden und inhalierte all die neuen Gerüche mit vernehmlichen Schnaufern, wobei er Sophie beinahe umrannte. Jetzt liegt er auf einer Decke neben dem Kamin, die Nase unter den Schwanz gesteckt, während Sophie träge sein Nackenfell krault.

Ich werde aus ihrer Miene nicht schlau, aber sie hat kaum ein Wort gesagt, seit Marcus uns in unserem Haus in Dogwood Bay abgeholt hat. Ende Januar sind wir bei Marcus aus- und in ein gemietetes Haus gezogen. Ich weiß noch, wie verloren ich mich am ersten Wochenende gefühlt habe und im neuen Haus herumgetigert bin. Es war kalt und einsam, und ich vermisste Marcus. In der nächsten Woche lud ich ihn zum Abendessen ein, als Sophie mit ihren Freunden unterwegs war. Wir saßen auf der Couch und leerten eine Flasche Wein, wobei wir bei jedem Glas näher aneinander heranrückten. Sein Bein an meinem zu spüren, seine Brust, die so nah war, die Art, wie sein Arm mich streifte, sobald er nach seinem Glas griff – all das machte mich wahnsinnig. Ich konnte nicht aufhören, seinen Mund zu beobachten, wie seine Lippen sich zur Seite bogen, sobald er lächelte oder lachte. Ein paarmal erwischte ich ihn dabei, wie er mich beobachtete. Wärme lag in seinem Blick, und seine Hand verweilte einen Tick zu lange auf meinem Bein, sobald er in seiner Erzählung etwas betonen wollte. Er musste die Hormone rauschen hören.

Schließlich wurde ich mutig und fragte: »Wirst du mich jemals küssen?«

Er sah mich überrascht an. »Willst du das denn?«

»Willst *du* es?« Okay, das war nicht meine beste Antwort, aber ich war mehr als ein wenig betrunken und etwas aus der Übung. Ich hatte zuvor nie den ersten Schritt machen müssen. Es funktionierte trotzdem. Er lächelte, beugte sich zu mir und küsste mich. Sein Mund war warm und schmeckte nach süßem Rotwein und Schokoladenkuchen.

Wir küssten uns eine Weile auf der Couch, dann nahm ich ihn bei der Hand und führte ihn in mein Schlafzimmer. Mein Körper fühlte sich an, als sei er von Endorphinen überflutet, meine Beine waren wackelig, und mein Herz raste. Er ging, bevor Sophie nach Hause kam, und murmelte, an meine Lippen gepresst: »Ich ruf dich an.«

Ich wachte auf und träumte weiter, vom Geruch seiner Haut, von seinen Berührungen, dem Geschmack seiner Lippen, seinem tiefen Lachen, das seine Brust zum Vibrieren brachte. Wie gut sich seine Schultermuskeln unter meinen Händen anfühlten! Ich konnte immer noch sein Rasierwasser in meinem Laken riechen und wickelte es fest um mich. Dann überkam mich der panikartige Gedanke, dass es von seiner Seite vielleicht nur ein spontaner Impuls gewesen war. Was, wenn er es bereits bedauerte? Ich drehte mich um, kontrollierte mein Handy und fand seine SMS. Guten Morgen, Dornröschen. Der letzte Abend war wunderbar, aber lass es uns richtig machen. Ich möchte dich zum Abendessen ausführen. Ist dir heute Abend zu früh?

Jetzt sind wir seit zwei Monaten zusammen. Tagsüber schicken wir uns SMS oder reden über FaceTime, und an den Abenden, die wir nicht zusammen verbringen, ruft er immer an, ehe er ins Bett geht. Ich weiß nicht, wohin das führen wird – über unsere Zukunft haben wir noch nicht gesprochen, dazu ist es zu früh, aber wir sind übereingekommen, den Moment zu genießen. Jedes Wochenende ist ein Abenteuer – ein neuer Wanderpfad, Felsklettern, eine Radtour in den Bergen, Einkaufen auf dem Wochenmarkt und gemeinsames Kochen oder vielleicht auch nur ein den ganzen Tag währender Filmmarathon.

Eines Abends saßen wir bei mir auf der Couch, die Beine ineinander verschlungen, während wir über die Frühjahrsferien sprachen, als ich sagte: »Wir sollten zu dritt irgendwohin fahren.« Mit jedem anderen Mann hätte ich gewartet, aber Sophie schien es nichts auszumachen, wenn ich bei Marcus übernachtete oder wenn er zu uns nach Hause kam – wahrscheinlich, weil wir bereits ein paar Wochen bei ihm gewohnt haben.

»Echt? Irgendwelche Ideen?«

Ich musterte sein Gesicht, während ich darüber nachdachte. Sein Haar war etwas lang geworden und fiel ihm in die Stirn. Ich strich es fort, glättete mit dem Daumen die Falten auf seiner Stirn, staunend über die Tatsache, dass ich das konnte. Es verblüffte mich immer noch, dass ich diesen wundervollen Mann seit über einem Jahr kannte und keine Ahnung hatte, dass sich unsere Freundschaft zu etwas ganz Besonderem entwickeln würde.

»Vielleicht Ski fahren? Der Berg ist noch offen.«

Er schwieg einen Moment, dann schlug er vor: »Was ist mit meinem Haus am See? Ich müsste nur den Verwalter anrufen und mich vergewissern, dass alles bereit ist. Es ist seit ein paar Monaten nicht mehr vermietet gewesen.«

»Bist du sicher? Wird das nicht zu schwer für dich?«

»Der See ist zu dieser Jahreszeit wunderschön. Ich würde es dir gerne zeigen. Was meinst du? Wollen wir einen Versuch wagen?« Er beugte sich zu mir und flüsterte: »Ich brauche *dich* dort.«

Ich kuschelte mich an ihn. »Das klingt wunderbar.«

Ich war immer noch etwas nervös, wie es wohl für Marcus sein würde, mit all den Erinnerungen an seine Familie, aber wir würden zusammen neue Erinnerungen erschaffen. Ich malte mir frühe Morgenspaziergänge aus, einen gemütlichen Platz am Kamin, gemeinsames Kochen und Brettspiele. Als ich Sophie davon erzählte, fragte sie, ob sie Jared mitbringen könne. Nachdem wir die grundsätzlichen Regeln geklärt hatten – getrennte Schlafzimmer, kein heimliches Herumschleichen – stimmte ich zu, aber am Freitag verkündete sie, dass er mit seinen Freunden verreisen würde. Sie sagte, es sei keine große Sache. »Alles ist gut, Mom.« Aber ich glaube, sie ist aufgewühlter, als sie zeigt.

Ich gehe zur Couch in ihrer Nähe und ziehe mir die cremefarbene Wolldecke über die Schultern. »Hast du Lust, nachzusehen, welche Filme es hier gibt?«

Marcus blickt vom Feuer auf. »Bedien dich ruhig.«

Sophie öffnet den TV-Schrank unter dem Flachbildfernseher, doch ihre Bewegungen sind lustlos, ihre Schultern hängen herunter. Sie zieht ein paar DVDs heraus und stellt sie wieder zurück. Stattdessen legt sie eine Musik-CD ein, streckt sich auf dem Boden aus, die Arme unterm Kopf, und schließt die Augen.

Die Musik ist ruhig und romantisch. Ich denke an Marcus' Exfrau Kathryn, an ihre gemeinsame Geschichte in dieser Hütte, an all die Erinnerungen, die sie hier mit ihrer Tochter gesammelt haben müssen. Haben sie sich diese CD angehört? Über dem Kamin hängt das Gemälde eines Paares in einem Boot, nur ihre Rücken sind zu sehen, und ich frage mich, ob das vielleicht Marcus und Kathryn sind. Dann schüttele ich den Gedanken ab. Er hätte es abgenommen – auch wenn es nicht so aussieht, als hätte er viel geändert. Das Haus ist freundlich und einladend, aber eindeutig weiblich geprägt, mit einer riesigen Couch, einem dick gepolsterten Sessel und einem Hocker mit Blumenmuster, dazu Antiquitäten wie die Esszimmergarnitur aus Mahagoni, die das Wohnzimmer von der Küche trennt. Nichts davon sieht aus, als träfe es Marcus' Geschmack, der eindeutig moderner ist.

Im Erdgeschoss gibt es ein kleines Badezimmer am Ende

des Flurs, der zum Hauptschlafzimmer mit eigenem Bad führt, dazu eine Waschküche und ein Gästezimmer an der Rückseite des Hauses. Oben befinden sich zwei weitere Schlafzimmer. Marcus zeigte uns, welches Zimmer Katie gehört hatte. Die Tür war abgesperrt. Sophie nahm das zweite Zimmer im Obergeschoss, weil ihr der Ausblick auf den Wald gefiel.

Zuvor war mir ein gerahmtes Foto von Katie auf der Kommode in unserem Schlafzimmer aufgefallen. Es ist ein Schnappschuss von ihr, wie sie an einem Strand sitzt, und ich nehme an, dass es an diesem See aufgenommen wurde. Ihr Kinn ruht auf den Knien, während sie aufs Wasser hinausblickt. Ich wollte Marcus fragen, wann das Foto entstanden ist, aber ich beschloss, damit noch zu warten. Ich bin sicher, dass es ohnehin schon schwer genug für ihn ist.

Im Wohnzimmer steht allerlei Krimskrams wie kleine Schätze herum, drollige Eulen und Waldbewohner, an der Wand hängt ein rustikales Paddel. Ich berühre das silberne Schmuckkästchen in Muschelform auf dem Beistelltisch und zeichne mit dem Finger die Kanten nach. Es ist vorzüglich gearbeitet, geformt wie eine große Muschelschale und offensichtlich eine Antiquität. Ich nehme sie und öffne sie behutsam. In der Mitte des Bodens ist eine winzige silberne Perle eingebettet. Das Metall unter meinen Fingerspitzen ist kalt. Neugierig, ob die Muschel wohl graviert ist, drehe ich sie um, doch der Boden ist bis auf einen kleinen Kratzer unmarkiert.

Er muss diese Dinge hiergelassen habe, damit es gemütlicher aussieht, wenn er das Haus vermietet. Oder vielleicht hat er jemanden damit beauftragt, es zu dekorieren. Ich werde ihn nicht fragen. Seit wir zusammen sind, habe ich nicht oft an Kathryn gedacht – er spricht selten von ihr, obwohl ich weiß, dass er sich manchmal bei ihr meldet, um sich zu vergewissern, dass es ihr gutgeht, vor allem an Feiertagen. Ich war nie zuvor eifersüchtig gewesen, aber etwas an diesem Haus gibt mir das Gefühl, ein Eindringling zu sein.

Das Licht flackert. Ich blicke zur Zimmerdecke hoch und warte mit angehaltenem Atem darauf, dass die Lampe ausgeht, aber sie leuchtet weiter. Doch wahrscheinlich wird schon bald der Strom ausfallen.

»Hast du irgendwo Kerzen?«

Marcus blickt vom Feuer auf. »Gute Idee. Sieh mal in der Schublade beim Telefon nach.«

Ich krame in der Schublade mit allerlei Kleinkram herum, mit Stiften, einem Paket Spielkarten, etwas Zwirn, einem Fläschchen Klebstoff, Batterien, und ziehe ein paar weiße Kerzen heraus. Ich stecke sie in den Porzellan-Kerzenhalter auf dem Küchentisch und zünde die Stumpenkerzen auf dem Couchtisch an. Die Flammen flackern und tanzen.

Das warme Wachs riecht stark nach Vanille und erinnert mich an das erste Mal, als ich bei Greg zum Abendessen war. Er hatte das Essen anbrennen lassen und überall Vanille-Spray versprüht, um den Geruch zu überdecken. Bei diesem Gedanken muss ich lächeln, und ich frage mich, wie es ihm wohl geht. Ich habe Gerüchte gehört, dass sein Schwager wegen übler Schulden in heftige Schwierigkeiten geraten ist und Greg ihm wieder auf die Beine geholfen hat. Vielleicht war er in den letzten Tagen unserer Beziehung deswegen so abgelenkt. Er hat nie auf meine SMS-Nachrichten geantwortet. Ziemlich sicher weiß er, dass Marcus und ich jetzt zusammen sind. Ich wünschte, ich könnte ihm alles erklären, aber was soll ich sagen?

Es ist erst zwei Monate her, aber es kommt mir vor wie ein halbes Leben, seit alles bei mir Kopf stand und ich fast jeden Tag mit der Polizei gesprochen habe. Einmal habe ich Corporal Parker im Muddy Bean getroffen. Ich holte gerade Kaffee für Marcus und mich, als sie durch die Tür kam. Ich war überrascht, sie in einer weißen Windjacke und schwarzen Laufschuhen zu sehen, die Haare zu einem Zopf geflochten.

Wir plauderten ein wenig, während wir auf unseren Kaffee warteten. Ich erzählte ihr von Marcus und dem Haus am See. Ich hatte das Gefühl, zu viel zu reden, aber irgendwie wollte ich sie wissen lassen, dass es mir gutgeht. Als ich sie nach ihren Plänen für die Frühjahrsferien fragte, sagte sie: »Nur arbeiten«, und bestellte zweimal Latte. Ich sah ihr nach, als sie das Café verließ und in einen Wagen mit einer blonden Frau am Steuer stieg. Ob das auch eine Polizistin war? Dann strich die Frau Parker eine Haarsträhne aus dem Gesicht. Eine zärtliche, liebevolle Geste. Parker blickte zum Café, und ich drehte mich hastig um, verlegen, weil ich sie beobachtet hatte. Vermutlich achtet Parker aus gutem Grund auf ihre Privatsphäre.

Nach dem Abendessen waschen Sophie und ich gerade das Geschirr ab, als der Strom ausfällt. Sie quiekt auf und packt meinen Arm, dann lacht sie über ihre Überreaktion, aber es klingt gezwungen.

»Alles in Ordnung, Liebes?«

»Natürlich.« Sie wendet sich ab und fragt Marcus: »Hast du Spielkarten?«

Wir pokern im Kerzenlicht, dann sagt Sophie, sie sei müde, und küsst mich auf die Wange, bevor sie den Raum verlassen will. Ich halte sie einen Moment fest, ehe ich sie loslasse.

Marcus und ich trinken vor dem Feuer noch ein Glas Wein. Schließlich stolpern wir in unser Zimmer, und er hält mich in den Armen, während der Wind draußen braust. Sein Atem wird tiefer, seine warme Brust unter meiner Wange hebt und senkt sich. Ich passe meinen Atem an und kämpfe noch etwas gegen den Schlaf, schwelge in dem köstlichen Gefühl der Schläfrigkeit. Ich lasse zu, dass mir die Augen zufallen und schiebe die Hand an Marcus' Körper nach unten, bis ich seine Hand ergreifen kann. Ich verflechte meine Finger mit seinen. Er liebkost meinen Nacken und zieht mich eng an sich.

Soll der Sturm doch toben, so viel er will. Mein Kampf ist vorüber.

33

SOPHIE

Ich höre sie unten leise sprechen, aber ich kann kein Wort verstehen, nur Marcus' tiefe, gedämpfte Stimme und Moms weiches Lachen. Ich weiß, dass sie manchmal über mich reden. Es ist schräg, mir vorzustellen, wie Marcus mich analysiert, also erzähle ich Mom nicht mehr viel davon, wie es mir geht. Vor allem nicht von den Albträumen, in denen ich immer wieder Andrews Leiche finde oder er manchmal die Augen öffnet und lächelt, und wie erleichtert ich dann bin, bis ich aufwache und mir wieder einfällt, dass er tatsächlich tot ist. Ich brauche keinen Psychodoktor, der mir erklärt, was das zu bedeuten hat.

Es ist einfacher, Mom in dem Glauben zu lassen, alles sei in Ordnung.

In meinem Zimmer ist es dunkel, das Windlicht wirft seltsame Schatten an die Wand. Ich habe Mom gesagt, ich gehe ins Bett, um noch Musik zu hören und zu malen, doch als ich in meinem Skizzenblock blättere, sehe ich eine meiner Skizzen vom Strand und denke daran, wie ich mit Jared am Picknicktisch gesessen habe – er fegte den Tisch mit der Hand sauber, und Fichtennadeln flogen durch die Luft. Wir saßen eine Weile, meine Hände steckten in seiner warmen Tasche. Dann fotografierte er eine Möwe, die im Wind kreiste, weiße, schaumige Wellen und Hunde, die Stöcken nachjagten. Seine Kamera war ständig in Bewegung, während ich an meiner Zeichnung arbeitete, aber ich habe sie nie fertiggestellt. Es war interessanter, ihn zu beobachten.

Ich nehme mein Telefon und sehe nach, ob er eine SMS geschickt hat, obwohl ich hier keinen Empfang habe. Obwohl er sagte, er würde sich nicht bei mir melden. Und obwohl ich mir selbst sage, es sei mir egal.

Ich weiß immer noch nicht, wie der Streit begonnen hat. Na ja, vermutlich habe ich angefangen, aber ich weiß nicht, *warum*. Vor zwei Tagen hat Jared an seinem Computer herumgespielt; er suchte einen Song, den er mir vorspielen wollte, während ich auf seinem Bett lag. Wir waren seit einer Stunde bei ihm zu Hause, und ihm war nicht aufgefallen, dass ich nicht viel sagte. Vielleicht war es immer so. Vielleicht war immer er es, der mir Sachen von seinen Freunden oder vom Fotografieren erzählte, während ich diejenige war, die zuhörte. Ich weiß es nicht mehr. Die Monate verschwammen, die Tage gingen nahtlos ineinander über. Nach Andrews Tod konnte ich nicht schlafen, also hat Jared mir die Schlaftabletten seines Dads gegeben, die nach einer Knie-OP übrig geblieben waren. Er sagte mir, ich dürfe sie nicht jede Nacht nehmen, also halbierte ich sie und versuchte so, länger damit auszukommen. Sie halfen, aber ich hatte ständig das Gefühl, verkatert zu sein. In dieser Woche habe ich aufgehört, sie zu nehmen, und jetzt kann ich wieder nicht schlafen.

Seit meinem Geburtstag haben Jared und ich fast jedes Wochenende zusammen verbracht, und am Anfang war es klasse. Wenn ich mit ihm zusammen war, musste ich nicht an meinen Dad denken oder daran, wie er gestorben war, und Sex zu haben war wie high sein. Aber in den letzten Wochen hat es irgendwie nicht mehr funktioniert.

Es hatte den ganzen Tag heftig geregnet, und ich war hibbelig und langweilte mich. Wir machten eigentlich nichts anderes, als in Jareds Zimmer herumzuhängen und Filme anzuschauen oder miteinander zu schlafen. Wir haben die Schule geschwänzt und sind zu ihm gefahren, ehe seine Eltern nach Hause kamen. Der Sex war inzwischen besser geworden. Ich empfand anders. Fühlte mich erwachsener.

»Delaney ruft mich nicht mehr an«, platzte ich heraus.

»Das liegt daran, dass du einen Freund hast und sie noch Single ist.«

Vielleicht hatte er recht. Sie verbrachte ihre Zeit mit ein paar anderen Mädchen aus der Schule, und ich war froh, dass sie neue Freundinnen gefunden hatte, aber ich vermisste es, mit ihr ins Kino und ins Café zu gehen oder uns gegenseitig die Haare zu färben und einfach rumzuhängen. Dann überlegte ich, ob es mein Fehler war. Möglicherweise war ich diejenige, die aufgehört hatte, *sie* anzurufen.

Eines Tages sah ich sie auf dem Parkplatz der Schule und versuchte, mit ihr zu reden, aber sie hatte es eilig, weil sie sich mit ihren Freundinnen traf. Sie wollten schwimmen gehen. Früher sind wir total gerne ins Schwimmbad gegangen. Wir blieben so lange in der Sauna, bis es sich anfühlte, als sei unsere Haut geschmolzen.

Es war nicht nur Delaney, die mir entglitt. Ich hatte auch keine Zeit mehr zum Malen. Letztes Wochenende wollte ich zu Hause bleiben, aber Jared brauchte meine Hilfe bei der Bearbeitung der Bilder, die wir unten am Hafen gemacht hatten. Anfangs hat es Spaß gemacht, ihm bei seinen Fotoshootings zu helfen, aber dann wurde ich es leid, stundenlang bei jedem Scheißwetter draußen herumzustehen, nur damit er das perfekte Bild bekam.

Er drehte sich vom Computer weg. »Was ist los?«

»Nichts. Ich bin nur müde.«

Er kletterte zu mir ins Bett. »Ich habe im Internet nach Wohnungen gesucht, für den Herbst, wenn wir studieren.

Wenn wir jetzt etwas Gutes finden, können wir den Mietvertrag unterschreiben, ehe jemand anders uns zuvorkommt.«

Verwirrt sah ich ihn an. »Du meinst, für dich?«

»Für dich und mich. Wir werden uns ein hübsches Plätzchen suchen – vielleicht etwas in der Innenstadt mit einem tollen Ausblick.«

»Ich habe dir doch erzählt, dass Delaney und ich zusammenziehen wollen.« Wir hatten in letzter Zeit nicht mehr davon gesprochen, aber das war immer unser Plan gewesen. Ich hoffe, daran hat sich nichts geändert, denn ich habe mir überlegt, dass es Jared und mir gut tun würde, wenn wir an der Uni wären. Diesen Sommer verreist er mit seiner Familie, und wenn wir anfingen zu studieren, würden wir sogar noch weniger Zeit füreinander haben. Ich wunderte mich, warum ich weniger Zeit für ihn haben wollte, packte den Gedanken aber auf den Stapel mit den Dingen, über die ich nicht nachdenken wollte.

»Ja, aber das war früher«, sagte er. »Ich dachte, du willst jetzt mit mir zusammenwohnen.«

»Wir sind erst achtzehn.«

»Na und?«

»Willst du nicht mit deinen Freunden zusammenwohnen?«

»Das sind Chaoten. Ich will mit dir zusammenwohnen.«

»Warum? Weil du glaubst, ich würde hinter dir her putzen? Kannst du überhaupt kochen? Oder willst du, dass ich das gesamte Putzen und Kochen und Einkaufen übernehme?«

»Hey, was soll das denn jetzt? Ich kann das alles lernen.« Ja, klar. Er musste etwas lernen, das ich seit Jahren tat. Er würde alles mit Leichtigkeit schaffen.

»Ich bin nicht bereit, jetzt schon an nächstes Jahr zu denken. Ich will einfach nur meinen Schulabschluss schaffen.«

»Wir können im Sommer noch einmal darüber reden. Ich

kann ja schon mal die Kaution hinterlegen, wenn ich was finde.« Er wirkte unerschütterlich, als sei er sicher, dass ich mich seiner Meinung anschließen würde.

Ich setzte mich auf, schlug die Beine unter und sah ihn an. »Ich weiß nicht, ob ich *jemals* mit dir zusammenwohnen möchte. Als meine Mom mit meinem Dad zusammengekommen ist, war sie erst neunzehn, und sie hat alles Mögliche verpasst.«

»Ich bin nicht wie dein Dad.« Jetzt sah er verärgert aus, aber das führte nicht dazu, dass ich einen Rückzieher machte, ich wollte eher noch etwas tiefer bohren.

»Manchmal benimmst du dich wie er.«

»Was du da sagst, ist absolute Scheiße.« Sein Gesicht war rot angelaufen.

»Jedes Mal, wenn ich zu Hause bleiben will, tust du so, als seist du total am Boden zerstört, und ich habe ein schlechtes Gewissen.«

»Machst du Witze? Du bist immer völlig fertig, also versuche ich, dich auf Trab zu halten.«

Alles in mir geriet ins Wanken, und ich wollte nur noch aufstehen und nach Hause und in mein Zimmer, mit Ohrstöpseln und lauter Musik. Dort würde ich drei Tage bleiben. Vielleicht eine Woche. Ich würde nie wieder rauskommen. »Manchmal will ich allein sein. Ich brauche Zeit für mich.«

Wir starrten einander an. Ja, ich spürte die schrecklich schmerzende Sehnsucht, allein zu sein, mich nicht für meine Gefühle rechtfertigen zu müssen oder zu überlegen, was er wohl dachte.

Er richtete sich auf. »Du brauchst Zeit für dich?« Sein Gesicht war blass, die Brauen ein dunkler Strich. Selbst seine Lippen wirkten blass, als hätte ich ihn erstochen und alle Farbe sei herausgeblutet.

»Nicht für immer, nur eine kleine Pause.« Ich konnte nicht glauben, dass ich es sagte, aber jetzt waren die Worte draußen, und ich sah sie wie Bomben auf sein Gesicht einprasseln. Seine Augen weiteten sich, dann klappte sein Mund auf.

»Im Ernst?« Er klang atemlos.

»Ich habe in letzter Zeit öfter gedacht, dass ich den Tod meines Vaters vielleicht noch nicht richtig verarbeitet habe. Vielleicht stürze ich mich nur in die Sache mit dir, weil ich das vermeiden will.«

»Ich habe versucht, mit dir darüber zu reden.«

»Das ist das Problem. Ich will nicht darüber reden. Ich will es auf meine eigene Weise angehen. Ich habe überlegt, dass wir uns in den Ferien vielleicht nicht sehen sollten.«

»Ich kapier's nicht. Gestern hast du mir noch erzählt, wie sehr du dich darauf freust.«

»Ich möchte einfach nur eine Woche für mich haben. Warum ist das so ein Problem?«

»*Du* machst daraus ein Problem.«

Ich stand vom Bett auf, schnappte mir meinen Rucksack und die Jacke. »Ich gehe nach Hause.«

Er packte mich am Arm. »Hör auf«, sagte er. »Wir müssen reden.«

»Da gibt es nichts zu reden. Ich habe dir gesagt, dass ich eine Pause brauche, aber jetzt denke ich, wir sollten ganz Schluss machen.« Ich bin ein führerloser Zug, der durch die Berge rast.

Er packte meinen Arm fester, und er sah verzweifelt aus. »Das lasse ich nicht zu.«

»Du lässt es nicht zu?« Ich riss mich los, seine Fingerspitzen bohrten sich in meine Haut.

»Entscheide dich nicht jetzt sofort.« Seine Stimme war heiser, die Augen waren dunkel und schimmerten wie Tintenpfützen. Am liebsten würde ich meinen Stift hineintauchen und sein brechendes Herz auf eine ganze Seite in meinen Skizzenblock zeichnen, dann könnte ich es herausreißen oder es wieder zusammensetzen.

»Bitte?«, sagte er. »Ich werde dir Zeit für dich geben – aber mach nicht ganz Schluss.«

Ich zögerte. Geschah das wirklich gerade? Trennten wir uns gerade tatsächlich? »Ich weiß nicht. Ich muss gehen.« Ich lief durch das Haus, fieberhaft bemüht, nach draußen zu gelangen und frische Luft einzuatmen.

Er folgte mir nach draußen auf die Vordertreppe, immer noch in Socken, obwohl es in Strömen goss. »Warte. Ich fahre dich nach Hause. Sei nicht albern. Du wirst klatschnass.«

Ich sah ihn an, wie er in seinem T-Shirt dastand, die Schultern bis zu den Ohren hochgezogen, und der Regen prasselte um uns herab. Ich dachte daran, wie mein Vater mit seinem Truck neben mir angehalten hatte. *Steig ein.*

»Ich rufe Delaney an«, rief ich durch die Sturzflut. Dann rannte ich los. Meine Füße tauchten in kalte Pfützen, das Wasser spritzte bis zu meinen Waden hoch. Laufen, laufen, laufen.

An jenem Abend schickte er mir einen Haufen SMS, mein Telefon leuchtete in der Dunkelheit auf. Warum können wir nicht reden? Warum tust du das? Was habe ich falsch gemacht?

Ich hatte keine Antworten und konnte das panische Gefühl, das mich erfasst hatte, nicht erklären. Am Ende musste ich mein Telefon ausschalten. Am nächsten Morgen sah ich sein Auto in der Ferne, als ich zur Bushaltestelle lief, aber ich winkte ihm nicht zu, und er fuhr davon. Zwischen den

Unterrichtsstunden erspähte ich ihn ein paarmal, und immer stand er mit seinen Freunden zusammen und starrte mich an. Nach der Schule wartete er neben meinem Schließfach.

»Du kannst mich nicht einfach ignorieren«, sagte er.

Ich schob meine Bücher in den Rucksack. »Ich habe dir gesagt, ich muss allein sein.«

»Etwas hat sich geändert, und ich will wissen, was. Hast du jemand anders kennengelernt? Ist es das?«

»Nein«, fauchte ich ihn an. »Willst du diese Unterhaltung wirklich jetzt führen?« Andere Schüler warfen uns im Vorbeigehen bereits neugierige Blicke zu.

»Können wir nicht zu mir fahren und reden? Ich will das klären.«

»Da gibt es nichts zu klären.« Ich überlegte, wie ich ihm meine Gefühle verständlich machen sollte. »Du hast nichts falsch gemacht. Etwas in mir ist einfach wie ausgeschaltet, verstehst du? Ich weiß nicht, warum, aber es ist, als könnte ich meine Glücksgefühle nicht wiederfinden. Je mehr du mich drängst, desto mehr verschwinden sie.«

»Komm nur für eine kleine Weile mit zu mir nach Hause.«

»Ich muss packen.«

»Du kannst so nicht gehen.«

»Ich komme nicht mit zu dir nach Hause. Was also willst du machen? Mich entführen?« Ich knallte mein Schließfach zu und ging davon. Als ich zurückblickte, war er verschwunden.

Delaney fuhr mich nach Hause. Ich erzählte ihr, ich hätte mich mit Jared gestritten, und wir hätten uns getrennt.

»Warum hast du das getan?«, fragte sie. »Ich dachte, ihr beide würdet euch lieben.«

»Ich weiß nicht.« Ich weinte, weil ich traurig war, aber ich war auch durcheinander. »Ich kann es nicht erklären. Es war alles zu viel, und ich konnte nicht atmen. Ich bekam einfach keine Luft.«

Mitfühlend sah sie mich an. »Das tut mir echt leid. Wollen wir noch einen Kaffee trinken?«

»Gut.« Ich starrte aus dem Fenster, sah die Bäume vorbeifliegen. Ich zitterte, meine Hände und mein Körper waren kalt. Ich schob die Hände unter die Beine, um sie stillzuhalten. Kaffee wäre gut. Wir würden reden, und Delaney würde mir helfen zu verstehen, warum ich gerade mein Leben in die Luft gejagt hatte.

Eine Stunde später setzte Delaney mich zu Hause ab. Ich sah ihr nach, als sie die Auffahrt hinunterschoss und wieder auf die Straße einbog. Das Geräusch von Reifen auf dem nassen Asphalt, dann Ruhe. Ich wünschte halb, ich wäre noch mit ihr zusammen, damit wir weiterreden könnten, aber das hätte nicht geholfen. Sie hatte mir einen Haufen Fragen zu meinen Gefühlen gestellt (Sachen, die ihre Therapeutin sie gefragt hatte, als ihre Eltern sich scheiden ließen), doch ich konnte immer nur sagen: »Ich weiß nicht, was passiert ist«, was alles irgendwie nur noch schlimmer machte.

Angus sprang an mir hoch, als ich die Tür aufschloss, und warf mich beinahe um, als ich versuchte, meine Schuhe auszuziehen. »Aus!«, sagte ich und schob ihn aus dem Weg, als er mir das Ohr leckte. Er musste raus, aber ich konnte nur daran denken, wie gut es sich anfühlen würde, mich in mein Bett zu verkriechen. Ich würde später mit ihm spazieren gehen, wenn ich die Kraft dazu hatte. Jetzt musste ich erst einmal alles ausblenden.

An der Tür zu meinem Zimmer blieb ich stehen. Mitten auf meinem Bett stand ein Karton. Langsam betrat ich den Raum. Es waren Dinge, die ich bei Jared liegen gelassen hatte. Einer meiner Schals, zwei Bücher, ein Paar Ohrringe – und das Foto, das er von mir gemacht hatte. Ich schaute aus dem Fenster und entdeckte die Fußspuren auf dem Fenstersims. Jared hatte sich ein paarmal hereingeschlichen, um die Nacht mit mir zu verbringen, und ich hatte das Fenster vermutlich nicht wieder verriegelt.

Ich setzte mich neben Angus aufs Bett und schickte Jared eine SMS. Meine Finger stießen so hart auf das Display, dass Angus den Kopf hob und mich anstarrte. Du bist bei mir zu Hause eingebrochen???

Ich habe dir dein Zeug zurückgebracht.

Das ist so kindisch.

Stimmt, und du bist so erwachsen.

Ich wollte einfach nachdenken. Du nimmst mir die Luft zum Atmen.

Du wolltest die ganze Zeit mit mir zusammen sein.

Das stimmt, aber dann war es, als hörte ich auf, ICH zu sein.

Eine Weile antwortete er nicht. Ich starrte auf mein Telefon und wartete, dass die Sprechblase aufpoppte. Schließlich sah ich, dass er noch tippte.

Du hast nur Angst. Wir waren wirklich glücklich, und das hat dir Angst gemacht. Du glaubst, ich würde dich verlassen, wie dein Dad, also hast du mich fortgestoßen, aber das ist jetzt auch egal. Ich bin damit durch. Aus und Ende.

Er hat nie wieder etwas geschrieben. Ich wachte sogar mitten in der Nacht auf und kontrollierte mein Handy, dann gleich als Erstes am nächsten Morgen, ehe wir die Stadt verließen, aber da war nichts. Als wir auf der Fähre waren, schickte Delaney mir eine SMS, dass Jared in den Ferien mit seinen Freunden auf der Insel zelten würde. Er ist nur etwa eine Stunde von mir entfernt.

Jetzt ziehe ich mein Handy erneut hervor und lese seine

Nachricht noch einmal. Die letzten Worte rollen in meinem Kopf herum wie Dynamitstangen, sie explodieren jedes Mal, wenn sie etwas berühren.

Aus und Ende.

Ich wollte es so, oder nicht? Warum also fühlt es sich an, als würde mein Innerstes in unterschiedliche Richtungen auseinandergerissen? Warum muss ich ständig daran denken, wie leer sich jetzt alles anfühlt?

Ich höre ein kratzendes Geräusch neben dem Fenster. Ich blicke auf, lausche, ob es sich wiederholt. Wenn Jared sich nachts in mein Zimmer geschlichen hat, hat er immer leise an die Scheibe geklopft, um meine Aufmerksamkeit zu bekommen. Ich halte den Atem an, bis mir klar wird, dass es nur Zweige sind. Natürlich ist es nicht Jared. Selbst wenn er sich an die Adresse erinnerte und zum See gekommen ist, um mich zu finden, weiß er doch nicht, welches mein Zimmer ist.

Ich rolle mich unter der dicken Decke zu einer Kugel zusammen und ziehe die Beine eng an die Brust. Die Laken auf meiner Haut sind kalt. Ich denke an meinen Dad, wie er durch unser altes Haus gelaufen ist. Hat er sich auf Moms Bett gesetzt? War er in meinem Zimmer? Jeder glaubt, sein Sturz sei ein Unfall gewesen, aber manchmal fürchte ich, er hat es mit Absicht getan. Er wollte, dass wir ihn so finden.

Ich klettere aus dem Bett und suche in meinem Kosmetikbeutel nach den Schlaftabletten, die Jared mir gegeben hat. Ich nehme eine und spüle den bitteren Geschmack mit etwas Wasser direkt aus dem Hahn herunter. Dann starre ich in den Spiegel. Mom sagte, bis zu den Frühlingsferien würde sich alles anders anfühlen. Sie hat sich geirrt.

34

LINDSEY

Seit einer Stunde laufen Marcus und ich durch den Wald. Es hat aufgehört zu regnen, doch die Bäume sind immer noch nass, und kalte Wassertropfen landen auf meinem Kopf oder laufen mir in den Nacken. Das feuchte Unterholz schlägt mir ins Gesicht, als wir uns auf dem Trampelpfad vorankämpfen. Wir haben sonst niemanden gesehen, nicht einmal einen Hirsch oder ein Kaninchen, und der Wald ist still. Ich passe auf, wohin ich meine Füße setze, trotzdem rutsche ich ein paarmal aus und muss mich an Marcus festhalten oder nach einem Zweig greifen, um das Gleichgewicht nicht zu verlieren. Das letzte Stück sind wir bergan geklettert, Marcus wollte mir den Blick von einem Aussichtspunkt zeigen.

»Vertrau mir, es lohnt sich. Man kann bis zum Ozean sehen.«

Wehe, es ist *nicht* mindestens phantastisch. Meine Beinmuskeln schmerzen, und vor Anstrengung ist mir so heiß, dass ich meine Jacke ausziehen und sie mir um die Taille binden muss. Angus läuft mit heraushängender Zunge voraus, in seinem Fell haben sich kleine Zweige und Blätter verfangen. Er ist bis zu den Schultern mit Matsch bespritzt.

Am Morgen hatten wir wieder Strom, und Marcus hat gutgelaunt Eier, Schinkenspeck und Pfannkuchen zubereitet, während ich unter der Dusche stand. Als ich in die Küche kam, hatte er bereits einen Krug Orangensaft, Teller, Besteck und einen Stapel Servietten auf dem Tisch verteilt.

»Wo ist Sophie?«, fragte ich.

»Sie schläft noch.«

»Ich werde sie wecken.«

»Lass sie schlafen. In diesem Haus soll man sich entspannen.«

Ich setzte mich an den Tisch, zog den Teller näher heran und inhalierte den Schinkenduft. »Lecker.« Ich biss von der knusprigen Köstlichkeit ab – er hatte ihn genauso zubereitet, wie ich ihn liebe. »Glaubst du, sie schläft zu viel?«

Er setzte sich mir gegenüber und streute Pfeffer über seine Eier. »Teenager schlafen andauernd.«

»Ich mache mir Sorgen, dass sie depressiv sein könnte.«

»Möchtest du, dass ich einmal mit ihr rede?«

»Ich weiß nicht. Möglicherweise nimmt sie dir das übel.« Sie scheinen gut miteinander auszukommen, zumindest ist sie stets freundlich und höflich zu ihm und sagt, sie freue sich für mich, aber sie hat sich mir so sehr entzogen, seit sie mit Jared zusammen ist, dass ich mir nicht sicher sein kann.

»Wie wäre es, wenn wir ihr etwas Zeit lassen? Es ist erst zwei Monate her, dass Andrew gestorben ist, und Trauer kann über viele Jahre kommen und gehen. Vertrau mir, ich habe es erlebt. Manchmal findet man nur im Schlaf Frieden; es ist die einzige Zeit, in der du nicht leidest. Für eine kleine Weile ist es völlig in Ordnung.«

Ich ergreife seine Hand über den Tisch hinweg. »Ich danke dir, dass du immer das Richtige sagst.«

»Ach, ich sage oft auch genau das Falsche, aber in dieser Sache bin ich ziemlich zuversichtlich. Sophie wird das alles schon gut überstehen. Jetzt iss dein Frühstück, dann mache ich eine Wanderung mit dir.«

Endlich erreichen wir den Gipfel, und ich lasse mich auf einen Felsen fallen. Es ist mir egal, ob der Hosenboden meiner Jeans nass wird. Ich wische mir über die Stirn und atme heftig aus. »Puh. Das war steil.«

Marcus steht vor mir, fast am Rand des Felsvorsprungs, und lässt den Blick schweifen. Er breitet die Arme weit aus. »Ist das nicht phantastisch?«, sagt er. »Natur pur.«

Der Ausblick ist überwältigend; man kann meilenweit sehen, die Berge sind in Nebelwolken getaucht. In der Mitte eingebettet der See, und weit in der Ferne das lange dunkelblaue Band des Ozeans. Marcus dreht sich um, schaut mich an und winkt mich zu sich. »Komm, sieh es dir an!«

»Ich kann von hier sehr gut sehen.«

Er lacht. »Hoch mit dir, du lahme Ente. Du musst den Wind im Gesicht spüren!«

Ich stelle mich neben ihn, lehne die Wange an seine Schulter, genieße den Geruch nach Regen und Wald, der ihm anhaftet. »Du hast recht. Die Brise ist wunderbar.« Ich entdecke ein hübsches Farnkraut am Rand des Felsvorsprungs und beuge mich vor, um es genauer zu betrachten. Ich spüre, wie meine Schuhe auf dem Felsen wegrutschen. Marcus packt meine Hand und reißt mich zurück.

»Pass auf. Es ist ein weiter Weg bis nach unten.« Er legt mir den Arm um die Schulter und drückt mich fest an sich. »Ich will dich nicht verlieren.«

»Du willst nur nicht hinunterklettern, um mich zu retten.« Ich lache, aber mein Herz schlägt schnell nach dem Beinahe-Fehltritt. Ich spähe über die Kante auf die dunklen Bäume tief unter uns, auf die zerklüfteten Felsen.

»Stimmt.« Er schnuppert an dem Haar an meiner Schläfe.

Ich schmiege mich an seine Wärme, denke an den längst vergangenen Tag, an dem Andrew tat, als würde er mich auf seiner Baustelle in eine Grube werfen.

Schweigend stehen wir so ein paar Minuten, nehmen das

Bild in uns auf. Seine Hand um meine ist warm. Vergnügt denke ich an den Rest des Tages. Wir werden vor dem Feuer faulenzen und lesen, ab und zu innehalten und teilen, was uns zum Lachen gebracht hat, dann werden wir zusammen Abendessen kochen, Wein trinken und einen Film ansehen. Die Vorstellung fühlt sich gemütlich und wohlig an, einfach perfekt.

»Ich wünschte, ich könnte für immer hierbleiben«, sage ich.

»Vielleicht können wir das.«

Ich sehe ihn an. »Wie meinst du das?«

»Sobald Sophie studiert, könnten wir raus an den See ziehen. Du könntest hier Arbeit finden oder auch studieren. Was immer du magst.«

Der Vorschlag überrascht mich, und er gefällt mir. Mir war nicht klar gewesen, dass er bereits über unsere Zukunft nachdachte. »Und was machst du, während ich arbeite?«, necke ich ihn. »Jeden Tag angeln?«

»Mein Buch schreiben und es für eine Million verkaufen. Was sonst?«

»Hört sich gut an.« Ich neige den Kopf zur Seite. »Haben Sie ernste Absichten bei mir, Herr Doktor? Ich dachte, ich sei nur eine Affäre.«

Er lacht. »Wenn ich es nicht ernst meinen würde, hätte ich dich nicht hierher mitgenommen, aber du bist gerade erst in dein neues Haus gezogen. Du brauchtest Zeit. Ich wollte dich nicht damit ängstigen, dass es mir zu ernst ist, und herumjammern, wie sehr ich dich und Sophie in meinem Haus vermisse.«

Ich lächele ihn an, und eine Woge der Zuneigung überrollt mich. Natürlich versteht er genau, was ich damals gebraucht habe – und was ich jetzt hören möchte. Er ist Marcus.

Er umschließt meine Wange mit der Hand, sein Daumen liebkost mein Gesicht. »Also? Muss ich noch mehr Überzeugungsarbeit leisten?« Einen Moment lang überlege ich, ob er mir sagen wird, dass er mich liebt. Wir haben dieses Wort noch nicht ausgesprochen, aber ich war schon oft kurz davor gewesen. Dann stupst Angus Marcus mit der Schnauze an, und der schaut lachend nach unten und tätschelt ihm den Kopf. Ich starre Angus finster an. *Vielen Dank auch, Kumpel.*

Ich betrachte Marcus, seine natürliche, ungezwungene Art, sein schönes Lächeln. Könnte ich an den See ziehen und mein Haus und mein Geschäft und alles aufgeben? Will ich wirklich ganz neu anfangen? Ich blicke über die Berge, atme die süße Luft ein. Marcus hat recht. Dieser Ort ist etwas Besonderes.

»Ja«, sage ich. »Lass es uns tun.«

»Wirklich?«

»Ich bin bereits in dich verliebt. Dann kann ich mich auch gleich ganz auf dich einlassen.«

Vor Verblüffung schweigend, starrt er mich an, mein Gesicht wird heiß. Ich wünschte, ich könnte die Worte zurücknehmen. Was habe ich mir dabei gedacht? Ich beobachte ihn stumm. Die Sekunden verrinnen, bis es sich anfühlt, als stünden wir schon ewig hier. Er hat immer noch nicht geantwortet. Er sieht mich nur an.

»Nun, wir sollten besser zurückgehen«, sage ich und setze mich langsam in Bewegung.

»Lindsey, komm her.« Er nimmt meine Hand, zieht mich herum. »Ich liebe dich auch – aber ich muss zugeben, dass es mir am Anfang höllisch Angst gemacht hat. Lange Zeit habe ich versucht, dagegen anzukämpfen.«

Ich lehne meine kalte Nase an seine Brust. »Du hast versucht, dagegen anzukämpfen? Wirklich? Erzähl mir mehr davon.«

»Du wirst keine Ruhe geben, ehe du nicht das letzte Detail kennst, was?«

Ich reibe meine Nase an seinem Schlüsselbein. »Ich werde es aus dir herausfoltern.«

Er lacht. »Also gut. Zeit für die große Beichte. Als ich zum ersten Mal zum Meeting kam und dich unter diesen Neonlampen sah, leuchtete dein Haar wie bei irgendeiner schwedischen Göttin, und ich dachte, wow, ist das eine schöne Frau, von der halte ich mich besser fern. Sie wird mir das Herz brechen. Es war egal, wie nett oder liebevoll oder witzig du warst, ich wollte nicht riskieren, noch einmal verletzt zu werden, aber ich habe den Kampf verloren.« Er lächelt. »Ist das in Ordnung? Glaubst du, du kommst mit mir klar?«

Ich grinse ihn frech an. »Ich werde einen Versuch wagen.«

Er drückt seine Lippen auf meine. Der Regen setzt erneut ein, stärker dieses Mal, und rinnt über unsere Gesichter und unsere Lippen, aber wir hören nicht auf. Diesen Mann werde ich für den Rest meines Lebens küssen.

35

SOPHIE

Moms Haare kleben am Kopf, und ihre Wimpern sind richtig stachelig, aber sie lacht, als sie ihre Stiefel auszieht und verkündet: »Glaub Marcus kein Wort, wenn er sagt, er nimmt dich auf einen schönen Spaziergang mit. Ich komme mir vor, als hätten wir den Mount Everest bestiegen.« Marcus lacht ebenfalls, als er ihr hilft, aus der nassen Jacke herauszukommen. Sie tut, als wolle sie sich schütteln wie ein Hund, und er springt zurück.

»Hey! Hör auf, oder ich lasse dich draußen bei Angus.«

Ich bin froh, dass wenigstens die beiden eine schöne Zeit haben. Ich habe den ganzen Morgen damit verbracht, durch meine gespeicherten SMS-Nachrichten zu scrollen und an Jared zu denken.

»Kannst du uns ein paar Handtücher bringen, Sophie?«, fragt Mom.

»Unter der Spüle sind ein paar alte für Angus«, sagt Marcus.

Ich finde die Handtücher in der Waschküche und bringe sie nach draußen. Sie sitzen jetzt beide am Ofen, so nah beieinander, dass ihre Schultern sich berühren. Ich trockne Angus ab, und er trottet ins Haus.

Mom und Marcus halten Händchen. Jared hat auch immer meine Hand gehalten, wenn wir gefahren sind. Manchmal hat er gegen meine Hände gepustet, wenn sie kalt waren. Ich berühre mein Handy in der Tasche und wünschte, ich könnte es herausholen und seine Nachrichten noch einmal lesen, aber Mom würde sich wundern, was ich tue. Ich werfe ihr einen Blick zu und sehe, wie sie Marcus anschaut. Sie hat dieses alberne Lächeln im Gesicht.

»Was ist los?«, frage ich. »Du benimmst dich so komisch.«

»Nichts. Ich bin einfach glücklich, dass wir alle zusammen hier sind. Ich liebe diesen Ort.«

»Ja, es ist schön hier. Es wäre nett, jeden Sommer herzukommen.«

Mom wirft Marcus noch einen Blick zu, und er drückt ihre Hand. Sie sieht wieder zu mir. »Wir haben gerade darüber gesprochen, nächstes Jahr vielleicht hier an den See zu ziehen.«

»Oh.« Ich sehe sie an, und sie sehen mich an, und ich schwöre, dass sogar Angus mich anschaut, als warte er darauf, dass ich etwas richtig Tiefgründiges sage. Ich kann die winzigen Fältchen um Moms Augen erkennen und frage mich, wann sie die bekommen hat. Ich habe das Gefühl, dass es in den letzten zwei Monaten passiert ist, und es kommt mir vor, als würde jede einzelne dieser Falten auf den hoffnungsvollen, aufgeregten Ausdruck ihrer Augen deuten und rufen: *Sieh nur, wie glücklich ich bin! Bitte freu dich für mich!*

Ich weiß nicht, warum, aber plötzlich denke ich an das Gesicht meines Dads, wenn er über Mom sprach, wie anders es für ihn war. Er war nicht aufgeregt, es war etwas Tieferes, als bräuchte er sie, um zu *atmen*. Jetzt verschwimmt mein Blick, und ich verziehe rasch die Lippen zu einem Lächeln.

»Das ist cool«, sage ich. »Ich bin ohnehin nur noch ein paar Monate zu Hause. Danach komme ich nur noch an den Wochenenden.« Ich lächele Marcus zu. »Lass sie bloß nicht in meinem Zimmer aufräumen.«

Jetzt werde ich hinüber zur Insel fahren müssen. Ich werde Mom vielleicht nicht mehr so oft sehen, aber ich kann nicht so selbstsüchtig sein und ihr das erzählen. Ich muss mich für sie freuen. Vielleicht werden sie sogar heiraten.

Ich schaue auf ihre Hand, versuche, mir vorzustellen, was für einen Ring Marcus ihr kaufen würde. Etwas Großes wahrscheinlich. Mir gefällt der schlichte Ring, den sie getragen hat, als sie mit meinem Dad verheiratet war. Wenn wir früher kuschelten, drehte ich ihn an ihrem Finger und spielte damit, und manchmal schob sie ihn auf meinen Finger, und ich tat, als wären wir verheiratet. Sie hat diesen Ring weggepackt und gesagt, ich könne ihn eines Tages haben. Wann ist eines Tages? Wenn ich heirate? Werde ich ihn dann wollen? Ich denke an meinen Dad, er hat den Ring für sie gekauft, und sie war erst neunzehn Jahre alt. Woher hatte sie gewusst, dass sie ihn heiraten will? Wieso hat sie nicht gewusst, was passieren würde? Ich denke an Jared. Aus und Ende.

»Erst einmal wird sich gar nichts ändern«, sagt Marcus. »Wir möchten, dass du dich mit allem wohlfühlst. Wir wissen, dass es ein hartes Jahr war.«

Ein hartes Jahr. So beschreibt er es also? Seine Miene ist freundlich, und er sieht besorgt aus, als wollte er sichergehen, dass mir nichts fehlt. Wenn sie heiraten, wird er mein Stiefvater. Er wird bei jedem Weihnachtsessen und in allen Ferien dabei sein. Er wird zu meiner Abschlussfeier kommen.

Nicht mein Vater. Er wird niemals mein Vater sein.

Plötzlich will ich so dringend mit Jared reden, dass ich mein Verlangen schmecken kann, wie dieses bittere schmerzende Ding in meinem Mund. Ich will ausspucken, aber es ist zu spät, ich habe es bereits heruntergeschluckt.

Sie warten darauf, dass ich etwas sage. »Das sind große Neuigkeiten. Sollen wir darauf anstoßen?« Ich stehe auf und gehe in die Küche. »Wie wäre es mit einem Glas Wein?« Ich habe meine Hand schon an der Flasche.

Mom ist mir gefolgt. »Wie bitte?«, sagt sie.

»Ich bin fast neunzehn. Komm schon. Lass mich mit euch feiern.«

»Du bist erst vor zwei Monaten achtzehn geworden.« Aber sie zögert, und ich merke, dass sie es auch möchte, dass sie alles tun würde, was ihr beweist, dass ich mit der Geschichte wirklich keine Probleme habe.

»Vielleicht dieses eine Mal«, sagt sie und nimmt die Gläser aus dem Schrank.

Sie sind ins Bett gegangen. Ich sitze in meinem Zimmer und schaue aus dem Fenster. Angus ist bei mir. Er schläft nicht mehr so oft bei ihnen. Vermutlich spürt er, dass ein Dritter nur stört.

Durch die Wände höre ich das leise Summen ihrer Stimmen, vielleicht kommt es auch durch die Lüftung. Worüber sie wohl reden? Vielleicht schmieden sie Pläne, erzählen sich, wie sehr sie sich lieben. Ich frage mich, ob Mom jemals noch an meinen Dad denkt.

Marcus ist nett. Er behandelt Mom gut. Er wird nicht betrunken, er tut ihr nicht weh, und er bringt sie nicht zum Weinen. Warum also bin ich wütend auf ihn? Ich grabe tief in meinem Inneren, versuche, dieses Gefühl zu isolieren, doch es verkriecht sich immer weiter in seiner Ecke und versteckt sich vor mir.

Dann habe ich es. Ein hinterlistiger kleiner Teil meines Herzens hatte gehofft, mein Vater und meine Mutter würden wieder zusammenkommen. All die Male, als ich meinem Vater sagte, er müsse loslassen und akzeptieren, dass sie neu angefangen hat, meinte ich im Grunde mich: Ich musste loslassen und neu anfangen.

Ich nehme einen Schluck Wein. Sobald Marcus und Mom

im Bett waren, habe ich mich noch einmal in die Küche geschlichen und mir den Rest aus der Flasche eingeschenkt. Sie wird nichts merken; ich war diejenige, die immer wieder nachgeschenkt hat.

Jetzt ist mir warm und heiß, und ich bin schläfrig betrunken, aber ich bin nicht aufgemuntert. Ich nehme mein Telefon, scrolle durch die Nachrichten und lese immer wieder Jareds SMS.

Stunden später wache ich auf, Angus' Kopf liegt auf dem Kissen neben mir. Er gähnt geräuschvoll und pustet mir eine volle Ladung Hundeatem ins Gesicht. Ich drehe mich um und warte, dass das Schwindelgefühl nachlässt. Die Uhr verrät mir, dass es drei Uhr morgens ist. Das leere Weinglas steht auf meinem Nachttisch.

Ich nehme mein Handy und schaue blinzelnd auf das Display. Ich habe die vage Erinnerung, jemandem eine SMS geschickt zu haben, aber das kann nicht stimmen. Ich habe keinen Empfang. Dann sehe ich, was ich Jared geschrieben habe.

Okay. Vielleicht habe ich Angst. Weil ich dich zu sehr liebe. Du könntest mich verlassen wie mein Dad, und dann würde ich zum zweiten Mal sterben. Ich dachte, so wäre es einfacher. Aber das ist es nicht. Ich vermisse dich.

O Mist. Zum Glück ist die SMS nicht durchgekommen. Ich starre die blaue Sprechblase an. Ich müsste einfach nur irgendwohin fahren, wo ich Empfang habe, und sie würde von meinem Telefon zu seinem fliegen. Aber das will ich nicht. Das waren meine betrunkenen Worte. Sie bedeuten gar nichts. Ich habe Pläne. Ich werde Single sein und mich auf meinen Schulabschluss konzentrieren, dann werde ich in die Stadt ziehen und neue Leute kennenlernen.

Meine Finger schweben über dem Telefon, und schließlich öffne ich meinen Fotoordner. Jared und ich, Selfies am Strand, in seinem Bett, wir ziehen verrückte Gesichter, küssen uns. Ich starre sein Gesicht an, seine dunklen Augen. Ich denke daran, dass er stets zu wissen schien, wann ich verärgert war, und wie er immer neue Orte gesucht hat, an die er mich mitnahm, wie er mich gedrängt hat, draußen spazieren zu gehen, wenn mir nicht danach war, irgendetwas zu tun.

Er hatte recht. Er hat nur versucht, mir zu helfen. Es war nicht sein Fehler, dass ich aufgehört habe zu malen. Er hat sogar immer gesagt, ich solle meinen Skizzenblock mitnehmen. Ich habe aufgehört, mich mit Delaney zu treffen, weil wir nicht mehr so viel zu reden hatten, und weil es mehr Spaß machte, mit Jared zu schlafen. Das war nicht sein Fehler. Ich habe all diese Entscheidungen getroffen. Ich sehe Angus an. »Ich habe es total vermurkst, was?«

Schwanzwedelnd rückt er näher, leckt und beschnüffelt mein Gesicht, bis ich ihn wegschiebe. Wenigstens er liebt mich noch. Ich schleiche nach unten ins Wohnzimmer, öffne den Kühlschrank und suche nach den Wasserflaschen, die Mom gekauft hat. Als ich eine herausziehe, lasse ich sie fallen, und sie rollt über den Boden. Angus jagt geräuschvoll hinterher, und ich versuche, ihn dazu zu bringen, still zu sein. Zu spät. Ich höre Schritte hinter mir, dann Marcus' Stimme.

»Ich dachte, ich hätte dich die Treppe herunterkommen hören ... Alles in Ordnung?«

»Ja, ich kann nur nicht schlafen.« Ich öffne das Wasser und trinke die halbe Flasche leer, ohne einmal abzusetzen. Ich fühle mich, als sei ich mit dem Mund voller Sand aufgewacht.

»Verkatert, was?« Er trägt einen weißen Bademantel wie in einem Spa und lehnt sich an den Tresen. Sein Haar ist völlig zerzaust. Ich werde nicht darüber nachdenken, wie das passiert sein könnte.

»Ich bin nur nicht an Wein gewöhnt.« Als sei ich an so viele andere Dinge gewöhnt.

»Du weißt, dass du es mir sagen kannst, falls dich irgendetwas beschäftigt. Es kann unter uns bleiben.«

Sein Gesicht zeigt schon wieder diesen verständnisvollen Therapeutenausdruck, mit dem er aussieht, als wollte er sich am liebsten mit einem dicken Notizblock hinsetzen und über meine tiefsten Ängste reden. Ich bin überrascht, dass er irgendetwas vor meiner Mom geheim halten würde. Aber vielleicht sagt er das auch nur, damit ich ihm vertraue.

»Mir geht es gut.«

»Bist du sicher? Zu sehen, wie deine Mutter eine neue Beziehung eingeht, muss schwierig sein. Vor allem, nachdem dein Vater erst vor kurzem gestorben ist. Es wäre ganz natürlich, wenn du Wut empfinden würdest.«

Meine Güte. Ich dachte, Psychodocs wären so sensibel. Wieder habe ich das Gefühl, der Raum würde sich leicht drehen. Ich hole einmal tief Luft. Das kommt nur vom Wein. Ich spiele mit dem Verschluss meiner Wasserflasche herum. »Das ist es nicht. Es ist Jared.«

Er neigt den Kopf leicht zur Seite. »Ich habe mich schon gewundert, warum er in letzter Sekunde abgesagt hat.«

»Ich habe mit ihm Schluss gemacht, aber ich glaube, ich habe einen Fehler begangen.«

»Ist es zu spät, um es wieder geradezubiegen?«

»Ich weiß nicht. Er ist ebenfalls auf der Insel, aber ich bin mir nicht sicher, ob er mich sehen will.«

»Vielleicht tut es ganz gut, mal ein wenig Zeit ohne einander zu verbringen. Wir sind nur eine Woche hier. Ihr könnt reden, sobald wir wieder zu Hause sind. Wie heißt es noch? Die Liebe wächst mit der Entfernung.«

»Kann schon sein. Was ist schon eine Woche, stimmt's?«

»Genau.« Er wirkt erleichtert, als sei er der Meinung, gerade einen Volltreffer als Neuvater gelandet zu haben, und jetzt sei alles cool, und er kann Mom erzählen, wie wir uns in der Küche über mein gebrochenes Herz nähergekommen sind.

Wir wünschen uns eine gute Nacht, und ich gehe mit Angus und meiner Wasserflasche zurück ins Bett. Gut, dass Marcus kein Psychodoktor mehr ist, denn von Teenagern hat er absolut keine Ahnung.

Ich kann unmöglich eine Woche warten.

36

LINDSEY

Als ich aufwache, habe ich das Gefühl, dass mich jemand schüttelt. Ich blinzle in den dämmrigen Raum, die Umrisse werden klarer. Ach ja. Wir sind in dem Haus am See. Marcus atmet leise neben mir. Es ist acht Uhr morgens, behauptet der Wecker, der die Uhrzeit an die Zimmerdecke projiziert. Wovon habe ich geträumt? Ich überlege. Schneebedeckte Straßen, das Gefühl von Dringlichkeit. Die Nacht, in der ich vor Andrew davongelaufen bin? Es ist lange her, seit ich das letzte Mal davon geträumt habe. Eine Art unbewusste Furcht, weil ich mit Marcus zusammenziehen will? Das ist albern. Dieses Mal mache ich es richtig.

Ich schließe die Augen wieder und stelle mir vor, mit ihm am See zu leben, wie unsere Liebe immer stärker wird, während wir uns ein gemeinsames Leben aufbauen. Wir werden das Haus neu einrichten, die Nachbarn und die Gemeinde kennenlernen. Vielleicht belege ich in der Stadt ein paar Abendkurse. Ich könnte die Hausarbeit machen, während er an einem Schreibtisch vor einem Fenster schreibt. Wir werden zusammen Pause machen und reden. Ich sehe Marcus' Lächeln, er streckt die Hand nach mir aus. Doch dann klopft es an der Tür. Corporal Parker steht dort.

Wir wissen von den Tabletten, Lindsey.

Jetzt sehe ich, wie Marcus' Miene sich verändert, von Verwirrung über Entsetzen und schließlich bis zur Wut. *Was hast du getan? Warum hast du mich angelogen?* Und da weiß ich, dass es aus ist. Alles ist aus.

Ich öffne die Augen. Wie komme ich nur auf diesen Gedanken? Marcus würde mich nicht für das verurteilen, was ich in jener Nacht getan habe. Aber jetzt muss ich ständig daran denken, wie ich zugesehen habe, als diese Tabletten in Andrews Whiskeyglas fielen, wie ich mit dem Löffel umgerührt habe, bis sie aufgelöst waren.

Ich schaue zu Marcus, betrachte den Umriss seiner Schulter. Soll ich es ihm erzählen? Aber wie soll ich erklären, dass ich meinen Exmann betäubt habe? Würde das seine Gefühle für mich ändern? Jenny würde mir wahrscheinlich raten, es für mich zu behalten. Es gibt keinen Grund, weshalb er es erfahren sollte.

Ich lasse Marcus schlafen und gehe ins Wohnzimmer. Das Feuer ist ausgegangen, die Luft ist kühl. Ich werfe mir eine der Decken wie einen Schal um den Hals, dann suche ich in den Schränken nach Kaffee und setze eine Kanne auf. Durch das Fenster blicke ich auf den See, während ich warte, bis der Kaffee fertig ist. Unwillkürlich frage ich mich, ob Marcus' Exfrau auch so dagestanden hat. Als ich zum Kühlschrank gehe, um Milch zu holen, finde ich zu meiner Überraschung eine Nachricht von Sophie unter einem der Magneten.

Bin in die Stadt gefahren. Habe mir Marcus' Wagen geliehen. Tut mir leid, aber ich wollte euch nicht wecken. Bin bald wieder da. XO

Was zum Teufel hat sie sich dabei gedacht? Die Straßen werden eine einzige Katastrophe sein, und sie ist es nicht gewohnt, einen großen SUV zu fahren. Ich stelle mir vor, wie sie über Schlaglöcher holpert und auf dem losen Schotter ins Schlingern gerät. Ich greife nach meinem Telefon, um sie anzurufen, aber dann fällt mir ein, dass wir hier keinen Empfang haben. Ich probiere es mit dem Festnetztelefon. Die Leitung ist tot. Natürlich. Deswegen ist sie wahrscheinlich in die Stadt gefahren. Sie will Jared oder Delaney anrufen.

Ich höre Schritte hinter mir und drehe mich hastig um. Marcus trägt Jeans und T-Shirt, sein Haar ist zerzaust, und das Gesicht hat nach zwei Tagen ohne Rasur einen dunklen Schatten. Verschlafen lächelt er mich an.

»Entschuldige«, sage ich. »Ich wollte dich nicht wecken.«

Er legt mir einen Arm um die Hüfte. »Es lohnt sich, deinetwegen aufzustehen.« Er bemerkt den Zettel in meiner Hand. »Was ist das?«

»Sophie hat dein Auto genommen und ist damit in die Stadt gefahren.«

Er tritt zurück und hebt die Augenbrauen. »Ich habe sie letzte Nacht in der Küche getroffen, als sie sich Wasser geholt hat, und wir haben über Jared geredet. Sie haben sich getrennt. Ich schlug vor, dass sie noch wartet, ehe sie mit ihm spricht, aber sie muss beschlossen haben, die Angelegenheit sofort zu klären. Ich habe vergessen, wie impulsiv Teenager sein können.«

Ich bin überrascht, dass Sophie und Jared sich getrennt haben. Warum hat sie mir nichts davon gesagt? Deswegen also hockt sie zu Hause und bläst Trübsal. Ich bin froh, dass sie sich Marcus anvertraut hat, aber verletzt, weil sie es mir verschwiegen hat. »Ich fasse es nicht, dass sie weggelaufen ist. Ich werde mit ihr reden, sobald sie wieder da ist.«

»Vielleicht dauert das gar nicht mehr so lange.« Er schaut aus dem Fenster. »Es würde mich nicht überraschen, wenn die Straßen immer noch durch umgestürzte Bäume blockiert wären.«

»Hoffentlich bleibt sie nirgendwo stecken.«

»Wenn doch, kann sie zurücklaufen. Es ist nicht weit.«

Ich nicke und sage mir, dass es ihr gutgeht. »Ich werde

mich wohl an dieses Gefühl gewöhnen müssen. Sobald sie mit der Schule fertig ist, wird sie ihr eigenes Leben leben.«

»Und du auch.« Er legt seine Lippen für einen Kuss auf meinen Mund, aber ich kann mich nicht fallen lassen. Er hebt den Kopf und mustert mich. »Was ist los? Ich habe Zähne geputzt.« Er lächelt.

»Ich brauche einfach meinen Kaffee. Ich bin noch völlig verschlafen.« Ich entziehe mich ihm sanft und mache mich daran, zwei Tassen Kaffee einzuschenken. »Lass ihn uns im Wohnzimmer trinken.«

Er setzt sich auf die Couch, und ich lasse mich neben ihm nieder. Der See draußen vor dem Fenster ist ruhig, die Oberfläche spiegelglatt. Die Bäume regen sich nicht. Wenn ich ihm von der Nacht des Unfalls erzählen will, dann wäre dies ein guter Moment, aber ich zögere noch. Ich schaue ihn an, seine freundlichen Augen, sein beruhigendes Lächeln. Er ist ein wundervoller Mensch, rufe ich mir in Erinnerung. Ich kann ihm vertrauen.

»Ich bin aufgewacht und dachte an etwas, das ich in der Vergangenheit getan habe«, beginne ich. »An einen Fehler, den ich gemacht habe, als ich verheiratet war. Es ist schon lange her, aber manchmal bedrückt es mich immer noch.«

»Und du bist nicht sicher, ob du es mir erzählen sollst?«

»Ich mache mir einfach Sorgen, dass sich dadurch etwas ändern könnte.«

»Lindsey, was immer es ist, es kann nicht so schlimm sein.« Er ergreift meine freie Hand. »Nichts wird sich ändern. Ich verspreche es.«

Ich starre in meinen Kaffee. Ich habe mich zu weit vorgewagt, jetzt kann ich nicht mehr zurück und die Sache mit einem Lachen abtun. Ich hole tief Luft. »In der Nacht, in der ich weggelaufen bin, habe ich Andrew etwas gegeben, damit er schläft. Ich hatte solche Angst, dass er aufwachen könnte, verstehst du?« Ich hatte Marcus erzählt, dass Andrew mich gewürgt hat, als ich zum ersten Mal versuchte zu fliehen, und ich bin froh, dass ich das jetzt nicht noch einmal erklären muss. Das hier ist schon schwer genug.

»Du meinst Schlaftabletten?«

Ich nicke. »Mein Bruder hat sie mir besorgt, weil ich zu viel Angst hatte, mir ein Rezept zu holen. Nachdem Andrew herausgefunden hatte, dass ich heimlich die Pille nahm, hat er angefangen, meine Finanzen noch genauer zu kontrollieren. Davon hatte ich dir auch noch nichts erzählt …« Ich schaue in sein Gesicht, abwartend, wie er auf diese neuen Enthüllungen reagiert, aber seine Miene ist immer noch verständnisvoll.

»Das überrascht mich nicht«, sagt er. »Natürlich wolltest du nicht erneut schwanger werden, solange du in einer Ehe feststeckst, in der dein Mann dich misshandelt.« Er drückt meine Hand.

Ich entspanne mich. Mir war nicht klar gewesen, wie sehr diese Geheimnisse an mir genagt hatten, und wie viel es mir bedeutet, Marcus endlich alles erzählen zu können.

»Ich wollte ihm ein paar Schlaftabletten geben, aber er hatte an dem Abend viel getrunken, und ich fürchtete, er könnte sterben, wenn ich ihm zu viele gebe. Also habe ich nur zwei in sein Glas getan.«

»Das klingt schlau. Du musstest aus dem Haus kommen.«

»Ja, aber er muss trotzdem aufgewacht sein – vielleicht hat er die Mischung wieder erbrochen. Ich weiß nicht, was passiert ist. Später fiel mir ein, dass ich möglicherweise die Watte aus dem Fläschchen im Badezimmer liegen gelassen hatte. All die Jahre war ich mir nicht sicher, aber als Andrew mich vor der Bank ansprach, sagte er etwas, was mir klarmachte, dass er definitiv *wusste*, dass ich ihn betäubt hatte. Deshalb war er in jener Nacht so wütend gewesen.«

»Gibst du dir die Schuld für den Unfall?«

»Mein Verstand sagt mir, dass er derjenige war, der beschlossen hat, sich hinters Lenkrad zu setzen. Aber bei Andrew war es so, dass er selbst in betrunkenem Zustand immer noch ganz gut fahren konnte. Normalerweise war er eher vorsichtiger als sonst. Manchmal habe ich es nicht einmal gemerkt. Ich glaube, die Tabletten haben seine Konzentration beeinträchtigt. Nach dem Unfall habe ich im Internet gelesen, dass einige Menschen schlafwandeln, wenn sie etwas getrunken haben und Schlaftabletten nehmen.«

Marcus sah mich nur aufmerksam an.

»Kannst du etwas sagen?«

»Entschuldige, ich wollte warten, bis du fertig bist. Es hört sich an, als würdest du dich selbst seit langer Zeit damit quälen, und das verstehe ich. Glaub mir, ich verstehe es wirklich, aber du musst dir selbst vergeben.«

»Auch wenn es meine Schuld ist, dass die Frau starb?«

»Elizabeth«, sagt er.

Ich bin überrascht, ihn ihren Namen aussprechen zu hören, und sage nichts.

Er bemerkt meinen Blick. »Du hast einmal erwähnt, wie sie hieß.«

Ich nicke. »Stimmt. Elizabeth. Ich muss einfach immer daran denken, dass er, wenn ich ihn nicht betäubt hätte, nicht die Kontrolle über den Truck verloren hätte. Oder wenn ich ihm einfach nur mehr Tabletten gegeben hätte …«

»Dann säßest du wahrscheinlich immer noch im Gefängnis, und Sophie hätte keine Mutter. Du kannst dir tausend verschiedene Szenarien ausmalen, Lindsey, aber du bist nicht verantwortlich für seine Entscheidungen. Die Wahrscheinlichkeit, dass es ein Fall von Schlafwandeln war, ist äußerst gering. Er wusste, was er tat.«

Ich lehne mich zurück. »Ich habe mir das selbst so oft gesagt, aber ich glaube, ich habe es bis jetzt nie geglaubt. Ich hatte solche Angst, du würdest mich für ein schreckliches Ungeheuer halten.«

»Nicht einmal andeutungsweise. Wir sind alle dazu fähig, Dinge zu tun, die wir niemals für möglich gehalten hätten.« Er drückt erneut meine Hand, nimmt seinen Becher und nippt an dem Kaffee.

Ich lächele ihn an. »Was hast du jemals so Böses getan?«

Er lächelt zurück. »Nun, anscheinend bin ich mit einem Ungeheuer zusammen.«

Ich boxe ihn spielerisch gegen die Schulter. »Das ist gar nicht nett!«

Er reibt die Stelle und tut, als hätte er Schmerzen. »Hilfe, sie ist eine gefährliche Frau!«

Ich lache, beuge mich vor und küsse seinen Arm. »Du hast recht, ich bin *sehr* gefährlich.« Ich nehme ihm den Becher aus der Hand und stelle ihn auf den Tisch, dann lasse ich meine Hand seinen Unterarm emporwandern, bis zu der empfindlichen Stelle am Ellbogen, die ich in langsamen kreisenden Bewegungen mit dem Daumen massiere. Er sieht mich an.

»Wie wäre es, wollen wir die Zeit allein ausnutzen?«, frage ich.

Er zögert. »Ich hatte gehofft, früh hinaus auf den See zu fahren.«

»Es dauert nicht lange.« Ich stehe auf, setze mich rittlings auf seinen Schoß und küsse ihn, bis er den Mund öffnet. Wir stolpern ins Schlafzimmer, werfen unsere Kleider auf den Boden und lassen uns aufs Bett fallen. Wir lieben uns, unsere Hände sind über seinem Kopf verschlungen, unser Atem vermischt sich. Ich kann seine Augen nicht sehen, sein Gesicht ist an meinem Hals verborgen, aber ich spüre sein verzweifeltes Verlangen nach Erleichterung, als unsere Körper zusammenprallen. Jedes Mal, wenn ich langsamer werde, bohren sich seine Finger in mein Fleisch und drängen mich, weiterzumachen.

37

SOPHIE

Das Haus ist still, als ich auf Zehenspitzen die Treppe hinuntersteige. Ich bewege mich besonders langsam, warte kurz nach jedem Schritt. Ich will nicht, dass Marcus wieder aufwacht. Angus' Krallen kratzen auf dem Boden, als er mir folgt, und ich bleibe stehen, um ihm sein Halsband abzunehmen, damit es nicht klimpert. Ich lege den Finger auf die Lippen. »Pst!« Er sieht mich an, als würde er verstehen. Ich lasse Angus zum Pinkeln nach draußen, kritzele hastig eine Nachricht und hänge sie an die Kühlschranktür. Ich werde mir in der Stadt einen Kaffee besorgen. Als Angus wieder hereinkommt, locke ich ihn mit einem mit Erdnussbutter gefüllten Knochen auf seinen Platz, dann schleiche ich mich aus dem Haus, ehe er kapiert, dass wir nicht spazieren gehen.

Ich habe ein schlechtes Gewissen, weil ich mir, ohne zu fragen, Marcus' Cherokee nehme – und auch ein wenig Angst. Das Auto ist brandneu, ohne einen einzigen Kratzer. Ich fahre langsam, die Hände fest am Lenkrad. Ich werde besonders vorsichtig sein. Ich werde nicht in der Nähe anderer Autos parken, und nach unserem Urlaub werde ich ihn gründlich waschen. Hoffentlich ist er so glücklich, dass er und Mom heiraten werden, dass er mir meinen Autodiebstahl durchgehen lässt. Jedes Kind hat eine Sie-kommen-aus-dem-Gefängnis-frei-Karte, oder etwa nicht? Doch vielleicht gilt das nur für richtige Eltern. Für *echte* Väter. Ich denke an meinen Dad. Er hätte mir seinen Truck geliehen. Er wollte mir sogar ein eigenes Auto kaufen.

Nein. Ich werde nicht mehr darüber nachdenken. Andrew ist tot, und bei ihm kann ich nichts wiedergutmachen, aber Jared lebt noch, und dieses Mal werde ich ihn nicht gehen lassen.

Die Straße ist uneben, die Reifen holpern durch tiefe Pfützen. Ich fummele an verschiedenen Knöpfen herum, bis ich glaube, dass ich den Allradantrieb eingeschaltet habe. War da nicht irgendwas mit der Geschwindigkeit? Dass man mit Allradantrieb nicht auf dem Highway fahren soll? Ich weiß es nicht, keine Ahnung. Ich will sein Getriebe nicht schrotten. Manche der Zweige auf dem Weg sind so groß, dass ich spüre, wie sie am Unterboden kratzen. Hoffentlich reiße ich nicht den Auspuff ab.

Als ich zu einer Kreuzung komme, bremse ich ab und überlege, wohin ich abbiegen soll. Es gibt keine Wegweiser, und nichts kommt mir bekannt vor. Ich hatte während der ganzen Fahrt hinten gesessen und mit meinem Telefon herumgespielt. Ich erinnere mich nur noch, dass Marcus etwas von den Holzabfuhrstraßen in der Gegend sagte.

Ich biege rechts ab, aber zwanzig Minuten später, als ich immer noch nicht auf dem Highway bin und die Straße immer enger und holperiger wird, wird mir klar, dass ich einen Fehler gemacht habe. Ich finde eine kleine Waldlichtung, auf der ich wenden kann, und fahre zurück. An der Kreuzung nehme ich dieses Mal die andere Richtung.

Fünf Minuten später entdecke ich ein Schild. Ich bin fast beim Highway. Die Straße muss bald besser werden – Gott sei Dank. Ich bin schon eine ganze Weile an keiner Hütte mehr vorbeigekommen, und der Wald wird heller. Durch die Bäume fällt Licht.

Ich werfe einen Blick auf mein Handy auf dem Beifahrersitz und frage mich, ob ich hier schon Empfang habe. Ich strecke mich zur Seite, bis meine Rippen gegen die Lederkonsole stoßen, und hebe mein Handy auf. Ich gebe mein Passwort ein, während ich immer wieder kurze Blicke auf die Straße werfe und das Lenkrad mit einer Hand halte.

Geschafft. Ich habe Empfang! Ich überlege, ob ich weitere SMS-Nachrichten bekommen habe. Ich schaue nach unten, öffne die App mit dem Daumen und höre das typische *Wusch*, als das Telefon meine SMS an Jared verschickt. Mist! Ich wollte sie eigentlich noch einmal lesen und mich vergewissern, dass sie nicht bescheuert klingt.

Ich blicke auf, und in einem kurzen Aufblitzen von Panik sehe ich den Baum, der quer auf der Fahrbahn liegt. Ich trete auf die Bremse, der Gurt schneidet sich schmerzhaft in meinen Bauch und meine Brust. Der hintere Teil des Cherokee bricht aus, und ich versuche, gegenzulenken, aber die Frontpartie zeigt zum Straßenrand. Der Cherokee macht einen Satz in den Graben, fährt ruckelnd weiter und knallt in einen Baum.

Ein Krach, als würde die Welt untergehen. Kreischendes Metall, splitterndes Glas. Ein Ast bohrt sich durch die Windschutzscheibe und zerkratzt mein Gesicht. Der Fahrer-Airbag öffnet sich mit einem lauten Knall, dann folgt der Beifahrer-Airbag. Ich bin umgeben von weißen Ballons.

Dann ist es vorbei. Alles ist ruhig, nur der Motor zischt noch leise. Ich habe Angst, mich zu bewegen. Vorsichtig beuge und strecke ich die Füße und Beine. Es scheint alles noch zu funktionieren, aber ich zittere heftig. Der Motor macht ein komisches Geräusch, wie ein hohes Winseln unter dem Zischen.

Ich drehe den Schlüssel um, und der Motor erstirbt mit einem letzten Beben. Ich fummele an meinem Sicherheitsgurt herum und drücke den Knopf, aber er springt nicht sofort auf. Ich muss daran zerren und reißen, bis das Gegenstück endlich freikommt.

Ich suche nach meinem Handy, aber mit den aufgeblähten Airbags kann ich nichts sehen. Es liegt nicht auf der Konsole. Ich schiebe und drücke den Fahrer-Airbag aus dem Weg und taste in meinem Fußraum herum, bis ich meine hellrosa Schutzhülle entdecke.

Ich strecke einen Finger aus und ziehe sie vorsichtig näher. Die rechteckige Kunststoffhülle ist stabil und liegt mir tröstlich vertraut in der Hand. *Bitte, bitte, lass mich noch Empfang haben.*

Drei Balken. Das sollte genügen, aber wen soll ich anrufen? Zögernd starre ich mein Hintergrundbild an – Delaney und ich, wie wir Fratzen schneiden. Jared hat das Foto gemacht. Ich weiß nicht, ob es im Haus am See Telefon gibt, aber das ist auch egal – ich weiß die Nummer ohnehin nicht.

Soll ich die Polizei rufen? Ich denke an die SMS, die von meinem Telefon verschickt wurde. Dürfen die Cops so etwas kontrollieren? Sie werden sehen, dass ich mein Handy während der Fahrt benutzt habe. Ich würde angeklagt werden, aber ich will meinen Führerschein nicht verlieren. Das Telefon in meiner Hand vibriert, und ich erschrecke so heftig, dass ich es beinahe fallen lasse. Es ist eine SMS von Jared.

Können wir reden? Ich vermisse dich.

Ich hatte einen Unfall. Ich brauche Hilfe!

Waaas? Ruf mich an!

Er geht sofort ran. »Bist du verletzt?«

»Mein Kopf tut etwas weh … und mein Nacken. Meine Mom wird so sauer sein.«

»Was ist passiert?«

»Ich habe mir Marcus' Cherokee geborgt. Ich war so blöd – ich hab während der Fahrt auf mein Handy geschaut.

Ich bin von der Straße gerutscht und in einen Baum gekracht. Soll ich die Cops rufen? Ich habe Angst, dass ich Ärger bekomme.«

»Bleib, wo du bist. Ich komme und hole dich ab.«

Ich warte, zusammengekauert im Cherokee, die Arme zitternd um die Beine geschlungen. Ich starre mein Telefon an, voller Sorge, er könnte sich verfahren oder dass irgendein anderer Wagen vorbeikommt, den Cherokee im Graben sieht und die Cops ruft. Fünfundvierzig quälende Minuten später höre ich endlich, wie eine Wagentür zugeknallt wird, dann seine Stimme.

»Sophie?«

Ich stoße die Tür auf und klettere hinaus, meine Beine sind ganz steif und verkrampft. »Ich bin hier drüben!« Ich bahne mir einen Weg durch das Gestrüpp, rutsche in den Graben und versuche, wieder auf die Beine zu kommen.

Schritte auf dem Schotter, es klingt, als würde er rennen. Dann steht er vor mir, sein Gesicht ist blass, und er streckt die Hand aus, um mir aus dem Graben zu helfen. Ich ergreife sie.

»Es tut mir leid«, sage ich. »Alles tut mir so leid. Ich bin so eine Zicke. Ich wollte nur …«

»Mach dir darüber jetzt keine Gedanken.« Er zieht mich hoch, bis wir uns gegenüberstehen. Er streicht ein paar Glassplitter aus meinem Haar, dann umfasst er mein Gesicht mit den Händen. »Jag mir nie wieder solche Angst ein!«

»Ich wollte keinen Unfall bauen.«

»Das meine ich nicht.« Er kommt näher, drückt seine kalten Lippen an meine. Seine Zunge ist warm und weich, und wir küssen uns leidenschaftlich. Schließlich lösen wir uns voneinander, ohne unsere Hände loszulassen.

»Der Baum liegt quer auf der Fahrbahn«, sagt er. »Wie weit ist es bis zu Marcus' Haus?«

»Ich bin nicht sicher. Ich habe mich verfahren.«

»Kannst du laufen?«

Ich nicke. Er stopft meine Hand in seine Tasche, und wir machen uns auf den Weg, den Hügel hinauf. Es ist mir egal, ob wir zwei Stunden für den Rückweg brauchen. Es ist mir egal, ob Mom und Marcus mich anschreien. Ich habe Jared wieder.

38

LINDSEY

Es ist fast zehn, und Sophie ist immer noch nicht wieder da. Marcus ist zum Angeln auf dem See – er will Forellen für das Abendessen fangen. Ich hatte vorgehabt, mein Buch zu lesen und mir noch eine Tasse Kaffee zu machen, doch jetzt beobachte ich Marcus aus dem Fenster, das helle Rot seiner Rettungsweste, die rasche Bewegung aus dem Handgelenk, wenn er die Angel auswirft. Seit meiner Beichte hat er sich in keiner Weise anders verhalten, er hatte es nur eilig, auf den See rauszukommen, eher er »den Anbiss verpasst«. Trotzdem fühle ich mich nackt und verletzlich.

Ich kehre zu meinem Buch zurück, das immer noch aufgeschlagen auf der Couch liegt, wo ich gesessen hatte. Ich nehme es in die Hand und lege es wieder weg. Lausche auf das Geräusch, wenn Sophie den Cherokee parkt, auf ihre Schritte, wenn sie die Treppe erklimmt, stelle mir vor, wie sie mit roten Wangen und Entschuldigungen durch die Tür stürmt, aber da ist nichts als Stille. Wenn sie nicht bald nach Hause kommt, müssen wir uns möglicherweise das Auto von einem Nachbarn leihen.

Ich stehe auf, suche unter der Küchenspüle nach Putzzeug und säubere sämtliche Oberflächen, einschließlich des Bodens, der Schranktüren und dazu noch die Innenseite der Kühlschranktür. Warum braucht sie so lange? Falls ihr etwas zugestoßen ist – würde irgendjemand wissen, wo wir zu finden sind? Ich gehe in unser Schlafzimmer. Als ich den Arm hebe, um auf der Kommode Staub zu wischen, werfe ich aus

Versehen Katies Foto um, und der Rahmen schlägt polternd auf dem Boden auf. Hastig hocke ich mich hin und begutachte den Schaden.

Das Holz ist gesplittert, und Glasscherben bedecken den Boden wie Eisstückchen. Ich fühle mich schrecklich und hoffe, dass der Rahmen für Marcus keinen emotionalen Wert besitzt. Das Foto scheint zum Glück nichts abbekommen zu haben. Als ich die Rückseite löse und das Foto herausnehme, stelle ich fest, dass es auf Fotopapier gedruckt ist – ich erkenne den Markennamen. Marcus muss es auf seinem Computer ausgedruckt haben.

Ich drehe das Foto um und betrachte Katies Gesicht. Sie war wunderschön. Alles an dem Foto ist perfekt, der Wind in ihrem Haar, ihr Make-up, die Webdecke, die absolut gerade im Sand liegt, der, wie mir jetzt klar wird, feiner und heller ist als der Sand an dem Strand, den ich vom Fenster aus sehen kann. Auch die Vegetation auf dem Bild entspricht nicht dem, was wir hier an der Westküste kennen. Sie müssen irgendwo in Ferien gewesen sein, was auch das Glas Wein in ihrer Hand erklären würde. Dabei hat Marcus mir erzählt, seine Tochter hätte nie getrunken. Es könnte einfaches Wasser sein, aber jetzt, wo ich genauer hinsehe, kommt mir etwas an dem Foto unnatürlich vor. Wenn ich genauer darüber nachdenke, sehen die meisten Bilder, die ich von Katie in Marcus' Haus gesehen habe, aus, als seien sie von einem Fotografen angefertigt worden. Es gibt keine ungestellten Aufnahmen von ihr – und keine, auf denen sie alle zusammen zu sehen sind. Die muss er weggeräumt haben.

Nachdem ich das Glas zusammengefegt und in den Müll geworfen habe, damit Angus sich die Pfoten nicht aufschneidet, gehe ich nach oben, um Sophies Zimmer sauberzumachen. Vor der Tür zu Katies Zimmer bleibe ich stehen. Wann hat dort das letzte Mal jemand Staub gewischt? Marcus hat nichts davon gesagt, dass ihr Zimmer tabu sei, und ich bin neugierig auf sie. Die Tochter des Mannes, den ich liebe. Irgendwie möchte ich sie kennenlernen. Ich bin sicher, dass es ihm nichts ausmachen würde. Ich will die Tür öffnen, aber sie ist verschlossen. Wahrscheinlich will er nur nicht, dass irgendwelche anderen Mieter ihr Zimmer benutzen. Unten am Schlüsselbrett finde ich ein paar Schlüssel und probiere sie an der Tür aus. Einer passt.

Ich gehe hinein, atme schnuppernd die abgestandene Luft ein. Es wirkt nicht wie das Schlafzimmer einer jungen Frau, und ich frage mich, wann sie das letzte Mal hier übernachtet hat oder ob es seitdem renoviert wurde. Das Gemälde eines Sonnenaufgangs über einem schneebedeckten See hängt über dem Bett aus gehämmertem Eisen, auf dem ein luxuriös aussehender Überwurf aus Kunstfell liegt. Es ist viel größer als das Schlafzimmer im Erdgeschoss.

Ich gehe zum Fenster, um etwas frische Luft hereinzulassen. Das Fenster klemmt, offensichtlich ist es seit Jahren nicht mehr geöffnet worden, und ich habe Mühe, es hochzuschieben. Als ich mich wieder umdrehe, entdecke ich einen hölzernen Kleiderschrank an der Seite des Raumes. Ich öffne die Türen. In dem Schrank hängen Frauenkleider. Ich schaue mir ein paar Blusen an, einen Kaschmir-Pullover, ein schwarzer Hosenrock. Ein Mädchen Anfang zwanzig würde solche Kleider nicht tragen. Sie müssen Kathryn gehört haben. Ich entdecke einen weißen Seidenkimono und zucke zusammen, als ich mir vorstelle, dass sie ihn für Marcus getragen hat. Ich schließe die Tür.

Ich trete zurück und sehe mich um, nehme jedes Detail in mich auf. Es gibt keine Fotos auf den Nachttischen – da sind *zwei* Nachttische mit Lampen auf jeder Seite. Könnte dies in Wirklichkeit das Schlafzimmer sein, das Marcus mit seiner Frau benutzt hat? Das ergibt keinen Sinn. Er hat mir erzählt, er habe eine neue Matratze und neues Bettzeug für den Raum unten gekauft, damit ich mich nicht unbehaglich fühlen muss.

Rechts ist eine weitere Tür. Ich stoße sie auf und entdecke das Badezimmer. Langsam trete ich ein. Das ist jetzt eindeutig ein Herumschnüffeln, aber ich kann einfach nicht umkehren. Ich ziehe eine der Schubladen auf. Frauen-Make-up, Krimskrams, Dinge, die sie hiergelassen hat. Ich kann nicht aufhören, weitere Schubladen aufzuziehen, eine genaue Inventur zu machen. Wattestäbchen, Watte, eine ausgetrocknete Parfümflasche, eine Probepackung Shampoo und ein Paket duftender Seife, das noch in Weihnachtspapier eingepackt ist. Ich drehe es um, lese das dazu gehörende Kärtchen.

In Liebe von Marcus.

Warum hat er diesen Raum nicht leergeräumt? Ich verstehe es nicht. Liebt er Kathryn noch immer? Ich halte mich am Regal fest, fühle mich benommen. Ich muss mit ihm reden. Ich muss herausfinden, was das alles zu bedeuten hat. Ich blinzele meinem Spiegelbild im Spiegel zu. Ich sehe blass aus. Ich muss hier raus.

Ich gehe an der linken Bettseite vorbei, als mir das helle gelb-rote Cover eines Buches unter dem Nachttisch ins Auge fällt. Ich lege den Kopf schräg und lese den Titel.

Personalführung und Management in der kanadischen Krankenpflege.

Ich lasse mich auf die Knie sinken, hebe das Buch auf und blättere darin herum. Marcus sagte, seine Exfrau sei Steuerberaterin – und Katie ging auf die Universität, um ebenfalls Steuerberaterin zu werden. Vielleicht hatte Kathryn darüber nachgedacht, den Beruf zu wechseln. Das Buch klappt auf der Titelseite auf, und ich sehe den Aufkleber, fein säuberlich mit hellblauer Tinte ausgefüllt: *Dieses Buch gehört Elizabeth Kathryn Sanders.*

39

Das kann nicht sein. Es kann nicht dieselbe Frau sein, die Andrew getötet hat. Wie ist das überhaupt möglich? Ich wirbele herum und gehe zu dem kleinen Bücherregal unter dem Fenster. Ich ziehe die Bücher heraus, eines nach dem anderen, zuerst langsam, dann immer schneller. Krimis, Liebesromane. So viele Liebesromane. Sie alle haben einen Aufkleber auf der Innenseite. Immer wieder lese ich ihren Namen.

Elizabeth Kathryn Sanders. Elizabeth Kathryn Sanders. Elizabeth Kathryn Sanders.

Ich stelle die Bücher zurück ins Regal, versuche, sie so hinzustellen, dass sie in einer Reihe stehen, schließe die Tür ab und laufe die Treppe hinunter. Ehe ich irgendetwas anderes tue, schaue ich aus dem Fenster. Marcus' Boot ist nah am Ufer, er hat den Rücken dem Haus zugewendet. Er angelt immer noch.

In unserem Zimmer durchwühle ich seine Jackentaschen, spähe unter das Bett und sehe in der Nachttischschublade nach. Ich weiß nicht, wonach ich suche, aber etwas in mir treibt mich unablässig an. Los, such weiter! Meine Hände bewegen sich schnell, heben an, tasten ab. Die Fußbodendielen unter meinen Füßen sind kalt. Ich habe das Feuer ausgehen lassen, aber mir ist heiß, und ich schwitze. Angus folgt mir, stupst mich mit der Nase an und wedelt mit dem Schwanz. Er hält das Ganze für ein Spiel.

Ich reiße die Tür zum Medizinschrank auf, entdecke herumwühlend Fläschchen mit Mundspülung, Ersatzklingen für den Rasierer, Mittel gegen Sodbrennen, Paracetamol, Ibuprofen, abgelaufene Medikamente. Keine rezeptpflichtigen Mittel.

Sein Kulturbeutel steht auf der Seite der Ablage. Ich durchwühle seine Sachen, untersuche seinen elektrischen Rasierer. Als ich die Seifendose aus Kunststoff anhebe, klappert es leise darin. Ich fummele an dem Deckel herum, meine Hände sind so steif, als wären sie gefroren. Endlich bekomme ich den Deckel ab.

Ich starre die weißen Tabletten an. Ich habe sie schon einmal gesehen. Zoldem. Die gleichen Tabletten, die jemand Angus gegeben hat. Ich schaue nach unten zum neben mir sitzenden Angus. Sein Schwanz schlägt auf den Boden.

Mir fällt ein, dass Marcus mich einmal nach Hause gefahren hat, als mein Reifen plötzlich platt war, und dass er neben mir stand, als ich die Alarmanlage ausstellte. Ich hatte Andrew für alles die Schuld gegeben – dafür, Greg verletzt zu haben und in meinem Haus herumzuschleichen. War es wirklich Marcus gewesen? Er sagte, seine Exfrau hieße Kathryn. Es gab niemals eine Tochter. Es gab niemals eine Katie.

Elizabeth war seine Frau.

Die Antwort kommt laut und deutlich, und mir wird klar, dass ich sie bereits kannte. Sobald ich die Bücher gesehen hatte, wusste ich es. Deshalb habe ich die Tabletten gesucht. Ich sinke auf die Knie, halte immer noch die Seifendose in der Hand. Nein. Das stimmt nicht. Ich ziehe übereilte Schlüsse. Andrew ist in meinem Haus *gestorben*.

Es hieß, es sei ein Unfall gewesen, aber Corporal Parker hat mir Fragen gestellt, so viele Fragen, über mich, Greg und Chris. Sie sagte, viele Menschen seien zornig auf Andrew, aber womöglich hat sie einen vergessen. Den wichtigsten. Ich überlege, was ich von Elizabeth Sanders weiß. Die Zeitungen hatten einen Ehemann erwähnt, aber sonst nichts. Die Familie hatte darum gebeten, nicht belästigt zu werden.

Jeder neue Gedanke trifft mich stärker. Marcus hat sich als Freiwilliger bei meiner Selbsthilfegruppe gemeldet, er wurde mein Freund. Hat er nur darauf gewartet, dass Andrew aus dem Gefängnis kam? Wahrscheinlich wusste er, dass Andrew eines Tages nach mir suchen würde. Und jetzt weiß er, dass ich Andrew in jener Nacht betäubt habe. Ich saß da und habe ihm alles darüber erzählt, und dann haben wir uns *geliebt.*

Was für ein Spielchen ist das? Was hat er mit mir vor?

Sobald Sophie mit dem Cherokee zurück ist, müssen wir von hier weg, aber was soll ich Marcus erzählen? Soll ich ihn zur Rede stellen? Nein. Zuerst müssen wir an einen sicheren Ort. Ich muss mir irgendeinen Notfall ausdenken, wegen dem wir unbedingt in die Stadt zurückmüssen. Dann werde ich die Polizei rufen.

Mit schwankenden Beinen stehe ich auf, verstaue die Tabletten sorgfältig wieder in seinem Kulturbeutel. Ich sehe seinen Rasierer an. Ich brauche eine Waffe, für den Fall, dass er mich angreift. Vielleicht ein Messer.

Vorsichtig verlasse ich das Schlafzimmer, spähe ins Wohnzimmer. Es ist leer, das Feuer ist heruntergebrannt. Ich schaue noch einmal aus dem Fenster, wobei ich darauf achte, im Schatten zu bleiben. Als ich sehe, dass sein Boot am Kai vertäut ist, packe ich den Vorhang fester. Ich trete dichter ans Fenster, kontrolliere den Strand, den Pfad.

Er ist nicht mehr unten am See.

40

Marcus steht an der Eingangstür und schnürt seine Stiefel auf. Eine Erinnerung an Andrew blitzt in mir auf, wie er sich die Stiefel aufschnürte und dabei stets rechts anfing. Dann richtete er sich auf und trat mit dem linken Fuß gegen den rechten Absatz, wobei er sich mit der Hand an der Wand abstützte. Mir war nie zuvor aufgefallen, dass sie sich auf die gleiche Weise bewegen. Lächelnd schaut Marcus zu mir hoch.

»Es wurde mir etwas zu einsam da draußen.«

Ich lächele ebenfalls, doch meine Lippen fühlen sich steif und falsch an. Er wird merken, dass etwas nicht stimmt, wenn mir keine Möglichkeit einfällt, so zu tun, als sei alles in Ordnung. Das habe ich schon früher gemacht. Ich habe es *jahrelang* gemacht.

»Hast du etwas gefangen?«

»Kein Glück heute.«

»Möchtest du einen Kaffee?«

»Das wäre klasse.« Als ich einen Becher aus dem Schrank hole, nähert er sich von hinten und schlingt die Arme um meine Hüfte. Seine Haut fühlt sich kalt an auf meiner Haut, dort, wo mein Hemd hochgerutscht ist. Als seine Lippen meinen Nacken streifen, bekomme ich fast keine Luft mehr. Ich konzentriere mich darauf, die Kaffeekanne anzuheben.

»Gott, du bist ja halberfroren«, sage ich. »Nimm doch ein heißes Bad!«

»Vielleicht.« Er zieht seine Hände zurück und nimmt den Kaffee entgegen. »Wo ist Sophie?«

»Sie ist immer noch nicht zurück. Ich könnte eine Runde mit Angus spazieren gehen und sehen, ob irgendwelche Nachbarn zu Hause sind. Vielleicht hat jemand ein Auto, das er mir leiht.«

»Es ist ein langer Weg um den See herum. Gib ihr einfach noch ein bisschen Zeit, okay? Es wird wieder stürmischer, Zweige und Äste werden von den Bäumen fallen. Ich möchte nicht, dass du verletzt wirst.«

»Okay.« Ich verberge mein Gesicht hinter meinem Kaffeebecher. *Wer bist du? Was hast du getan?* Sein schönes Gesicht ist so vertraut. Vor wenigen Stunden erst habe ich diese Lippen geküsst, doch jetzt ist er ein Fremder. Ich wünsche mir, dass Sophie so schnell wie möglich zurückkommt, damit wir hier wegkönnen, aber ein Teil von mir will unbedingt, dass sie dort bleibt, wo sie sicher ist. Ich habe keine Ahnung, was Marcus tun wird, sobald er merkt, dass etwas nicht stimmt.

Er schaut sich um. »Rieche ich Putzmittel?«

»Ich habe etwas saubergemacht, und dabei habe ich aus Versehen den Fotorahmen in deinem Schlafzimmer kaputtgemacht – den mit Katies Foto.« Ich beobachte sein Gesicht und warte auf seine Reaktion, halte meinen Becher dabei fest umklammert. Wenn ich flüchten muss, werde ich ihm den heißen Kaffee ins Gesicht schleudern.

»Das ist nicht schlimm«, sagt er ruhig. »Ich kann ihn ersetzen. Hat das Foto etwas abbekommen?« Wahrscheinlich fragt er sich jetzt, ob mir aufgefallen ist, dass irgendetwas nicht stimmt. Ich muss darauf achten, dass meine Stimme mich nicht verrät, aber ich habe nie zuvor so sehr um mein Leben gefürchtet. Nicht einmal bei Andrew.

»Ich habe es nicht herausgenommen. Ich hatte Angst, es zu zerkratzen.«

»Gut. Mach dir deswegen keine Sorgen«, sagt er. »So etwas kann vorkommen, und zufällig ist es dir passiert.«

Aber es war kein Zufall, dass wir uns kennengelernt haben. Genauso wenig ist es ein Zufall, dass wir jetzt mit ihm in dem Haus am See sind. Er war sehr überzeugend, hat seinen Zauber geschickt eingesetzt. Ich *brauche* dich, hatte er gesagt.

»Warum baden wir nicht zusammen?«, schlägt er vor. Das haben wir schon öfter gemacht, wenn ich bei ihm übernachtet habe. Er hat Kerzen angezündet, Champagner über meinen Körper getröpfelt und mich mit der Zunge geneckt, bis ich mich wand und stöhnend um seine Berührung bettelte. Ich habe mich in einen Mann verliebt, der mich hasst.

Ich schaue zur Eingangstür. »Ich weiß nicht ... Sophie ...«

»Ist ein großes Mädchen. Ich glaube nicht, dass sie das traumatisieren würde. Sie weiß Bescheid über die Sache mit den Bienen und den Blumen.« Er lächelt. »Du kannst mir helfen, warm zu werden.«

»Ich bin einfach nicht in der Stimmung für ein Bad.«

»Okay.« Er wirft mir einen fragenden Blick zu. Mein Ton war zu knapp, die Stimme zu gepresst.

»Ich komme nach und setze mich zu dir. Ich hole mir nur schnell einen frischen Kaffee.«

Das Geräusch fließenden Wassers weht durch den Flur. Ich denke an die Badewanne im oberen Stock. Hat Elizabeth mit ihm daringesessen? Badet er manchmal immer noch darin und denkt dabei an sie? Ich überlege, ob er dieses Haus überhaupt je vermietet hat, oder ob das nur eine weitere Lüge ist. Ich fülle meinen Kaffeebecher.

Als ich das Badezimmer betrete, sitzt er bereits in der halbvollen Wanne, Schaumblasen bedecken seinen Körper bis hoch zu seinem festen Bauch. Die Füße hat er gegen den Abfluss gestemmt, mit einem hält er die Brause fest.

»Bist du sicher, dass du mir keine Gesellschaft leisten willst?«

Ich schüttele den Kopf und hocke mich auf den Wannenrand. Er hebt eine nasse Hand, streicht mit dem Finger über meinen Arm, wobei er einem Wassertropfen folgt. Am liebsten würde ich mich dort kratzen. Vielleicht sollte ich einfach jetzt abhauen, solange er im Bad ist. Ich könnte ein paar Meilen schaffen, ehe er mich einholt. Aber er ist schnell – ich habe ihn auf dem Laufband gesehen. Wenn er mich erwischt, kann ich Sophie nicht mehr abfangen.

»Ich habe mir überlegt, dass ich heute Abend gerne etwas Besonderes kochen würde«, sage ich. »Macht es dir etwas aus, wenn ich noch mal losfahre und ein paar Sachen einkaufe, sobald Sophie wieder da ist?«

»Soll ich mitkommen?«

»Nein, das ist nicht nötig.« Ich kann ihm nicht in die Augen sehen, also starre ich hinunter in meinen Kaffee und reibe mit dem Daumen über einen imaginären Fleck.

Ich höre ein Geräusch, die Eingangstür wird geöffnet, und Angus bellt aufgeregt. Ich schaue Marcus nicht an. Ich stürze nur aus dem Badezimmer – und bleibe stehen, als ich Jared mit Sophie in der Küche sehe. Er hat sich hingekniet und tätschelt Angus. Dann blickt er zu mir auf und lächelt freundlich. Ich muss ihn einfach anstarren. Ich komme mir vor, als sei ich frontal gegen eine Mauer gerast, meine Gedanken sind in alle Richtungen versprengt. Jared dürfte nicht hier sein. Jetzt ist er ebenfalls in Gefahr. Ich muss sie hier rausschaffen. Lärm aus dem Badezimmer. Marcus lässt das Wasser ablaufen. Ich habe nicht viel Zeit. Seine Schlüssel, Sophie muss noch seinen Schlüssel haben.

Ich sehe Sophie an, suche nach einer Möglichkeit, ihr zu signalisieren, dass sie verschwinden soll, ohne sie in Panik zu versetzen. »Sophie, wir müssen in die Stadt. Wir …«

»Mom, ich habe den Cherokee zu Schrott gefahren.«

»Du hast was?« Erst jetzt fällt mir auf, wie blass sie ist, das Haar ist zerzaust, und sie hat die Arme um sich geschlungen, als sei ihr eiskalt. Vor lauter Angst hatte ich es vorher nicht bemerkt. Ich gehe zu ihr. »Bist du verletzt?« Ich suche ihr Gesicht ab, bis ich eine rote Schramme an ihrer Schläfe entdecke. Vorsichtig berühre ich die Stelle mit dem Finger.

»Mir fehlt nichts«, sagt sie. »Aber der Wagen ist Schrott.« Ihre Stimme zittert, und ich weiß, dass sie versucht, nicht vor Jareds Augen zusammenzubrechen. »Da war ein Baum, und ich habe versucht, anzuhalten, aber der Cherokee ist in alle Richtungen geschlittert, und dann bin ich von der Straße gerutscht.« Marcus stellt sich neben mich, er trägt nur einen Bademantel, und sie sieht ihn mit flehender Miene an. »Es tut mir *wirklich* leid.«

Sein Gesicht ist ruhig, als er sie anschaut, beinahe beruhigend. Gestern noch wäre ich dankbar gewesen, dass er immer zuerst über alles nachdenkt, dass er sich ein, zwei Momente Zeit lässt, ehe er antwortet – er ruht so in sich. Hat sich so gut unter Kontrolle. Er würde nie wie Andrew die Beherrschung verlieren. Doch jetzt sehe ich etwas anderes. Ich sehe *Wut*. Es ist mir nie zuvor aufgefallen, wie leer und kalt sein Blick sein kann. Ich hatte es nicht als das gesehen, was es wirklich ist: tiefsitzender Hass und Zorn.

»Ich bin nur froh, dass dir nichts passiert ist, Sophie«, sagt er. »Ich hole dir etwas Eis.« Er geht zum Kühlschrank und fragt beiläufig über die Schulter: »Hast du die Polizei gerufen?«

Ich verspüre einen winzigen Hoffnungsschimmer. Die Polizei. Wenn sie kommen, um einen Unfallbericht aufzunehmen, könnte ich ihnen vielleicht ein Zeichen geben, dass wir Hilfe brauchen. *Ich sehe Sophie an. Sag ja. Bitte sag, dass du sie gerufen hast.*

»Nein.« Sie wird rot. »Es war mein Fehler. Ich habe auf mein Handy geschaut …«

Sie beobachtet mich. Sie erwartet, dass ich wütend bin, ihr einen Vortrag darüber halte, dass man sich beim Fahren nicht ablenken lässt, aber es ist, als sei das Haus über mir eingestürzt und als würde ich immer noch versuchen, mich aus den Trümmern zu kämpfen. Marcus hört zu. Ich muss etwas sagen.

»Sophie!«, bringe ich endlich heraus. »Was hast du dir dabei gedacht? Du hättest ernsthaft verletzt sein können!«

»Es tut mir leid, Mom.« Sie sieht so betreten aus, und ich will sie in den Arm nehmen und trösten, aber ich kann nicht weiter denken als ein paar Minuten, und wie ich es schaffen soll, mich zusammenzureißen.

»Wir reden später darüber.«

»Sobald die Telefonleitung repariert ist, müssen wir den Abschleppwagen rufen«, sagt Marcus. »Und ich muss bei meiner Versicherung anrufen und den Schaden melden, aber es sollte kein Problem sein, die Polizei rauszuhalten.« Seine Stimme ist immer noch sanft und ruhig. Er ist so selbstsicher. Warum auch nicht? Immerhin spielt er dieses Spiel schon seit Monaten.

»Du musst dich im Krankenhaus untersuchen lassen, Sophie«, sage ich. »Du könntest innere Verletzungen haben oder Bänderrisse.« Während Marcus sich um den Cherokee kümmert und abgelenkt ist, kann ich Sophie und Jared von hier wegbringen und Corporal Parker anrufen, sobald ich Handyempfang habe.

»Die Straße ist blockiert, Mom. Jared musste auf der anderen Seite parken – wir sind hierher gelaufen.«

Ich halte mich an der Kante des Tresens fest, spüre, wie die Welt einen Moment lang aus den Fugen zu geraten droht. Es ist alles wieder da. Die Nacht, in der wir vor Andrew davongelaufen sind. Der Sturm. Wie ich mich mit Sophie durch den Schnee kämpfte.

Marcus dreht sich vom Kühlschrank weg und sieht mich merkwürdig an.

»Ja dann, tja, dann laufen wir eben zurück.« Ich klinge fröhlich, gutgelaunt. Es ist, als stünde ich irgendwie neben mir, als zöge ich wie bei einer Marionette an ein paar Fäden, damit mein Mund sich bewegt.

Sophie sieht mich an, als sei ich verrückt geworden. »Es ist eiskalt und superwindig. Ich will nicht noch mal da raus.« Ich schaue zum Fenster. Die Bäume schwanken wild, und im Schornstein pfeift der Wind. Dunkelheit und Angst schließen sich immer enger um mich.

»Wo lag der Baum?« Marcus reicht Sophie eine in ein Handtuch gewickelte Eispackung.

»Nahe der Abzweigung«, sagt Jared. »Wir sind etwa vierzig Minuten gelaufen.«

»Du solltest dich besser ausruhen, während wir den Sturm aussitzen«, sagt Marcus zu Sophie. »Wenn du morgen Schmerzen hast, kann einer von uns gleich am Morgen zum Auto laufen.«

Am Morgen. Wir werden also die Nacht hier verbringen müssen.

»Was ist mit deinen Eltern?«, sage ich zu Jared. Vielleicht machen die sich Sorgen. Dann werden sie die Polizei rufen, und jemand wird seinen Wagen am Straßenrand entdecken und Erkundigungen einholen.

»Sie wissen, dass ich bei Sophie bin. Ich habe ihnen eine SMS geschickt, dass ich über Nacht hierbleibe.«

Das war's, unsere letzte Chance. Ich will ihn an den Schultern packen und schütteln. *Weißt du, was du getan hast?* Aber nicht er ist derjenige, dem ich weh tun will. Es ist Marcus. Und jetzt sitzen wir mit ihm in der Falle.

Jared und Sophie sitzen auf der Couch, Sophie hält sich die Eispackung an die Schläfe. Marcus zieht sich an. Ich sehe zu, wie Jared Sophies freie Hand ergreift und festhält. Ich hatte gedacht, er sei ein Risiko, hatte mir Sorgen gemacht, weil er mit meiner Tochter zusammen ist, und jetzt würde ich ihn am liebsten anbrüllen, sofort mit ihr wegzulaufen. Ich muss sie warnen, aber ich kann hören, wie die Schubladen aufgezogen und wieder geschlossen werden. Marcus ist zu nahe. Wenn er herauskommt und ihre schockierten Gesichter sieht, wird er wissen, dass etwas nicht stimmt. Ich glaube nicht, dass er bereits Verdacht geschöpft hat. Als er im Schlafzimmer verschwand, wirkte er entspannt, sogar glücklich, als er sagte: »Sieht aus, als hätten wir einen Spielenachmittag vor uns.«

Ich schaue auf die Uhr. Es ist noch nicht einmal zwölf. Wie sollen wir bloß den ganzen Tag überstehen? Ich versuche, einen Plan zu entwickeln, wie wir uns hinausschleichen können, sobald Marcus schläft, aber drei Menschen und ein Hund können eine Menge Krach machen – besonders der Hund. Wir müssen sichergehen, dass Marcus nicht aufwacht. Ich könnte ihn betäuben. Ich habe es schon einmal getan – warum also kein zweites Mal?

Sophie und Jared unterhalten sich. Jared sagt, wie viel Angst er hatte, als sie anrief. Sophie legt den Kopf auf seine Schulter. Irgendetwas ist zwischen ihnen vorgefallen, aber das wird mir nur nebenbei, wie aus weiter Ferne klar. Ich bin zu sehr damit beschäftigt, mir zu überlegen, wie ich an die Tabletten gelange.

Marcus kommt heraus, er trägt einen dicken Pullover und Jeans. Er geht in die Küche und holt eine Flasche Baileys aus dem Schrank. »Möchtest du etwas Irish Cream in deinen Kaffee, Lindsey?«

»Das wäre großartig.« Ich stehe auf. »Ich hole mir einen Pullover.«

»Ist dir kalt?«

»Ein bisschen.«

»Ich mache den Kamin an.«

»Klasse.« Wir sind so zivilisiert, so höflich. Beide Lügner. Ich eile durch den Flur. Ich habe nicht viel Zeit. Ich lasse den Pullover Pullover sein, gehe direkt ins Badezimmer und schließe die Tür. Marcus' Kulturbeutel liegt immer noch auf der Ablage. Ich fummele am Reißverschluss herum. Er klemmt, als hätte sich etwas von innen darin verfangen, und lässt sich nicht öffnen. Ich ziehe kräftiger, dabei landet sein Rasierschaum auf dem Boden.

»Lindsey? Ich habe deinen Kaffee.« Er ist im Schlafzimmer und kommt näher. Er steht draußen vor der Tür. Er wird hören, dass ich hier herumwühle. Ich kann den Beutel jetzt nicht öffnen.

Im Spiegel starre ich in meine weitaufgerissenen Augen, schlage eine Hand vor den Mund, um den Schrei zu unterdrücken, der in meiner Kehle aufsteigt.

»Bin gleich so weit!« Ich hole ein paarmal tief Luft, spritze mir kaltes Wasser ins Gesicht und öffne die Tür.

Er sitzt auf der Bettkante. »Fühlst du dich nicht gut?«, fragt er. »Du siehst blass aus.«

»Ich habe nur Hunger. Ich mache uns eine Hühnersuppe warm.«

»Soll ich dir helfen?«

»Du kannst mir helfen, indem du die Kinder beschäftigst.« Ich lache. »Vielleicht könnt ihr euch einen Film anschauen oder Karten spielen.« Ich plappere drauflos, spucke Vorschläge aus, aber ich muss ihn von der Küche fernhalten. Vielleicht schaffe ich es, Sophie eine Nachricht zu schreiben oder irgendwo ein Messer zu verstecken. Ins Badezimmer kann ich später noch gehen.

Er hält mir den Becher hin. »Hier, bitte.«

Ich nehme das warme Getränk, umklammere den Becher mit festem Griff. »Danke.«

»Das wird helfen. Ich weiß, dass du wegen Sophies Unfall durcheinander bist, aber sie geht gut damit um.« Sein Mund formt sich zu einem verständnisvollen Lächeln. Noch vor kurzem habe ich dieses Lächeln geliebt. Bei diesem Lächeln wollte ich mein Herz und meine Seele mit ihm teilen. Es hat mich dazu gebracht, ihm *alles* zu erzählen.

Ich werfe ihm einen dankbaren Blick zu, dann nippe ich an dem Kaffee und mache ein zufriedenes Geräusch. »Mmmh.« Es schmeckt nicht irgendwie merkwürdig, und ich glaube nicht, dass er mich betäuben will – nicht, solange die Kids noch im Wohnzimmer sitzen –, aber nur für den Fall werde ich einen Weg finden, das Getränk wegzuschütten, wenn er nicht hinsieht.

»Ich mache besser die Suppe warm.« Ich gehe zur Tür.

»Lindsey? Hast du nicht etwas vergessen?«

Ich drehe mich um, Angst schnürt mir die Kehle zu. Das war's.

Er hält mir meine Strickjacke aus weißer Wolle entgegen. Ich komme näher, und er steht auf, legt sie mir um die Schultern und streift meinen Mund mit den Lippen. Als ich zurückweichen will, hält er mich an den Hüften fest und flüstert mir ins Ohr: »Es hat Spaß gemacht heute Morgen. Später noch mal?«

Mein Gesicht brennt vor Scham und Wut, als ich daran denke, wie ich rittlings auf ihm saß, wie machtvoll ich mich dabei gefühlt habe. Die ganze Zeit muss er über mich gelacht haben, aber jetzt bin ich diejenige, die mit leiser, heiserer Stimme lacht. »Vielleicht. Wenn du brav bist.«

Ich gehe hinaus, zwinkere ihm über die Schulter zu, dann wende ich mich ab, damit er den Hass in meinem Blick nicht sieht. Ich werde ihn umbringen. Ich werde ihn töten für das, was er getan hat.

Ich bin in der Küche und rühre die Suppe um, während ich das Wohnzimmer im Blick behalte. Sie spielen Karten und scheinen sich gut zu unterhalten. Marcus albert mit den Kids herum, seine weißen Zähne blitzen jedes Mal auf, wenn er gewinnt. Sophie ist ebenfalls gutgelaunt, sichtlich glücklich, dass Jared jetzt bei uns ist. Sie hat angeboten, mir zu helfen, aber ich habe abgelehnt. Sie ist zu sensibel. Sie würde meine Angst spüren.

Ich wollte ihr eine Nachricht zuschieben, doch das kommt mir jetzt zu riskant vor. Zu groß ist die Gefahr, dass sie sie missversteht – oder dass Marcus den Zettel abfängt. Besser, ich warte, bis er ins Bad geht, dann weihe ich sie in meinen Plan ein. Ich werde vorschlagen, dass wir uns später einen Actionfilm anschauen. Der Lärm wird unsere Stimmen überdecken.

Ich werfe einen Blick auf Angus, der zu meinen Füßen um Reste bettelt. Ich streichele seinen Kopf. Ich werde ihn bei mir behalten, aber er könnte Marcus alarmieren, wenn Sophie und Jared sich hinausschleichen. Ich *muss* einen Weg finden, Marcus zu betäuben. Ich werde nicht denselben Fehler machen wie bei Andrew. Ich werde Marcus ein paar Tabletten mehr geben.

Ich öffne die Besteckschublade, um die Löffel herauszuholen, und entdecke das Schälmesser in einem Futteral. Es wird vielleicht keinen großen Schaden anrichten, aber alles, was größer ist, würde auffallen. Ich tue so, als würde mir ein Löffel herunterfallen, bücke mich und schiebe das Messer in die Socke unter meiner Jeans.

Ich richte mich wieder auf. »Das Essen ist fertig!«

Schon seit Stunden spielen wir Karten. Ich mache Fehler, zähle die Punkte falsch zusammen und spiele nervös mit meinen Chips herum. Mein Lachen ist zu schrill, mein Gesicht ist warm vom Feuer und vor Nervosität. Sophie wirft mir merkwürdige Blicke zu, schon beinahe ärgerlich. Ich hoffe, dass sie mich einfach nur für beschwipst hält. Marcus hat mir zärtlich den Arm um die Hüfte gelegt. Er hat nicht gemerkt, dass ich den Drink gegen einen einfachen Kaffee getauscht habe. Seit dem Lunch sorge ich dafür, dass ich als einzige die Getränke mixe, während ich auf die Gelegenheit warte, noch einmal im Bad zu verschwinden. Schließlich beschließt Marcus, Popcorn zu machen.

»Perfektes Timing«, sage ich. »Ich muss nämlich mal für kleine Mädchen.«

Dieses Mal gelingt es mir, seinen Kulturbeutel zu öffnen und ein paar Tabletten zu entnehmen, die ich rasch in meine Tasche stopfe. Ich achte darauf, die Seifendose an denselben Platz zurückzulegen. Als ich wieder ins Wohnzimmer komme, duftet es nach Butter und Popcorn. Marcus hat ein paar Schüsseln verteilt, und die Kids fallen bereits darüber her.

Ich gehe in die Küche. »Möchtest du noch etwas trinken, Marcus?«

»Ich weiß, was du vorhast, Lindsey. Du willst mich betrunken machen«, sagt er. Erschrocken sehe ich ihn an, dann merke ich, dass er einen Witz gemacht hat, als er hinzufügt: »Ich werde zu Wasser wechseln, ehe deine Tochter mich bis aufs Hemd auszieht.«

»Verflixt. Du hast uns ertappt«, sage ich mit einem dünnen Lachen. Ich bin so frustriert, meine Unruhe ist kaum noch zu bändigen. Jetzt werde ich bis zum Abendessen warten müssen, zu dem er normalerweise Wein trinkt.

Aber während des Essens – er grillt Lachs und Gemüse, das in meinem Mund nur nach Asche schmeckt – schenkt er sich selbst ein. Ich habe nie die Gelegenheit dazu. Die Tabletten liegen wie Wackersteine in meiner Tasche. Er war schon seit Stunden nicht mehr im Bad. Früher habe ich ihn immer mit seiner Riesenblase aufgezogen.

Nach dem Essen hilft er mir aufzuräumen. Jedes Mal, wenn er mich berührt, wenn seine Schulter meine streift, während er nach einem Teller greift, wenn seine Finger im Spülwasser mit meiner Hand spielen, spüre ich, wie meine Schale einen Riss bekommt. Ich werde es nicht mehr lange schaffen, meine Angst zu verbergen. Als er sich herunterbeugt, um mich zu küssen, schluchzte ich ihm fast in den Mund. Ich habe ihn geliebt. Ich hatte mich ernsthaft in ihn verliebt, und der Schmerz und der Verrat schmecken so bitter, dass ich kaum atmen kann. Ich ziehe den Kopf zurück, verberge mein Gesicht an seiner Brust, und er hält mich fest.

Ich denke daran, wie er draußen zum Angeln auf dem See war. Er ist so glücklich zurückgekommen. Besteht die Chance, dass er mir verzeiht? Vielleicht hat er all die beruhigenden Worte ernstgemeint. Oder war er dort draußen, um seine Rache zu planen? Wird er uns im Schlaf erschießen? Oder will er nur mich töten?

Bitte. Lass es nur mich sein. Wenn ich ihn nicht aufhalten kann, bitte nimm nur mich.

Wir setzen uns wieder ins Wohnzimmer. Die Kids lümmeln auf der Couch, und ich habe zum Glück etwas Distanz zu Marcus, da wir in zwei Sesseln sitzen. Er *muss* doch bald mal ins Badezimmer gehen.

Jared blickt ins Feuer. »Meinst du, wir brauchen noch mehr Holz, Marcus?«

Marcus dreht sich um und wirft einen prüfenden Blick auf den Holzstapel. »Wahrscheinlich sollten wir noch einmal Nachschub holen, bevor es dunkel wird.«

Ich halte den Atem an und balle die Hand so fest zusammen, dass sich die Fingernägel in das weiche Fleisch bohren. Der Holzvorrat befindet sich an der Rückseite des Hauses. Wenn Marcus allein geht, habe ich Zeit, um mit den beiden Kids zu sprechen.

»Ich gehe schon.« Jareds Miene ist hoffnungsvoll und eifrig. Er will uns beeindrucken. Stolz blickt Sophie zu ihm auf. Am liebsten würde ich ihn anschreien, gefälligst sitzen zu bleiben.

Marcus steht auf. »Du kannst mir helfen, Anmachholz zu machen.«

»Holt nicht zu wenig. Heute Nacht wird es kalt«, sage ich. Marcus zwinkert mir zu, und ich weiß, was er denkt. *Ich werde dafür sorgen, dass dir warm wird.* Ich bohre meine Fingernägel noch tiefer ins Fleisch.

Während sie sich ihre Stiefel und Jacken anziehen, gehe ich die Filme durch, als wollte ich einen aussuchen, den wir uns heute Abend ansehen könnten. Die Titel verschwimmen vor meinen Augen. Sophie sitzt ganz in der Nähe und liest in einer Zeitschrift. Endlich höre ich die Tür ins Schloss fallen. Ich warte noch ein paar Sekunden, bis sie am Haus vorbei sind, dann beuge ich mich rasch zu Sophie vor und packe sie am Arm. Sie erschrickt, fährt beinahe zurück, aber ich halte sie fest.

»Sophie, hör mir zu. Marcus ist nicht der, der er zu sein vorgibt. Er ist Elizabeth Sanders' Mann. Ich bin in dem Zimmer oben gewesen, und ihre Sachen sind noch dort. Bücher, Kleidung, und …«

»Mom, das ist ja verrückt!« Sie versucht, sich loszureißen, und sieht mich an, als sei ich betrunken oder wahnsinnig.

»Es ist die Wahrheit.« Ich hebe meine Stimme zu einem harten Flüstern. »Ich habe ihren *Namen* in den Büchern gesehen, und ich habe Tabletten gefunden – die gleichen, die Angus beinahe umgebracht hätten. Ich glaube, er will uns etwas antun. Du und Jared müsst euch heute Nacht rausschleichen und Hilfe holen.«

Fassungslos starrt sie mich mit ihren grünen Augen an. Ihr Gesichtsausdruck wechselt von Überraschung zu Entsetzen. »Er hat mich letzte Nacht auf der Treppe gehört. Er wird mich erwischen.«

»Ich habe einen Plan. Wir schaffen das, hör zu. Nach dem Film sagst du, du seist müde und möchtest ins Bett. Knote Bettlaken aneinander und klettere aus dem Fenster. Dann musst du Jared durch sein Fenster im Erdgeschoss locken.« Ich halte inne und schaue zur Tür. »Sobald dein Handy Empfang hat, rufst du die Polizei.«

Noch während ich spreche, schüttelt sie bereits den Kopf. »Ich kann dich nicht zurücklassen.«

»Du *musst.* Ich muss ihn ablenken.« Erneut blicke ich zur Tür. Ich höre hackende Geräusche draußen, aber das kann auch Jared sein. Ich beschließe, ihr nicht zu sagen, dass ich glaube, Marcus habe Andrew getötet. Wenn sie zu aufgewühlt ist, wird sie nicht mehr klar denken können. Sie steht bereits unter Schock. Ihre Haut ist blass, die Nasenflügel flattern. Sie ballt die Fäuste.

»Du musst versuchen, dich ganz normal zu benehmen, okay?«, sage ich. »Er darf keinen Verdacht schöpfen.«

Sie nickt, wirkt aber immer noch wie versteinert. »Was, wenn er etwas merkt?«

Ehe ich antworten kann, schlägt die Tür krachend auf, und mein Herz macht einen Satz. Ich lasse mich auf die Fersen zurücksinken. Marcus und Jared kommen herein, beide die Arme voller Holz. Sophie greift hastig nach ihrer Zeitschrift. Ich versuche, ihr tröstend zuzulächeln, aber sie sieht mich nicht an. Ich spüre ihre rasenden Gedanken, sehe ihre flatternden Lider.

Ich stehe auf und setze mich neben sie, schiebe meine Hand in ihre und drücke sie. Alles wird gut. Wir schaffen das. Sie drückt meine Hand. Laut über Wind und Regen schimpfend, stapeln Marcus und Jared das Holz neben dem Kamin auf und witzeln darüber, wie glücklich wir uns schätzen können, hier am warmen Feuer sitzen zu dürfen. Lachend sage ich ihnen, sie sollen sich beeilen. Sophie lächelt ebenfalls, aber ich weiß, dass es sie anstrengt. Sie fühlt sich steif an. Ich muss sie beruhigen, ehe Jared oder Marcus spüren, dass sich etwas verändert hat. Als sie nach draußen gehen, um noch eine Ladung zu holen, reden Sophie und ich weiter und versuchen, den Plan auszuarbeiten, bis ihre Stimme fester und zuversichtlicher wird.

Die Jungs kommen mit der letzten Ladung herein und stapeln das Holz auf, dann ziehen sie ihre Jacken und Stiefel aus. Marcus verschwindet im Bad und kommt mit zwei Handtüchern für Jared und sich zurück. Sie rubbeln sich die Haare und trocknen ihre Gesichter ab, dann hängen sie die Handtücher zum Trocknen neben den Kamin.

»Hoffentlich haben wir noch eine Weile Strom«, sagt Marcus.

Sophie wirft mir einen raschen Blick von der Seite zu. Ich weiß, dass sie an unseren Plan denkt.

Marcus wirft sich auf den Sessel, und Jared hockt sich vor den Kamin. Er spielt mit dem Metallschirm, versucht, ihn um das Feuer herumzustellen. Marcus sieht ihm zu. »Er ist kaputt.« Er schaut wieder zu mir. »Hast du einen Film ausgesucht? Etwas mit jeder Menge Action, wie ich hoffe.«

»Klar.« Ich deute auf die DVD, die ich auf dem Boden beiseitegelegt habe. *»Point Break.«*

»Sehr gute Wahl.« Während er die DVD einlegt, starre ich seinen Hinterkopf an und halte die Hand meiner Tochter fest in meiner.

41

SOPHIE

Der Filmabspann läuft. Die Wärme von Moms Körper neben meinem tröstet mich. Ich will sie nicht allein lassen, aber ich kann ihre Anspannung spüren, sehe sie in ihrem Gesicht, wenn sie mir ein kleines Lächeln schenkt, das ihre Augen nicht erreicht. Wahrscheinlich soll es Zuversicht ausstrahlen. Mein Inneres brennt, und ich fühle mich, als würde ich nur mit erstickter Stimme sprechen können, sollte ich es versuchen. Jared liegt mit Angus ausgestreckt auf dem Boden. Ich muss ihn dazu bringen, mit mir wegzulaufen. Ich schaue zu Mom. Sie starrt den Fernseher an, als fände sie es total interessant, die Namen aller Schauspieler und Stuntdoubles zu lesen. Sie drückt ihr Bein gegen meines. *Tu es. Tu es jetzt.*

Ich gähne langsam und strecke die Arme. »Ich bin müde.«

Jared dreht sich um und blickt auf. »Willst du ins Bett?«

»Ja. Kommst du kurz mit? Ich will dir eine neue Zeichnung zeigen.« Ich hoffe, meine Stimme klingt ganz natürlich, aber für mich klingt sie falsch. Wie bei der weltschlechtesten Schauspielerin.

»Lasst die Tür offen«, mahnt Mom. »Oder ich komme hoch.« Ich weiß, dass sie es nur sagt, damit Marcus glaubt, alles sei ganz normal, aber ich muss trotzdem die Verärgerte spielen.

»Mein Gott, Mom, wir wollen doch nur *reden.*« Ich verdrehe die Augen.

»Bitte tu, was ich sage.«

»Also gut.« Ich stehe auf und gehe zur Treppe. Am Küchentresen werde ich langsamer und schaue zurück zu Jared, der ewig braucht, um auf die Beine zu kommen. Ich versuche, Marcus nicht anzusehen, um herauszufinden, ob er uns beobachtet. Die letzten zwei Stunden mit ihm im Wohnzimmer zu sitzen war furchtbar. Ich wollte ihn ständig anstarren, als würde sein Gesicht irgendwie anders aussehen, jetzt, wo ich die Wahrheit kannte. Ich habe keine Sekunde von dem Film mitbekommen. In meinem Kopf schwirrten Erinnerungsfetzen der Unterhaltungen herum, die ich mit Marcus geführt hatte, wie nett er immer war. Ich war so oft mit ihm allein gewesen, und nie habe ich gemerkt, dass irgendetwas nicht stimmte. Ich sehe immer noch die Zeitungsbilder von Elizabeth Sanders vor mir, das völlig zerstörte Wrack ihres Wagens, die Plane an der Seite, damit die Fotografen keine Aufnahme von dem Blut machen konnten.

Endlich ist Jared so weit. Ich höre Angus' Halsband klimpern, als er aufsteht, um uns zu folgen, dann sein Winseln. Er will raus. Ich drehe mich um, gerade als Jared die Tür öffnet, und Angus stürmt nach draußen.

Jared sieht meine Mom an. »Tut mir leid. Er ist zum See gerannt.«

»Schon in Ordnung. Ich hole ihn später rein.«

Sie klingt ruhig, aber ich weiß, dass sie wütend ist. Wir wollten nicht, dass Angus über Nacht draußen bleibt – er könnte bellen, wenn er mich vom Dach klettern hört, aber jetzt können wir nichts mehr daran ändern. Ich habe die Treppe erreicht. Jared ist direkt hinter mir. Ich blicke zurück zu Mom und Marcus. Er steht auf, als wollte er sich neben sie auf die Couch setzen. Ich spüre, wie mein Magen sich zusammenzieht.

»Ruht euch aus, ihr beiden«, sagt Marcus lächelnd. »Morgen fahren wir hinaus auf den See.«

»Cool.« Alles, was er uns erzählt hat, war eine Lüge. Alles. Dies ist nur noch eine weitere. Oder vielleicht auch nicht. Vielleicht plant er, das Boot zum Kentern zu bringen oder etwas Furchtbares dort draußen anzustellen.

»Gute Nacht, Spatz«, sagt Mom. »Bis morgen.« Unsere Blicke treffen sich und verharren einen Moment, dann muss ich mich abwenden.

Das Dach ist glitschig. Wasser ergießt sich aus den Dachrinnen und läuft über die Holzschindeln, die von alten Blättern und Moos bereits glatt wie Schmierseife sind. Der Wind peitscht mir den Regen ins Gesicht und zerrt an mir. Vorsichtig und barfüßig betrete ich das Dach und lasse mich im Krebsgang hinunter zum Rand. Ich blicke auf. Ich kann nichts im Fenster sehen. Das Licht ist aus. Die Bettlaken in meiner Hand sind gespannt.

Sobald ich auf dem Boden bin, werde ich mich im Gebüsch verstecken und auf Jared warten. Ich hoffe, er klettert bald aus seinem Fenster. Ich war nicht sicher, ob er mir glauben würde, als ich ihm oben die ganze Geschichte zuflüsterte, aber er begriff rasch. Wir nahmen die Laken von meinem Bett, knoteten sie mit dem Überwurf zusammen und befestigten sie am Fuß des metallenen Bettgestells. Jared wartete, bis ich auf dem Dach war, dann ging er nach unten, um Marcus im Wohnzimmer abzulenken, für den Fall, dass ich irgendwelchen Lärm veranstalte.

Ich hänge über der Dachkante, der harte Rand kratzt an meinem Bauch und den Brüsten, dann baumele ich frei in der Luft. Ein Windstoß erfasst mich, ich drehe mich um die eigene Achse und pralle gegen die Hauswand. Ich stoße mich mit den Beinen ab und lasse mich Handbreit um Handbreit hinab, bis meine Füße endlich den Boden berühren.

Ich laufe ein paar Schritte vom Haus fort und verkrieche mich im Gebüsch. Mein Haar ist triefnass, das Wasser läuft mir in den Nacken. Ich konnte meine Jacke nicht von unten holen, also trage ich mehrere Schichten T-Shirts unter meinem Kapuzenpullover, doch sie sind bereits nass. »Bis auf die Knochen durchgeweicht«, würde Mom sagen. Ich ziehe meine Slipper an, die ich in die Taschen meines Kapuzenpullovers gesteckt hatte. Auf dem glatten Dach fand ich mit bloßen Füßen mehr Halt, aber jetzt sind meine Zehen eiskalt. Meine Turnschuhe stehen neben der Eingangstür, und Jared hat keine Extrakleidung dabei, so dass ich ihm ein zusätzliches Paar von meinen Socken und ein Sweatshirt gegeben habe.

Ich habe keine Ahnung, was im Hausinneren vor sich geht. Ich höre nur den brausenden Wind und die Bäume, die im Wald hin und her schwanken. Am liebsten würde ich durch das Küchenfenster spähen, um mich zu vergewissern, dass es Mom gutgeht, aber wenn Marcus mich sähe, wäre alles ruiniert.

Etwas stupst mich am Rücken an. Ich stoße einen kleinen Schrei aus und wirbele herum, die Hände erhoben, um einen Schlag abzuwehren. Doch es ist der tropfnasse Angus, der winselnd immer wieder an mir hochspringt. »Schh!« Ich packe ihn am Halsband, um ihn still zu halten. »Ganz ruhig, Junge.«

Ein leiser Aufprall von der Rückseite des Hauses. Schritte. Angus' Körper versteift sich, ein rumpelndes Knurren steigt aus seiner Kehle empor. Ich halte ihm die Schnauze zu. Dann starre ich in den dunklen Schatten.

»Sophie?« Jareds Stimme.

»Hier drüben!«

Wir laufen in der Mitte der Schotterstraße, Matsch spritzt um unsere Beine auf. Meine Slipper sind patschnass. Der Wind bläst uns kräftig entgegen, abgebrochene Zweige, Blätter und Holzsplitter bedecken den Weg. Immer wieder müssen wir größeren Hindernissen ausweichen oder über sie hinwegspringen. Unser Atem geht stoßweise. Ich zögere kurz und stolpere, meine Beine zittern, doch Jared stützt mich mit einer Hand von hinten und schiebt mich weiter.

»Du schaffst es!«

Ich laufe weiter. Seine Füße müssen ihm weh tun, da er zum Schutz nur die Socken hat, aber er sagt kein Wort. Angus springt neben uns, sein Halsband klimpert, und er schnauft wie eine Dampflok. Ich habe versucht, ihn dazu zu bringen, beim Haus zu bleiben, damit er Mom beschützen kann, aber er ist uns einfach gefolgt. Ich hoffe, dass Marcus nicht draußen nach ihm sucht und die Bettlaken, die noch aus meinem Fenster hängen, entdeckt.

Wir laufen um eine Kurve, und endlich sehe ich den dunklen Schatten des Baumes, der über der Fahrbahn liegt. Er sieht aus wie ein gefallener Riese, die Äste ragen bis in den Himmel, als wollten sie um Hilfe flehen. Jareds Wagen steht auf der anderen Seite. Wir sind fast da, verlangsamen unser Tempo, um wieder zu Atem zu kommen, und kontrollieren unsere Telefone. Meine Finger sind nass und kalt, und ich rutsche ab, als ich das Passwort eingebe. Das Display leuchtet auf.

»Ich habe Empfang!« Hastig wähle ich den Notruf. Immer noch außer Atem, erkläre ich stammelnd, dass meine Mom zusammen mit einem Mann, der versucht, sie umzubringen, in einem Haus in der Falle sitzt. »Sie müssen schnell kommen!«

Der Disponent stellt mir Fragen, die ich nicht beantworten

kann, will Details und Fakten wissen, aber ich will einfach nur, dass sie herkommen. Was, wenn Marcus gemerkt hat, dass wir verschwunden sind? »Ich weiß die Adresse nicht!«, rufe ich ins Telefon. »Es ist das Haus mit dem grünen Briefkasten, aber ein Baum blockiert die Straße. Er wurde vom Sturm umgeweht.« Sie werden zu lange brauchen. Ich denke an Mom, die ganz allein mit Marcus ist. Der Disponent sagt, ein paar Officer seien bereits auf dem Weg. Ich lege auf und sehe Jared an.

»Wir können sie nicht allein lassen. Wir müssen zurück.«

»Also los.« Wir machen kehrt und sprinten mitten auf der Straße zurück.

Halt durch, Mom. Bitte, halt durch. Wir kommen.

42

LINDSEY

»Sieht so aus, als seien nur noch wir zwei übrig«, sagt Marcus.

Er legt Holz nach, bis das Feuer braust und brennt. Die orangefarbenen Flammen bringen die Seite seines Gesichts zum Leuchten. Es muss sehr heiß sein, aber er rührt sich nicht. Er ist der Teufel.

Ich muss ihn ins Schlafzimmer locken, damit die Kids die Chance haben, zu entkommen. Wenn Sophie es nicht über das Dach schafft, muss sie den Weg durchs Wohnzimmer nehmen. Ich muss ihn ablenken.

»Warum schauen wir nicht im Bett noch etwas fern?«

»Gut«, sagt er. »Ich schließe nur noch schnell ab.«

»Ich mach das. Ich muss ohnehin Angus reinrufen.« Während Marcus ins Schlafzimmer geht, öffne ich die Vordertür und pfeife nach Angus, doch es gibt keine Spur von ihm. Wenn er anfängt, die Kids anzubellen, muss ich ihn sofort hereinholen, ehe Marcus Verdacht schöpft. Ich schließe die Tür.

Marcus hat gerne ein Glas Wasser auf seinem Nachttisch. Es ist meine letzte Chance, ihm die Tabletten zu geben, aber ich muss den bitteren Geschmack überdecken. Vielleicht mit Zitrone. In der Küche schneide ich ein Stück heraus und lasse den Saft in etwas Wasser träufeln, dann hebe ich lauschend den Kopf. Er ist immer noch im Schlafzimmer. Ich werfe alle Tabletten ins Wasser und rühre hastig um, dann nippe ich daran. Meine Zunge schmeckt nur den herben Zitronengeschmack. Ich denke an den Abend, an dem ich Andrew die Tabletten gegeben habe, an den brennenden Whiskeygeschmack auf meinen Lippen.

Ich gehe ins Schlafzimmer, das Glas in der Hand. Im Badezimmer fließt Wasser, es klingt, als würde er sich die Zähne putzen. Ich stelle das Glas auf seinen Nachttisch, gehe um das Bett zu meiner Seite, ziehe hastig das Messer aus meiner Socke und schiebe es unter mein Kissen.

Ich zögere, was ich anziehen soll. Schließlich schlüpfe ich in das T-Shirt und die Pyjamahose, die ich letzte Nacht schon getragen habe. Ich schalte den Fernseher ein. Marcus kommt aus dem Bad, er trägt seine Boxershorts. Seine Brust ist muskulös und durchtrainiert, die Arme hart wie Stahl. Ich denke an sein besessenes Training. Ich hatte geglaubt, es sei sein Weg, zu trauern. Vermutlich war es das auch, aber es war die Trauer um seine Frau, nicht um eine Tochter. Wo mochte er in all den Jahren seit ihrem Tod gewesen sein? Er konnte nicht die ganze Zeit nach mir gesucht haben.

»Macht es dir etwas aus, wenn ich mir noch die Nachrichten ansehe?«, frage ich. »Ich würde gerne den Wetterbericht hören.«

»Klar.« Er sieht sich um. »Wo ist Angus?«

»Er muss irgendetwas jagen. Ich rufe ihn nachher noch einmal.«

Er klettert auf der anderen Seite ins Bett, rutscht zu mir und lehnt den Kopf an meine Schulter. Seine Lippen auf meiner nackten Haut sind kalt. Ich fühle mich, als würden Spinnen auf mir herumkrabbeln. Wir schauen zusammen die Nachrichten, aber es sind nur flimmernde Bilder. Ich kann die Informationen nicht aufnehmen. Ich lausche auf jedes Geräusch und warte darauf, dass er sein Wasser trinkt, aber er hat bisher noch keine Anstalten gemacht.

»Ich habe dir Wasser geholt. Ich dachte, nach dem ganzen Wein …«

»Danke, Schatz«, aber er schaut weiter auf den Fernseher. Als würde es ihn tatsächlich interessieren, was in der Welt passiert. Als sei es nur ein ganz normaler Abend in der Woche. Endlich dreht er sich um und nippt an dem Wasser, dann verzieht er fragend das Gesicht.

»Ich habe etwas Zitronensaft hineingetan«, sage ich.

»Passt nicht besonders gut zu Zahnpasta.« Er stellt das Glas ab.

Ich starre auf den Fernseher, Verzweiflung und Panik jagen einander in einer endlosen Schleife. Wie viel hat er geschluckt? Einen Mund voll? Davon würde er nicht einmal schläfrig werden. Ich versuche einzuschätzen, wie lange es her ist, dass Sophie und Jared ins Bett gegangen sind. Fünfzehn Minuten? Zwanzig? Nicht lange genug.

Zehn weitere Minuten verstreichen. Ich versuche, nicht zu häufig auf die Uhr zu schauen, gebe vor, die Weckzeit einzustellen. Marcus rutscht nach unten, legt den Kopf auf das Kissen. Immer wieder blicke ich in sein Gesicht, ob seine Augen geschlossen sind, doch die Nachrichten scheinen ihn zu faszinieren – und er wirkt nicht im Geringsten müde. Ich kann nicht länger warten. Ich muss nachsehen, ob die Kids weg sind. Vielleicht kann ich mich sogar hinausschleichen, während er so in Anspruch genommen ist.

»Ich schaue noch einmal nach Angus.«

»Okay.« Er sieht mich nicht an. Ich rutsche zur Bettkante, gehe hinaus und schließe die Tür hinter mir. Lauschend bleibe ich stehen. Ich kann den Fernseher immer noch hören.

Ich schleiche den Flur entlang in den hinteren Teil des Hauses, stoße die Tür zu Jareds Zimmer auf und spähe in den dunklen Raum. Das Fenster sieht geschlossen aus. Ich starre auf das Bett, warte, bis meine Augen sich an die Dunkelheit gewöhnen. Eine zusammengerollte Gestalt. Was ist schiefgegangen? Ich muss ihn hier rausbringen.

Rasch betrete ich das Zimmer, berühre Jareds Schulter und fühle etwas Weiches. Ich schüttele noch einmal und breche vor Erleichterung fast zusammen. Es ist ein Kissen. Ich schließe die Tür und gehe den Flur entlang. Mit angehaltenem Atem gehe ich an der Schlafzimmertür vorbei, dann laufe ich hoch zu Sophies Zimmer. Ich rieche frischen Regen, zittere in der kalten Luft. Das Bett steht vor dem Fenster, ein Laken ist noch daran befestigt. Sie haben es geschafft.

Ich habe die Hälfte der Treppe hinter mich gebracht, als ich mit der Schulter einen Bilderrahmen an der Wand streife und ihn mit lautem Scharren ein Stück verschiebe. Ich bleibe stehen und warte schweigend. Hat er das gehört? Der Wind draußen ist laut, Windböen lassen das Haus wackeln und stöhnen. Ich laufe weiter, setze meine Füße vorsichtig auf die nächsten Stufen.

»Alles in Ordnung?«

Mit einem erschrockenen Aufschrei weiche ich zurück. Marcus steht im Schatten am Fuß der Treppe. Wie lange wartet er schon dort?

»Ich habe etwas gehört, aber es war nur der Wind«, flüstere ich. »Den Kids geht es gut.« Ich steige die restliche Treppe hinunter und bleibe vor ihm stehen.

»Eines der Fenster scheint vom Sturm zerbrochen worden zu sein«, sagt er. »Ich spüre Zugluft.« Die Art, wie er stirnrunzelnd die Treppe hinaufschaut, gefällt mir nicht. Als würde er überlegen, kurz nach dem Rechten zu sehen.

»Sieht alles gut aus. Sophie liegt unter ein paar Decken.«

»Hast du Angus gefunden?« Jetzt blickt er mich direkt an. Ich hoffe, es bedeutet, dass er das Fenster Fenster sein lässt, aber ich bin noch nicht aus dem Schneider. Er könnte Verdacht schöpfen, wenn ich nicht nach Angus suchen will. Dann macht es klick. Genau so kann ich entkommen.

»Noch nicht. Ich werde draußen nach ihm suchen. Er muss sich irgendwo vor dem Sturm verstecken.« Ich gehe in Richtung Schlafzimmer und bete, dass Marcus mir folgt. Ich muss ihn von der Treppe weglocken.

»Es stürmt ziemlich heftig. Ich komme mit raus.«

Ich beiße die Zähne zusammen, froh, dass er mein Gesicht nicht sehen kann. Er ist einfach nur höflich. Ich kann es immer noch schaffen.

»Ich schaffe das schon. Es reicht doch, wenn einer von uns pitschnass wird.«

»Ich kann dich nicht allein da rauslassen.«

Wir sind im Schlafzimmer. Ich kann nicht länger protestieren, oder er wird den Braten riechen. Ich hole mir einen Sweater aus der Kommode und ziehe ihn über das Shirt, dann schlüpfe ich in meine Jeans. Ich schinde etwas Zeit, während ich in der Sockenschublade herumwühle. Was, wenn Angus vor der Tür wartet? Wir würden wieder ins Haus gehen müssen. Vielleicht kann ich mich losreißen, in den Wald laufen und mich irgendwo verstecken. Ich habe das Überraschungsmoment auf meiner Seite.

Marcus nimmt seine silberne Taschenlampe vom Nachttisch. »Fertig?«

Der Wind reißt mir fast die Tür aus der Hand, als ich sie öffne, und zerrt an meiner Jacke. Ich ziehe die Kapuze eng an meinen Kopf und schaue mich um. Angus ist nirgends zu sehen. Er war noch nie zuvor so lange verschwunden. Er muss bei Sophie und Jared sein. Marcus ist hinter mir. Ich muss ihn dazu bringen, vor mir zu laufen.

»Angus!«, brülle ich in den Wind.

Marcus pfeift laut, das Geräusch schneidet sich durch den Sturm. Ich versteife mich, zähle meine Atemzüge. *Bleib weg, Angus. Bitte bleib weg.* Quälend langsam gehen die Sekunden ineinander über. Ich kann das Rascheln von Marcus' Regenjacke hören, als er sich umschaut. Der Regen prasselt auf meine Schultern.

»Lass uns im Holzschuppen nachsehen.«

Marcus nickt, sein Gesicht liegt unter seiner Baseballkappe im Schatten, und er bedeutet mir, voranzugehen. Er leuchtet den Weg vor uns aus. Die Betonstufen sind rutschig, nass vom Regen und mit Blättern bedeckt. Ich suche den Wald ab, als würde ich nach Angus Ausschau halten. Wo wäre eine gute Stelle, um loszurennen? Das Land ist zerklüftet, mit steilen Felsvorsprüngen durchsetzt.

»Ich muss meine Stiefel zuschnüren.« Ich bücke mich, um meine Wanderstiefel zuzubinden, und überlege, wie schnell ich in ihnen laufen könnte. Marcus steht hinter mir auf der schmalen Treppe, der Lichtstrahl zielt auf meine Füße. Ich hatte gehofft, er würde an mir vorbeigehen, aber er spielt immer noch den Gentleman. Ich suche den Boden nach einem Stein oder Ast ab, nach irgendetwas, das ich schnell packen kann, aber da ist nichts, nur ein Rinnsal aus Regenwasser.

Ich will aufstehen. Etwas trifft mich hart am Hinterkopf, und ich falle nach vorn, lande ungebremst auf Händen und Knien. Heftiger Schmerz breitet sich von der Rückseite meines Schädels entlang der Wirbelsäule aus. Ich versuche aufzustehen, aber meine Arme schlackern unkontrolliert hin und her, die Treppe rast auf mich zu, und ich schlage mit dem Gesicht auf dem Beton auf. Meine Zähne krachen zusammen, meine Wangenknochen knirschen. Ich schmecke Blut.

Neben mir Marcus' Stiefel. Schwarze Spitzen, glänzend vom Regen.

»Lindsey?« Seine Stimme scheint von weither zu kommen, wird stärker und schwächer, als sei ich unter Wasser. »Kannst du mich hören?« Die Welt zerfasert an den Rändern, Dunkelheit zieht sich über mir zusammen. Ich muss wach bleiben, muss mich selbst schützen. Ich versuche zu kriechen, greife nach den unteren Stufen. Ich falle auf meinen Oberkörper, rolle zur Seite und lande im Matsch. Der kleine Bach aus Regenwasser umspült meine Beine. Ich schaue zu Marcus hoch.

Er hebt den Arm, und die Taschenlampe rast auf meinen Kopf zu.

43

LINDSEY

Langsam blinzelnd erwache ich. Die Zimmerdecke verschwimmt. Ich blinzele weiter, bis mein Blick klarer wird. Ich versuche, meine Hand zu heben, um meine Schläfe zu ertasten, aber etwas klebt an meinen Handgelenken. Klebeband. Mehr davon liegt über meinem Mund und zieht an der Haut. Meine Beine kann ich auch nicht bewegen, die Füße sind mit Klebeband zusammengebunden. Ich bin völlig durchnässt, und mir ist kalt. Furchtbar kalt. Ich trage nur mein Shirt und die Jeans, meine Jacke und die Stiefel sind verschwunden.

Ich schaue zur Seite, die Welt hebt und verzerrt sich, alles dreht sich. Galle steigt aus meinem Magen auf und sammelt sich als ätzende Säure in meinem Mund. Ich kann Marcus nicht sehen, aber ich höre es rascheln. Langsam hebe ich den Kopf.

Er beugt sich auf der anderen Seite des Zimmers über die Kommode. Er hat sich umgezogen und trägt jetzt eine Tarnjacke, die ich nie zuvor an ihm gesehen habe. Er sieht aus wie ein Jäger.

Ich beginne, am ganzen Leib heftig zu zittern, meine Muskeln verkrampfen sich, als ich an den Fesseln an meinen Händen ziehe und zerre. Es bringt nichts. Das Messer unter meinem Kissen! Ich hebe meine Hände. Zu spät. Er dreht sich um.

»Du bist wach.« Als er auf das Bett zukommt, presse ich meine gefesselten Füße gegen die Matratze, stemme mich mit Hilfe der Bauchmuskeln in die Höhe und drücke den Rücken gegen das Kopfteil. Ich atme heftig unter dem Knebel, sauge rasch die Luft durch die Nase ein. Ich werde ihn treten. Ich werde die Beine heben und ihm in den Bauch treten. Ich werde meine Fäuste wie einen Knüppel einsetzen. Ich werde ihm meine Finger in die Augen bohren.

Am Fußende des Bettes bleibt er stehen und legt ein paar Hemden in einen Seesack. Den hatte er nicht dabei, als wir hier ankamen – da hatte er einen Koffer. Dieser Sack ist olivgrün, im Wildnis-Survival-Stil. Jetzt ist er am Schrank und zieht Kleidung von den Bügeln. Er faltet seine Hemden zusammen und verstaut sie sorgfältig in dem Seesack.

Was hat er vor? Er sieht nicht wütend aus oder auch nur aufgewühlt. Seine Bewegungen sind schnell und effizient, aber nicht hektisch.

Er hat mich nicht getötet. Er hätte es tun können, aber er hat es noch nicht getan. Das muss etwas bedeuten. Wird er mich mitnehmen? Als Gefangene? Ich lausche, ob sich Sirenen nähern, doch ich höre nur den Wind.

Jetzt ist er im Badezimmer. Ich greife nach dem Messer, taste mit den Fingern herum. Wo ist es? Er kommt wieder aus dem Bad. Ich nehme die Hände zurück, sie liegen wieder auf meinem Bauch. Mit seinem Kulturbeutel geht er zum Fußende des Bettes, öffnet ihn und holt die Dose mit den Tabletten heraus. Er schüttet sie auf die Handfläche, zählt sie. Dann wirft er einen Blick auf das Wasserglas und sieht mir in die Augen.

»Du wolltest mich betäuben, genau wie Andrew.«

Ich grunze unter dem Klebeband, halte beide Hände flehend in die Höhe. Dann deute ich mit ihnen auf meinen Mund, flehe ihn mit meinem Blick an. Bitte nimm das Klebeband fort. Lass mich reden, bitte! Ich kann es erklären!

Er wirft den Kulturbeutel in den Seesack. »Wir wissen beide, dass du schreien wirst, sobald ich das Klebeband abnehme.« Er glaubt immer noch, die Kids seien im Haus. Er hat nicht in den Schlafzimmern nachgesehen, darum bewegt er sich so ohne Hast. Er glaubt, er hätte Zeit. Was wird er tun, sobald er Sirenen hört?

Seine Hand ist in der Tasche, etwas klimpert, als er es herauszieht. Schlüssel. Jetzt hockt er sich vor eine Truhe. Ich kann nur den oberen Rand seiner Baseballkappe sehen, höre das Klicken eines Schlosses, dann, wie Sachen herumgeschoben werden. Als er sich wieder aufrichtet, hält er eine Waffe in der Hand.

Ich drücke mich noch kräftiger gegen das Kopfteil, strecke meine Hände vor mir aus. Ich schüttele den Kopf, mache tierhafte Geräusche, als ich fast ersticke, weil ich nicht genügend Luft bekomme.

Er sieht mich nicht an, schiebt die Waffe in seine Tasche, dann beugt er sich erneut vor und holt noch etwas aus der Truhe. Es ist ein Fotoalbum aus weißem Satin.

»Elizabeth hat dieses Haus geliebt.« Langsam blättert er in dem Album. »Wir waren fast jedes Wochenende hier.« Beinahe ehrfürchtig berührt er eines der Bilder, seine Finger streicheln die Oberfläche. »Ich hatte gehört, dass Frauen anfangen zu leuchten, sobald sie schwanger werden, doch ich hatte es immer für einen Mythos gehalten. Aber als wir feststellten, dass sie endlich schwanger geworden war, war es, als würde sie von hundert Kerzen erleuchtet.«

Elizabeth war schwanger gewesen? Nein, wie konnte das sein? Davon stand nichts in den Zeitungen, und auch beim Prozess wurde es nicht erwähnt. Wie konnte die Polizei nichts davon gewusst haben?

»Ich habe es ihnen nicht erzählt, dass sie im dritten Monat war. Vielleicht hätten sie ihn dann noch länger ins Gefängnis geschickt.« Er legt das Album zurück in die Truhe, schließt den Deckel und legt eine Hand darauf. »Ihre Asche ist hier drin, zusammen mit ihrem Hochzeitskleid und den Babyschuhen, die sie schon gekauft hatte – rosafarbene. Sie war so sicher, dass es ein Mädchen werden würde.« Er blickt zu mir auf. »Ich wurde benachrichtigt, als Andrew entlassen wurde. Ich hätte ihn erschießen können, als er das Gefängnis verließ, aber das wäre zu einfach gewesen. Er musste spüren, dass er alles zurückbekommen hatte, seine Freiheit, seine Familie, und dann würde ich ihm alles nehmen.«

Er mustert mein Gesicht, seine Miene verrät Zufriedenheit, als er meine Tränen bemerkt. Er genießt es, mir seinen cleveren Plan zu enthüllen, sich mit seiner Brillanz zu brüsten. »Du hast mir alles erzählt. Du hast mir von eurer Ehe erzählt, und ich habe alles benutzt. Du hast mich sogar zusehen lassen, als du den Code für deine Alarmanlage eingegeben hast. Sophies Briefe haben mir den Rest verraten. Sie hat sie unter ihrer Kommode aufbewahrt.«

Er hat jeden Zentimeter meines Hauses durchsucht. Er weiß alles über meine Tochter, über unser Zuhause, hat jede Schublade durchwühlt. Und ich war diejenige, die ihm Zugang verschafft hat.

»Ich bin runtergefahren und habe ihn in Victoria beobachtet, wie er seinen Tag verbringt, wie er mit den Jungs von seiner Baustelle lacht, wie er sein Leben *genießt.*« Er speit die letzten Worte förmlich aus. »Dann sah ich, wie er ein Flugticket kaufte. Er kam nach Dogwood Bay. Es war so weit. Du glaubtest, er würde dich stalken, und am Ende glaubte Sophie es auch. Die Polizei hätte ihm die Schuld an eurem Tod gegeben.«

Ich höre auf, an meinen Fesseln zu zerren, denn diese letzte

Wahrheit bindet mich stärker als das Klebeband. Die ganze Zeit über, während die Tage und Monate vorbeirasten, hatte er geplant, Sophie und mich zu töten. Ich sinke zurück, aus der Bahn geworfen von diesem Schlag, diesem Wissen. In blinder Panik beginne ich erneut zu zittern.

»Inzwischen hast du mir so sehr vertraut. Ich hätte es so aussehen lassen können, dass er euch in Vancouver aufgespürt und euch dort umgebracht hat, aber dann folgte er mir in dein Haus.«

Der letzte Nebelschleier lichtet sich. Ich sehe ihn mit Andrew oben auf der Treppe stehen. Ich sehe sie kämpfen. Ich sehe, wie sehr Andrew Sophie geliebt hat. Wie sehr er mich geliebt hat.

»Ich war immer noch so *verdammt* wütend.« Es ist das erste Mal, dass ich ihn fluchen höre, seine Härte verstärkt mein Entsetzen. »Was hat sein Tod mir gebracht? Mir war nichts geblieben. Ich dachte immer noch jeden Tag, jede Sekunde an Elizabeth. Dann brauchtest du einen Platz zum Wohnen, und es kam mir richtig vor, wie eine Art Botschaft. Warum sollte ich nicht seine Familie nehmen? Er hat meine zerstört. Ich fing beinahe an zu glauben, ich könnte wieder so etwas wie ein Leben haben. Aber dann erzähltest du mir von den Tabletten …« Er sieht mir in die Augen, starrt mich an. Sein Blick verrät alles. Seine Verzweiflung, seinen Zorn. Es ging niemals um mich.

Ich drehe mich, rolle mich auf die Knie, die Hände vor dem Herzen, als würde ich beten. Ich weine heftig, versuche zu stöhnen und bringe ächzend ein *Tut mir leid, es tut mir so leid* heraus.

Er sieht sich im Zimmer um, holt einmal tief Luft, als würde er den Geruch der Wände und der Luft in sich aufnehmen. »Ich werde dieses Haus vermissen, aber es ist so weit.

Ich werde ganz neu anfangen. Es ist die einzige Antwort.« In einer geschmeidigen Bewegung hebt er den Seesack über die Schulter und sieht mir erneut in die Augen. »Ich werde das Haus jetzt niederbrennen. Es wird ganz schnell gehen – der Rauch wird euch zuerst töten.«

Ich rutsche von der Bettkante und falle auf die Knie. Er schickt sich an, mit raschen Schritten den Raum zu verlassen. Ich krieche ihm nach, ein unbeholfener Shimmy auf Knien und Ellbogen. Ich muss die Tür erreichen, sie mit meinem Körper blockieren. Aber er ist zu schnell, ich kann nicht mithalten.

Die Tür öffnet sich. Ich kann einen raschen Blick in das dunkle Wohnzimmer erhaschen, auf den Tisch, die Sessel. Er schaut nicht zurück, als er die Tür schließt. Ich bin ein paar Schritte hinter ihm, immer noch kriechend. Kratzende Geräusche, als er etwas vor die Tür zerrt. Das Bücherregal.

Er hat mich im Schlafzimmer eingesperrt.

44

SOPHIE

Ich höre keine Sirenen. Unsere Füße bewegen sich im Takt über die Straße. Ich habe einen meiner Slipper verloren, aber ich werde nicht langsamer. Wir sind schon zu lange unterwegs. Unvermittelt bleibt Angus stehen, die Ohren aufgestellt, dann stürmt er in die Dunkelheit neben der Straße.

»Angus!« Ich drehe mich um und spähe zwischen die Bäume. Sollen wir auf ihn warten? Jared packt meinen Arm, und ich laufe weiter. Ihm passiert schon nichts, sage ich mir. Er wird uns wieder einholen. Hoffnungsvoll warte ich darauf, das Klimpern seines Halsbands zu hören, doch da ist nichts, nur heftiger Regen, tosender Wind und unser keuchender Atem.

»Was sollen wir machen?«, schnaufe ich.

»Im Holzschuppen ist eine Axt.« Jared hat die Augen zum Schutz vor dem Regen zusammengekniffen, seine Haare sind zurückgestrichen und kleben am Kopf, die Arme hält er eng an seinen Körper. »Wir werden ihn überraschen.«

Wir wollen jemanden mit einer Axt niederschlagen. Nein, nicht *jemanden*, sondern Marcus. Ich blicke die Straße hinunter. Wir haben bereits ein paar Ferienhäuser gesehen, aber ich bin nicht sicher, wie nahe wir schon sind. Die Bäume sehen alle gleich aus, die Kurve der Straße scheint kein Ende zu nehmen.

Ich nehme einen bekannten Geruch wahr, der immer stärker wird. »Riechst du das? Rauch!«

»Wahrscheinlich vom Kamin. Wir sind ganz nahe.«

Dann biegen wir um die Kurve und sehen das Haus. Dicker Qualm schwebt in einer dichten Wolke direkt darüber. Er kommt aus dem Schornstein, den Fenstern und kriecht über das Dach.

»Mom!« Ohne nachzudenken, sprinte ich auf das Haus zu, meine Arme und Beine schlackern wild in alle Richtungen. Jared hinter mir brüllt etwas, aber ich kann ihn nicht verstehen. Ich sehe nur noch den Rauch.

45

LINDSEY

Ich höre Marcus' eilige Schritte im Wohnzimmer. Er wird nicht noch einmal zurückkommen, um nach mir zu sehen. Ich kann den Rauch bereits riechen, ich muss sofort hier raus. Ich schwinge meinen Körper hin und her, bis meine Beine unter mir sind, dann rolle ich mich auf die Hüfte und stemme mich aus der Mitte heraus auf die Beine. Ich hüpfe zurück zum Bett, die Arme ausgestreckt, um das Gleichgewicht nicht zu verlieren. Als ich dieses Mal unter das Kissen greife, finde ich das Messer, es war neben das Kopfteil gerutscht.

Lauschend halte ich inne. Stiefelschritte, die sich entfernen. Die Vordertür wird zugeknallt. Jetzt herrscht nur noch Stille. Auf dem Boden sitzend ziehe ich vorsichtig das Messer aus dem Futteral, klemme es zwischen meine Knie und zerschneide das Klebeband. Sobald ich die Hände freihabe, geht es mit den Beinen schneller. Es dauert nur wenige Minuten, aber der Rauch ist bereits dichter geworden. Er hängt in der Luft, quillt unter der Tür hervor.

Ich zerre mir das Klebeband vom Mund und schreie auf, als ich etwas Haut mit abreiße. Ich schnappe nach Luft. Der einzige Weg nach draußen führt durch das Fenster, doch es lässt sich nicht öffnen. Irgendetwas stimmt nicht mit der Verriegelung. Ich schlage mit einer Lampe gegen das Glas, doch sie prallt ab, fliegt mir aus der Hand und zerbricht vor meinen Füßen. Ich nehme eine der Kissenhüllen, umwickle meine Hand damit und schlage gegen die Glasscheibe, aber ich bin nicht kräftig genug. Vielleicht finde ich im Badezimmer etwas Brauchbares. Die Duschstange, der Klodeckel.

Ein Geräusch. Jemand schreit, laut und verzweifelt. Zwei Stimmen. Sophie und Jared. Die Stimmen kommen näher, ich höre rennende Schritte. Sie rufen nach mir. Sie sind im Haus.

»Ich bin hier!« Ich laufe zur Tür, hämmere mit den Fäusten dagegen.

»Zurück!« Jareds Stimme. Etwas kracht gegen die Tür, Holz splittert. Die Klinge einer Axt wird sichtbar. Kräftige Tritte, dann fliegt die Tür auf.

»Mom! Los, komm!« Sophie packt meine Hand und zieht mich heraus. Wir laufen in Richtung Vordertür, aber das Wohnzimmer ist voller Rauch. Die Vorhänge stehen bereits in Flammen, die sich gierig nach oben fressen.

»Halt!« Jared packt uns von hinten an den Schultern. »Die Hintertür!«

Wir folgen ihm den Flur entlang, eng aneinandergedrückt. Ich schlinge meine Finger um Sophies Sweatshirt, der Stoff ist kalt und nass. Hustend halten wir uns die Arme vors Gesicht. Meine Augen tränen. Ich blinzele durch den Rauch, folge ihren Schatten. Jared läuft voran, dann folgt Sophie. Ich packe ihr Shirt fester. Jared öffnet die Hintertür. Ich sehe die dunkle Nacht, rieche den Regen.

Ein scharfes Krachen. Ich verliere das Gleichgewicht, als ich mich zur Seite werfe, und knalle schmerzhaft gegen die Wand. Durch den Rauch sehe ich Marcus, der auf uns zuläuft. Er zielt mit der Waffe auf mich.

Ein weiteres Krachen. Laut und ganz nah.

Etwas trifft die Wand neben meinem Kopf. Ich ducke mich, lasse mich auf die Knie fallen. Sophie ist auf der anderen Seite der Türöffnung, ihr Gesicht eine weiße Maske, als sie die Arme nach mir ausstreckt. Regen läuft an ihr herunter, dicke Strähnen violetten Haares kleben an ihrer Wange. Sie steht völlig ungeschützt, ihre Konturen sind im Licht gut zu erkennen.

Ein perfektes Ziel.

Jared ist hinter ihr, zieht sie am Arm, brüllt etwas. Ich kann ihn nicht verstehen, denn der Schuss hallt in meinen Ohren nach. Sein Mund ist voller Panik weitaufgerissen, entsetzt sieht er mich an. Ich krieche vorwärts, hake einen Finger von unten hinter die Tür und knalle sie zu. Die nächsten Schüsse treffen die geschlossene Tür.

Auf Händen und Knien krieche ich in die Waschküche und schaue mich suchend um. Die Kiste mit dem Putzzeug steht immer noch im Regal. Ich werfe sie auf den Boden, schnappe mir den Zitronenreiniger in der Sprühflasche. Die Tür öffnet sich krachend. Er schlägt mich von hinten, wirft mich zu Boden.

Ich wirbele herum, trete kräftig zu und treffe ihn zwischen den Beinen. Er knickt ein und stürzt auf die Waschmaschine. Die Waffe fällt zu Boden und rutscht mit kreisenden Bewegungen außer Reichweite hinter den Waschzuber. Ich sprühe wild mit dem Reiniger um mich, bedecke Marcus' Körper und Kopf damit. Er schreit auf, greift nach seinen Augen.

Ich schlüpfe an ihm vorbei und renne zur Vordertür. Das Wohnzimmer steht in Flammen. Die Hitze trifft mich wie ein Schlag und drängt mich beinahe zurück. Ich lasse mich auf den Boden fallen, bewege mich auf Händen und Knien weiter.

Er packt mein Shirt und zieht mich zurück. Ich erwische eines der Tischbeine, in der anderen Hand halte ich immer noch die Sprühflasche. Er versucht, mir die Flasche zu entwinden, biegt meine Finger zurück. Die Tür ist offen. Frische

Luft. Hinter mir ein lautes Brüllen, als die Flammen gierig den Sauerstoff aufsaugen.

Er ist zu stark. Ich kann nicht mehr. Meine Finger öffnen sich. Doch dann rast ein riesiger Schatten an mir vorbei. Knurrend und bellend fliegt Angus durch die Luft. Marcus lässt mich los und fängt an zu brüllen.

Ich drehe mich um, während ich an der Düse der Flasche herumfummele. Angus hat Marcus' Bein im Maul und beißt ihn knurrend. Die Couch neben ihnen steht in Flammen.

Ich rappele mich hoch, meinen Arm über dem Mund, und stolpere auf sie zu.

Zielen, nicht denken. Den Atem anhalten.

Ich drücke kräftig zu, sprühe den Schaum in Marcus' Gesicht, auf seinen Körper. Noch in der Luft fängt er Feuer. Marcus kracht gegen die Couch, und das Feuer verschluckt ihn, der Reiniger wirkt wie ein Brandbeschleuniger. Haut und Haare brennen. Sein Körper zuckt, eine dunkle Gestalt, mit einem Arm blind um sich tastend. Ich höre Schreie.

Ich lasse die Flasche fallen, taumele zurück, sinke auf die Knie. Die Hitze versengt meine Haut, verbrennt meine Lunge. Ich kann nicht atmen. Überall Rauch und Flammen. Angus bellt und zerrt an mir. Ich krieche zur Tür, aber ich kann nichts mehr sehen. Dann sind da Hände.

»Mom. Mom!«

Jemand hebt mich auf, zerrt mich fort, drängt mich, wach zu bleiben, und die Luft schmeckt süß, und der Regen fällt. Ich wende ihm mein Gesicht zu und schnappe nach Luft. Meine Kehle brennt. Asche wird in meine Augen gespült, läuft mir übers Gesicht, vermengt sich mit Tränen. Die Schreie höre ich nicht mehr.

46

August 2017

Ich trage den Karton die Treppe hoch. Meine Schuhe klappern auf dem Hartholz, als ich durch das Labyrinth aus Umzugskartons navigiere, die aufgestapelt im Wohnzimmer stehen. Die späte Augustsonne, die durch die vom Boden bis zur Decke reichenden Fenster fällt, ist warm und taucht alles in einen goldenen Schimmer. Die Möbel sind zusammengewürfelt und stammen zumeist aus zweiter Hand, aber sie ergeben eine interessante, vielseitige Mischung, die gut in das Apartment im Loft-Stil passt, zu dem das Obergeschoss eines alten Kaufhauses umgewandelt wurde.

Als Sophie, Delaney und ich diesen Ort vor zwei Monaten zum ersten Mal besichtigten, standen wir an den Fenstern, bewunderten den Ausblick über die Stadt und zeigten auf Gebäude und Landmarken, die wir wiedererkannten. Ich beobachtete Sophies Gesicht im Spiegelbild, suchte nach einem Hinweis auf Freude, auf Begeisterung, auf irgendetwas, aber ich wusste nicht, was sie empfand. Dann wanderten Sophie und Delaney herum, stöberten in den Schlafzimmern, öffneten Wandschränke und die Schubladen in der Küche. Schließlich blieb Sophie im Wohnzimmer stehen und starrte auf die vom Sonnenlicht übergossenen Wände. Sie drehte sich um und sah mich an. »Hier möchte ich leben.«

Es war kein Lächeln. Aber es war etwas.

Sie hat bereits ein paar Bilder an die Wände gehängt und eine riesige Leinwand mit abstrakten Blumen auf den Kaminsims gestellt. Sie macht aus den Räumen ein Zuhause. Ihr erstes ohne mich. Ich verspüre einen plötzlichen Schmerz, doch ich schiebe ihn beiseite. Dies ist ihre Zeit. Ich hatte niemals einen Ort für mich, bin nie zur Uni gegangen. Manchmal kommt es mir vor, als sei ich nie jung gewesen. Ich freue mich, dass Sophie einen anderen Weg einschlägt.

Ich stelle den Karton auf den Küchentresen. »Wie kommst du voran?«

Sophie steht vor dem Kühlschrank auf, einen Schwamm in der Hand, und verzieht angewidert das Gesicht. »Ich glaube, jemand hat da drin irgendein wissenschaftliches Experiment veranstaltet.« Sie trägt ein rosa Halstuch über ihrem Haar, das sie in einem hellen Honigton gefärbt hat, der fast ihrer natürlichen Farbe entspricht. Es lässt sie noch mehr wie Andrew aussehen, aber der Gedanke tut nicht mehr weh, trägt nicht mehr die Erinnerung an Angst in sich. Sie ist einfach Sophie, nicht Andrew. Niemand anderes als meine wunderbare Tochter.

»Bist du sicher, dass ich dir nicht helfen soll?«

»Danke, Mom, aber du hast schon genug getan.« Sie sieht den Karton und späht hinein. Ich habe ihn mit Biobrot, Studentenfutter, mehreren vegetarischen Suppen, Nudelsoße und verschiedenen Sorten Pasta gefüllt. Sie schaut mich an. »Dir ist aber schon klar, dass ich weiß, wie man einkauft, oder?«

»Ich wollte nur, dass du eine kleine Grundausstattung hast.«

»Grundausstattung? Ich weiß nicht, ob wir überhaupt genügend Schränke für die ganzen Sachen haben. Die meisten hast du gestern schon vollgestellt.«

Ich lächle dümmlich. »Was soll ich sagen? Ich bin deine Mutter. Ich möchte nicht, dass du dich nur von Pommes ernährst. Jared wird wahrscheinlich sowieso das meiste davon essen.«

»Stimmt.« Sie schaut auf ihre Uhr. »Er kommt heute Abend vorbei.«

»Ist er schon mit seinem Umzug fertig?«

»Ja. Es sieht echt gut aus.« Jared hat ein Haus in der Innenstadt gefunden und teilt es sich mit ein paar Freunden. Obwohl ich mir längst keine Sorgen mehr mache, Jared könnte Andrew irgendwie ähneln, fürchtete ich lange Zeit, er und Sophie könnten zusammenziehen. Ich wollte, dass Sophie die Freiheit hat, ihr erstes Jahr an der Uni zu genießen. Als sie mir erzählte, dass sie nicht zusammenziehen würden, war ich erleichtert.

Sophie fängt an, die Einkäufe wegzuräumen. Ich möchte helfen, doch ich zwinge mich, mich an unseren alten Küchentisch zu setzen, den ich ihr geschenkt habe, als ich aus dem Haus, das wir übergangsweise gemietet hatten, ausgezogen und in ein kleines, aber freundliches Häuschen mit zwei Schlafzimmern direkt am Meer gezogen bin. Angus und ich gehen jeden Morgen am Strand spazieren. In der ersten Zeit, als ich noch damit zu kämpfen hatte, Marcus' Verrat und seine Lügen zu verarbeiten, lief ich stundenlang draußen herum.

Corporal Parker hielt während der Ermittlungen täglich mit mir Kontakt und erzählte uns, was sie wusste. Marcus und Elizabeth waren fünf Jahre verheiratet gewesen. Er war Psychiater – dieser Teil entsprach der Wahrheit – und arbeitete in einem Krankenhaus, in dem sie sich kennenlernten, als sie ehrenamtlich dort aushalf. Sie wünschten sich so sehnlich Kinder, dass sie eine Hypothek auf ihr Haus aufnahmen, um sich die Fruchtbarkeitsbehandlung leisten zu können. Sie hatte nicht einmal die Gelegenheit, ihren Eltern oder ihrer Schwester zu erzählen, dass sie endlich schwanger war. Ich trauerte lange um diese Tatsache, stellte mir vor, wie aufgeregt sie gewesen sein musste, wie glücklich.

Nach Elizabeths Tod brach Marcus den Kontakt zu seiner Familie und seinen Freunden ab. Als er aus dem Krankenhaus entlassen wurde, weil er Schmerztabletten gestohlen hatte, verkaufte er seine gesamte Habe bis auf das Haus am See, nahm das Geld von der Unfallversicherung und reiste durch die Welt. Er zog von Land zu Land, bis er seinen Zorn in einen Racheplan verwandelt hatte.

Die Polizei geht davon aus, dass er von Anfang an geplant hatte, uns im Haus am See umzubringen – er hat mich *zweimal* eingeladen, dort zu wohnen, mit dem Argument, dort seien wir in Sicherheit. Unterhalb des Hauses fanden sie ein Motorrad und weitere Vorräte. Deswegen ist er wahrscheinlich auch mit nach draußen gekommen und hat mich mit der Taschenlampe niedergeschlagen, anstatt zu warten, bis wir alle schliefen. Er konnte nicht riskieren, dass ich hinter seine Fluchtpläne kam.

Als die Polizei sein Haus durchsuchte, fand sie Reisepässe, mehrere Tausend Dollar in bar und auf seinem Laptop detaillierte Notizen über Sophie, Andrew und mich. Er hat mich monatelang beobachtet, ehe er anfing, das Training für meine Selbsthilfegruppe anzubieten. Der Gedanke, dass ich ihn in unser Leben gelassen habe, entsetzt mich immer noch. Dass ich wirklich glaubte, ich würde ihn lieben. Corporal Parker versuchte, mich zu beruhigen und erzählte mir, dass Marcus sehr intelligent war. Trotzdem hatte ich lange mit unterschwelligem Zorn und posttraumatischem Stress zu tun. Zu jedem beliebigen Zeitpunkt in diesen Monaten hätte er unserem Leben ein Ende setzen können.

Ich habe der Polizei nie erzählt, was seinen Angriff an

jenem Abend ausgelöst hat. Manchmal frage ich mich, was passiert wäre, wenn ich ihm nichts von den Tabletten erzählt hätte. Wir hätten jahrelang zusammenleben können, ohne dass ich gewusst hätte, dass er ein Mörder ist. Doch irgendwann wurde mir klar, dass ihn dann vermutlich etwas anderes um den Verstand gebracht hätte, sobald ich nicht in der Lage gewesen wäre, die Lücke zu füllen und seine Trauer auszulöschen.

Ich bin bei einer Therapeutin in Behandlung, auch Sophie ist ein paarmal mitgekommen. Noch wochenlang nach dem Feuer schlief sie in meinem Bett und ergriff im Schlaf meine Hand. Ich machte es genauso.

Jetzt beobachte ich sie, wie sie die Schränke fein säuberlich einräumt. Sie sieht müde aus, aber ihre Gesichtszüge sind gelöst, die Augen und der Mund wirken nicht mehr so angespannt. Es war eine Qual, sie in den letzten Monaten so sehr kämpfen zu sehen. Nicht nur, dass sie erfahren musste, dass ihr Vater von dem Mann getötet wurde, mit dem ihre Mom zusammen war, sie musste auch noch mit der Neugier der Medien und der Öffentlichkeit fertig werden. Wochenlang wurden wir verfolgt, unser gesamtes Leben wurde vor aller Welt entblößt, damit jeder es betrachten, kommentieren und darüber urteilen konnte.

Sie versinkt immer noch häufig in tiefem Schweigen, aber sie wirkt etwas glücklicher. In ihrer Kunst findet sich eine neue Empfindsamkeit, eine Reife, die zuvor nicht da war. Ich hoffe, dass eine neue Umgebung, zusammen mit der Uni und neuen Freunden, sie das restliche Stück aus der Dunkelheit ziehen wird.

»Ich habe ein Auto gefunden«, sagt Sophie und sieht mich über die Schulter an. »Einer von Gregs Freunden verkauft seinen Acura. Er ist zehn Jahre alt, wurde aber nicht viel gefahren. Greg sagt, er checkt ihn mal durch und zeigt mir, wie man Ölwechsel macht und den Reifendruck prüft und so was. Nett, oder?«

»Greg?« Ich schrecke auf, als ich seinen Namen höre. In diesem Sommer habe ich ein paarmal an ihn gedacht und seinen Wagen ein-, zweimal in der Stadt gesehen. Ich liege jetzt nicht mehr auf seine Route.

»Ich habe ihn zufällig in der Schlange im Muddy Bean getroffen. Er hat gefragt, wie es dir geht. Vielleicht solltest du ihn mal anrufen. Ich glaube, er ist immer noch Single.«

»Wie wäre es, wenn du dich um deine Ausbildung kümmerst, und ich mich um mein eigenes Leben?« Ich achte auf einen neckenden Tonfall. Monatelang war ich mir sicher, dass ich nie wieder mit einem Mann ausgehen würde. Doch in letzter Zeit und dank der Hilfe meiner Therapeutin verspüre ich eine gewisse Hoffnung, dass ich eines Tages wieder in der Lage sein könnte, jemandem zu vertrauen.

Aber im Moment konzentriere ich mich darauf, die Urlaubsreise mit Jenny zu planen – wir fahren zu einem Meditationsworkshop nach Palm Springs – und mein Gästezimmer in ein Refugium für all die Frauen aus meiner Gruppe zu verwandeln, die einen Platz brauchen, an dem sie sich eine Weile erholen können. Ich werde ihr sicheres Haus sein.

»Ich mache mir Sorgen, dass du gar kein Leben hast«, sagt Sophie.

Ich lache. »Ich habe Angus, schon vergessen? Aber er wartet zu Hause, also sollte ich besser gehen.«

Sie nickt und begleitet mich zur Tür. Wir umarmen uns, und als ich mich von ihr löse, sieht sie mir in die Augen. »Kommst du klar?« Ich weiß, was sie wirklich sagen will. *Kommst du ohne mich klar? Ist es in Ordnung, dass ich meine Flügel ausbreite und davonfliege? Wirst du mich immer lieben?*

»Es wird mir gutgehen, Spatz. Es ist für uns beide ein Neuanfang. Ich bin sogar ein wenig aufgeregt. Hey, vielleicht fange ich auch noch mal an zu studieren.«

»Bloß nicht!« Sie hebt eine Hand. »Der Campus ist nicht groß genug für uns beide.«

Ich lache. »Keine Angst. Ich habe eher an das College am Ort gedacht. Frauenstudien oder Design. Keine Ahnung.« Ich zucke mit den Schultern. »Die Zukunft steht uns offen.«

»Das ist echt cool, Mom.« Sie nimmt meine Hand und drückt sie. Als ich ihre glatten Finger spüre, fällt mir etwas ein.

»Ich hätte es beinahe vergessen. Ich habe dir etwas mitgebracht.« Ich nehme eine kleine Samtschachtel aus der Tasche und reiche sie ihr. »Das sind mein Verlobungs- und mein Ehering. Ich dachte, du hättest sie vielleicht gerne.«

»Im Ernst?« Ihre Stimme klingt ehrfürchtig, als sie die Schachtel öffnet. »Ich war nicht sicher, ob du sie behalten hast.«

»Natürlich.« Ich strecke die Hand aus und berühre den Verlobungsring. Ich habe die Ringe reinigen lassen, und sie glänzen auf dem schwarzen Samt. »Ich war so glücklich, als er ihn mir gab.«

Sie sieht mich an. »Hasst du ihn immer noch?«

»Nein.« Ich lächele sie an. »Ich hasse ihn nicht.« Ich berühre ihr Gesicht, schiebe ihr eine Strähne hinters Ohr, wie ich es früher tat, als sie klein war. »Wie sollte ich? Er hat mir dich geschenkt.«

»Das stimmt. Ich bin ziemlich toll.« Ihre Stimme ist neckend, aber ihre Augen schimmern unnatürlich, als versuchte sie, nicht zu weinen.

»Nun, du hast eine ziemlich tolle Mom – und einen Dad, der dich sehr geliebt hat.«

Ihr Gesicht wird traurig. »Er hat nicht gelogen, Mom. Er hat versucht, uns zu beschützen.«

»Ich weiß, Spatz. Ich denke oft daran, was passiert wäre, wenn ich ihm die Chance gegeben hätte, alles zu erklären. Aber er wäre glücklich, wenn er wüsste, dass die Wahrheit am Ende doch herausgekommen ist. Er hat dich nie im Stich gelassen. Es war ihm wichtig, dass du weißt, wie sehr er dich liebt – und es ist in Ordnung, dass *du* ihn geliebt hast. Ich habe ihn früher auch einmal aufrichtig geliebt. Dein Vater war nicht böse. Er war nur gebrochen.«

Sie schließt die Schachtel und drückt sie mit einem Lächeln an ihr Herz. Ich ziehe sie näher und lege meine Wange an ihre, atme ihren frischen Duft ein. Ich denke an jene Nacht vor so vielen Jahren, als ich mich über ihr Bett beugte, ihr ins Ohr flüsterte und sie ihrem Vater stahl. Ich denke daran, wie oft sie mich fragte, ob ich irgendetwas anders gemacht hätte, und endlich weiß ich die Antwort. Nein. Ich musste das Risiko eingehen. Ich musste weglaufen. Wenn ich Sophie verloren hätte, hätte ich alles verloren. Ich begreife, dass ich jetzt tatsächlich Frieden gefunden habe, und denke an Andrew. Er hat so verzweifelt nach Vergebung gesucht, genau wie ich. Aber ich habe sie gefunden. Sie war die ganze Zeit in mir.

47

SOPHIE | *Dezember 2017*

Liebe Mom,
wahrscheinlich wunderst du dich, warum ich dir einen richtigen Brief schreibe und keine E-Mail, oder vielleicht denkst du auch: »Warum ruft sie nicht einfach an? Sie ruft nicht oft genug zu Hause an.« Und ob ich anrufe! Ich rufe die ganze Zeit an, aber du bist nie da. Ganz im Ernst, Mom. Bleib doch wenigstens ab und zu mal zu Hause. Du amüsierst dich besser als ich. Weißt du nicht, dass du eigentlich jeden Abend zu Hause sein solltest, um gesundes Essen für mich einzufrieren? Das war ein Witz. Ich bin froh, dass du glücklich bist.

Kommen wir zur Sache. Als ich Dad letztes Jahr diesen Brief schickte, habe ich nicht gelogen. Es war tatsächlich ein Schulprojekt. Wir sollten jemandem schreiben, der den größten Einfluss auf uns hatte. Aber ich hätte Dir schreiben sollen. Du hast so viel für mich getan und mich ganz allein aufgezogen. Ich wusste immer, dass du mich liebst, mehr als alles andere, egal, was ich anstellte. Vielleicht war ich deswegen manchmal so ein Klugscheißer. Okay, okay. Öfter als manchmal. Ich wusste einfach, dass du mich nicht verlassen würdest.

Wenn irgendetwas passiert, ob gut oder schlecht, bist du die Erste, der ich es erzählen will. Ich möchte, dass du stolz auf mich bist, stolz auf meine Entscheidungen, stolz, dass ich deine Tochter bin. Weil ich so stolz bin, dass du meine Mutter bist. Du bist die mutigste Frau, die ich kenne, was manchmal ziemlich nervt, weil es dadurch schwerer wird, dir gerecht zu werden. Aber ich werde mein Bestes geben.

Vor allem jedoch möchte ich, dass du weißt, dass es mir gutgeht. Ganz, ganz ehrlich! Ich weiß, manchmal sagte ich, ich sei noch nicht ganz durch damit, und vielleicht stimmte das auch, aber das ist jetzt anders. Es ist, als würden sich die Luft und alles andere besser anfühlen, irgendwie leichter. Selbst das Essen schmeckt besser (schick mir mehr!).

Ich weiß, dass du manchmal ein schlechtes Gewissen hast, dich schuldig fühlst oder was auch immer, vielleicht glaubst du, du hättest mich verkorkst oder mir irgendwie Schaden zugefügt, aber das hast du nicht. Ich glaube, alle meine besten, stärksten Anteile habe ich von dir. Ich sehe äußerlich vielleicht aus wie Dad, doch in meinem Inneren bin ich wie du.

Danke, Mom. Ich danke dir Millionen Mal dafür, dass du mich liebst und mich meinen Dad lieben lässt und dass du mir erzählt hast, wie sehr du ihn früher ebenfalls geliebt hast. Es hilft mir, zu wissen, dass du wirklich glücklich warst, weil du mich bekommen hast. Ich will kein Fehler sein! Danke, dass du mir Schwung gibst und mich ermutigst und mich die Welt erkunden lässt. Danke, dass du wegen Jared so cool bist. Aber, und das ist mein GROSSES Geheimnis, lass mich noch nicht ganz los, okay? Ich brauche dich immer noch. Wie Wasser.

Ich liebe dich, jetzt und immer,

Sophie

DANK

Wie immer gibt es so viele Menschen, denen ich danken will, doch ich möchte mit zweien beginnen, die mich während des Schreibprozesses am Leben gehalten haben: Carla Buckley und Robin Spano. Ihr beiden bringt mich an den guten Tagen zum Lachen und versteht mich an den schlechten, und ohne euch hätte ich es wirklich nicht geschafft.

Ich danke Jen Enderlin, meiner Lektorin bei St. Martin's Press, die mir mit jedem Buch etwas Neues über das Schreiben und über das Leben beibringt. Danke an Sally Richardson, Lisa Senz, Nancy Trypuc, Kim Ludlam, Brant Janeway, Elizabeth Catalano, Katie Bassel, Kristopher Kam, Caitlin Dareff und alle beim Broadway- und Fifth-Avenue-Vertrieb – ihr seid phantastisch. Danke wieder einmal an Dave Cole und Ervin Serrano. In Kanada danke ich herzlich Jamie Broadhurst, Fleur Mathewson und der wunderbaren Truppe von Raincoast.

Ein Dankeschön an Mel Berger, die jetzt seit acht Jahren meine Agentin ist und als Allererste in der Buchwelt an mich geglaubt hat. Mein Dank an David Hinds, Simon Trewin, Anna DeRoy, Erin Conroy, Tracy Fisher, Laura Bonner, Raffaella DeAngelis, Annemarie Blumenhagen, Covey Crolius und das ganze Team von William Morris Endeavor Entertainment in New York und Los Angeles.

Dank an Constable J. Moffat, Virginia Reimer, Dr. Ken Langelier, Renni Browne, Shannon Roberts, Bert Kind, Doug Torrie, Joanne Campbell und BJ Brown für ihren professionellen Rat. BJ, ich hoffe, wir treffen uns irgendwann, damit ich dir persönlich danken kann.

Dank an meinen Mann Connel und meine Tochter Piper, die hoffentlich niemals ein Buch über mich schreiben werden. Ihr füllt mein Leben mit so viel Liebe und Lachen, danke dafür. Ihr seid das schönste Abenteuer.

Chevy Stevens

That Night – Schuldig für immer

Thriller

Band 03033

Wenn du sie nicht getötet hast, wer dann?
Sie haben dich verurteilt. Wegen Mordes an deiner Schwester. Du weißt nicht, was in jener Nacht geschehen ist. Aber du weißt, dass der wahre Mörder irgendwo dort draußen sein muss. Und jetzt kommst du frei.

»Ein großartiger psychologischer Thriller.«
Lee Child

»Fesselnd und unvergesslich.«
Gillian Flynn

»Mitreißend von der ersten Seite an.«
Harlan Coben

fi 03033 / 1